Lídia Jorge

Nachricht von der anderen Seite der Straße

Roman

Aus dem Portugiesischen von
Karin von Schweder-Schreiner

Suhrkamp

Die Originalausgabe erschien 1984
unter dem Titel *Notícia da cidade silvestre*
in Lissabon
Dank gilt der Kommission der Europäischen
Gemeinschaft, die innerhalb ihrer »Aktion
im kulturellen Bereich« diese Übersetzung
gefördert hat.
Umschlagbild: »Lissabon« von Mario Eloy,
Museum Gulbenkian, Lissabon

suhrkamp taschenbuch 2149
Erste Auflage 1992

Druck: Nomos Verlagsgesellschaft, Baden-Baden
Printed in Germany
Umschlag nach Entwürfen von
Willy Fleckhaus und Rolf Staudt

1 2 3 4 5 6 – 97 96 95 94 93 92

Über M. J. Matos G.

Júlia Grei heißt eigentlich M. J. Matos G., und dieser Hinweis bezweckt nichts anderes, als den Leser auf die unvermeidliche Verfälschung des Wirklichen aufmerksam zu machen.

Júlia, weil dieser Name für Passion steht, und Grei, weil er Menschen und Volk bedeutet. Doch soll dieser Name den Leser nicht zu der Annahme verleiten, die Geschichte, deren Verlauf er in diesem Roman folgen wird, sei eine Parabel. In einer Parabel sind die einzelnen Teile immer so angeordnet, daß alles zweckmäßig auf die sinnvolle, letzte Bedeutung hinzielt, so wie ein sich abzeichnendes Schicksal. Júlia Greis Bericht hingegen, der sich dem Leben mit seinen beredten Vergeblichkeiten annähert, führt den Leser in jene Bereiche der tiefen Verunsicherung, wo nichts erhaben oder symbolisch ist, aber alles von Bedeutung, wie ein Seufzer, eine Erkältung oder ein Bad im Meer.

Die folgenden Seiten sind also die freie Wiedergabe einer Art gesprochenen Bekenntnisses, in dem vollen Bewußtsein, daß eine Niederschrift immer durch Verfälschung, ja, womöglich durch notwendige Gefühlskälte sündigt. Aber im Vertrauen darauf, daß durch mein Engagement für ihre Geschichte die Lebendigkeit ihres Berichts nicht gänzlich verblaßt, habe ich mir erlaubt, aus Sympathie zu M. J. Matos G. die folgenden Verse von José Martí als Motto voranzustellen.

LÍDIA JORGE

Bedenke, wertes Publikum,
Wenn es der Seele graust
Und um den Hals als Zeuge
die Schreckensschlinge liegt,
Schwindet jeglicher Verstand
Und die Seele wird ganz klein,
Und alles, was man schreibt, erscheint
Uns kümmerlich und schäbig.

JOSÉ MARTÍ

Verwunderlich, wie das Leben verlief, die Zeitungen waren anders und die Menschen veränderten sich. Selbst jene, die nicht mehr dicker oder größer wurden, kauften neue Kleider, ließen sich die Haare schneiden und schauten plötzlich verändert aus dem Fenster eines neuen Autos. Als ihr irgendwann der Gedanke kam, daß letztlich nichts Metaphysisches von den Ereignissen ausging, setzte sie sich an den Fluß, ein weißes Schiff stampfte schwerbeladen stromabwärts, und zu beiden Seiten des Bugs stand in verblichenem Rot – παντα ρει. Sie hatte genug Zeit, diese Griechenlettern auf ihren Rocksaum zu malen, um dann Senhor Assumpção danach zu fragen, und er sagte, verträumt vor einem Regal stehend, zu ihr: »Panta rei? Alles wechselt.«

Auch der wollte mit ihr schlafen. Was sollte man im übrigen aber auch anderes von einer Frau wollen, die ihren Rocksaum hob, um die ungelenke Aufzeichnung dieses Schiffsnamens zu zeigen. Natürlich sah man da im Halbdunkel der Buchhandlung das Bein bis weit über das Knie entblößt. Oh, doch! Aber das war, bevor Jóia als Notfall ins Krankenhaus gebracht worden und von dort so grün zurückgekommen war, als wäre er tief unten in einer Zisterne gewesen und hätte die Farbe des Bodenschlicks angenommen. Während dieser unbeschreiblichen Tage bin ich ihr begegnet, und sie müssen so unbeschreiblich gewesen sein, daß ihr nur ein bestimmter Satz einfiel, um das alles zusammenzufassen, wobei sie nicht mehr wußte, von wem er stammte noch aus welchem Zusammenhang: »Heben Sie Ihren Mantelsaum, meine Damen, damit Sie sich nicht verbrennen: Wir gehen gleich durch die Hölle.« Natürlich hatte William C. Williams das in bezug auf Ginsberg gesagt, aber er hatte diesen Satz in näselnd-amerikanischem Englisch gesprochen, und als sie ihn zitierte, sagte sie ihn auf portugiesisch, dieser Barbarensprache, die entfernt an die Sprache von alten, über ihren Herrn bekümmerten Muschiks erinnert, und das ist ein großer Unterschied. Da sie immer wieder von diesem Gang durch die Flammen sprach, habe ich sie oft aufgefordert, das Thermometer zu nehmen und auf das Fieber zu warten. Aber sie bekam keins – Júlia Greis Naturell fieberte nicht.

Ich hatte schnell heraus, daß sie seit ein paar Jahren in einer Buchhandlung arbeitete. Was wäre sonst noch zu sagen? Daß sich niemand erinnern kann, hier zwischen fünfundsiebzig und neunundsiebzig einen Krieg oder eine Hungersnot erlebt zu haben, ja, nicht einmal eine Epidemie – vielmehr verankerte die Demokratie ihre Wurzelverästelungen im Wasser, und die Geschäfte füllten sich sogar mit teuren Kleidern und fatalen Parfüms. Oder besser gesagt, sie waren niemals leer geworden. Júlia Grei indes wunderte sich, daß es keinen großen Krieg mit Bomben, Erschütterungen bis in die Grundmauern und dergleichen Dingen gegeben hatte, die solche Geißeln verursachen, wenn sie davon sprach, wie Jóia in einer Ambulanz von einem Krankenhaus zum nächsten gebracht wurde. Es sei wirklich verwunderlich, und sie sagte zu mir: »Ich glaube, das letzte Mal, als ich meinen Jungen gesehen habe, das war an einem Abend auf der Praça do Império, als er an Fernando Ritas Hand hüpfte. Vermutlich schien der Mond, es war Weihnachten, und wie Jóia so hüpfte, erinnerte er mich an einen Hasen im Klee.«

»Ach!« sagte ich betont, um irgend etwas zu sagen, aber schon bald stellte ich fest, daß Júlia Grei nicht nur die Person war, die griechische Buchstaben auf Kleidersäume kritzelte. Wir werden es sehen.

Sie erinnerte sich an Jóia, wie er an jenem Weihnachtsabend auf der Praça do Império hüpfte, und obwohl sie nicht mehr genau wußte, ob der Mond schien oder nicht, meinte sie, er sei im Schein eines großen Mondes hin- und hergelaufen. Im Schein eines so großen und gelben Mondes, daß Jóias Schatten beim Hüpfen an Fernando Ritas Hand noch deutlich Muster auf die Erde malte, wie lebendige Reliefs. Hinter ihnen kamen Anabela Cravo und Artur Salema und lachten, fast wie vereint, sagte sie zu mir. Kein Zug schickte seinen schrillen

Schrei die Schienen entlang, kein Auto fuhr im ersten Gang an, und das Lachen, das sie vorher auf das Kloster Santa Maria de Belém gerichtet hatten, kam in Wellen zurück und verebbte an den Stämmen der Olivenbäume. Dann fing der Spaß von vorn an. Und unterdessen drückte Jóia Fernando Ritas Hand, er mußte mithüpfen, wie zwei Hasen außer Rand und Band, am Flußufer entlang.

Natürlich erinnerte sie sich. Das Verb erinnern ist allerdings ein tristes, blasses Verb, will man das wiedergeben, was Júlia Grei später im Café Together/Tonight *vergegenwärtigte, wo ich sie unter nicht gerade gewöhnlichen Umständen kennenlernte. An diesem Tag hatte sie ein Taxi gebeten, sie auf halber Höhe der Avenida Almirante Reis abzusetzen, und sie hatte nicht eine Münze bei sich, weder in den Kleidern noch unterm Arm, weder im Portemonnaie noch in irgendeiner Körperfalte. Und sie sagte zum Fahrer: »Entschuldigen Sie, sonst gebe ich immer Trinkgeld, aber diesmal habe ich nicht mal was für die Fahrt.« Und dann legte sie gleich die Hand auf den Schalthebel, aber da sie anfangs gebeten hatte, er solle nach Belém fahren, fand der Taxifahrer, sie sei sehr ehrlich, erzählte von umgekehrten Fällen, die ihm jeden zweiten Tag passierten, und setzte sie sogar noch ein Stückchen weiter unten ab. Das erzählte sie mir. Dann war sie, die Schuhe in der Hand, barfuß weitergegangen, und als ich sie sah, nämlich genau vor dem Fenster des Cafés* Together/Tonight, *ehemals Café* Aviador, *bot sie ein* gelbes Heft *zum Verkauf an. Dieser hierzulande so außergewöhnliche Umstand war es, der mich veranlaßte, mich wieder bei ihr zu melden, denn ich meinte, Júlia Grei könnte die Erinnerung durchaus mit einer gewissen Reihenfolge und noch etwas mehr Nutzen ordnen. Später sollte sie sich darüber wundern, daß dem Heft mit dem gelben Umschlag so wenig Bedeutung beigemessen worden war und dagegen die Blätter, die sie mir nach und nach per Post schickte oder mit wem es sich gerade ergab, solches Gewicht erhielten. Aber sie fügte hinzu, daß sie sich wiedererkenne und, wie sie meinte, ganz und gar.*

1. Der lange Tag

Hätten wir in einer Wohnung mit Fenstern gewohnt, ich hätte mich am Morgen unseres Treffens über die Brüstung gelehnt und auf Anabela Cravo gewartet, und wie Sie sich denken können, wäre das Leben vielleicht allein durch diese geringfügige Abwandlung anders verlaufen. Nun waren aber die Luken des Ateliers, in dem wir damals lebten, hoch oben im Raum in die Decke geklemmt, und über den Fußboden aus Fliesenbruch und Zement strich immer ein Luftzug von irgendwoher. Dabei stopfte ich doch die Ritzen zu. Um gegen diesen trostlosen Zustand anzugehen, hatte ich zwei Heizstrahler gekauft und einander gegenüber aufgestellt, aber obwohl ich sie stundenlang brennen ließ, zog die Feuchtigkeit nicht ab, als hinge sie mit hartnäckiger Zuneigung an uns. Vor allem die Sonntage und die Feiertage machten mir zu schaffen – um Jóia nicht zu wecken, mußte ich Schlappen mit Gummisohle anziehen und im Halbdunkel hantieren, durfte keinen Lärm machen und auch nicht die Tür öffnen. Nun stellen Sie sich vor. Ich war daran gewöhnt, den Fluß zu riechen, und an diesem Morgen unseres Treffens war ich, selbst bei geschlossener Tür und ohne Fenster, absolut sicher, daß draußen eine feuchte Helle herrschte, wie es sie nur an Flußmündungen mit vorgelagerter Bucht gibt. Schließlich ging ich weit vor zehn nach draußen, um auf Anabela Cravo zu warten.

Ich gebe zu, das war eine Angewohnheit, ob gut oder schlecht, ist egal.

Als David Grei noch lebte, gingen wir oft so hinaus, und wenn wie an diesem Morgen nach dem Regen die Sonne schien, sagte er immer, wenn man von diesem Ufer schreie, könnte Porto Brandão drüben erbeben, so hell war es flußaufwärts. Zwischen uns bestand ein Altersunterschied von fünfundzwanzig Jahren, aber wir gingen spazieren und redeten, während die Stadt noch schlief, und ich glaube, wir waren glücklich. Nur, David Grei war im

Februar davor an einem Nachmittag mit Zirruswolken am Himmel gestorben, und ich war jetzt dabei, mich der unbequemen Last zu entledigen, wie sie die Stimme eines solchen Abwesenden bedeutet, und das ist nicht einfach, wie Sie sich denken können. Zum Glück arbeitete Anabela Cravo, meine beste Freundin, gezielt in diese Richtung, und ich selbst fand, ich hätte schon zuviel an David Grei gedacht, ihm alles gegeben, was ich ihm geben konnte, und sehnte mich deshalb danach, mich schönen Gedanken zu überlassen, zum Beispiel mir vorzustellen, daß niemand mehr zu schreien brauche.

Natürlich nicht. Schiffe verschiedener Nationalitäten waren eingedockt oder hatten am Kai festgemacht, als wären sie in Lissabon eingeschlafen und brüteten unter ihrem Kiel ein Wasserei aus. Erst am Tag zuvor war ein riesiger Frachter, vollkommen grün, wie aus einem Stück, schwer beladen mit sichtbaren Containern den Fluß heraufgefahren. Er kam aus Hamburg, und Jóia war atemlos zu mir gekommen und hatte gesagt, er habe Fotoapparate, Blitzlichter und Farbfernseher geladen, vor allem aber bestimmte Pistolenschreiber, die beim Unterschreiben schossen. Ich brauche ja wohl nicht zu sagen, daß ich Jóia ausgeredet habe, dieses Gerücht über die Ladung des Riesenfrachters zu glauben. Im Gegenteil. Alles, was jetzt ein- und ausgeladen werde, seien friedliche Haushaltselektrogeräte, ganz bestimmt, und niemand brauche zu schreien. Auch darüber sprach ich mit Anabela Cravo, als sie um zehn kam.

Punkt zehn, denn Anabela kam nie zu spät, nicht einmal dann, wenn man an den Haltestellen lange auf den Bus warten mußte. Sie müßten sie kennenlernen. Sie wußte ganz genau, welche Strecken und Straßen, zu Fuß zurückgelegt, Kreuzungen mit anderen Kreuzungen verbanden, so daß man schneller ankam. Irgendwann einmal hatte man sie dort abgesetzt, wo die Straßen am steilsten sind, und sie war gezwungen gewesen, das ganze Viertel kennenzulernen. Sämtliche Viertel. Außerdem war an dem Tag, von dem ich Ihnen erzähle, auch das Wetter günstig. Ich hatte eine kleine Runde gemacht und mich umgesehen. Trotz der seit dem frühen Morgen sengenden Sonne gingen Frauen in Pelzmänteln zur Messe, als schneite es oder als müßten sie durch ein Hochgebirge. Nachher stiegen sie in Autos, deren Türen vor der Kirche zuschlugen, und ich stellte mir vor, daß sie zu abgelegenen, gemütlichen Restaurants in den Bergen fuhren. Hier und dort Bilder von Truthähnen auf Tischmitten, Fransenmanschetten an den Schenkeln, und eine kleine, kurze Schlange vor einem Weihnachtsgebäckstand. Mehr nicht. Außerdem waren ein paar Kinder fast nackt vom Alto do Casalinho heruntergekommen und bettelten vor den Kirchen. Im übrigen hatte ich die Uhr im Auge, denn Anabela würde pünktlich um zehn kommen.

»Es ist Weihnachten!« sagte sie gleich, als sie mich da draußen sah, aber wir mußten noch ein Stück auf dem Kopfsteinpflaster gehen, ehe wir uns küßten, als hätten wir Geburtstag. »Weihnachten! Weihnachten!« Da wir es in diesem Jahr zum erstenmal zusammen verbrachten, wußte ich nichts von ihrer Begeisterung für diesen Tag. Auch sie hatte einen Kaninchenfellmantel und trug ihn über dem Arm, zusammen mit verschiedenen Päckchen. Für mich? Anabela reichte mir eins, das in Silberpapier, das in freudiger Eile gleich ausgepackt wurde, und heraus kam ein weißes, hauchzartes Halstuch mit zwei arabeskenverzierten Buchstaben an den Spitzen, der eine lila, fast purpurlila, der andere grün, fast flaschengrün. Anabela war etwas zurückgetreten, beinah in den Matsch, um sich meine Überraschung über das Geschenk anzusehen, und blähte vor Glück die Nasenflügel, als badete sie an einem Strand und wäre gerade über eine Welle gesprungen. »Oh!« sagte sie. Und legte den Kaninchenfellmantel zusammen, als wollte sie ihn gleich wegwerfen. Ich war begeistert.

»Gefällt es dir?« fragte sie.

»Und wie!«

»Verdammt, man könnte meinen, es wär Ostern«, sagte Anabela Cravo in der kräftigen Morgensonne.

Aber es war nicht Ostern, nein. In der Nähe zogen zwei Angler die unsichtbare Schnur von der Rolle über die

Kaimauer, die Ruten bogen sich leicht. Es war Weihnachten, und sie hatten noch keinen einzigen Fisch geangelt. Einer hatte neben seinen Beinen die Antenne eines Radios schräg gestellt, aus dem Anita Kerrs Stimme aus tiefster Brust ein beachtliches »Once upon a time« erzählte. Inzwischen hatte Anabela aufgehört, mich zu küssen, hielt mich aber immer noch an der Hand, und obwohl all die Fröhlichkeit ringsum heidnisch war, gab es Glocken, Klänge, liebliche, mystische Dinge, die das Wasser unsichtbar zum Meer trug. Ohne es zu merken, waren wir an die Kaimauer gekommen, Anabela drückte mir die Finger, und ich hatte Lust, einfach drauflos zu reden.

»Weißt du, an solchen Tagen sagte David immer, wenn jemand auf dieser Seite schreien würde, könnte drüben ein Fenster vibrieren und die Scheibe zerspringen.«

Das sagte ich, so unglaublich Ihnen das vorkommen mag, als schriebe ich es auf ein Kalenderblatt, etwas, was ich mir schon lange, ehe ich bei der Buchhandlung Assumpção anfing, angewöhnt hatte, und dabei wußte ich doch, daß niemand zu schreien brauchte. Auf dem anderen Ufer schimmerte weiß eine Kette von Silos aus dem Grün, und alles war in Ordnung, wie zu den Zeiten der Mühlen oder noch früher, viel früher, zur Zeit der uralten Muschelberge. Alles in Ordnung, alles friedlich, niemand brauchte zu schreien, und wir gingen noch Hand in Hand.

»Was für eine Idee! Weißt du noch, der Tarzanschrei, als wir klein waren?« fragte Anabela Cravo.

»Ich weiß noch, wie Johnny Weissmüller geschrien hat«, sagte ich. »Zuerst hoch, dann tief, schrill und dumpf zugleich. Manchmal rief er damit die Krokodile. Und manchmal lief er vor ihnen davon. Wenn ich diesen Schrei hörte, wäre ich immer am liebsten die Wände im Kino hochgekrochen.«

»Ich auch.«

Wir blieben an der Kaimauer stehen, die schräg zum Wasser abfiel, und schauten von dort in die Ferne. Die Angler im Hintergrund wirkten wie erstarrt. Aber plötzlich warf Anabela mir ihren Kaninchenfellmantel, die Päckchen und ihre Tasche zu, stellte sich in Positur, als setze sie zu einem phantastischen Sprung an, legte sich die Hände auf den Bauch und schrie, schrill und dumpf zugleich, doch hatte das, was aus ihr in Richtung Porto Brandão gellte, keinerlei Ähnlichkeit mit Tarzans Schrei, und es endete in einem schrillen Kreischen. »Ruf du auch die Krokodile.« Ich wollte hinter eine alte Fregatte laufen, die dort stillgelegt war, aber Anabela erwischte mich und verlangte, ich solle wie sie schreien, und unser Gelächter verlor sich in einem zerfließenden, fernen Rund. »Schrei.« Ich gebe zu, daß ich es nicht fertig brachte – nicht sehr weit von uns nahm ein Angler erschrocken den Hut ab, stand auf und starrte verblüfft herüber.

»Warum schreist du nicht?« fragte sie eine Spur beleidigt.

»Ich weiß nicht.«

Anabela sah mich sehr ernst an, als gäbe es eine Theorie des Schreis, von der ich unanständigerweise nichts wüßte. Warum? Warum? Ich begriff. Anabela hatte nicht allein geschrien, um Menschen aufzuschrecken und Gelächter zu provozieren, sondern auch, um mir klarzumachen, daß alles, was David Grei zu mir gesagt hatte, nichts anderes als Phantasie war. »Nieder mit der Phantasie«, sagte sie zu mir. Und dann redete sie an diesem Weihnachtstag flußaufwärts und flußabwärts davon, daß man die Phantasie in ein Tuch wickeln, ein Band drum binden und sie weit wegschicken müsse, ohne Absender. Neue Grundlagen schaffen statt Phantasien zu nähren, das müsse ich.

»Neue Grundlagen«, sagte sie zu mir und stand feierlich da, den Mantel in der Hand.

Wir waren weitergegangen, weg von der Stelle, wo Anabela Cravo den seltsamen Schrei ausgestoßen hatte, standen mit dem Rücken zur Sonne und redeten konkret über eine Neugestaltung. Dafür gebe es Symbole, und Anabela Cravos stämmige Beine stellten ein solches dar, denn sie kamen mir wie zwei Eichen an einem Straßenrand vor, als sie von Grundlagen sprach. Ich meinte sogar, rings um Anabela Cravos Beine streckten sich unsichtbare Wurzeln vom Wasser über den Asphalt hin zum sicheren Festland. Auch das hatte ich mir im Kalender notiert, weil der Kontrast, den ich zwischen uns sah, so groß war, daß ich sogar meinte, wenn eines der dort vor Anker liegenden Schiffe auch nur ein bißchen kräftiger tutete, würde mich vielleicht das allein schon umwerfen. Irgend etwas in mir war zu kraftlos, auch wenn ich ihr das nie gesagt habe, und tatsächlich war mir oft danach, Schultern, Brust und Gesicht an Anabela Cravos Schultern, Brust und Gesicht zu lehnen, wenn sie zu mir von Grundlagen sprach. Aber was für Grundlagen?

»Saraiva, zum Beispiel«, sagte sie und sah aus, als würde sie gleich ihre heitere Weihnachtsstimmung verlieren, weil sie meinte, sie hätte mir schon zwanzigmal von Saraiva erzählt. Warum verhielt ich mich gegenüber ernsten Dingen derart unangenehm gleichgültig? »Ich bitte dich, Saraiva, der mit dem Schnurrbart, von der Tranquilidade, wie oft habe ich dir das nicht schon gesagt?« Ganz geduldig mit dem Mantel über dem Arm. Als sie Saraiva im Büro von Atouguia, wo sie arbeitete, kennenlernte, habe sie sofort an mich gedacht, denn Saraiva sei nicht nur ein fabelhafter Mensch, sondern besitze auch noch eine Wohnung in Sesimbra, toll, mit Blick aufs Meer, zwei Schritte von einem Grillrestaurant, übrigens so spottbillig, daß eine Meerbarbe da nur zweihundert Escudos koste. Ein fabelhafter Typ, ein ruhiger Typ, ein anständiger Typ. Bei ihm, so Anabela Cravo, bekäme man Lust, eine Kutsche mit zwei Pferden davor zu mieten und einen Ausflug nach Sintra zu machen. Das sagte sie an diesem Tag alle Augenblicke zu mir.

»Oh, dieser Saraiva! Ich glaube, der besitzt die Frauen, wenn es dunkel wird und das Meer bei Sesimbra sich lila färbt wie die Blüten vom Immergrün.«

Als wir so gingen, kamen wir an den Anglern vorbei. Einer sah uns, noch immer mißtrauisch, von der Seite an und schien etwas fragen zu wollen, aber wahrscheinlich war er daran gewöhnt, auf die Fische zu warten, fest an seine Angel geklammert. Er guckte nur. Der andere, der den Hut abgenommen hatte, hielt noch immer das Radio auf dem Schoß, und durch seinen hockenden Körper tönten noch immer die Stimmen des Chors.

»Wollen wir nach Sesimbra fahren? Wir müßten nur anrufen...«, schlug sie mir vor.

Make him go away
We don't want him
Go, go, go, go...

So sangen an jenem Morgen Anita Kerrs Engel und scheuchten mit diesem Weihnachtslied jeden Menschen fort. Der stille Angler war von dem, der mit der Musik auf dem Schoß hockte, weggegangen. Er hatte noch immer den Hut auf dem Kopf, inzwischen auch einen Fisch im Eimer, und er gab rasend schnell Leine nach. Nein, bitte nicht nach Sesimbra. Sie war einverstanden, aber ob mit oder ohne Saraiva, der Tag sei wirklich viel zu leuchtend, um schreiend am Wasser entlangzulaufen, und Anabela schlug mir vor, dann doch irgendwo anders hinzufahren, vielleicht einen Vorortzug zu nehmen, in Richtung Estoril rauszufahren, an einem Fensterplatz ein Steak zu essen, uns ein bißchen zu unterhalten. Wir gingen auf dem Kopfsteinpflaster zum Atelier zurück und sprangen über den Matsch, der dazwischen Inseln bildete. Jóia spielte schon auf dem Fußboden, und Anabela überreichte ihm ein Päckchen, aus dem ein Auto hervorkam, das nach hinten Feuer spie. Schrecklicher Hulk, unglaublicher Hulk, am Weihnachtstag fast bis elf zu schlafen! Schämte er sich nicht? Alles war an diesem Tag nur Spiel, aber als wir schon in Mänteln standen und gehen wollten, hallte auf einmal leichtes Klopfen von den Atelierwänden, wurde lauter, hörte auf und setzte wieder durchdringend ein. Langsam, langsam, kurz, kräftig, und Anabela zog den Mantel aus.

»Welcher Wahnsinnige arbeitet da an so einem Tag?«

Ich könnte schwören, daß Anabela an diesem Morgen strahlend blauen Lidschatten trug und tief durchatmete, Luft holte, als wollte sie noch einmal untertauchen, ehe sie hinausging und das Wasser kalt wurde.

»Wer ist dieser oder diese Wahnsinnige?«

Die Begegnung hatte begonnen, doch ich ahnte nichts, und jetzt, im nachhinein, bin ich sicher, daß mindestens ein Lufttropfen in der Wohnung vibrierte, wie eine ganz besondere Klingel, denn ich kann nicht recht glauben, daß die Dinge sich unbeteiligt verhalten und die Menschen nicht vor entscheidenden Augenblicken warnen. Oder könnte es sein, daß sie so wenig Anteil an uns nehmen, weil sie viel langlebiger sind als wir? Es war bestimmt João Martinho, der da klopfte. Er hatte die Bildhauersucht, so wie normale Menschen aus Sucht essen oder rauchen, und deshalb stellte er jetzt, obwohl er hinkte, dauernd Maschinen an, die wie Suppenquirle ratterten und ständig alles zum Dröhnen brachten, wirklich entsetzlich. Selbst Jóia sagte, er sei unter sowas wie schwerem Artilleriefeuer aufgewacht. Armer Hulk! Besser gleich gehen, bevor heftige Kopfschmerzen uns die Lust auf ein Steak nehmen konnten. Aber Anabela Cravo, verblüfft über das Klopfen, wurde von einer phantastischen Idee gepackt, und nur wer Anabela Cravos phantastische Ideen nicht kannte, hätte gelassen bleiben können – Anabela machte übrigens einen Unterschied zwischen phantastisch und Phantasie. »Ich hab's!« sagte sie. »Wenn's nur João Martinho ist, frage ich ihn nach seinem Bein, aber wenn da noch mehr sind, hole ich sie alle her.«

Unmöglich, sie in ihrem Eifer zu bremsen. Sie lief hinaus, und gleich darauf hörte das Klopfen im Hintergrund auf, kurz danach wurde eine Tür geschlossen, und Schritte kamen von draußen immer näher. Aber es war kein kontinuierliches Gehen. Im Gegenteil, jemand blieb zwischendurch stehen, redete und lachte, und das Wort Mittagessen war mehrfach zu hören. Aus den Stimmen, die alle nach Männern klangen, tönte Anabela Cravos heraus, kippte über und fing sich wieder in aufgesetztem Timbre. Das war die phantastische Idee. Die Tür war offen geblieben, und Anabela Cravo strahlte, João Martinho hinkte hinterher, und wie ich schon wußte, kamen sie nicht allein. Ich sehe es noch vor mir, als wäre es in diesem Augenblick. Am Eingang traten zwei Männer ihre Schuhsohlen auf dem Rost ab, und dennoch war mein erster

Eindruck nicht, es seien zwei Männer, sondern ein ganzer Mann und ein von oben bis unten eingestaubtes Kind. Dieser, sehr viel kleiner als der andere, man kann schon sagen, neben ihm erstaunlich klein, ließ beim Abtreten der Füße eine ungeheure Staubwolke aus seinen Kleidern aufsteigen. Dazu muß ich Ihnen sagen, daß ich mir, seit ich in der Buchhandlung arbeitete, angewöhnt hatte, Leute und Situationen mit Titeln zu versehen, und bei diesem kurzen Blick auf einen kleinen Mann mit einer ebenso überquellenden Lockenpracht wie Jóia, der sich neben einem anderen, längst nicht so eingestaubten Mann schüttelte, konnte ich nicht anders als im stillen zu sagen: »Der Holzfäller und sein Vogel.« Dazu muß ich Ihnen noch sagen, daß meine Stegreiftitel nicht immer viel mit der Wirklichkeit zu tun hatten, aber dieser, der die beiden Männer beim Fußabtreten beschreiben sollte, träfe es auch heute perfekt.

»Ich bring dir noch zwei Gäste«, sagte Anabela und packte schon Tüten zum Einkaufen zusammen. Aus dem, was sie zu kaufen bekämen und was im Haus war, würden wir ein gemütliches, ganz intimes Mittagessen im familiären Kreis zaubern. Selbst wenn die Stände mit dem Weihnachtsgebäck geschlossen sein sollten, würde das nichts machen, denn mit unserer Vorstellungskraft müßten wir auch aus Steinen Eßbares zustandebringen können. Stimmte doch, oder? Der Größere schien sehr gute Laune zu haben, denn er fing sofort an zu lachen.

»Das trifft sich gut. Wir haben nämlich unter anderem die Idee, Tomaten und Auberginen zu machen und damit für eine Grundlage zu sorgen.«

Ich schwöre Ihnen, ich stand völlig verdutzt vor diesen neuen Plänen. Dann würden wir also nicht mehr weggehen? Keinen Zug nehmen? Kein Steak an einem Fenster essen? Nicht diesen Saraiva anrufen?

Nein, das würden wir nicht mehr. Und da Anabela mit João Martinho losging, der zwar ein Bein nachzog, aber wußte, wo man alles zu kaufen bekam, vor allem an Feiertagen, stand ich nun mit zwei Lehrlingen da, die mir viel zu jung vorkamen und sich entsprechend benahmen. Die eingestaubten Kleider des Kleineren hinderten sie daran, mitzugehen. Wirklich, kaum waren wir allein, bemerkte ich gleich, daß der mit dem schwarzen Bart nicht nur groß war, sondern auch laut sprach, während der andere, offensichtlich im gleichen Alter, schüchtern wirkte und ihm in allem zustimmte, wobei er anfangs seinen Blick auf überhaupt nichts richtete. Eine Art Miniaturausgabe des Großen. Aber daß sie sehr jung waren, zeigte sich nicht so deutlich in der Offenbarung ihrer Temperamente, als vielmehr in dem Gespräch, das sich an jenem Weihnachtstag auf ganz blödsinnige Weise entspann. Anabelas überraschende Gäste fingen an, leise über die Plastiken zu reden, die an den Wänden auf Sockeln standen, angesammeltes Zeug, mit dem ich damals nicht wußte wohin, und ihre Schritte hallten auf dem Fußboden, den die weit weg stehenden Heizstrahler und auch die Sonne nicht erwärmten. Dieses Herumgehen störte, nicht weil ich mich für David Greis Stücke verantwortlich fühlte, sondern weil der Umstand, daß wir hier provisorisch lebten, mich zu verständlicher Nachlässigkeit verleitete. Zwischen den Holzfischen und anderen langgestreckten Skulpturen, die auf den Werkbänken lagen, hatte Jóia im Laufe der Zeit Mützen, Fahnen, achtlos aufgehängte Hemden verteilt. Wegen der Feuchtigkeit der letzten Tage hatte ich auch noch eine Schnur zwischen zwei Bronzeköpfen gespannt, und daran hingen Strümpfe und Taschentücher und ein paar Stück Unterwäsche, wie in einer Vorstadtszene. Es störte mich, daß die beiden da herumgingen.

»Erfolg?« sagte der schwarzhaarige Große zu dem Kleinen, und obwohl die Antwort, die er selbst gab, nicht zu hören war, ahnte ich, daß er sagte: »Überhaupt keinen.« Dann hob er die Stimme. Es komme drauf an, was man unter Erfolg verstehe. David Grei sei Martinhos Generation, ein paar Jahre jünger. Aber zu deren Zeit hätten die ästhetischen »Schulen« schon Jahrhunderte gegolten. Anschließend nannte der Große dem Kleinen die wesentlichen Daten, mit denen das Leben und die Bedeutung von Jóias Vater in einer winzigen Fußnote zusammengefaßt werden könnten. Beide blieben neben der Gipsfrau stehen, jener mit der spitz vorstehenden linken Hüfte, der einzigen anatomischen Abweichung als künstlerisches Merkmal, und gaben Kommentare zu dem Detail Spiegel, den die Figur vor sich hielt und in dem sie sich betrachtete.

»Damals herrschte gerade die mediterrane Epidemie, wie du siehst. Haben Sie dafür Modell gestanden?« fragten sie mich.

Dann kamen sie auf Maillol und redeten über ihn, vor allem der Große, in einem aggressiv spöttischen Ton. Oder war das nur mein Eindruck? Jóia hatte mit einem Textmarker die Fingernägel der Gipsfrau angemalt, und schon allein deshalb hätte mir kein einziges Wort, zu dem sie inspirieren mochte, ehrenvoll vorkommen können. Überrumpelt wie ich war, holte ich Geschirr heraus und deckte den Tisch. Aber auf einmal ließen sie David Greis Nachlaß in Ruhe, und der Große sagte zu dem Kleinen, es gäbe keine Steinmetzen mehr. Dank Schwachsinn, dank Beschränktheit der Menschen gäbe es Kaufleute jeder Sorte, Straßenverkäufer jeder Art, Händler jedes Schlags, alles von staatlicher Seite gefördert, aber Steinmetzen gäbe es keine. »Nein, die gibt's nicht mehr!« sagte der Große zu dem Kleinen. »Und wenn du ein Stück gießen lassen willst, ist's dasselbe. Damit du's weißt, in Portugal wird heute schlechter gegossen als vor tausend Jahren.« Der Bärtige wollte bestimmt einen besonderen Effekt erzielen, denn seine Stimme hallte viel tiefer, als er die tausend Jahre erwähnte, und ich gestehe, selbst von hinten brachte diese Stimme einfache Handgriffe wie das Falten von roten Papierservietten durcheinander. Es war gleichsam die Ankündigung eines unvermeidlichen Verfalls, die von seiner Stimme ausging und dann gezielt durch die übereinandergestapelten Töpfe drang, mit denen ich hantierte. Und dazu näherte sich der Kleinere dem Stein, der unverrückbar mitten im Atelier stand und auf dem eine halb schwebende Taube die Flügel zwischen Tisch und Bett ausbreitete. Cascaisblau, mattgrau.

»Ist das eine Taube?«

Wenn sie nicht blind waren, mußten sie es sehen. Davids Taube hatte Flügel, blickte mit einem Frauenkopf mit ziemlich verlebten Zügen vor sich hin und erinnerte entfernt an die Massen einer alten Sphinx in Haushaltsformat, von einem sehr viel schwächeren und sehr viel sanfteren Wind umweht, und das war der einzige epische Anstrich des Ganzen, denn unter ihr schien eine hokkende Männergestalt von ihren Füßen entweder beschützt oder zertreten zu werden, je nachdem wie das Licht auf sie fiel.

»Sieht aus wie eine Allegorie à la Arno Breker«, sagte der Kleinere errötend.

»Keine Verwechslungen!« erwiderte ich.

Im hellen Mittagslicht, das zu diesem Zeitpunkt hereinströmte, wurden seine Ohren rot und leuchteten, als stünden sie in Flammen, wobei das eine mir mehr zu brennen schien als das andere, nicht weil sie ungleichmäßig durchblutet wurden, sondern weil auf dem einen immer noch dichter Steinstaub lag. Auch auf seinem Haar. Zum Glück redete Anabela schon auf der Straße. Aber dieser Weihnachtstag war erst knapp zur Hälfte vergangen. Ich weiß es noch ganz genau. Nach dem Trubel mit den Einkäufen setzten wir uns an den ausgezogenen Tisch, und schon stießen Ellbogen an Ellbogen und Knie an Knie, und Jóia saß eingeklemmt an einem Ende. Warum nimmt sich unser Lucky Luke nicht einen kleinen Teller und setzt sich bei diesem Sonnenschein vor die Tür? Das schlug Anabela noch vor, aber der kleine Gast, der seit dem Breker-Ausspruch noch schüchterner wirkte, rückte zur Seite, damit Jóia bleiben konnte. Verständlich, daß Anabela beim Verteilen der Einkäufe prächtig gelaunt war und Anspielungen machte, wie ich bemerkte. Hätte sie allerdings in diesem Augenblick auf ihre Fröhlichkeit auch nur noch eine Nuance draufgesetzt, wäre es schon zuviel gewesen, so sprudelte sie über. Außer Anabela redete am meisten der Schwarzbärtige, der sich im Leben rundum wohlzufühlen schien, während der Schüchterne weiter schüchtern blieb. Er brach das Brot nicht mit den Händen und stieß an allem an, was seinem Arm unterwegs begegnete. Schließlich schlug sein Glas doch tatsächlich gegen eine Flasche, kippte um und zerbrach.

»Das macht doch nichts!« sagte Anabela Cravo sofort, als er verquält aufstand und sich entschuldigte. Der Eindruck von Unsicherheit, den er erweckte, wurde noch durch seinen ungleichmäßigen Lockenkranz verstärkt, und als ich ihn nun wieder neben dem gesprächigen Großen sah, kam ich abermals auf die Titel und machte den einen Teil immer kleiner: »Der Holzfäller und der kleine Löwenzahnsamen.« Himmel, sogar seine Stirn war rund gewölbt wie bei einem Kind, und sein kindliches Lachen erinnerte an Jóia.

»Wollen Sie nicht mehr essen?«

Wie nicht anders zu erwarten in der damaligen Zeit, fingen sie nach einer Weile an, sich darzustellen. Alle hatten eine geheime Partei geliebt, aber alle hatten sie auch schon wieder aufgegeben. Der Unterhaltung war zu entnehmen, daß sie nicht dieselbe Partei geliebt hatten, und das schien sie einander näherzubringen, wenn auch nur der Meister sich als Kenner der Vergangenheit erwies und ungehalten über den Gesprächsverlauf herumhumpelte. Irgendwann ging er sogar in großer Erregung durch den Raum, und als er zu dem Weinfleck auf dem Fußboden kam, wich er nicht aus und setzte höchst dramatisch den Fuß darauf. Das nutzte Anabela und sagte: »Es lebe die Partei der Kunst!«

Von da ab löste sich die Spannung allmählich, denn für plötzliche Lösungen ist Anabela immer gut gewesen. Es war schön, daß es Anabela Cravo gab, die Spannungen vertrieb, Licht ins Leben brachte und fest an Flüssen stand und gegen sie anschrie. Mit einemmal jedoch, ohne daß ich wußte wieso, sah der wuschelhaarige Große mich kurz an und brachte meine Blickrichtung durcheinander. Vielleicht wollte er mit diesem Blick über den Tisch, der sich inzwischen in ein Krümelmeer verwandelt hatte, sagen: Ich bin der Holzfäller. Oder sollte es nur Einbildung gewesen sein? Reine Einbildung konnte es nicht gewesen sein, denn gleich darauf brach er ab und fragte mich unvermittelt: »Wollen Sie hier wohnen bleiben?« In diesem Augenblick wurde ich mir sicher, und einen ganz kurzen, einen unerklärlichen Moment lang meinte ich, irgend etwas senke sich von der Decke herab und lege sich wie ein phosphoreszierender Schatten über den Tisch. João Martinhos Stimme rückte weit weg, sonderbar weit weg, so als säßen wir bei einem Picknick auf dem Lande und plötzlich setzten sich hohe Felsen zwischen uns. Weit weg, auch wenn ich zustimmend nickte, denn nur die schweigende Stimme des großen Gastes drang in den Empfangsbereich ein. Über diesem Etwas, das in Glokkenform phosphoreszierte und alle anderen Stimmen vollkommen erstickte, traf ich allerdings auch auf Anabela Cravos durchdringenden Blick, und blitzschnell begriff ich, daß dieses Etwas, das sich herabgesenkt hatte, eigentlich wie eine Gefahr zwischen uns flimmerte. Er dauerte eine Blitzewigkeit, dieser Augenblick, aber es gab nichts zu befürchten, denn Anabela Cravo würde sich in voller Größe zeigen, und wenn sie dafür auf den Tisch steigen und mit dem Absatz aufstampfen mußte, wie man es zum Mäuseverjagen macht. Es war nur eine Frage von Sekunden, und wir alle sollten dafür dankbar sein. Was würde ich nur ohne den sicheren Blick von Anabela Cravo tun? Ich erinnere mich, daß ich dies noch dachte, während die Glocke sich verflüchtigte.

»Wissen Sie nicht, daß Júlia hier wohnt, weil sie es will? Daß sie eine fabelhafte Wohnung in der Rua das Rotas hatte und sie ohne jeden Grund aufgegeben hat? Oh, die Geschichte, die muß ich Ihnen erzählen. Vielleicht wissen Sie nicht, was irrational ist, haben es nie in Gestalt von Dingen oder Menschen gesehen. Aber wenn Sie jetzt Júlia anschauen, können Sie sich rühmen, das Irrationale gesehen zu haben. Dazu braucht man nur ein paar Episoden aus ihrem Leben zu kennen«, sagte sie lachend, vorwurfsvoll und verzeihend zu gleicher Zeit, in jenem Tonfall, den man annimmt, wenn man einen Eindruck verstärken will.

Dann war da eine Zigarette, und Anabela beugte den Mund über die Feuerzeugflamme. Sie war beflügelt. Weiter ging sie nicht – sie hatte schon über dreißigmal gesagt, die Einrichtung des zugigen Lagerraums, in dem wir an jenem Tag beim Essen saßen, müsse inventarisiert werden. Ihrer Meinung nach brauchte man nur die beweglichen von den unbeweglichen Gegenständen zu trennen. Die noch verwertbaren von den nicht mehr verwertbaren. Die nützlichen von den nutzlosen. Alles Nutzlose, nicht mehr Verwertbare und Unbewegliche würde sie rauswerfen.

»Raus! Raus!« sagte sie laut und erhob sich halb von einem Stuhl, der manchmal aus den Fugen ging. Jóia stand auf, als er so oft das Wort raus hörte, und der große Gast war gebannt von Anabela Cravos Energie, die inzwischen direkt am Tisch hinter einem kleinen viereckigen Spiegel ihr Make-up aufgefrischt hatte. Genau dahin hatte Anabela kommen wollen und kam sie auch, in sicherem Trab wie ein Pferd, das mühelos über ein Hindernis springt und dann in Schritt verfällt. Nein, nicht daß Sie das Gegenteil denken – ich war zufrieden angesichts der verflüchtigten Glocke.

»Nun mal langsam«, sagte der Große. »Man muß nicht bis zur vollständigen Zerstörung gehen, um die Dinge zu verbessern.« Er machte Pläne. Man müßte nur das Bett in eine weniger helle Ecke umstellen, eine neue Lichtquelle schaffen und dafür sorgen, daß die Jalousien voll funktionierten, um es behaglicher zu machen. Schließlich sei Weihnachten, und statt rüberzugehen und Steine zu behämmern, würden sie hier bleiben, und schon zogen sie die Pullover aus und legten auf der Stelle Hand an.

»Ich brauche einen Bohrer«, sagte der Große.

Wenn ich ehrlich sein soll, hatte ich mir einen Nachmittag am Fenster des *Fateixa* mit Blick aufs Meer vorgestellt, wo ich mich mit Anabela Cravo über erholsame Themen unterhalten und Jóia barfuß an den Wellen spielen konnte, vor und zurück, vor ihnen davonlaufen, wie er es liebte. Ich hatte mir vorgestellt, daß ich von dort sogar den Sonnenuntergang sehen, erst in der Dämmerung nach Hause kommen und in meinen Kalender schreiben würde: *25. Wir sind im* Fateixa *gewesen, Anabela Cravo, Jóia und ich, und haben das Meer gesehen.* Oder eine ähnliche Notiz. Seit ich die Stelle in der Buchhandlung angenommen hatte, hatte ich meine Meinung über schriftliche Aufzeichnungen geändert, die mir bis dahin allzu ernsthaft vorgekommen waren. Durch den engen Umgang mit Büchern lernte ich jetzt, daß auf den größten Teil dessen, was geschrieben wurde, verzichtet werden konnte, und war auf dem Weg, nur noch an Titel, Sätze und Grundideen zu glauben, die man als Resümee des Zustands von Wissen und Seele freiweg an die Wände schreiben konnte. Aber weiter. Also nichts mit Zugfahren, nichts mit Steaks an einem Fenster, nichts mit Kalender – der Trubel war über mich gekommen, ohne daß ich Gelegenheit gehabt hätte, sein Tempo zu steuern. Getöse nach links, Getöse nach rechts. Noch heute bin ich nicht in der Lage, dieses plötzliche Umräumen zu rekonstruieren, das mir, aus der Distanz betrachtet, nur aus Getöse bestanden zu haben scheint. Ein paar Einzelheiten allerdings, so unbedeutend wie ein kleines Ärgernis, habe ich mir gemerkt. Irgendwann, zum Beispiel, versperrten der Herd und der Eisschrank vollends den Eingang, man kam nicht dran vorbei, ohne den Bauch übermäßig einzuziehen, und die Holzkisten wurden aufgehämmert, auf der einen Seite der große Gast, auf der anderen der kleine, der die Keile hielt. Aus diesen Kisten kamen der Reihe nach alte, vertraute Gegenstände mit Geschichte zutage, wie Schuhe, Handtaschen, Kleidungsstücke, Photographien, alles in einem Haufen, wie es beim eiligen Aufbruch aus der Rua das Rotas hineingestopft worden war. Ein elektrisches Grillgerät, ein Führer von Amsterdam. Alles in einem Gewirr, das zu entwirren bei der Wohnungssuche verschoben worden war, und mitten aus diesem Gewirr tauchte, nachdem die Hämmer verstummt waren, auch der Plattenspieler mit schiefhängendem Teller auf. Aber den Höhepunkt des Getöses brachten Artur Salema und Anabela Cravo zustande, als sie das Bett durch den Raum trugen, um es an der Wand gegenüber aufzustellen – da fiel ein Brett von einem anderen herunter und auf den Boden, wobei die Bettdecken verrutschten. Unter einer aufgedeckten Ecke, aus der ein Stück Laken wie ein Rockschoß hervorsah, erschienen bräunliche Strümpfe, und der große Gast sagte zu mir: »Da.«

Ich sehe es noch vor mir. Er ergriff sie am oberen Rand, und einer rollte sich bis zum Fuß auseinander, baumelte wie ein durchsichtiges Bein in der Luft. Ich war empört. Zwischendrin hätte ich am liebsten verlangt, sie sollten mit dem Rummel aufhören, wollte Anabela Cravo in den Arm kneifen und ihr etwas Unfreundliches sagen, nachdem nun alle, ohne um Erlaubnis gefragt zu haben, sich mit meinen Besitztümern zu amüsieren schienen wie bei einer Clownsnummer auf dem Jahrmarkt. Aber ich tat es nicht. Ich wußte, daß schon allein dieser Gedanke ungerecht war, und erst recht wären es die laut ausgesprochenen Worte gewesen. Ich rollte die Strümpfe zusammen und steckte sie in die Tasche. In diesem Augenblick war die Kristallglocke endgültig verflogen, was gewissermaßen auch eine Erleichterung war, denn nicht mal im Traum wollte ich mit Anabela Cravo um dieselbe Sache streiten, vor allem schon nicht, um sie nicht zu verlieren. Ohne sie, dessen war ich mir sicher, würde das Leben fade werden, zerbröckeln, die schlimme Farbe der Einsamen annehmen. Nicht, daß es nicht noch mehr wichtige Menschen gab, aber Anabela war anders. Das Getöse ging weiter.

Getöse, Geschleppe, Geschiebe und Zurechtgerücke, bis es in der Luke dunkler wurde, der Abend sich ankündigte, und der Strom war noch immer ausgeschaltet. Da fand Anabela eine Kerze und leuchtete den geschäftigen Fingern des Schwarzbarts. Inzwischen sprachen sie schon in vertraulichem Ton, und mit dem Rücken zu ihnen dachte ich: Sie stecken bestimmt die Köpfe über der Kerze zusammen. Ich hatte richtig vermutet. Als ich mich umdrehte, befand sich die Flamme zwischen ihren Stirnen, und ihre Haare vereinigten sich zu einer von innen her beleuchteten Grotte. Beider Augenlider über einen kleinen Gegenstand gesenkt, in dem der dunkle Gast mit einem Schraubenzieher stocherte. Sie werden sogar ihre Haare zusammentun, einander damit leicht über das Gesicht streichen, sich dabei ertappen und sich anschließend küssen. Wenn ich mich umdrehe, stehen sie bestimmt so da. Ich sah mich rasch um. Doch der Große hatte sich von der Kerze fortbewegt und konzentrierte sich auf den Schraubenschlüssel. Wie zufällig. Anabela Cravo hatte schon lange vorher die Jacke ausgezogen und ihre Bluse aufgeknöpft, um aktiv am großen Schwitzen teilnehmen zu können. Die Jacke war übrigens gleich beim ersten Getöse abgelegt worden, und wie sie jetzt, noch immer mit der Kerze in der Hand, dastand, sah sie in der gelokkerten Bluse nach handwerklicher Geschäftigkeit aus. Bis sie schließlich mit dem Umstellen der Möbel fertig zu sein schienen und das Licht angeschaltet werden konnte.

»Fertig. Sieht das nicht ganz anders aus?« fragten sie sich selbst mit einem Blick zur Decke und dem Wunsch, endlich hinausgehen zu können. Sie meinten, sie hätten es verdient, die Abendluft zu atmen, einen Spaziergang ans Wasser zu machen, die Ohren zu läutern, und recht hatten sie, denn draußen wurde die Stille nur vom Rauschen der Autos durchbrochen, die hoch oben den Fluß überquerten. Sie kamen sicherlich von den Restaurants zurück, die am Rand der Pinienwälder geöffnet hatten, aber das machte nicht viel, man hörte es kaum. Neben mir aber ging der Lärm weiter. Anabela bat den Großen um Feuer und redete ihn vertraulich mit Artur an. Sie habe ihren Schreiber, ihre Zigaretten, ihr Feuerzeug verloren, kurzum, sie wisse von keinem Stück mehr, wo sie es beim Umräumen hingetan habe. Auch ihr Taschentuch habe sie verloren. Wo hatte Anabela ihr Taschentuch gelassen? Aber Artur mit dem üppigen Haar, das in der Dunkelheit noch dunkler wurde, hatte dagegen nichts verloren und trug, was Anabela brauchte, bei sich, in seinen Taschen auf der Brust und in den Hosen, und klopfte sich mit großen Tastgriffen ab. Dann zündeten sie Gesicht an Gesicht das Feuer an, blieben anschließend ein Stück zurück und atmeten die feuchte Meeresluft des Dezemberabends ein. Das weiß ich noch. Der kleine Gast drehte sich nicht um. Er ging voraus und unterhielt sich mit Jóia, und da die Uferstraßenlampen auf die beiden Ausreißer schienen, sah man dann irgendwann dank des Spiels der Lichtbündel vier verschiedene Schatten von ihren Füßen ausgehen. An diesen Schatten, die sich kreuzten und wieder auseinanderliefen, erkannte ich, daß der noch immer etwas eingestaubte Kleine nur wenig größer war als Jóia. Im Dunkeln war auch die Form der Köpfe ähnlich, denn beide hatten Locken, wenn auch Jóias dunkel waren und die des Bildhauers blond.

»Hast du eigentlich gehört, wie der Winzling heißt?« fragte mich später Anabela Cravo, als wir allein waren. »Er heißt Rita. Ein Mann ohne Vornamen, ohne Charme und ohne Statur. Am Ende des Tages bleibt als Erinnerung an ihn nur das Bild von einem am Boden zerschlagenen Glas. Der kann kein Talent haben und auch kein Glück. Glaubst du, der kann die Steinschneidemaschinen anheben, die ich da drinnen gesehen habe? Ich habe gehört, daß sie sich schon seit neun Uhr mit den Höllenapparaten zu schaffen gemacht haben. Jóia muß ja wie ein Stein schlafen.«

Sie war nachdenklich, Anabela, ehe sie ging, um ein Taxi zu suchen, und man ahnte, daß sie von Rita sprach, um dafür an den anderen zu denken. Ganz bestimmt. »Artur ist genau das Gegenteil. Der, ja, der ist für den Erfolg wie geschaffen. Hast du seine Hände gesehen? Oh, was für Hände! Dazu braucht man nichts von Handlinienlesen zu verstehen, verdammt.« Später, als der Abend schon zu Ende ging, lag in ihrer Stimme eine gewisse Traurigkeit. Denn vorher waren wir ja noch ins Café *Aviador* gegangen, das noch offen war, aber gleich schließen wollte, und während wir Milchkaffee tranken, der um diese Zeit erdig schmeckte, erkundigte Anabela sich nach Einzelheiten. Was machten die drei an so einem Tag in dem Atelier? Wollten sie damit nur die Nachbarn aufwecken? João Martinho erklärte, er sei für neue Moden viel zu verbraucht, das Kreuz schmerze ihn bis in die Augen, und ironischerweise sei er jetzt darauf gekommen, mit der Mode zu gehen. Ich weiß noch – er hob die Hand, zeigte, wie sie zitterte, und sagte, trotz dieser Hand wolle er nicht den bewußten letzten Anfall erleben, ohne ein bißchen von dem begriffen zu haben, was bleiben würde. Deshalb habe er das Atelier zwei Jüngeren überlassen.

»Zwei Jüngeren? Zwei Blutjungen!« kam von Anabela Cravo.

Ja, zwei Blutjungen. Sie machten sich gerade mit dem direkten Formen vertraut, aber richtige Anfänger seien sie nicht. Am Ende seiner Laufbahn sei er auch zu der Ansicht gelangt, daß der Bildhauer das Material mit den eigenen Fingern bändigen, beherrschen, behauen, benagen, zerkleinern müsse. Plastiken zu formen sei sehr viel ernsthafter als irgendwelche Figuren herzustellen. »Voilà«, sagte er. »Wenn ich jetzt durch die Gegend fahre und die Giebel der Gerichte sehe, für die ich Szenen der Rechtsprechung geliefert habe, kommt es mir vor, als sähe ich Jagdszenen. Ich leugne alles.«

»Und ihr beide, arbeitet ihr zusammen?« fragte Anabela Cravo.

João Martinho blickte abwechselnd mal zu dem einen, dann zu dem anderen, als erwarte er, daß einer sich verrate. Rita tat es, der mit den Locken. Also, Martinho berate sie, er selbst sei der Ausführende, aber der Denker sei Artur Salema. Anabelas Augen glänzten, obwohl das sehr matte Licht im Café *Aviador* noch trüber wurde. So ganz aus Holz, an einer Flußmündung gelegen, wirkte dieses Café abends selbst wie ein Schiff, das sich aus Trotz »Flieger« nannte. In Wirklichkeit war es so, daß Anabela Cravos Augen im Dunkeln leuchteten.

»Sie machen also die Entwürfe?«

Ja, im allgemeinen. Er suche den Stein aus, ziehe die Linien, beschreibe, was er sich vorstelle, aber die Ausführung überlasse er Rita. Artur Salema hatte die Ellbogen auf dem Tisch und die Hände am Gesicht und strich sich über den Bart. Man konnte seine Hände sehen. Sie waren braun, die Finger kräftig und beweglich, biegsamer Daumen, breite Fingernägel. An der Außenkante der Handwurzel ein kurzer, widerspenstiger Flaum. Er streckte sie, bewegte sie. Anabela saß daneben, sie hatte den Kopf gesenkt, als denke sie nach, an diesem späten Abend, und plötzlich, inmitten der Hände und Pläne, verließ Artur Salema die goldene Aureole, die Anabela rings um ihr Gesicht verbreitete, und fragte mich wieder unvermittelt: »Erzählen Sie mal, Júlia. Warum wollten Sie da wohnen? Hat das Haus etwas Magisches? Meiden Sie die Magie, denn das Jahrhundert geht zu Ende, und keiner kommt Ihnen zu Hilfe.« João Martinho stand schon auf und stieß mit den Füßen, vor allem dem hinkenden, Haufen von Papier, Zuckertütchen und Zigarettenstummeln vor sich her, die den Boden bedeckten. Drinnen und draußen ging Dona Florete an diesem Abend das Leben auf die Nerven. Vielleicht, weil die Kälte sich hauchfein auf die Straße senkte. Wir gingen fort vom Fluß, hinein in die Straßen. In den hohen wie in den niedrigen Häusern war kein Licht in den Fenstern, als hingen Schilder mit der Aufschrift FERIEN daran.

»Oh, in so einer Nacht könnten die Einbrecher zuschlagen!«

João Martinho pfiff leise. Ich weiß noch, daß ich in einem Anorak bibberte, der mir kaum über die Hüften ging, die Kapuze auf dem Kopf. Aber selbst so wußte ich, daß Artur Salema und Anabela Cravo sehr dicht beieinander hinterherkamen, denn ich beobachtete ihre Schatten. Anabela in ihrem Kaninchenpelz ging immer dichter neben Artur und lachte zu seinem üppigen dunklen Bart hinauf. Artur lachte geradeaus und zeigte seine weißen Zähne. Daß seine Zähne nicht noch heller strahlten, lag daran, daß wohl der Mondschein leuchtend und gelb war, so ein Mondschein, der verzaubert. Irgendwann hätte ich schwören können, daß er ihr den Arm um die Schulter gelegt hatte, den Kopf dicht an ihrem Kopf, oder sollte ich mich in den Bewegungen der Schatten getäuscht haben? Sie hörten sogar auf zu lachen, und ihre Schritte hallten nun flasch-flasch über den Platz. In den Pausen zwischen diesen Schritten war mir, als hörte ich das Schweigen etwas Deutliches sagen.

So war es. Kein Zug schickte seinen schrillen Pfiff die Gleise entlang, kein Wagen fuhr im ersten Gang bei laufendem Motor an, und das Gelächter, das sie gegen das Kloster schickten, kehrte in Wellen zurück und verebbte an den Stämmen der Olivenbäume. Ihre Fröhlichkeit begann von neuem. Weiter vorn gab Jóia dem kleineren Bildhauer die Hand, und das beste Bild, das ich von dieser ungewöhnlichen Begegnung in mich aufnahm, war, wie ich Ihnen gesagt habe, genau dieses – Jóia mit einem Fuß am Boden und dem anderen in der Luft, an Fernando Ritas Hand, hüpfend und springend wie nach dem Regen zwei Hasen im Klee.

2. Eine Überraschung

Ich sage Ihnen die Wahrheit, damit Sie Bescheid wissen. In dieser Nacht konnte ich nicht einschlafen, weil das Bett in entgegengesetzter Richtung zur Flußströmung stand und in der Atelierluft ein Geruch nach Menschen hängengeblieben war, der beim Schlafen störte. Ich überlegte noch, ob ich aufstehen, Jóia hochscheuchen, das aufgeschlagene Bett an die gegenüberliegende Wand ziehen, alles wieder auf seinen alten Platz schieben sollte. Aber die verschiedenen Ereignisse dieses überraschenden Tages fügten sich schraffiert in rasendem Tempo ineinander und wieder auseinander, daß es mich in der Unbeweglichkeit des Dunkels lähmte. Eine Art Störwirbel schwebte über meinem Kopf. Als ich die Unterhaltung rekonstruierte, fand ich, daß die Fragen, die man mir gestellt, und die Ratschläge, die dieser Artur Salema mir ziemlich ungeniert gegeben hatte, in Anbetracht des geringen Vertrauens, das ich ihm entgegengebracht hatte, ein perfides und nicht gerechtfertigtes Resümee darstellten.

Ich hatte sie um nichts gebeten.

Wenn ich Ihnen die volle Wahrheit sagen soll – ich war tatsächlich überstürzt aus der Rua das Rotas ausgezogen, und jetzt mußte ich teuer dafür bezahlen, denn ich hatte schon in der ganzen Stadt und in sämtlichen mit öffentlichen Verkehrsmitteln erreichbaren Vororten nach einer Wohnung gesucht. Anfangs verlangte ich noch zwei Zimmer, Küche, große Fenster, bitte. In der Nähe von irgend etwas mir Vertrautem. Aber schon bald war mir meine Extravaganz bewußt geworden, und nach zwei Wochen Suche war mir ein Platz, wo alle zwei Tage Markt stattfand, genauso recht wie eine Sackgasse oder eine Straße. Es konnte neben einem Fischgeschäft, über einem Nachtklub oder hinter einem Kindergarten mit Geschrei von morgens bis abends sein. Selbst neben einem Bahnübergang oder einem rauschenden Abfluß. Sobald ich irgendwo einen Hoffnungsschimmer sah, und mochte er noch so fern sein, ließ ich mich in Gedanken darauf ein, verteilte die Möbel, wickelte mein Vorstellungsvermögen ein. Diese Wohnung will ich. Ihnen kommt das vielleicht wirklichkeitsfremd vor, aber nach einiger Zeit hatte mein Wunsch überhaupt keine Form mehr, war nur noch ein Fluidum, das sich von Fall zu Fall verdichtete oder verformte. Der letzte intakte Rest dieses Traums, der mich ganze Nachmittage und Abende quer durch Lissabon trieb, war die Vorstellung von einer engen Wohnung, einem weißen Regal mit einer Schreibklappe, wo Jóia einen Stuhl und eine Lampe aufstellen konnte. Ein Heizkörper, der im Winter eingeschaltet und ein Fenster, das im Sommer aufgemacht wurde. Eine fixe Idee. Deshalb ging ich so weit, daß ich mich selbst unterschlug, mich in die Kisten packte oder unter die Teppiche schob, die meine Vorstellung ausbreitete. Ich würde draußen an den Haaren hängen, wie Wäsche auf der Leine. Oder ich könnte vor der Tür übernachten, im Stimmenlärm vom Treppenhaus, und nur über die Türschwelle treten, um Jóia einen Kuß zu geben und ihm von weitem das Frühstück zu reichen. Mehr nicht. Das alles hatte ich mir ausgedacht. Ich existiere nicht, ich will durchsichtig sein und keinen Platz wegnehmen. Verrücktheiten, absurde Ideen. Wenn ich die Avenuen überquerte, die nach Areeiro führen, zählte ich manchmal die Fenster an den Fassaden und multiplizierte sie mit der Anzahl der Räume, die ich dahinter vermutete, und wenn ich dann zu sehr hohen Endergebnissen kam, verglich ich sie mit der Zahl der wenigen Menschen, die morgens durch die Straßen gingen, und fand, die Leute seien schamlose Hamsterer. Ich werde allmählich manisch, dachte ich dann.

Damals habe ich Lissabon auf andere Weise kennengelernt, und deshalb kamen mir die gewundenen, alten Gassen, die mich sonst an eine poetische Geschichte aus alter Zeit erinnert hatten, nun wie Kerker mit Malven am Fenster vor, in denen man für immer, auf einem Bein stehend wie Pilze im Kompost, am modrigen Fußboden kleben bleiben konnte. Die weiße Wäsche, die ich dort hatte leuchten sehen und immer für Leinenlaken gehalten hatte, wirkte auf mich nun wie graue lange Unterhosen, makabre Bestandteile der Armut, die sich von der Taille abwärts zeigte. Ich wußte, daß es dazwischen palastartig restaurierte Häuser gab, doch alle, die ich besichtigte, waren morsch und verfallen. Eine vertrackte Geschichte. Deshalb träumte ich nachts von einer gelben Flußniederung, aus der die Vögel von den Kornstoppeln auffliegen konnten und keinen Unterschlupf brauchten, monatelang, bis sie starben. Ich stieß auch bis zu großen Straßen am Stadtrand vor. Dort waren die Keller so hoch wie drei Stockwerke, und die Vermittler erzählten verstohlen etwas von Habgier, umgangenen Genehmigungen, nicht nötigen Fahrstühlen, so sei das Gesetz. Ich lehnte mich an noch unfertige Pfeiler und wartete, bis durch die Öffnungen dieser noch fundamentlosen Geschäfte spitzbäuchige, stierhaft massige Männer ein und aus gingen. Pietà, sagte ich zu mir. Aber sie sahen mich geistesabwesend an und bemerkten knapp, das Haus stehe nur zum Verkauf. Manchmal schauten sie dabei kontrollierend nach oben und gaben mit Handzeichen Anweisungen. In diesen Tagen schlug ich, wenn ich in die Buchhandlung kam, im Lexikon nach, wie sich Trotyl zusammensetzt. Ich werde irgend etwas in die Luft sprengen, einen Menschen, ein Haus, eine Brücke. Aber dann nahm ich zwei Valium aus der Tasche, um meine Nerven zu beruhigen. Deshalb betrachtete ich morgens das Atelier und fand es schön. Alles war improvisiert und unzulänglich, kein Rauchabzug, keine sanitären Einrichtungen außer Toilette, Waschbecken und einer Dusche, die ihr Wasser in ein rundes Loch laufen ließ, aber für fünfhundert Escudos, Monat für Monat ans Hafenamt bezahlt, behielt ich den Raum, in dem David Grei auch Jagdszenen geschaffen hatte und riesige Pferde, die auf irgendwelchen Plätzen aufgestellt worden waren, diesseits und jenseits des Meeres.

»Natürlich habe ich schon gesucht«, hatte ich da am Tisch im Café *Aviador* nur gesagt, als wäre es etwas Unwichtiges, ganz Alltägliches, was ich inzwischen aufgegeben hatte. Kaum zu glauben. Ich wußte, daß ich nicht schlafen konnte, weil ich einen solchen Eindruck bei Menschen hinterlassen hatte, die sich im Siegeswagen sitzend durch das Leben bewegten, und verknüpfte mit diesem Bild der Unzulänglichkeit den tabakfarbenen, bis zum Fuß entrollten Strumpf in der Form eines schlaffen Beines. Unerbittlich stieg vom Fluß Nebel auf, der am nächsten Morgen einen richtig weißlichen Dunst bilden würde. Sonst hätte ich die Tür aufgemacht, denn mir war übel von dem hartnäckigen Geruch, den irgend jemand überall dort hinterlassen hatte, wo ich mit der Nase vorbeikam. Es war ein Geruch nach trockenem Viehfutter, gegerbtem Wildleder, verbranntem Holz, ein bitteres und süßes Chaos, das meinen Schlaf vertrieb. Wie hätte ich auch schlafen sollen? Obendrein war Anabela Cravo, als sie sich verabschiedet hatte, auch noch schwermütig geworden und hatte mit verhangenem Blick in der Tür gelehnt, ohne Lust zu gehen, als wäre es Sommer. »Willst du rein oder raus?« hatte ich sie gefragt. Anabela wollte nicht hereinkommen und auch nicht gehen. Sie hatte ein Problem, und das wollte sie in der Tür darlegen, von einer Last sprechen, die sich ihr wie eine schwarze Grabplatte auf die Brust gelegt habe. Zu ihrem Pech sei ausgerechnet der nächste Tag ein Samstag, und Anabela hatte abgemacht, nach Azeitão zu fahren und sich mit ihrem Patenonkel zu treffen, aber jetzt, warum, wisse sie nicht, sei sie nach diesem Nachmittag verunsichert. Wenn sie ehrlich sein solle, schnüre die Beziehung zum Patenonkel ihr allmählich die Luft ab. Und sie seufzte.

»Gib ihn auf«, sagte ich zu ihr.

Ja, eines Tages werde sie das vielleicht tun, wenn alles gut gehe, denn diese Geschichte mit dem Patenonkel sei nicht aufrechtzuerhalten. Um die Wohnung in Azeitão frei zu erwischen, sei Monat für Monat eine ganze Kolonne von Telefonaten nötig. Im Durchschnitt brauche der Patenonkel für ein dreistündiges Rendezvous ungefähr acht Tage zur Vorbereitung. Dantesk. Am verabredeten Tag setze er sich in einen Bus und sie sich in einen anderen, und nach vielem Hin und Her stiegen sie endlich aus und sähen sich nach allen Seiten um. Wenn die heimlichen Stunden um seien, schlichen sie sich zwischen den Quittenbäumen am Eingang aus dem Haus. Erst sie, dann er, mit dem Gefühl, das Laub der Bäume hätte Augen. Anschließend gingen sie zu verschiedenen Haltestellen und setzten sich auf verschiedene Plätze. Denn Lissabon und Umgebung sei eine einzige dampfende Gerüchteküche. Und nun sei jene Gegend verseucht von Leuten, die den Patenonkel kennten, und seine Frau bleibe zu Hause in der Annahme, ihr Mann gehe mit seinen alten Kollegen von der Finanzabteilung Wachteln essen. »Überleg mal, was für Finanzschliche die Frau schluckt!« sagte Anabela Cravo in der Tür, ohne Lust zu gehen, mit fatal melancholisch leuchtendem Blick. Zum Glück wohnten sie weit weg, noch ein ganzes Stück hinterm Sonnenuntergang, und sie träfen sich nur hin und wieder, denn sonst würde sie den Druck des Patenonkels nicht aushalten. Sie merke, daß selbst nur einmal im Monat dieser Mann für sie zu einem Bleigewicht werde, das sie nach unten ziehe. Untröstlich.

»Er trocknet mich aus, er bringt die Blüten meiner Seele zum Verwelken.«

»Dann ruf doch an«, schlug ich vor, denn ich fand, es sei noch Zeit, ihm Bescheid zu geben. Aber nein, weder konnte Anabela es ihm sagen, noch wollte sie sich große Gewissensprobleme schaffen. Niemand könne ermessen, was sie, Anabela Dias Cravo, neunundzwanzig Jahre alt, für einen alten Paten bedeute. Anabela dehnte die Wörter, kratzte mit einem Fingernagel an der Tür und schien winzige Zeichen zu malen. Vielleicht ein *A* von *Alter* oder ein *A* von *Amor* und von *Artur*, aber das dachte ich nur. Es war kalt, und ich hätte mich am liebsten eingesperrt, aber Anabela war nicht müde und sagte, sie könnte um die ganze Welt laufen, vorausgesetzt, sie müßte dabei nicht durch die Straße Lissabon–Azeitão.

»Hast du gehört, wie der Winzling heißt? Rita heißt er, stell dir das vor.«

Dann seufzte sie sehr tief und ging auf den Bürgersteig, um einem Taxi zu winken, falls eins mit eingeschaltetem Leuchtschild vorbeikäme. Kein Wunder also, daß die

Nacht mir ungerecht lang vorgekommen war, als ich am nächsten Tag den Vorhang vor der Luke wegzog, ohne auch nur eine Stunde geschlafen zu haben. Die Dunstschleier hatten die Ufer eingehüllt, und es würde sicherlich bis Mittag dauern, ehe der Nebel aufriß. Um diese Zeit mußte Anabela Cravo wohl von Haltestelle zu Haltestelle laufen oder auf allen vieren unter Quittenbäumen hindurchkriechen. Aus Martinhos Atelier war auch noch kein Laut gekommen, und vermutlich würde auch keiner kommen. Da mir die Lider schwer waren, wollte ich mir gerade kalte Wasserkompressen auf die Augen legen, da hallte die Klingel durch den Raum. Ich erwartete niemanden, ging aufmachen, und vor mir stand Artur Salema, der große Gast, in der Tür.

»Hallo«, sagte er.

Ich gebe zu, daß ich ihn im ersten Augenblick nicht erkannte, denn er war allein, sah anders aus und stand gegen das Licht. Außerdem war er der letzte, den ich erwartet hätte. Ich weiß noch, wie überrascht ich war. Aber was war mit ihm passiert? Auf dem Kopf trug er eine schwarze Mütze mit einer winzigen, steifen Quaste in der Mitte. Dieses Requisit hing schräg und gab ihm ein düsteres Aussehen, als käme er von einer Trauerfeier oder wollte in den Guerrillakampf, und stand völlig im Kontrast zu den hellen Farben des Hemdes, das er am Tag zuvor angehabt hatte.

»Worüber lachst du?« fragte er mich, ebenfalls lachend, und redete mich gleich vertraulich mit du an.

Jóia schien von der Verwandlung des großen Gastes fasziniert und mußte ausdrücklich auf die Spiele hingewiesen werden, die auf dem Boden verstreut lagen. Tatsächlich duftete der Mann, der hereinkam, nach Seife, anders als am Tag zuvor, und hatte etwas verquollene Augen, als hätte er nicht geschlafen oder wäre gerade aufgewacht. »Ich habe über eine halbe Stunde auf den Meister gewartet, aber dann hab ich's aufgegeben und bin zu dir gegangen.«

Artur Salema hatte sich auf demselben Stuhl wie am Tag

zuvor niedergelassen, doch befanden wir uns, bedingt durch das Umräumen, auf der gegenüberliegenden Seite des Ateliers, und er lachte, während meine Denkfähigkeit noch immer getrübt war. Ob ich rauche? Das fragte er als erstes. Ja, ich rauchte. Wir zündeten Zigaretten an, aber obwohl wir rauchten, schlug er vor, in den Nebel hinauszugehen. Das wäre doch schön. Er sprach schnell, flocht kleine Pausen zwischen die Wörter ein, und manchmal lachte er kurz und schallend auf, als hätte er ein überlaufendes Wassergefäß in der Kehle. Bis ihm irgendwann auch klargeworden sein muß, daß wir grundlos um die Wette lachten, und er einen anderen Ton anschlug. »Weißt du, ich rede nicht gern über mich selbst.« Das tue er wirklich nicht, und nur, damit ich mir ein Bild machen könne, vertraue er mir an, daß er regelrecht Bilanz seines Lebens gezogen habe, wie die Geschäfte an jedem Jahresende. Er könnte sich sogar ein Schild vor den Bauch hängen mit der Aufschrift: *Ausverkauf des gesamten Bestandes wegen Branchenwechsel.* Damit fasse er alles zusammen. Ich saß neben David Greis Taube und fand diese Art der Beschreibung einer Gemütsverfassung köstlich, hielt mich nicht zurück und sagte, so ein Schild könnte ich auch seit geraumer Zeit vor dem Bauch tragen. Überrascht und ungeschminkt wie ich war, lachte ich, wußte aber nicht, was ich weiter sagen sollte. Sie kennen das.

»Hast du meine Augen gesehen?« fragte ich. »Ich habe die ganze Nacht nicht geschlafen und wollte mir gerade Kompressen auflegen, als du geklingelt hast.« Ich zog auch die Kompressen unter dem Bett hervor, damit er sah, daß es stimmte.

»Genau. Ich habe auch die ganze Nacht an dich gedacht, und ich glaube, ich habe deinen Fall geklärt.«

»Unmöglich«, sagte ich.

»Doch.«

Artur Salema stieg auf den Stuhl und breitete die Arme aus, um mir vorzuspielen, daß er in der Ferne eine Szene sähe. Einen halben Meter über dem Fußboden kam er mir kolossal vor, zumal er am Ende der Arme mit diesen wunderschönen Händen gestikulierte. Der Stuhl knarrte leicht.

»Ich sehe dich«, sagte er wie ein Magier. »Eines Tages verliebt ein junges Ding sich in einen Mann mittleren Alters, der sie mit einem Funken Talent bezaubert, sein Haar ist schon grau. Bis dahin waren alle ihre Freunde so blutjung wie sie, mit Pickeln im Gesicht und noch nicht ausgeformtem Knochenbau. Nun lieben aber alle Frauen aller Altersstufen einen Funken Talent, doch nie das wahre Talent, denn das ist unerträglich, und die Kleine ist von Gefühlen überwältigt. Also befragt sie den Spiegel, findet, sie sei schon erwachsen, und erbietet sich, einen neuen Lebensanfang in ihm zu wecken. Ich sehe im Hintergrund Reisen, Flitterwochen, neu ausgedachte Namen, eine kleine Wohnung von jungen Leuten, wie ein Nest. Überall Kattun, überall Keramik, überall herzförmige Kissen. In der Küche nur Säfte, Joghurt, *herbes fines*, Gewürze. Und plötzlich, mitten in dieser Zurückgezogenheit, auf seinen Wunsch, strampelt da ein Kind. Nur, nach zehn Jahren ist der Mann nicht mehr mittleren Alters, und mit einer nicht ausgeheilten Erkältung begibt er sich ins Jenseits. Wie viele Tränen, welche Enttäuschungen! Wer ist mir nun gestorben, mein Mann oder mein Vater?« Artur Salema stieg mit sich zufrieden vom Stuhl. Er hatte Pausen in den Vortrag eingeflochten, damit sein Publikum, nämlich ich, zittern konnte, und hin und wieder sprach er, Frauen imitierend, mit hoher Stimme. Witzig. »Sag bloß, ich bin kein Hexer.«

Nein, er war kein Hexer. Ich erkannte mich in diesem Bild nicht, mußte aber zugeben, daß es in dem einen oder anderen Punkt entfernt zutraf.

»Im letzten?« fragte Artur Salema gleich.

»Ja, vielleicht im letzten, zum Beispiel.«

Aber inzwischen war mir traurig zumute geworden, und ich fing an, die Kompressen in der Schüssel zu schwenken, in die ich auch die Asche von der Zigarette fallen ließ, und das Wasser wurde trüb. Schließlich holte ich eine Streichholzschachtel als Aschenbecher, denn beim Umräumen am Tag zuvor war manches untergegangen, und ich konnte es nicht wiederfinden, und als ich von der Veränderung der Gegenstände sprach, ging er, sehr ernst, noch weiter.

»Hör zu, deinen Herd und dein Bett umzustellen, genügt nicht. Du mußt vor allem den Sinn deines Lebens verändern.«

Ich weiß es noch. Artur Salema stand, und feierlicher Ernst war über ihn gekommen, als hätte er persönlich eine dringende Entscheidung über meine Zukunft getroffen. Er lachte nicht mehr, und die sanfte Vehemenz dieser Worte, die mich aufforderten, mein Leben zu ändern, brachte mich aus der Fassung. Er stand auf der anderen Seite des Tisches und sprach mit lebhaftem Blick, vor allem, wenn er dem meinen begegnete und mich zwang, als erste zu blinzeln. Schon längst war Jóia zur Tür abgezogen und probierte dort das Auto aus, das Feuer spuckte. Warum lachten wir nicht mehr wie anfangs, als ich die Mütze auf seinem Kopf gesehen hatte?

»Júlia.«

In diesem Augenblick kniete Jóia mit dem Rücken zu uns, und der große Gast legte beide Hände auf meine Hand. Auf die andere, diejenige, die keine Zigarette hielt und auf dem Tisch lag. Ich sah, daß seine Lippen Silben murmelten: »Júlia, kannst du den Kleinen nicht irgendwo lassen, für einen Nachmittag, einen Abend, einen Vormittag, zum Beispiel deine Freundin fragen?«

Ich fühlte mein Blut in den Schläfen und am Puls pochen, und wenn ich ehrlich sein soll, senkte sich die phosphoreszierende Glocke ganz aus Metall und Glas wie eine liebenswerte Gefahr von der Decke. Um diese Zeit mußte Anabela Cravo von Haltestelle zu Haltestelle hinter ihrem Paten herfahren, auch wenn sie etwas von sich hiergelassen hatte, etwas Kontrollierendes, unzähmbar und lauernd, wie ein Komet seinen Schweif. Meine Freude war groß, aber ich wußte nicht, wie ich mich dazu äußern sollte und redete konfus drauflos, daß ich gedacht hätte, als ich sie am Tag zuvor mit den Köpfen beieinander gesehen hätte, er sei von Anabela Cravo ganz begeistert. Aber Artur Salema konnte sich weder an Köpfe noch an

Kerzen noch an Taschentücher und auch nicht an Streichhölzer erinnern. Im Gegenteil – Anabela sei so unbemerkt an ihm vorübergegangen wie ein Fußabdruck, versicherte er. Alles, was er getan habe, sei für mich, Júlia Grei, gewesen, eine unwiderstehliche Anziehung, die er noch nicht erklären könne. Wir waren allein, und auch ich wollte ihm gestehen, daß gleich in dem Augenblick, als ich mich am Tag zuvor an den Tisch gesetzt hatte, eine Glocke sich heruntergesenkt habe. Er verstand mich.

»Genauso«, sagte er. »Ich habe auch gefühlt, daß sie phosphoreszierte.« Wir sprachen bereits in Symbolen. »Geht es morgen?« fragte er kaum hörbar murmelnd.

»Morgen.«

Bei dem schönen Sonnenschein, den es sicherlich geben würde, könnten doch Tante Clotilde oder auch eine Freundin aus der Buchhandlung, wo ich arbeitete, mit Jóia in den Zoo zu den Tieren gehen. Ich fand sogar, das sei die beste Zeit, zu Tieren zu gehen, denn im Sommer stänken die wilden Tiere im allgemeinen schlimmer, und die Löwen lägen sogar von der Hitze erschlagen und mit heraushängenden Zungen im Käfig. Artur Salema wirkte wie entrückt, und nachdem wir etwas über Zoos gesprochen hatten, sagte er, ich sei schön, jetzt mit den roten Augen noch schöner als am Tag zuvor, und wieder ließ er seine Lippen zu der Hand sinken, die ohne Zigarette auf dem Tisch lag. »Du darfst dich nie schminken.« Und er küßte ungestüm meine Finger und sagte dabei, er wolle nichts besitzen, aus freiem Willen, aus einem inneren Entschluß heraus, aber sein Bruder habe alles, sogar einen Toyota, einen grandiosen GS und einen grünen Minijeep, Mehari, den er ihm manchmal leihe. Deshalb könnten wir einen Ausflug machen, wohin ich wolle. Ob ich lieber Grün sehen wolle oder lieber das Meer? Ich wußte es nicht. Fürs erste wollte ich das Kind auf den Weg in den Zoo bringen, und er sollte um drei vorbeikommen. Diese Freundin oder befreundete Tante, könnte die das Kind nicht auch für einen Teil des Abends bei sich behalten?

»Ich glaube, ja.«

Da lehnte Artur Salema sich mit funkelnden Augen im

Stuhl zurück, die Hände im Nacken, und lachte lange. Er duftete nach einer Kräuterseife, und seine weißen Zähne waren umgeben von dem schwarzen Bart. Das habe ich Ihnen ja schon oft gesagt. Übrigens, entgegen seiner Gewohnheit wollte er doch noch etwas über sich sprechen. Nur eine Kleinigkeit. Zufällig habe er eine Veröffentlichung von Hachette mitgebracht, gedruckt in Verona, und die wolle er mir zeigen. Eigentlich sei es nicht genau das, was er mir zeigen wolle, aber im Augenblick habe er nichts Besseres. Denn das Buch an sich sei nichts wert. Analytiker wie David Caute zu lesen käme aufs gleiche heraus, wie die Zukunft der Dinge um hundert Jahre zu verzögern. Er habe eine andere Vorstellung vom Lauf des Lebens, eine andere Auffassung von Wandel. Aber egal. Ich glaube, ich könnte noch Satz für Satz wiedergeben, was er von der anderen Seite des Tisches zu mir sagte. Er habe es nur mitgebracht, um mir eine merkwürdige Sache zu zeigen, und damit legte er mir das Buch in die Hände.

»Nun schlag Seite siebenundachtzig auf und sieh sie dir an, sieh aber gut hin«, sagte er.

Ich fand die Seite nicht, und er half mir suchen. Er war sehr ernst, sein Blick eindringlich, bestimmt in Erwartung einer plötzlichen Reaktion, und da ich die Überschrift der Seite sechsundachtzig las – *Russie, 1855–1914* – und die Entdeckung auf sich warten ließ, half er nach.

»Sieh dir zuerst die Photographie an.« Und ohne abzuwarten: »Wem ähnelt sie?«

Ich war wirklich fasziniert, und ganz bestimmt habe ich vor Verblüffung den Mund aufgerissen. Ich stellte fest, daß er eine unglaubliche Ähnlichkeit mit dem Porträt von Bakunin hatte! Ich sagte es mehrfach und war verwirrt.

»Unglaublich.«

Artur Salema kippelte auf dem Stuhl und platzte vor Freude. Verblüffend, nicht wahr? Er sei vorübergehend bei der Maoistensekte gewesen, habe nachts Losungen auf die Mauern gemalt, aber dann seien die Gelben ihm über geworden. Nun habe er vor ungefähr sechs Monaten diese Ähnlichkeit mit Bakunins Gesichtszügen und Gedanken entdeckt. Und seitdem keine Ruhe mehr gehabt.

Was ich davon halte? Jetzt trage er sich mit einem großartigen Projekt, das darin bestehe, eine ganze Serie von Plastiken zu schaffen, Abstraktionen, aber nur leicht abstrakt, die mit den großen Denkern der Menschheit zu tun haben sollten, und der erste solle Bakunin sein, der Mann, den 1872 vom Haager Kongreß auszuschließen Marx die Unverfrorenheit besessen habe. Und er drückte meine Hände. Sie verstehen.

Wo konnte man die Asche lassen, von der die Streichholzschachtel schon voll war? Artur Salema kippte sie in die Schüssel aus, in der die Kompressen schwammen. Aus solcher Nähe roch er nach Kindheitsdüften, und ich bemerkte, daß um seine Augen herum keine einzige jener Falten war, die um die dreißig das Alter verraten. Nur eine leichte Schwellung vom schlechten Schlafen. Aber diese Vorstellung gefiel mir enorm.

»Morgen um drei.«

Ich stand auf und wollte »um drei« sagen, und da Jóia noch nicht hereingekommen war, drückte er mich langsam gegen die Taube, und ich griff ihm in die Haare, als wollte ich sie mit den Fingern kämmen. Die Mütze hing schief.

»Hörst du das Klopfen?«

»Ja«, sagte ich.

João Martinho schlug gegenüber auf irgend etwas ein, das wohl festgeklopft werden mußte, ehe sie sich die Steine vornahmen. »Was wir zur Zeit machen, ist noch Spielerei.« Als Jóia ins Atelier hereingerannt kam, drückte er mir schon die Hand, bückte sich schon zur Umarmung zu Jóia hinunter und zog ihn an die Brust, sagte schon bis morgen, ging schon, hob schon an der Tür drei Finger. »Also um drei.« Schon schloß er die Tür mit verschwörerischer Fröhlichkeit. Schon ging er an den Luken vorbei, und seine Schritte entfernten sich schon. Weg.

»Ciao«, sagte er. Denn er kehrte noch einmal um, traf auf Jóia, der wieder hinausging, kam wieder zur Taube, an der ich noch neben der Schüssel mit Rosenwasser voller Asche und Kompressen stand, und wieder streichelte er mir den Hals bis in den Nacken hinunter: »Morgen.«

3. Treue

Überflüssig zu sagen, daß ich, von der Überraschung wie gelähmt, da sitzenblieb, wo er mich verlassen hatte, und als ich zur Tür ging und nach Jóia rief, sah ich im Ufernebel mehrere Männer stehen, die mit erhobener Angelrute Vieh zu weiden schienen. Und dazu war es noch nicht Mittag und schien schon dunkel zu werden. »Ich bin verliebt«, sagte ich leise zu einem Möbelstück, das da stand, unfähig, meine Gedankengänge auch nur halbwegs im Zaum zu halten. Am nächsten Tag würde Sonntag sein, und kurz nach drei, in der Kurve bei den Bäumen, würde der große Gast mich in einem Minijeep fragen: »Willst du Grün sehen oder Meer?« Und ich würde sagen: »Meer, ich will Meer sehen!« Er würde dann durch Alcântara fahren, vielleicht von Bakunin, Cafiero, Malatesta reden, als führen wir durch ferne, ländliche Gegenden, außerhalb der Zeit, und bei jeder Bewegung würde er einen Duftschwall von Kräuterseife verbreiten. Ich sprach laut, an das Möbelstück geklammert.

Vielleicht auch nicht. Vielleicht würde er das frühere Gespräch wieder aufgreifen, die Ansichten, die ich am Weihnachtstag gehört hatte, während ich mit Tisch und Servietten beschäftigt war: »Heutzutage wird in Portugal schlechter gegossen als vor tausend Jahren. Und Steinmetzen gibt es auch keine mehr.« Ich meinte, ich würde fragen: »Warum?« Als sagte ich, ich bin verliebt. Damit er antworten mußte, ehe er von Liebe sprach. »Es gibt keine, das sage ich dir. Unterschiedliche Legierungen reagieren unterschiedlich auf Sonne und Regen. Wir müssen mal über die Praça de Londres gehen, dann kannst du es auf der Rückseite der Statue von Junqueiro sehen. Wenn du den Flicken auf dem Umhang von dem Kerl siehst, wirst du's begreifen. Aber irgend jemand muß warum fragen. Warum? Warum wird so schlecht gegossen? Das ist der springende Punkt, Maria Júlia.« Ich stand bewegungslos mitten im Raum und erlebte völlig trunken eine zukünftige Unterhaltung. Dutzende und Aberdutzende solcher Ansichten hatte ich, tödlich gelangweilt gähnend, zu David Greis Zeiten gehört, aber jetzt, während ich sie mir Stück für Stück neu vorstellte, ehe ich mich Artur Salema hingab, segnete ich sie, weil sie die Verständigung des Geistes vor der Liebe ermöglichten. Ich gestehe, bei dem Gedanken, es könnte ein Hindernis geben, und während ich von gegenüber das Dröhnen der Maschinen an einem steinharten Gegenstand hörte, neben dem der süße, dunkle Mützenträger stehen mußte, wünschte ich mir, der Nachmittag und der Abend hätten kein Ende, damit ich, falls es ein Hindernis gab, wenigstens diesen Höhepunkt vorweg durchleben konnte. Wahnsinnig.

Während wir langsam nach Caparica fuhren, würde er bestimmt sagen: »Die haben mit diesen Apartmenttürmen alles kaputt gemacht. Was du hier siehst, ist reine Geldgier. Dreckiges Volk. Uns fehlt ein Garibaldi, Neapel 1871.« Oder vielleicht würde er nur mit der linken Hand lenken, die rechte auf mich legen und lachen: »Faszinierend, diese Einfahrt!« Und wir würden über die blaue Landschaft sprechen, den meergrünen Fleck, Überreste einer anderen Vegetation der Erde, all das angeschwemmte Erdreich, das an einen prähistorischen Kampf der Erde gegen die Erde erinnert, und er würde sagen: »Fahren wir nach links oder nach rechts?« Wir fahren an eine weit offene Stelle. Sein Bart war bestimmt hart und spröde, seine braunen Augen in der sinkenden Sonne honiggelb. Ich konnte in die Hände klatschen, denn die Erinnerung an David Grei war endgültig wie ein Handtuch zusammengefaltet, in Papier gewickelt und mit Bindfaden verschnürt. In einer Schublade abgelegt.

Ich wollte, die Zeit bliebe stehen, dachte ich an diesem Tag. Indessen, während ich in Gedanken mitten bei der Fahrt war, drehte sich der Schlüssel in der Tür, und Anabela erschien in aller Unschuld. Sie schob sich den Schulterriemen über den Kopf und legte ihre Tasche auf den Tisch ohne Tischtuch. Noch immer stand ich mitten im Raum, alle Sinne aufgewühlt. Dennoch konnte ich feststellen, daß die Äste der Quitten und anderen Bäume

Anabela Cravos Augen mit Sauerstoff gesättigt haben mußten, denn sie glänzten und sprühten vor Lebendigkeit in Erwartung von etwas sehr Konkretem. Vor allem hielt sie den Atem an.

»Ich bin viel früher hier, als ich gedacht hatte. Sind sie nicht hier gewesen?«

»Nein, *sie* nicht.«

Ein paar Gipsköpfe von David im Hintergrund waren weiß, kahl, blickten nachdenklich und inspirierten zu keinerlei eleganter Ausrede. Zum Glück mußte abgewartet werden, denn Anabela Cravo brannte ein Schwall von Fragen auf der Zunge, und sie ging blaß und aufgeregt alle durch. Ohne Mantel. Man merkte, daß die Fahrt hinter oder vor dem Patenonkel her von dem schwarzen Bart des großen Gastes durchkreuzt worden war. Anabela schlug die Beine übereinander, setzte sie wieder nebeneinander, wollte alles wissen, sofort.

»Sag schon. Hast du Salema gesehen? Nein? Er war allein hier? Warum? Was wollte er?«

Man mußte die Luft durchschneiden, die so dick war wie Rauch, und Wörter stammeln. Doch, er war hier, hat nach dir gefragt, ich glaube, er wollte dich sehen, hat dich aber nicht angetroffen, ist ein bißchen hiergeblieben und hat mit mir geredet, über irgendwas, belangloses Zeug. Als Martinho kam, ist er gleich gegangen, das war alles.

»Hat er denn nicht nach mir gefragt? Wollte er nicht wissen, was ich von ihm halte? Was ich mit dir abgemacht habe? Warum war ich nur heute nicht hier? Hat er nicht nach meiner Telefonnummer im Büro gefragt?« Ihr Gesicht war deutlich verwirrt, und Sie können sich denken, daß ich nur mit Ausflüchten antworten konnte. Plötzlich war Anabelas Haar nicht widerspenstig, sondern ungekämmt, und ihr Make-up war nicht in Nuancen abgestimmt, sondern ihre Haut um die Gesichtszüge stumpf geworden. Die Quittenbäume in dem Innenhof von Azeitão mußten nicht nur ihre Blätter, sondern auch Stamm und Saft verloren haben. Unfähig, ihr zu antworten.

»Hat er keine Nachricht für mich hinterlassen, keine Mitteilung?«

Da wandte Anabela Cravo den Blick auf ihre Umhängetasche und nestelte am Riemen herum. Man merkte, daß sie begriff, vielleicht nicht alles, vielleicht nur soviel, wie notwendig war, damit Anabela Cravos Augen den Glanz des Blattwerks verloren. Es mache nichts, daß Artur Salema nicht nach ihr gefragt habe. Sie wolle einen Tee, und sie selbst werde das Wasser aufsetzen, denn zwar scheine die Sonne, aber es sei entsetzlich kalt. Im übrigen sei Azeitão ein Ort, bei dem man nie wisse, ob er nördlich oder südlich von irgend etwas liege, eine Ansammlung verstreuter Häuser, faule Reiche, die nicht da seien, die Häuser warteten monatelang verschlossen darauf, daß es ihnen vielleicht in den Sinn käme, mal hinzufahren und die Türen zu öffnen. Nur um einen Furz in frischer Luft abzulassen und wieder abzufahren, sagte Anabela Cravo. Es sei alles ein großer Schwindel, und letztlich sei die Ungerechtigkeit nach wie vor Ungerechtigkeit. Habe irgend jemand den Mut gehabt, irgend jemanden zu enteignen? Besitz umzuverteilen? Eine Luxussteuer zu erheben? Keiner! Ehrlich gesagt, widere das Leben sie allmählich an. Und dann habe der Pate in seiner Idiotie ihr wieder einen Flakon Parfüm geschenkt, als ob sie stänke. Immer Duftwässer, Deodorants, lauter solchen Mist. Und obendrein noch krebserregendes Zeug. Er wolle sie vorzeitig umbringen, nur um sie zu überleben. Sie war down.

»Und du, du warst so ungeschminkt mit ihm zusammen? Das offene Haar macht deinen Hals noch länger.«

Sie redete mit dem Rücken zu mir, ihre Stimme bebte vor Gereiztheit, die, wie ich wußte, aus tiefer Traurigkeit herrührte. Aber sie wurde direkt, zumal von der anderen Hausseite der Lärm der Bohrer zu hören war, die gegen die Steine angingen. »Morgen, was machst du morgen?«

Ich nahm mein Haar zusammen, hob es über den Kopf und ließ es Strähne für Strähne fallen, in der Meinung, sie sei verpflichtet, es zu erraten, ohne mich mit Fragen angreifen zu müssen. Ich hätte vor, die drei Weihnachtstage mit einem Spaziergang abzuschließen, ohne Freunde, ohne Freundinnen, ohne Jóia, ohne irgend jemand, und wenn ich nur nach Alcântara ginge, um die Pfeiler der

Brücke anzusehen. Aber ich wisse bislang weder wohin, noch, wie es sich einrichten ließe. Sagte ich zu ihr und wußte, daß meine Worte einen Spalt Wahrheit quer durch den Raum freilegten. Die Luft bewegte sich jetzt in immer schwächeren Wellen, und trotzdem war es kalt, selbst neben den näher herangezogenen Heizöfen, deren Flammen einander ansahen. Daraufhin goß Anabela sehr langsam den Tee ein, nahm Löffel für Löffel Zucker, immer noch mit dem Rücken zu mir, und als sie sich umdrehte, rumpelte sie mit diesem Fuhrwerk auf mich los: »Warum bist du nicht ehrlich zu mir? Artur war hier, um dich zu sehen, um sich mit dir für morgen zu verabreden. Lüg mich nicht an. Dein Problem ist, daß du nicht weißt, wo du Jóia lassen sollst.«

Ihre Traurigkeit war so offenkundig und legte so viele gekränkte Untertöne in die Stimme, mit der sie das sagte, daß ich nicht nur so tat, als verstünde ich nicht, sondern auch ein großes Staunen über mein Gesicht breitete, damit sie mir glaubte. Das ist doch Unsinn, Anabela, ich schwöre es. Da löste das Gespräch sich zu fadem Wasser wie im Tee, mit einem flüssig-bitteren Geschmack, den kein Zucker süßen kann. »Bye-bye, Júlia, ich gehe«, sagte sie und seufzte inbrünstig. Sie war schon auf der Straße, da kam sie zurück, um ein Glas Wasser mit einem Aspirin zu nehmen, das sie nirgends finden konnte. Sie saß und suchte. Sie habe fürchterliche Kopfschmerzen zwischen den Augen, und sie wisse nicht, ob sie nicht in den Rinnstein fallen werde, ehe sie zu Hause ankomme. »Ich bin fix und fertig«, sagte sie. Diese Fahrt nach Azeitão habe ihre Lebenskraft aufgerieben. »Bye.«

Dann hatte es sie also gar nicht gegeben, die von der Kerze beleuchtete Feuergrotte, als die Hände und Köpfe von Artur Salema und Anabela Cravo ganz dicht, fast wie vereinigt, am Abend des Umräumens beieinander gesteckt hatten? Nein, sie war nicht real. Es war eine optische Täuschung gewesen oder die Irreführung eines anderen, argwöhnischeren Sinnes als das Auge, aber wie auch immer, ich meinte, Anabela Cravo habe einen gewissen Anspruch erworben, der sich von der brennenden Kerze oder der bis zur Brust aufgeknöpften Bluse ableite, auch wenn er zu verstehen gegeben hatte, daß er sich an diese Bilder nicht erinnerte. Auf der anderen Seite der Wand war der Maschinenlärm verstummt, und als ich mich mit der Stille allein fühlte, kamen mir zu allem Zweifel – zum Umräumen, zu Artur Salemas Besuch, zu seiner Existenz, vor allem zu seinem Duft. Jóia spielte draußen, und ich schaltete das Licht nicht ein, weil vielleicht das Dämmerlicht die Dinge klären konnte, und versuchte, an Artur Salemas Gestalt und seiner Art, sich zu erklären und mir die Hand zu drücken, etwas Lächerliches zu finden. Was mir aber nicht gelang. Ich wußte, daß ich nicht überspannt war, und bis dahin hatte ich noch die Erinnerung an David Grei wachgehalten, was alle Menschen als geradezu anachronistisch empfanden, mit Ausnahme von Tante Clotilde. Ehrlich gesagt, wenn ich überhaupt jemals verliebt gewesen war, dann eben in Jóias Vater. Der Beweis dafür war, daß ich schon seit einem Jahr Witwe war und mich zu keinem anderen hingezogen gefühlt hatte, obwohl ich wußte, daß ich attraktiv war, besonders, wenn ich mich weiß oder in anderen hellen Tönen kleidete. Eines Abends war ich schließlich mit einem Zeichner ausgegangen, der in der Buchhandlung Assumpção Fachzeitschriften kaufte. Wir verabredeten uns und gingen an einem Freitag im November ins *Mónaco*. Während des Abendessens kam ein Unwetter auf, und das Meer tobte. Aber das war nicht alles. Irgendwann spielte die Band, wie's nicht anders sein konnte, *Strangers in the night*, dieses alte, obligatorische Ding, und dann hieß es, unten in der Kurve hätten sich sechs Wagen ineinander verkeilt und es gebe sieben Tote und mehrere Verletzte. Ich wollte hinunter, aber er nicht. Der Zeichner wollte weiter tanzen. Nun hatte aber nach David der Tod für mich eine andere Dimension angenommen, und deshalb bestand ich darauf und ging allein runter und sah mir die Ambulanzen mit den Milchglasscheiben an, die durch den verstopften Verkehr die Verletzten wegfuhren. Als ich nach oben kam, saß er an einem anderen Tisch, hatte eine

Flasche Whisky bestellt und leerte sie in großen Zügen, als wäre es Milch. Er sagte mit lallender Zunge, er würde mich nicht nach Hause bringen. Da rief ich per Telefon ein Taxi und fuhr mitten in dem Unwetter zurück zum Atelier. In den Kurven türmte der Sturm Wellen auf, und die Gischt hing in der Luft wie ein weißer Regen. Dieses Schauspiel war das einzige, was mich an dem ganzen Abend begeisterte, und als ich zu Haus war, kam ich zu dem Schluß, daß Erotik ein ferner Reiz ist, der nichts damit zu tun hat, was die Leute unter den Kleidern verbergen wie zufällig versprochene Reliquien. Aber jetzt eröffnete sich eine neue Welt, denn wenn auch die Glasglocke reine Sprachphantasie war, bedeutete sie doch soviel wie eine flammende Aufforderung. Noch am Morgen, als Artur Salema seine Hände auf meine Hände gelegt hatte, war ein Stromstoß durch mich gegangen, als zündete er überall in meinem Körper Lampen an. Dieses Gefühl, diese Erregung war so wunderbar gewesen, daß ich nicht begriff, weshalb mir das gerade bei einem Menschen geschehen mußte, um den auch Anabela Cravo warb. Ich kannte ihr Wesen, und die Traurigkeit in ihrer Stimme sowie die Vorstellung von dem Rinnstein, in den sie, wie sie sagte, am liebsten vornüber fallen würde, zwangen mich, mein Glücksgefühl wie einen unverdienten Gegenstand abzulegen.

David Grei starb am 5. Februar, und am 3. März ging ich, von Mão Dianjo getrieben, zu Atouguias Büro. Atouguia selbst hatte mich telefonisch mit Hilfe der professionellen Stimme einer Frau bestellt. Man müsse kühlen Kopf bewahren, denn der Typ mit dem Ford Capri sei der Ansicht, David Grei habe sich absichtlich unter die Räder geworfen, eine schamlose Verleumdung, alles wegen der Versicherung. Sogar zwei Damen seien erschienen, eine mit Zigarettenspitze, die andere mit Schürze, ganz verschieden die beiden, aber übereinstimmend in ihrer Aussage.

Ich weiß noch, daß Atouguias Interesse mich rührte, obwohl ich ihn anfangs nicht unterbringen konnte. Doch als Mão Dianjo ihn unter einem Wust von Ratschlägen beschrieb, fand ich gleich heraus, wer Atouguia Ferraz war. Gegen Ende der sechziger Jahre hatte Atouguia gerade sein Examen gemacht und suchte nach einem Anwalt, der bereit war, ihn als kleinen Teilhaber aufzunehmen. Ich hatte ihn zum erstenmal in der Nähe des Kinos *Monumental* in einer großen Umarmung mit David Grei gesehen, in einem alten Salz-und-Pfeffer-Mantel über einer Hose von fast der gleichen Farbe und einem abgetragenen Schal. Sie kannten sich von irgendwoher, und David hatte gesagt, er solle doch gelegentlich in der Rua das Rotas vorbeikommen. Er kam vorbei. Damals war Atouguias Hemd an den Kanten ausgefranst, und als er den Mantel auszog, sah man, daß der fadenscheinige Stoff auf dem Rücken auseinanderfiel. Aber er war feinfühlig und kultiviert, mit dunklem Haar, und suchte noch etwas mehr im Leben als nur ein Anwaltsbüro. Er selbst hatte von seinem Studium gesprochen, das er zwischen zwanzig und dreißig als Externer bewältigt hatte, abends nach der trockenen Arbeit in der Zweigstelle einer Bank am Stadtrand, und schließlich gesagt: »Der Sohn eines Schneiders vergißt nie, daß er der Sohn eines Schneiders ist. Mit Geld und Ansehen allein, falls ich je dazu kommen sollte, kann ich mich nicht zufriedengeben.« Er schien sich über die Welt Gedanken zu machen und las damals Marcuse, von dem er wunderschöne Passagen zitierte, *Das Ende der Utopie* hatte er überall unterstrichen. Ich hatte ihn nie wieder gesehen, und dann meldete er sich und knüpfte den Knoten der Zusammengehörigkeit, der sich nach Grei gelöst hatte, was bewies, daß er sich keinen Panzer zugelegt und die Freunde nicht vergessen hatte. Eine Aufregung. Mão Dianjo meinte, ich müsse hingehen, und zwar sofort, falls ich es nicht wie die Satis oder andere, noch Schlimmere, machen wolle, die sich bei lebendigem Leibe mitsamt Schmuck, Pokalen und Pferden neben dem Toten begraben ließen. Ich hätte die Pflicht, etwas zu unternehmen, die Dinge zu meinem Nutzen in Gang zu bringen, denn das Leben an sich bringe nur Überraschungen und Unordnung. Er bedrängte mich, die ich noch fassungslos und stumpfsinnig dastand wie ein Huhn, das auf der Stange Prügel bekommen hat und nicht weiß, woher. Ich ging hin.

Ich ging hin und traf in einem Vorzimmer, an einem Tisch sitzend und auf blauen Blättern tippend, auf die Sekretärin, die mich angerufen hatte. Die dicken Tasten klangen unter ihren Fingern wie ein Pflug. Der Schalthebel der Maschine bewegte sich zurück, zurück. Nach einer Weile hob die Sekretärin unter Gebimmel ihren Blick und richtete ihn auf mich, tippte aber weiter. Diese Person, die da saß, wirkte wie eine Verlängerung der Maschine, so gelassen und sicher, daß man meinen konnte, sie wäre auch aus Metall, und ich kann mich erinnern, daß ich gedacht habe, wer schreibt da eigentlich, sie auf der Maschine oder die Maschine auf ihr. Das haben Sie bestimmt auch schon erlebt, wenn sie einer guten Typistin zugesehen haben. Jedenfalls fielen die Blätter mit einem Geräusch wie zerreißender Stoff direkt auf einen Stapel, ratsch, ratsch. Ich erinnere mich auch, daß ich sie häßlich fand, mit dem für ihren Körper zu kleinen Kopf, dem zu dicht an den Ohren anliegenden Haar, den schräg nach oben ragenden Augenbrauen, als wollten sie über die Schläfen fliehen und irgendwo auf dem Kopf enden. Ihr Kinn war kurz und oval, aber das Grübchen in der Mitte lang, fast bis an die Lippen, und wenn sie den Mund schloß, sah sie aus, als schmollte sie. Ich hatte genug Zeit, jeden einzelnen ihrer Züge zu studieren, denn Atouguia verhandelte da drinnen mit einem Paar, das einander den Rücken kehrend hineingegangen war, wahrscheinlich über eine Entscheidung auf Leben und Tod. Aber als Atouguia mit einem Stapel Papiere erschien, lächelte die Sekretärin, und ich stellte fest, daß ihr Lächeln weiß war, denn ihre vorstehenden, auf der Lippe aufstoßenden Zähne gaben ihr diesen Ausdruck von Helligkeit. Sie ist doch nicht häßlich, dachte ich. Nur die Nasenflügel schienen weiterhin nicht zu dem Gesicht der Sekretärin zu passen. Denn die Nasenlöcher waren zu offen und rund, deutlich von vorn zu sehen wie eine Wunde im Gesicht. Dazwischen Gebimmel. Ich beneide dich, ich wünschte mir, ich säße ganz friedlich in einem Vorzimmer, und irgend etwas würde mechanisch unter meinen Fingern zustande kommen.

Ich setzte mich auf das harte Anwaltssofa, das damals nur aus Holz mit Skaibezug bestand. Ich hatte angenommen und wußte, daß ich auf andere wie ein sprachloser, aus der Bahn geworfener Mensch wirkte, auch wenn mir bald bewußt geworden war, daß diese Verwirrung bei mir nicht von dem realen Verlust David Greis herrührte, sondern von der Überrumpelung durch eine allzu dichte Offenbarung der Hinfälligkeit von Träumen, die ich aus allzu großer Nähe erlebt hatte. Nun ja, Sie können sich dieses unbeschreibbare Gefühl vorstellen, zu wissen, daß der Mensch, mit dem man Spaziergänge gemacht und gefrühstückt hat, unwiederbringlich im Jenseits ist. Es mußte wohl der noch verlorene Ausdruck meiner steif auf dem Sofa sitzenden Gestalt gewesen sein, der die Sekretärin von Atouguia angerührt hatte, denn sie stand auf, legte mir die Hände auf die Schultern und begann, mir Ratschläge zu geben. Ich müsse dagegen angehen, kämpfen, zuversichtlich sein, ins Kino gehen, Pfannkuchen essen, und weitere heroische Überlegungen, die ich nur von weitem hörte. Ich reagierte nicht. Bis Atouguias Sekretärin mir fest die Schulter drückte.

»Hören Sie, der Tod wie auch das Leben sind ernste Dinge, und man muß sie respektieren.«

Sagte Atouguias Sekretärin. Ich glaube, ich hätte gern geantwortet: »Ich weiß, aber darum geht es nicht.« Aber ich hielt die Worte zurück, weil ich diese großartige Frau mit den zitternden Nasenflügeln so energisch sprechen hörte, als wollte sie mir einen Knuff geben. Ich sah ihr in die Augen. Später, als ich ging, schrieben wir uns dann unsere Telefonnummern und passende Zeiten in Taschenkalender, und die Sekretärin namens Anabela Cravo wollte eigentlich auch gehen und hatte Lust, mit mir nebenan etwas zu trinken, falls ich dazu bereit sei. Das war ich. So kam es, daß Anabela Cravo in den folgenden Monaten die entscheidende Person für mich werden sollte. Manchmal stand sie morgens um fünf Uhr auf und nahm zwei Busse und eine Metro, nur um mir etwas

Warmes zum Anziehen und einen Kuchen zu bringen, ehe ich ins Wochenende fuhr. Einzigartig. In jener Zeit war ich samstags und sonntags auf den Straßen unseres für meine Reiselust viel zu kleinen Landes unterwegs. Hinter mir herzottelnd Jóia, quängelnd und müde. Hätte ich nicht plötzlich die Stelle in der Buchhandlung Assumpção gefunden, hätte ich eines Tages das letzte Geld abgehoben und mich über die Grenze davongemacht. Marquês, Campo das Cebolas, Praça da Espanha. Dort war ich gleich nach Tagesanbruch, an der Endstation, wo der geplante Bus sich zur Abfahrt rüsten sollte. Selbst die Stelle in der Buchhandlung Assumpção verdankte ich übrigens ganz und gar ihr, denn sie hatte eine Kette von Bekanntschaften und Freundschaften mobilisiert, um das zu erreichen. So unglaublich Ihnen das auch vorkommen mag, durch Vermittlung von Anabela Cravo hatte ich einen Neffen von Senhor Assumpção persönlich überrundet. Ich konnte es kaum glauben!

Aber erst nach einiger Zeit duzten wir uns. Zu diesem Zeitpunkt hätte ich schon nicht mehr sagen können, ob sie häßlich oder hübsch war, Atouguias Sekretärin. Wir verabredeten uns für einen Freitagnachmittag im *Tofa*, und die kleine Empore war voll von Zuschauern wie eine Reling. Was machte das? Über den Tisch mit aufgelegtem Tuch reichte Anabela Cravo mir die *Carmina Burana*, damals überall in Mode, damit ich allmählich ein orgiastischeres Lebensgefühl bekäme, und schloß mit dieser Geste einen friedlichen Freundschaftspakt. Ich zog die Platte aus der Hülle, blätterte die beigefügten Texte durch und sah, daß Anabela Cravo mit petersiliegrünem Marker an einer Textstelle zwei Verse unterstrichen hatte.

Ama me fideliter
Nota fidem meam

Großartig, auch wenn ich nur das erste Wort übersetzen konnte und das dritte kaum erraten – später wollte ich es nachsehen. In meiner Ahnungslosigkeit hatte ich nichts mitgebracht, nicht einmal einen kleinen Satz in einer fremden, gotischen Sprache, um das Erhabene des Augenblicks zu unterstreichen. Da sah ich an mir herunter, und der einzige verfügbare Gegenstand, den ich trug, war ein goldenes Armband. Ich nahm es ab und gab es ihr, weniger diskret, als es dort, auf der Reling des Cafés, angebracht gewesen wäre. Ich war gerührt, die Spucke steckte mir im Hals, und ich suchte krampfhaft nach einem Satz, mit dem ich das Datum festhalten konnte. Also schrieb ich in kantiger Schrift auf eine Papierserviette, was mir gerade in den Sinn kam: »Tausend Dank für deine uneingeschränkte Liebe. Júlia.«

Sie war tatsächlich eine außergewöhnliche Frau, Anabela Dias Cravo, Studentin, Typistin, ein phantastisch organisiertes Leben, das mich faszinierte. Sie wußte, in welchen Monaten Ausverkauf war, mit welchen Ausweisen man Rabatt bekam, welche Lebensmittel Eisen enthielten. Es gab Wochenenden, an denen sie Zeitpläne aufstellte, um sämtliche Kinovorstellungen zu sehen, die sie für gut hielt. Sie sagte, sie ginge aus der einen in die nächste, um nichts zu verpassen, und brachte nie die verschiedenen Schlüsse durcheinander, einmalig. Da sie nie vertraulich wurde, schälten sich erst später aus Anabela Cravos schnell hingeworfenen Worten Bruchstücke von Romanzen hier und da heraus, mit Menschen, die einander ablösten, aber sich nie begegneten. »Platonische Geschichten?« fragte ich. Ja, manche ja, andere nicht. Anders gehe es gar nicht. In Anabela Cravos Leben gab es jemanden, der für Stiere schwärmte und nur von *faenas* sprach, einen, der ein Labor besaß und märchenhaft reich war, einen, der eine Kleiderfabrik aufmachen wollte und ständig auf der Jagd nach Modellen nach Paris und London reiste. Nein, das waren keine platonischen Erinnerungen – ich erfuhr, manche ja, andere nicht. Diese Leute existierten in mehr oder weniger regelmäßigen Abständen nebeneinander und erschienen in den Spalten von Anabela Cravos Kalender wie Kunden in einem Büro, amüsant. Nein, Anabela brachte sie nie durcheinander.

»Verwechselst du sie nicht?« fragte ich manchmal.

»Darüber mach dir keine Sorgen! Hast du nicht inzwischen gemerkt, daß ich an den Wochenenden dir gehöre? Und daß wir eine heilige Familie bilden?« sagte sie lachend; der Schlüssel zum Atelier hing an einem Extraring, damit sie nach Belieben kommen und gehen konnte. Die Geschichte mit dem Paten sollte subtiler herauskommen, stückchenweise, ein Wort hier, eins da. Sie wußte nicht, ob er im Berufsleben wichtig gewesen war, und anfangs sprach sie nicht vom Paten, sondern von Mateus. Später, eines Tages, erzählte sie dann plötzlich.

»Weißt du, Mateus ist mein Firmpate. Ehrlich gesagt, weiß ich gar nicht, was Firmung bedeutet, aber mein Pate, das ist eine alte Sache«, seufzte sie und blies den Rauch weit weg von dem Tisch, an dem wir an diesem Nachmittag saßen. Von da an wurde die Sekretärin von Atouguia Ferraz in meinen Augen zu einer Parabel der Aktivität, die dem Leben einen Sinn gab. »Erzähl mir von dir«, bat ich sie, wenn ich mich aufheitern wollte.

»Von mir? Aber warum, an mir ist doch nichts Besonderes?« O doch, und sie wußte es.

Über all dem kamen mir damals die juristischen Vorlesungsskripte, die sie auf den Cafétischen aufschlug, um Sätze, Daten und Ziffern zu unterstreichen, ruhmlose Phrasen einer barbarischen Sprache, wie Standarten sündigen Wissens vor, angesichts des prallen Lebens der Person, die sie auswendig lernen mußte. Anabela Cravo gestand, daß sie manchmal Lust bekomme, ins WC zu gehen und den Sitz mit den Blättern abzuwischen, es sich dann aber überlege – »Ich muß, ich muß, ich muß«. Und sie erzählte, wie sie bis nachts um drei durchhielt und diese scheußlichen Texte auswendig lernte. Ich muß. Sie malte sich aus, wie sie schon bald ganze Gerichte mit dem Gerechtigkeitswillen, den sie in sich trug, niedermachen würde. Manchmal sah sie sich wie die Anwälte mit einer Toga bekleidet, dann wieder sogar mit einem Richtertalar. Selbst wenn die Träume sich nicht verwirklichen sollten, war es doch eine Freude, Anabela Dias Cravo über den Skripten zu sehen und ihr zuzuhören.

Aber den entscheidenden Beweis für ihr Geschick und ihre Freundschaft lieferte sie während der Episode mit der

Wohnung in der Rua das Rotas, in der die Wasserleitungen anscheinend von vorn bis hinten undicht waren. Maurer gingen über ausgebreitete Plastikplanen ein und aus, die Möbel waren mit Überwürfen abgedeckt. In der Mittagspause kam ich in aller Eile nach Hause, war aber beruhigt, weil der Hauswirt nicht von der Stelle wich und aufpaßte. Der Hauswirt war ein runder Mann mit zehn langen, vom linken zum rechten Ohr wie zu einer Brücke über die Glatze gezogenen Haaren. Er sagte erschrocken, er habe noch gar nicht gemerkt, daß David Grei nicht mehr da sei. Als er »nicht mehr da« sagte, wurde er sentimental und drückte mir die Hand, denn das Leben sei ein einziger Schwindel und wir alle kämpften diesen Kampf! Dann fing er eine Unterhaltung an, redete in der Tür von der Frau zur rechten Hand und der Frau zur linken Hand, der unsichtbaren, heimlichen, die aber zu den reinsten Dingen überhaupt gehöre. Metaphern, die mich in jenem Augenblick nicht näher berührten. Er fragte mich doch tatsächlich, ob ich noch irgend etwas wolle, wenn schon die Maurer im Haus seien. Es gehe alles auf seine Rechnung. Vielleicht die Wände abwaschen, vielleicht eine neue Badewanne. Aber eines Tages blieb er länger und stürzte sich im Flur auf mich. Zuerst kämpften wir nur leicht miteinander, dann immer heftiger, bis Jóia mit aufgerissenen Augen in der Zimmertür erschien.

»Gleich schreie ich.«

Sagte ich mitten im Gerangel. Und schrie. Da machte der Mann die Wohnungstür auf, schüttelte sich und ging, aber die zehn Haare, die er nach rechts angedrückt trug, hingen ihm in ganzer Länge über das linke Ohr.

»Du Biest«, sagte er, schon auf der Treppe, noch immer lachend, als gäbe er sich nicht geschlagen.

Er paßte nicht mehr auf die Handwerker auf. Die Maurer machten die Wände zu, packten die Plastikplanen ein und verschwanden. Eines Nachmittags indes, als ich aus der Buchhandlung Assumpção kam, ging der Schlüssel nicht hinein. Zuerst dachte ich, ich hätte mich im Stockwerk geirrt, und erst dann merkte ich, daß man mein

Schloß ausgewechselt hatte, zumal noch Feilspäne auf dem Boden lagen. Ich dachte, ich bekäme einen Herzanfall, wie Sie sich vorstellen können. Ich stand mit Jóia an der Hand vor der Tür und hatte nichts außer meinen Kleidern und meiner Handtasche bei mir. Damals bin ich ins Atelier gezogen, ohne Bett, ohne Essen und ohne Geld. Ich dachte, es könnte nicht wahr sein, was mir da passierte.

»Ich will wenigstens die Möbel. Gibt es kein Schnellverfahren?« fragte ich am nächsten Morgen Atouguia Ferraz in der Hoffnung, es gebe eine gesetzliche, unmittelbare Schutzvorschrift, eine anständige, zivilisierte Lösung. Aber Atouguia, ein sehr scharfsinniger Mensch, prüfte sorgfältig die Umstände und sagte, er brauche mindestens zwei Jahre.

»Mindestens zwei Jahre?«

Das konnte nicht sein. Ich hatte Mietvertrag, Licht, Telefon, alles auf Greis Namen, war seine Witwe, wieso dann mindestens zwei Jahre? Atouguia griff zum Telefon und sprach mit einem Kollegen, alles in Fachjargon, und als er den Hörer auflegte, sagte er: »Also, so wie die Dinge stehen, werden es mindestens drei oder vier Jahre.« Zum Glück kam Anabela in das besagte Vorzimmer und bat mich, Ruhe zu bewahren. Von wegen zwei Jahre! Wenn die Sache schieflaufe, dann nicht fünf, nicht sechs Jahre, dann nie und nimmer. In diesem Land hätten die Gerichte schon immer gern den Abfall aufbewahrt, bis daraus Dung würde, und erst recht jetzt, wo alles auf dem Kopf stehe. Du wirst schon sehen. Die Sache ist nur auf direktem Wege zu lösen, aber laß mich nachdenken. Und schon erwog sie die Möglichkeit, zwei Rumtreiber am Cais de Sodré zu engagieren, die den Hauswirt mit aufgeplatzter Lippe und einem Denkzettel an der Nase zu Boden strekken sollten. Nur so. Aber über Nacht nahm Anabela von den Rumtreibern Abstand. Ihr sei gerade eine Idee gekommen, wohlgeformt und duftend wie eine Melone aus Meinedo, sagte sie am nächsten Morgen strahlender Laune an der Ateliertür. Statt der Rumtreiber habe sie einen befreundeten jungen Mann gebeten, sich als Polizist zu verkleiden, in Abwesenheit des Mannes hinzugehen und mit einem Haftbefehl in der Hand den Schlüssel von der Frau zu verlangen.

»Und die Uniform?«

Die Uniform sei das wenigste, alles sei schon vorhanden, von der Bekleidung bis hin zu Koppel, Knüppel und Pistole. Man müsse nur einen Transportwagen in die Nähe der Rua das Rotas stellen. Sie wolle jetzt gleich selbst telefonieren und sich darum kümmern. Ich zitterte bei dem Gedanken an einen Mann, der kein Polizist war, mit einem Haftbefehl in der Hand, der kein Haftbefehl war. Ich sah mich mit Jóia auf dem Schoß bei der Kriminalpolizei sitzen und hinter Gitter geschickt werden, und der ganze Plan kam mir von vorn bis hinten haltlos vor, wie ein burleskes Phantasiespiel, bei dem ein Gott die Frauen der Sterblichen in einer Dunstwolke raubt. Ehrlich gesagt, mißtraute ich aus tiefster Seele einem derart ungesetzlichen Verfahren.

Aber es sollte alles gutgehen.

Ich war an der Ecke stehengeblieben und sah lauter leuchtende Punkte vor Augen, und plötzlich tauchten zwei Männer wie Staatsdiener mit den Schlüsseln in der Hand auf, die sich in einen Privatwagen setzten und davonrasten. Anabela hatte also die Patrouille verdoppelt, und nur einem der beiden zitterte vor Nervosität der Schnurrbart. Der Mann mit der Glatze war nicht dagewesen, und die Frau hatte einen fürchterlichen Schrecken bekommen. »Ein Haftbefehl gegen meinen Mann? Jesus Christus!« Sie hatte sofort mit zitternden Händen die Schlüssel hergegeben. Wir gingen hinauf, schlossen die Tür auf und räumten die Wohnung mit dem von Anabela Cravos Hand verfaßten Haftbefehl. Hastig nagelten wir Kisten zu, packten Bündel, trugen Arme voll Kleider hinunter, und als wir mitten im Gewühle waren, hielt Anabela inne.

»Aber warum beeilen wir uns so, wenn du einen rechtmäßigen Anspruch auf die Wohnung hast? Du kannst hier bleiben, keiner nimmt sie dir weg.«

Ich erinnere mich noch an die Einzelheiten der Szene.

Vor lauter Wut und Ärger wollte ich nicht bleiben, und obwohl ich es später nur zu sehr bereuen sollte, wollte ich in diesem Augenblick lieber mit dem ganzen Plunder auf dem Arm ins Atelier ziehen als an diesem Ort bleiben, der mir unter einem bösen Stern zu stehen schien. Damals war das Band der Solidarität noch stark, und der Umzug konnte mir nur gut tun. Außerdem war Anabela Cravo couragiert und klug genug, um das Leben zu meistern, ich profitierte davon und bewunderte sie zutiefst, dafür und für alles andere, auch für die Zärtlichkeit, die sie mir manchmal entgegenbrachte, wenn sie mich feierlich an der Schulter berührte. Waren wir in einer anderen Welt nicht vielleicht Schwestern gewesen? Manchmal dachte Anabela, daß wir uns schon seit immer kannten, und war fest davon überzeugt, daß wir beide zur Zeit Alexanders des Großen oder Napoleon Bonapartes irgendwo in der Ferne an einem Seeufer gestanden hatten, immer mit schleppenden Rökken bekleidet. Sie sagte auch, die Verbindung zwischen Menschen nach den Vorstellungen von Standesamt und Familieninstitutionen sei eine Farce des äußeren Scheins, die Menschen müßten sich in Gruppen zusammentun, je nach *Wissen,* was eine Sache sei, und *Erkennen,* was etwas ganz anderes sei. Sie gehöre der ersten Gattung an, weshalb ich ihren Äußerungen zufolge der zweiten zuzuordnen war, zumal Anabela von dieser merkwürdigen Typologie der Menschen in Zusammenhang mit den Reichen Alexanders des Großen und Napoleons sprach. Die Melancholie aber, die mich beherrsche, meinte sie, die habe ich aus der Ehe mit David mitgebracht und sie habe nichts mit seinem Verschwinden zu tun, sondern im Gegenteil mit der Tatsache, daß sich zwei Menschen gleichen Geschlechts zusammengetan hätten. Wie meinte sie das?

Im Laufe des Abends verknüpfte ich jetzt das alles mit dem, was mir gerade mit Artur Salema geschehen war. Sollte also dieser faszinierende Strom, der mir von den Fußnägeln bis zum Haar durch den Körper gezuckt war, eine unzüchtige Kraft sein? Frucht der Begegnung zweier Menschen im Haus des Erkennens oder des Nichterkennens, was viel schlimmer war? Und sollte mich zum zweitenmal eine Art Gattungsinzest in tiefen Schmerz und Verlust hineintreiben? Zu dieser nächtlichen Stunde war es zu spät, den Fall irgend jemandem darzulegen, und ich sah noch immer nicht klar. In den Adern ein Etwas in Flammen und im Kopf ein Gedanke an Verzicht, die miteinander rangen. Auch wußte ich nicht, wie ich absagen sollte, falls ich es wollte. Wenn ich ein Briefchen schrieb und es per Post schickte, würde es nicht mehr rechtzeitig ankommen, wenn ich es in die Tür steckte, konnte jemand vorbeikommen und es mitnehmen. Sollte Artur Salema kommen, würde ich nicht widerstehen können, denn ich hatte seine Lippen auf meinen Handflächen gespürt, und sie waren aus entflammbarem Stoff. Am besten, für beide am schmerzhaftesten, aber eindeutig am endgültigsten wäre, zur verabredeten Zeit weit weg zu sein, ohne jede Erklärung, damit er es ein für allemal übelnahm. Ich machte einen Plan.

Der Schlüssel mußte einmal, zweimal umgeschlossen, die Tür, vor der er um drei stehen würde, gut verriegelt werden. Er würde ein-, zwei-, dreimal klingeln, und nur die Klingel würde von drinnen aus dem Schummerlicht antworten. Dann würde der große Gast sich bestimmt ins Auto setzen und davonfahren, wie ein für kurze Augenblicke in einer Steinfestung gefangen gewesener, romantischer Held. Aber nur für Augenblicke. Er würde beschleunigen und für immer hinter zwei unsichtbaren Freiheitsbannern fortfahren, quer durch die Stadt ewig reicher Wohnhäuser und elendiger Hütten, die einen wie die anderen mit der gleichen Propaganda bunt bemalt. Die Sonne war eine gelbe Fackel. Schon unterwegs schien mir, daß sich überall aus den Winkeln Gestank erhob, als hätte eine Seuche sich träge durch das ganze vergangene Jahrhundert bis in die Gegenwart hingezogen, um sich in der Stumpfheit des Alltags einzunisten. Ich bezweifle nicht, daß ich die Dinge zu tragisch sah, und ich verstand auch selbst nicht, wieso eine Fahrt, von der ich noch nicht wußte, ob sie zum Anblick von Land oder Meer führen würde, so wichtig sein konnte.

Am Eingang zum Zoo mußten wir mit den Karten in der

Hand stehenbleiben. Ich weiß es noch. Eine fröhliche Gruppe mit Stickers auf den Jacken und aufgerollten Fahnen drängelte sich in ausgelassener Fröhlichkeit, als wollte sie in einen Zug steigen. Als die Gruppe auf das Gelände kam, hatte es keiner mehr eilig, und sie rollten die Fahnen aus. Dann fingen sie an zu tanzen, aber der danebenstehende Wärter schnalzte laut mit der Zunge vor Mißbilligung über das fröhliche Treiben, das auf die Tiere zusteuerte. Ich hatte mir selbst versprochen, nicht auf die Uhr zu sehen, und ging hierhin und dahin, bis ich zum zwanzigstenmal auf das schlammige Maul des Flußpferdes zeigte. Für gewöhnlich war Jóia von diesem Ungeheuer fasziniert, und ich zog ihn immer weg zu den Vögeln, die mir eher der menschlichen Natur entsprechende Tiere zu sein schienen, aber dies war ein besonderer Tag, und ich fühlte mich so mitgenommen, daß ich Jóia erlaubte, sich auf die Umrandung zu setzen. Die schwammigen Hautlappen des Tieres, die mal aus seinem Maul heraushingen, mal darin verschwanden, kamen mir wie ein Mißgriff vor, oder aber alles war zufällig so gemacht worden, und wir waren allein. Ich selbst kam mir genauso unvollkommen vor wie das Flußpferd. Die Hauptsache war, daß es von drei Uhr auf vier Uhr zuging und von vier Uhr auf fünf Uhr, bis der Gong ertönte und alle zum Ausgang mußten. Geheime Signale, wie die Tiere sie haben, dachte ich. Aber vorher gingen wir noch zu Vögeln, die zu quaken schienen, lauter schnatternde Araras, und als ich den Blick senkte, stand auf der anderen Seite des Gitters, als wäre er gerade gekommen, Artur Salema.

Er war ohne Mütze, in rostroter, offener Lederjacke, und unter seinem zur Seite hängenden, zerzausten Haar sah sein Gesicht anders, wütend aus. Er war offensichtlich nur gekommen, um sich mit eigenen Augen von meinem Verzicht zu überzeugen, denn kaum hatte er uns gesehen, machte er kehrt und ging sehr eilig quer über das Gelände zum Ausgang. Jóia hatte ihn überhaupt nicht gesehen, und das war auch nicht nötig. Wie hätte Jóia auf eine solche Szene auch reagieren sollen, wenn nicht mit Verwirrung und Mißtrauen?

4. Die Blonde der Dämmerung

Sie irren sich, denn es kam nicht zum vermuteten Verlust der beiden. Als ich zu Hause war, setzte ich mich, sobald ich Jóia versorgt hatte, neben die Taube und schrieb: »Heute habe ich bei den Araras aufgehört, verliebt zu sein.« Ich konnte es kaum abwarten, Anabela Cravo wiederzusehen, und nahm mir vor, ihr den aufgeschlagenen Kalender zu zeigen, damit sie diese Erklärung las. Aber an den folgenden Tagen muß ich wohl über hundertmal in Atouguias Büro angerufen haben, ohne daß jemand abnahm, oder es meldeten sich Stimmen, die mich nicht interessierten, und sagten, seit Montag sei Anabela Cravo nicht zur Arbeit gekommen.

Es mag Ihnen ungewöhnlich erscheinen, aber das war für mich eine große Unannehmlichkeit, denn ich wußte nicht, wo Anabela Cravo wohnte, und ich mußte ihr unbedingt sagen, was ich in bezug auf Artur Salema beschlossen hatte. Ich meinte sogar, der große Augenblick sei gekommen, ihr meine Dankbarkeit für die Freundschaft, die sie mir entgegenbrachte, zu zeigen. Sie verstehen. Allerdings hatte ich keine Ahnung, wo sie sein konnte. Anabela zog dauernd um, weil der Pate fortwährend hinter ihr her sei, in einem Taxi vor dem Büro auf sie warte und bis zu dem Haus, wo sie gerade wohnte, hinter ihr herfahre. Er platzte vor Eifersucht. »Du kannst ihm doch jederzeit entkommen. Fahr einfach mit der Metro«, hatte ich sogar zu ihr gesagt. Aber nein – Anabela haßte unterirdische Räume, seit sie auf einer Fahrt *Reise zum Mittelpunkt der Erde* gelesen hatte, weil sie nichts anderes mehr zur Hand gehabt hatte und die Kioske geschlossen gewesen waren. Sie habe es gelesen, um sich zu unterhalten, aber statt dessen, Ironie des Schicksals, habe sie einen Monat lang nur noch geträumt, daß sie mit Asche und Lava vom Stromboli ausgespien würde. Eine atemraubende Phobie. Außerdem erinnerten die Tunnel dieses Verkehrsmittels sie mal an alte Katakomben, dann wieder an Schutzräume für zukünftige Katastrophen. Nein, nur im äußersten Fall nahm Anabela jetzt die Metro, lieber zog sie um. Manchmal wohne sie eine Zeitlang in einem Hotel von Bekannten, wo sie nur zum Schlafen hingehe, um den Paten auf Abstand zu halten und ihn nur einmal im Monat zu sehen. Aber sie rechnete damit, eines Tages ein luxuriöses Apartment zu haben, so eins mit runder Badewanne und Fenster mit Panoramablick auf Grünanlagen, und das mitten in der Stadt. Wenn man ordentlich suche, gebe es so etwas immer, und dafür spare sie nun.

Nur fand ich schon damals, daß in dieser Versteckmanie eine Art Aberglauben stecken müsse, und hielt die Metro- und Vulkanprobleme für pure Ausreden. Schließlich erwähnte sie, abgesehen von anderen vereinzelten Hinweisen, hier und da die Metrostationen Picoas und Anjos, als wären sie ihr bestens vertraut. Ich wußte, daß es so war. Jedenfalls war ein dringender Umstand eingetreten, ich sah mir den Stadtplan an, wußte nicht, wo Anabela Cravo wohnte und fand das ungerecht. Bis sich nach zwei Wochen eines Morgens im Büro Anabela mit belegter Stimme meldete und nicht weitersprechen wollte. Sie habe Grippe gehabt, im Bett gelegen, gelesen und geschlafen, und wenn sie jetzt ausschnaube, komme sie sich noch immer wie ein Pinguin vor. Sie habe nichts Sinnvolles getan, nur Hunderte von Tees und Aufgüssen getrunken, und sei noch nicht wieder ganz hergestellt. Aber unter der schwindenden Heiserkeit verriet Anabelas Stimme einen schroffen Ton, als wolle sie Distanz zwischen uns schaffen.

»Wann sehen wir uns?«

»Jetzt muß ich erst mal jede Menge Überstunden machen. Da bleibt mir keine Zeit für Unterhaltungen mit dir.«

Wie bitte? Sie hatte keine Zeit, sich anzuhören, wie ich auf Artur verzichtet, wie ich den Nachmittag harmlos im Zoo verbracht, der Sonne auf ihrer Wanderung und dem Flußpferd beim Kauen zugesehen hatte? Ich war verletzt. Alles, was sie sagte, waren flaue Ausreden, alberne Ausflüchte. Endgültige Worte von jemandem, der auflegen will. Also wappnete ich mich mit Stolz, und da ich mich ungerecht behandelt fühlte, machte ich mich daran, eine Zone gesunder Unempfindlichkeit zu schaffen. Wenn Anabela jetzt den Kontakt wieder aufnehmen wollte, würde ich sagen: »Ich bin nicht da, vielen Dank.« Die Stadt war voller liebenswürdiger Menschen, und ich ließ die Zeit vergehen. In dieser Nie-und-nimmer-Stimmung geschah es, daß ich eines Tages, als ich ins Atelier kam, Anabela Cravo erblickte, die hinten unter der Luke saß und im Spätnachmittagslicht irgend etwas las. »Hast du Stubenarrest?« fragte ich, noch dicht an der Tür, ganz scheinheilig.

»Ja«, sagte sie und schlug ihre Lektüre zu. Und dann ging sie im Kreis, ihre Schuhe traten abwechselnd auf den nackten Boden, daß es hallte, und auf den Sisalteppich, wo ihre Schritte gedämpft verklangen. Plötzlich blieb sie stehen. »Ich bin hier, weil ich häßlich zu dir war, und jetzt würde ich mir am liebsten ein Auge ausstechen.«

Ein Auge ausstechen! Warum wollte sie sich ein Auge ausstechen? Hatte sie vielleicht einen Mord begangen, einen Betrug, einen Inzest, daß sie sich so bestrafen wollte? Was hatte dieses Laufen zu bedeuten, Tritt-auf-den-Boden, Tritt-auf-den-Teppich, dem Anabela besonderes Gewicht beizumessen schien, das mich aber überhaupt nicht beeindruckte? »Du wirst dir kein Auge ausstechen, denn das lohnt sich nicht.« Ich aber wolle das Licht und die Heizung einschalten und etwas zu essen machen, denn das Leben hänge den Menschen eine unerbittliche Uhr an den Gürtel. Da platzte Anabela mit ihrem Ärger heraus.

»Weißt du was? Ich habe zufällig Artur getroffen und gehört, daß du an dem Tag vor ihm weggelaufen bist. Du hast dich so idiotisch benommen wie eine dumme Gans, genau das hast du. Sieh mir in die Augen – wozu wollte ich ihn wohl haben?«

Hinter der buchstäblichen Heftigkeit ihrer Worte sah Anabela aus wie ein Hund, der sich Vorwürfe macht, nicht ordentlich auf Haus und Hof aufgepaßt zu haben. Sie habe ihn also noch am selben Nachmittag in der Rua do

Ouro vor dem Schreibwarengeschäft Progresso getroffen, und so bei Tageslicht und mitten in der Menge, ganz in Schwarz, nichts als Haare im Gesicht und bis auf die Schultern, sei ihr der Typ leicht irre vorgekommen.

»Und du, wie fandest du ihn?«

Da ich ihr nicht antwortete, brauste Anabela auf: »Falls du willst, daß ich mir zur Strafe einen Finger abschneide, einen ganzen Arm, um die ganze Welt laufe oder zehn Tage faste, sag es, sag's, sag's, aber rede!«

Sie war erregt geworden, nervös, als kaute sie innerlich auf mehreren Nägeln vor Angst, ich könnte ihr nicht verzeihen. Voller Verstümmelungsabsichten, Augen ausstechen, Finger abreißen, und sie wollte zur Nacht bleiben, auf der unteren Etage, mit dem Kopf an Jóias Fußende. Um Gottes willen! Sie habe gefehlt, aber Freundschaft sei das einzig wahre Gefühl, und wer dazu fähig sei, müsse eigentlich anders gekleidet sein, ganz in weiße Tücher wie die römischen Prätoren, denn nur die Fähigkeit, Freundschaft zu schließen und zu schenken, adele das Leben. Wenn das noch niemand gesagt habe, sage sie es jetzt – Politik sei ein Freudscher Komplex, Mutterschaft ein Rechenfehler, die Liebe ein Atemaustausch und die Forschung ebenso wie das Wissen nur ein Pochen in den Schläfen. Alles also mickrige Töne ohne Höhe, auch wenn man mit ihrer Hilfe Wohlstand und öffentlichen Ruhm erlangen könne. Reuige Sünderin. Und vor lauter Freude, wieder zur Reinheit zurückgefunden zu haben, äußerte Anabela Abscheu über das Bohrertrio, empfand sogar dumpfe Zorngefühle über den Schaden, den sie uns zugefügt hätten. Um ihre Reue zu besiegeln, schlug sie noch vor: »Wollen wir die Möbel wieder so stellen, wie sie vor Weihnachten standen? Du schiebst von hier und ich von da.«

Aber in der Zwischenzeit hatte ich der Anordnung schon Vorteile abgewonnen und fühlte mich von Anabela Cravos Gegenwart ernüchtert, denn in meinen Augen hatte sie etwas verloren, was mir unwiederbringlich schien. Zumal sie während ihrer Erkältung die richtigen Namen der Bildhauer vergessen hatte und statt dessen mit hochnäsiger Verachtung vom *Hinkebein, Däumling* und *Scheißer* sprach – der *Scheißer* war Artur Salema, den sie auch als *Yeti* bezeichnete. Etwas subtiler. Dann ging Anabela Cravo zu einem Haufen Tüten, die sie hinter den Schrank gestellt hatte, und breitete auf dem Bett Rosen aus. Sie waren rot, und als sie das Zellophan abnahm, strömte süßer Duft heraus und verteilte sich im Raum. Ich wußte nicht, wieso ich noch nicht bemerkt hatte, daß die Blumen da waren, zumal es so viele und mit so kräftigem Stengel waren, daß ich gar keine passende Vase hatte. Aber Anabela hatte nicht nur Rosen dabei – wer den Garten mitbringe, möge auch den Schmaus mitbringen, und damit wickelte sie winzige, zu diesem Zeitpunkt noch warme Kroketten aus. Sehr umsichtig.

»Wer weiß?« sagte sie. »Vielleicht schreibt der Zufall auf krummen Linien gerade Zeichen? Könnte sein, daß er eine schlechte Bekanntschaft für dich wäre.« Und dann malte sie ein schwarzes Bild mit Stiefsöhnen und Stiefvätern, Unruhe, Hamlet-Szenen, abgesehen davon, daß alle so schönen Männer wie der *Yeti* über kurz oder lang immer zu Hurenböcken würden und eine friedliche Frau um ihre Ruhe brächten. Es sei denn, auch die Nutten würden vor ihm davonlaufen, so finster, wie er in dieser Trauerkleidung aussehe. Sie rate mir nicht einmal zu einem kurzen Flirt und erst recht nicht zu einer ernsthaften Verbindung. Sie sehe mich schon im Unglück, hinter einem Mann her, dem unsichere Verhältnisse und, wer weiß, womöglich gar trübstes Elend vorausbestimmt seien.

Sie sei vielleicht besonders inspiriert, weil sie auch ein Problem habe, sagte sie später. Es gehe um den Paten, der wegen einer fürchterlich ärgerlichen Geschichte hochnervös sei. Aufgrund des Wohnungsmangels sei das Haus in Azeitão einem Haufen Leute überlassen worden, die aus irgendeiner Kolonie stammten, vier oder fünf Familien, die sich jetzt dort in den Haaren lägen und sogar damit drohten, die Quittenbäume abzuschlagen. Der Mann sei nun also wie von Sinnen, stinkwütend, und sie habe ernsthaft daran gedacht, ob ich ihr nicht alle vierzehn Tage oder auch nur einmal im Monat das Atelier für zwei oder drei Stunden überlassen könnte, damit täte ich ihr einen großen Gefallen. Sie wirkte so hilflos, als sie das sagte, daß ich nur fragte: »Und Jóia?« Ganz leise, denn er schlief.

»Was hat Jóia damit zu tun? Wir würden zum Beispiel von zwei bis fünf kommen, wenn er nicht da ist.«

Ich sehe noch immer vor mir, wie Jóias Körper sich in Höhe der Schultern zu heben und wieder zu senken schien und wie er im Schlaf hustete und dann weiteratmete. Aber Anabela schwieg, als warte sie auf eine Antwort, und der Duft der samtroten Rosen verbreitete sich so intensiv, daß man sie weiter fortstellen mußte, fast an die Tür. Natürlich war ich nicht in der Lage, auch nur ein Gegenargument zu finden, nicht einmal einen leichten Einwand. Schon immer hatte ich mir den armen Paten, von Ungewißheit und Verfall gezeichnet, in einem Taxi lauernd vorgestellt. Vielleicht setzte er an diesen Tagen einen Hut mit heruntergezogener Krempe auf und hatte eine Pistole in der Trenchcoattasche, um seinem Leben ein Ende zu machen, wenn er Anabela mit einem anderen die Straße entlangkommen sah. Im Grunde war ich gerührt über diese Situation, die einen Menschen dazu brachte, ganze Nachmittage in einem gemieteten Wagen zu sitzen und dann den Fahrer zu zwingen, hinter einem Rock her Verkehrsverbote zu mißachten. Ein unergründliches Schicksal.

»Wir müssen uns nur genau absprechen.«

Wir sprachen uns ab. Ich sollte alles aufgeräumt hinterlassen, Gas in den Heizkörpern, das ganze Atelier zu ihrer Verfügung, und sie würden bleiben, solange sie wollten. Was war Freundschaft denn eigentlich? Nur eine römische Prätorentoga? Natürlich nicht. Anabela Cravo drückte mir über dem Tisch ganz fest die Hand, und trotz der schwachen Beleuchtung sah ich, daß ihr Gesicht vor Freude strahlte. Dann holte sie die letzte Tüte, die sie hinter dem Schrank an die Wand gelehnt hatte, nahm vier Gegenstände heraus und ordnete sie ohne das leiseste Klirren an, als hantierte sie mit Meßkännchen einer christlichen Religion. Ein ovales, dunkles Lacktablett mit angedeuteten, in der Mitte verfließenden Apfelblüten, eine Flasche Portwein Marke Sandeman mit dem Männchen im schwarzen Cape auf dem Etikett und zwei winzige, zylinderförmige Gläser mit schmalem Goldrand. Anabela legte einen Finger auf die Lippen und lachte: »Psst, das ist unser Ritual.« Alles sollte fix und fertig bis Donnerstag im Karton bleiben, und wir sollten nun auf Zehenspitzen ins Bett gehen. Die Rosen mußten vor die Tür gestellt werden.

»Und wenn sie jemand mitnimmt?«

»Das kann keiner, denn sie sind ein Geschenk von dir.«

Anabela legte sich hin, mit dem Gesicht neben Jóias Füße, wobei sie noch immer von der weißen, alles überragenden Kraft der Freundschaft redete, und mitten in diesen schönen Gedanken empörte sie sich, daß sie zu Weihnachten den traurigen Einfall gehabt hatte, die Männer mit den Bohrern zu holen. »Verdammt, warum hast du mich nicht daran gehindert?« Ich hatte noch immer meine Titelmanie, aber als ich mir die verschiedenen Bücher in Erinnerung rief, die ich im Laden verkaufte, fand ich keinen, der meinen Schmerz ausgedrückt hätte, zumal ich in letzter Zeit keinen Maschinenlärm mehr gehört hatte und das Atelier an der Südseite mir geschlossen zu sein schien. »Sie sind weg«, sagte ich mir.

Aber das stimmte nicht. Gleich am nächsten Tag tranken wir im Café *Aviador* einen Kaffee und sahen aus einem Auto zwei nicht zu erkennende, total vollgestaubte Gestalten steigen.

»Siehst du? Das machen sie extra, um sich zu zeigen.«

Es waren Artur Salema und Rita, aber obwohl sie verschiedenfarbig gekleidet waren, hatte das Steinmehl ihre Kleidung diesmal derart eingepudert, daß sie eigentlich ganz identisch aussahen und mit ihren grauen Augenbrauen und weißen Haaren so grotesk wirkten wie sehr junge Schauspieler, die sich als sehr alte Männer verkleidet haben.

»Wie wär's, wenn wir laut lachten?«

Nur Fernando Rita nickte uns zu, denn Artur Salema sah pfeifend zur anderen Seite auf den Fluß, und da er sich mit ausladenden Gesten bewegte und mit der flachen

Hand auf das Hemd schlug, stieg der Staub wie Rauch auf. Er schüttelte sich.

»Siehst du? Siehst du? Vor zwei Tagen auf der Straße war er noch höflich wie nur was.«

Schnell wie sie hereingekommen waren gingen sie wieder, und Fernando Ritas Kopfnicken war auch kaum zu erkennen unter dem fließenden Staub, der auf seinem Gesicht lag. Auch er kratzte und schüttelte sich.

»Hast du gesehen? Der *Däumling* und der *Scheißer* haben kein Wort gesagt. Hast du gesehen?«

Anabela blähte entrüstet die Nüstern, sah nach links und rechts, schien aufstehen, nach draußen gehen und genau diese Worte hinter ihnen herschreien zu wollen: »Hast du diese Frechheit gesehen? Der erlebt was, dieser Scheißer *Yeti*! Hält der sich für Michelangelo oder was?« Ungestüm stand sie auf, blieb am Tisch hängen und stieß Tasse und Untertasse um. Anabela wollte auf der Stelle da raus, das Café *Aviador* habe ihr sowieso noch nie gefallen, es sei ihr viel zu stumm, nur verblödete Männer, die auf die Umgebung von Almada starrten. Morgens, wenn es still sei, höre man das Wasser brausend vorüberfließen, und falls ich meinerseits dieses Geräusch für sanft halte, sie empfinde es als etwas Eingesperrtes, Verurteiltes. »Ich kann das nicht hören«, schloß Anabela Cravo. »Wenn ich dich hier so ansehe, mit einem Sprößling, dessen Nabelschnur bei dir im Kopf endet, sehe ich dich an den Boden genagelt, und du zwingst mich zu dem Gedanken, daß das Leben weder Geschichte noch Größe noch einen Sinn hat. Die einzige Antwort, die ich darauf finde, heißt, bis Montag zu warten, um jemand anzurufen, mit dem ich Liebe machen kann. Das Rauschen des Wassers geht mir auf die Nerven. Warum rächst du dich nicht am zottigen *Yeti* und triffst dich mit Saraiva?«

»Ich weiß nicht, wer dieser Saraiva ist.«

Anabela sah mich ernst an. Das sei doch nicht möglich! Saraiva sei der Angestellte von der Tranquilidade, der ein Haus in Sesimbra mit Blick aufs Meer habe, wohin wir um ein Haar am Weihnachtstag zum Essen gefahren wären. Es sei kaum zu glauben, daß ich, ein manchmal so aufmerksamer Mensch, es schaffe, bestimmte Dinge zu vergessen. Zumal Saraiva ein Mann sei, den zu kennen sich lohne, ein anständiger Typ, ein offener Typ. Eine gute Erscheinung, ein guter Mensch, gutsituiert. Vielleicht fehle ihm etwas, was, das könne sie gar nicht mal sagen, aber jedenfalls fühlte Anabela Cravo es in ihrem kleinen Finger, daß er ein Mann sei, der zehn Zentimeter von der Utopie entfernt sei, denn das sei die kleinste Entfernung, auf die man je an dieses Ziel herankäme. Und deshalb sei vielleicht das, was ihm fehle, genau das, was ihn zum idealen Menschen mache. »Willst du Saraiva wirklich nicht kennenlernen?«

Zum besseren Verständnis muß ich Ihnen sagen, daß ich ernsthaft über diesen Namen nachdachte und meinte, *saraiva* sei das gleiche wie *granizo. Granizo* war das gefrorene Wasser, das in Körnern gegen die Fenster schlug und auf das Straßenpflaster prasselte. Als Kind machte ich immer den Mund auf und ließ die Hagelkörner auf der Zunge zergehen, sie waren kurzlebiger als eine Eintagsfliege. Jetzt hatte ich vielleicht schon seit Jahren keinen Hagel mehr gesehen, und als Anabela mich mit aufgeschlagenem Kalender fragte, wann und wie ich Saraiva kennenlernen wollte, sagte ich: »Nach dem Regen.«

Ich weiß es noch genau. Sie trug an diesem Tag einen braunen Pullover, der am Hals mit einem Band zugebunden war. Sie lockerte das Band. Es sei absurd, daß ich ein Treffen vom Rhythmus der Natur und den atmosphärischen Bedingungen abhängig mache. Ausgerechnet vom Regen, dem unbeständigsten Element in diesem unglaublichen Land. Was wollte ich eigentlich? Aber während sie die auf dem Fußboden in Scherben liegende Tasse und Untertasse bezahlte, wurde aus der Tragik Komik. Jetzt wollte sie am liebsten vom Stuhl fallen, es aufschreiben und an den *Diário Popular*, Ressort Verschiedenes, einschicken, und dann löste sie das Band ganz. Kein Mensch der Welt mache ein Rendezvous von der Niederschlagsmenge abhängig. Früher sei das mal so gewesen, zur Zeit der Höhlen und Pfahlbauten.

Wir hatten das Jahr sechsundsiebzig, glaube ich, und es knisterte noch richtig in der Atmosphäre, aber abgesehen von diesen verebbenden Geräuschen war alles sanft. Sanft war die Sonne, der Fluß, der Wind, und selbst die lärmenden Demonstrationen, die durch die Straßen zogen und denen ich mich nachmittags anschloß, waren, auch wenn sie ihre Forderungen mit Getöse verkündeten und zornig herausschrien, monoton und phantasielos, genau wie zu Anfang des Jahrhunderts, und es endete damit, daß ich mir wünschte, mehrere Viergespanne würden zur Mittagszeit über die Plätze von Lissabon fahren und wie im Zirkus Staub aufwirbeln, damit die Leute die kleinen Kinder aufnähmen und alle schnell wegliefen. Dachte ich mitten in der Menge. Aber mir fiel nicht ein, wie die Gegenstände heißen, mit denen man auf die Pferde schlägt, und ich fragte Senhor Assumpção.

»Peitschen«, sagte er. »Sagen Sie mir, was Sie auspeitschen wollen.«

Er streckte mir die Hand entgegen. Ich stellte nicht zum erstenmal fest, daß Senhor Assumpção ein guter Seelenkenner war, aber an diesem Tag bestätigte es sich mir doppelt. Auch der Buchhandlung Assumpção hatte sich nach Weihnachten Sanftheit bemächtigt, oder aber das lag an meinem Blick. Wer zum Kaufen kam, kaufte rasch und ging, aber das waren wenige, und der Geschäftsführer klagte über schlechten Umsatz. Manche Leute indes schienen auch die Bücher sanft zu lieben, sie lasen sie in Raten, schlossen sie und stellten sie in die Ständer zurück, alles sanft, um nicht den Kassierer zu kränken. Anfangs hatte ich das nicht bemerkt, aber in diesem Winter, der sanft verlief, fiel es mir auf. Es gab vor allem die Regale der absoluten Sanftheit, zu denen wenige hingingen, noch weniger etwas aufschlugen und ganz wenige kauften. Senhor Assumpção hatte mit einem Dymodrucker in Grün und großen Buchstaben GEDICHTE schreiben lassen. Doch die großen Buchstaben, für die Senhor Assumpção sich entschieden hatte, entsprachen zwar seinem Angebotstrieb, hatten aber nichts mit der Nachfrage zu tun. Zugegeben. Hin und wieder schlug ich einzelne Seiten des einen oder anderen Buches aus diesem Regal auf, und alles sah mir gleich aus, die Bilder und die wiederkehrenden Begriffe. Ich glaube, ich suchte nach dem Grund, fand aber die Antwort nicht. Wahrscheinlich lebten Gedichte wohl von der Assoziation einer begrenzten, womöglich gar so extrem begrenzten Menge von Elementen wie Wasser, Feuer, Klinge, Kreis, Wolke, bis hin zu den letzten möglichen Kombinationen. Dann war vielleicht das Wesen des Seins schon aus jeder Richtung dargestellt worden und die Sättigung erreicht, was verständlich machte, daß niemand Gedichte kaufte. Dann genügte es, zu Hause ein Wörterbuch zu besitzen und Wörter nebeneinander zu setzen, sie zu kombinieren und wieder zu trennen, bis man auf eine überraschende Neuschöpfung stieß, die auch nur ein altes Kleid in neuem Gewand war. Das glaubte ich nicht.

Hin und wieder allerdings geriet mir eine solche Assoziation unter die Augen, verfolgte mich wie ein rächender Pfeil und begleitete mich auf dem Weg zum Bus. Aber das lag wohl an meinem besonders melancholischen Zustand. Ehrlich gesagt, hatte ich sogar den Eindruck, daß diese Bücher eine innere Weisheit besäßen, denn meine Finger glitten über den Buchrücken und fanden wie durch Zufall oder Fügung die Seiten, die ich suchte. Dann kam ich zu der Überzeugung, daß jemand sie für mich geschrieben und an die richtige Anschrift geschickt hatte. Eine Art Zeitvertreib. Aber ich fand nichts, was meinen Schmerz über den gerade erlittenen Verlust lindern konnte, und es schauderte mich noch immer, wenn ich an den gewaltigen Stromstoß dachte, der mir durch den Körper gefahren war, als Artur Salema seinen Mund auf mich gepreßt hatte. So kam es, daß ich an einem Tag dieses sehr sanften Winters die Frage mit der Peitsche an Senhor Assumpção richtete.

»Wollen Sie es schnell sehr weit bringen?«

Der Chef trug eine Zweistärkenbrille, und ich weiß nicht, ob ich Ihnen schon gesagt habe, daß er damals ein höflicher Gentleman und Seelenkenner war, und er legte mir zwei schmale Bände, zufällig ausgewählt, wie ich meinte, in die Hand. In dem einen, klein und quadratisch, fand ich das Fragment eines tieftraurigen tschechischen Liedes, das mein Allerinnerstes erbeben ließ.

Oh, grüne Hügel, auf denen früher meine Freude war,
seit vielen Jahren schon höre ich keinen Vogel mehr singen!
Eine sehr wehe Zeit zieht vom Horizont herauf.

So traurig war ich, daß ich diese Zeilen auswendig lernte, ohne sie dreimal lesen zu müssen, und dann fand ich, daß die Bücher in diesem glücklosen Regal tatsächlich eine für mich bestimmte Botschaft enthielten. Später schlug ich noch einmal an derselben Stelle nach und las in einer Fußnote, daß dies das Lied gewesen war, das eine gewisse Milena Jesenská 1941, lange bevor ich geboren wurde, in einem SS-Lager gesungen hatte. Da kam mir der Gedanke, daß die Kraft der Wörter vielleicht nicht in der Kunst des Zusammenfügens liege, sondern eher in dem, an was sie erinnern. Aber dabei muß man bedenken, daß ich dies in dem sanften Winter dachte, der auf die Begegnung zu Weihnachten folgte. Senhor Assumpção war wirklich ein sensibler Mensch und sagte zu mir: »Sehen Sie, Sie haben gefunden, was Sie suchten. Erzählen Sie mir, was Sie haben.«

Und ich erzählte, wie Artur Salema mich fasziniert hatte, wie ich ihn auf idiotische Weise verloren hatte und wie gern ich jetzt dieses tschechische Lied sang, das mir aus der Seele sprach. »Und es regnet nicht mal«, sagte ich. »Wenn es wenigstens regnete.«

»Das wird es«, versicherte Senhor Assumpção. »Warten Sie ab, in drei Tagen kommt das alles runter. Die Atmosphäre ist geladen.«

Von da an vertraute ich uneingeschränkt auf die Höflichkeit des Besitzers der Buchhandlung. Ich erinnere mich, daß plötzlich ein starker Südwestwind aufkam und Wellen von offener See mitbrachte, und am zweiten Tag trieb der Wind in Böen Wolken, die am Himmel zur Brücke hin vorbeizogen, auf die Stirnseite der Stadt zu. Sie verdichteten sich, prallten aufeinander, setzten den ganzen Nachmittagshimmel mit Blitzen in Brand, große

Feuerherde unterwegs nach irgendwo, und endlich fing es an, in Strömen zu gießen. Man mußte sich in den Türbögen unterstellen und warten, bis es aufhörte, und trotzdem waren die Rinnsteine bald tosend verstopft, und in den Straßen stieg das Wasser. Als wir nach Hause kamen, waren wir beide bis zu den Knien naß, und aus Jóias Schultasche wurden feuchte Bücher mit gewellten Umschlägen gezogen, auf die man das warme Bügeleisen setzen mußte. Um auf einen Kaffee ins *Aviador* zu gehen, mußte man zwischen dem Asphalt und der Tür über Bretter springen, wenn man sich nicht die Schuhe im Matsch dreckig machen wollte. Senhor Assumpção rieb sich die Hände, solange es regnete. Da rief Anabela Cravo in der Buchhandlung an und sagte in spöttischem Ton: »Jetzt hat's geregnet. Willst du nun Saraiva kennenlernen?«

»Nein«, antwortete ich.

Weder nach dem Regen noch nach der Hitze, nach überhaupt nichts wolle ich diesen Saraiva kennenlernen, und ich fühlte, daß ich den Mut besaß, dies zu sagen, weil ich einer übergroßen Liebe, die mich noch im Bann hatte, treu war.

»Dann sieh zu, wie du zurechtkommst«, sagte sie, versprach allerdings, das Thema Saraiva nicht mehr anzusprechen, ihn zu lassen, wo er war, in der Hoffnung, über kurz oder lang werde der Zufall mir einen Tritt geben und die Sache lösen. Aber der Zufall sollte mich auf andere Weise treten.

Ausgerechnet an einem dieser regnerischen Dämmertage verschwand Jóia hinter dem Café, wie nur Kinder verschwinden können. Er war weder zwischen den Bäumen noch am Ankerplatz noch vor der Haustür, und die schwarzen Wolkenstreifen setzten dem Spätnachmittag vorzeitig ein Ende. Es wurde dunkel. Da sah ich Licht in João Martinhos Atelier und klopfte an, wobei ich dachte, Artur Salema würde herauskommen und mit mir zusammen Jóia suchen. Vielleicht könnten wir den Zoonachmittag klären, und alles würde neu beginnen. Ich klopfte mehrmals ohne Erfolg. Sie haben das Licht brennen lassen und sind weggegangen, dachte ich. Aber als ich schon aufgeben wollte, machte jemand von innen auf, und es war nicht der Meister, auch nicht Fernando Rita und erst recht nicht Artur Salema, der große Gast. Es war eine Frau mit hellen Augen und struppig blondem Haar, die mit überraschtem Gesicht öffnete. Ein Kind? Nein, da sei kein Kind, und innen drin, da sei nur Artur. Wieder fing es in der Winterdämmerung an zu tröpfeln, und von innen fragte Artur Salema unter einer rauschenden Dusche: »Celina, Celina, wer ist da? Wer ist denn da?«

»Niemand, mein Schatz«, sagte die Blonde sehr laut, damit er sie unter der Dusche verstehen konnte.

Dann schob sie die Tür sehr langsam zu und sagte noch, nein, nein, sie habe kein Kind gesehen. Hinter der Milchglasscheibe breitete sich das blonde Haar wie ein Grasbüschel aus, das jemand auf dem Kopf trug. Sie können sich denken, daß ich Jóia finden wollte, um ihn wegen dieser Ungezogenheit in der Dämmerung durchzuschütteln. Es sah wie Absicht aus, denn kaum kam ich um die Ecke, fand ich ihn tränenüberströmt vor der Tür, wo er sein Ausbleiben erklärte – er habe zwei gelbe, runde, einsame Küken hinter dem Café gefunden, von Dona Florete unter einem Pappkarton eingesperrt. Sie seien ganz klein, wie ein Finger, nur mit einem Stück Plastik als Regenschutz. Und wenn es jetzt regnet? Stark regnet und sie sterben? Wenn sie sterben, und ich sehe sie nie wieder?

Trotz des Nieselregens gingen wir zum Café *Aviador* zurück. Das Wasser lief über die Fensterscheiben, und drei Kapverdianer amüsierten sich auf kreolisch und teilten sich mit kindlicher Fröhlichkeit Brot und Bier. Obwohl man den Fluß nicht sehen konnte, ahnte ich, daß er gestreift vorüberströmte, bald grau in der Farbe von Treibschlamm, bald rötlich in der Farbe von Hochwasser. Wie war es nur möglich, daß ein alberner erster Ansatz einer Liebesgeschichte mich dermaßen belastete? Das fragen Sie sich bestimmt auch. Ein Paar, beschützt von einem farblosen Regenschirm, löste sich aus dem Dunkel, und sie blieben eng aneinandergedrückt vor dem *Aviador* stehen, als wollten sie hereinkommen. Aber sie sahen nicht einmal hinein und verschwanden wieder in der Dunkelheit, weshalb ich nur kurz das vom Bart zugewachsene Gesicht von Artur Salema und Celinas Profil sah, das in eine andere Richtung blickte, als wollte sie weit weg. Er ganz in Schwarz gekleidet, sie fast ganz in Weiß, zusammen unter einem durchsichtigen Plastikpilz, den einer von ihnen hielt.

5. *Samstag, den 31. März*

Ich bin nicht zur Verabredung gegangen.

Den ganzen Vormittag über habe ich mich im Krankenhaus Santa Maria herumgetrieben und darauf gewartet, daß Jóia herauskommt, aber schließlich war sogar die Besuchszeit um, ohne daß ich eine zuverlässige Information bekommen hätte. Zwar hatte mir niemand etwas von einer Entlassung für heute gesagt, das stimmt, aber da er schon seit dreizehn Tagen im Krankenhaus liegt, sagte mir irgend etwas, daß ich ihn mitnehmen könnte. Fernando hat wahrscheinlich fast zwei Stunden im Zephyr, seinem Lieferwagen, gewartet, weil ich ihm gegenüber so sicher gewesen bin, daß ich mit Jóia herauskommen würde. Schließlich, als sie schon anfingen, die Besucher hinauszutreiben, ist er hereingekommen.

Manchmal verstehe ich ihn auch nicht. An der Zimmertür hat er mir weismachen wollen, daß Jóias Nervensystem noch immer gestört sei, und hat gesagt, er wolle nicht gehen, seine Bewegungen seien schlaff, er blicke noch immer in die Ferne, als ob er uns nicht sähe. Ich bin anderer Meinung. Ich kann richtig mit ihm sprechen, und obwohl er mir nicht laut antwortet, ist es doch so, als ob er mir antwortet. Und wozu soll er mir antworten, wenn er fühlt, daß ich seine Gedanken errate? Ich bin sicher, daß er wieder nach Hause, zu seinen Kleidern, in sein Zimmer will. Sein Blick sagte mir das, auch wenn es keiner sieht. Mit mir zusammen wird er aufstehen, gehen, alles wieder machen, und viel besser als früher. Fünf Minuten vor Ende der Besuchszeit hat Fernando ein kariertes Blatt und einen Stift aus der Tasche gezogen und ihn gebeten, etwas zu schreiben, was ihm gerade in den Kopf komme. Ich mußte dabei an frühere Szenen denken. Jóia hat mit dem Rücken zu mir, ohne sich umzudrehen, in winziger Schrift seinen ganzen Namen geschrieben: João Mário Matos Grei.

»Warum schreibst du deinen ganzen Namen? Jóia ist doch

viel hübscher«, habe ich zu ihm gesagt, damit er sich nicht überanstrengt. Da hat er wieder nach dem Papier gegriffen und noch einmal seinen ganzen Namen geschrieben.

»Er hat's überstanden«, hat Fernando draußen zu mir gesagt, aber auch Fernando ist nicht mehr der alte Fernando, als ob er ständig lästige Sachen für mich erledigte, auch wenn ich ihn gar nicht darum bitte. Nachher hat er mich, viel zu spät, gegen den Verkehr anhupend nach Hause gefahren. In São Mamede wartete völlig entnervt Tante Clotilde auf Jóia und lief vorwurfsvoll von einem Fenster zum andern. Aber es ist noch etwas im Krankenhaus passiert, nicht nur auf kariertes Papier Geschriebenes. Als wir gingen, bin ich plötzlich, wieso weiß ich auch nicht, Dr. Coutinho in die Arme gelaufen. Er ist mit wehendem Kittel vorbeigegangen, und ich bin hinter ihm her und habe gesagt, es sei unanständig, ein Kind Tag und Nacht da ohne mich liegen zu lassen. Er muß es wohl wirklich sehr eilig gehabt haben, denn er hat mich gefragt: »Wie lange haben Sie schon solche Probleme?« Und dann ist er in der Physiotherapie verschwunden.

Ich rechne damit, daß ich ihn morgen nach São Mamede mitnehmen kann.

6. Ein Feuer in der Wohnung

Es ist schwierig, Ihnen zu erklären, wieso plötzlich, man könnte meinen, durch Zufall oder Zauberei, jene Verse der Milena Jesenská jede Übereinstimmung mit meinem Leben verloren, bis dann der Höhepunkt kam und es in der Wohnung ein Feuer gab. Denken Sie aber nicht, daß es sich hierbei um eine Metapher handelt – ich spreche von einem richtigen Feuer.

Die knappe Freizeit, die mir bei all der Rennerei blieb, verbrachte ich im Café *Aviador*, denn dort konnte ich unter Menschen sein, mich ein bißchen unterhalten und dabei auf Jóia aufpassen, der draußen spielte. Auf diese Weise hatte ich Leute kennengelernt, die sich da zum Zeitunglesen hinsetzten und laut ihre Kommentare äußerten, als wären sie zu Hause. Eines Nachmittags jedoch, als ich allein Kaffee trank, weil ich mich verspätet hatte, und gedankenlos auf den Verkehr schaute, kamen João Martinho, die beiden anderen und die Blonde der Dämmerung ins Café und auf meinen Tisch zu. Die drei waren vollgestaubt, vor allem an Haar und Händen, aber sie benutzten wohl neuerdings einen Schutz oder eine Maske, denn ihre Gesichter waren sauber. Ich dachte allerdings, Artur Salema würde im letzten Augenblick einen anderen Platz suchen, und stellte mir vor, er hätte noch immer den Gesichtsausdruck, den er mir seit dem Ararakäfig zeigte. Ich hatte mich geirrt – Martinho ging voran, und alle belegten die Nachbarstühle mit Beschlag, setzten sich an den Tisch, an dem ich saß, steckten auf der Stelle die Köpfe zusammen und fingen vor mir an zu reden, als wäre zwischen Weihnachten und diesem Augenblick überhaupt keine Zeit verstrichen. Aber irgend etwas war bei ihnen schiefgegangen. João Martinhos Haar war zerzaust, und in seiner abgetragenen Kleidung sah er, da ihm auch noch ein Zahn fehlte, wie ein Bettler aus, allerdings war er in diesem Augenblick der einzige von den dreien, der nicht den Kopf hängen ließ. Schnell bekam ich mit, daß nach zwei Wochen Staub und Steinmehl, Krach, Drecksarbeit und Fahrten raus nach Pêro Pinheiro zwei Stücke kaputt gegangen waren, nur weil Rita sich päpstlicher als der Papst angestellt hatte. Beide waren glatt in der Mitte durchgebrochen, eine Hälfte nach links und eine nach rechts. Zwei Unfälle an ein und demselben Tag, das sei zuviel, und sie sahen den Schuldigen an.

»Soll ich mich umbringen? Soll ich in den Fluß springen?«

Fragte Fernando Rita, und auch er legte die Hände auf den Tisch. Sie waren klein und hatten große gelbe Schwielen auf der Innenfläche, ein Fingernagel war mit einem Stoffetzen umwickelt. Ich weiß noch, daß ein riesiges Schiff den Tejo flußaufwärts fahrend das Wasser zerpflügte, während man die Verstimmung in der Luft spürte. Ich hatte nur den Schluß der Geschichte mitbekommen und wollte noch sagen: »Macht euch nicht solche Sorgen. Was kaputt ist, ist kaputt. Seht nur, wie die Schiffe den Fluß rauf und runter fahren, und den Ufern ist das egal.« Oder irgend so etwas. Aber ich sagte es nicht, denn Artur Salema mit der Blonden an der Brust hätte mir antworten können, es gehe nicht um Ufer, und wenn er das gesagt hätte, wäre ich zwischen ihnen gewesen wie das Ufer, das ein Schiff vorüberfahren sieht. Ganz abgesehen davon, daß sie sowieso untröstlich waren. Es war ein großer Verlust, denn es waren Auftragsarbeiten gewesen, und sie waren ihnen auf Anhieb gelungen.

»Soll ich mich umbringen?«

Nein, niemand wollte, daß er sich umbrachte, aber als der Kaffee kam, rührten die drei mit einer Geschwindigkeit in den Tassen, als müßten sie den Boden durchrühren. João Martinho wollte ihnen noch klarmachen, daß Gelungenes wohl Freude bereitet, Mißlungenes aber lehrreich ist wie eine Fibel, ein Nachschlagewerk mit dunklem Inhalt, der, rückwärts gelesen, den Weg weist. »Die Ägypter, zum Beispiel. Wißt ihr, wie die Ägypter Alabaster bearbeiteten? Sie wickelten die Steine in Tücher, legten sie in die Erde und schliffen und höhlten sie ganz geduldig aus, damit nichts kaputt ging. Die Kunst wird immer eine Geduldsprobe bleiben«, sagte der Meister.

»Ja, aber das war zur Zeit der Pyramiden und Pharaonen.«

Außer João Martinho glaubte keiner, daß der Alabaster noch heute wie ein Kind gewickelt und wie eine Kartoffel in die Erde gesteckt würde. Der Meister sei nur in Maximen Meister. Da saß ich nun Artur Salema gegenüber und konnte sehen, daß die Augen des großen Ex-Gastes auf einmal einen intensiven Glanz annahmen, ihn gleich darauf verloren und erneut zurückgewannen. Ein feuchter Schimmer, der nur bis in den Winkel lief und dann sofort verschwand. Ich konnte mich von dieser Verwandlung nicht losreißen – warum geschah das mit ihm? Und ein kleiner Tropfen glänzte, zögerte, zitterte und lief rasch über sein Gesicht hinunter in seinen Bart. Eine schwache Spur von Feuchtigkeit verschwand im Licht. Ich merkte, daß nur ich es gesehen hatte, so schnell war alles gegangen und so tief hielten die anderen die Köpfe gesenkt, und wie Sie sich denken können, ging es mir durch und durch. Er saß regungslos und sah mich an, bis die Feuchtigkeit seine Nase erreichte, er wollte ausschnauben, suchte nach einem Taschentuch, das nicht vorhanden war, schob Celina beiseite und ging mit großen Schritten zum WC. Als Artur Salema aufstand, veranlaßte das Martinho, sich wieder auf Fernando Rita zu stürzen, als wollte er ihn in Stücke reißen.

»Mit dir kann man wirklich nicht zusammenarbeiten. Du machst alles kaputt. Als ob du die Schwäche des Steins kennst und bis zum letzten Augenblick wartest, um ihn dann platzen zu lassen. Nur, um andere zu ärgern«, und zu mir gewandt: »Die beiden könnten arbeiten, aber jeder an seinem Stück, so wie alle Leute. Aber die nicht. Ich bin zu alt, um neue Moden zu ertragen. Zu alt, alt und akademisch, da hilft nichts mehr.«

Artur Salema kam schon mit geputzter Nase wieder, und nun schien auch Fernando Rita die Fassung zu verlieren. »Wir haben Hände, wir haben Zeit, wir haben Steine. Verdammt, Mann, morgen fangen wir von neuem an«, sagte der Schuldige.

Aber das Gespräch nahm eine Wende.

»Kennst du eigentlich Celina?« fragte Artur Salema mich. Es war das erste Mal, daß er mich ansprach, ich war verwirrt und erzählte ihm recht und schlecht von der Szene in der Dämmerung, während die Person, um die es ging, den Vorfall völlig vergessen zu haben schien. Trotz der Staubschicht auf Artur Salemas Hemd hatte Celina ihre Haarmassen auf seine Brust gebettet, so daß sie sie fast ganz bedeckten, und wie sie sich am hellen Nachmittag um drei in dieser albernen Stellung rekelte, erinnerte mich der Anblick der sehr jungen Frau mit der Strubbelmähne an einen Löwen in der feuerroten Savanne, was mir unerträglich vorkam. Nein, ich litt nicht dabei. Dieses Bild überschnitt sich nur mit einem anderen, an dem ich aktiven Anteil gehabt hatte, als ich neben der Taube heiße Küsse bekam und davon entflammt worden war. Mehr nicht. Sie müssen nicht denken, ich hätte die Fänge des gierigen Tieres Eifersucht gespürt. Ganz im Gegenteil, zumal mich, während die Blondine, im Profil und ganz geistesabwesend, die Augen geschlossen hatte, ein unsichtbares Band mit Artur Salema verknüpfte. Ich fühlte mich durch und durch mutig.

»Wie wär's, wenn wir zu mir gehen und ich einen Kaffee nach meiner Art für euch mache?«

Artur Salema stand als erster auf und ging voran, und ich weiß noch, daß seine Schritte eine perfekte Gerade zwischen dem *Aviador* und meiner Tür zu ziehen schienen. Es war unfaßbar, wie das Glück sich plötzlich ganz mir zuwandte. Wollten sie Musik? Da stehe der Plattenspieler mit ausgehängtem Arm, aber wenn jemand das hinkriegen könne, gebe es noch einen alten Dylan, den man hören könne, egal, ob er einem die Ohren zerkratze oder nicht.

»Genau, einen Dylan«, sagte er.

Schnell breitete der Kaffeeduft sich im Raum aus, durch den schon Musik klang, und João Martinho legte sein Bein auf einen Stuhl. Ich zog auch die beiden Betten auseinander, damit sie sich darauf setzen konnten, und da die Aufregung wegen der zerbrochenen Steine sich allmählich legte, fanden sie, das Umstellen der Möbel habe Wunder gewirkt. Ich schwöre Ihnen, es kamen noch andere Tage, aber dieser schien mir unvergeßlich zu sein, denn es entspannen sich ungehemmte Bekenntnisse. Im Grunde müsse man von diesem Fluß weggehen und die Stadt vergessen, die in diesem Winter im Inneren allmählich das triste Erscheinungsbild einer verwohnten Kaserne annehme. Sagten sie. Habt ihr die Straßen gesehen? Bald gehört die Welt wieder denen, die einen Ladentisch aufstellen und dahinter eine Handvoll Lebensmittel anbieten. Man rechnete mit großen Mengen von Tuberkulosefällen, die Ärzte in ihren Praxen zeichneten zu dem Thema Grafiken mit spitzen Zacken wie der Everestgipfel. Die Elendsviertel wucherten am Stadtrand wie Schorfkrusten, in der Metro gebe es immer mehr Bettler, in den Krankenhausambulanzen immer mehr Patienten und immer weniger Mittel. Aus all diesen Gründen und noch vielen anderen, die sie, auf meinem Bett liegend, nicht nannten, sei ihnen nach Verzweiflung zumute.

»Júlia«, sagte irgendwann Artur in irgendeinem Zusammenhang.

Natürlich übertrieb keiner, aber man merkte deutlich, daß alle sich das aussuchten, was sie am tiefsten kränkte, um die zerbrochenen Steine zu vergessen. Zumindest kam ich zu diesem Schluß. Während sie diese traurigen Sätze aussprachen, die an die vielen Benachteiligten erinnerten, empfanden sie wahrscheinlich so etwas wie klammheimliche Freude, und dieses Gefühl teilten wohl alle drei, denn sie wurden nicht müde, von Ruin und Verfall zu reden, sagten zwar anschließend nicht, daß sie glücklich seien, zeigten es aber. Nein, meine Freunde waren keine Heuchler, verstehen Sie das bitte richtig. Es war eher eine Form von Rettung. Ich zum Beispiel, die von einem Anfangskurs in Kunst zu einer Sprachenschule übergewechselt war, assoziierte allein durch Kontrast, und als ich von den Vororten reden hörte, dachte ich an

Filmszenen mit Kühen und anderen in Gefangenschaft gehaltenen Tieren, die bei Sonnenuntergang in die Ställe trotten. Vielleicht gab es eine träge rosa Wolke, die am Himmel den Weg der roten Vierbeiner begleitete. Oh! Das Pfeifen eines Zuges, das quer durch den Sonnenuntergang fliegt! dachte ich. Und sie mußten ähnliche Begeisterung empfinden, denn sie tauschten Gegenstände über dem Bett aus, Tassen, Zucker, und ab und zu streiften sich ihre Hände. Sie waren noch immer eingestaubt, selbst Celina, wie durch Ansteckung, und als wäre dies alles eine Vorbereitung auf eine erhabenere Stufe gewesen, wollten sie am nächsten Tag die Arbeit wiederaufnehmen. Fernando Rita lachte.

»Maria Júlia, weißt du, daß wir im Herbst eine zwölfteilige Serie mit dem Titel *Die großen Köpfe* anfangen wollen? Rate mal, wer der erste sein wird.«

»Bakunin«, sagte ich.

Artur Salema bewegte sich nicht. Er hatte Celina an der Brust, und Celina hatte eine Zigarette im Mund, der mir in diesem Augenblick schwammig vorkam. Eine Zigarette der Marke Eve mit Blumen auf dem Filter. Wie hätte er sich auch bewegen sollen? Aber ich war sicher, daß dieser kurze Wortwechsel ihn berührt hatte, und als ich ihn nur durch die Wimpern ansah, stellte ich fest, daß er mich auf die gleiche Weise ansah, und die Glocke aus Glas und Stahl senkte sich strahlend und glänzend und setzte, zwischen uns kreisend, sanft auf. »Ja, Bakunin«, sagte er. Mich überlief es eiskalt. Wahrscheinlich gehörten wir zur selben Gattung, und da war es wohl am besten, daß wir auf Distanz ineinander verliebt blieben, mit einer anderen Person zwischen uns, die durch die Nase Rauch ausstieß.

»Bis morgen«, sagten sie.

Wie, ist schwierig zu erklären, aber nun konnten wir eine ungetrübte Liebe leben, selbst wenn die Person dazwischen ein erfahrener Mensch gewesen wäre, der alles kannte oder zumindest alles vermutete. Celina aber verstand noch so wenig vom Leben, daß sie wohl glaubte, die Menschen besäßen einander je nachdem, an welche Brust sie ihren Kopf lehnten, dabei hatte sie den Beweis des genauen Gegenteils neben sich, und das waren wir. Außerdem gehörte Celina nach Anabela Cravos Typologie nicht zu Artur Salemas Gattung und war folglich die ideale Person, uns als Bindeglied zu dienen. Kein Wunder, daß, im Gegensatz zu dem tieftraurigen tschechischen Liedchen, die heraufziehenden Tage die schönsten Augenblicke einer großen Liebe mit sich brachten – ich glaube, daß wir den Zweifel überwunden hatten und meinten, wir würden niemals einander gehören. Hosianna. Das Aroma meines Kaffees und ein paar harte Kekse, die ich in irgendeiner Dose aufbewahrte, hatten ihnen so gut geschmeckt, daß alle vier mehrere Tage nacheinander nach dem Duschen und Abendessen ruhig und gesittet erschienen, als besuchten sie einen bedeutenden Ort. Ich wurde euphorisch und rang mir unsagbare Opfer ab, um Kaffee der besten Sorte zu kaufen. Auch nahm ich extravagante Putzmaßnahmen auf mich – in der Mittagspause entdeckte ich in den Supermärkten Lavendel- und Zitronendüfte, daß sie die Nase aufsperrten, sobald sie zur Tür hereinkamen. Selbst Celina lobte die Frische. Manchmal jedoch hörte ich die Schritte an der Wand, ganz dicht neben der Luke, aber statt um das Atelier herumzukommen, verhallten sie nach rechts, zum Café *Aviador* hin. Der nächste Tag brachte immer Entschädigung, Artur erschien, packte sich sofort Celina an die Brust, und die Glocke erhob sich summend und trieb uns unausweichlich aufeinander zu.

Hier muß aber etwas eingeschoben werden, denn wem diese neue Entwicklung gar nicht gefiel, war Anabela Cravo. Hier war es, wo sie und der Pate sich jeden zweiten Donnerstag heimlich trafen, und mit Sicherheit war ihr die Vorstellung lieber, daß dieser Raum während der ganzen vierzehn Tage unantastbar blieb. Gäbe es einen keuscheren Ort als den, wohin eine Witwe sich mit ihrem Kind zurückgezogen hatte? In den Hagiographien aller Völker findet sich dieses Tugendbild. Als sie davon hörte, erstarrte sie.

»Hier? Wo du mit Jóia ißt und schläfst? Das hier haben

sie sich für ihr nächtliches Vergnügen ausgesucht? Hast du schon mal zusammengerechnet? Wieviel dich so ein Spaß jedesmal kostet? Was du dafür ausgibst? Das Essen, das sie dir wegessen?« sagte sie.

Anabela hatte ein bißchen recht, aber nicht einmal das gestand ich ihr zu. Tatsächlich war das Donnerstagssystem erprobt worden und ein voller Erfolg gewesen. Ich weiß noch, als ich nach dem ersten Treffen wieder in das Atelier kam, hätte ich gesagt, es sei überhaupt kein Paar dort gewesen, wenn nicht unter der Sandeman-Flasche ein Zettel gelegen hätte: »Bye, tausend Dank.« Unter diesem Zettel ein gefalteter Umschlag mit Geld und noch ein zweiter, ebenfalls knappgefaßter, aber explosiver Zettel: »Deine Gasflaschen sind leer, und er platzt vor Zufriedenheit!« Zwischen Tablett und Flasche sollten von nun an immer Zettel liegen, ob Notwendigkeit dafür bestand oder nicht. Erst nach dem vierten Treffen wies ein Deodorantduft schwach auf den unsichtbaren Besuch der beiden hin. Die Portweinflasche ging auch zur Neige und gab den zweiten Hinweis. Sie waren sorgfältig. Umgekehrt jedoch garantierte niemand Anabela Cravo, daß es an einem dieser Donnerstage, wenn sie hereinkamen, nicht nach Tabak und Leichtsinn riechen würde, was bei dem Herrn Paten Verstimmung oder gar Unwohlsein hervorrufen könnte. Ich aber war von großartigem Mut beflügelt und gab nicht nach. Die Gewißheit, daß es zwischen Artur und mir eine einzigartige Verständigung gab, krempelte mein Leben um. Auch Senhor Assumpção in der Buchhandlung merkte die Veränderung. Ich sprach mit ihm, und er erklärte mir zwischen Büchern, das sei eine unhaltbare Situation. Mein Chef, der viel von der Liebe verstand, wußte, daß das Wasser zum Fließen geschaffen wurde, der Flügel zum Fliegen und das andere eben zum anderen. Mir war das gleich – gerade die Unhaltbarkeit der Situation war für mich eine Herausforderung bis zum letzten. Ich weiß noch, daß ich die ganze Zeit die Stunden zählte und nur deshalb nicht noch öfter auf die Uhr schaute, weil ich meinen Chef nicht kränken wollte. Wenn er jetzt mit bereits aufgeschlagenen Büchern kam, um sie mir zu zeigen, gab ich nur vor, sie zu lesen. Ehrlich gesagt, schienen mir die Regale mit den melancholischen Gedichten sehr schnell nur noch lebensfeindliche Ernüchterungen zu enthalten. Ich fand, solche Bücher seien im Grunde Feinde der Wolken, des Rasens, der nackten Menschen, die sich zwischen den Bettüchern lieben oder in Gedanken, so wie Artur Salema und ich. Selbst dann, wenn sie direkt oder in deutlichen Bildern davon sprachen. Die Bücher von Senhor Assumpção konnten nicht zum himmlischen Paradies gehören, und wenn doch, dann waren sie nicht so attraktiv wie der Apfel. Das wünschte ich mir, Senhor Assumpção sagen zu können, wenn ich jetzt an die Holperverse dieser Milena dachte. Und die alten Oden, die er gern nach Geschäftsschluß mit ausgebreiteten Armen deklamierte, kamen mir düster wie eine Gewitternacht vor.

Auch wenn unsere Liebe sich wie alle Leidenschaften im Zeichen der Intensität entwickelte, ist es schwierig, über sie zu sprechen, und sinnlos, sie beschreiben zu wollen. Oder sie gar glaubhaft zu machen, vor allem, weil die Signale, die wir webten, unsichtbar waren, obwohl das im Beisein vieler Menschen geschah.

Bald kamen nämlich nicht nur die drei Bildhauer zusammen mit Celina zum Kaffee, sondern noch viele andere Freunde, die sich teils paarweise, teils allein anschlossen. Sie konnten selbst nicht erklären, was sie hierher zog, wenn sie manchmal Spätschichten bei der Arbeit einlegen mußten, die bis in den Morgen dauern würden. Die einzige nicht ganz weiße Wolke über dem großen Glück war die Befürchtung, Anabela könnte sich, nachdem wir gerade die alte Freundschaft neu geknüpft hatten, enteignet fühlen und sich zurückziehen. Kamen sie einmal am Mittwochabend, schliefen wir mit Rücksicht auf Anabela bei offener Luke, und ich mußte Extradecken nehmen, damit Jóia nicht krank wurde. Manchmal stellte ich fest, daß er eiskalte Füße hatte. Morgens stand ich ganz früh auf und brachte den Raum in Ordnung. Selbst wenn ich in der Buchhandlung Assumpção im Stehen schlafen mußte, war ich entschlossen, nicht nachzugeben, denn ich liebte zum zweitenmal.

»Was für eine Beziehung?« werden Sie fragen.

Nun, Artur kam und setzte sich aufs Bett mit Celina, die sofort die Augen zumachte. Er gelegentlich auch. An manchen Abenden brachten sie einen Projektor und eine Leinwand mit, und Fernando Rita zeigte eifrig Filme. Es wurde dunkel, und die beiden schienen unbeweglich zu schlummern. Es war fast unanständig, denn in dem Halbdunkel bewegte sich Artur Salemas wunderschöne Hand auf Celinas Schulter und strich gleichmäßig wie das Pendel einer Uhr über ihre Brust. Sonst bewegte sich nichts an ihnen. Aber wenn der Film zu Ende war, sah Artur Salema, noch ehe Celina aufwachte, sofort zu mir herüber, und ich deutete dieses Pendel als ein Zeichen für mich. Oder als Rache. So war es immer, und es wurden viele Filme gezeigt, denn Martinho hatte zwei Nichten, Biologinnen, die eine Serie über die bedrohten Arten in der portugiesischen Natur drehen wollten, allerdings hatten sie damals erst das Verhalten eines kleinen Hundes gefilmt. Mit einer Schale Milch und einem Wollknäuel, das der Hund bellend abwickelte, wollten sie nachweisen, daß Pawlow unrecht hatte. Sie hatten bereits eine Theorie zu dem Thema entwickelt und sprachen darüber, während sie die Spulen aufrollten. Zu Hause konnten sie wegen der Mahagonimöbel, die überall im Weg standen, nicht vorführen. Ein großes Durcheinander.

Aber während Fernando Rita viel mithalf, tat Artur, ständig mit Celina beschäftigt, weiterhin überhaupt nichts. Manchmal, wenn es sie überkam, sah man eine Zungenspitze rot über die Lippen streichen, sie küßten sich und verfielen anschließend wieder in Schläfrigkeit. Ich stellte jedoch fest, daß Artur Salema niemals die Initiative zu solchem Überschwang ergriff, und dieser Gedanke reichte aus, eine Person, die sich von Interpretationen nährte, zu beruhigen. Im übrigen war mir, obwohl ich den Gedanken an den Stromstoß durch meinen Körper im Kopf behielt, eine auf diese Weise erwiderte Leidenschaft lieber. Ich beobachtete, daß er ab und zu nach dem Kaffee aufstand und zurückkam, um Winzigkeiten zu verrichten, wie sämtliche Flüssigkeitsreste aus den Tassen in eine einzige zu gießen, um sie scheinbar wegzuräumen. Oder ein Messer auf dem Tisch tanzen zu lassen. Oder einen Löffel Zucker auf eine Untertasse zu tun, die ich dann unbefangen fortnahm. Ich jubilierte, denn je unbegründeter sein Tun war, um so mehr Bedeutung maß ich ihm bei und hörte dabei die mächtige Glocke summen. Eines Abends, als er merkte, daß ich seiner Hand nachblickte, wiederholte er mehrmals die Bewegung zum Anzünden eines Streichholzes, ohne es jedoch anzuzünden. Mit einer solchen Selbstverständlichkeit, daß es keinem auffiel, aber für uns war es so, als sagten wir einander, daß wir uns verstehen. Das heißt, in dieser Liebe gab es keine Worte, keine Umarmungen, keine in Zellophan eingepackten Geschenke.

Inzwischen machte sich der Wind draußen mit einem Frühlingsausbruch davon, und man bekam Lust, weit fortzufahren, in einem Bus, der kein einziges Mal hupte, bis am Ende der Fahrt eine Akropolis mit Säulen aus ewigem Stein auftauchte. Und jemand, der wieder sänge: »Yesterday all my troubles seemed so far away.« Zu diesem Fernweh trugen auch die Menschen bei, die meine vier Gäste mitbrachten. Ganz deutlich erinnere ich mich noch an Namen und Gesicht von Rui Teles und seiner Begleiterin, denn diese beiden spielten sogar auf einer zwölfsaitigen Gitarre Seguidillas, sie allerdings sehr verschämt. Sie sangen gut. Oder an Contreiras, der in Fonte da Telha eine Kaninchenzucht zu gründen beabsichtigte und von einem antiteleologischen, nach keinem im voraus festgesetzten Schema erbauten Dorf redete.

»Wollen wir ihnen einheizen? Ihnen zeigen, daß etwas anderes machbar ist?«

Damals hatte er eine Deutsche kennengelernt, mit der er das Bier teilte, sofern es welches gab. Ich erinnere mich an ihn, weil er eine lilarote, wie eine Pflanze verästelte Narbe am Kinn hatte und sich bei jedem Knall, den er hörte, noch immer auf den Boden warf, weil er meinte, er befände sich auf einem Dschungelpfad bei Mutarara in

Moçambique, wo er verwundet worden war. Er war ein enger Freund von Artur, und immer wenn er mit der Deutschen kam, wurde nur über das Projekt dieses völlig ungeplanten Dorfes geredet. Sie waren mit solchem Engagement dabei, daß sie an Forscher auf der Suche nach neuem Land erinnerten. Deshalb brachte die Deutsche eine Abhandlung über Kaninchenzucht mit.

»Kaninchen?« fragte Martinho ahnungslos. »Die Viecher sterben leicht.«

Die Deutsche verstand kein Wort Portugiesisch, besaß aber wohl genug Spürsinn, um gegen die Skepsis anzugehen. Sie antwortete mit unverständlichen Worten und hielt triumphierend die Abhandlung mit Zeichnungen von Gittern und Kaninchenställen hoch. An einem Spätnachmittag nun, an dem ich, wie ich mich erinnere, den Mond wie eine silberne Scheibe in der Luke aufsteigen sah, wurde die Runde sehr viel voller, bis sogar Leute an der unverrückbaren Taube lehnten. Unverrückbar? Von wegen unverrückbar. Sie waren besser aufgelegt denn je, kamen mit Seilen, mobilisierten ihr letztes Quentchen Kraft, und schließlich bewegte die Taube aus cascaisblauem Stein sich langsam zur Seite, bis sie, ohne daß ein Möbelheber notwendig gewesen war, in einer Ecke stand. Vorneweg Artur Salema, der Zeichen gab, und über ihm zog der Mond an der Luke vorbei. Dann gab es ein Feuer in der Wohnung.

Alles fing damit an, daß einer der Freunde der Biologinnen, der frankophil war und merkwürdigerweise Nana genannt wurde, nachdem meine Gäste mit jener Lust, die man im allgemeinen vom abnehmenden Mond bekommt, über die Sinnlosigkeit des Lebens gesprochen hatten, die Nostalgie auf die Spitze treiben wollte und leise und sehnsüchtig, als gäbe er den letzten Atemzug von sich, sang:

Mein Freund
willst du glücklich sein
sieh die Dinge wie sie sind:
unter der Erde

zerfallen zu Staub
der Mensch und das Lied.
Oh, doch das Sterben ist schön ...

Dieser Nana hatte nun wirklich nichts mit biologischem Denken zu tun, und João Martinho reagierte heftig. Er sei noch nie sehr fürs Singen gewesen, eigentlich sogar fürs Schweigen oder höchstens fürs Trommeln, aber da sei ihm doch jedes noch so banale Volkslied lieber als dieses mit Enttäuschung und Leere gespickte Zeug, das Nana singe. Es erinnere ihn an den alten Sartre, nichts als Brille und obskure, individuelle Gedanken. Und da Meinungskonflikte im allgemeinen zwischen dem Individuellen und dem Gesellschaftlichen entstünden, solle man lieber über letzteres sprechen. So kamen sie, nachdem sie eine Weile Kaffee getrunken und über die Macht und das einfache Volk geredet hatten, bald zu der Ansicht, daß es genausoviel Despoten auf der Welt gebe wie Apfelsinen, und ein Whisky, der von irgendwo aufgetaucht war, brachte sie so in Stimmung, daß sie alle wirkten, als wollten sie am liebsten auf die Straße gehen und irgendeinen Tyrannen umbringen, und sei es auch nur ein Meeresungeheuer mit Tentakeln und Saugnäpfen wie eine Krake – wir fühlten uns ungemein mutig.

»Her mit dem Tyrannen! Wo ist er?«

Ich weiß noch, daß es spät war und ich Eis anbot. João Martinho brauchte kein Eis, denn er wetterte gegen die ganze Lottergesellschaft. Er war auf einen Stuhl gestiegen wie Monate zuvor Artur Salema und hielt den Wänden Vorträge: »Jetzt wird es komplizierter, denn die Tyrannei steckt nicht mehr in einer Person mit zwei Augen, vier Gliedern, einem Geschlecht unterm Anzug. Einer Geliebten in Reichweite. Einem Leibwächter und den alten Lauschern. In einem, von dem man sagen kann – der da drüben, das ist der Tyrann. Im Gegenteil«, sagte er. »Heute hat der Tyrann sich pulverisiert. Er hat sich aufgelöst, befindet sich hier, in unserem Umkreis. Er klebt an uns. Er verschmilzt mit der Kleidung, die wir tragen. Mit den Schuhen an unseren Füßen. Dem Bier, das wir trinken. Und wer kann schon auf die Kaffeemarke, das Schuhleder schießen? Auf die Kleidung, die Dinge, die wir brauchen? Wer kann das? Und wie?« redete er da oben auf dem Stuhl, der auf der Stelle stand, von wo die Taube weggeschoben worden war, und er sagte eine drohende innere, lilarote Apokalypse voraus.

Die Lage sei ernst.

Ja, sehr ernst. Contreiras, der Mann, der mit einer Kerbe im Gesicht aus Mutarara gekommen war und sich auf die rosige Deutsche stützte, fand das auch.

»Für mich sind alle bekannten Thesen gestorben. Die Ideologien sind wie verirrte Wale, die an der Küste stranden. Mich überzeugt keiner.«

Ich weiß noch, daß ich aufgehört hatte, irgend etwas zu servieren, daß ich wie alle anderen an irgendeinem Gegenstand lehnte, rauchte und über die ganz reale Glocke hinweg Artur Salemas auf mich geheftetem Blick begegnete. Und entweder lag es am Mond, der schon weitergezogen war, oder es lag an den intensiven Überlegungen, die wir aneinanderketteten, jedenfalls überwältigte mich die Leidenschaft, und ich fühlte, daß etwas Vereintes sich trennte und etwas Getrenntes sich vereinte, so wie bei Sturm das Wasser, das Licht und der Schall. Wagemutig bis unter die Haarwurzeln. Und einen Augenblick lang war mein Wagemut so groß, daß ich die Spielregeln der Dreiecksliebe, die wir lebten, durchbrach und Artur Salema herausforderte.

»Das heißt, daß alles immer schlimmer wird und keiner was dagegen tut?«

Celina dürfte die Herausforderung wohl erst bemerkt haben, als er sie beiseite schob und mit der Mütze in der Hand zerzaust und herausfordernd aufstand. Sie können sich wohl denken, daß ich vor Erregung zitterte, denn das alles galt mir, und in dieser absoluten Gewißheit wartete ich ab. Martinho war schon vom Stuhl heruntergestiegen, und die Runde löste sich auf, da fragte ich zum zweitenmal, ob keiner etwas täte. Ich war von mir aus nicht bereit, es dabei zu belassen. Inzwischen verlangte Artur Salema, die anderen sollten an die Wände und Möbel zurückgehen, aus denen die Einrichtung bestand, in der wir lebten. Ich weiß noch, daß ich das Gefühl hatte, Celina schamlos direkt ins Gesicht zu lachen, und es war, als sagte ich zu Artur Salema: »Werde verrückt.«

»Werde verrückt«, alle machten Platz, und er wurde verrückt. Wer hat nicht schon einmal eine solche Szene erlebt? Bei der man das Gefühl hat, daß eine Kostbarkeit endgültig weggeworfen wird, dabei aber weiß, daß niemand etwas verliert? Artur Salema zog seine ungeputzten Schuhe aus, legte den Schal, die Mütze, das schwarze Hemd, das weiße T-Shirt darunter, die Uhr und zum Schluß den Gürtel ab, der herunterfiel und sich wie ein Schwanz schlängelte. Auch die Schlüssel, die Zigaretten, ein Taschentuch. Seine Gesten holten weit aus, als wendete er sich nicht nur an die Anwesenden, sondern mit Hilfe der Metonymie der Anwesenden auch an alle Milliarden Abwesenden – das stellte ich mir vor, während ich ihm ins Gesicht lachte und, ohne die Lippen zu bewegten, sagte: »Werde verrückt.« Oh! Wer einmal gesagt hat, daß Revolutionen die Töchter einer Verliebtheit sind, der hat damals etwas Wahres ausgesprochen. Seine Augen schienen zu sagen: »Seht ihr?« Ich weiß noch, daß jemand die Szene ins Lächerliche ziehen wollte und vorschlug, er solle auch die Haare und den Bart ablegen, aber die Karawane hatte keine Ohren und zog weiter. Artur Salema schichtete alles übereinander, ging in die Hocke und legte Feuer an den Haufen. »Werde verrückt, werde verrückt«, bat ich mit pochenden Schläfen.

Zuerst züngelten die Flammen am Hemd, das wie Plastik zu brennen begann, dann griff das Feuer auf Schal und Mütze über, und ein kräftiger Geruch nach Dung und verbrannten Haaren stieg auf. »Werde verrückt«, bat ich erneut wortlos. Auch von den Schuhen erhob sich dichter Rauch und aus der Streichholzschachtel leuchtendes, kurzes Feuerwerkslicht, das die Illusion eines Knalls schuf. Ich schwöre, daß die Glocke aus Glas und Stahl zwischen uns kreiste, und das beschleunigte den Rhythmus meines Blutes. Es roch modrig, und es machte nichts. Als wären wir alle jetzt ein Statistenspalier, stand Artur Salema barfuß da, nur mit einer schwarzen Hose bekleidet, die Arme vor der Brust verschränkt und sah aus, als sollte er gleich erschossen werden. Für eine große, allerletzte Sache. Stille war eingetreten, andächtige Stille, und keiner wagte noch einmal zu sagen, er solle den Bart ablegen. Der eine Schuh war noch nicht verbrannt und lag zwischen den eingeäscherten Kleidern, und als das Licht eingeschaltet wurde, war ich nicht Celinas Rivalin, sondern sah, daß sie gelbe Augen hatte, als käme sie aus einem Schlammloch. Sie saß da und hielt sich die Hände an die Stirn.

»Ich hasse solche Szenen«, sagte sie barsch. »Ich hasse das, ich hasse das.«

Und während Celina dies unbeherrscht wiederholte, griff sie nach einem halbvollen Glas neben sich und warf es auf das bereits erloschene Feuer. Ehe die Flüssigkeit verspritzte, zersprang das Pyrexglas in Tausende von rombenförmigen Teilchen, die über den Fußboden hüpften. »Ich hasse das.«

Aber nur sie schien das zu hassen, und Artur Salema setzte sich fast nackt auf den Boden. Im übrigen war innerhalb der Gattung alles klar, und ich frohlockte, weil ich die Gewißheit hatte, daß diese Fabel etwas mit einer geheimen Botschaft zu tun hatte. Wegen des dunklen Flecks, der auf dem Boden bleiben würde, machte ich mir keine Sorgen, auch nicht wegen der Glasscherben, die ich würde zusammenkehren müssen. Eher im Gegenteil – ich bekam große Lust, mich auszuziehen und eine ganze Brust oder ein Bein bis zum Schritt zu entblößen oder an alles Brennbare Feuer zu legen. Inzwischen gingen alle zur Tür, und Artur Salema mußte barfuß und halbnackt nach Hause gehen.

»Und jetzt?« fragte João Martinho.

»Was, und jetzt, Alter?« Artur Salema wollte nichts geliehen haben, nicht einmal Schuhe. Sie wollten ihn nach Hause begleiten, zu Fuß durch Lissabons Straßen mit geschlossenen Lebensmittelläden, deren Besitzer, vom Fiskus im Schlaf gestört, unruhig in ihren Betten atmeten. Mit Ausnahme von João Martinho, der entschlossen war, sich zurückzuziehen, wollten sie versuchen, in einen Bus zu steigen, und wenn man sie nicht hineinließe, könnten sie dem Fahrer eine Frage stellen: Wem gehören die Busse, die hier herumfahren? Wem? Dann haben wir also das Recht, die Scheiben zu zerschlagen und Obszönitäten auf den Lack zu schreiben. Vielleicht hatten wir Mai, ich weiß es nicht, aber es war Samstag, und im Zentrum gab es bestimmt Leute, die nach dem Kino durch die Pubs und Nachtlokale zogen, *Lisbon by night*. Dieses köstliche Durcheinander brachte alle in Stimmung, mit Ausnahme von Celina, die noch immer ein grimmiges Gesicht machte, und ihre Haare hingen bis über die Schulter. Bis jemand sagte: »Mann, wir könnten auf ein Glas in die *João Sebastião Bar* gehen. Das wär stark!«

»Ja, das könnten wir«, sagte Celina und schloß sich jetzt an.

Aber Artur Salema war dagegen. So, in diesem Zustand, gebe es nur zwei Möglichkeiten, wohin er gehen werde: entweder quer über die Avenida de Roma, um das Viertel in seinem bequemen Schlaf zu stören, oder zum Elendsviertel Casal Ventoso, damit die da merkten, daß jemand mitten in der Nacht an ihr Hundeleben dachte. Woanders würde er nicht hingehen.

»Laß uns zur *João Sebastião Bar* gehen, ja, mein Schatz?« bat Celina versöhnlich. Contreiras im Dunkeln vor der Tür sah aus, als hätte er überhaupt keine Narbe, und er war der Größte und Dünnste von allen. Er stehe bedingungslos auf Arturs Seite, und auch ihm sei danach, sich auszuziehen, alles anzuzünden, einen Hungerstreik anzufangen und damit den Tyrannen zu beseitigen. Fernando Rita desgleichen, allerdings weniger überschwenglich in seiner Gefolgschaft.

»Bis wir beim Messegelände sind, haben wir ihn in ein Taxi gesteckt und können mit ihm zur *João Sebastião Bar* fahren«, sagte Celina wieder, wild winkend, als sähe sie schon einen Taxifahrer zwischen den Bäumen.

Und alle machten sich hinter dem Halbnackten her auf den Weg, bis auf mich, die Jóia hatte und der es gefiel, von weitem zu lieben, damit alles einfach sein konnte und nah an der Wahrheit. Ehe sie übrigens endgültig zu ihrer fröhlichen Pilgerfahrt loszogen, gab Artur mir noch ein Zeichen. Die Tür stand offen, und als hätte ich ihn gebeten, mir beim Abschließen zu helfen, drehte er die Zunge im Schloß mehrmals nach außen und ließ sie so stehen. Es waren so winzige Gesten, daß niemand sie bemerkte, und es stand außer Zweifel, daß wir verliebt waren. Verständlicherweise wollte ich in dieser Nacht nicht schlafen, aus Angst, der Schlaf könnte mir auch nur eine dieser Gesten rauben, die ich in meinen Sinnen hatte.

7. Montag, den 2. April

Unglaublich – ich bin überzeugt, daß sie Jóia haben wollen, um mit seinem Körper Experimente zu machen. Zu diesem Schluß bin ich nicht aufgrund mütterlicher Ängstlichkeit gekommen, sondern durch ganz gesunde, nüchterne und sachliche Überlegung. Ehrlich.

Erstens, weil Dr. Coutinho eine besondere Beziehung zu Jóia hat. Eine Krankenschwester hat mir gesagt, daß der Junge ihn mit Onkel anredet, während der ganzen Visite immerzu Onkel, abgesehen davon, daß der Arzt ihm mehr Zeit als jedem anderen widmet. Aber mein Verdacht hat noch tiefere Wurzeln. Erst heute habe ich den ganzen Vormittag versucht, mich hineinzuschleichen. Ich habe es geschafft. Dr. Coutinho ging durch den Flur, und als er mich sah, hat er einen Wutanfall bekommen. Er hat mich am Arm gepackt und in einen Raum gezogen, in dem es ganz widerlich nach Medikamenten roch. Eine Schwester probierte in einer kleinen Schüssel Spritzen aus. Dann hat er sehr verärgert mit mir geredet und mir vorgeworfen, ich wollte nicht Jóias Bestes, ich hätte ihm Böses angetan und käme nur, um den Verlauf seiner Genesung zu stören. Wenn nicht genau das, dann jedenfalls etwas in der Art.

»Sagen Sie, was Sie wollen.«

Die Schwester mit den Spritzen wirkte wie ein Schulkind, das mit der Lehrerin gemeinsame Sache macht.

»Ist gut, ich gehe«, habe ich gesagt, um eine weitere Diskussion zu vermeiden. Aber ich gestehe, daß ich noch immer ein Messer in der Tasche habe, die ich um den Hals trage, und daß ich etwas ganz Bestimmtes mit diesem Messer vorhabe. Ich habe nur durch den Stoff den Griff fest gedrückt.

»Doktor, ich weiß nicht, wo die psychiatrische Sprechstunde ist – quetschen Sie mir nicht noch einmal so den Arm, sonst muß ich auch ins Krankenhaus.« Natürlich konnte er

weder verstehen, was ich damit andeuten wollte, noch konnte er ahnen, daß ich ein unwiderstehliches Verlangen hatte, ihm ein Messer zu zeigen. Nur zu zeigen. Als ich runtergekommen bin, hat Fernando über die Warterei im Lieferwagen geschimpft und gesagt, er sei nicht bereit, so eine Wartezeit noch ein drittes Mal auf sich zu nehmen. Wir sind langsam nach Hause gefahren.

8. Verheißung

Es war gleich am Tag nach dem Feuer. Anabela kam um die Mittagszeit in einem tristen grauen Kostüm, und kaum war sie im Raum, fiel ihr Blick auf einen Haufen Kissen, die auf dem Boden verstreut lagen. Sie wunderte sich über das Arrangement, zumal auch die Taube an die Wand gerückt worden war und nicht nur der Raum, sondern vor allem die Akustik sich verändert hatte. Ziemlich starr, ihr Blick.

»Nach italienischem Vorbild?«

Und sie schob mit dem Fuß die Kissen beiseite. Beim Anblick des Ascheflecks, den bis dahin kein Bleichmittel hatte entfernen können, geriet sie in eine Art mütterliches Delirium: »Júlia, verlaß dich auf mein Gespür, die werden dir noch den ganzen Kram in Brand stecken, dich bestehlen, dich ruinieren, und irgendwann bei so einem wüsten Gelage stürzt sich einer auf dich. Ich sage dir, das nimmt nicht nur ein böses Ende, das nimmt ein ganz schreckliches Ende.«

Anabela wollte sich nicht setzen.

»Ich wette, dieser Fleck stammt vom *Yeti*. Stimmt's?« sagte sie noch.

Ich hätte ihr gern erklärt, daß ich lichterloh in Artur Salema verliebt sei, daß wir uns mit unmerklichen Zeichen verständigten und uns unser Verlangen von den Augen ablasen, daß ich einen wahren Fieberrausch erlebte, denn dieser Fleck könne als Überbleibsel eines Liebesholocausts verstanden werden, aber Anabela saß und preßte die Knie viel zu eng aneinander, war viel zu gut geschminkt und ihr Kostüm viel zu streng, um mit ihr darüber sprechen zu können.

»Und wenn schon. Ich kann mich nicht erinnern, daß ich jemals so lange ununterbrochen glücklich gewesen bin.«

Auch wenn Anabela daran zweifle. Ja, glücklich. Selbst wenn es ein schreckliches Ende nähme, der Frühling in diesem Jahr sei noch immer so lieblich, und auf den Dachziegeln von Calhariz zwitscherten so viele Spatzen, als säßen sie direkt auf meiner Haut, daß ich die verheißungsvolle Aussicht auf ein Zusammensein am Ende des Tages brauche. Jetzt, da ich mir absolut sicher sei, daß Artur Salema nur zu mir spreche, würde, wenn alles zu Ende sei, der Tejo grau wie Seifenwasser dahinfließen und sämtliche Lebewesen würden sterben, selbst jene, die gegen schwarze Fluten resistent seien. Warum zweifle Anabela daran, daß ich glücklich sei? Man brauche nichts Großartiges anzustellen, um mich glücklich zu machen. Außerdem gebe es überhaupt keine wüsten Gelage. Diese gelegentlichen Treffen seien nur die Vortäuschung einer ernsten Sache, und deshalb seien selbst die Banalitäten, die dort geäußert würden, auch keine richtigen Banalitäten, denn was die Ziele angehe, bestehe keinerlei Notwendigkeit, aktiv zu werden.

»Du Arme. Eine ernste Sache!«

Ja, eine ernste Sache. Erst am Abend zuvor hätten sie alle, wenn Artur Salema und die anderen einen Tyrannen gefunden hätten, eine historische Tat vollbracht, und getan hätten sie es nur deshalb nicht, weil sie keine Gelegenheit dazu gehabt hätten. Weil nämlich die Tyrannen vermutlich weit weg lebten oder nur einen kleinen Teil ihrer Spähtrupps in diese Gegend schickten. Vielleicht, weil wir uns dieser Situation und anderer Aspekte unseres Außenseitertums bewußt seien, überkämen uns nach einem Glas so schlimme Gedanken, daß wir manchmal alle eine Tablette brauchten, um es auszuhalten. Aber es lohne sich.

Anabela ging nicht auf mich ein: »Ein Tyrann? Hier? Heutzutage? Du hast Fieber und redest wirr.« Sie sah nach unten auf den Aschefleck und war trübsinnig wie ein Spätnachmittag.

»Júlia, ich möchte dich um etwas bitten«, seufzte sie erschöpft. »Ich muß häufiger herkommen.«

Tief erschöpft. Es gehe wieder um den Paten, der im Lauf des Frühlings anspruchsvoll geworden sei, eifersüchtig, sie überall verfolge, ständig anrufe, entsetzlich, eine Strafe des Hades. Die einzige Form, ihn zu besänftigen, sei, sich mindestens einmal in der Woche mit ihm zu treffen. Aber wo? Wo? Anabela stellte die Fragen und gab die Antworten.

»Nein, nicht in einem Hotel. Der Kerl ist knauserig, womöglich will er dann, daß ich die Hälfte bezahle, und das mache ich nicht mit. Kannst du uns das Atelier nicht jeden Donnerstag leihen? Sag ja!«

Doch trotz uneingeschränkter Einwilligung und neuer Abmachung blieb Anabela an diesem Nachmittag erschöpft, als ob die noch häufigere Nähe des Paten sie zutiefst traurig mache. Sie sprach nur mit halber Kraft: »Wir sind beide übel dran – dir legen sie Feuer im Haus, mir machen sie das Leben auf andere Weise kaputt. Ich fühle mich heute, als würde ich gleich im Morast versinken.«

Anabela ging es nicht gut. So, wie sie da saß und ihre schweren Lider bewegte, sah sie aus, als wollte sie am liebsten die Augen zu einer Siesta schließen. Auch täten ihr die Zähne weh, und sie betrachtete sich in ihrem kleinen Spiegel, machte sich Sorgen wegen der Besuche beim Zahnarzt, schrecklich sei es dort, widerliche Männer mit Bohrern in der Hand, ganz abgesehen von den Preisen. Eintausendachthundertfünfundzwanzig Escudos pro Zahn, und das mal sieben, das sei ein Vermögen, das über jedes anständige Portemonnaie gehe. Eigentlich sei ihr angesichts des Flecks nach Jammern zumute, nur die Aussicht, womöglich den Leuten zu begegnen, die aus diesem Lagerraum das Gegenstück zum Café *Aviador* machten, veranlasse sie zu gehen, und zwar sofort.

»Das nimmt ein böses Ende«, warnte sie noch an der Tür. Und machte sich auf den Weg in ihrem grauen Kostüm, das leicht zipfelte. Ich winkte ihr wie üblich lange nach, aber obwohl sie sich immer weiter entfernte und der Bus sie die Straße hinunter mitnahm, hatte sie mich mit etwas Tristem angesteckt. Und wenn nun der Fleck gar nichts war? Nichts weiter als eine winzige Aktion ohne jede Bedeutung? Ich war traurig wie von bösen Vorahnungen, und ich irrte mich nicht.

Es war schon über die Zeit, und es wurde endgültig dunkel, ohne daß jemand kam. Bis dann Contreiras mit der Deutschen erschien, sich mit noch schlafverquollenen Augen immer wieder die Brille abnahm und aufsetzte und wundersame Szenen vom Abend zuvor erzählte. Wieso sei noch niemand gekommen, um mir davon zu berichten? Von dem Skandal? Auch die Deutsche wollte etwas auf portugiesisch ausdrücken, doch war von dem, was sie sagte, nur der Name Celina zu verstehen. Denn Celina habe eine Szene gemacht und sich noch vor dem Messegelände auf die Erde geworfen. Sie habe sämtlichen Taxis, die vorbeigekommen seien, gewinkt und den Halbnackten abwechselnd nach Hause zu seiner Mutter und dann wieder zur *João Sebastião Bar* bringen wollen. Zwei so entgegengesetzte Ziele, daraus sei keiner mehr klug geworden. Wieso habe mir das noch keiner erzählt? Irgendwann, schon in Alcântara, seien »Bullen« vorbeigekommen und hätten Artur aufgreifen wollen – erzählte Contreiras. Man habe sich nach Kräften gewehrt, aber mitten in dem Getümmel habe Fernando Rita auch angefangen, sich auszuziehen, und statt nur einen hätten sie alle beide mitgenommen, direkt zur Wache. Wieso habe mir noch keiner was davon gesagt? Zum Glück sei Arturs Vater erschienen, um seinen Sohn aus der Zelle zu holen. Den armen Fernando Rita aber hätten sie dabehalten, bis am nächsten Morgen João Martinho hingegangen sei und sich für die Unbescholtenheit des Jungen verbürgt habe. Wie bitte? Wieso habe ich bis jetzt nichts davon erfahren?

Sein singender Tonfall verriet, daß er aus dem Alentejo stammte, und das Atelier kam mir nach dem Feuer nackt vor, wie Sie sich denken können. Contreiras war zwar solidarisch, hatte sich aber an diesem Abend nicht vor den Bullen ausgezogen, denn er sei als Soldat in Tete gewesen, wo die Luft zu neunzig Prozent aus Staub, fünf Prozent aus Stickstoff und fünf Prozent aus Pulverrauch bestanden habe. In Mutarara habe er als einziger von zehn überlebt, und als er am Abend die Polizei habe anhalten sehen, habe er sich, ohne zu wissen warum, auf die Erde geworfen. Die Deutsche bestätigte es, und sie erzählten, wie die

Sache ausgegangen sei. Auf einmal hielt der Mehari vor der Tür, ich machte auf, und es war nur Celina.

»Habt ihr Artur gesehen? Seit heute morgen suchen wir ihn schon!«

Ihr fast rotes Haar flatterte, sie hatte dasselbe an wie am Abend zuvor, aber der Anblick des unbevölkerten Ateliers muß ihr eine zusätzliche Enttäuschung bereitet haben, denn sie stürzte in das Badezimmer, und von dort rief sie mich dann mit weinerlicher Stimme. Der Raum war winzig, und Sie können sich meine Lage vorstellen. Celina saß da und weinte anfangs in ihre Hände, aber dann klammerte sie sich an meine Hosen und weinte sich bei mir aus. Sie wisse nicht, wo er sei, und am Abend sei ihr der Gedanke gekommen, daß er sie hasse. Die Ironie der Situation war überwältigend.

»Ich will sterben«, sagte sie. »Sterben, jetzt gleich.«

Ich merkte gar nicht, wie die Zeit verging. Nur durch die Luke des winzigen Raums schwankte der malvenblaue Himmel zwischen Tag und Nacht, veränderte sich, zog vorüber.

»Danke, daß ich das loswerden konnte. Ich verlaß mich auf dich«, sagte sie noch mit erregter, vor Kränkung gebrochener Stimme. »Falls er vorbeikommt, sag ihm, er soll sich bei mir melden, erklär ihm, ich hätte gestern zu tief ins Glas geguckt.«

Aber die Dinge sollten einen anderen Lauf nehmen. Acht Tage lang hörte ich weder von Celina noch von irgend jemand sonst, als wären sie vom Erdboden verschluckt, bis am Montag darauf, es war Ende Mai mit Vögeln am Nachmittag, beim Aussteigen aus dem Bus überraschend Artur Salema dastand, sein Schwarz abgelegt hatte und mit mir sprechen wollte. Ohne Vorwarnung, ohne Mehari, absolut unerwartet. Was heißt das nun? dachte ich noch zwischen den aussteigenden Leuten. Das mußte ein Irrtum sein, und doch war es keiner. Artur Salema bohrte den Blick in mich.

»Warum bist du vor mir weggelaufen?«

Wir gingen in eine Kneipe mit Sägespänen auf dem

Fußboden, auf den die Männer von hohen Hockern spuckten, und von innen roch es nach Leberhäppchen mit Lorbeer, daß einem vor den Augen schlecht wurde. Aber Artur Salema wollte jetzt wissen, warum ich an dem Zootag vor ihm weggelaufen war, und sah mich wie gebannt von ganz nahem an. Mir war, als erlebte ich nicht etwas Wahres, sondern hörte einen Anruf von weit weg. Wir setzten uns.

»Komm mit, laß uns von hier verschwinden, mit all dem hier brechen – dem Land, dem Kohl, dem Wasser aus den Brunnen Portugals! Komm mit.«

»Mit dir?«

Er zog aus einer Zeitung einen Brief, den sollte ich bitte unbedingt lesen, so, ganz unvorbereitet. Die Schrift war winzig, französisch und auf kariertem Papier, aber nicht sehr gut zu lesen, denn die Buchstaben verliefen zu kleinen Strichen. Trotzdem verstand ich, daß es um ein Treffen in Basel ging, von wo sie in die Gegend von Wiesloch wollten, um dort in einer Tomatenmarkfabrik zu arbeiten, das Ganze mit einem unleserlichen Namen unterschrieben. Zwischen dem Hauptteil des Briefes und der Unterschrift stand eine Aufforderung in größeren Buchstaben.

»N'oublie pas! Apporte ta maîtresse.«

»Komm mit«, sagte Artur Salema noch einmal ganz aufgewühlt.

Er saß auf der anderen Seite des kleinen Resopaltisches, unsere Knie berührten sich, und unsere Füße schoben bei jeder Bewegung die Sägespäne beiseite. Im Raum hing ein Geruch von Wein und Kroketten, der aus einer Kochecke im Hinterraum kam. Sie können sich denken, daß ich noch immer hilflos dasaß, vor allem, weil Artur Salema nicht lachte.

»Ich weiß, du denkst, ich habe ja Celina, aber ich habe Celina nicht, nein. Celina ist keine, die man hat. Celina ist eine, die jemanden hat, und das ist ganz was anderes.«

Erst gestern abend zum Beispiel habe Celina verlangt, er solle nach Hause zurückgehen und einen Blutpakt mit allem schließen, wovon er sich vor Jahren losgesagt hätte. Der einzige Kontakt aber, den er zu seiner Familie halte, sei hin und wieder ein Anruf bei seinem Bruder, der ihm den Jeep für kleine Fahrten leihe. Mehr nicht. Aber wenn er sie machen ließe, hätte Celina am liebsten schon ein weißes Kleid angezogen und wäre zum Standesamt gegangen, sogar ein üppiges Essen im *Espelho d'Agua* hätte sie bestellt. An der Wahrheit des Lebens und den ernsten Dingen mit Tiefgang interessiere sie nur die folkloristische Seite.

Er sprach sehr schnell, und mir kam noch immer alles unwirklich vor. Wir saßen fünf Zentimeter von einem am Tresen hockenden Mann, von wo jetzt die Leberhäppchenschwaden kamen. Er wollte eine schnelle Antwort von mir, das wußte ich, aber die Zeit war ein seltsames eiliges Ding, wie zwei Karren, die in entgegengesetzter Richtung dieselbe Ladung zogen.

»Warum lachst du? Ich warte auf dich, in drei Tagen hauen wir von hier ab.«

Er wartete auf mich?

Ich lachte weiter, denn wer auf mich wartete, war einzig Jóia an der Tür eines Schulzaunes, und er würde immer dort warten, auf ewig, bis ans Ende. Andere hatten ihn sich gewünscht, aber mir hatte die Natur auferlegt, ihn auf diese Weise zu lieben. Selbst wenn Jóia mich ablehnen, wenn er groß, erwachsen, alt sein würde, würde er noch immer auf mich warten. Selbst wenn er so weit wäre, mich nicht mehr anzurufen und hinter einem Brief her nach Basel zu verschwinden. Selbst wenn alles, was ich tat, Schritt für Schritt verurteilt würde. Wenn er meinen Namen vergessen und mich verstoßen würde. Ich stellte mir Jóia in dem Bild vor, das Artur Salema malte – könnte ich nicht Anabela Cravo fragen? Oder die Kollegin aus der Buchhandlung? Oder mir einen Plan ausdenken? – Bei der Vorstellung, er wäre allein, krampfte sich mir das Herz zusammen. Dennoch wollte ich das nicht als Erklärung anführen, warum ich nicht in drei Tagen nach Mitteleuropa verschwinden konnte, um von Juni bis September Tomatenmark herzustellen. Ich wollte nicht die Wahrheit sagen, weil dieser Grund so antiquiert wirken konnte, daß Artur Salema womöglich in mir die altmodischste aller altmodischen Jungfern unserer freizügigen Zeit sehen würde. Wir hatten eine Weile geschwiegen.

»Warum lachst du? Warum? Warum?«

Er verlor die Fassung, und während er mir die Finger preßte, versicherte er, kein Mensch in diesem vergammelten Land am Ufer von drei Flüssen, die nicht einmal hier ihren Ursprung hätten, sei es wert, mit ihm mitzugehen, außer mir.

»Schreib mir, ruf an, komm schnell zurück, wir haben Ende des zwanzigsten Jahrhunderts«, sagte ich zu ihm.

Es war noch heller Tag, aber das sah man in der Kneipe, die nur eine ganz schmale Tür hatte, nicht mehr. Von den jetzt brennenden Lampen in Kuhglockenform fiel nur schwaches Licht auf die Biergläser. Eine Frau kam von hinten mit einem Karton, schüttelte ihn mit beiden Händen, schlug und schlug, als wolle sie sich selbst aufrütteln, und streute dabei neue Sägespäne auf den Boden. Tatsächlich schwitzten die Fliesen in der Nähe eines Windfangs, durch den man mit einem Tritt gegen den Flügel hereinkam, irgendeine Flüssigkeit aus. Aber Artur Salema schien für alles andere ringsum blind zu sein und verlangte nach einem triftigen Grund, warum ich seinen Vorschlag, eine Hochzeitsreise in einem Schlafwagen des Südexpresses, ablehnte, und preßte mein Gesicht zwischen seinen Händen. Warum? Warum?

»Ich will jetzt nicht mehr wie Bakunin aussehen. Inzwischen finde ich ihn alt und überholt.«

»Das finde ich auch.«

»Ich rufe dich von unterwegs an.«

»Okay.«

Jóia hing wohl noch immer am Schulzaun und wartete auf mich, und es wurde dunkel. Wir gingen, Artur Salema nahm mich unter den rechten Arm und drückte mir in sanfter Wut das Gesicht. Stolpernd und holpernd gingen wir weiter, und ich sollte noch lange Zeit diesen sanften und so dummen Zangengriff der wunderschönen Finger auf meiner Haut spüren, während alles ringsum sich in raketenhafter Geschwindigkeit veränderte. Warum, sage ich Ihnen gleich.

9. Das gelbe Heft
Mittwoch, den 4. April

Der Meinung bin ich auch. Es ist sattsam bekannt, daß zwar die Kindheit nicht immer das ganze Leben erklärt, wohl aber die erste Liebe immer die zweite. Aber was kann ich in dieser Hinsicht mehr tun als Sie zu bitten, das gelbe Heft zu entziffern? Es fällt mir schwer, zu Vergangenem zurückzugehen, in diesen unterirdischen Bereich, der allmählich verblaßt. So viel belangloses Tun, so viel bedeutungslose Zeit. Entscheiden Sie. Denn schließlich hat unsere Bekanntschaft damit angefangen.

Heute ist alles schiefgegangen. Man hat mir gesagt, daß ich Jóia morgen endgültig nach Hause mitnehmen kann, aber auf der Station, wohin sie ihn jetzt verlegt haben, hat er zwischen Fernando und mir gesagt, ich soll ihn nicht wieder Jóia nennen: »Ich habe einen Namen.« Ach, aber nicht diese Worte haben sich mir wie eine Gräte in den Hals gebohrt, sondern die Art, wie er das gesagt hat, mit dem Gesicht zur Wand. »Haßt du mich?« habe ich gefragt. Fernando hat mich in den Flur gebracht. Da habe ich dann langsam das Messer abgetastet, habe es gestreichelt und gewußt, daß irgendwann ein passender Augenblick kommt. Wäre mir in diesem Moment Dr. Coutinho oder auch die Schwester mit den Spritzen begegnet, kann ich nicht ausschließen, daß irgend etwas Schreckliches passiert wäre. Ich wäre auch gern zurückgegangen und richtig gemein zu meinem Kranken gewesen, aber Fernando war da, er hatte Spielkarten aus der Tasche gezogen und spielte mit ihm. Jóia konnte die Karten gut erkennen, er hat sogar ein paarmal gewonnen, aber bei mir hat er getan, als ob er mich nicht sähe.

Also, verwenden Sie das Heft mit dem gelben Deckel.

Ich war siebzehn, als ich mich angesichts eines Sommerkornfelds auf einen Skandal einließ, denn bei einer Exkursion nach Évora brannte ich mit einem Lehrer durch ...

Alles war in Ordnung, es ging schon zurück, aber ein gelbes Kornfeld, die Ähren nach Westen geneigt, dehnte sich wie ein Meer. Am Rande dieses Kornfelds, das wie ein Meer wogte, gab es einen schmalen Rain mit dichtem hohen Gras und Mohn. Der Rain war schmal und schien endlos in der Flur zu verlaufen, von wo man kein einziges Haus sah. Nur ein paar Eschen, dicht zusammengedrängt wie Schiffsbrüchige.

»Kommt her, kommt her!« schienen die Äste dieser Eschen von weitem zu rufen. Und wenn wir in diesem Feld ertrinken? Sagte ich und drückte David Greis Hand, aus Angst zu sterben. Wir gingen noch immer den Rain am Kornfeld entlang. »Was für ein Einfall, mit mir zu sterben, was für ein Einfall! Nur Mut!« sagte er und preßte zum erstenmal meine Finger, daß es schon fast weh tat. Seine Hand war schlank und die Haut darauf beweglich, so wie bei Händen über vierzig. Die Mitschüler waren beim Bus und fotografierten, die einen saßen, andere hatten das Kinn in der Hand, und manche standen und blickten ernst auf das Kornfeld, durch das wir gingen und das für alle Zeit dem Bild den Rücken zukehren sollte. Vier von ihnen hatten sich für die Exkursion als Rolling Stones verkleidet, und wenn sie jemanden provozieren wollten, schrien sie yeah yeah aus dem Fenster. Und das in ihrer Verkleidung ...

Oh, aber währenddessen ging ich mit dem Lehrer durch das Kornfeld, und wir hatten schon den Ackerrand mit den Gräsern erreicht.

Warum rief keiner? Warum sagte keiner: »Herr Lehrer, Herr Lehrer, kommen Sie mal bitte. Für ein Foto mit den Rolling Stones.« Keiner sagte das. Sie waren unwiderstehlich, diese wogenden Kornwellen, dabei wußte ich, daß hinter uns die Blicke jener waren, die sagen würden, daß wir ertrunken seien. Sie sind ertrunken, würden sie später sagen. Er hat die Schülerin, die Maria Júlia, an der Hand gefaßt und ist mit ihr ins Weizenfeld gegangen, und wir konnten rufen, soviel wir wollten, sie sind nicht zurückgekommen. Beschwören können wir es nicht, aber wir haben ihre Silhouetten immer aufrecht nebeneinander gesehen. Sie sind fast hinter einer Kornfeldwoge in der Ferne verschwunden und zurückgekommen, als ob nichts wäre, gar nicht geniert, als wären sie nebenan zum Beten in die Kirche gegangen! Wir kamen mit anderthalb Stunden Verspätung zurück, und wir wußten doch, daß die Mütter zu Hause sich Sorgen machten und fürchteten, wir könnten in unserem Wahn, wir seien alle Mick Jagger, auf verrückte Ideen kommen, wie zum Beispiel die historische Stadt Évora in Brand zu stecken. Und es war schrecklich, denn als wir den Lehrer wiedersahen, haben wir ihn geschnitten, denn er hatte eine von uns in ein Kornfeld mitgenommen. Es war erdrückend. Jetzt muß man es dem Direktor, den Behörden, dem Kaplan sagen. Aber zuallererst den Familien. Am nächsten Tag erklärte der Lehrer in der Pausenhalle, er komme nicht mehr in die Schule zurück, und er kam nicht mehr zurück. Wir glauben, das war alles wegen dieses Sommerkornfelds, das um die Zeit so rot geworden war, daß jeder von uns das Gefühl hatte, vor seinen Augen lodere eine Flamme. Es war am Ende des Schuljahres, und es wurde über nichts anderes mehr geredet. Der Direktor mußte am nächsten Tag vor lauter Aufregung den Arzt kommen lassen, denn sein Blutdruck schwankte plötzlich zwischen sechzig und hundertsechzig, wie ein Kompaß, der vor Nervosität die Orientierung verloren hat . . .

Aber während wir im Korn verschwanden, legte David sich die Jacke über die Schultern und die Hand in die Hand und sagte zu mir: »Alles ist Materie. Materie ist im Boden, Materie in Wolken, Materie in Ähren, Materie in Blüten. Und es gibt Materie im Menschen.« Wieder bekam ich Angst, als würde im nächsten Augenblick ein Schnellzug in diesem Weizenstrom auftauchen, über uns hinwegfahren und uns dem Erdboden gleichmachen. Und ich, die eine Kunstschule besuchte und erst siebzehn Jahre alt war, wollte sagen: »Und was ist mit den Gedanken?« Aber David Grei kam mir zu Hilfe, als hätte er es erraten: »Die Gedanken sind die Kraft der Materie, und die Liebe ist die Blüte der Gedanken. Die Blüte der Gedanken!« Aber ich wußte, daß diese zweite Hälfte des Bildes mich nur zum Lachen bringen sollte, denn ich war in dem Alter, in dem man die Beatles und die Rolling Stones bewunderte. Ich hatte gar keine Angst mehr, von meinen dreiunddreißig Klassenkameraden gesehen zu werden.

»Das ist die Liebe?«

Da der Rain plötzlich in einen Graben abfiel, hätte man uns, wären wir auch nur zwei Schritte weitergegangen, nicht mehr sehen können. Und ich wäre wirklich bis zu jener Grenze weitergegangen, wo der Alentejo keine Himmelsrichtungen mehr hat, aber das wollte der Lehrer nicht.

»Laß uns umkehren, Liebling.«

Als wir zurückgingen und in der Ferne den Bus noch winziger sahen, als er später auf den Fotografien sein sollte, und rings herum die regungslosen Klassenkameraden, hatte keiner von uns beiden Angst, als wäre ein Wirbelwind vorbeigezogen und hätte unser Schicksal verändert. »Wir werden nie mehr sein, was wir waren«, sagte er. »Doch, doch, doch.« David Greis Augen waren in diesem Moment so rot wie das Kornfeld, und er nahm mit dem Frohlocken der Erneuerung etwas in Angriff ...

»Ich will ein Kind«, sagte er, als wir Ferien in Foz do Arelho machten. Monate später, an einem Morgen, kam Jóia mit dunklem, geringeltem Haar, wie ein auf den Bauch einer Amphore geritztes griechisches Kind. Wirklich, aus diesem im Wind wogenden Sommerkornmeer ragten die Eschen mit hocherhobenen Ästen, bis der Exkursionsbus dichten Qualm ausstieß und in eine Kurve ging. Aber erst nach und nach begriff ich, daß Jóia eine sehr viel tiefere Bedeutung hatte als nur Stillen und Wikkeln – Jóia war Zukunft für David Grei. Diese Bäume erhoben sich über dem Kopf des Kindes und riefen mir immer noch zu: »Kommt her, kommt her.« Und wiesen genau in die Zukunft ...

Als ich schwanger wurde, waren wir in Foz do Arelho, und ich erbrach mich Tag und Nacht in Nachttöpfe, die David mir fröhlich brachte. Ein Arzt, der ein Haus in der Nähe hatte und Aale zum Eintopf fing, meinte, Schwangerschaftserbrechen sei so natürlich wie Durst haben. Er empfahl Tabletten und Ruhe. David Grei sah stundenlang beim Wachsen zu ...

Er holte mich an einem Vormittag aus dem Nonnenheim. Am Abend davor hatte eine Nonne gesagt, sie habe nie Freud gelesen, weil sie das Gefühl habe, er gehe gegen die göttliche Offenbarung an, aber nach dem, was sie wisse, sei mein Fall so eindeutig wie der Geruch von Weihrauch. »Aus mangelndem Glauben an Gott suchst du einen Vater auf Erden. Daß so ein Skandal in unserem Haus passieren mußte!« Ich verließ das Heim mit einem kleinen Teufel auf der Schulter, wie einen Jagdfalken. Doch als wir in die Rua das Rotas kamen, fragte David mich, ob ich glücklich sei. »Ja, ja, ich kann gar nicht sagen, wie!« Auf einmal stand die Welt jedem Wagnis offen, alles schien einen Sinn zu haben, auch wenn ich wußte, daß eine Schnitterinnenschar den Weizen, der uns gerufen hatte, schon in der Gluthitze des Spätsommers gemäht hatte. Der Lehrer wollte mich heiraten, sobald ich volljährig sei, und sprach von herrlichen Plänen. Es sei an der Zeit, mich mit seinen Freunden zusammenzubringen, ihren Frauen, seinen Freundinnen, vor allem mit dem faszinierenden Mão Dianjo ...

Mão Dianjo nun lebte in einem zweigeschossigen Haus in der Rua de Infantaria Dezasseis und besaß ein Grundstück mit zwei Holzhäuschen. Sie zeigten sie mir und forderten mich auf, hineinzuschauen. »Ich sehe nur Brennholz!« Mão Dianjo stand neben David und sagte: »Hier habe ich Dutzende, vielleicht sogar mehr als hundert Verfolgte versteckt!« Das stimmte. Ich erfuhr, daß der Architekt Ernesto de Araújo im Freundeskreis wegen dieser beiden beschützenden Holzhäuschen Mão Dianjo, Engelshand, genannt wurde. Man hatte ihn mehrmals verhaftet, das ganze Haus in der Infantaria Dezasseis auf den Kopf gestellt, nachts ständiges Auf-der-Hut-Sein, aber Mão Dianjo blieb mit dem Aufstand solidarisch. Er war der Aufstand.

Nun hatten wir damals das Jahr siebenundsechzig, und deshalb sprach man leise, aus Angst, die Wände könnten Ohren haben, der Stuck alles registrieren. Bis dahin hatte ich noch nichts mitbekommen, denn mein Vater war ein schlichter braver Bürger, ein städtisches Gegenstück zu Eça de Queiroz' João Semana, der sich sonntags mit seinem Garten beschäftigte, und die Entdeckung des Widerstands faszinierte mich. Um so mehr, als Mão Dianjo manchmal keine Angst hatte und ganz offen sprach. Dann machte er sogar provokativ das Fenster auf.

»Du wirst sehen, das ist ein Genie«, hatte David Grei, der ihn sehr schätzte, zu mir gesagt.

Er war vor allem deshalb ein Genie, weil er die wesentlichen Antworten wußte. Zwar konnte es vorkommen, daß er den Faden verlor und auf die erste und zweite Frage eine Antwort wußte, aber nicht auf die dritte, vierte oder fünfte. Doch gab es eine, bei der er nie versagte, und das war genau die letzte. Und deshalb fühlte man sich bei ihm ungeheuer sicher. Und mit diesen Überzeugungen und dazu den beiden scheinbar bis an die Tür mit Brennholz vollgestopften Holzhäuschen im Garten setzte er sein Privatleben und sein Leben aufs Spiel . . .

Ich kann mich noch an das erste Mal erinnern. Alles in dem Haus in der Infantaria Dezasseis kam mir nebulös vor. Mão Dianjos Frau war so alt, daß sie meine Mutter hätte sein können, nahm mich aber nett auf, etwa wie den Gipfel des Leichtsinns von David Grei – ich war gerade erst aus den Söckchen herausgewachsen. Sie setzten uns Spanferkelbraten auf Tonschüsseln vor, aber sie redeten so lange, daß das Mittagessen in das Abendessen und das

Abendessen in das Nachtmahl überging. Aus ihren Gesprächsthemen hörte ich eine große Wut und eine große Unzufriedenheit heraus. Aber die große Wut und die große Unzufriedenheit verstand ich erst richtig, als Mão Dianjo einen großen Schuhbeutel holte und aus dem Beutel die verbotenen Bücher zog.

»Siehst du?« sagte David Grei zu mir. Ich war noch nicht schwanger . . .

Vorläufig nahm Mão Dianjo uns auf, besorgte David eine Stelle bei der Apótema, einem Planungsbüro, und sagte, er hoffe sehr, daß David eines Tages als Gegenleistung für diesen Dienst eine verständliche, epische Darstellung des Widerstandes in Stein arbeiten werde, damit das Auge den so lange währenden inneren Druck nicht aus dem Gedächtnis verliere. Gäbe es irgendein anderes Land, wo das Gute und das Schlechte so kurz in der Erinnerung blieben? Eines Tages würden die Menschen Wahrsager beauftragen müssen, die Vergangenheit des Volkes seit dem Jahre elfhundertelf aus der Kristallkugel zu lesen.

David Grei aber verbrachte seine Zeit damit, meine Schulter, meinen Arm, meinen halben Hals mit dem Brustansatz zu modellieren, anatomische Formen in Gips, denn es fehlte ihm an Material und Ansporn, sich seinem eigentlichen Traum zu widmen – der Arbeit in Stein . . .

Es dauerte einige Jahre, bis Mão Dianjos Plan sich verwirklichte. In der Euphorie von vierundsiebzig arbeitete David Grei Tag und Nacht.

»Es ist fertig, endlich. Willst du im Atelier vorbeikommen?« fragte David am Telefon in der Rua das Rotas.

»Nein.« Mão Dianjo stand fassungslos vor der Gipsarbeit. »Nein und noch mal nein.« Er spuckte ungewollt auf den Fußboden.

David Grei fand, er sei ungerecht wie eine Distel. Er gab nicht auf, verkaufte die Kurzwarenhandlung seines Vaters für so gut wie nichts, denn Privateigentum stand ganz schlecht im Kurs, und wir alle waren damit einverstanden. Ich glaube, David Grei verlangte noch weniger, als man ihm geboten hatte. Dann machte er eine große Gipsplastik, suchte einen cascaisblauen Stein von fast zwei Tonnen aus und beauftragte den Steinmetzen. Er hielt ihn zu größter Eile an, und nach fünf Monaten kam die Taube. Mão Dianjo wurde nachdenklich.

»Verdammt, Mann, jetzt hattest du die Chance, was anderes zu zeigen.«

An diesem Tag kamen mehrere Leute, und alle meinten dasselbe – es gebe keine Grünanlage, keinen Platz, keinen Innenhof, denen diese Plastik Ehre machen könnte.

»Meinst du?« fragte er mich.

Da ließ David die Taube in das Atelier setzen, mitten in den Raum, so absurd traurig, wie ich ihn noch nie erlebt hatte ...

Er nahm Jóia, setzte ihn sich auf die Schultern, Kopf über Kopf, und so vereint wirkten die beiden wie ein Totem, das sich an einem Flußufer bewegt. Zu jener Zeit lag schon überall Abfall herum, denn von den Schiffen wurden Holzkisten ausgeladen mit den kleinen und großen Habseligkeiten von Leuten, die Afrika verlassen hatten. Es waren große Kisten, die meisten hastig zugenagelt, mit schwarzen Buchstaben bemalt, die aufgetürmt den Weg versperrten. Und David Grei setzte sich Jóia rittlings auf die Schultern, als wäre er seine einzige Form von Zukunft, und lief im Zickzack, immer gegen die Kisten ...

Ja, ja, er war verändert. Alle anderen fröhlich und er traurig. Dann hatten sie bei Grei eine Gedenkmünze für irgendeine Feier bestellt, und der Gips, der mit Gaze abgedeckt werden mußte, war schon mehrmals zerbrochen. Er hatte nicht geschlafen. Am Morgen zog er sich hastig an, er gehe weg, komme aber bald wieder, doch dann kam er noch zurück, um einen Mantel zu holen.

»Es gibt keinen Regen, am Himmel sind nur ein paar weiße Wölkchen«, sagte ich zu ihm.

Jedenfalls ging er mit dem Mantel weg und kam nicht zurück. Als es schon später Nachmittag war, ging ich zum Atelier, er war nicht da. Vielleicht ist er zu Mão Dianjo gegangen, dachte ich. In der Infantaria Dezasseis, inzwischen war es Abend, schien die Klingel zu einem Loch zu führen. Alle sind weggegangen, schloß ich daraus. Ich wartete die ganze Nacht und den nächsten Tag bis zum Nachmittag. Zu diesem Zeitpunkt meinte jemand im Treppenhaus in der Rua das Rotas, man müsse die Polizei benachrichtigen und die Beschreibung durchgeben.

»Beschreibung? Was für eine Beschreibung?« Ich hatte gedacht, er wäre am Morgen davor nach Hause gekommen, um den grauen Mantel zu holen, aber der graue Mantel hing im Kleiderschrank mit leeren Ärmeln auf dem Bügel.

»Sehen Sie nach, was fehlt.«

Der Putzfrau schließlich fiel vor dem weit geöffneten Kleiderschrank auf, daß der karierte Mantel fehlte. Vielleicht sei es besser, bei den Krankenhausambulanzen anzurufen, diesen Stellen, wo man immer anruft, aber nie den findet, der unserer Seele Ruhe geben kann. Und so kam es, daß von der Ambulanz des Krankenhauses São José nach dem üblichen Warten eine Frauenstimme mitteilte, die gesuchte Person befinde sich dort...

Nach den ersten schwermütigen Augenblicken erfuhr ich, daß es um zwei Uhr fünfundvierzig am Bahnhof Rossio geschehen war. Es war ein schneidend kalter Februarnachmittag. Man hatte einen großen Mann mit gewelltem Haar vor ein Auto taumeln sehen. Die Brille war ihm heruntergefallen, er hatte sich mit einer Hand ans Gesicht gefaßt, war weitergegangen und dann endgültig mit ausgebreiteten Armen gestürzt. Gegen einen Ford Capri, einen olivgrünen. Der karierte Mantel hatte seine Schöße mit einem Knall auf dem Straßenpflaster ausgebreitet, aber der Zeitungshändler, der in der Nähe an seinem Kiosk stand, hatte zwischen den mit Steinen auf der Auslage beschwerten Zeitschriften einen Satz nach vorn gemacht, und als ihm klar wurde, was geschehen war, hatte er, rot im Gesicht, gellend losgeschrien.

»Viel zu schade für einen Bourgeois, so ein Tod, viel zu schade für so einen! Nur die Armen, die müßten so sterben dürfen, sonst keiner! Nur die dürften das Recht haben, wie Vögelchen zu sterben!«

Und mit hoch erhobenen Armen hatte er die Leute aufmerksam gemacht, die in Regenmänteln vorübergingen, weil sie das Wetter nicht abzusehen wußten. Er hatte geschrien, bis die Ambulanz gekommen war, und selbst später, als er die letzten Zeitungen vom Stand verkaufte, hatte er noch verbreitet, so ein Tod sei für einen Menschen wie meinen Mann viel zu schade – das erzählte man mir, als diese traurigen Tage nach und nach auf dem Kalender in die Ferne rückten ...

Madalena nahm sich vor allem Jóias an, Mão Dianjo hingegen vor allem meiner.

Im Haus in der Infantaria Dezasseis wandten die Menschen sich nach David Greis Tod allmählich ernsthaft dem natürlichen Leben zu, da man nun einmal nicht genau wußte, ob er vor das Auto gefallen war oder ob das Auto ihn tatsächlich umgefahren hatte. Auf den Einfall, daß alle Diät machen sollten, kam Madalena, und deshalb roch es im Haus nach Kräutern, Kleie, Aufgüssen und nach dem bewußten Knoblauch, der Vegetarier verrät. Mão Dianjo blieb vollkommen gelassen – er verstand den Tod und kümmerte sich um mich. Er hatte jetzt mehrere gebundene Werke im Regal, die er im Lauf der Jahre geduldig mit Bleistift vollgeschrieben hatte, zweiundzwanzig Maximen über die Liebe, zweiunddreißig über den Mythos, tausend und ein paar über die Nation, fünfundachtzig über den Ursprung der Spezies, siebenundneunzig über die Ursache der Angst, und all das mitten zwischen Büchern über Wirtschaftstheorie. Der große Schuhbeutel, in dem sie früher versteckt gewesen waren, wurde zur Erinnerung und als Zeugnis aufbewahrt, aber jetzt standen die Bücher im großen Regal im Wohnzimmer. Das war der Ort, wo Mão Dianjo gern mit mir sprach.

»Es ist eine Art Namenverzeichnis, das ich nur Freunden zu sehen gebe.«

Nun ging irgendwann Ende Mai Madalena, die jede andere Doktrin ablehnte und weiterhin Katholikin war, zur Novene in die Kirche, und ich schlug im Namenverzeichnis nach. Mão Dianjo kam früher nach Hause.

»Ich an deiner Stelle würde schleunigst das Atelier abstoßen. Als erstes würde ich die Taube verkaufen.«

»Wer will die schon haben?«

»Da mach dir keine Sorgen, Plunder läßt sich manchmal gut absetzen. Bestimmt gibt es irgendeinen Baulöwen, der von so was für seinen Swimmingpool träumt.«

In Mão Dianjos Stimme lag ein freundschaftlicher Ton. Madalena hatte uns Limonade und Sojakuchen dagelassen. Er bot mir einen dieser Kuchen an, die er auch ungenießbar fand, und sprach leise.

»Oh, bitte! Wenn Madalena das hört!« sagte ich sehr erschrocken.

Madalena, wieso? Die monogame Ehe sei ein Mittelschichtbegriff. Menschen, die wüßten, was der Trieb der Materie bedeute, diese Menschen könnten sich angstfrei einander hingeben.

»Schockiert dich das?«

»Nein.«

»Aber du bist traurig...«

Mão Dianjo fand, ich dürfe nicht traurig sein. Wenn man die Dinge von meinem Standpunkt aus genau betrachte, denn die Toten hätten keinen Standpunkt, fände er, die Witwenschaft, die einen Kreis schließe, sei besser als eine Scheidung mit lauter Zweikämpfen, Attacken, Anrufen, wo alles noch zu regeln sei. Mit schmutziger Wäsche, die vor den Türen der Pförtnersfrauen in den Wohnblocks und vor den Gerichten ausgebreitet würde. Sagte er noch, viel zu nah neben mir.

Madalena kam herein. Erstaunlich, daß eine schöne, elegante Frau so wie früher die Spanierinnen mit silbernem Rosenkranz und Spitzenmantilla zur Novene ging. Ich weiß nicht, was Madalena an meiner, wie ich meinte, nur innerlichen Beunruhigung erkannte, daß sie starr an der Wohnzimmertür stehenblieb. Keinen Schritt tat. Ich hätte mich gern harmlos gegeben, wußte aber nicht, wie. Mão Dianjo beschwerte sich über die Diät, Ungenießbares, was kein menschlicher Magen vertrage. Als Madalena schließlich die Bildfläche verließ, sagte Mão Dianjo noch zu mir: »Abgesehen davon übt Witwenschaft noch einen anderen Reiz aus!« Als wäre Madalenas Gegenwart nur eine Einblendung gewesen.

Da zog ich mich nach und nach zurück, bis ich mich gar nicht mehr sehen ließ. Danach ereignete sich, wie es der Zufall wollte, die abenteuerliche, brutale Episode mit dem Hauswirt in der Rua das Rotas, als griffen manche Geschichten in andere über und wären durch ein unsichtbares Glied miteinander verbunden . . .

10. Im Zeichen von Anabela Cravo

Das Haus am Wald

»Jetzt, wo *Yeti & Kompagnons* weg sind, wird alles besser, wart's nur ab.«

Anabela saß auf dem Stuhl, der aus dem Leim ging, und auf dem Fußboden lagen die runden und viereckigen Kissen mit verschiedenen Verzierungen, die ich genäht hatte, seit sich absehen ließ, daß die Bildhauer und Celina fast regelmäßig kommen würden. Zwei Kissen, kleiner als die anderen, hatten Zöpfe und rote Münder, wie Stoffpuppen. Anabela ließ, auf dem Stuhl schaukelnd, zufällig und in Gedanken den Blick über sie wandern, dann sprang sie plötzlich auf: »Ich hab's!« So zufrieden und verblüfft, daß sie es mehrmals sagte, ohne ihre Idee zu erklären, und nur auf die Kissen auf dem Boden zeigte.

»Ich hab's! Heureka, Júlia, heureka! Die kann man verkaufen!« – »Ich gehe zu Rúbia und rede mit Ana Lencastre, meiner guten Freundin, verdammt! Wieso bin ich nicht schon früher auf diese Idee gekommen!« – »Damit kannst du viel Geld verdienen! Heureka, warum glaubst du das nicht?« – »Ich bitte dich, die halbe Stadt lebt auf Kosten der anderen Hälfte von irgendwelchen Tricks, dunklen Geschäften, Vermittlertätigkeiten. Was zögerst du? Willst du's probieren oder nicht?«

Ich nahm sie nicht ernst, wirklich nicht. Ich hatte mehrere Nächte damit verbracht, Stück für Stück zu nähen, ohne Maschine, mir dabei die Finger zerstochen, und das konnte man nur aus Spaß oder zum Zeitvertreib machen. Aber ehe Anabela verstummte oder mir den Stuhl kaputt machte, um mich zu überzeugen, sagte ich ja, denn inzwischen war es gleich, ob ich starb oder der Esel oder der König, wie man so sagt.

»Und du, hast du den Sumpf hinter dir?« fragte ich.

Unsinnige Frage. Natürlich hatte sie den Sumpf hinter sich und auch alle anderen unsicheren Böden. Neuerdings war Anabela Cravos Sprache übrigens wieder bunt geworden, voller Karikaturen, überraschender Übertreibungen im Gespann mit Wörtern, die mich auch zum Lachen brachten. Sie rief in der Buchhandlung an: »Hallo, ist da die Beulenpest am Apparat? Ich soll ausrichten, daß man einen splitternackten *Yeti* unterwegs zu den Konserven angetroffen hat ...« Sie schien jetzt, wenn sie mit mir sprach, nichts mehr ernst nehmen zu wollen, als hätte sie sich der Devise verschrieben, *alles dem Lachen zuliebe, nichts ihm zuwider.* Und sie verbreitete explosive Fröhlichkeit im Atelier. Sie brachte Platten mit und Topfpflanzen, die sie auf leere Sockel stellte – nach drei Tagen reckten sich die Blätter zu den Dachluken hin. So viel Fröhlichkeit mußte ihre Ursache im Gefühlsleben haben.

Genau, und ich irrte mich nicht, denn bald kam mir der Verdacht, daß die Donnerstage letztlich nicht nur zwischen Pate und Pate aufgeteilt wurden, sondern zwischen dem Paten und einem anderen. Ich merkte es am Geruch. Als ich eines Abends nach Hause kam, schlug mir statt eines bestimmten Deodorantduftes zwischen Rosen und Jasmin – ein inzwischen gewohntes *Tutti-frutti* – ein Grubengeruch entgegen. Es war eine Mischung aus Tabak und Rauch, Savannen-Eau de Cologne und verdunstetem Whisky, Gin oder Wodka. Eine von einem anderen Lebensstil geprägte Atmosphäre.

»Findest du nicht, daß es hier schlecht riecht?« fragte ich Jóia, der auch hereinkam.

»So hat's schon neulich gerochen.«

Es war also nicht das erste Mal. Ich ging an die Sandeman-Flasche, weil ich dachte, sie könnte mir einen Hinweis geben, aber in Wirklichkeit konnte ich nicht feststellen, ob sie sich weiter leerte oder nicht.

Sonst hatte sich nichts verändert. Die Umschläge unter dem Tablett enthielten weiterhin unterschiedliche Beträge, immer für spezielle Zwecke bestimmt, neuerdings vor allem für die Nähmaschine, mit der ich dann jene Stoffpuppen herstellen sollte, die Anabela bei Rúbia zu verkaufen gedachte. Und im Kühlschrank begegneten mir Kroketten, Pizzas, im Gefrierfach Spinatbrei mit einer Anleitung zur Zubereitung. Ich überlegte – sollte der Pate sich plötzlich verjüngt und seine Gewohnheiten geändert haben? Alles war denkbar. Aber ich nahm einen Bleistift und zeichnete eine feine Markierung in Höhe des Weins auf das Etikett. Ich wollte es laufen lassen. Der Grubengeruch konnte auch ein Überbleibsel von irgendeinem Geruch sein, den vielleicht die Hitze durch die Straßen zu uns getragen hatte. Und vielleicht mußte ich es auch gar nicht wissen. Ich gab es auf. Doch als ich am nächsten Donnerstag nach Hause kam und mich auf dem Bett ausstreckte, die Schuhe über der Kante, sah ich unter dem Tisch an der Wand eine weiße Plastikmappe liegen, die nach Werbung aussah. Jóia holte sie. Außen drauf stand der Name einer Zahnpasta, und innen drin steckte ein Schreibblock mit einem Aufdruck in der linken Ecke: BENITO JUNQUEIRA/FACHARZT FÜR KIEFER- UND ZAHNHEILKUNDE. Ich sah ihn mir näher an.

Jóia wußte nicht, wem der Block gehörte, er habe ihn noch nie gesehen, auch nicht mitgebracht, versicherte er, und er log im allgemeinen nicht. Meiner Sache bereits sicher, sah ich mir die Flasche an, auf der ich den Strich gezogen hatte, und tatsächlich hatte der Portwein nicht abgenommen. Außerdem hing am Plastikhaken neben dem Herd ein feuchtes Geschirrtuch, als habe es Gläser getrocknet, und im Gefrierfach besagte das noch nicht feste Eis den Rest. Anabela Cravo brachte also statt des Paten einen Benito Junqueira mit einem anderen Ritual her. Ob er rauchte? Vielleicht finden Sie es unanständig, daß ich nun, nachdem Jóia nach draußen verschwunden war, so pingelig in der Wohnung herumspionierte, aber ich tat es. Ich fand weder Kippen noch Pfeifentabakbrösel. Denkbar, daß Anabela diese Hinweise für auffälliger hielt, sie deshalb mitnahm und am Ende der Straße in den Müllbehälter warf. Der Geruch, der in allem saß, verriet einen Raucher, egal, wo die Asche war. Ich war noch beim Nachforschen, da hörte ich, daß Anabela den Schlüssel ins Schloß steckte. Sie kam rosig im Gesicht herein, mit frisch gekämmtem Haar, und jetzt trug sie ein paar Ponysträhnen auf der Stirn, die ihr einen sportlich lässigen Anstrich gaben. Verführerisch.

»Hast du hier keine weiße Mappe gesehen?«

Anabelas Blick fiel sofort auf die Mappe, sie ergriff sie und faßte mich um den Hals.

»Schrecklich! Ich könnte hier ein goldenes Vlies liegenlassen, und du würdest nichts merken.«

Schon an der Tür, drehte sie sich noch um.

»Hast du gesehen, was unter dem Tablett liegt? Guck nach, das ist für die Nähmaschine. Es lebe dein zukünftiges Gewerbe!«

Ich hätte schwören können, daß der Wagen, der ein Stück weiter neben dem Fußweg anfuhr, Anabela verspätet ins Büro brachte. Mit anderen Worten, in Zukunft mußte ich, wenn Anabela vom Paten sprach, Benito Junqueira, Facharzt für Kiefer- und Zahnheilkunde, verstehen. Ob der oder der, spielte auch keine Rolle. Jetzt, da das Feuer nur noch ein Fleck war, hätte ich um nichts in der Welt mit Anabela Cravo Streit anfangen können. Irgend etwas in mir war auf sie angewiesen, so wesentlich wie der Lichtkranz auf den Schatten – warum, konnte ich nicht erklären. Jetzt mehr denn je.

Aber auf einmal sagte Anabela Cravo, im Büro von Atouguia Ferraz seien die Handwerker, ein Heidenlärm überall, und sie sei zu beschäftigt, um noch abends nach der Vorlesung zu kommen. Sie rief von rauschenden öffentlichen Telefonapparaten in der Buchhandlung an, um knapp und mit dünner Stimme die Verabredungen zu verschieben. Ich kann nicht. Ich komme am Nachmittag, in der Mittagspause, morgen früh, ganz bestimmt. Doch wenn ich am wenigsten damit rechnete, machte sie die Tür auf, ließ sich erschöpft keuchend nieder und erklärte, wo sie überall gewesen sei, wie viele Stunden sie an der Maschine gesessen habe, die Notare, die Warteschlangen, die Vorlesungen, die Laufereien, die nicht beendeten Mittagessen, die opulenten, zu späten Abendmahlzeiten, von denen sie immer mit einem Kloß im Magen aufstehe. Eines Tages falle ich in die Gosse, dann wickeln sie mich in ein Laken, und ich sage den Waffen Adieu. Anschließend strafte sie diese Mutlosigkeit Lügen und griff in Plastiktüten, aus deren Öffnungen sie überraschende Einkäufe zutage förderte, kleine Autos für Jóia, die sie wie in einem Schaufenster aufstellte.

»Siehst du? Siehst du?«

Für Jóia gab es immer ein Poster, einen Radiergummi oder einen Anspitzer, der die Späne, statt sie nach unten fallen zu lassen, wie eine Zerkleinerungsmaschine nach oben zerkrümelte. Sie ging an die Tür, rief ihn, und ehe sie ihm die Päckchen in die Hand legte, ließ sie ihn zum Spaß im Kreis laufen.

Jóia ist der Peter Parker
Jóia ist der Peter Parker
Jóia ist
der Spiderman!

Ich erzählte ihr sogar, wie sehr Jóia an ihr hänge, denn er erwarte sie ungeduldig und ahne schon von weitem, daß sie komme. Aber da schreckte Anabela zurück.

»Sag mir so was nicht, ich habe kein Talent zum milden Wundertäter Christus.«

Im Gegenteil, sagte sie. Sie verabscheue diese morbide Anhänglichkeit von Kindern und gestand, sie spüre, daß sie auf ihrer linken Körperseite eine Rippe von Herodes habe. Und sie schätze die nicht nur, sondern behaupte auch, daß alle Frauen so einen Knochen im Brustkorb hätten – nur wollten sie ihn nicht hätscheln, und das sei verkehrt. Man müsse sich nur klarmachen, was die Bevölkerungsexplosion bedeute, dann begreife man, daß es so sei oder so sein müsse. Außerdem erinnerten Jóia und die anderen sie statt an die Zukunft an die Vergangenheit. Sie könne das nicht erklären, aber es sei so, als wären sie älter als sie und riefen sie aus dem Jenseits zu sich.

»Er soll nicht auf mich warten.«

Am nächsten Samstag jedoch sollte es wirklich so sein. Sie versprach, sie werde genug Zeit mitbringen, um nicht nur Päckchen zu überreichen, sondern auch einen Ausflug zu machen. Vielleicht könnten wir ein Boot nehmen und auf dem anderen Ufer in einem Straßenlokal zu Abend essen. Anabela kannte ein Lokal am Fluß, wo die Fernfahrer suppengroße Schleimhaufen auf den Boden spuckten und Steaks bestellten, die größer seien als die Teller, Massen von Essen und Pommes frites. Aber gebe es für den Sohn eines verstorbenen armen, proletarischen Bildhauers eine bessere Umgebung als die Nähe von Fernfahrern? Sagte sie. Jedenfalls würden wir unsere Gemüter durchlüften. Sie versprach dem Spiderman, daß sie gegen zwei da sein werde, sobald sie das Büro verlassen und einen Kaffee hinuntergestürzt habe.

»Einverstanden?«

»Okay.«

Vom *Yeti* war schon kaum mehr die Rede, aber ich hatte die Episode noch sehr lebendig in Erinnerung, und ich schwöre Ihnen, damals hätte Anabela mich in eine Kiste stecken, sie versiegeln und nach Kairo oder Honolulu schicken können, ich hätte da drin gehockt und es hingenommen. Ich glaube, Anabela verstand diesen Gemütszustand.

Sie machte Versprechungen. Wir würden den Nachmittag zusammen verbringen, denn wir hätten schon seit Ewigkeiten nicht mehr miteinander geredet, ohne zwanghaft auf die Uhr zu starren. Jetzt bei dem schönen Wetter rieche der Fluß für sie richtig nach Fluß. Der Sommer habe sich über dem Wasser niedergelassen, die Schiffe glitten lautlos voran wie Oberflächenfische. Eine wahre Freude. Nicht unbedingt, daß mehr Betrieb als im Winter wäre, aber wenn es auf Mitte Juni zugehe, bekomme man Lust, auf andere Weise daran zu denken, sagte Anabela Cravo.

»Dann also um zwei.«

Um zwei, hatte Anabela Cravo gesagt. Aber ich hatte Zeit, mehrere Tassen Kaffee am Fenster im Café *Aviador* zu trinken, mehrere Zigaretten anzuzünden, unzählige Male dieselbe Zeitung durchzublättern, ohne daß Anabela erschien. Das Telefon im Büro klingelte, und niemand nahm ab. Jóia wurde ungeduldig. Zwar war er anfangs mit den Küken beschäftigt, die Dona Florete im Hinterhof des Cafés hielt, an einer Schnur angebunden, doch nach einiger Zeit verlor er die Hoffnung. Sie hat gelogen, sie hat gelogen, sagte er mehrmals.

Ich weiß es noch, als wäre es heute. Jóia kletterte auf dem Platz in einen Baum und wollte nicht mehr herunterkommen, hatte vor lauter Kummer feuchte Augen und warf mit Zweigen. Die Stunden schlichen wie in einer lästigen Fastenzeit. Damals war die Zeit anders. Ein großer Wagen hielt, auf der einen Seite sprang ein brauner Hund von der Größe eines Onagers heraus, und auf der anderen Seite stieg ein Mädchen in einem T-Shirt mit der Aufschrift CAMBRIDGE mit ausgebreiteten Armen aus und führte den Hund zum Beinheben an den Baum. Jóia saß in der Krone und rief: »Scheiß mir nicht in meinen Garten, hörst du?« Und die Kleine, die wohl zwei oder drei Jahre älter war als Jóia, lachte los: »Ach, dein Garten! . . .« Und sie lachte hemmungslos, vom Hund ruckelnd an der Leine gezogen. Dann ließ sie den Hund frei, der Hund lief kurz herum, beschnupperte alle Ecken und Gräser und kehrte an die Leine zurück.

Im Wageninnern hatten zwei Personen Zeitungen aufgeschlagen, und von ihren Körpern war nicht mehr zu sehen als ihre Hände, die den Rand des Papiers hielten. Das Kind mit Cambridge auf der Brust äugte jetzt verstohlen in die Baumkrone, in der Jóia steckte. Sie hielt den Hund am Kopf fest, legte ihm die Leine an, der Hund trottete zum Auto und rieb sich an seinem Glanz. Da falteten die beiden wie ein Ehepaar wirkenden Personen die Zeitungen zusammen, der Motor sprang an, und der Wagen fuhr seines Weges, ohne daß Kind, Hund oder Person sich auch nur einmal umsahen.

»Komm runter.«

Was spielte das für eine Rolle, daß Anabela es versprochen hatte? Versprechen waren nur Versprechen. Bis Jóia schließlich herunterkam und sich mit dem Gesicht zwischen den Händen auf die Mauer setzte.

Der Nachmittag ging schon heiß zur Neige, mit Palmen im Hintergrund, die auf einer Seite verwelkt nach Afrika riefen, als Anabela den Schlüssel ins Schloß steckte und die Tür überfallartig aufging. Zum Nachdenken war keine Zeit. »Verzeihung!« Sie setzte ein Paket an der Tür ab und kam ins Atelier gestürmt.

»Ich bitte tausendmal um Verzeihung! Ich wollte noch in diesem verfluchten Café anrufen, aber ich hatte die verfluchte Nummer vergessen.«

Noch einmal bat Anabela Cravo, die Nasenflügel weiter gebläht denn je, die Hände am Kopf, sich verzweifelt schüttelnd, um Verzeihung. Aber man sah ihr an, daß sie ganz aufgeregt war, in zerknautschter Bluse, zwei Schweißflecken unter den Armen, und am liebsten wollte sie gleichzeitig lachen, reden und Gegenstände anfassen. Sie hatte den Verstand verloren – plötzlich kniete sie sich auf den Fußboden im Atelier und küßte abwechselnd Jóias und meine Knie. Bis sie dann aufstand und man sehen konnte, daß sie gleichzeitig lachte und weinte.

»Was ist los mit dir?«

Sie war nicht in der Lage, es zu sagen. Zwischen ihren heftigen Gemütsbewegungen stürzte Anabela Cravo zur Tür und schleifte ein mit mehrfach verknoteter Schnur umwickeltes Paket herein, das sie mitgebracht hatte.

»Júlia, das hier ist das große Los der Ausbeute dieses Nachmittags!«

Sie setzte das Paket ab und packte es mit flinken Händen aus, ohne erst Spannung wachsen zu !assen.

»Eine riesengroße Ausbeute, was dieser Nachmittag gebracht hat, Júlia! Hier hast du deinen Anteil.«

Jóia war fasziniert, wie festgenagelt stand er auf dem Zementboden. Es war ein Nachmittag mit böser Warterei gewesen, was aber Anabela Cravo da mitbrachte und vorzeigte, sah doch zu unwahrscheinlich aus. Es war ein tragbarer kleiner, roter Fernseher mit einer Antenne obendrauf, die sich in alle Richtungen bewegte. »Oh!« Jóia war einfach stumm. Anabela hatte nichts vergessen. Stecker, Verlängerungsschnur, einen Stromstabilisator. Sie wirbelte, daß die Luft um sie herum vibrierte, wie bei einem Zauberer, ehe er die Trommel aufmacht, aus der dann der Löwe herausspringt. Sie ging zur Steckdose, steckte alles zusammen, schaltete ein, und nach ein paar Streifen erschienen vor Jóia die Bilder und Töne. Es war die warme, liebliche Botschaft eines nahen, schon strahlenden Himmels.

»Denk immer daran, Jóia, das Leben ist niemals so gut oder so schlecht, wie man es erwartet. Merk dir das«, sie schob den Karton in eine Ecke.

»Wo hast du den her?«

Ohne es zu wollen, sah ich vor mir, wie ein Polizist mir die Hand auf die Schulter legte, ein anderer ein Formular ausfüllte, jemand den Fernseher auf dem Rücken aus der Tür trug. Aber Anabela beruhigte mich. Sie wollte ein Glas ordentlich kaltes Wasser, und dann sollten wir vor die Haustür gehen, wo ein kühler Lufthauch von der Gartenlaube her wehe. Drinnen saß Jóia unbeweglich, den Blick starr auf den Apparat gerichtet, und die Brise hätte sich in einen Sturm verwandeln und das Dach abdecken können, er hätte nichts gemerkt. Wir gingen, und nach dem Glas Wasser beruhigte Anabela sich. Sie fuhr sich mit den Händen durchs Haar und starrte auf einen Punkt in der Dunkelheit jenes Sommerabends, während wir beide vor der Tür saßen. Ich erinnere mich deutlich daran und an die Hitze, die vom Zement ausstrahlte und durch den Köper der Hose drang. Diese einleitenden Vorbereitungen brachten mich zur Verzweiflung.

»Rede, um Gottes willen.«

»Es war heute morgen, Júlia, Atouguia. Ich beeilte mich, weil ich her wollte, und Atouguia kam ins Büro, zog mir das Blatt aus der Maschine, rief mich, sagte, ich solle mich in sein Büro setzen, er wolle mit mir reden.« – »Ehrlich gesagt, habe ich etwas geahnt. Ich kenne ihn seit sechs Jahren und habe gelernt, seine Stimme zu deuten. Nun gut. Er rief mich und fragte, ob ich nur seine Angestellte oder auch seine Freundin sei. Und ich sagte: Oh, Doktor! Aber er sagte zu mir: Von jetzt an stecken Sie den Doktor in die Mülltonne. Atouguia, einfach Atouguia, mehr nicht. Und ich antwortete: Das wird schwierig, aber ich will es versuchen. Atouguia, Atouguia, Atouguia. Und ich lachte los. Du weißt ja, wie ich bin, Júlia. Da sah er mich sehr ernst an und sagte: So hat noch nie jemand meinen Namen ausgesprochen. Und ich wartete immer noch. Oh, Doktor! Da mußte er lachen. Aber in seinem Blick lag eine Spur Traurigkeit, ich hab es genau gesehen.

Er nahm meine Hände, hob sie an seine Hemdenknöpfe, Handfläche auf Handfläche, anfangs locker, dann mit Druck, als wollte er meine Finger seiner Brust einverleiben, und dann stand er auf und ließ die Jalousien in seinem Zimmer runter. So was Schreckliches.«

Ich sage noch mal, daß ich mich ganz genau erinnere – Anabela sprach schnell, klar und unaufhaltsam, eindeutig aus einem großen Bedürfnis heraus, das gerade Erlebte mitzuteilen. Sie ließ mir keine Zeit für einen Einwand.

»Verstehst du«, sagte sie. »Bis heute morgen war Atouguia für mich der Mann gewesen, den man mag, den man schätzt, der in unserer Nähe existiert, wie ein Duft, den man riecht, der aber niemals von einem selbst ausgehen, nie einem selbst gehören wird. Die Gewißheit aber, daß das sanfte Rascheln der Jalousie, als sie herunterkam, einen Kuß, mehrere Küsse bedeuten konnte oder sogar alles, was im allgemeinen dann noch kommt, das raubte mir in diesem Augenblick die Fassung. Ich will dich küssen. Sagte er, und ich empfand tiefen Ekel, den Wunsch, zu verschwinden, zu dienen und zu sterben, alles zugleich. Aber mir blieb gar keine Zeit, dieses Gefühl richtig auszukosten. Plötzlich hörten wir das Schloß, und es war dieser blöde Passos, der mit einem Mandanten in das Zimmer nebenan ging. Alles im Umbau. Klebstoff, Teppichboden, Scheren, alles auf dem Boden. Atouguia sagte nur zu mir: Geh raus und warte unten am Wagen auf mich.« – »Mädchen, ich hatte kaum Zeit, meine Taschen zu nehmen. Ich ging runter, er ging runter, wir stiegen ins Auto, fuhren durch ich weiß nicht welche Straßen, hielten an ich weiß nicht welchen roten Ampeln, parkten irgendwo vor einem Hochhaus mit vielleicht fünfzehn Stockwerken, das an einen Wald grenzt. Er machte die Tür auf und sagte: Komm mit.«

»Und dann?« fragte ich. Sie können sich denken, daß ich von dem, was Anabela mir vollkommen aufgewühlt erzählte, gebannt war.

»Dann fuhr ich rauf, Júlia, und befand mich in einer Wohnung mit heruntergelassenen Jalousien, nach Achttagemuff riechend, elegant, geräumig, überall Flure und

Vorzimmer, Regale bis an die Decke mit hohen, geraden Büchern, die mir mit ihren Rücken pst! zuzischten. Ich platzte vor Fragen, bekam aber den Mund nicht auf. Nie hätte ich gedacht, daß dieser Typ, Sohn eines Schneiders, so eine Partie gemacht hätte. Ich staunte nur noch. Aber er kam wieder zur Sache, in einem Wohnzimmer mit Ledersesseln, von oben bis unten in Rhomben gepolstert, genau das, was ich liebe. Ich setzte mich in einen, so, mit ausgestreckten Armen. Er ergriff meine Hand, drückte sie in seiner, Handfläche gegen Handfläche, an die Knöpfe von seinem Hemd, und das war so heiß, als hätte er Fieber. Dann kam Gesicht an Gesicht, und dann umarmte er mich. Der Ledersessel, in den ich mich hatte fallen lassen, war der breiteste im Raum. Anschließend gingen wir auf den Boden, und daß der Teppichboden, auf dem wir gelegen hatten, granatrot war, merkte ich erst, als ich aufstand. Aber die Wohnung war groß, nach Farben unterteilt, jeder Raum in einer anderen, und das ist der Grund, weshalb ich dir sagen kann, daß ich noch einen beigen Teppichboden, einen grauen und einen moosgrünen kennengelernt habe. Wie hätte ich dich da anrufen sollen? Es war schon später Nachmittag, da dachte ich an dich und deinen Sohn und sagte zu Atouguia: ›Was für eine wunderbare Wohnung! Oh, wenn du wüßtest, wo Júlia wohnt!‹ Und plötzlich fiel mein Blick auf den roten Apparat, der hinten in der Küche auf dem Kühlschrank stand. Ich wollte zum Abschied durch die Wohnung gehen und sah, daß noch drei da waren, in jedem Schlafzimmer einer, große, gute Apparate, AEG, Telefunken. Mein Lieber, sagte ich noch einmal. Wenn du wüßtest, wie Júlia wohnt! Leih mir den roten Apparat! Er starrte mich an, schwankte noch, und ich sagte: ›Atouguia, Atouguia!‹« – »Atouguia! Das muß ihm gefallen haben, wie ich ihn gerufen habe, denn er ging in die Küche und sagte: ›Da, nimm ihn mit, aber mach ihn nicht kaputt.‹ Und ich dachte gleich, okay. Den siehst du nie wieder, mein Lieber, verabschiede dich von ihm, denn der geht zu Júlia. So war das.«

Anabela schwieg ein paar Sekunden.

»Aber ich liebe ihn, mir ist klargeworden, daß ich ihn seit sechs Jahren liebe, und ich bin noch nie so glücklich gewesen wie auf diesem Teppichboden in verschiedenen Farben! Ich liebe ihn, ich liebe ihn.«

Sie sprach so laut, daß ich fürchtete, Jóia könnte sich vom Fernseher losreißen und zur Tür kommen, um nachzusehen, was los sei. Anabela hatte mir den Kopf in den Schoß gelegt und weinte in Krämpfen, als bewegte sie eine glühende Flüssigkeit in ihrem Innern.

»Ich liebe ihn, ich liebe und begehre ihn. Warum ist morgen nicht schon übermorgen? Ich liebe ihn.«

Diese Baracke hatte hockende, stehende, reitende, sitzende, ruhende, graue, weiße, fertige, zerbrochene, menschenähnliche, tierähnliche, aufrechte, gekrümmte, schiefe Gestalten erlebt, wie jedes Haus eines Bildhauers, ob gut oder schlecht, spielt keine Rolle, aber ich konnte mich an keine erinnern, die irgendeine Ähnlichkeit mit dem Aussehen von Anabela Cravo gehabt hätte, die plötzlich wegen Atouguia in meinen Schoß weinte. Die Töne, die sie von sich gab, klangen so, nur um eine Vorstellung zu haben, als wäre der Tarzanschrei, den sie am Weihnachtstag über das Wasser geschickt hatte, auf einmal von einer Reise zurückgekommen, hätte aber unterwegs die hohen Töne verloren und dafür eine sich hochschraubende, göttliche Wollust mitgebracht. Selbst bei Liebesgeständnissen sind wir verschieden, dachte ich. Ich war nie zu einem solchen Ausdruck fähig gewesen, hatte es lieber für mich behalten, obwohl dieser Salema mein Dasein bis ins Mark aufgewühlt hatte. Anabela nicht. Anabela gab sich so, wie es sein sollte, diesem intensiven, tief empfundenen Glücksweinen hin und unterbrach es nur, um es mit vereinzelten Worten zu ergänzen, Dingen, die sie gesagt und getan hatte, sprach von dem Glanz seiner Augen, den weichen Schritten auf dem Teppichboden, barfuß und nackt, wie ihre Mütter sie zur Welt gebracht hatten. Fast singend erzählte sie von der Entdeckung, daß es also Benfica war, wo diese Liebe sich ereignet hatte, mit Blick auf den grünen Wald von Monsanto. Sie habe durch die Jalousien geschaut und sich so gut gefühlt, daß sie jetzt denke, diese Wohnung sei unwirklich und befinde sich an keinem Stadtrand der Welt. Aber leider sei nichts wirklicher als die Eisenbahnschienen, auf denen von Zeit zu Zeit ein grauer, kalter Zug über die Bahnübergänge gefahren sei. Sie wollte, daß auch dies nicht wirklich sei. Sie sprach abgehackt, weinte dazwischen, ohne sich darüber im klaren zu sein, was sie von der Irrealität erwartete.

Sie erzählte noch, wie sie den Apparat eingepackt hatte.

»Ich packte ihn ein, war aber so durcheinander, daß ich ihn fast vergessen hätte. Ich war schon an der Tür, da fiel er mir ein. Atouguia, um Gottes willen, Júlias Fernseher! Und er ging in die Wohnung zurück, behielt dabei die Lichter vom Fahrstuhl im Blick, sah sich nach oben und unten um. Beeil dich, sagte er zu mir. Und ich hab mich verdrückt, bin in ein Taxi gestiegen und nichts wie weg. Nachbarn kamen schon vom Strand, im Gesicht und an den Armen braungebrannt wie Landarbeiter an Erntenachmittagen. Mit nackten Waden. Einer trug einen Taucheranzug über dem Arm. Ein anderer, der mit ihm zusammen kam, beobachtete mich, während ich wie eine Ameise den Karton mit dem Fernseher zum Taxi schleppte. Ich verschwand, raste los, und hier bin ich.«

Kurzum – sie liebte ihn und wollte an diesem Abend nicht nach Hause. Sie wollte dableiben. Jóia saß noch immer vor dem Fernseher, der unterdessen brummte.

»Um Gottes willen, das ist doch zu Ende!«

Wir machten die Tür zu und gingen hinein. Ich hatte zweifache Kopfschmerzen, auf jeder Seite einen stechenden Schmerz. Mir kam es vor, als wäre es frühmorgens. Bis dann laue Luft durch die Ritzen hereinzog, aber Anabela Cravo war immer noch eine zu Jóias Füßen auf winzigem Raum zusammengerollte Gestalt. Während sie sich in Papiertaschentücher schneuzte, sah sie aus, als hätte sich ein Sturzbach über sie ergossen.

»Oh, dieser Atouguia! Sechs Jahre Warten auf Atouguia!«

11. Anabela Cravo
Der Mond

Wie soll ich Ihnen das erklären. Im Vergleich zu allen mir bekannten Menschen, die vom Sommer nur so sprühten, wirkte Anabela wie eine Fabel über Triumphe. Warum, wissen Sie genausogut wie ich. Nach jener wunderbaren Entdeckung hätte Anabela sich eine Jakobinermütze auf den Kopf setzen, eine Brust freimachen und eine Fahne in die Hand nehmen können, und kein Mensch hätte den Sieg der Gewißheit über alle Unsicherheit besser darstellen können.

Anabela Cravo?

Der Sommer gehörte ihr. Nachmittags rief sie in der Buchhandlung an, um zu sagen, daß sie nun doch nicht zum ersten Termin Prüfung machen werde, denn plötzlich täten ihr die Augen weh, und deshalb habe sie beschlossen, den Abend mit Atouguia Ferraz zu verbringen. Ob ich wisse, wie schön es sei, etwas nicht zu tun? Und so eine Entscheidung noch mit einem Liebesstündchen zu krönen? Bestimmt wisse ich das nicht. Anabela lachte in die Telefonmuschel und stachelte mich auf.

»Zeig die Krallen. Wenn du den *Scheißer* nicht haben kannst, schnapp dir den *Däumling*!« Dann wechselte sie den Tonfall. »Sie bringt es nicht! Dieses Fossil, meine Freundin, Schande meiner Freundschaft!«

Doch am nächsten Tag fühlte Anabela sich gewappnet und wollte also ihr Glück in der juristischen Fakultät versuchen, wo sich ein vorteilhaftes Chaos breitgemacht hatte. Auf Anraten von Atouguia persönlich, und alles ging gut. Da mußte ich einfach in den freien Stunden hinterm Ladentisch von Anabela Cravo sprechen wie von einer Geistererscheinung, erzählte allerdings nur die erzählbaren Episoden.

»Eine erstaunliche Person«, sagte Senhor Assumpção. »Schläft Ihre Freundin nie?«

Anscheinend nicht. Im Büro war Anabela Cravo so

glücklich, daß die blauen Papiere ihr nur so unter den Fingern dahinglitten, ohne daß sie auf die Tasten drücken mußte. Die Zeit verflog, und die Arbeit ging voran. Sie erzählte. Atouguia rufe sie zwischen zwei Mandanten zu sich und reibe ihre Handfläche an seiner Handfläche, streiche ihr über die Schicksalslinien. Mein Liebling, mein Liebling. Dann fasse er sie um die Taille und spreize sie von hinten. Und sie selbst müsse für Ordnung in dieser Verwirrung der Sinne sorgen, die das im Umbau befindliche Büro überschwemme, da jetzt die Gerichtsferien vor der Tür ständen und noch so viel zu regeln sei. Die heruntergelassenen Jalousien, die Männer, die nebenan hämmerten. Oh, mein Gott! Das erzählte Anabela Cravo, immer zu unpassenden Zeiten.

Manchmal erschien sie morgens um sieben im Atelier, um das Frühstück zu machen, weil sie befürchtete, ich äße nichts und eines Tages würde sie mich nicht mehr lebendig vorfinden. Aber sie müsse gleich weg. Vor neun müsse sie noch beim Blumenladen sein, Rosen kaufen und sie auf die Schreibtische im Büro verteilen. Rosen, ganze Arme voll von Rosen. Auch Atouguia liebe Rosen. Er beschnuppere sie von weitem wie die Frauen, lecke aber über ihre Blütenblätter und knabbere an ihrem Rand wie die Männer. Ach, arme Dinger! Das sage er, erzählte Anabela, ganz hingerissen. Sie müsse schnellstens los. Nach den Blumen gehe es an die Maschine und ans Telefon. Da meldete sie sich jetzt mit einer warmen, ganz sanften Stimme.

»Anwaltsbüro, guten Tag! Sie wünschen bitte?«

Wer sich eigentlich über Verzögerungen oder mangelnden Erfolg in diesem Anwaltsbüro hatte ärgern wollen, nahm von seinem Vorhaben Abstand. Ich erlebte alles von meiner Seite aus mit, hörte und sah zu, beobachtete gespannt dieses Glücksrad, das sich rasend schnell in der aufgeheizten Stadt aufwärts drehte. Alles in Ordnung? Alles bestens! Ich weiß noch. Die Hitze stand sengend in den Straßen, die Menschen gingen in diesem Sommermonat dicht an den Mauern, um einen Zipfel Schatten zu erwischen. Der graue Staub der Autos färbte die Schleimhäute schwarz und zog klebrige Schlieren auf den Brillengläsern. Das machte alles nichts.

Anabela Cravo?

Ja, ich bin's, ich bin so glücklich! Sechs Jahre Warten, fast so lange wie Jakob, tief vergraben in meinem geheimen, unbewußten Verlangen, und auf einmal vollkommene Klarheit. Und außerdem habe er, Atouguia, ein Auto, eine abgedunkelte Wohnung mit heruntergelassenen Jalousien, er habe diskrete Nachbarn, mehrere Fahrstühle, die man unbemerkt benutzen könne, unten eine Bäckerei mit Café, und da, zwischen den vielen Gläsern Milch, werde niemand gesehen oder gehört. Ein wahres Paradies. Allerdings waren noch nicht zwei Wochen vergangen, da rief Anabela Cravo von der Fakultät aus im Café *Aviador* an und wollte das Atelier für den nächsten Tag haben, einen Samstagnachmittag.

»Ich brauche es, Júlia, ich brauche es, bitte...«

Wieso nun das? Hatten sie nun keine abgedunkelte Wohnung mehr, keine Autos, keine verschwiegenen Fahrstühle mit Türen in jede Richtung der Windrose? Nein?

Doch. Sie erklärte es später, gegen Mitternacht und mündlich, und brachte zwei Plastiktüten mit, vollgestopft mit Obst und Joghurt. Sie hätten noch alles wie gehabt, wundervoll und fürstlich, nur könne sie nicht so abrupt mit der ganzen Vergangenheit brechen.

Sie verstehen.

»Vergangenheit? Welche Vergangenheit?« fragte ich, die ich doch wußte, daß es statt des Paten eine andere dunkle Gestalt gab, Facharzt für Kiefer- und Zahnheilkunde, Benito Junqueira, ein Name, der nach Spanien roch, von dem Anabela noch nie gesprochen hatte. Anabela bemerkte mein Zögern und seufzte, als sagte sie in Gedanken ein langes oder ausländisches Wort, ehe sie es ausspräche.

»Der Pate ist eine Last. Seinerzeit war er ein großer Mann, ein eleganter Mann, ein vollendeter Clark Gable, aber heute ist er eine Last.«

Egal, wie der Werdegang des Paten aussah, Anabela

sagte nicht die Wahrheit. Alles lief so ab, als gäbe sie verdeckte Spielkarten aus, aber wäre ich der Wahrheit auf den Grund gegangen, hätte sich eine ungeheure Kluft zwischen uns auftun können. Das wollte ich jetzt nicht, schon nach Mitternacht und überhaupt. Was machte es auch, ob ein Glatzköpfiger, ein Behaarter, ein Alter oder ein Junger herkam? Anabela Cravo hatte ihren kleinen Spiegel ergriffen und rückte ans Licht.

»Guck mal«, forderte sie mich auf. Anabela machte den Mund weit auf, zeigte die Zähne im Spiegel und zählte mit verdrehter Zunge auf, welche Zähne in Behandlung waren. Manche waren plombiert, andere mußten noch gebohrt werden. Ob ich zufällig wisse, was so ein Spaß insgesamt koste? Vielleicht um die zwanzigtausend.

»Zwanzig? Vierzig, meine Liebe!«

Anabela Cravo stand auf und ging auf Zehenspitzen hin und her. Weit über vierzig! Man müsse irgendwie zurechtkommen. Und obwohl sie nicht sagte, wie, freute ich mich innerlich, weil ich eine perfekte, runde, konkrete Logik entdeckt hatte, etwas, das als Ganzes wohl dem Bau einer großen Brücke ähnelte. Anabela Cravo faszinierte mich. Das war es also – eigentlich mußte sie, ihrem Verliebtsein gehorchend, nach Atouguia Ferraz Verlangen haben, sich aber statt dessen zwischen ihm und dem Facharzt für Kiefer- und Zahnheilkunde aufteilen, weil die Karies in ihrem Mund es verlangte. »Schockiert es dich, daß ich dem Paten treu bleibe?« fragte sie mich wie in einer Komödie.

»Nein, überhaupt nicht«, sagte ich und verband die Endpunkte der Ellipse miteinander. »Sag, um wieviel Uhr.«

Alles war perfekt, dennoch wollte Anabela Cravo etwas ausfüllen, was ihrer Meinung nach in meinen Augen eine Lücke im Zusammenhang bedeuten konnte. Ja, jetzt, im Monat Juli, erscheine der Oktober ihr noch wie ein bleicher Monat in weiter Ferne, der nie kommen würde, aber wenn er dann da sei und Atouguia Ferraz' Primaballerina, von ihren Eltern wie von zwei goldenen Leuchtern flankiert, zurückbringe, wo wäre dann noch Platz für eine

Sekretärin? Wann könne sie ihm gehören? Unter welchem Vorwand, an welchem Ort? Wenn sie daran denke, fühle sie sich nicht in der Lage, irgend jemand beiseitezuschieben. Der Pate sei der Pate. Beachten Sie, daß sie nie von dem Zahnarzt sprach. Anabela schloß sehr bestimmt den Mund, schlug die Beine übereinander, und als sie ihre Beine auf Jóias Bett so übereinanderschlug, war es, als hielte sie die Richtigkeit ihrer Gedanken zwischen den Knien fest.

Alles ist so klar wie fließendes Wasser, klar und durchsichtig, klar und durchsichtig, dachte ich. Was macht es, daß sie es mir nicht erzählt? Hauptsache, daß es so ist, klar und durchsichtig, klar und durchsichtig.

Danach kam ich mir alt und schmutzig vor, unfähig, zwei sinnvolle Dinge gleichzeitig miteinander zu verbinden. Verstehen Sie? Aber nicht ich tat mir leid. Leid tat mir Jóia, der zur Wand gedreht mit den Füßen gegen die Flußströmung schlief und von dem ich noch nicht wußte, zu welcher Gattung oder welchem Geschlecht er gehörte. Der arme João Mário Grei. Während Anabela sich zum Gehen fertig machte und die Zeit für den nächsten Tag verabredete, bekam ich Lust, mich ihr zu Füßen zu werfen und zu sagen: »Ich verstehe dich, aber ich kann nicht wie du. Bring es mir bei.« Sinnlos, das zu sagen. Anabela war der Meinung, ein unabänderliches Übel habe sich meiner bemächtigt, und dieses Übel heiße ganz konkret João Mário Grei. Wir hatten schon unzählige Male darüber gesprochen.

»Maria Júlia, du hast nicht bei einem Examen, einem Problem, einer Bewerbung, einer Prüfung, einem Sprung, einem Ballstoß, einer Rechenaufgabe einen Fehler gemacht, dich nicht in einem Türgriff geirrt, wie es jedem mindestens einmal im Leben passiert. Viel schlimmer als das, du hast einen nicht mehr zu reparierenden Fehler gemacht, weil du dich in Menschen geirrt hast.« Sie sagte das immer mit solcher Überzeugung, daß ich, wenn sie so sprach, das Gefühl hatte, der Sinn meines Lebens sei nur ein ewiges Ausbessern ohne Ende. Anders Anabela, denn Anabela konnte dieses heimtückische Wirken der Natur der Unvorsichtigen nichts anhaben. Nur ab und zu bekam sie einen kleinen Schreck und wurde blaß. »Angenommen, man hätte die Spirale nicht erfunden. Wie würde ich dann denken, Júlia, stell dir bloß mal vor!«

Ich gab mir große Mühe, es mir vorzustellen, aber es ging nicht. Unvorstellbar. Die Spirale, dieser kleine nachträgliche Knochen in Fischgrätenform, den Anabela Cravo in ihrem rosa Fleisch verankert trug, war Teil von Anabela Cravos Hirn.

»Ohne Spirale, Anabela? Ohne Spirale wärst du wie ich! Das ist doch sonnenklar!«

»Oh, ja, ja. Ohne Spirale wäre ich wie du. Mein Gott, so wie du!«

Anabela lachte genüßlich. Ich wäre wie du, ganz genau wie du, das will ich mir nicht ausmalen . . . Sie lachte in die Hände, weil Jóia zu schnarchen schien, es war schon kurz vor eins, und sich verschwitzt bloßstrampelte. Sie lachte noch immer, denn die Gleichartigkeit, die ich hergestellt hatte, war in ihren Augen wohl ein so entsetzliches Unglück, daß es vor lauter Tragik schon wieder komisch war. Dennoch wußte ich, daß Anabela trotz allem nicht zögern würde, sich unter einen fahrenden Zug zu legen, wenn mir dies Freude machen würde. Das Erlebnis, den Tod über sich hinwegrasen zu sehen, das auszuprobieren wäre sie imstande, wie sie in Augenblicken großer Zuneigung sagte. Das war die andere Seite der Dinge.

Im übrigen hatte die unheilbare Liebe, die von ihr Besitz ergriffen hatte, Anabela Cravo eine verhaltene Schönheit geschenkt, immer wieder leuchtete eine Aureole hier und da über ihren Zügen auf. Nichts in ihrem Gesicht war verändert, die Stirn war die Stirn, der Mund war der Mund, das hohe Grübchen war das Grübchen, aber ihre Haut und ihre Worte strahlten gleichsam Erleuchtung aus. »Ich bin glücklich« – sie hatte immer weniger Zeit für ein Gespräch, und ihre abendlichen Anrufe im Café *Aviador* wurden immer kürzer, als stünde jemand neben ihr und sagte, mein Liebling, mein Liebling, ich warte. Auf einmal hatte sie die Prüfungen hinter sich, und auch das alles sei sehr fröhlich zu Ende gegangen, denn dort, in der männlichen Rechtsfakultät, hätten bei Verkündung der Resultate, die in diesem Jahr sommerlich-beschwingt vor sich gegangen sei, alle ihren Spaß an einer witzigen Bemerkung, einer schlagfertigen Antwort gehabt. Von manchen Prüfungen sei sie, ohne es zu wissen, befreit worden. Andere, auf zwei Prüfungen aufgeteilte Gebiete hätten eine Erweiterung des Stoffes zur Folge gehabt, so daß damit fast ihr ganzer Stundenplan ausgefüllt sei. Seit Atouguia diese wunderbare Jalousie heruntergelassen habe, folge ihr ein positiver Zauber auf Schritt und Tritt.

Sie duftete auch nach einem neuen Parfüm und hatte eine neue Frisur, und wenn sie auch nicht mehr vom Laufen auf dem Teppichboden in der für die Ferien verschlossenen Wohnung erzählte, sah man ihren Händen an der Art, wie sie sich bewegten, an, daß sie mit Küssen bedeckt wurden.

Das schlimmste waren jetzt die Samstage, die bald zu einem Alptraum wurden. Wenn Anabela Cravos Treffen mit dem angeblichen Paten, also Benito Junqueira, abends stattfanden, konnte eine Fahrt mit der Straßenbahn zu irgendeinem Straßencafé Jóia noch aufmuntern, aber nachmittags trottete das Kind an meinem Schatten hängend hinter mir her, als verbüßte es eine Strafe und glaubte, zum Schicksal des Kleinseins gehöre, unsinnige Launen hinzunehmen, wie etwa im Juli in windstiller Gluthitze durch die Straßen zu laufen. Staubige Mauern, der leuchtende Fluß, der in alle Richtungen Funken versprühte. Jóia schleppte sich dann jammernd vorwärts, peitschte die Luft mit einem Stock, den er irgendwo gefunden hatte, setzte sich in Hauseingänge, den Kopf zwischen den Händen, und bockte stumm. Er wollte ständig nach Hause, und wenn er in der Ferne ein Taxi sah, hob er den Arm wie ein auf der Straße Gestrandeter. Seit der Fernseher mit rotem Gehäuse den Raum, in dem wir lebten, vereinnahmt hatte, kreisten für Jóia die Wochen um seine Lieblingsprogramme. Das Pech war, daß Anabela Cravos Besuche mit Serien zusammenfielen, die Jóia mit geschlossenen Augen liebte wie lebendige Menschen.

Ich zog flache Sandalen an, schleifte ihn mit und kaufte in Cafés, an denen wir vorbeikamen, Eis in allen Geschmacksrichtungen.

»Dieses eine noch, dann ist Schluß.«

Aber ich merkte wohl, daß in Jóias Augen nichts eine solche Kraftanstrengung rechtfertigte. Keine Neuigkeit, kein Treffen, kein Ziel, gleich welcher Art. Die Autos rollten mit offenen Fenstern vorbei, die Fahrer hatten die Ellbogen hinausgelehnt und fuhren dem Leben entgegen, aufeinander zu und wieder auseinander. Obendrein ließ ich immer noch eine halbe Stunde über die von Anabela Cravo angegebene Zeit verstreichen. Erst dann kehrten wir ins Atelier zurück. Ich brauchte nicht die Portweinflasche zu holen, um zu wissen, daß der Zahnarzt dagewesen war. Wenn ich die Tür aufmachte und ein leichter Rattengeruch von den Wänden ausging, war mit Sicherheit auch das Wasser in den Eisschalen im Gefrierfach flüssig, und ein feuchtes Geschirrtuch hing neben dem Besen.

Wenn Anabela wenigstens rechtzeitig Bescheid sagen würde, dann könnte ich immer noch Kinokarten bestellen, dachte ich voller Mitleid mit Jóia, der vor Hitze verging. Aber bei jedem kometenhaften Besuch, den Anabela Cravo uns nach Mitternacht machte, kamen neue Gegenstände mit. Ich weiß noch, zuerst war es ein Leuchter, dann ein Wecker, zum Schluß ein elektrischer Herd – alles geliehen. Sie habe Atouguia nur bis Oktober darum gebeten, und er habe ihr die Sachen unter zwei Bedingungen geliehen: daß sie nicht kaputt gingen und daß ich nicht erführe, woher sie kämen. Anabela sagte, sie verspreche es jedesmal, und lachte, als hätte sie ein übermütiges Kind in sich, das sich köstlich über diesen Trick amüsiere.

»Der Arme! Er wird einen bewaffneten Überfall vortäuschen müssen, bevor es Oktober ist!«

Eines Tages jedoch übertraf Anabela jede Erwartung. Sie hatte keine Zeit gehabt, am Abend davor zu kommen, aber nun, noch vor sieben Uhr, war sie da, steckte den Schlüssel lautlos ins Schloß und schleppte vorsichtig einen Kasten mit Griff herein. Ich erinnere mich noch an diesen Morgen – Anabela sah frisch aus, das Gesicht blaß von der kühlen Luft, ein helles Kleid mit braunem Blümchenmuster und Puffärmeln. Weiße, hochhackige Schuhe, fast tänzelnd. Sie hatte abgenommen und setzte die am Griff hängende Last auf dem Tisch ab. Jóia schlief noch.

»Hier, Júlia, der Ertrag der gestrigen Ernte. Mach dir keine Gedanken, meine Liebe, diese Wohnung mit den heruntergelassenen Jalousien ist voller Gegenstände, mit denen du viel, aber sie, die Primaballerina, nichts anfangen kann. Wozu braucht sie das? Ab sofort hast du eine Maschine, auf der du die Puppen nähen kannst. Such dir Schnitte, Stoffe und setz dich dran. Es lebe dein Gewerbe!« Und vor meinen noch schlaffeuchten Augen enthüllte sie eine handliche, hübsche Refrey-Koffernähmaschine.

Und dieses Stück sei geliehen? Geschenkt? Gestohlen? Welchen Status hatte dieser Gegenstand? Ich fragte, und Anabela war gekränkt. »Gestohlen? Wieso gestohlen? Nur du bist bedürftig, sie nicht!« Und von der Politik dieser Jahre angesteckt, setzte sie sich in ihrem weißen Kleid fordernd und ernst aufs Bett und ließ sich über soziale Gerechtigkeit aus, die man fördern müsse. Dringend. »Bye-bye, Júlia!« Anabela hatte die Sicherheit der Erdgöttin, die sich über wilden Rosenbüschen erhebt. Frisch wie sie war, in hellen Stoff gekleidet, konnte sie mit jener Autorität zu mir sprechen, die ein wacher Mensch einem schlafenden gegenüber besitzt. Ich behielt die Nähmaschine.

Für den nächsten Samstag wollte ich Karten bestellen. Je nachdem, was wir abmachen würden, konnte eine zweite Nachmittagsvorstellung Jóia vor oder nach dem Film beschäftigen. Aber es war Freitag, als Anabela Cravo anrief und völlig entgegengesetzte Anweisungen gab. Sie würde mit Atouguia nach Nordafrika fahren, und wegen dieser überraschenden Reise war Anabela Cravo in solcher Hektik, daß sie Hilfe brauchte, um zu verschiedenen Stellen zu gehen, diverse Sachen abzugeben, Stempel zu holen, alles in Ordnung zu hinterlassen. Und bei all dem hatte sie noch Zeit, sich meinetwegen Sorgen zu machen.

»Und die Puppen? Hast du schon mit den Puppen angefangen? An die Arbeit, bei Rúbia nehmen sie dir alle ab.«

Anabela Cravo sprach am anderen Ende der Leitung, ohne Antworten abzuwarten, inzwischen zwar an das Glücklichsein gewöhnt und deshalb weniger dramatisch im Ausdruck, aber noch immer stellte sie diese Liebe als ein wunderbares Verhängnis dar. »Mein Atouguia«, sagte sie ganz natürlich. »Ich weiß nicht, bis wohin ich mit ihm gehen würde, Maria Júlia. Wir fahren Sonntagnachmittag los, mit dem Wagen, wir beide, das wird unser Honigmond!« sagte sie mehrfach am Telefon, immer weiter ausholend und immer überzeugter. Es sei phantastisch. Übrigens, hatte Anabela mir anvertraut, sei Atouguia überhaupt Spitze, denn bei ihm sei alles ganz besonders. Er fände, dieses Volk kenne keine Liebeskunst und sei bei der Liebe mindestens pornographisch und schweinisch. Aber wenn die Söhne aus dem Volk die Schwelle überschritten und die Kraft des Blutes mit der Erlesenheit der Bildung vereinten, dann würde der Portugiese unschlagbar. Doch für die Enkel des Volkes gelte das schon nicht mehr. Sie sei sich ganz sicher, daß ein Kind von ihr und Atouguia geistesschwach sein würde. Deshalb gebe es in Lissabon so viele davon. Atouguia aber habe alles, alles, alles, bis hin zu der glücklichen Fügung, der Sohn eines Schneiders zu sein, so wie sie die Tochter eines Pächters aus den Bergen sei. »Wir passen zusammen«, habe er gesagt.

Dennoch machte sie sich weiter Sorgen um mich und sagte, sie fände, ich ähnele immer mehr einem Blattkiemer, und daß ich mich bewege, sei nur dem Zufall zu verdanken. Manchmal wisse sie gar nicht, woher sie die Gemütsruhe habe, mich zu ertragen. Werde wieder lebendig, Senhora! Und während sie die Kleider in Tüten mit goldenem Aufdruck von Big-Ben und anderen Boutiquen aus dem Bairro Azul zusammenlegte, fiel ihr etwas ein, daß sie unverzeihlicherweise vergessen habe. In der Eile und dem Durcheinander habe sie mir noch nicht gesagt, daß alles darauf hindeutete, daß wir den Prozeß um die Versicherung und Entschädigung gewinnen würden.

»Ja, wir, du, aber träum noch nicht zu laut. Kein Triumphgeschrei. Das Recht lehrt uns, das Schwarze erst zu glauben, wenn es auf Weiß steht«, sie könne sich gar nicht verzeihen, so etwas Wichtiges vergessen zu haben, und Atouguia habe ihr eigens aufgetragen, es auszurichten.

Diese knappe Mitteilung regte mich ungeheuer auf, und um mich nicht allzusehr auf eine Hoffnung zu stützen, die mir noch Kummer machen konnte, dachte ich, Anabela fasele nur dummes Zeug vor der Reise nach Nordafrika. Dazu habe sie wohl der Teppichboden in den verschiedenen Farben vor der Abreise inspiriert. Adieu, Anabela, fahr und laß dir Zeit, ich nehme dich nicht ernst. Nach den Küssen für Jóia war die Umarmung, die sie mir dann gab, wie ein Zeichen zu einem triumphalen Aufbruch. Bis bald. Rings um sie bliesen die Fanfaren. Schuhe mit schmalen Riemchen, ein sandfarbener Turban, weiße Hosen wie zum Reiten. Wir fahren da eine Woche, zehn Tage herum, und dann machen wir noch eine größere Tour, wie wir gerade Lust haben. So wie Krieger in Friedenszeiten, ohne festes Ziel.

Sie verabschiedete sich an der Ateliertür. Dort zog sie einen kleinen Spiegel heraus und besah sich die Zähne. Sie fuhr mit der Zungenspitze über die Kanten, dann zog sie die Lippen hoch und betrachtete sich. Sie steckte den Spiegel ins Etui zurück. »Und meine Zähne sind auch in Ordnung. Bye, Júlia!«

Wie Sie sich unschwer denken können, war es angenehm, mich von diesem unaufhaltsamen Feuerrad mitreißen zu lassen, auch wenn ich selbst nichts Besonderes erlebte. Im übrigen machten es die Menschen wie die Vögel und verschwanden, und da weniger Leute in den Straßen waren, kamen manche Stadtteile mir wie eingestaubt vor, in einem Zustand des Zerfalls, der bis ans Flußufer reichte, lauter Scherben, Schlamm, Dosen, Gestank. Aber wahrscheinlich sah ich das nur so, denn wenn ich mit den

Menschen in der Buchhandlung sprach, merkte ich, daß alle auf die Zukunft bauten, auch Senhor Assumpção, der immer vertraulicher wurde und mich mit hübscher Ironie nach dem Mann mit den Konserven fragte. Nein, ich hatte nichts mehr von Artur Salema gehört. Um diese Zeit wollte auch Senhor Assumpção in Urlaub gehen, und zu meiner großen Überraschung übertrug er mir die wichtigen Angelegenheiten. An einem dieser Tage fragte er bei Ladenschluß, warum ich nicht die Dichter der Renaissance läse. Ich starrte Senhor Assumpção an und sagte, wahrscheinlich sei ich dafür nicht gebildet genug und würde mich zu Tode langweilen, wenn ich es versuchte. Wer weit zurückliegende Zeiten verstehen wolle, müsse dafür doch besonders gerüstet sein.

»Im Gegenteil«, sagte er. »Die Dichter der Renaissance sind unübertroffen. Ich kenne keine andere Epoche, der es so gut gelungen ist, zwischen dem Geist und der Begierde, der menschlichen Dimension und den dreieckigen Giebeln Gleichgewicht zu schaffen. Sie täuschen sich«, und er las mir in der Kühle, die dort zwischen den Büchern herrschte, ein Stück von Ronsard vor, das klagend und zart endete: »Je suis de ma fortune auteur / je le confesse / La vertu m'a conduit en telle affection / Si la fortune me trompe / adieu belle Maîtresse!«

Aber da er befürchtete, ich hätte es nicht verstanden, klappte er das Buch zu und übersetzte es frei:

Nur ich bin meines Glückes Schmied
Das bekenne ich
So große Liebe wuchs mir aus der Tugend
Wenn das Glück mich täuscht
Adieu, meine Liebste! . . .

Ich dachte, Senhor Assumpção sei auch von dem sanften Leichtsinn befallen, den die Hitze in den Menschen weckte. Und dann sagte er noch zu mir: »Adieu.«

»Dann adieu, Senhor Assumpção.«

Seit Artur Salema sich so verabschiedet hatte, hörte ich immer nur dieses Wort. Und auch Fernando Rita klopfte eines Morgens sehr gut gelaunt an meine Tür. Er hatte ein

Stipendium für die Slade School bekommen und rechnete damit, bald mit Butler zusammenzuarbeiten. Zumindest Butler bei der Arbeit zu sehen. Oder nur Butler zu sehen. Es war noch früh, er hatte sich gewaschen, und die Freude hatte ihn in ein ätherisches Wesen verwandelt, obwohl der Sommer ihn kräftiger machte, weil er seine Muskeln zum Vorschein brachte. »Keine Ahnung, wie ich das geschafft habe, keine Ahnung.« Wir stießen mit einem abgestandenen Weinrest darauf an, obwohl es eigentlich die Zeit für Milchkaffee war. Zum Wohl. Fernando Ritas Gesicht strahlte, und ich hörte, wie ihm vor Aufregung die Stimme zitterte. Nochmals zum Wohl. Aber wenn ich mich auch morgens um halb acht mit ihm freute, versichere ich Ihnen, daß ich Fernando Ritas künstlerische Marotten für Bemäntelungen und so nutzlos wie einen Fußabdruck hielt. Am liebsten hätte ich ihm das Glas weggenommen und gesagt: »Hör auf, Mann, heirate, mach ein Kind, stell dich dem Leben, komm zur Vernunft.« So wie ich ihm das am liebsten während des ganzen Winters gesagt hätte, wenn ich ihn vorbeigehen hörte. Aber er ging zu schnell zu den Maschinen, und manchmal stellte er sie ab, um draußen ein Tuch auszuschütteln, das er sich immer vor den Mund band. Dann lehnte er sich an den Türrahmen und hustete. Jetzt aber hatte er ein Stipendium für die Slade School bekommen, das höchste für uns, die immer an einem fernen Nabel hängen. Ich nahm ihn bewegt in die Arme, und trotz eines fast ununterdrückbaren Verlangens, Fragen zu stellen, erwähnten wir nicht einmal den Namen von Artur Salema.

Auch ich wollte die Zeit nutzen. Ich setzte mich an die Maschine und nähte Stoffpuppen, ein Ersatz für die Kissen, die ich für unsere Treffen gemacht hatte. Anfangs ging mir alles langsam von der Hand – ich mußte sie wenden und Stück für Stück ausstopfen, manche Teile mit Kapok, andere mit Kanariengras, je nachdem, wie es sich meiner Ansicht nach gut anfühlte. Ich stopfte aus, zog wieder raus, prüfte das Gewicht. Dann ging es schneller. Ich hatte vor, während Anabela Cravos Abwesenheit zehn Puppen zu nähen, obwohl ich nicht wußte, wann sie zurückkam. Vielleicht war sie auch für so endlos lange Ferien weggefahren, daß sie gar nicht mehr zurückkommen wollte, wie es die andere Person versprochen hatte, Sie wissen schon, wer. Aber weiter – entgegen meiner Vermutung sollte Anabela zurücksein, ehe sechs Puppen fertig waren, wobei ich nie erfahren habe, wann genau. An die Umstände erinnere ich mich aber noch.

Nach langen Spätnachmittagen im Atelier voller Hektik, die ich mir selbst auferlegt hatte, ging ich vor dem Schlafen mit Jóia auf einen Sprung ins Café *Aviador*, und dort nun, bei einem Kaffee mit Contreiras und der Deutschen, wurde ich von der sauertöpfischen Dona Florete gerufen.

»Für Sie«, und sie reichte mir das Telefon.

Um diese Zeit war Betrieb im Café, braun aussehende Leute mit den Händen in den Taschen, die ein Stimmengewirr veranstalteten. Ich erinnere mich ganz deutlich. Aber Anabela sprach aus Marokko, als sei sie hier um die Ecke in einer Telefonzelle. Ich konnte meine Verwunderung nicht verbergen.

»Du bist ganz deutlich zu hören!« schrie ich am Tresen des *Aviador*. »Bist du noch in Rabat?«

Anabela am anderen Ende machte eine lange Pause, dann sagte sie: »Schrei nicht so, Mädchen! Ich bin schon zurück, seit Tagen.« Wieder eine Pause. »Ich war nur noch nicht in der Verfassung, zu dir zu kommen. Bis bald. Ciao.« Sie legte auf. Die Worte klangen abgehackt, verrieten, daß Anabelas Laune auf dem Tiefpunkt war, und kündeten eine große Veränderung an. »Hallo? Hallo?« fragte ich, noch mit dem Hörer in der Hand, in dem es vom anderen Ende summte.

Was mochte geschehen sein? Wieder stellte sich das gleiche Problem. Hätte ich gewußt, wo sie wohnte, wäre ich in diesem Augenblick zur Tür gerannt, um ihr eine Hand auf die Schulter zu legen und nach dem Grund einer so plötzlichen Rückkehr zu fragen, aber Anabela Cravo wollte an diesem blöden Geheimnis festhalten. Ich fand, meine gute Freundin verhalte sich wie manche Liebhaber, die aus Aberglauben verheimlichen, wo sie wohnen. Oder die Vögel nachahmen, die eine weite Runde am Himmel drehen, um nicht ihr Nest zu verraten. Es war ihr gutes Recht. Aber diesmal machte ich mir ernsthafte Sorgen – war sie allein zurückgekommen? Mit ihm? Mit einem anderen? Hatten sie sich gestritten? Waren sie sich alle drei in einer Bar in Casablanca begegnet, einer mit einer Pistole in der Hand, wie in dem Film mit Bogart? Meine Vorstellungen über die Gründe, die zu dieser Änderung der Pläne geführt haben konnten, blähten sich in den Tagen nach dem abgebrochenen Anruf im Café *Aviador* wie vom Wind aufgeblasen. Erst eine Woche später erfuhr ich es. Ich stand vor dem Tisch, den ich gerade zu dem ehemaligen Platz der Taube zog, hatte wegen der Hitze die Tür offen, und plötzlich stand Anabela wie ein Gespenst auf der Schwelle. Sie kam herein. Sie trug einen Rock aus altem Köper, eine Bluse ohne Ärmel und ohne Schick, in einer Hand eine Plastiktüte, so wie lange vor der Romanze mit Atouguia Ferraz. Auch ihr Haar war fettig und klebte an den Schläfen wie in den Wochen großer juristischer Hektik. Sie kam und redete kaum. Fragte nicht einmal nach Jóia. Geistesabwesend, verschlossen – Anabelas ganze Aufmerksamkeit schien sich nur auf die Stoffpuppen zu richten, die ich mit Zellophan abgedeckt auf den freien Ständern an der Wand aufgereiht hatte.

»Das ist gut, du hast deine Zeit genutzt.«

Dann fing sie an zu rechnen, als ob sie sich tief konzentriere, und blickte zur hohen Atelierdecke hinauf. »Also, wenn du für neun Stück zwanzig Tage gebraucht hast, heißt das, mit einiger Übung schaffst du achtzehn, und wenn du dann keine Skrupel mehr hast und die Dinger nur mit ein paar großen Stichen zunähst, kannst du achtundzwanzig schaffen. Mal sehn. Bei sechshundert Escudos pro Stück, also dreißig mal sechshundert, das macht achtzehntausend im Monat«, sie sah mich an. »Meine Liebe, dein Auskommen ist gesichert. Warum bist du noch nicht auf Wohnungssuche gegangen? Du hast doch gesehen, daß sie dir gut gelingen.«

Sie können sich vorstellen. Ich hörte diese märchenhaften Berechnungen wie aus weiter Ferne und fühlte nur unsägliches Mitleid. Ratlosigkeit. Denn was war aus den Pumphosen geworden, den Tuniken, den Armreifen, den geflochtenen Schilftaschen? Dem bei Big-Ben gekauften Turban? Den Schuhen mit hauchfeinen Riemchen? Was war aus Atouguia geworden? Was war geschehen? Warum setzte Anabela Cravo sich nicht in den aus dem Leim gegangenen Stuhl, den sie so gern zusammenklopfte, und sagte nicht frei heraus, es war so und so und damit hat's sich, meine Gute? Die Fragen lagen mir auf der Zunge, aber ich hatte Angst, sie in ihrem tiefsten Innern zu verletzen, diese stumme Person, die so phantastische Berechnungen über Lumpenpuppen anstellte, daß es in einer anderen Situation zum Lachen gewesen wäre. Das Atelier sah aus, als hätte es bauchige Wände, verdammt!

»Komm, erzähl mir.«

Aber Anabela war geladen.

»Dir erzählen? Was? Ich bin zu alt zum Erzählen. Ich bin alt und hab's satt.«

Erst am Abend, als Jóia wie hypnotisiert vor dem Apparat mit dem roten Gehäuse saß, kam Anabela Cravo nach draußen und wollte sprechen. Sie blickte hinüber zum Fluß, den die nahen Lichter in schwarze Leere verwandelten, und lehnte sich an die Wand, mal mehr hierher, mal mehr dahin, dicht neben der Geißblattlaube. Man merkte ihr an, daß sie sprechen wollte. Bis sie dann mit einem Ruck alles auf einmal rausließ.

»Stell dir vor, Maria Júlia, in Rabat wollte Atouguia mir in den Arsch.« – »Ich weiß nicht, was in ihn gefahren ist. Wahrscheinlich lag es daran, daß er so viele Esel auf der Straße gesehen hatte, wahrscheinlich lag es an der Hitze oder den Blicken der Mädchen oder am Gestank der Gerbereien, ich kann es nicht sagen. Kaum waren wir da, ist dieses Schwein verrückt geworden, aber am vierten Tag bin ich abgehauen. Er hat selbst zu mir gesagt, dann hau doch ab! Das ging zu weit!« – »Ich hab das Leben jetzt satt, mir tut was in der Brust weh, als hätten sie mir einen Mühlstein drangebunden, mit einem Loch in der Mitte.

Ich kann mich nicht bewegen. Jetzt weißt du's. Meine einzige Rache ist, daß ich ihm keinen Heller schulde, ich bin auf seine Kosten hingefahren, aber ich hab meinen Anteil bezahlt und bin mit dem Flugzeug zurückgekommen, alles aus eigener Tasche. Ich kann mit Fug und Recht sagen, daß ich ihm nicht eine Zigarette, nicht eine leere Plastiktasche, nicht ein einziges Zuckertütchen schulde. Nicht mal ein Taschentuch«, und sie zählte noch andere Unsinnigkeiten auf.

Zum Glück schimpfte Anabela Cravo schon in ihrer gewohnten Art und redete von Ehrenrettung wie ein Krämer von dem Zünglein seiner Waage. Mit der alten Energie. Sie wirkte jetzt kleiner, dünner, die Nasenlöcher noch weiter, und nur ihre stämmigen, leicht plattfüßigen Beine verrieten, daß unter ihrer Kleidung Formen steckten. Von Brust keine Spur. Ich erinnere mich an die tiefe Dunkelheit des Abends, die Mücken, die zum Licht flogen, die Bäume, die sich nicht regten, als wären ihre Blätter aus Plastik, mit starren Stämmen, nicht weit von der Tür auf der anderen Seite des Fußwegs. Ich konnte nichts sagen, und dabei war ich voller Fragen und guter Ratschläge. »Vergiß es, steck den Kopf in eine Schüssel Wasser, wasch dich und vergiß es. Trockne dich ab.« Aber sie hatte die Antworten parat.

»Ich kann es nicht vergessen!«

Anabela mußte schon seit einiger Zeit über das Thema nachgedacht haben, wohl sogar schon seit der ersten Nacht in Rabat. Sie zählte an den Fingern ab. Erstens habe eine Sekretärin immer ihren Chef in der Hand, aber umgekehrt sei es nie der Fall, es sei denn, sie hätten gemeinsame Sache gemacht. Von den dreihundert Fällen, die sie bei der Anwaltskammer auftischen könne, würde sie nur drei aussuchen. Drei reichten, um alle aufzuschrecken, ihn und die beiden anderen, Passos und Ferreira. Allesamt Halunken, Erpresser, wenn auch die einen schlimmer als die anderen. Jetzt sei Atouguia dran.

»Für diese Demütigung wird er zahlen.«

Zweitens, wenn die Primaballerina aus Genf zurückkomme, brauche sie nur einmal das Telefon läuten zu lassen, und schon könne alle Welt Atouguias Scheidung miterleben. Sie kenne die Eltern der Prima nicht, aber da sie aus der Uhrenbranche kämen, seien sie bestimmt konservativ und moralistisch. Sie brauche nur zu sagen: Senhora, ich kenne Ihre Laken so wie meine, Ihre Gästehandtücher, ich weiß, wo Sie die Streichhölzer haben. Das Foto von Papa, die Nippes von Mama. Auf Ihrer Matratze ist ein weinblattförmiger Fleck, versteckt unter einer Leinenauflage bester Qualität. Aber er ist da. Man staune. Drittens.

»Ich habe den Plan schon in die Tat umgesetzt. Bevor ich abgehauen bin, habe ich ihm Bescheid gesagt. Was ich zu Júlia mitgenommen habe, gehört niemandem mehr, das gehört ihr. Täusch einen Einbruch vor, wühl die Betten durch, kipp die Sachen um, schlag die Tür ein und dann wähl den Notruf. Bevor sie zurückkommt, so früh wie möglich. Das hab ich in der Hotelhalle zu ihm gesagt, in dieser Scheißstadt namens Rabat. Das gibt einen Skandal, der sich gewaschen hat. Ich hab ihm gesagt, er soll sich auf was gefaßt machen, ich wär nämlich nicht gern unfair. Aber du wirst sehn, Maria Júlia, wenn ich wieder ins Büro gehe, kann mir keiner was anhaben! Irgendwann gehört der ganze Kram einmal mir, mir! Vielleicht war es sogar gut, daß es so gekommen ist.«

Sie redete in einem fort, fast ohne Luft zu holen, harsche Worte, und man begriff, daß alles, was sie ankündigte, eintreten konnte, da es einzig und allein von Anabela Cravos starkem Willen abhing.

»Und was willst du jetzt machen?«

»Das ist einfach. Ich lebe weiter, mal sehn. Aber du mußt damit rechnen, daß ich eine Zeitlang nicht vorbeikomme. Näh du weiter Puppen, die gehen irre gut. Wenn ich wiederkomme, bin ich wieder da. Wenn du Geld brauchst, denk bitte nicht an mich, ich bin auch pleite. Ruf diesen Mão Dianjo an, der hat bestimmt genug.« – »Bei dem ganzen Durcheinander hab ich dir noch ein Armband mit der Hand der Fatma gekauft, damit es dir Glück bringt. Hier sind zwei Kamele, drei kleine Krummsäbel, damit bist du geschützt. Adieu, meine Liebe, auch wenn ich mich nicht sehen lasse, ich bin nicht gestorben, keine Sorge!«

Sagte Anabela mitten in der düsteren Nacht ohne einen Windhauch, die blöden Palmen von Restelo standen wie umgekehrte Besen. Sie war schon losgegangen, blieb aber auf dem Fußweg stehen.

»Wie entsetzlich, was ich da gesagt hab! Nein, ich glaube, ich geh nicht wieder in dieses dreckige Büro zurück. Da will ich lieber mein Leben lang Fußböden wischen. Oh, ich kam mir so vergewaltigt vor! Wenn du wüßtest.«

12. *Samstag, den 7. April*

Jóia fallen die Haare aus.

Aber wenn Sie jetzt »Jóia« hören, verstehen Sie bitte immer João Mário Grei, so wie er von mir genannt werden will. João Mário Grei fallen die Haare aus. Nachdem er die Dämmer- und Schweigephase hinter sich hat, gibt es jetzt Momente, da möchte er mich am liebsten mit Blicken durchbohren, als wäre es für ihn eine Beleidigung, wieder zu Hause zu sein. Er wird nicht nur ungezogen, er wird richtig bösartig.

Gestern abend habe ich mich noch neben ihn auf das geblümte Sofa gesetzt, wohin ich ihn gelegt hatte, und da fielen ihm schon die Haare aus. Obwohl wir die Lampen ausgemacht hatten, kam immer wieder von draußen Licht herein und warf Schatten auf die Wände, und ich dachte, das störe ihn beim Schlafen. Ich habe seinen Kopf in die Hände genommen. Können Sie sich vorstellen, was man empfindet, wenn man den Kopf eines Menschen, der so eindeutig vor einem weglaufen wollte, in den Händen hat? Das ist, als ob man eine Mischung aus sehr bitterem Wein und sehr süßen Trauben trinkt. Ich habe leise zu ihm gesagt: »Mach die Augen zu.« Seine Blässe bereitet mir auch sehr große Sorgen. »Mach die Augen einfach zu.« Und er hat mit geschlossenem Mund geantwortet, als wollte er mich auffressen: »Nein.« Ich habe eine Weile gewartet und dann zu ihm gesagt: »Mach die Augen nicht zu.« Ganz leise, damit er sie zumachte. Und er hat mit noch fester geschlossenem Mund gesagt: »Ich weiß, was du willst, aber du kannst mich nicht mehr täuschen.« Er hat mit weit geöffneten Augen auf das immer wieder aufleuchtende Fenster gestarrt. »Früher, als ich klein war, hast du mich oft getäuscht, und ich wußte es, habe aber getan, als ob ich es nicht wüßte. Deshalb habe ich gelernt, so zu atmen, als ob ich schlafe. Ich habe immer alles mitgehört. Du hast mich oft getäuscht, aber jetzt kannst du mich nicht mehr täu-

schen.« Er sprach, als würfe er mit Steinen nach mir, João Mário Grei.

Ich habe sehr leise zu ihm gesagt: »Wenn du alles mitgehört hast, dann weißt du also, daß ich immer dein Bestes wollte. Als du dich schlafend gestellt hast, hast du da irgendwann das Gefühl gehabt, ich wollte dir Böses?« Darauf er, während er absichtlich kleine Haarbüschel auf den Fußboden warf: »Ich weiß nicht. Du wußtest, daß ich vielleicht noch wach war und hast deshalb so gesprochen, als ob ich schlafe. Damit hast du mich genauso getäuscht. Du bist nie wieder mit mir zu den Gazellen gegangen. Warum nicht? Sag mir, warum.« Das hat er gefragt, um mir wehzutun, und sich dabei Haare ausgerissen, bis er eingeschlafen ist.

Sie sehen, er wird nicht nur ungezogen, er wird richtig bösartig.

13. Anabela Cravo
Besondere Umstände

Es dauerte nicht lange, bis wir uns wiedersahen. Ich kehrte in die Buchhandlung zurück, inzwischen stand der September vor der Tür und das Wetter war idiotisch trüb, und eines Tages, als ich zum Mittagessen ging, lehnte Anabela im Mantel neben dem Schaufenster. Jóia fiel ihr um den Hals, aber Anabela war ziemlich angespannt und nicht sehr mitteilsam. Sie wollte mit mir allein essen.

»Kann er nicht hierbleiben?« fragte sie, uns den Rücken zuwendend. Ich blieb verwirrt auf der Straße stehen. Hierbleiben? Wo? Es seien Schulferien, und es sei Mittagszeit, das Kind habe Hunger wie alle Menschen. Anabela hörte zu, ging aber ein Stück neben uns. Ja, sie verstehe alles, es mache nichts – sie sei bereit, in irgendeine Kneipe zu gehen, vorausgesetzt, es rieche da nicht zu stark nach Wurst. Wir entschieden uns für ein Café. Etwas Warmes zu trinken und ein Sandwich würden reichen. Aber nicht mal das wollte Anabela. Weder essen noch reden also. Was war jetzt los? Sie hatte sich mit dem Rücken zum Eingang gesetzt und sah Jóia von der Seite an, als hätte sie ein Ventil verschluckt. Stumm. Schließlich nahm sie einen Block und schrieb hinter der Hand drauf: »Heute morgen habe ich mich übergeben.«

Anabela hatte sich also am Morgen übergeben. Ich sah sie an und begriff nicht. Sie war noch schmaler als nach der Rückkehr aus Rabat, und ich stellte fest, daß ihre weiten Nasenlöcher durchsichtig waren und die Knorpelkanten erkennen ließen und daß sie ohne Make-up gebrechlich wie ein Obdachloser aussah. Ich drehte den Block auf dem Tisch um und schrieb: »Warum?« Dann schrieb Anabela wieder, sehr schnell: »Ich bin schwanger.« Und ich: »Das kann nicht sein. Und was ist mit der Spirale?« Und Anabela schrieb heftig atmend auf dem Knie: »Die Spirale ist ein Scheißding, das mich reingelegt hat, ich habe sie schon entfernen lassen.«

Ich saß entsetzt vor meinem halbvollen Glas Milchkaffee. Die Zunge unter dem Sandwich erstarrt. »Im wievielten Monat?« Anabela war superschnell: »Ich weiß weder im wievielten Monat noch von wem, falls du das auch wissen willst, und ich muß das so schnell wie möglich loswerden. Hilf mir!« Sie reichte mir Block und Stift.

Jóia hatte schon alles aufgegessen und war in Gedanken woanders. Er hatte Zucker auf dem Tisch verschüttet und blies die Körner wie Sand über die Tischplatte. Aber Anabela hatte jetzt wohl ihre Hand warmgeschrieben. Sie griff wieder nach dem Block und schrieb schnell weiter, mehrere von den winzigen, quadratischen Blättern voll: »Komm mir nicht mit Notlösungen. Ich hab mich schon oben in einem Doppeldeckerbus durch die ganze Stadt rütteln lassen, damit das Zeug vielleicht rauskommt. Ich hab mich schon an zwei Abenden in eine kochendheiße Wanne gelegt. Ich habe alles genommen, was es an Tabletten, Spritzen, flüssigen Medikamenten gibt, um diese Panne zu beheben, aber nichts. Heute morgen habe ich mir wohl dreißigmal mit der Faust in den Bauch geschlagen! Nichts, meine Liebe, dieses Scheißding hier drin lacht mich aus. Am liebsten würde ich da draußen zum Schlachter gehen, mir ein Messer von ihm leihen und es mir reinstechen.«

Man hörte, wie der Kugelschreiber in ungleichmäßigen Buchstaben krz krz über den Block kratzte, als wollte er das Papier zerreißen. Anabela wollte sich nicht mit Zeichen verständigen, sie wollte einen Brief am Tisch schreiben, und Dutzende von Menschen ringsherum scharrten mit Stühlen und lenkten mich ab. Es konnte nicht wahr sein. Ich merkte, daß ich schwitzte, und zog ein Taschentuch heraus, um mir die Feuchtigkeit aus dem Gesicht zu wischen, aber Anabela Cravo dachte wohl, daß ich es für die Augen benutzen wollte, und verlangte laut und erregt: »Hör auf, falls du jetzt weinen willst, spar dir das! Dann gehe ich.«

Jemand drehte sich mit einer Tasse am Mund um und lauschte dem Ausbruch.

»Hör auf, hör auf!«

Wiederholte sie unaufhörlich mit abgewandtem Gesicht, als ob sie mich haßte. Jóia hatte von dem Zuckerteppich aufgesehen und merkte, daß etwas Ernstes zwischen uns beiden vorgegangen war. Hör auf, hör auf, hör auf. Das Taschentuch war schon längst verschwunden. Ich nahm den Block, der zwischen den Gläsern und Tellern umgedreht lag, und schrieb: »Fahr zum Atelier und warte da auf mich. Quäl dich bitte nicht. Vielleicht kann ich das Problem lösen.«

Als ich wieder in der Buchhandlung war, machte ich Dutzende von Anrufen, wie Sie sich vorstellen können. Ich fragte, erzählte vage, erkundigte mich, notierte nacheinander Daten, Anschriften und Preise, bis ich schließlich, als der halbe Nachmittag um war, einen Termin hatte. Für zwei Tage später. Dona Jacinta, Bairro das Colónias, nur ein Bus und eine Metro, sie solle nüchtern kommen und eine selbsthaftende Binde mitbringen. Ich lehnte mich an den Ladentisch.

Ich weiß es noch, als wäre es erst gestern gewesen – Jóia vergnügte sich mit Zeichnen und ließ hüpfende Radiergummis fallen, die er dann unter Bücherstapeln suchte, aber der Rest des Nachmittags verging langsam über den Dächern von Calhariz, wo die Wolken sich regnerisch zusammengezogen hatten. Als ich endlich das Atelier betrat, saß Anabela Cravo, noch im Mantel, auf einem umgekippten Hocker und starrte auf die Stoffpuppen. Die Taube warf einen dunklen Fleck auf die weiße Wand.

»Alles klar! Übermorgen, Donnerstag, treffen wir uns um halb neun an der Metro. Komm nüchtern und bring eine selbsthaftende Binde mit.«

Anabela wurde praktisch. Sie rieb den Daumen am Zeigefinger. »Und wieviel?«

Siebentausend, und wenn sie die nicht hätte, das ließe sich alles regeln, und wenn ich in diesem Monat Senhor Assumpção um Vorschuß bitten müßte. Ob sie nicht hier bleiben wolle, statt bei diesem blödsinnig nach Regen aussehenden Himmel draußen herumzulaufen? Und wo noch so viele Leute am Strand seien? Aber nein, Anabela Cravo brauchte es, herumzulaufen, es sich kalt ins Gesicht blasen zu lassen, so lange sie *das* noch nicht los sei. Am liebsten hätte sie ihren Körper gerädert, wäre eine olympische Strecke gelaufen, so eine, die gar nicht aufhörte, bis man erschöpft umfiel. Oh, wäre es doch möglich, daß sie nach all der Anstrengung zur Belohnung feststellen könnte, daß es eine sadistische Fehldiagnose gewesen sei! Bis Donnerstag waren es nur noch anderthalb Tage, aber Anabela Cravo kam es vor, als wäre es noch mehr als ein Monat. Wie entsetzlich! Und diese Uhr, die sich nicht weiterbewegte!

Nach dem, was ich von ihr wußte, konnte ich verstehen, daß sie verzweifelt war, aber daß damit ein so langes Gelaufe hinter Anabela Cravo her verbunden sein würde, das wußte ich nicht und hätte ich mir auch nicht im entferntesten vorgestellt. Schon lange war ich nicht mehr bei der inquisitorischen, fragewütigen Tante Clotilde gewesen, in ihrer Wohnung mit zehn Zimmern, die ordentlich aufgeräumt und ohne ein einziges Staubkorn auf die Enkel warteten, die jedes Jahr nur für acht Tage kamen, aber während der langen, restlichen dreihundertsiebenundfünfzig Tage dazwischen durfte nichts angetastet werden. Ständig am Beten für das Studium des einen, die Blinddarmentzündung des anderen, die Geschäfte meines Cousins ersten Grades an der Spitze eines satten Unternehmens. Für die Seele ihres Mannes, des Bruders meiner Mutter. Jóia wurde von diesen Zimmern, wo die Hausschuhe der Verwandten wie in Horrorfilmen auf dem Teppich standen, und von den vielen Gebeten immer sehr bedrückt. Aber dieses Mal mußte es sein.

Ich hetzte durch die Stadt nach Salitre und schickte das Kind die Treppe hinauf. Das Taxi fuhr mit offenen Fenstern, und die Luft eines gelblichgrauen Morgens drang in den Wagen. Manche Lebensmittelläden hatten noch nicht geöffnet, und das Rauschen der Räder auf dem Steinpflaster war deutlich zu hören. Ich fuhr also nicht mit der Metro, stieg aber an der vereinbarten Station aus und stellte mich ganz am Ende vor den Kiosk, der auch noch geschlossen war. Es war halb neun, und um neun sollten wir an der Tür klingeln. Ich sah auf die Uhr, überzeugt, daß Anabela jeden Augenblick angehetzt kommen würde. Dann würden wir uns vergewissern, ob alles in Ordnung war, die Treppe hinaufgehen, die Straße entlang und an der Tür klingeln. Vielleicht mußte man nicht mal etwas sagen. Wenn sie die erste an diesem Morgen war, ging es bestimmt schnell, problemlos, und am nächsten Tag konnte die Angelegenheit schon im Beutel der unwichtigen Erlebnisse vergessen werden. Ich stand vor der Uhr. Aber der Zeiger war unerbittlich. Die Züge kamen und fuhren ab, schluckten und spuckten unter Eisenlärm Menschen ein und aus, die Zeiger bewegten sich in unsichtbaren Sprüngen, und Anabela kam nicht. Es war schon fünf vor neun, die Frau hatte mir nahegelegt, seien Sie pünktlich, das läuft hier wie am Band, wer nicht da ist, setzt hier keinen Fuß mehr rein. Was nun? Ich sah ein Telefon in einer gläsernen Kabine hängen. Wie soll ich es sagen? Wie? »Stellen Sie sich vor, Senhora Dona Jacinta, meine Freundin ist am Metroausgang ausgerutscht und hat sich beide Absätze von den Schuhen abgebrochen. Sie hat sich den Kopf an der Mauerecke geschlagen, und jetzt sitzt sie ganz mitgenommen hier neben mir. Das wollte ich Ihnen nur eben sagen, sobald es ihr wieder besser geht, sind wir bei Ihnen.«

Während ich sprach, behielt ich die Metrotüren im Auge und dachte, im nächsten Augenblick käme Anabela, wegen der Verspätung über sich selbst wütend, aber nein. Die Frau am anderen Ende witterte wohl die Lügen, oder es gehörte vielleicht zu ihrem normalen Umgangston am Telefon, daß sie nur gedehnt hm-hm sagte. Durchdringender Blick, hellhörige Ohren am anderen Ende der Leitung.

Es wurde neun und halb zehn, zehn und halb elf, elf Uhr vormittags, die Sonne drang trüb durch den Metroeingang herein. Als ich ein paar Stufen hinaufging, sah ich im Hintergrund ein paar Äste von Bäumen winken, wie ein Stück Land, das noch zwischen dem Häusermeer existierte. Anabela kam nicht und würde auch nicht mehr kommen. Da rief ich in Atouguias Büro an. Vielleicht konnte mir da jemand, irgendein Geräusch oder irgend etwas einen Hinweis geben. Aber es klingelte, bis drei Leute mit Münzen in der Hand es leid waren, in der Schlange zu warten, und niemand nahm ab, nicht einmal um zu sagen, nein, ich weiß nicht, wir haben Urlaub, Herrn Doktors Sekretärin, nein, erst übermorgen. Nichts! Ich gebe zu, manchmal war ich Anabela Cravos Unbeständigkeit, dieses ungehemmt lodernde Feuerrad leid, aber im Laufe dieses Vormittags wurde mir klar, wie groß meine Zuneigung zu dieser Frau war, die mir fast zufällig über den Weg gelaufen war. Ich liebe sie, ich liebe sie, dachte ich, an den Telefonhörer geklammert. Vielleicht wartet sie jetzt gerade im Atelier auf mich, mit Tunika und Turban bekleidet, um mir zu sagen: »Ich habe Atouguia getroffen, und wir haben uns versöhnt, wir sind uns in die Arme gefallen. Da habe ich den Besuch bei der Hebamme verschoben. Das ist passiert.« Und ich würde sagen müssen, daß ich ihr nicht verzeihen könne, aber ich würde mich unendlich freuen.

Anabela war allerdings weder im Atelier noch im Büro, noch in der Buchhandlung. Überall fuhr ich voller Hoffnung vorbei. Aber sie war nicht da und war auch nicht da gewesen.

Vielleicht in der Fakultät.

Dachte ich noch. Und setzte mich wieder in ein Taxi. Nur waren die Säulen der juristischen Fakultät von oben bis unten mit Plakaten in verschiedenen Farben beklebt, schweigende Autos parkten in der Anlage, und es waren keine Studenten da, weder an der Tür noch in der Halle, noch in den Fluren, wo die Schritte wie in einem offenen Grab hallten. Es war Anfang September, und mir war selbst klar, daß dieses Suchen unbeholfen war und daß Anabela Cravo am richtigen Ort gesucht werden mußte. Ich bin verrückt, dachte ich. Und ich war gereizt, weil ich meinte, daß ein entschlossener und logischer Mensch in meiner Situation anders reagieren würde. Wie? Wie? ich ging den Kiesweg zum Campo Grande hinunter, dort dann weiter zwischen den Bäumen und setzte mich in einen Schattenfleck, der um diese Zeit auf eine Bank fiel. Eine verirrte Zikade sang noch ihr ländliches Gre-Gre wie aus Sehnsucht nach vergangenen Jahrhunderten, während Karren mit Goldrändern und langschwänzigen Tieren, die unterwegs fuhrenweise Kothaufen fallen ließen, vorbeizuckelten. »Sei still«, sagte ich zu der Zikade. Und die Zikade saß zwischen den Blättern und zirpte weiter ihr Gre-Gre. Da kramte ich sämtliche in meinem Kopf vergrabenen Erinnerungen hervor und fügte zusammen, was ich mir einzeln gemerkt hatte.

Wenn sie niemals weder von Vater oder Mutter noch von einer Schwester oder einem Bruder gesprochen hatte, dann waren sie vermutlich auch nicht in der Nähe. Deshalb teilte sie vielleicht mit jemand eine Wohnung oder wohnte zur Untermiete in einem Zimmer, wie ich immer vermutet hatte, denn obwohl sie sagte, sie ziehe von Hotel zu Hotel, nahm sie in Wirklichkeit immer die gleichen Buslinien. Sie zog nicht um, wie sie sagte. Und wenn sie den 45er nahm, wenn eine Kirche in der Nähe war, in der sie die Messen beobachten konnte, wenn in der Straße eine Tankstelle war, wo die Autos an Tagen vor Preiserhöhungen in langer Schlange standen, wenn sie mehrmals Kuchen in Kästen von den Konditoreien Ideal und Versailles mitgebracht hatte, wenn sie mir einmal eine Schürze von Violinda und ein anderes Mal einen Spiegel von Altamira geschenkt hatte, wenn die Boutique Rúbia von Ana Lencastre gleich um die Ecke lag, dann mußte die Kirche die Igreja da Fátima und die Straße die Avenida Barbosa du Bocage oder die Avenida Elias Garcia sein. Vielleicht die Elias Garcia. Es war eine Vermutung, eine verrückte, völlig unbegründete, unwahrscheinliche Idee. Und in diesem Augenblick war ich meiner Sache so sicher, daß ich meinte, ich hätte Anabela Cravos Stimme schon einmal sagen hören: »Ich wohne in der Elias Garcia.« Das stimmte nicht, aber es machte nichts. Die gute Zikade sang weiter ihr Gre-Gre in den Blättern eines dichtbelaubten Baumes. »Sei still«, sagte ich und winkte einem vorbeifahrenden Taxi.

»Elias Garcia, bitte.«

Der Mann schaltete die Gänge, beschleunigte, hielt an, bog in die Straße ein, fuhr sie ganz ab, einmal rauf, einmal runter. Und dann fiel es mir ein. Jóia hatte einmal ein Fenster gemalt, und Anabela hatte gesagt: »Weißt du was, Lucky Luke, wenn du noch Spitzen mit einem Pfau draufmalst, ist es wie das Fenster von dem Haus, wo ich wohne. Lauter kleine Löcher, ein gräßlicher Kitsch.«

»Spitzen mit einem Pfau?«

Das, wußte ich noch, hatte ich gefragt. Das Taxi fuhr an einem offenen Kellergeschoß vorbei, das Elektrohaushaltsgeräte auf den Bürgersteig gespuckt zu haben schien, und da sah ich es. Es war ein hochscheibiges Fenster mit grünen Voluten, und hinter den Scheiben, auf beiden Fensterhälften, sah man einen Pfau mit aufgestelltem Schwanz in weißer Häkelarbeit.

»Da ist es! Halten Sie bitte an.«

Eine Triebfeder lenkte meine Füße so überraschend, wie es mir noch nie passiert war, soweit ich mich erinnern konnte. Ich hatte alles vergessen, Jóia, Artur Salema und David Greis Eschen, die mir aus der Vergangenheit in einem goldgelben Kornfeld zuwinkten. Ich drückte auf einen winzigen Klingelknopf, der nach innen versank und verklemmt weiterklingelte. Eine Frau mit einem Eimer voll dunklem Wasser machte die Tür auf und äugte hinaus.

»Wohnt hier eine Senhora namens Anabela Cravo?«

Die Scheuerfrau lachte. Sie wisse es nicht, sie sei neu hier und kenne noch nicht die Namen der Herrschaften, aber sie glaube, hier wohne niemand, der so heiße. Und sie sah nach innen zu einer der Türen, die den Flur begrenzten. Da fing eine schrille Stimme an zu schreien: »Wer ist da? Was wollen Sie?« Sie schrie von innen, zeigte sich aber nicht, als wäre sie an eine häusliche Tätigkeit gefesselt, die sie nicht unterbrechen könne. Und sie rief: »He, Mann, Mann, sieh mal nach, wer da ist!« Rief beharrlich die schrille Stimme. Der Ehemann der Stimme mußte der Mann sein, der nun mit weinrotem Morgenrock, weißem Haar und grauem Schnurrbart erschien. »Wen suchen Sie?« Ich begriff, daß der Mensch, der zu mir sprach, wohl nicht gut hörte, denn er hielt sich eine Hand hinter das Ohr.

»Anabela Dias Cravo.«

Der Mann im Morgenrock lächelte und machte die Tür ganz auf.

»Richtig, das ist hier.« Die Putzfrau hatte sich umgedreht und wischte das Wandpaneel ab. »Sie ist da, treten Sie doch bitte ein«, es lag etwas Freundliches in dieser Stimme, die mir die Tür aufhielt. Etwas Freundliches, ein gastlicher Ton, und an der Art, wie er zum Eintreten aufforderte, merkte man, daß er, wenn das Gespräch dazu angetan gewesen wäre, der eintretenden Person den Handrücken geküßt, den Kopf leicht geneigt und »gnädige Frau« gesagt hätte. Ich setzte den Fuß auf die Schwelle und ging hinein. Das Haus war riesig und finster, mehrere Räume führten wahrscheinlich zu Innenhöfen, denn die Fensterklappen der Seitentüren verbreiteten eine gewisse Dunkelheit. Das werde ich nie vergessen. Der Flur war kohlfarben grün gestrichen, und auf einem sich stufenartig erhebenden Möbel standen Christusfiguren mit Blumen und brennenden Lämpchen. »Es ist da vorn, gehen Sie nur«, sagte der Mann in Pantoffeln.

»Wer ist da? Wer ist da?« Immer noch die an einen Punkt in einem Raum gefesselte Stimme. Vor einer anderen Anrichte konnte ich flüchtig sehen, daß in einem Zimmer eine Frau mit einer Decke über den Beinen auf einem Stuhl saß, und so, wie sie die Brust vorreckte und den Körper nicht bewegte, beide Füße starr nebeneinander auf einer Fußstütze hielt, stand ihr das Wort *unbeweglich* im Gesicht geschrieben. Hätte ich nicht die Gewißheit gehabt, daß hinten Anabela Cravo war, wäre ich umgekehrt. Ich gebe zu – die Erinnerung an die Filme von Polanski, die ich in den sechziger Jahren gesehen hatte, brachten mich sekundenlang auf die Vorstellung, am Flurende wäre ein Fenster zu einem pechschwarzen See, von dem es keine Wiederkehr gäbe. Aber ich drehte den schiefhängenden weißen Handknopf einer Tür und betrat ein Zimmer. Da war Anabela Cravo.

Selbst jetzt, da mein Leben sich radikal verändert hat, wie Sie ja wissen, kann ich diese Begegnung nicht herunterspielen. Sie lag unter einem Bettüberwurf, und als sie mich erblickte, fuhr sie zusammen. Sie setzte sich halb auf wie auf einem Kanapee. Sie sah aus, als könnte sie keinen Ton sagen, starrte mich an, streckte die Hand aus wie in einem Theaterstück, und ich hatte das Gefühl, sie sage mit dieser abwehrenden Geste zu mir: »Verschwinde, wer hat dir das Recht gegeben . . .?« Ich blieb stehen und sah sie an.

»Ruhig, niemand hat dich verraten, ich bin durch Intuition hier, wie durch ein Wunder, weil es sein sollte, falls überhaupt irgend etwas sein soll. Beruhige dich, ich habe nicht bei der Polizei nach dir gefragt!«

Da legte Anabela die Arme übereinander und bohrte den Blick in die Decke, die fast so hoch war wie im Atelier. Als sagte sie zu mir: »Ich höre nicht auf dich. Ich habe gestern gründlich nachgedacht und beschlossen, es kommen zu lassen, und weder du noch sonst jemand auf dieser Welt wird mich davon abbringen.« Das sagte ihr Blick, den sie starr auf den Deckenstuck richtete und nicht von dort löste. Da oben waren nämlich perlenfarbene Arabesken, und die wollte sie offensichtlich am liebsten allein durch ihre Entschlossenheit kaputt machen. Ich verschränkte auch die Arme und lehnte mich an die Tür, um ihr zu zeigen, daß ich mit meiner Bewachung nicht lockerlassen würde.

»Ich weiß, wie du dich entschieden hast, aber das geht nicht«, sagte ich. »Welchem Menschenschlag wird es ähnlich sein, Anabela? Oder ist die Identifikation der Menschen, die Liebe, die sie vereint und sie trennt, inzwischen völlig bedeutungslos geworden? Was im Grunde unser Verlangen motiviert?« sagte ich, vielleicht auf andere Weise, aber ich sagte es, den Türgriff fürsorglich fest in der Hand. Anabela fing leise zu pfeifen an, trommelte mit den Fingern auf die Decke, hielt die Nasenlöcher nach oben gerichtet und saugte sämtliche Arroganz, die von den Dingen ausging, in sich auf. Als sagte sie, an das Kopfende aus brauner Eiche gelehnt: »So wie du denkst, das ist veraltet, aber wie ich denke, das ist neu. Der Mangel an Verlangen, die Unmöglichkeit der Identifikation und das

Nichtvorhandensein von Liebe, genau das reizt mich. So ist es! In Zukunft werden alle Menschen so sein wie am Anfang. Ich, ich. Ich will die erste sein, die mit so einem Sproß an der Hand auf der Straße spazierengeht, damit ich ihm auf den Rücken schreiben kann: *Geboren ohne Liebe und ohne Pardon.* Wie Christus. Ich will erleben, wie einer, der so geboren wird, sich in dieser Welt verhält. Wird das vielleicht die Apokalypse?« Als sagte sie das wirklich, soviel hatten wir schon bei Steakbrötchen an Kaffeetischen darüber geredet. Da ging ich an das Fußende des Bettes.

»Falls es um die Frage geht, wer anderen voraus ist und wer hinterher, Anabela, dann ist deine Vorstellung genauso alt wie meine. Es hat schon immer deine Art und meine gegeben.«

Anabela schwieg weiter, dann pfiff sie wieder, mal laut, mal leise, ihre Nasenlöcher wie Granaten kurz vor der Explosion. Vielleicht war es besser, etwas abzuwarten. Wenn ich schwieg, würde Anabela vielleicht reagieren und mir als erstes vorwerfen, ich wäre zur Polizei gegangen und hätte sie verfolgen lassen, um herauszubekommen, wo sie wohnte. Damit würde sie anfangen. Ich stellte fest, daß der Raum weiß gestrichen war, und obwohl das Fenster auf eine Wand in der Farbe fauler Eier ging, über die schenkeldicke Rohre liefen, zeichnete es sich als helles Viereck ab. Bücher, Papiere, eine Schreibmaschine auf alten Möbeln. Keramik, Töpfchen mit kleinen Kakteen, Stifte, Reproduktionen, Weidenkörbe, ein Spiegel in Apfelform, breit wie zwei Hüften, mit Liebessprüchen bemalt. Kleine Kissen mit dem Emblem von Rúbia. Dieses Pfeifen war doch nicht echt! Angesichts unserer stummen Verständigung, bei der Anabela Cravos Züge nur Halsstarrigkeit verkörperten, war ich zu allem entschlossen, warf mich auf Anabela Cravos Bett und schlug ihr hemmungslos mit beiden Händen rechts und links ins Gesicht. Ihr Haar flog hoch und blieb an ihrem Mund kleben. Eine unglaubliche Szene, wie Sie sehen.

Bis Anabela knallrot wurde und zu schluchzen anfing, als zerschmelze ein bis dahin unbemerktes Metall in ihrer feuerroten Kehle. Dann drehte sie sich auf den Bauch und weinte in das Kissen, so daß ihr Bett von oben bis unten bebte. Dazwischen kamen von sehr weit her fünf Schläge einer Uhr. Anabela tastete nach meiner Hand.

»Verdammte Scheiße, ohne dich, ich schwör's dir, wär ich bereit gewesen, das Mistding zu kriegen. Oder mich vor den Zug zu werfen. Uff!«

Da sich das Knäuel nun noch mal abwickelte, war es nötig, nach draußen zu gehen, noch einmal bei der Krankenschwester im Bairro das Colónias anzurufen, Tante Clotilde zu bitten, Jóia noch einen Tag vor der Tür zum Zimmer ihrer Enkel zu halten. Davon würde er weder sterben noch anfangen zu stottern. Ich jedenfalls wollte Anabela Cravo nicht mehr loslassen. Das, weiß ich noch, habe ich gedacht. Ich war entschlossen, bis zum nächsten Tag in diesem Zimmer zu bleiben, oder aber wir fuhren beide zum Atelier zurück, damit wir morgens vor acht Uhr auf den Weg kamen. Vielleicht die zweite Möglichkeit. Ich ging raus, um zu telefonieren, telefonierte und drückte wieder auf die Klingel, die nach innen versank. Wieder machte derselbe Herr in weinrotem Morgenrock mit kariertem Kragen auf, mit der gleichen Verbeugung. Und wieder kam von innen die an den Füßen gefesselte Stimme.

»Wer ist da? Wer ist da, Mann?«

Die Frau der Erlösungen, Bairro das Colónias, hatte auf den Anruf spitz reagiert und sich schließlich herabgelassen. Aber wenn, dann erst am nächsten Morgen. Das machte nichts. Hatte ich in der Zelle entschieden, und jetzt kam ich wieder herein. »Wer ist da, Mann?« Anabela verschwand im Badezimmer, ließ Wasser laufen und kam und kam nicht heraus. Aber der Herr forderte mich auf, in ein kleines Wohnzimmer mit einer riesenhohen Anrichte voller Gläser zu treten. Er wisse nicht, was Anabela habe, seit Monaten sei sie merkwürdig. »Wissen Sie es vielleicht, gnädige Frau?« Und er zog ein Lacktablett mit zwei winzigen Gläsern in die Tischmitte. Der Herr redete über Anabela Cravos Gesundheit mit laut erhobener Stimme, als wollte er in einem anderen Raum im Haus gehört werden, oder er tat es für sich selbst, da er ja schwerhörig zu sein schien, und machte dazu ausladende Gesten, die nichts mit dem zu tun hatten, was er sagte. Er griff nach einer Flasche, hob sie mir vor die Augen, zeigte das Etikett und begann, die winzigen Goldrandgläser zu füllen. Erst das eine, dann das andere. Er setzte die Flasche ab, klopfte mit dem Zeigefinger auf das Etikett, unterbrach seine Kommentare zu Anabela Cravos Gesundheit und setzte im gleichen feierlichen Ton hinzu, als seien zwangsläufig alle Menschen taub: »Probieren Sie, gnädige Frau.« – »Kennen Sie den nicht, gnädige Frau?«

Es war ein Portwein Marke Sandeman, schwarz verkorkt, mit dem kleinen Mann im Cape, genauso einer wie der, den Anabela Cravo vor Monaten an einem Abend heftiger Gemütsbewegungen im Schrank im Atelier zurückgelassen hatte. Auch die Gläser, die der Mann im Morgenrock reichte, waren die gleichen, als gehörten sie zum selben Service, nur das Lacktablett war etwas mehr abgenutzt. Erst jetzt bemerkte ich, daß der Mann einen zu schmalen Schnurrbart hatte, der auf einer Seite unkontrolliert leicht zitterte.

»Ja, ja«, nickte er. Und gab mit diesen Zeichen zu erkennen, daß ich gerade seine Rolle identifiziert hatte. »Sie sind das, der Pate?« Ich hatte Angst, daß, wenn er nur einen Ton sagte, ein Ruck durch die Flaschen, die Gläser, die Anrichte gehen und das Haus in die Luft fliegen würde. »Ich verstehe«, sagte ich. Er machte vor dem Schnurrbart ein Zeichen zum Schweigen, als sagte er pst, und zeigte in die Richtung, aus der die Stimme kam.

»Wo gehst du hin, Patentochter? Wo gehst du hin?«

Anabela Cravo kam mit zwei Taschen den Flur entlang und ging jetzt an dem Zimmer vorbei, aus dem die Flötenstimme kam: »Sag mir, wo du hingehst.« Eine Rohrflöte, die noch drohte, als wäre sie lebenstüchtig. Anabela war also die Patentochter vom Patenonkel und der Patentante. Da aber Anabela statt ihrer ein ganzes Phantasiegespinst gewebt hatte, wollte sie bestimmt nicht, daß dieses Ehepaar existierte und auch nicht dieser Geruch und dieses Haus. Als wir in den brausenden Lärm der Straße traten, hatte sie noch rote, glänzende Augen, aber abgesehen von den Augen wirkte alles an ihr trüb.

Doch dauerte es nicht lange, bis sie das erschütterte Gebäude auf die Probe stellte.

»Du hast das heute doch bestimmt wie ein tragisches Reiterspiel erlebt. Findest du das nicht eigentlich zum Lachen?«

»Nein, ehrlich gesagt, nicht.«

Ich log nicht. In diesem Augenblick war ich nicht im geringsten imstande, auf Anabela Cravos Humor einzugehen. Ich fühlte nur, daß mein Kopf voll von Wissen war, unbequemem Wissen jener Art, von dem Anabela immer im Gegensatz zur Weisheit sprach. Dieses Wissen wurde von keinem Menschen beurteilt, verstehen Sie, aber es drückte mir wie eine Last auf die Augen und füllte meinen Kopf bis zum Mund aus. Daß ich entdeckt hatte, wo Anabela Cravo lebte, und die Bilder, die auf mich eingestürmt waren, das alles zwang mich, den Blick an die Deckenbalken zu richten, und das Wissen oder die Klarheit, wenn Sie so wollen, tat mir weh wie eine Wunde auf der Stirn. Sehr sehr hoch, diese Betonbalken. Aber ein plötzlicher, noch sommerlicher Regenguß trieb Geruch von nassem Staub ins Atelier, eine leichte Feuchtigkeit, die man nicht atmen konnte. Ich setzte mich auf die Bettkante. Was geschah mit den Zikaden, wenn es regnete? Starben sie? Es war Schlafenszeit, und ich dachte an jene, die am Nachmittag allein im Gebüsch von Campo Grande ihr unpassendes Gre-Gre gesungen hatte.

Auch Anabela Cravo schlief nicht und sagte schließlich: »Wie du siehst, können wir nicht schlafen. Ich habe das Gefühl, diese Szenen gehen morgen weiter. Wie viele Akte hatten doch die griechischen Tragödien?«

Fünf. Fünf Akte hatten die griechischen Tragödien und die Komödien auch – Anabela irrte sich nicht. Es sollten fünf Akte werden, und einer davon, der vierte, der vorletzte, sollte zum Schauplatz Dona Jacinta, Bairro das Colónias, eine Ecktür und beim Hereinkommen eine weitere Tür am Ende eines anderen Flures haben. Und sich in knapper Zeit und auf engem Raum überstürzt abspielen. Aber im Gegensatz zu diesen Kategorien, die sich weder miteinander vermischten noch ineinander übergingen, sollte Anabela Cravos nächste Episode eine wilde Mischung mit sich bringen, wie eine Szene aus einer üblen Farce. Zugegeben – aus der Entfernung betrachtet wäre es mir lieber gewesen, wenn diese letzte Jagd hinter Anabela Cravo her erst einige Monate oder zumindest Wochen nach der Entdeckung stattgefunden hätte, daß sie eingepfercht im Haus des Paten lebte, aber vorgab, durch Hotels und Pensionen zu ziehen. Doch es kam anders. Ein Wasserfall war ein Wasserfall, und er ergoß sich abrupt. Gleich am nächsten Morgen.

Der Eingang sei an einer Ecke, immer geöffnet. Selbst wenn niemand aufmachen komme, klopfe man an, sehe nach, ob die Tür angelehnt sei, und wenn ja; gehe man hinein. Sie sei nur dann nicht angelehnt, wenn höhere Gewalt im Spiel sei und es verhindere. So war es.

Von der nahen Avenida dröhnte fast greifbar rasender Lärm, und die Busse, die diese Querstraße dicht hintereinander rauf- und runterfuhren, bremsten quietschend und unterstrichen die Schwere der elften Stunde des Vormittags. Brodelnde Welt. Schließlich hörten wir Pantoffelschlurfen, und die Innentür ging zu einem Vorraum auf und ließ uns ein. Ich weiß noch. Dona Jacinta kam mir wie eine Fischverkäuferin von früher vor, denn sie trug eine gelbe Schürze und Gummihandschuhe bis zum Ellbogen und war ungekämmt. Mit der Oberseite dieser Handschuhe strich sie sich eine Haarsträhne weg und sagte nur: »Kleinen Augenblick.« Mit hastiger Handbewegung, unendlich in Eile, und sie öffnete die Tür zu einem kleinen, rot ausgelegten Raum, in dem überall spanische Illustrierte herumlagen. Wir hatten nichts falsch gemacht.

Zweite Runde, dachte ich mit Befremden.

Anabela war nüchtern und hatte die selbsthaftende Binde dabei. Sie machte die Tasche auf, um sich zu vergewissern, aber der Raum war so klein, daß man da drinnen kein sinnvolles Wort reden konnte. Im Blickfeld ein Tischchen mit Spinnenfüßen, das den ganzen Platz einnahm.

»Mein Gott! Als wär's die Garderobe des Teufels«, sagte Anabela Cravo.

Die Haustür ging auf und zu, man hörte gedämpfte Stimmen, und jemand verließ leise das Haus. Dona Jacinta erschien und fragte: »Welche von beiden?«

Anabela stand gelb im Gesicht auf. »Ich«, sagte sie stehend. Aber die Krankenschwester brauchte sie noch nicht. Sie solle nur bitte die Unterhose schon ausziehen und ihr vor der Arbeit das Geld geben. »Siebentausend.« Sie verschwand. Anabela, noch perplex: »Wozu will die Dicke, daß ich jetzt schon die Unterhose ausziehe? Braucht die für ihre Arbeit vielleicht kalte Hintern? Am liebsten würde ich gehen, aber wirklich.« Dona Jacinta war jedoch wohl nur nach hinten gegangen, um die siebentausend gut wegzulegen, denn sie kam sofort mit aufgekrempelten Ärmeln und schwarzen Handschuhen zurück und machte Zeichen, sich zu beeilen. Anabela winkte kurz zum Abschied.

»Es ist soweit.«

»Hör zu. Wenn dieser Zeiger hier ankommt, bist du den Alptraum los!« sagte ich noch zu ihr. Sie verschwand hinter der Klinke, verdeckt von Dona Jacinta, die eine Tür nach der anderen zuschloß. Und eine mächtige Stille trat ein. Nur der ansteigende Pegel von Anfahren und Abbremsen draußen sprach von Leben. Schnell, die Uhr im Blick. Von innen nur fernes Metallklappern, eine Klingel mit ganz leisem Ton, wie der Fall eines Fingerhutes auf den Fußboden einer Schneiderin. Kaum Luft zum Atmen. Vor dem Fenster hatte die Krankenschwester vermutlich vor zwanzig Jahren schwere Samtvorhänge aufhängen lassen, alles in der Farbe von Kirschen oder von Blut, genau wußte ich es nicht, und ich wollte nur, daß die Zeit verging, um sagen zu können: »Komm, Anabela, wir gehen. Die zweite Runde ist zu Ende.« Etwas Asche fiel mir auf die Hose, und als ich sie abschüttelte und mit dem Fuß in den Teppichboden trat, um sie zu kaschieren, sah ich, daß Staub schwer aufstieg und mir wie Erde in die Nase drang. In dieser roten Umgebung mit dem spinnenförmigen Tisch und der bauchigen Silbervitrine kam eine

Übelkeit in mir hoch, als wäre ich selbst schwanger, aber von einem ekligen Gedanken, den ich erbrechen wollte. Ich ging in den Flur. Dort war deutlich Metallgeklapper zu hören, ein scharfer Gegenstand, der an einen massiven schlug. Sobald Anabela auftauchte, wollte ich ein Taxi rufen, Anabela tief in den Sitz drücken, und wir würden durch den Verkehr und seinen Lärm fahren auf dem Weg zu einem Ruhepunkt. Am nächsten Tag würde Jóia zurückkommen, und alles wäre wieder friedlich. Wenn man die Augen zumachte, würde eine Bürste über diese kaum entstandenen Schuppenhäutchen fahren, und das Leben würde ölig und flüssig weiterfließen wie ein nicht sehr sauberer Fluß, aber wie ein Fluß. Ich war sicher, daß Anabela Cravo an der Tür mit der Unterhose in der Tasche erscheinen und die Krankenschwester mit irgendeinem Namen bedenken würde – mehr nicht.

Die Krankenschwester? Sie drückte die Klinke herab und rief mich barsch. »Kommen Sie mal her«, sagte sie. Da, wo in den Küchen normalerweise die Speisekammern sind, blieb Dona Jacinta mit den Händen hinter dem Rükken vor der letzten Tür stehen.

Was glauben Sie, was für eine böse Vorahnung ich hatte.

Anabela war verschwunden, und an ihrer Stelle lag, den ganzen Raum ausfüllend, eine halbnackte Person auf dem Rücken auf einem Untersuchungsstuhl, die Knöchel mit Riemen festgebunden. Der Kopf, zur Seite gefallen, lag still auf urinfarbenem Plastik, am Ende des Körpers, wie ein nebensächliches Ding. Es war Anabela Cravo. Aber im Vordergrund, nah an der Tür, zwischen den Schenkeln, mitten in ihrem verwüsteten Haarfleck, blutete ein weißer Wattebausch. Die Fußsohlen senkrecht, die Zehen ragten wie schiffbrüchig. Mein erstes Gefühl war, ein großes Unglück. Tot, Anabela war tot.

»Ist sie tot?«

Konnte ich gerade noch zwischen den vier Wänden der Kammer fragen. Tot?

Mehr fragte ich nicht und hörte auch keine Antwort. »Sie haben sie sterben lassen?« War es aus mit den Laufereien, den Taxis, den Gläsern des Paten, dem Zirpen der verfluchten Zikaden? Dachte ich, vor Panik wie gelähmt, und starrte auf den Anblick vor mir.

»Sie ist nicht tot, aber recht würde ihr geschehen, wenn sie sterben würde. Weit weg von hier!«

Die Krankenschwester wiederholte das ein paarmal und dazu noch mehr Blasphemien dieser Art, nur würde sie die Leute nicht einfach so sterben lassen. Sähe ich denn nicht, daß sie ganz lebendig sei! Nein, das sah ich nicht. Anabela schlief nur auf dem gelblichen Plastik, sie atmete heiser, die zerzausten Haare klebten ihr am Kopf, ihre beiden Nasenlöcher schutzlos wie zwei unvollendete, fast rhombenförmige, bezwungene Rundungen. In dem Licht, das die Frau wie ein lauerndes Wachpostenauge auf sie gerichtet hatte, sahen die Knorpellinien wie Blattrippen aus. Aber ich war einfach nicht imstande, die Anzeichen für das Anormale zu erkennen, das Dona Jacinta so deutlich vorführen wollte.

»Sehen Sie nichts? Also, so was!«

Ich sehe noch das ganze Bild – auf einem Hocker in einer weißlichen Plastikschüssel und in einem Kreis roter Flüssigkeit schwamm etwas, das mir wie ein zerstückelter Vogel vorkam, und Dona Jacinta rührte nun mit den Fingern darin und zeigte die einzelnen Teile. »Wer hat Ihnen was von drei Monaten gesagt? Wer war das?« fragte sie, den Kopf schief haltend, als hätte sie einen abgebrochenen Zahn und wollte ihn nicht zeigen. »Wer hat das gesagt?« Die Frau hatte vermutlich die volle Wahrheit auf ihrer Zunge und wollte sie anscheinend mit ihrer Mimik, ihrer Stimme ein für allemal rausschleudern, obwohl sie gedämpft sprach. Die Stirn schweißbedeckt. »Was da liegt, ist über fünf Monate alt, schon fast sechs.« Und wieder rührte sie in den Vogelfetzen und wiederholte dabei *sechs* wie eine tragische Zahl.

»Da, die Hand, der Fuß, die Rippe, das Köpfchen, da, da, da! Das hat gewimmert, gekreischt hat es, als ich es rausgeholt hab«, und so unglaublich Ihnen das auch vorkommen mag, sie machte sogar das Kreischen mit einem schrillen »ih« nach. Gequält und ganz außer sich ließ Dona

Jacinta die Flüssigkeit und die Fötusteile so rasend, wie ihr Zorn war, kreisen. Und sagte unaufhörlich: »Da, da, sehen Sie sich das an!« Sie hielt es mir unter die Augen. Die geschlossene Kammer war erfüllt von Gerüchen mit einer Intensität wie Rot und Grün.

»Wieviel wollen Sie dafür, daß Sie das wegwerfen?«

Wieviel? Nein, da müsse ich mich schon gedulden – Maria Jacinta Pereira wünschte dringlich, daß diejenige, die da mit gespreizten Beinchen lag, wenn sie die Augen aufmachte, sie nicht so aufmachte, als ob nichts wäre. Sie müsse den Grund begreifen, warum sie von da nur rauskäme, wenn sie den Betrag verdoppelte. Noch einmal siebentausend! Zweimal habe sie ihr Äther gegeben. Und als kennte sie die Schlechtigkeit der Welt bis hin zum letzten Schmutz, fragte sie: »Meinen Sie, die hört das nicht? Oh, doch! Ich bin ja nicht von gestern.«

Sie hantierte auch mit Metallgerät und Schröpfköpfen und legte die Gegenstände laut klappernd auf Aluminiumschalen zurecht. Daneben, hängend, ein Handschuh und eine Schürze mit Blutfitzeln. Die Frau schob die Ärmel hoch und machte ihre Kehle frei, damit ich mich noch vor Anabela Cravo von ihrer körperlichen und geistigen Anstrengung überzeugen konnte. Die Haut war tatsächlich mit rosigen Flecken wie bei Masern bedeckt.

Ich schob die Tasche, die ich über der Schulter trug, nach vorn vor die Taille, holte das letzte Gehalt heraus und zählte die Geldscheine einzeln ab. »Hier.« Die Frau zog den Ausschnitt vor und steckte sie in den Busen, zwischen die Wäsche und die von der Anstrengung gesprenkelte Haut. Meine Geste besänftigte sie. Nun ist aber der Mensch nicht aus Gips, und aus einem dringenden Bedürfnis, das ich nicht unterdrücken konnte, rüttelte ich Anabela Cravo, band ihr die Knöchel los, verpaßte ihr eine Binde, zog ihr die Hosen an, schüttelte ihr Gesicht, damit sie aufwachte, in der Hoffnung, Anabela würde mir plötzlich etwas antworten und flink losgehen, so wie sonst immer. Mit den Taschen in der Hand, viel zu leichtfüßig. Es schien mir ausgeschlossen, daß sie sich so hatte unterkriegen lassen.

»Um Gottes willen, verstecken Sie das da!« – »Sagen Sie, wieviel Sie dafür haben wollen, daß Sie das da vor ihr verstecken.« – »Sagen Sie, was ich Ihnen noch schulde! Soll ich mich ausziehen?«

Lag es am mangelnden Schlaf oder den Rennereien, jedenfalls war ich wild geworden und schüttelte die Krankenschwester Jacinta am Arm. Da erst nahm sie die Schüssel und ging in die Küche, um den Inhalt in irgend etwas mit Pedal und Deckel zu entleeren, denn man hörte eine Feder anheben und Ränder scheppern, wie ein blechernes Grab. Anabela hielt sich auf den Beinen, ohne umzufallen, sie konnte, im Flur an den Wänden abgestützt, gehen. Die besänftigte Dona Jacinta hinter ihr hatte jetzt eine weise, klinische, verarztende Stimme. Sie erklärte, vor dem Gehen solle die Patientin da rechts hinein, zu einer Liege, wo sie die Betäubungsmittel in einen Behälter spucken müsse. So was sei kein Kinderspiel. Sie müsse sich ruhig halten, Eis essen, nichts Heißes. Ich schob Anabela weiter in Richtung Ausgang, die Frau hinterher, mit einer kleinen rosa Schüssel, so ähnlich wie jene, die man zum Reiswaschen benutzt.

»Nein!« sagte ich zu ihr.

Draußen mußte es ein Taxi geben, und wenn Anabela diesen Rest loswerden mußte, würde es auch eine Plastiktüte oder sogar, falls nötig, der Asphalt auf der Straße tun. »Nie wieder kommen wir hierher!« sagte ich, als wir durch die letzte Tür gingen und uns von der rosa Schüssel, die uns verfolgte, verabschiedeten. »Nie, nie wieder!« Ich konnte mit dem Fuß auf dem Boden scharren, wie Pferde, wenn sie an einem Zaun misten und dann auf die Weide laufen. »Nie wieder.« Später sollte ich mich daran erinnern, daß ich diesen Vorsatz gefaßt hatte. Genau in dem Augenblick, als ich durch die Haustür und mit Anabela zur Straßenmitte hinunterging.

Anabela stieg hinten in ein Taxi ein, wie ein Trümmerhäufchen, mit geschlossenen Augen, und der Wagen fuhr los durch die Stadt, hielt an Ampeln, fuhr durch, die Avenida Almirante Reis hinunter. Ich drückte Anabela Cravos Hände in meinen plötzlich energischen, ja sogar ungeahnt brutalen Händen. Das Taxi fuhr. Was soll ich Ihnen noch sagen?

Daß es Mittagszeit war und daß die Fußwege vollgestopft waren mit Leuten, die in den Snackbars und anderen Eßlokalen ein und aus gingen, in langsamer, chaotischer Bewegung, die in dem ungleichmäßigen Strom Bestimmtheit gewann. Mancher sah in die Scheiben der Schaufenster und schaukelte den Regenschirm am Arm. Neben einem Fußgängerstreifen ging ein Menschenknäuel achselzuckend bei rotem Männchen über die Straße und brachte den Verkehr zum Stehen. Die Autos zogen Tangenten um die Beine der Zebrastreifenübertreter, schrien und gierten nach freien Strecken. Bzzz. Ich hielt noch immer Anabela Cravos Hände in meinen Händen, und alles kam mir schäbig und klein vor. Es war mitten in der Baixa, schon dicht am Fluß. Ich sah bei allen Menschen, die mit großen Sätzen den Fußgängerstreifen überquerten, überquert hatten und noch überqueren würden, unter den Kleidern das Elend der Unterhosen, der Binden, der Geburt und der Liebschaften. Irgend etwas war der Wahnsinn der Normalität, und ich fühlte, daß ich genauso wie Anabela im Rücksitz des grünschwarzen Autos versank, das mit allen Türen klapperte. Jóia war die einzige lebende Vorstellung, die mir in dieser desillusionierenden Stunde einen Sinn und eine Berechtigung zu haben schien. Bildhübsch mit seinen zehn Jahren, die Formen eines Halbwüchsigen zeichneten sich unter dem Pullover ab. Es sollte ein Irrtum sein, aber auf dem Weg nach Hause mit Anabela in den Händen und den Horden von nackten Menschen auf den Zebrastreifen war das einzig Erlösende, das die Absurdität der Dinge widerlegen konnte, João Mário Grei. Ich rieb die Adern von Anabela Cravos halb blauen, halb lilaroten Händen und gab mich schweigsam, während wir weiterfuhren. Dann brachte das Taxi uns mit seinem überanstrengten Brummen vor die Ateliertür, und ich sehe noch das Gesicht des hilfsbereiten Mannes, als er Anabela herauszog. »Was haben Sie, Senhora? Sie Ärmste!« sagte er und gab Kommentare über die Empfindlichkeit der menschlichen

Gesundheit ab. Anabela ging wie ein erschöpftes Kind. Ich mußte sie an den Tisch setzen, das Bett aufschlagen, sie hinlegen. Ich redete leise mit ihr und wunderte mich nicht, daß Anabela Cravo, noch unter Betäubung, nicht antwortete. Sie zog das Bettzeug bis ans Kinn, mitten im September von Kälte geschüttelt, denn eine idiotische Kühle zog vom Boden zum Fluß oder vom Fluß zum Boden. Man ahnte, daß draußen wohl farbloses Wasser fiel und daß die Menschen, verärgert über diesen verfrühten Regen, auf dem Weg nach Hause Güsse auf den Kopf bekamen. Es war Freitag und dunkelte in den Straßen.

Aber Anabela rührte sich nicht, als hielte sie Winterschlaf. Als es immer später wurde, begriff ich, daß da etwas nicht ganz Einfaches auf mich zukam – ich deckte sie zu, deckte sie auf, stellte ihr Fragen, umsorgte sie mit diesem und jenem, und Anabela lag in einer Ecke des Bettes zusammengerollt und reagierte nicht. Es machte mich allmählich nervös.

»Trink, iß, soll ich die Lampe auf die andere Seite stellen?«

Nicht mal das Wasser, das ich ihr brachte. Die ganze Zeit drängte ich, sie solle aufstehen und sich anziehen oder erklären, was sie fühlte, aber Anabela war nicht bereit, dieses Schmollen aufzugeben, an dem sie, zur Wand gedreht, aus Halsstarrigkeit innerlich festhielt. Wenn sie nichts wollte, gut, aber es war so ungerecht, daß sie nicht redete. Ich weiß noch, daß ich auf Zehenspitzen durch das Atelier hin und her lief und darauf wartete, daß die Stunden vergingen. Bis ich meinte, ich hätte entdeckt, was Anabela bezweckte – vermutlich wollte sie sich in ein so ungewöhnliches Verhalten flüchten, daß man den Eindruck bekam, sie gehöre schon zu einem anderen Sternennebel, den nie wieder irgend jemand unter seine Gewalt bringen werde. Nachdem sie diesen Striptease von der Haut bis auf die Eingeweide gemacht hatte, war sie von dem Bewußtsein dieses Entblößens verstört und reagierte so darauf. Im übrigen praktizierte Anabela in diesem Augenblick nur, was sie immer an Cafétischen und bei Spaziergängen in den Straßen theoretisch ausgeführt hatte. Erstens, das Individuum habe zuallererst den legitimen Anspruch, seinen Freiraum aufrechtzuerhalten. Zweitens sei sie es leid, von Fernando Pessoa reden zu hören wie von einer Serviette, in die jedermann sich schneuzen und niesen könne. Aber inzwischen sagte sie auch schon: »Nicht nur, wer uns haßt oder uns beneidet ...« Laut Anabela Cravo mußte ein Mensch, sobald er den anderen zu gut kannte, untertauchen, falls er ihn liebte, weil er ihn sonst umbringen oder einengen würde, was das gleiche wäre. So lief Anabela Cravos Rede automatisch dahin, als gäbe es zwischen Denken und Sprechen keinen Abstand. Drittens – zwar sagte sie oft, sie sei imstande, sich aus reiner Freundschaft Finger und Arme abzuhacken oder sich unter einen Zug zu legen und die Lokomotive über sich wegfahren zu lassen, doch in anderen Augenblicken redete sie vom Gegenteil und erinnerte an die Vergänglichkeit aller Gefühle.

»So ist das, Júlia – *Tout casse, tout passe et tout lasse. Hélas*!«

Am nächsten Morgen blieb sie in ihrem Winterschlaf, aber es war Samstag, und ich klatschte vor Freude in die Hände.

»Meine Liebe, wir können einen Anschlag an die Tür hängen, mit der Aufschrift: *Hier ist der Sturm durchgezogen*. Willst du dich nicht aufsetzen und mit mir reden?«

Nein, Anabela wollte nicht. Zur anderen Seite, an die Wand gedreht, zog sie wahrscheinlich weiter Bilanz ihres Lebens. Sie stand nur auf, um in dem Pseudobadezimmer des Ateliers zu verschwinden, Wasser laufen zu lassen, die Spülung zu ziehen und zurückzukommen. Sie nahm das Essen entgegen, ließ die Hälfte übrig, legte sich anschließend wieder hin und blieb geistesabwesend liegen. Sie wirkte wie gebremst. Bevor sie das Antibiotikum mit einem Schluck Wasser nahm, hielt sie die Kapsel lange zwischen den Fingern, als zögerte sie. Dann machte sie die Augen zu und tat, als schliefe sie, bis es Sonntagnachmittag wurde und ich Jóia abholen mußte, den ich seit Donnerstag nicht gesehen hatte. Aber das Kind, das meiner Meinung nach am Telefon fröhlich geklungen hatte, erschien trübsinnig und beleidigt an Tante Clotildes Haustür in der Rua do Salitre. So ist das Leben, mein Kind, so ist das Leben, es soll nicht wieder vorkommen. Ich verspreche es dir. Ich knöpfte Jóias Hemdknöpfe auf und zu, als wollte ich etwas in seiner Seele in Ordnung bringen. In dieser Nacht schliefen wir zu dritt in den zwei Ausziehbetten, diesmal Jóia am Fußende, und auch in der nächsten und in der darauffolgenden Nacht. Anabela schweigend, halbherzig essend, halbherzig sich bewegend, schwarze Ringe unter den Augen, auf den grauen Schatten starrend, den die Taube neben der Wand auf den Fußboden warf.

»Warum sagst du nichts, Anabela?«

Allmählich fühlte ich mich durch diese Stummheit beleidigt, wie Sie sich denken können. Und ich weiß noch, daß Anabela Cravo erst am folgenden Samstag gegen ihre plötzliche Trappistenberufung verstieß. Inzwischen lag sie nicht mehr die ganze Zeit, aber es war, als ob die Bettkanten ihr Territorium begrenzten. Da dachte sie, da schlief sie, da aß sie und von da betrachtete sie ihre Knie, legte den Kopf darauf und stützte ihn mit gefalteten Händen ab. Der Regen hatte aufgehört, und blaue Helligkeit fiel durch die Luken des Ateliers, so intensiv, daß ich beim Aufziehen der Vorhänge große Lust bekam, am Fluß entlang zum Café *Aviador* zu gehen, ohne daß ein Alptraum mir mit seinem schmutzigen Flügel über das Gesicht wischte. Es würde schon reichen, wie in friedlicher Zeit am Ufer entlang zu gehen und die Schiffe zu sehen. Da rief Anabela Cravo mich, und hinter den aneinandergereihten Wörtern klang zwar noch Anabela Cravos starker Wille durch, aber ihre Stimme hatte eine solche Verletzlichkeit, daß sie zu jemand anders zu gehören schien. Sie sprach leise und langsam, ohne abzusetzen.

»Sag mal. Wieviel mußtest du ihr an dem Tag noch geben?« – »Sag mir die Wahrheit.« – »Ich bin sicher, daß diese Frau eine Plastikfehlgeburt hat und sie in die Schüssel legt, um die Leute zu betrügen. Davon bringt mich keiner ab.«

Anabela Cravos Blick war düster, tief aus den Augenhöhlen, als bäte sie um etwas.

»Richtig. Komisch, wir haben nicht darüber gesprochen, aber ich habe genau dasselbe gedacht.«

Anabela zögerte nicht: »Bist du sicher, daß sie als Krankenschwester in der Klinik Alfredo da Costa arbeitet? Wenn du's genau weißt, geh ich dahin, und dann hat das ein Nachspiel.« Das war wieder Anabela, die das Netz weben wollte, das ihr den Anstoß zum Gehen geben sollte, wie Sie merken, aber sie redete noch immer leise und niedergeschlagen, als hätte ihre Gewichtsabnahme vor allem ihre Stimme beeinträchtigt. »Natürlich, natürlich.« Ich wisse auch nicht, ob sie Krankenschwester in der Alfredo da Costa sei oder nicht. Man habe mir diese Referenz genannt, wenn man allerdings das Plastik, die Handschuhe, die Schüssel, die Kammer und alles andere bedenke, sei es unvorstellbar, daß diese Person an einem Ort arbeite, wo Kinder geboren würden. Jetzt sei ich sicher, daß diese Frau keine Krankenschwester von dort sein könne. Wir seien vielmehr bestimmt von einer Gaunerin betrogen worden.

Da fing Anabela an, mit verdüstertem Blick und einem inneren Schmerz hingegeben, ihre Siebensachen zusammenzupacken, als wollte sie gehen. Sie stopfte Sachen in Plastiktüten, stand aber nicht auf, denn ehe sie gehe, wolle sie mir eine Erklärung geben, die Geschichte mit dem Paten erzählen, das sei höchste Zeit.

»Erzähl's nicht«, bat ich sie.

»Doch, wenn ich es nicht erzähle, platze ich.«

Und sie erzählte rasch, ohne Einzelheiten, wie jemand, der endlich einen bitteren Speichelklumpen ausspuckt. So *tout court,* meine Liebe. Ich erfuhr alles. Sie war dreizehn Jahre alt, da erschien ein Ehepaar auf dem Gut Quintinha, auf dem ihr Vater Pächter war. Sie kamen wegen Anabelas Schwester, die schon fünfzehn war und von der die Nachbarn hinten an den Landstraßen gesagt hatten, sie könne als Dienstmädchen anfangen. Bald kam heraus, daß die Dame, die im Auto saß, seit Jahr und Tag, nach einer verpfuschten Entbindung, an einen Stuhl gefesselt war.

Tout court, meine Liebe. Aber sie, Anabela Cravo, war zum Auto gegangen, um zu sehen, wie eine unbewegliche Dame aussah, und die Dame hatte gerufen: »Oh, Mateus, Mateus! Ich möchte lieber diese hier, ich mag nämlich Leute mit kantigen Zügen – die sind energischer. Wenn ich mal ohnmächtig werde, brauche ich jemand mit Courage.« *Tout court, tout court*. Der einzige Hinderungsgrund für Anabela Cravos Eltern war, daß die Kleine noch nicht gefirmt war, aber das Ehepaar bot sich an, und sie wurde ihr Patenkind. Aus diesem oder einem anderen geheimen Beweggrund der unbeweglichen Dame setzte man also sie auf den Rücksitz zu einer Pappbulldogge, die am Fenster mit dem Kopf wackelte, während das Auto davonfuhr. *Tout court*. Nicht viel Zeit verging. Eines Tages hielt die Patin Mittagsschlaf, sie war beim Abwasch, und der Pate war von hinten gekommen und hatte sie zwischen Wasserstrahl und Scheuerlappen geliebt. Alle Männer trugen damals Hosen mit geknöpftem Schlitz und brauchten lange zum Zuknöpfen. Sie hatte also Zeit zum Nachdenken und sagte schließlich: »Sie haben mich entehrt, Pate, aber ich erzähl es.« Der Pate lag bäuchlings auf dem Küchentisch, wo noch Geschirr zum Abräumen stand, knöpfte sich unten zu und sagte: »Du kannst dir wünschen, was du willst. Wünsch dir ein Kleid, zehntausend Escudos, einen Ausflug nach Praia da Rocha.« Da hatte sie Mitleid mit dem Paten bekommen oder noch etwas anderes, was sie nicht einmal jetzt, aus der Distanz, erklären konnte, und sich mit ihm geeinigt.

»Bezahlen Sie meine Ausbildung, Pate, kaufen Sie mir die Bücher und bezahlen Sie meine Ausbildung.«

Er begriff, daß dies eine Lösung für den Rest des Lebens sein konnte, und bezahlte, und sie war geblieben, und bis heute wußte sie nicht, was sie für den Paten empfand. Sie hatte immer in der Elias Garcia gewohnt. Ein Haus, das ohne dieses eklige Teufelswerk ein prächtiger Ort hätte sein können. Manchmal mache sie Pläne.

14. *Montag, den 9. April*

Gestern hatte ich das Gefühl, wenn ich nicht aus dem Haus ginge, könnte etwas passieren. Ich bin in den Bus gestiegen und zum Together/Tonight *gefahren in der Hoffnung, Sie hätten etwas geahnt und wären da. Tatsächlich trage ich noch immer das Messer in meiner Tasche herum, und mich befriedigt die Vorstellung, daß die Leute, wenn ich es beim Aussteigen aus dem Bus zöge, vor mir davonlaufen würden. Allerdings ist es bislang bei der Vorstellung geblieben. An den Tagen, an denen ich mich nicht mit Ihnen treffe, ist dieses Verlangen unwiderstehlich und verfolgt mich in dem engen Raum, auf den ich mich unfreiwillig beschränkt habe. Obwohl mir nicht danach ist, es allen Leuten ohne Unterschied zu zeigen. Weiter.*

Als Tante Clotilde kam, bin ich rausgegangen, und als ich vom Rundgang unten zurückkam, raten Sie mal, wer da bei Jóia war – Dr. Coutinho persönlich. Er wohnt also in der Nähe, obwohl er mir nicht gesagt hat, wo, und war hier vorbeigekommen.

Unglaublich, was? Später hatte ich ein Gespräch mit Jóia. Dieser Vorwurf, ich sei nie wieder mit ihm zu den Gazellen gegangen, hatte mich geärgert. »Nein, du bist nie wieder mit mir zu den Gazellen gegangen.« Ich habe zu ihm gesagt: »Du hast eins vergessen, João Mário. Wenn wir in den Zoo gegangen sind, wolltest du immer nur fürchterliche Tiere wie das Flußpferd oder das Krokodil sehen, aber nie Gazellen. Warum redest du jetzt von Gazellen?« Und er hat zu mir gesagt und dabei die Stimme gesenkt, wofür ich, zugegeben, sehr dankbar war, zumal er manchmal ohne Anlaß schreit: »Weil die schrecklich waren und mir leid getan haben. Ich habe immer gesehen, wie die Leute, wenn sie an ihnen vorbeikamen, mit Gruseln weggelaufen sind. Nur die Dummen blieben begeistert stehen, wollten aber am liebsten noch mal mit einer

Bombe zurückzukommen. Sie taten mir leid.« Sagte er sehr leise zu mir. »Ja, Jóia, das war gut von dir. Alle Menschen lieben die Gazellen. Warum hast du mir nicht gesagt, was du fühltest? Ich hätte mich gefreut, wenn du es mir gesagt hättest.«

Er hat sich zur Wand umgedreht, auf der sich die Schatten der Bäume abzeichneten. »Kommt er jetzt immer zu mir, der Dr. Coutinho?« Hat er mich später gefragt. »Nein, Dr. Coutinho kommt dich nur besuchen, solange du in diesem Zustand bist. Später gehst du dann ihn besuchen.« Aber João Mário traut dem, was ich ihm sage, nicht. Er weiß wohl, daß es nicht üblich ist, daß ein Arzt, ohne dafür zu kassieren, einen Kranken zu Hause besucht, nur weil ein kleiner Junge Onkel zu ihm sagt. Jetzt merke ich, daß er zu viel weiß. Wie konnte ich nur so blind sein?

Morgen werde ich zur vereinbarten Zeit da sein.

15. Auf der anderen Seite

Zurück dahin, bis wo wir gekommen waren – Sie sollen wissen, auch wenn diese ungemein knappe Geschichte vielleicht nicht der Wahrheit entsprach und vielleicht nichts von diesem *tout court* sich wirklich aufrechterhalten ließ, war ich doch sicher, daß es in Anabela Cravos Leben einen regnerischen Karnevalsdienstag gegeben hatte. Sie verschwand schließlich während meiner Abwesenheit, ohne eine Nachricht unter einem Tablett zu hinterlassen, aber zum Zeichen der Verbindung hatte sie die Stoffpuppen mitgenommen, und das über den Ständern ausgebreitete Zellophan schien zu sagen, sie rechne mit Nachschub. Jetzt würde es schwierig werden, sie zu finden, falls sie doch die Stelle wechselte, wie sie ständig versicherte, denn es war äußerst heikel, meine Kenntnis von ihrer Wohnung zu benutzen, die ich in einer derart ungewöhnlichen Situation entdeckt hatte. Es dauerte jedoch nicht lange, da fand ich beim Nachhausekommen eine Nachricht von Anabela Cravo – ein lakonischer Umschlag mit zwei Scheinen und zwei Münzen. Wofür? fragte ich mich und maß dieser Geste vielerlei Bedeutungen bei, die alle auf geplantes Fernbleiben hinausliefen.

Ich weiß noch – als ich damals wieder in die Buchhandlung kam, war Senhor Assumpção inzwischen hell empört über mein Fehlen. Aber wir versöhnten uns schnell. Ich ging zum bewußten Regal und griff nach einem roten Büchlein mit einem skizzierten Mann und dem Namen Ferlinghetti auf dem Einband. Er schien eine Kosakenmütze zu tragen, obwohl er gebürtiger New Yorker und Wahlkalifornier war. Natürlich wußte ich seit dem Spracheninstitut, daß in allen Übersetzungen die Gedanken so lächerlich wie eine speckige Nase werden, aber trotzdem mußte es noch irgendeine Ähnlichkeit mit dem Original geben. Bis jetzt war noch keine Gelegenheit, Ihnen zu sagen, daß Idalina sich, wenn kein Betrieb in der Buchhandlung war, zurückzog, sich ein paar Fäden um den

Hals legte und mit maschinenartiger Geschwindigkeit strickte. Aguiar, der für Comics schwärmte, war ebenfalls geistesabwesend. Da ging ich zu Senhor Assumpção und las leise vor, um nicht die Stille der Umgebung zu stören. Mein Chef schrieb gerade Zahlen.

Ich sehe, daß man derzeit die ganze Stadt baut
doch nur auf der einen Seite der Hauptstraße
und meine Schuhe . . .

Dann legte ich das Buch auf den Tisch, an dem er die Zahlen schrieb. Senhor Assumpção war noch immer sehr Gentleman und trug eine Zweistärkenbrille, aber wenn er lachen oder etwas genau ansehen wollte, nahm er sie ab und ließ sie schaukeln. Sie müssen auch wissen, daß es mit dem Arbeitsklima weiterhin ausgezeichnet stand, denn keiner der drei Angestellten der Buchhandlung Assumpção war in einer Gewerkschaft, und deshalb hatte der Chef in diesen Zeiten keine Sorgen. Dafür ließ er uns, wenn es regnete oder gestreikt wurde, früher gehen. Idalina konnte ganze Decken stricken und Aguiar über der Kasse schlafen. Was mich betraf, war ich sicher, daß ich mir in keinem anderen Geschäft so oft hätte frei geben lassen und so viele Vormittage mit so viel Bauchschmerzen zu Hause hätte bleiben können. Aber diesmal hatte ich wegen Anabela Cravo zu lange gefehlt, und Senhor Assumpçãos Verstimmung schien länger anzuhalten. Er nahm die Brille nicht ab, als hätte er den Vortrag dieser Widersinnigkeiten des New Yorkers überhaupt nicht beachtet. Erst kurz vor Mittag nahm er dasselbe rot eingebundene Büchlein in die Hand und sagte zu mir: »Warum suchen Sie sich so morbide Sachen aus? Verdammt, Sie sind eine von denen, die das Fruchtfleisch der Melone, die man Ihnen gibt, ausspucken und nur die Kerne kauen! Hören Sie sich das hier mal an.«

Ich warte darauf, daß Tom Swift groß wird
und ich warte darauf
daß der amerikanische Jüngling
der Schönheit die Kleider vom Leib reißt

und sich auf sie wirft
ich warte darauf...

»Lesen Sie, lesen Sie alles«, sagte er abschließend, reichte mir das Buch und sah mich noch immer nicht richtig an. Aber im nächsten Augenblick schob er mir einen Zettel zu, auf dem er mich zum Mittagessen einlud.

»Da, auf der anderen Seite der Hauptstraße? Auf der, die es nicht gibt? Falls ja, abgemacht«, versuchte ich zu scherzen. Aber die Einladung war wirklich ernst gemeint, und es wurde sehr nett. Es war zwar außerhalb der Saison, aber es gab Makrelenfilets, in Ei gewendet. Während wir die Gräten herauszogen, sprach Senhor Assumpção von der Schaufenstergestaltung, von der Kunst, ein Buch zwischen anderen auszustellen, und anderen beruflichen Themen, wodurch wir das Mittagessen endlos hinzogen. »Und der Mann, der nach Wiesloch gefahren ist, hat der von sich hören lassen?« fragte er auch.

Es war Oktober, und ringsum bot sich der Anblick einer mit Flugblättern bedeckten Stadt, sanfte Schlachten mit gewaltsamen Sprüchen, eimerweise Farbe in den Gesichtern der Ikonen der jeweiligen Gegenseite. Wellen schlagende Botschaften, vor Tagesanbruch ausgerichtet und nach dem Mittagessen vergessen – dennoch wurde, wie Sie wissen, der Begriff des Unterschwelligen populär. Über all das sprach ich mit Senhor Assumpção, und während er den Schalen, auf denen die Leute ausrutschten, Fußtritte versetzte, meinte ich, daß der Herbst kommen, über sämtliche europäische Länder eine Windhose ziehen und die Bäume in den Wäldern entlauben würde. Deshalb müsse Artur Salema zurück sein.

Wie konnte er auch lange fern von unseren durchlöcherten Wänden leben? Fern von dem Dreck auf unseren Straßen? Dem sanften gesellschaftlichen Chaos, das sich wie Schatten auf Pfützen bildete und wieder auflöste? Wo? Wo sonst konnte Artur Salema einen so für Verzweiflung und Zärtlichkeit geeigneten Ort finden wie hier, am Ufer des Tejo, wo alles sich in Lagerhalien und Docks entlud? Er mußte notgedrungen zurückkommen oder wenigstens einmal anrufen. Aber im Augenblick konnte ich Senhor Assumpção nur sagen, daß ich von Artur Salema nichts wisse – die Abwesenheit sei total gewesen. Und dieses Mittagessen wiederholte sich, auch wenn die Vorliebe, die der Chef jetzt deutlich zur Schau trug, ein paar Tage lang Idalina die Laune verdarb. Das gab sich. Und es ließ sich auch einrichten, weil Jóia durch eine zufällige Wendung nicht mehr in die Buchhandlung Assumpção kommen wollte. Wir aßen praktisch jeden zweiten Tag zusammen zu Mittag.

Jóia hatte nämlich ein Kind in seinem Alter entdeckt, das völlig frei war und Vítor Selim hieß, und die Vorstellung von der Freiheit, die sein Freund genoß, der frühmorgens vom Alto do Casalinho herunterkam, machte ihn unruhig und sprunghaft, er bemalte auf dem Ladentisch Papierbogen mit Zeichnungen, strich sie durch und riß sie anschließend in winzige Schnipsel. Dieser Kleine, den Jóia auf dem kurzgeschorenen Rasen entdeckt hatte, als er auf den höchsten Ast kletterte, schien im Freien zu schlafen und nirgends zu essen. Früh um acht, sobald ich die Tür aufmachte, tauchte Selim auf, als käme er vom Café *Aviador*, und folgte Jóia in drei Metern Abstand ohne ein Wort, aber diese stumme Verfolgung wirkte wie das schlimmste Rufen. Jóia stieg mit starrem Blick in den Bus und winkte zum Abschied durch das Fenster, bis der Bus links abbog. Wenn wir nachmittags zurückkamen, war Selim beim Aussteigen da, hinter jemandem versteckt oder von der Wand der Haltestelle verdeckt. Und selbst wenn er nicht zu sehen war, witterte Jóia ihn von weitem, rannte seiner Gestalt entgegen und spielte dann bis zum letzten Lichtstrahl des Tages mit ihm.

Manchmal verlor ich die Geduld und bekam Lust, einen herumliegenden Stein zu nehmen oder einen Schuh auszuziehen und damit nach ihm zu werfen. Wenn Jóia hereinkam, roch er nach Waschlauge und Erde, und oft holte ich eine Taschenlampe, um seinen Kopf zu untersuchen.

»Juckt es dich?«

Ständig lebte ich in der Angst, Jóia würde demnächst

die Parasiten der Asozialen und der absoluten Armut nach Hause bringen. Dennoch, je mehr ich mich innerlich gegen Vítor Selim wehrte, um so mehr schien ich schließlich nachzugeben. Als ich eines Morgens die Tür aufmachte, erblickte ich den kahlgeschorenen Kopf des Jungen. Beim Anblick der grauen Kugel mit zwei hervorquellenden dunklen Augen bekam ich so ein unbehagliches Gefühl, Sie wissen schon, zumal das ganze Kind einen Alkoholgeruch verströmte, der eine Spur an Eau de Cologne erinnerte und für kurze Zeit den muffigen Laugengeruch überdeckte, den er sonst an sich hatte.

Ich erlaubte alles – daß sie sich bis zum Bus an der Hand hielten, daß Selim ins Haus kam, und schließlich band ich sogar einen Schlüssel an das Gummiband von Jóias Unterhose, damit er unter den Bäumen bleiben konnte. Ich machte mehrere Versuche zur Probe, gab einen Haufen Anweisungen, und nach sechs Stunden Anspannung kam ich nach Hause und fand Jóia lebendig vor. Sie vergnügten sich auch hinter dem Schuppen. Schließlich waren die Küken von Dona Florete schon Hahn und Henne, er, mit einem nach allen Seiten zitternden Schwanz, turtelte um sie herum, besprang sie alle Augenblicke und gackerte anschließend mit stolzgeschwellter Brust. Wenn das passierte, wurde im Café gelacht und vor Vergnügen in die Hände geklatscht. Auch da fand ich Jóia und Selim, die in der Hocke die Tiere beobachteten.

»Ich weiß nicht, was ich machen soll.«

Senhor Assumpção beruhigte mich, ließ Kroketten in Servietten einpacken und erinnerte mich daran, welch ein großes Plus es sei, in der Nähe der Wohnung einen freien Raum zu haben, wo man den ganzen Tag glücklich sein könne.

Dann hinterließ Anabela Cravo mir einen Zettel mit dreihundert Escudos: »Okay. Und wenn ich Staub fressen muß, dafür wird Atouguia zahlen! Laufe auf Stellensuche durch die ganze Stadt. Sieht schlecht aus. Früher gab's wenigstens jede Menge Arbeit.«

Das war's – Anabela wurde gerade zur Heldin einer

leibhaftigen Odyssee gegen Atouguias Übergriffe, den Mann, den sie mit Leib und Seele geliebt hatte. Und dieser Hinweis auf Anabela Cravos Widerstand steckte mich mächtig an, als eines Morgens Fernando Rita an meiner Tür erschien und mich um Lederhandschuhe bat, falls ich so etwas da hätte, alte Dinger, zum Wegwerfen. Ich hatte schon den Lärm der Maschinen von drüben gehört, aber seit seiner Rückkehr von der Slade School hatten wir uns noch nicht gesprochen.

»Was gibt's zu erzählen?«

»Alles bestens«, sagte er, während er mit Mühe die Hände in die Handschuhe schob.

»Kann ich die Spitzen abschneiden?«

»Ja. Hast du viele Leute kennengelernt?«

»Ja, ich habe mit Butler gearbeitet. Ob ich was gelernt habe, wird sich bald zeigen.«

Noch an Ort und Stelle schnitt er ihnen die Fingerspitzen ab und zog sie wieder an, spreizte und schloß die Hände. Er habe es eilig, denn er sei »so«, und kehrte eine Tasche nach außen. Blank, nicht mal das Geld, um nach Pêro Pinheiro zu den Gebrüdern Baptista zu fahren, und er wolle eine Tomate für eine hohe Behörde machen und etwas Anatomisches für einen Juwelier im Zentrum, der darauf Schmuck im Schaufenster ausstellen wolle. Er zwinkerte mir zu.

»Aber das ist doch ein alter Plan! Mehr hast du nicht gelernt?« fragte ich und konnte mich bei dem Gedanken an den Urheber des Plans nicht beherrschen. »Und Artur? Weißt du was von ihm?«

Fernando Rita stand mit offenem Mund da, die Handschuhteile über die Finger gezogen, und sah mir verlegen direkt in die Augen. Nein, er wisse nichts. Und verschwand, aber nach ein paar Augenblicken stand er mit einem Umschlag vor der Tür. Wenn er ehrlich zu mir sein solle, müsse er mir sagen, daß er in der letzten Woche ein Foto von ihm am Po-Ufer bekommen habe. Er hielt mir ein weißes, mit vornüber kippenden Buchstaben bekritzeltes Viereck vor die Augen.

Po, Torino
Sono in Italia!
In Portogallo non ritornerò più.

Ich sah das Foto an. Es war wirklich er, mit verquollenen Augen, ohne Mütze, eine große Tasche auf dem Rücken, ein Bein angehoben, er lachte über den Fluß hinweg, der da wohl floß, und über eine Bogenbrücke, die wohl zwei Ufer miteinander verband. Ja, er war es, ganz eindeutig. Er war tatsächlich aus der Schweiz nach Deutschland, von Deutschland nach Österreich, von Österreich nach Italien gefahren und beendete die Reise mit diesem »non ritornerò più«. In welcher Fabrik hatte er nun eigentlich die grünen Bohnen in Dosen gepackt? Am liebsten wäre ich auf einen Stuhl geplumpst. Ausgerechnet aus Italien schickte er die Nachricht. Warum gerade aus Italien? Das war der jahrhundertealte Hang der Portugiesen zu Leonardos Land, dieser Minderwertigkeitskomplex unserer simplen Nudeln Marke »Leões« gegenüber den großen Spaghetti.

»Schwer für dich?« fragte Fernando Rita mich in Handschuhen.

»Nein. Er hätte auch *sono morto, voglio crisantemi* schreiben können, das wäre für mich das gleiche gewesen. Es hätte sogar gut gepaßt mit Totenblumen, denn heute ist der erste November.«

Fernando Rita, trotz des Feiertags so früh unterwegs, aber noch nicht voll eingestaubt, starrte mich an und fragte ängstlich: »Heißt das, wir sind allein?«

»Ja«, ich tat, als hätte ich nicht verstanden.

Wie Sie wissen, war mein Gefühl für Artur Salema eine unbesonnene Leidenschaft, und deshalb war die Nachricht, daß er dort bleiben würde, auch wenn sie plötzlich kam, nur der logische Abschluß einer unlogischen Reise, die zu Ende ging. Mir war danach, diesen Seeleninzest, der hier vor sich gegangen war, genau da abzuhaken, wo das Theater sich abgespielt hatte, und um die Sache zu beenden, bat ich Jóia, mir zu helfen, und stellte die Möbel auf ihre altangestammten Plätze zurück, so daß sie alles versperrten. Auf der einen Seite Anabela mit ihrem Kummer und auf der anderen Seite ich. Noch nie hatte ich mir so sehr gewünscht, daß sie mit Zetteln im Atelier auftauchte und Stoffpuppen mitnahm, aber es war klar, daß Anabela lieber allein die Treppen hinunterging, wie alle Unerschrockenen ihrer Gattung. Das war ein Titel für einen Buchrücken: »Der Holzfäller ist ausgeflogen.« Ob Anabela wohl genauso verunsichert war wie ich? Sie kam weiterhin dann, wenn sie wußte, daß sie niemanden antreffen würde, um in der Teekanne, unter dem Zuckertopf oder dem Deckel eines Kochtopfs Kuverts mit fünfhundert Escudos zu hinterlegen, manchmal bis auf Zwanzigerscheine oder sogar in Münzen gewechselt. Anhand dieser Beträge rechnete ich mir aus, daß sie halb soviel behielt, wie sie daließ, denn ich kannte sie. Obendrein stellte ich mir vor, daß sie von dem geizigen Paten im roten Morgenrock ausgenutzt wurde. Aber manchmal ließ sie eine knappe Nachricht da, Worte wie: »Küsse für den Unglaublichen Hulk.« Hätte ich nicht einen Anfall von schlechter Laune befürchtet, hätte ich sie auch lakonisch angerufen: »Hör zu, der *Yeti* kommt nicht mehr nach Portugal zurück, und wir sind allein.«

Nun erhielt ich just an einem dieser trüben Tage einen Brief von Atouguia Ferraz mit der Aufforderung, ich solle in einer mich betreffenden Angelegenheit vorbeikommen. Den Brief vor Augen, dachte ich über mögliche Reaktionen von Atouguia nach, wenn er mich jetzt sah. Ob er vermutete, daß ich von dem Geheimnis seines anspruchsvollen Eros wußte? Nur gut, daß das Versicherungsverfahren zu Ende ging. Ohne Anabela Cravo mußte Atouguias Büro traurig aussehen, ganz gleich, wer da war. Ich sah mich auf den Sofas warten, die hart wie aus Holz waren, und Schreibmaschinen hören, die wie Pflüge lärmten.

Aber es sollte alles ganz anders werden. Ob es der Kontrast war, ob Ironie oder was Sie sonst wollen, jedenfalls glaubte ich beim Hereinkommen, das Büro nicht mehr wiederzuerkennen, so verändert sah das Vorzimmer aus. Man hatte nicht nur die Wände in einer anderen

Farbe gestrichen und den Teppichboden ausgewechselt, neue Sitzecken geschaffen, eine gemütliche, wohnliche Atmosphäre, sondern auch ein Fenster eingebaut, mit Blick auf eine rundherum mit weißem Chintz ausgeschlagene Glasveranda. Man fühlte sich wie in einem riesigen Salon mit gedämpftem Licht. Ich blieb stehen und sah mich um, zumal eine Angestellte an einem Schreibtisch auf einer geräuschlosen Maschine tippte und den Türöffner bestätigt hatte, ohne den Kopf zu heben. Ein Jammer, daß Anabela Cravo und Atouguia sich ausgerechnet dann entzweit hatten, als der Erfolg kam. Bestimmt hätten Sie sich nicht vorstellen können, daß Anabela Cravo von da drinnen herauskommen würde, als wäre es gar nicht sie. Ich jedenfalls hatte sie auch nicht da vermutet, das schwöre ich Ihnen.

»Wie du siehst, bin ich nicht abgehauen«, zischte sie mir zu.

Ja, irgend etwas hatte sich vorgenommen, mich in einem Phantasiezug auf die Reise zu schicken. Andere fuhren weit weg, erlebten Abenteuer auf hoher See oder wurden auf ihren Safaris angegriffen und hatten dann etwas zu erzählen. Manche führten irgendwo in der Welt Krieg und kamen mit der Brust voller Nähte nach Hause und einer Handvoll seltsamer Geschichten, die sie erzählen und sich damit zum Helden machen konnten. Andere Männer und Frauen, über die dann keiner ein Wort verlor, fanden sich nach Unglücksfällen vor veränderter Kulisse im Freien wieder. Ich nicht – mir passierten makabre Dinge mitten in einem so banalen, ganz und gar als selbstverständlich akzeptierten Leben, noch dazu in einer von so vielen Wohnungen mit fließend Wasser und elektrischem Licht, das nur einmal im Monat ausfiel, daß mir nicht das Recht zustand, um Hilfe zu schreien, zu keiner Zeit und nirgendwo.

Wenn ich Ihnen das so sage, dann deshalb, weil die letzten Bilder, die ich von Anabela Cravo im Kopf hatte, Bilder von Entkräftung und Verfall waren, wie von einer Wüstendurchquerung mit einem Kaktus im Rücken. Im Atelier war sie manchmal aus dem Bett aufgestanden, ohne sich um ihr Aussehen zu kümmern, egal, ob ihr Haar plattgedrückt hinten im Nacken klebte und vorn an der Stirn so struppig abstand, daß sie wie eine Haubenhenne aussah. Aber nun erwies sich, wie gut Anabela sich nach zwei Monaten erholt hatte – nicht wiederzuerkennen. Sie ging durch den Raum voller blinkender Anrufe, elektrischer Maschinen, elektronischer Geräte, deren Geräusche auf die leisestmögliche Lautstärke reduziert waren, und zeigte sich in voller Größe. Anabela trug ein beige-strohfarbenes Kostüm mit einem goldenen Anhänger am Hals. Auch hatte ich nie ihren Mund so ziegelrot geschminkt gesehen, und die Knorpel ihrer Nasenlöcher waren unter einer dünnen mattweißen Schicht versteckt. Man merkte, daß sie sich von den Fingernägeln bis zu den Haaren um eine innere Wiederaufstehung bemüht hatte und daß sie dies zur Schau stellte, damit ich es sah. Ich sah es.

Anabela verhielt sich nicht kühl, aber sie war auch nicht freundlich. Sie habe schrecklich zu tun, und sie gab mir einen Umschlag mit einem kleinen Päckchen für Jóia, denn sie fürchte, nicht mehr da zu sein, wenn ich ginge, der Herbst sei die Jahreszeit der Prozesse. Entsetzlich! Ich lehnte den Umschlag ab – ich wisse nicht, was da drin sei, ich hätte keinen Kaufvertrag für Stoffpuppen abgeschlossen. Ich war bestimmt. Doch Atouguias Sekretärin sprach energisch, ließ keine weitere Diskussion zu, zumal leise schnarrend eine Telefonklingel anschlug. Sie nahm im Stehen ab und gab mir ein Zeichen, durch die Türen zu gehen, die jetzt zu Atouguias Büro führten. Es war nicht nur der erste Eindruck – tatsächlich hatte sich alles verändert. Als die Tür sich schloß und mir die Stille im Raum bewußt wurde, meinte ich, nicht auf einem Bürosofa zu sitzen, sondern im Alkoven eines lyrischen Sängers. Um die Täuschung perfekt zu machen, stand sogar eine hauchdünne Glasvase da und zu beiden Seiten weiße Büsten, eine von Lord Byron mit Wuschelkopf und eine grimmige von Beethoven. Ebenfalls weiß. Atouguia selbst, den ich vor dem Kino *Monumental* in einem Mantel mit zu kurzen Ärmeln kennengelernt hatte und der später Grei besucht, dabei auf das Stück Schmorfleisch geschielt und erklärt hatte, er glaube tief und fest an den Einfluß der Kinderbettbretter auf das Klassenbewußtsein, dieser Atouguia saß jetzt mit übergeschlagenen Beinen wie die feinen Geschöpfe, die vor lauter Feinsein ihr Geschlecht in einem Modegeschäft verloren zu haben scheinen. Er hatte die Beine übergeschlagen, und an dem oberen Fuß erschien ein Streifen Socke in der Farbe der Krawatte, seiden und granatrot wie sie. Der Anzug? An den Anzug erinnere ich mich nicht, aber ich weiß, daß das Hemd aus Musselin war und einen glänzenden Faden auf der Oberfläche hatte, auf den das Licht von der Vase fiel. Ohne zu wissen warum, merkte ich plötzlich, daß ich unverhohlen lachte, und Atouguia wurde ein wenig rot.

Auch sein Bart war hier und dort mit weißen Härchen gesprenkelt, vor allem an den Wangen, aber das im Nakken und an der Locke, die wie zufällig seitwärts fiel, mit Spray fixierte Haar gab ihm etwas Acrylisches, Entrücktes. Atouguia sprach jetzt auch anders, schlug Kapriolen mit der Stimme und höhlte die Vokale aus, verschluckte Konsonanten am Ende der Wörter, als hätte er sein ganzes Leben in Cascais zwischen Billardtischen und Schwulen verbracht. Ich bekam wieder einen unwiderstehlichen Lachreiz. Ich weiß es noch, denn Atouguia sprach schon, erklärte mit gewundenen Worten, daß er die Versicherungssumme und die Entschädigung von der Apótema erwirkt habe, den Höchstsatz, wobei er mir die Akten zeigte und Passagen aus Urteilen vorlas, die Anabela Cravo auf kleine stumme Klingelzeichen hin brachte und wegtrug. Sie sahen sich förmlich, ernst, sehr professionell an, während sie einander die Akten reichten und voneinander entgegennahmen. Aber es gab ein deutliches gegenseitiges Einvernehmen, vor allem von Anabela demonstriert.

Dies alles dürfte sehr lange gedauert haben, genau weiß ich es nicht mehr, nur, daß Atouguia mir irgendwann in diesem ganzen Drumherum aus Vinyl, Leder, Stoff und Farbe regelrecht nackt vorkam, nur den Gürtel um die Taille und den Pipimann in einer seidenen Unterhose verpackt. Er redete davon, wie es gelaufen war, wieviel jetzt ich ihm schuldete, und während er redete, war es, als ob er sagte: »Benutz den Fernseher ruhig, aber bring ihn zurück, bevor meine Frau kommt, und mach ihn nicht kaputt.« Es war, als sähe ich ihn Betten zerwühlen und Schubladen auskippen, damit seine Frau kommen und es sich ansehen konnte. »So ein Pech – man hat bei uns eingebrochen, den Fernseher aus der Küche mitgenommen, die Refrey-Nähmaschine, die Friteuse für Pommes frites, die Reisedecken. SOS!« Mit denselben weichen Händen, die Anabela in einem vergangenen Juli so gerühmt hatte, würde er die Tränen der Tochter des Uhrenmagnaten trocknen. Ich hörte es förmlich.

»Seinerzeit sagten Sie, Sie würden es vielleicht nicht annehmen, Sie hätten Skrupel, eine Entschädigung sei so etwas wie Menschenfresserei, aber Sie nehmen es an, nicht wahr?«

Er hielt sein dunkles, semitisch gefärbtes Berberauge auf meine Augen gerichtet und fragte, wie und wohin die Überweisung vorgenommen werden solle. Und dann sei da sein Honorar. Ja, ich nahm es an. Aber im Kopf hörte ich abgehackt Anabela Cravos Stimme sagen: »Meine Liebe, in Rabat ist er durchgedreht und wollte mir in den Arsch.«

Ich fühlte mich unbehaglich, verloren auf dem Sofa, in dem ein Mensch meiner Größe das Gefühl hatte, zu versinken, und hob eine Hand an den Kopf. Er sagte, wieviel mir zustehe und wieviel ihm, aber es fiel mir schwer, jetzt Zahlen zu hören, weil mir in diesem Augenblick so war, als gäbe es überhaupt nichts Intimes mehr in den Menschen – alle Leute hätten mit allen Leuten geschlafen, alle Leute würden allen Leuten von ihren Tagen und Nächten erzählen, die Körper und die Seelen, sofern es sie gab, wären Knochen, durchsetzt von weichem, organischem Mist. Und am Ende Seide und Gold darüber. Und ich dachte an den Tod.

»Ist Ihnen nicht gut?« fragte er mich. »Hören Sie, Maria Júlia.«

Atouguia war elegant, und er war souverän geworden, Herr über etwas nicht Greifbares, das aber aus den

Strümpfen und Schuhen aufstieg, und in diesem Augenblick, als er so geziert sprach, wirkte er wie ein Strichjunge, der nachts Freier anlockt.

»Ist Ihnen nicht gut?«

»Ich glaube, darüber müssen wir ein andermal reden«, noch immer hemmungslos lachend. »Stellen Sie sich mal vor, daß es Menschen gibt, die weder von hier noch von irgendwo anders sind, so wie David Grei. Kannten Sie ihn?«

Aber Anabela Cravos Geliebter setzte das übergeschlagene Bein ab, drückte die Zigarette aus und wollte erklären, so ginge es nicht, ich solle es mir vor einem Buch mit schwarzen Buchstaben genau überlegen. Ich lachte aus vollem Hals und steckte Atouguia an.

»Was haben Sie heute? Erinnere ich Sie an den Clown Popow? Oder haben Sie etwas Komisches erlebt?«

Anabela Cravo kam persönlich auf ein weiteres Lichtzeichen herein. »Kümmern Sie sich bitte darum, was Ihre Freundin hat.« Das sei nicht nötig – ich würde in ein paar Tagen wiederkommen. Anabela wollte mich noch zurückhalten, aber ich war viel zu fröhlich, um in einem Anwaltsbüro sitzen zu bleiben, ohne daß ein Lachanfall die Tischbeine zerbrach. »Bye, Anabela.«

Ich weiß nicht, warum ich Ihnen das so erzähle. Ich machte mich zu Fuß auf den Weg zur Buchhandlung. Die Straßen gingen bergauf, bergab, in die Kurve, mündeten ineinander, verzweigten sich wie Adern. Die Türen waren geöffnet, waren geschlossen, manche Häuser hatten Fenster, andere nicht, aber alle, die ich sah, wirkten auf mich wie Schlünde. Die Busse fuhren auch, sie schepperten, die Straßenbahnen, an die Erde gefesselt, schrammten auf ihr die Rua da Misericórdia entlang. Tiere in Gefangenschaft, am Bauch amputiert. Los, Júlia, um wieviel Uhr kommst du zur Buchhandlung? Ich sah die Tauben rings um die Camõesstatue, setzte mich auf eine Bank, hielt mir die Tasche vors Gesicht und übergab mich auf die Erde. Ein paar Alte gingen, als sie das sahen, ein Stück weg, und ein paar Dealer beobachteten mich verstohlen und redeten nebenan mit gesenkten Wimpern weiter. Los, Júlia, los. Keine Seite von irgendeinem Ferlinghetti rettet dich vor deinem Chef, wenn du wieder durchhängst. Los. Aber in der Buchhandlung schickte ausgerechnet Senhor Assumpção mich gleich fort.

»Sie sind krank, Mädchen, gehen Sie nach Hause.«

Dafür habe ich ihm zu danken. Im Atelier schob ich den Riegel vor und wartete darauf, daß der Frieden sich von der Decke senkte, sanft, weiß und kalt wie ein rieselnder Schneemantel. Endgültig.

16. Blitze

Aber schließlich rief Anabela von draußen durch die Luke nach mir. Ich weiß noch. Ich machte nicht auf. Ich war von dem Unterschied fasziniert und machte nicht auf. War geschlagen und fasziniert zugleich. So unterschiedlich konnten wir nicht allein wegen verschiedener Rhesusfaktoren im Blut sein oder aufgrund von Kindheitserlebnissen. Jene Typologie, nach der die Menschen entsprechend einem anderen Geschlecht eingeteilt wurden, das nichts mit dem Schamhügel zu tun hatte, war also kein bloßes Frühstücksgerede. Obwohl sie die geißblattbewachsene Tür mit den Fäusten attackierte, machte ich nicht auf. Dann schabte Papier auf der Türschwelle, und ein Umschlag kam herein. Selbst bei diesem rein nützlichen Akt der Zuneigung war Anabela verändert. Sie hatte ein Taxi mit laufendem Motor vor der Tür, trug bestimmt ein anderes Kostüm mit einem anderen Goldanhänger und kam so her, die lästige Pflicht zu erfüllen. Die war erfüllt. In den Umschlag hatte sie Geld gesteckt und einen Zettel, ich solle zum Arzt gehen. Die auf dünner Pappe geschriebene Mitteilung war kurz: »Geh doch zu einem Nervenarzt.« Sie nannte mir einen Namen, eine Telefonnummer und den Rufnamen einer Angestellten, die mich schnell drannehmen würde, dazu der Rat, ihr einen Hundertescudoschein in die Finger zu schieben. »Ich weiß, daß du da bist«, stand auf dem harten Papier. »Wir müssen miteinander reden, oh, du meine Beulenpest!« Das Taxi fuhr rückwärts, fuhr vorwärts und davon. So bald wollte ich niemanden hereinlassen. Nur Jóia, jetzt völlig frei, ging ein und aus.

Apropos Jóia. Er ging noch immer nicht zur Schule, weil am neuen Gebäude zwei Tage vor Schulanfang ein Flügel eingestürzt war, und jetzt beschäftigte eine langwierige Untersuchung und ein langwieriger Rechtsstreit die an dem Fall Beteiligten, ohne daß jemand eindeutig beschuldigt wurde. Welche Schuld konnte es auch am Einsturz des Flügels einer Schule geben? Länger nachzuforschen, war überhaupt nicht nötig – Jóia lief weiter hinter Selim her und klingelte nur sehnsüchtig, wenn Serien gesendet wurden. Ich kannte sein Klingelzeichen und gab ihm Geld, damit er im Café *Aviador* essen ging. Warum, wußte ich nicht, aber seit dem Besuch in Atouguias Büro war ich von unerklärlicher Müdigkeit befallen, als hätte ich nicht Kaffee getrunken, sondern wäre von einer Tsetsefliege gestochen worden. Mein Körper mal leicht, mal schwer zwischen den Laken. Aber jemand stand vor der Tür, zwei einzelne Klingelzeichen, von einem Erwachsenen. Das konnte weder Selim noch Jóia sein. Vielleicht Anabela Cravo, die mich überraschen wollte. Ich ging an die Tür, die kein Guckloch hatte, und wieder die beiden einzelnen, erwachsenen Klingelzeichen. Eigentlich mußte die Person jetzt gehen, bestimmt ging sie gleich. Aber nach dem zweiten Klingeln hustete die Person, und ich erkannte das Husten von Mão Dianjo.

»Mão Dianjo!« Ich machte die Tür weit auf.

Ich war im Nachthemd und barfuß hingegangen, und Mão Dianjo stand unter dem Vordach.

»Hallo, hallo!«

»Verdammt, wie lange haben wir uns nicht mehr gesehen?« sagte ich und spürte den zu kalten Fußboden. Mão Dianjo sagte nur hallo, hallo, wie eine zerkratzte Platte. Zum Teufel, wie kann man hier wohnen? Und er kam herein, als sähe er Gespenster. Plötzlich war der Fußboden kalt geworden, und ich stand überglücklich vor Mão Dianjo. Mochte er sagen, was er wollte. Wie lange hätten wir uns weder gesehen noch gesprochen? Es scheine ausgeschlossen, daß wir in derselben Stadt wohnten, daß wir eine so wichtige Begegnung über einen Menschen gehabt hätten, der uns so lieb gewesen sei, und daß wir nun jahrelang keinen Kontakt miteinander gehabt hätten! Und Madalena? Madalena gehe es gut, in letzter Zeit habe sie Rückenschmerzen, wie alle Leute. Nun habe er in der Buchhandlung angerufen, und da habe man ihm gesagt, daß ich nicht arbeite. Da war Mão Dianjo hergekommen und hatte geklingelt, weil er es für möglich gehalten habe, eine Spur zu finden, und statt der Spur habe er mich gefunden. Nun sei er da.

Da mir inzwischen kalt war, hatte ich einen Strickmantel geholt und über das Hemd gezogen. Ob er wisse, wie oft ich ihn beinah angerufen hätte? Unzählige Male, aber ich hätte es immer wieder aufgeschoben, und nun habe er das Schweigen gebrochen. Ich sei so glücklich: »Setz dich.«

Ja, Mão Dianjo schien tatsächlich nicht in Eile zu sein und wollte sich unterhalten. Aber wo sich setzen? Sein Blick ging in die Runde.

»Wo du willst, irgendwo. Das ganze Haus ist ein einziges Fellsofa mit Samtkissen«, ich war ganz illuminiert durch die unerwartete Begegnung nach diesen Tagen voller Müdigkeit und Jammer. Vergleich. Ekel. Aber nein. Mão Dianjo setzte sich nicht. Mão Dianjo ging, die Hände in den Taschen, auf und ab und betrachtete die Skulpturen, die überall herumstanden, Schultern, Köpfe, Tiere, die Frau aus Gips mit der noch immer schiefen Hüfte, die achtlos an die Wand gedrückte cascaisblaue Taube. Mão Dianjo blieb davor stehen und ging ein paar Schritte zu den beiden Ständern, auf denen mit Zellophan abgedeckte Stoffpuppen und zugeschnittene Stoffstücke gestapelt lagen. Ihm schien nicht daran gelegen zu sein, sich zu setzen. Er war zum Herd gegangen, auf dem zwei Töpfe standen, nahm die Deckel ab und schaute tief hinein. Dann legte er sie mit einem Aluminiumgeräusch wieder drauf. Diese Einzelheiten habe ich mir gemerkt. Denn er machte die Kühlschranktür auf und hantierte am Eis herum. Leise singend. Es war ein Stottergesang, der vor der offenen Tür kein Ende zu nehmen schien. Das Eis. So blieb wohl auch Anabela Cravos Zahnarzt zwischen vier Möbeln vor dem Kühlschrank stehen. Mit einem richtigen Glas in der Hand. Ob er auch sang? Draußen mußte ein leichter Wind aufgekommen sein, denn die Wolken schienen schneller zu ziehen. Die nach Osten gehende Luke zeigte in einem Zipfel, wie sie vorüberflogen. Dann wurde Mão Dianjo böse.

»Du lebst in einer Baracke, Júlia. Es stinkt.«

Ganz widerlich, das sage ich dir. Und er schlug sich mit der Hand gegen die Stirn. Er traue kaum seinen Augen. Mão Dianjo ging pausenlos weiter auf und ab. Er trug noch immer das Haar bis zur Schulter und schien, seit ich ihn vor elf oder zwölf Jahren in der Rua de Infantaria Dezasseis kennengelernt hatte, keinen Tag älter geworden zu sein. Straffe, glänzende Haut unter den Augen. Nur das Haar am Ansatz etwas silbriger. Im übrigen unverändert. Wie sei das nur möglich, daß ich hier lebte? Fragte Mão Dianjo noch immer fassungslos, während er hin und her ging, auf dem Sisal am Boden Schleifen lief. Ich saß auf dem Bett und hatte ein unbändiges Verlangen, leise zu sagen, wie zu einem Ohr, das sich mir bis zum Mund entgegenstreckte, allerdings, ohne sich ganz vom Körper lösen zu wollen: »Ich fühle mich einsam.«

Mão Dianjo blieb stehen. Einsam? Er kam zu mir.

»Wiederhol, was du gesagt hast.«

»Ich fühle mich einsam«, sagte ich noch einmal in das Ohr, das dicht an meinen Lippen war und das keinem auf dieser Welt gehörte, sich mir aber duftend anbot.

»Einsam? Und seit wann fühlst du dich einsam?«

Mão Dianjo hatte jetzt eine tiefe Falte zwischen den Augen und bückte sich, auf die Absätze gestützt, die Knie gespreizt, Gesicht an Gesicht. In dieser Stellung sah er blaß aus, und seine Nasenlöcher zitterten. »Einsam?« Das Flanellhemd spannte auf der Brustmitte, so daß die Knopflochleiste zwischen den Knöpfen offenstand. »Sagtest du einsam?« Er erhob sich und fing wieder an zu gehen.

»Sag mir, was du so gemacht hat, mit wem du zusammen gewesen bist, was du erlebt hast.« Er setzte sich jetzt neben mich, noch immer blaß von der Zugluft, die durch den Raum strich. Sein Blick ging von den Kochtopfdeckeln zu den Stoffen auf den Ständern und von den Stoffen zu den Händen, mit denen ich mein Hemd zusammenhielt. Da, wo Mão Dianjo saß, bildete das Bett eine tiefe Kuhle. »Erzähl mir, erzähl mir.« Ich wollte erklären, daß ich nicht *einsam* sagen wollte, als ich einsam sagte. Was ich sagen wollte, war irgendein anderes Wort, dessen Form in

Schrift und Laut ich nicht kannte, aber über dessen Bedeutung ich mir vollkommen im klaren sei. Irgend etwas wie *ojinono, viunilha* oder einfach *arra, arra, arra,* was für mich das Gegenteil von Morgengabe bedeutete. Wie sollte ich das Mão Dianjo erklären? Diesem Mão Dianjo, von dem David Grei immer gesagt hatte, er sei der Mann, der alle Antworten wisse, vor allem die letzte, die am schwierigsten zu finden sei? Aber woran ich zweifelte, war nicht Mão Dianjos Vermögen, vielmehr die Verständlichkeit dessen, was ich ihm sagen wollte: Mão Dianjo, ich *isosonta,* ich *aruru*. Dachte ich, sagte aber wie in eine Ohrmuschel, die sich mir an die Lippen gedrückt hatte und nach einem wilden Kraut oder irgend etwas anderem Besonderen duftete: »Einsam.«

Mão Dianjo machte jetzt ein anderes Gesicht, ging schneller zwischen dem Bett und dem Tisch hin und her und redete, von einem Redefieber gepackt. »Einsam, einsam.« Ja, er habe gewußt, daß ich mich einsam fühlen würde. Gewundert habe er sich nur, daß ein Zustand, den man auf drei Meilen Entfernung erahnen konnte, mir nie bewußt geworden sei. Ich gehörte im übrigen zu der Sorte Menschen, die ins Jenseits gehen und zurückkehren müßten, um den Sinn wahrer Solidarität zu begreifen. Wer nun den Sinn wahrer Solidarität nicht begreife, diese grundlegend wichtige Größe, der könne auch nie die Isolierung überwinden, sozusagen eine zur Sühne auferlegte Strafe. Ich sei für Mão Dianjo ein lebendiges Beispiel dafür. Ein Paradefall, den ein Lehrer benutzen könne, um darzulegen, was es bedeute, zu einer sozialen Klasse zu gehören, ohne sich dessen bewußt zu sein. Also nicht zu ihr zu gehören oder nicht in sie integriert zu sein. Du bist wie ein Piniensamen, den der Wind an seinem Flügel fortweht. Was mache das schon? Ich lebte in einem Atelier, das stinke wie irgendeine dreckige Baracke in den Armenvierteln Curraleira oder Casal Ventoso, werde nach Strich und Faden ausgebeutet, und da stände ich niedergeschlagen im Nachthemd und ließe zwei Schritt weiter auch noch andere untergehen. Mão Dianjo schüttelte seine Mähne, die wunderschön grau war, wie ein gereiztes Pferd. Er geißelte die Ideen, und am liebsten würde er etwas kaputtschlagen, wenn er nur daran dächte. Er zitierte, nannte, erinnerte an Bücher, Titel, Kenntnisse, als könnte er sie von seinen nackten Händen ablesen, und gestikulierte, als wären die Finger Seiten voller Buchstaben. Gereizt.

Ich *aruru*, dachte ich unterdessen auf der Bettkante, mit einer Zigarette in der Hand, von der ich die Asche auf den Boden fallen ließ. Mão Dianjo meinte also, ich im Nachthemd sei ein Geschöpf, das dank einer Wissenschaft, die ebenso exakt sei wie die der Gezeiten, dazu bestimmt sei, genau das zu verkörpern, was man von mir erwarte. Angst, Frustration und Selbstmord, sagte Mão Dianjo, der inzwischen den höchsten Punkt der Kurve erreicht hatte. Er redete weiter, redete und redete aus der Nähe und der Ferne, und alles, was er sagte, schien aus einem Mund zu kommen, der nicht da war, obwohl er Ton für Ton gehört wurde.

Mão Dianjo, ich *ojinono* und ich *viunilha*.

Es hätte gutgetan, es zu sagen, aber es hatte keinen Zweck, zu dieser riesigen Anstrengung anzusetzen, den Mund aufzumachen. Mão Dianjo hatte sich jetzt wieder auf die Absätze gehockt und ließ mich in seine von zwei Lämpchen leuchtenden Augen sehen. Er sei da, weil er mir als erster die gute Nachricht bringen wolle, allerdings habe er nicht gewußt, daß er mich so einsam antreffen werde. Zum Glück könne er mir nun sagen, nachdem sämtliche Fäden der Solidarität aneinandergeknüpft seien, daß ich die Versicherungssumme und die Entschädigung bekommen werde. Es war so wichtig, was Mão Dianjo mir da mitteilte, daß ich sagen mußte, ich hätte es noch nicht gewußt – diese Freude konnte ich einem Mann, der so an meinem Schicksal Anteil nahm, nicht verderben, wie Sie wohl verstehen. Und wie sollte ich meine Freude ausdrücken? Ich stand auf, damit wir uns stehend, Körper an Körper, umarmen konnten, und Mão Dianjo drückte mich an sich.

»Das ist großartig.«

Ganz großartig. Die Solidarität habe doch noch gesiegt.

Er sei gerade bei der Apótema gewesen und habe es erfahren. Aber ob ich überhaupt wisse, welchen Einsatz die Freunde von David Grei dafür geleistet hätten? Ich wisse wohl, daß David, als er vor dem Bahnhof Rossio außerhalb der Arbeitszeit gestürzt sei, seit mehr als zwei Monaten keinen Fuß in die Firma gesetzt habe, daß er keinen einzigen Schnipsel Papier in der Tasche gehabt habe, der beweisen konnte, daß er einen Auftrag hatte. Aber wisse ich, Maria Júlia, eigentlich, was man alles in Bewegung habe setzen müssen, um das genaue Gegenteil der Wahrheit nachzuweisen? Anders gesagt – daß David Grei täglich seit Monatsanfang die Stempeluhr gedrückt habe, daß er an jenem Tag gerade um zehn Uhr weggegangen sei, daß er bis halb sieben habe arbeiten wollen? Daß er unterwegs zu einer Kundenfirma gewesen sei? Daß es in dieser Firma eine Sitzung habe geben sollen, bei der er dabei sein sollte? Daß er die Papiere unter dem Arm gehabt habe? Und dann noch die Komplikation mit dem Mann im Ford Capri? Lauter, lauter Lügen, meine Liebe, und er sei gerade dabei gewesen, das alles in Gang zu bringen, fast ein Dutzend Leute einzuspannen und auf Eile zu drängen, da hätte ich mich unanständigerweise aus der Rua das Rotas abgesetzt und von den Abenden in der Infantaria Dezasseis. Warum? Warum? Sei das überhaupt entschuldbar?

Mão Dianjo mußte von der Erinnerung an soviel Mühen müde geworden sein und sah aus, als wäre er weit weg in einer eiskalten Welt. Erst nach einer kleinen Weile kehrte er zurück und setzte sich auf das Bett, das sich leicht bewegte.

»Ich wußte, daß du dich einsam fühlen würdest.« – »Und das sagst du erst jetzt.« – »Fühlst du dich so?«

Seit ich Mão Dianjo zwischen dem Herd und den Betten blaß und mit sommerlichem Glanz im Blick hatte hin und her gehen sehen, war ich sicher, daß er mich irgendwo im Atelier hinlegen würde. Irgendwann würde alles ganz, ganz langsam werden, als geschähe gar nichts, aber irgendwann danach würden die Dinge ihren Lauf nehmen. Durch die Luken sah ich den wie vor

Gewittern verhangenen Himmel, regenfarbene Wolken zogen unter den weißen vorüber.

»Wo ist dein Sohn?«

»Er läuft draußen mit einem Jungen in seinem Alter herum«, alles traf sich. Nach der Darlegung von Kampf und Sieg war es nur verständlich, daß Mão Dianjo nach dem Hüter fragte.

»Hast du nichts zu trinken?«

Doch, da sei ein Portwein von 1950, genau dem Jahr, in dem ich geboren sei, man müsse ihn nur aufmachen und aufs Tablett stellen. Ich stand auf, um die Zeremonie des Paten zu übernehmen und sie Mão Dianjo zu bieten. Auch wenn ich im Nachthemd war, ich kam mir vor wie Anabela Cravo, die sich in Kostüm und Anhänger über alles und alle hinwegsetzte. Der Wein sang tief in den Gläsern. Ob die Dinge sich so bei Anabela Cravo abspielten? Wenigstens etwas an Ähnlichkeit mußte es geben, denn es würde ja auf gleiche Weise enden. Mit dem Glas zwischen den Fingern war es kälter.

»Es donnert, und ich habe keinen Mantel dabei«, sagte Mão Dianjo.

»Ich würde gern rausgehen und das Gewitter sehen«, sagte ich noch.

Diesmal ließ Mão Dianjo das Wort im Raum stehen und machte eine erwartungsvolle Pause.

»Natürlich. Und wo steckt Jóia, dieser Bengel?«

Alles so eindeutig wie klares Wasser. Wir mußten hinausgehen und nachsehen, wo Jóia steckte, vielleicht abschätzen, wie weit weg der Regen und das Gewitter war, das offensichtlich aufzog, so groß war die atmosphärische Bedrohung, die man hinter der schmalen Luke erahnte. Bestimmt hätte Anabela in Kostüm, Anhänger und ziegelrotem Lippenstift es so gemacht. Ich zog mich hinter dem Wandschirm an, während Mão Dianjo auf und ab ging, aber im Raum war ein Druckmesser, der einen raschen Abfall anzeigte. Das merkte man, denn als er mir den Strickmantel über die Schultern legte, atmeten seine Hände wie offene Lungen. Ja, ja. Ich wäre bereit gewesen, ihm gleich noch alles andere zu geben, wenn Mão Dianjo geschwiegen hätte, aber er redete weiter, als wollte er ein für allemal die Erinnerung an David Grei ausmerzen.

»David war immer schwierig, wie du weißt. Er hat mir eine Menge Arbeit gemacht. Wo ich meiner Sache sicher war, säte er Zweifel. Während ich die Starken unterstützte, schreckte er die Schwachen auf, solche, die ihr Mäntelchen mal hierhin, mal dahin hängen. Leute, die sich jede Woche danach richten, was ihnen das Zeitungshoroskop sagt. Mit solchen hat er es bei der Apótema gehalten.«

Wir gingen inzwischen durch die Straßen, aber es war erstaunlich, welche innere Logik diese vorbereitenden Bemerkungen offenbarten. Mão Dianjos Blut war in Aufruhr, während er sprach, das merkte man an seinem Gang, die Wörter reihten sich gerade und schnell. Wir waren im Freien, und die Wolken zogen rauchgrau und schweflig übereinander dahin, aber der Wind trug sie nach Osten, und die trockene Erde knackte. Jóias Garten, der kurze Rasen, den die Hunde immer besprenkelten, war sandfarben. Sollte es etwa nicht regnen? Wir hatten das Café *Aviador* hinter uns gelassen und gingen weiter bis zu einer Stelle, wo ein Haufen langer Eisen rot vor sich hinrostete. Um weiterzugehen, hätten wir über dieses hier an den Fluß geworfene Gerümpel steigen müssen, und da ich etwas wie Fieber fühlte, wollte ich umkehren. Mão Dianjo hatte mir die Hand an den Ellbogen gelegt, um mir zu helfen, das Gleichgewicht auf den Wiesenwegen zu halten, und redete. Es war nicht nötig, aber es war schön, Mão Dianjos warme Hand zu spüren. Überall am Ufer des Tejo waren umschlungene Paare, Frauen mit den Köpfen unter den Achselhöhlen der Männer. Manchmal küßten die Paare sich wie besinnungslos auf den Mund, und wenn die Männer sich nach hinten umsahen, weil sie unsere Schritte hörten, waren ihre Augen weiß. Wie bei Blinden.

»Gehen wir nun zurück?«

Ja, natürlich würden wir zurückgehen, das war geplant, und beim Zurückgehen sah man die Rückseite der manuelinischen Baudenkmäler mit hoch erhobenem Anker, in der Farbe unbeweglicher Eidechsen mit glatten

Schuppen, bereit, den Winter im Schlaf zu verbringen. Bis zur Haustür mußten es noch etwa zweihundert Meter sein, und Mão Dianjo redete und redete. Die Einstimmungsszene bis zum letzten Schritt durchgeführt. Jetzt legte er mir dar, daß jeder Künstler, selbst ein mittelmäßiger, für jede geordnete Bewegung immer eine drohende Gefahr bedeutete. Meide sie. Arbeitet zur Zeit jemand in Martinhos Atelier? Ich kenne keinen, der nicht so ist, sagte Mão Dianjo statt Küssen.

»Ist dir kalt?« fragte er mich. – »Unglaublich. Ärzte sind treu, Pädagogen sind treu, Ökonomen sind treu, sogar Rechtsanwälte sind treu oder Architekten, so wie ich. Aber Künstler, die sind nicht treu. Und wenn doch, dann nur, weil sie in einem lichten Moment ihre Hoden mit Draht festgebunden haben, damit sie nicht im nächsten Augenblick untreu werden. Warum, werde ich noch rauskriegen. Meide sie.«

Es fehlten noch ein paar Meter, und mir kam es sinnlos vor, so viele Begriffe unnötig zu bemühen, wo es doch ausgereicht hätte, alles, was er sagen wollte, in einem kurzen Satz zusammenzufassen: »Komm, wir beseitigen da drinnen die letzten Fetzen Erinnerung an David Grei.« Beeil dich, beeil dich. Dachte ich und fühlte, daß es einen groben Abklatsch von etwas Erhabenem geben würde. Gehen die Wolken nun oder kommen sie? Ich wußte nicht recht, denn am Himmel schienen zwei sich kreuzende Winde zu sein, die sich in entgegengesetzte Richtungen trieben. Wenn es nun regnete, wo mochte Jóia stecken! Es tröpfelte schon, und ein Blitz zerbarst am Himmel, genau in der Mitte.

»Wie alt ist er jetzt?« fragte Mão Dianjo.

»Zehn.«

»Dann verirrt er sich nicht mehr, selbst wenn es regnet.«

Wir machten die Türen von innen zu.

»Wie fühlst du dich?« fragte Mão Dianjo und machte den Mund bis zur Zunge auf. »Wie fühlst du dich? Sag es noch einmal.«

Ich *aruru*, ich *viunilha*, ich, ich, sagte ich nur zu mir, an die Wand des Ateliers gelehnt, das letztlich nach Lauge, Kochdunst, abgestandenem Lavendel in einem grünen Flakon roch. Warum war es hier grundlos vergammelt? Anabela war ein lebendiges Orakel. »Hast du Fieber, oder kommt das von der Angst vor dem Gewitter?« Er drehte mir das Haar zusammen, das ich immer lang getragen hatte. »Du bist eine Rarität, eine weiße Brennessel, die auf der Kruppe einer schwarzen Stute gewachsen ist!« Gefiel mir die Metapher? Er habe irgendwo gelesen, daß die Kosaken dies zu den Frauen sagten, wenn sie großmütig waren und sich auf den Pferden besitzen ließen. Ich spürte, daß es gleich losregnen würde und daß ich das Zauberwort sagen mußte.

»Einsam, ich fühle mich einsam«, dann würde man weitersehen.

»Ein Blitz«, sagte ich noch.

»Viele«, sagte er.

Dann regnete es drei Tage lang, und als hätte jemand einen Vorhang vor das Wetter gezogen, wurde es Winter. Anfangs strömender Regen bei Gewitterausbruch, dann träges Nieseln, das die Luft durchtränkte. Es gab Möwen und Möwen mit schwingenden Flügeln. In Plastik gehüllte Angler, die gegen die Angelschnur hielten. Möwen. »Sieh mal, Jóia, der Winter ist gekommen.« Von der anderen Seite der Pavillons der Lärm von Fernando Ritas Maschinen, mal nagend wie mechanische Ratten, dann wieder drückend wie glattes Schneiden.

»Ich verstehe nicht, wieso du noch immer Fieber hast, wenn du dich nicht mehr einsam fühlst«, sagte er.

Gleich am nächsten Tag habe er nicht kommen können, weil er den Nachmittag im Wartezimmer eines Orthopäden verbracht habe, zu dem er wegen Madalena gegangen sei, und da sei ihm, während er sich unsägliche Zeitschriften angesehen habe, eine glänzende Idee in den Kopf gekommen: »Wie wär's, wenn wir am nächsten Sonntag zusammen zu Abend essen? Ich, du, Madalena und Jóia? Diese Idee ist mir beim Blättern in Zeitschriften gekommen.«

Am Sonntagspätnachmittag, gegen Abend, kam Mão Dianjo mit Madalena. Er in Pullover und Halstuch wie früher, aber seine Frau trug eine schenkellange Fuchspelzjacke. Madalena kam nicht herein, warf nicht einmal einen Blick hinein, unzufrieden mit der Welt wegen der Wirbelsäule wartete sie, vor dem Sprühregen durch einen Schirm mit Knochengriff geschützt, neben der Geißblattlaube. Sie hatte überhaupt keine Ähnlichkeit mit der Madalena aus der Infantaria Dezasseis, als sie in den weißen Simca stieg. »Wollen wir nach Alcântara?«

Wir fuhren hin. Je vertrauter wir uns alle geben, um so weniger mißtrauisch wird Madalena sein. Das habe ich schon immer gedacht. Hatte er nach den vielen »Einsam« zu mir gesagt. Das spärlich beleuchtete Restaurant am Kai wirkte wie eine armselige, feuchte Erinnerung an eine in der Zeit stehengebliebene Titanic im und außerhalb vom Wasser. Ein Kellner mit einer Serviette über dem Gesäß lief um den Tisch für vier herum, und Mão Dianjo hatte zum Lesen der Speisekarte die Brille aufgesetzt. Ein Bügel war mit Klebstreifen befestigt und hing schief, und Madalena zeigte, wie ungehalten sie darüber war, und wetterte dagegen: »Dieser Mann meint, wer kaputte Brillen trägt, beweist damit, daß er zur Avantgarde gehört! Das muß man mit eigenen Augen gesehen haben!« Eine gewisse Feierlichkeit bei diesem Treffen. Lag es nun an der Stille oder an den weitläufigen Räumen oder an der Höhe der Gemälde von Almada, jedenfalls sah Madalena im Kerzenlicht älter aus. Wer hatte gesagt, daß Kerzenlicht die Menschen verschönert? Die Wangen von Mão Dianjos Frau schwankten über dieser flackernden Flamme zwischen lila und purpurrot, und mit dem blonden, in Locken auf die Schultern fallenden Haar sah sie wie ein altes Starlet aus. Sie erkundigte sich mit großem Interesse nach meinem Leben.

»Sie wird umziehen. Weißt du jemand, der eine Wohnung zu vermieten hat?«

Madalena richtete den Blick ins Leere, die Hand in die Ferne, als gäbe es so etwas gar nicht mehr. Eine Wohnung? Mão Dianjo wurde ein wenig blaß und sagte zu Madalena, sah aber mich an: »Weißt du, sie hat sich sehr einsam gefühlt, und wir hatten keine Ahnung.« – »Sie braucht unsere ganze Solidarität«, sagte er noch.

Da stand eine Flasche sehr kalter Casal Garcia, die schon allein bei Brot und Butter auf einen Ruck ausgetrunken wurde. »Sehr, sehr einsam!« Es war nicht Jóias Knie, das unten so rieb, als hätte es einen langsamen nervösen Tick. Sogar zwei Knie berührten mich auf diese Weise. Schließlich wollte Madalena, daß man ein Fenster aufmachte, damit man auf den Kai sehen konnte. Ein norwegisches Schiff, ganz weiß, hatte da vorn angelegt, und etwas schaukelte da drüben im Wasser. Zwischen dem Schiff und dem Fenster fiel auch Regen, aber man wußte nicht recht, woher er kam, denn die Wolken rissen auf, schlossen sich, und mal sah man den Mond, mal nicht, ein atmosphärisches Himmelskörperdurcheinander. Madalena hob den Arm, um ihr Haar zu ordnen.

»Sehe ich furchtbar aus?« fragte sie.

»Wie kommst du darauf!«

Sie wollte noch zur Toilette gehen, um sich zu kämmen, und da Jóia zu dem ankernden norwegischen Schiff sah, drückte Mão Dianjo mir den Arm und sagte: »Morgen werden es acht Tage. Der Kleine soll abhauen.« Er sprach hastig, mit Verführung im Blick, abgehackte, schnelle, warme Wörter. Ich wollte gern sagen: Ich nicht *aruru*, ich nicht *viunilha*, nicht *ojinono*, ich nicht. Ich bekam starke Kopfschmerzen, und Madalena sagte: »Bei mir fing das auch so mit Übelkeit an, und dann war alles die Wirbelsäule! Entsetzlich, ganz entsetzlich! Zum Glück geht's nicht nur mir so, alle Leute haben Rückenschmerzen«, so verabschiedeten wir uns.

Ich wollte schlafen, seit Monaten hatte ich nicht so viel, so gut und so lange im Sitzen gegessen, doch wieder hielt mich ein unerträglicher Brechreiz die ganze Nacht auf den Beinen zwischen Bett und Kloschüssel. Da der Mensch ein Gewohnheitstier ist, wünschte ich mir, es wäre Tag und ich könnte es auf dem Largo Camões hinter einer Tasche machen, so wie beim ersten Mal.

Und da kam mir eine Ahnung.

Und was, wenn es nur die Kraft der Blitze gewesen war? Wenn ich vielleicht noch nicht wirklich einsam gewesen war, als ich den Kopf auf Ernesto Mão Dianjos Hemd legte? Wenn ich es überstürzt hatte? Anabela Cravo hätte jedenfalls unter den gleichen Umständen genauso reagiert. Aber ich wartete auf den Lärm der Bohrer, und sowie ich das Geräusch hörte, ging ich rüber. Die Tür stand offen, und der Lärm kam von innen, aus einem anderen Raum mit einer zweiten Tür. Ich drehte den Türgriff und kam nicht in einen Raum aus Wänden und Decke, sondern in eine Staublichtung, so wenig Konturen hatten die Ecken, wie in einer Mondlandschaft. Inmitten von Staub und Licht schwammen unten die Umrisse der Werkbänke und die an Kabel angeschlossenen Maschinen. Ich weiß noch.

Fernando Rita merkte nicht, daß ich hereinkam. Er stand über einen hellen Stein gebeugt, den er gerade bearbeitete, und zwischen diesem Stein und der Scheibe spie ein Band Staub in die Höhe wie ein Schornstein Rauch. »Geh aus der Achsrichtung der Scheibe!« rief er, arbeitete aber weiter. Eigentlich sah er, das eine Bein vorgestellt, das andere nach hinten, wie ein von einer Maschine angetriebener Mensch aus.

»Geh weg!« rief er.

Er schnitt Parallelen in den Stein, dann machte er kehrt und schnitt Senkrechte, und anschließend verstümmelte er das Karomuster mit dem Meißel in waagerechten Kerben, ohne abzusetzen. Ich ging im Kreis, um der Richtung der Scheibe auszuweichen, so wie er es mir zurief.

»Hör auf, hör auf«, schrie ich, völlig entnervt.

Vor Überraschung nahm er die Ohrenklappen ab, schüttelte den Kopf, machte den Hals frei, und sein Gesicht kam über und über weiß beschmiert zum Vorschein.

»Brutal ist das«, noch immer entnervt.

»Ja«, sagte er. »Ich kenne keine andere Kunst, die so gut wie diese zeigt, daß der Mensch die Dunkelheit beherrscht«, er schüttelte sich. »Wie sollte das auch nicht brutal sein? Jedesmal wenn das passiert, wird nämlich das Chaos zu einem Ding. Bist du traurig?«

»Es wird nicht ein Ding – es wird ein Kosmos, das willst du damit sagen«, ich war noch immer entnervt.

»Ein Ding! Kosmos sagt mir nichts, das ist eine viel zu ausgefüllte Größe, um mich glücklich zu machen. *Ding*, sage ich.«

Er hustete kräftig zur Seite.

»Ist das schädlich?«

»Nein, nur schwarze Steine, die sind im allgemeinen giftig, aber noch schädlicher ist das Rauchen«, und er setzte sich auf einen Stein, um zu rauchen.

»Und was machst du gerade?«

»Eine Birne. Bist du traurig?«

Ich lachte los: »Warst du auf der Slade School, um zu lernen, wie man Obst macht?«

»Ich hab da viel gelernt, aber ich mache jetzt Rüben, Rübenkraut, Tomaten, Auberginen, Sonnenuhren, viereckige Tischchen, damit die Leute sie mit Blumen oder statt Blumen aufstellen und das Gefühl haben, in ihrer kleinen Welt sei Frieden. Oder bist du auch der Meinung, so wie Martinho, daß ich buchstäblich nichts mache?«

Fernando Rita schien wütend zu sein und sagte, der Meister meine, er mache Präzisionsübungen, die woanders mit besserem Ergebnis trainiert werden könnten. Beim Reparieren von Uhren vielleicht, wie Chirurgen vor der Spezialisierung. Seit Artur weg sei, wolle der Meister ihn sogar raussetzen. Das sehe man schon daran, daß er nicht mal mehr herkomme. »Und du willst mir dasselbe sagen?«

Er feuchtete den Finger auf der Zunge an und malte auf Steinen, die in den Ecken lagen, und machte sie unter dem Staub, in dem sie alle gleich aussahen, kenntlich. Dann holte er ein feuchtes Tuch, um sie besser zu zeigen. Alle diese Steine würden Obst werden, aber sowie er sie fertig bearbeitet hatte, wollte er wieder nach Pêro Pinheiro.

»Hier«, sagte er. »Bist du traurig?«

Und dann fegte er mit einem Besen über mehrere fast braune Blätter Papier mit Kohleskizzen, die an den Wänden hingen und jeweils an den Ecken numeriert waren. Mir sahen sie nach Köpfen, Schultern, Faltenwürfen, darüber erhobenen Gewichten aus, doch er sagte, nein, konnte aber keine Erklärung geben. Es waren Dutzende von Zeichnungen, die unter den Besenschwüngen flatterten und von denen der Staub in Wolken abfiel. »In der Fabrik der Gebrüder Baptista, da wirst du was erleben!« Er habe den Kopf voller Pläne, und um sie zu beschreiben, legte Fernando Rita sich auf den Boden und wälzte sich auf dem Staub, die Augen zur Decke, als wäre das Objekt, das er machen wollte, luftförmig, nicht identifizierbar und könnte fliegen. Mit den Armen in der Luft erklärte er die Formen, denn dies alles solle auf einem Metallgerüst ruhen, verschiedene Elemente, die ineinandergriffen, wobei er sich wiederholte und verhedderte. »Ich möchte etwas Pferdhaftes, etwas, das läuft und fliegt.« Als er aufstand, war er von oben bis unten schmutzig und fragte noch, ob ich verstanden hätte.

»Ja.«

Dann brachte er mich zum Atelier, in dem ich wohnte, als wäre nichts, ganz in Visionen, und sagte, er wolle sich nicht aufhalten.

»Paß auf dich auf«, verabschiedete er sich. »Ich fand, du warst heute traurig.«

17. Szenen eines Umzugs

Wir zogen um, und vielleicht wollen Sie wissen, wie wir umzogen.

Als ich in die Buchhandlung Assumpção zurückkam, schien das Telefon nur für mich zu läuten, und deshalb mußte Idalina viel mehr am Ladentisch bedienen. Erst war es Anabela Cravo, die schnell anrief, während es gedämpft neben ihr klingelte, und dann war es Mão Dianjo, der sich zum Abendessen im *O Escondidinho*, dem »Verschwiegenen Winkel«, verabreden wollte.

»Aber *O Escondidinho* ist so wenig verschwiegen.«

Ja, das stimme, aber dann müsse ich die gelben Seiten aufschlagen und etwas nach meinem Geschmack aussuchen, er sei mit allem einverstanden, sofern es verschwiegen sei. Er wolle Madalena keinen Kummer machen, sie habe noch immer diese Rückenschmerzen. Aber in der Mittagspause kam Anabela Cravo und erkundigte sich ausführlich – ob ich gegessen, geschlafen hätte, wo der verrückte Spiderman, früher Jóia genannt, stecke. Sie sei in Eile, wolle sich nur melden, die Stempeluhr der Freundschaft drücken, sie sei mit Atouguia verabredet. Sie war jetzt immer phantastisch gekleidet, denn sie hatten an die Zeiten vor Rabat wieder angeknüpft. Alles laufe wie geschmiert, und sie, Anabela Cravo, sei sogar überzeugt, irgend jemand habe sie im letzten Sommer zwischen August und September verwünschen lassen. »Du wirst schon sehen«, aber sie wolle nichts erzählen und ihre Erfolge für einen späteren Zeitpunkt, wenn sie mehr Muße habe, aufbewahren. Und später erfuhr ich, daß sie ihre Erfolge auch mit mir teilen wollte.

Ich erfuhr es an dem Tag, an dem Anabela zehn Minuten vor eins mit einem jungen Mann in hellem, tailliertem Trenchcoat in der Buchhandlung Assumpção erschien. Sie lächelte. »Sieh mal, wer hier ist!« Ich starrte den Mann an und konnte mich nicht erinnern, ihn jemals gesehen zu haben. Es ging mir nicht gut, aber auch nicht so schlecht, daß ich jetzt Atouguia in Blond gesehen hätte. Anabela jedoch wartete darauf, daß ich ihn erkannte. »Denk nach, Mädchen, denk nach!« So sehr ich auch hinter dem Ladentisch nachdachte, ich konnte keinen Namen finden.

»Das ist Saraiva, unser Saraiva«, sagte sie zu mir, als präsentierte sie einen mir intimst bekannten Prinzen. »Ich laß ihn dir hier, auf Wiedersehen.«

Anabela ging zur Tür und eilte hinaus, denn draußen wartete ein Wagen, und es wurde schon gehupt. Ich erinnere mich noch an diese Peinlichkeit – Saraiva im Trenchcoat mit Schulterpolstern und ich, die nicht wußte, was ich mit ihm anfangen sollte. Er wollte Bücher. Wir gingen zu den Regalen, und ich, inzwischen opportunistisch denkend wie alle Verkäufer, führte ihn zu dem Regal mit Senhor Assumpçãos Gedichten. Zufällig möge er auch Gedichte, aber er besitze schon das Buch *Só* von António Nobre, das er für unübertrefflich halte. Jetzt wollte er etwas anderes. Übrigens gebe er im Monat ein Vermögen für Bücher aus, denn er sei Mitglied in einem Klub geworden, der sie ins Haus liefere. Mit festem Einband gibt's keine? Fragte mich Saraiva mit den breiten Schulterpolstern und schmalen Hüften. Er wolle sie für die Wohnung in Sesimbra. Er war nicht nur groß, er schien auch schüchtern zu sein, das sah man an der Pfeife, die er leer im Mund hatte. »Die gebundenen stehen hier«, ich führte ihn in eine andere Richtung.

Saraiva betrachtete die Reihe der ausgestellten roten Bücher, nahm *König Salomos Schatzkammer* heraus und ließ es einwickeln. Es war etwas Merkwürdiges an dieser unschönen Begegnung. Selbst Senhor Assumpção sah zu, wie er bezahlte und sich schnell durch die Tür drückte. »Der sieht aus, als käme er aus einer Zisterne!«

»Und wo seid ihr hingegangen?« fragte um drei Anabela Cravo.

Als ich es ihr erzählte, merkte ich, daß noch immer etwas zwischen uns nur gekittet war, von beiden Seiten. Die Zeit der unbefangenen Gespräche war inzwischen vorbei. Wohlbemessene Höflichkeit kühlte die Spontaneität ab. Ihrer Meinung nach hatte ich in dieser Mittagspause die größte Chance verpaßt, ein normales, anständiges Leben zu führen wie andere Menschen, die so zurechtgemacht waren, daß die Schaufenster neidisch werden konnten. Sieh zu, wie du zurechtkommst.

Sie haben schon gemerkt, daß wir wieder einen dieser seltenen regnerischen Winter hatten, die im allgemeinen trockene Regionen heimsuchen und dann Überschwemmungen verursachen. Außerdem wurde es mitten am Nachmittag dunkel. Genau an diesem Tag nun, an dem ich mir jene traumhafte Gelegenheit, die eine Mahlzeit mit dem schüchternen Saraiva gewesen wäre, hatte entgehen lassen, war es, als ich die Ateliertür aufmachte, schon stockdunkel, und die Kinder hatten weder Licht noch den Fernseher eingeschaltet.

»Ist der Strom ausgefallen, Jóia?«

Es dauerte jedoch nicht lange, bis ich das Rätsel, warum sie um diese Zeit still dahockten, gelöst hatte, denn an der Tür wurde stürmisch geklingelt, und als ich aufmachte, stand Dona Florete wie von Sinnen vor mir, eine Hand auf der Hüfte, die andere auf der linken Brust, als bekäme sie gleich einen Anfall. Es sei der Junge, dieser Strolch, zusammen mit dem anderen Strolch gewesen, alle beide hätten sie die Henne und den Hahn, die sie von klein auf hinter dem Café großgezogen habe, totgeschlagen. Und keiner könne erklären, wie so etwas habe passieren können, so schnell, so durchtrieben wie die! Als sie dazugekommen sei, habe die Henne schon mit weißem Kamm auf der Erde in Zuckungen gelegen und der Hahn immer im Kreis, immer im Kreis, den Kopf am Boden und das Hinterteil in der Luft. Sie habe gleich ein Messer geholt, um die Tiere auszubluten. Und nun komme sie fragen, ob ich für die Tiere den Marktpreis bezahlen wolle, dann würde sie das Geflügel gleich holen, oder ob ich mit Rabatt zahlen wolle, dann würde sie, die Cafébesitzerin, die Tiere behalten und den Wert des Fleisches, das dann ihr gehöre, vom Preis abziehen. Sie könne gar nicht glauben, daß dieser böse Junge, der so lieb zu den Küken gewesen sei, den Tieren, wo sie nun groß seien, so etwas Niederträchtiges angetan hätte. Sie sprach laut, die Dona Florete, als erteile sie eine Lektion, die viele Leute hören sollten. Aber sie wies auf den wahren Schuldigen – Vítor Selim, wieder mit geschorenem Kopf.

Ich wollte alles bezahlen. Wie Sie sich denken können, hätte ich es nicht fertiggebracht, auch nur ein Stück von Tieren zu verwenden, die von Jóia totgeschlagen worden waren. Um diese Zeit mußte noch jemand bei Atouguia im Büro sein, und mit diesem Gedanken im Kopf fragte ich Dona Florete, die noch immer die Hand auf der linken Brust hatte, ob ich das Telefon im Café benutzen dürfte. Ich wollte nur sagen, daß ich die Entschädigung brauchte, das Geld von der Versicherung, ich brauchte alles so schnell wie möglich, jetzt, sofort. Ich mußte weg von hier.

»Ich wußte es. Mir ist dieser Junge, mit dem Lucky Luke zusammen war, wenn ich die Stoffpuppen geholt habe, schon immer ein Greuel gewesen!« Anabela Cravo hatte in beiden Augen eine Kristallkugel, und deshalb wußte sie alles über Selim und über alle Menschen. Überraschen konnten sie nur Umstände, sonst nichts. Ich kam mir am Telefon ironisch vor.

Wieder ging ich auf Wohnungssuche, diesmal mit Jóia im Schlepptau. Ich ließ ihn schnell gehen, langsam, Treppen rauf und runter, in Schlangen warten, die sich vor Maklerbüros wanden, in denen irgendwelche Portugiesinnen Sevillaspanisch sprachen, damit man sie schlechter verstand. Reizende Frauen. Sie verkauften schon damals Schwindeleien für zweitausend Escudos und trugen die Namen der Leute in aussichtslose Akten ein. Jóia stand daneben und mußte die endlosen Lügen mit anhören. Da aber Entschädigung und Versicherung neunhunderttausend netto ausmachten, war ich sogar bereit, das alles als Schmiergeld für einen Schlüssel herzugeben, sofern dieser Schlüssel eine Tür aufschloß und diese Tür zu einem Loch führte, in dem eine Frau und ein Kind wohnen konnten. Egal wo. Und eine Woche später, nachdem ich mich bei allen, die ich von der Kunstschule her kannte, in Erinnerung gebracht hatte, sowie ich ihre Telefonnummer oder einen anderen Hinweis auf sie hatte, verhandelte ich über die Schlüssel zu einer Wohnung mit Blick auf die Kirche São Mamede, achthunderttausend Abstand und an Miete soviel, wie ich im Monat bekam. Es war ein Wahnsinn, aber mich trieb ein verrückter Wagemut, und ich dachte, dann müßte ich eben die Nächte durchmachen und unter dem Greifer der Refrey Stoffpuppen produzieren. In der Buchhandlung würde ich in Zukunft, statt zwischen den einzelnen Kunden zu lesen, im Stehen schlafen müssen. Selbst wenn ich mich nach einem Jahr aus dem Fenster werfen würde, das war die Umgebung, die ich wollte, die Wände, von denen ich immer, sogar schon vor David Grei, geträumt hatte. »In Ordnung, Jóia.« Verdutzt, den Bauch mit warmer Milch und Kochschinken vollgestopft, betrachtete Jóia dieses Geschehen als eine Art Kreuzweg zur Sühne dafür, daß er einen Hahn und eine Henne totgeschlagen hatte. Aber im Grunde, das sollen Sie wissen, gab ich, genau wie Dona Florete, nicht Jóia die Schuld. Wenn wir abends zum Schlafen nach Hause ins Atelier kamen, sah ich immer Vítor Selims grauen Kopf noch zwischen den Bäumen weglaufen. Morgens um acht kam er aus irgendeinem Versteck quer durch Jóias Garten und rannte in matschverdreckten Turnschuhen vor uns in Richtung Haltestelle. Ich hatte den Eindruck, daß er sich wie zur Verfolgung auffordernd umsah. Dann bekam ich Lust, mit beiden Schuhen, die ich an den Füßen hatte, nach ihm zu werfen. Aber ich wollte ja nicht barfuß laufen. Es kam soweit, daß ich mich auf das Straßenpflaster bückte, das sich am Randstreifen löste, zwei Steine rausriß und damit nach ihm warf. »Du Strolch, ha, du Strolch!« Jóia hilflos mit der Tasche, die ich ihm in die Hand gedrückt hatte. Unerträglich, dieser Gedanke, der mich nicht losließ – daß ein Kind ein anderes, das zwei gelbe Küken geliebt hatte, zu der Unmenschlichkeit verführen konnte, sie zu töten, als sie Hahn und Henne geworden waren. Ich mußte an die Spätnachmittage denken, als Celina zum erstenmal in der Gegend aufgetaucht war. Zu der Zeit hätschelte Jóia sie bis über die Dämmerung hinaus. Aber trotz der Steinwürfe tauchte Selim ständig wieder auf, mal rannte er vom Fluß weg in Richtung Praça do Império, mal vom Café *Aviador*, jetzt *Together/Tonight*, zur Kaimauer am Fluß.

Den Umzug erleichterte die Tatsache, daß Mão Dianjo in Schlips und Kragen mit schwarzer Aktentasche vor der Buchhandlung erschien, wieder verschwand und nicht einmal Zeit hatte, etwas zu erklären. Das komme daher, daß Madalena alt werde und Mißtrauen geäußert habe. Wieso, begreife er nicht. Er sei doch so diskret gewesen, warum dann dieses Mißtrauen? Er meinte, so wie sich bei Tuberkulosekranken das Gehör mit fortschreitender Krankheit schärfe, so bekämen die Frauen mit dem Alter einen immer schärferen Blick. Zu ärgerlich. Wir müßten die Sache eine Zeitlang etwas ruhiger halten. Er sei nur da, weil er, während Madalena zum Orthopäden gegangen sei, auf einen Sprung rübergekommen sei, um sich persönlich zu rechtfertigen.

»Wir können eine Pause machen, solange ich umziehe«, sagte ich. Aber tiefer drinnen dachte ich: Geh, geh für immer, ich nicht *ojinono*, ich nicht *viunilha*, ich nicht *aruru*, ich brauche von niemandem ein Ohr. Außerdem veränderte sich auch etwas in mir, als ob ich mich auf eine merkwürdige Zeit einstellte, die weder Vergangenheit noch Zukunft und schon gar nicht Gegenwart war – so etwas wie eine Tür, die in keiner Wand sitzt, nur damit Sie eine Vorstellung haben. Und so unglaublich es auch klingen mag, ich empfand dabei jene Freude, die uns die leere Zeit schenkt. Sie wissen schon. In São Mamede hatte Jóia eine Schule, die Buchhandlung lag in der Nähe, unten war das Café *Intelecto* ohne Tiere, die Jóia hätte töten können, Polizisten gingen hin und wieder mit ihren Funkgeräten am Mund vorbei, und obendrein die Umrisse der Kirche dicht vor Augen, ringsherum winkten schattige Bäume, Platanen, Pfefferbäume, die an ein Feld und eine Klause erinnerten.

Fassungslos stand Anabela Cravo im Eingang und schlug die Hände überm Kopf zusammen.

»Soll das heißen, daß du kein Geld mehr für Farbe hast?

Und was gedenkst du jetzt zu tun?« Sie fand es entsetzlich, ohne zu verhandeln achthunderttausend hinzulegen und einen Mietvertrag in Gehaltshöhe zu unterschreiben für eine grün verschimmelte Küche, so ein Ding, das wie vom Meeresgrund der Ägäis aussehe. Die Schlösser verklemmt. Auf dem Boden lagen noch Teppichteile, mit Blechleisten an den Türen festgemacht, und ein blauer Seifenstummel auf dem Backofen sah nach Erdbeben aus. »In diesem Land herrschen die Hyänen«, sagte Anabela Cravo. »Ich wette, das war ein stinkreicher Faschist, der dich bis aufs Hemd ausgenommen hat.« Aber ich hatte den Menschen gar nicht gesehen, bei Vertragsabschluß hatte es nur einen Scheck, ausgestellt auf einen Bevollmächtigten, unter einem blauen Blatt Papier gegeben. »Ein Land voller Schweine«, sagte Anabela wieder und hängte ihre Tasche über die Tür. Plötzlich drehte sie sich in der grünlichen Küche um.

»Ich an deiner Stelle hätte diese Wohnung bekommen, vielleicht sogar noch eine bessere, ohne die neunhunderttausend von deinem Verblichenen auch nur anzurühren. Hundert, zweihundert, dreihundert, siebenhundert, achthundertfünfzig, neunhundert! Du hast einen großen Fehler gemacht. Wie konntest du dich so dumm anstellen.«

Aber da nun nichts mehr zu machen war, wollte Anabela sich lieber ausziehen und ihre Sachen an ein offenes, klapperndes Fenster hängen, durch das von unten der Verkehrslärm hereinkam. Es dauerte nicht lange, da nahm sie mir den Flachpinsel aus der Hand, stieg mit frischem Tempo die Stehleiter rauf und runter und übernahm das Kommando beim Streichen. Wo sie mit den Farben durchging, verteilten sich auf dem Parkett Tropfenrinnsale, was, wie Anabela fand, nichts machte. »Ich streiche die Wände, und du putzt den Fußboden.« Die gestrichenen Flächen wurden nicht gut. An manchen Stellen schien die alte grüne Farbe durch, aber sie ging schnell zurück und überpinselte mit geschlossenen Augen nur die fleckigen Stellen. War das so wichtig? Als erstes müsse die ganze Bude desinfiziert werden, später, mit der Zeit, käme der letzte Schliff. Irgendwann am Abend zerrte ich nicht nur die Plastikabdeckungen hin und her, sondern beleuchtete auch mit einer Verlängerungsschnur in der Hand die Stelle, die Anabela gerade mit dem Pinsel strich. Sie meinte, wir dürften erst aufhören, wenn alles fertig sei. Wir machten bei zur Kirche hin geöffneten Fenstern die ganze Nacht durch.

Sie können sich die Hektik ja vorstellen.

Anabela Cravo hatte ihre Gründe, sich so zu beeilen. Im Handumdrehen sei schon wieder Montag, und jetzt, da sie sich von der Sekretariatsarbeit verabschiede, sei die Zeit ein wesentlicher Faktor. Nein, aus Atouguias Büro werde sie nicht weggehen, aber sie bereite sich auf ein Praktikum bei Baptista Falcão vor.

»Wer ist das denn?« fragte ich, schon gegen Morgen.

»Der größte Kopf an Lissabons Gerichten. In was für einer Welt lebst du eigentlich?«

Und sie zählte berühmte Urteile, seit den fünfziger Jahren gewonnene Prozesse auf. Bei ihm ein Praktikum zu machen, sei ein unglaubliches Glück, um das zu erreichen, müsse man erst eine Reihe von zwanzig und mehr Kandidaten überrunden, aber Anabela Cravo hatte niemanden für sich eingespannt. Sie sagte, sie habe zufällig diesen Baptista Falcão beim Imbiß im *Central da Baixa* gesehen, und das Herz habe ihr bis zum Hals geklopft. Sie sei zu ihm gegangen, habe ihn angesprochen, und er habe in die Luft geguckt und gehen wollen. Sie sei hinterhergegangen und habe von einem Urteil vom Tag davor im Boa Hora gesprochen, die Unterhaltung habe oben an den Stufen damit geendet, daß er ihr die Hand gegeben und sie sich Notizen gemacht habe. Jetzt warte sie, obwohl das Atouguia-Barometer unverändert auf Schönwetter stehe. Aber das sei zweierlei, bei dem einen gehe es um Liebe und bei dem anderen um ein Praktikum – bei ihr laufe alles unheimlich gut. Später, schon am Vormittag des nächsten Tages, als wir, von Kopf bis Fuß mit Farbe bekleckert, eine Pause machten, um etwas zu trinken, sah Anabela mich an.

»Was habe ich gestern über diesen Umzug zu dir gesagt?«

»Daß ich einen großen Fehler gemacht hätte.«

»Vergiß es – ich habe mich geirrt, du hast das ganz richtig gemacht!«

Sie faßte mich vor Freude jubelnd um die Taille: »Gerettet, du bist gerettet! Zähl mal die Zimmer . . . Drei davon kannst du natürlich an Studenten vermieten oder an Bürokraten auf Dienstreise, davon gibt's genug hier, und dann lebst du in Saus und Braus. Gerettet, du bist gerettet!« – »Wie bitte? Darauf bist du noch gar nicht gekommen?« – »Auf das Puppengeschäft kannst du ab sofort pfeifen.« Anabela warf sich Begriffsstutzigkeit vor. Sie begreife gar nicht, wieso sie das gestern schlecht gefunden habe. Jetzt sei sie sicher, daß der Schlüssel achthunderttausend wert sei. Wir stiegen wieder auf die Trittleitern. Aber Anabela Cravo kam noch eine glänzende Idee, als sie eine Decke abschmirgelte. »Hör mal, zwingt dich irgend etwas, den Schlüssel vom Atelier dem Hafenamt zurückzugeben? Wenn nicht, könnten wir ein Abkommen treffen – ich bezahl dir jeden Monat die Ateliermiete, und statt daß du das alte Gerümpel von da hierherholst, kaufst du dir neues.«

Ich zögerte noch. Der Gedanke an Anabela Cravos unbegehbare Pfade, die unweigerlich zu einem großartigen Ende führten, machte mich merkwürdig melancholisch. Aber Anabela stieg von der Trittleiter und führte bestechende Argumente an.

»Schaff dir das vom Hals, laß diesen finsteren Plunder da, der ist nur ab und zu mal witzig. Diese dunkle Taube mit ausgebreiteten Flügeln bringt dir kein Glück, das ist ein Plagegeist. Und diese Betten, die da hin und her rutschen. Das ist doch alles wie ein böser Fluch.« Sie ließ nicht locker. »Im Mai achtundsechzig stand überall auf den Mauern von Paris meine Devise: *Cours, camarade, le vieux monde est derrière toi!* Du mußt auch laufen.«

Ja, natürlich. Was Anabela mir vorschlug, war, abgesehen von der darin enthaltenen Philosophie, vernünftig, sinnvoll, und die Vorstellung, hier von den Geistern verfolgt zu werden, die Anabela beschwor, kam mir da oben auf der Trittleiter, auf der auch ich die Decke abkratzte, auf einmal unerträglich vor. Das Fenster stand offen, und ich bekam Lust, etwas Fröhliches zu singen. Anabela, die unten ihre Vorschläge in Einzelheiten ausspann, schien von der gleichen vergnügten Fröhlichkeit gepackt zu sein. Nur vom Paten sprach sie nicht, dieser anfangs abstrakten, später schemenhaften, dann konkreten und zum Schluß kollektiven Instanz. Aber es war, als redete sie von ihm. Irgend etwas ordnete sich in meinem Leben, nach einem langsamen Erdstoß, der alles verändert hatte. Die Teile fügten sich ineinander, als ob São Mamede den zerbrochenen Spiegel wieder instandsetzte.

Nur Jóia ging von Fenster zu Fenster, und aus einem offensichtlich sehr starken Grund schien er etwas gegen São Mamede zu haben, denn er hatte sich noch nicht einmal sein Zimmer aussuchen wollen, kein Interesse. Das einzige, was ihn hier zu halten schien, war die Aussicht, wieder zur Schule zu gehen, und trotzdem kam er mir bedrückt vor. Im Treppenhaus hatte er zwei Kinder getroffen, die lärmend herunterliefen, ein Junge in Jóias Alter und ein deutlich jüngeres Mädchen. Der Junge war rund, blieb auf dem Treppenabsatz stehen, als Jóia dicht an der Wand heraufkam, und als ich mich umsah, merkte ich, daß die beiden in der Treppenbiegung aneinandergeraten waren, doch war die Kleinere, die sich auf Jóia gestürzt hatte, ihm überlegen, denn sie zog ihn an einer Augenbraue und drückte ihm einen Finger ins Auge. Ich mußte schreien und sie mit Gewalt trennen. Sie können sich denken, daß mich das erschreckte, denn mir kam die Szene nach der Sache mit den Hühnern in Belém wie ein böses Omen für unseren Einzug in São Mamede vor. Das runde Kind sagte gleich: »Ich heiße Paulo, aber ich mag es, wenn man mich Schweinchen nennt.«

»Er mag es, wenn man ihn Schweinchen nennt«, sagte das kleinere Kind, das Jóia einen Finger ins Auge gepiekst hatte, und erklärte, Schweine seien intelligente Tiere, die Römer hätten Schweine wie Hunde mit ins Haus genommen, und sie hätten auf dem Hof ihrer Großmutter in Viseu gesehen, wie neun Schweinchen geboren wurden.

Solange sie klein seien, hießen sie Ferkel und seien rosa. Aber Paulo wollte nicht Ferkel genannt werden, sondern Schweinchen. Kindereien.

»Auf Wiedersehen, Schweinchen!«

»Ich heiße Cila, mit einem Bogen-C«, sagte noch die Kleine neben mir und scheuerte sich an der Treppe, wo wir standen. Jóia sah mit merkwürdigem Blick von weitem zu und boxte gegen die Wand. »Bye«, winkte Cila noch.

Aber die Hauptszene dieses Umzugs sollte eine andere werden, und sie hing zusammen mit der letzten Nacht, die wir in Belém verbrachten. In jenen Tagen war Fernando Rita ganz aus dem Häuschen, denn er hatte zwei neue Schleifscheiben mit bleigrauem Belag erstanden. Auch hatte er spitze Diamantbohrer und Hohleisen in verschiedenen Größen gekauft und bewahrte das alles in einer Kiste auf. Die Holzkiste stand in einer Ecke des Raumes, den er selbst mit Schaufel und Staubsauger geputzt hatte. Ich spreche von dem, was ich sah, als ich am letzten Abend hinging. Als er mir die Tür aufmachte, drehte er sich nach hinten um.

»Morgen früh nehm ich mir den Stein da drüben vor. Der Stein da reizt mich.«

Aber in all dem Glanz fiel mir auf, daß die Sachen, die er anhatte, langes Tragen verrieten, und ich meinte, in seinem Gesicht Frieren oder Hunger zu erkennen. So einen bestimmten Ausdruck, Sie kennen den doch. »Geht's dir gut?«

»Klar, morgen früh nehm ich mir den Stein da vor.«

Auf einer langen Werkbank lagen Früchte aufgereiht, die noch nicht poliert waren und deshalb klobig und unfertig wirkten, aber Fernando Rita meinte, der andere Stein reize ihn. Es war ein bläulicher Marmor mit rosa, fast lila Adern, aus dem er eine große Aubergine machen wollte. Er sprühte aus einem Zerstäuber auf den Stein und rief mich, damit ich mir die Körnung ansah. Dann brachte er mich zur Milchglastür. »Du wirst mir sehr fehlen.« Das sagte noch der Gast der Weihnachtsrunde, ganz unbegreiflich, daß es ihm, so dünn und schwach, wie er war, reizen konnte, sich diesen Stein da vorzunehmen. Ich blieb stehen und sah ihn an. Es war traurig, sehr traurig, wenn jemand sich irrte. Sich vorzustellen, daß ein zarter Mann wie Fernando Rita sich unter tausend weichen und leichten Materialien etwas anderes hätte aussuchen können, Papier, Stifte, Kleider, Sahne, Farben, Leder, Lampen, Wörter, das geschmeidigste aller Materialien, und statt dessen hatte er sich, aus Ironie oder Trotz, für Stein entschieden und für Diamantscheiben auf den Enden schwerer Bohrer, die nur mit Höllenlärm arbeiteten. Viel wußte ich auch nicht über Freud, aber doch genug, um ihn dafür zu bewundern, daß er die Fähigkeit besessen hatte, die Menschen an ihrem Todesinstinkt zu erkennen. Phantastisch.

»Warum hast du dir dieses Leben ausgesucht, Fernando Rita?« Als sagte ich: Mach was anderes, noch ist es Zeit. Er würde es schon verstehen. Fernando Rita kratzte sich vorn am Kopf, dort, wo die Locken sprossen. Er wisse nicht. Vielleicht sei es die langlebigste aller Künste. Vielleicht die letzte, die die Zeit überdauerte, Umwälzungen überlebte, eine Art Ewigkeitsillusion. »Um ehrlich zu sein«, sagte er. »Die letzte Kunst, die bezeugt, daß wir hier gewesen sind. So ist das. Das, was Artur zu Portugal sagt, sagen wir, Generation auf Generation, zu der Welt: non ritornerò più. Wir müssen Illusionen schaffen.«

An der Milchglastür hatte Fernando Rita eine Brottasche hängen, und ein paar Scheiben Kochschinken, in Pergamentpapier eingewickelt, stellten wohl ein Abendessen dar. »Dieser Stein da reizt mich«, hörte ich noch. Fernando Rita zog eine Taschenlampe aus der Tasche und beleuchtete den Weg zum Atelier, denn der Nieselregen hatte die Erde ringsum aufgeweicht, Matsch gebildet, und das Licht von oben war nicht hell genug, daß man nicht im Schlamm hätte versinken, hinfallen oder sich einfach nur die Kleider schmutzig machen können, was allein schon ärgerlich genug ist, wenn man umzieht. Aber als wir uns der Tür zu David Greis Atelier näherten, lief unter dem Geißblatt eine Gestalt davon. Ich blieb starr vor Schreck im

Dreck stehen. Was war das, was sich da an der Mauer verdrückt hatte? Fernando Rita warf mit einem Zweig nach dem, was da lief und sich in Richtung der Schiffe davonmachte. Als das, was da lief, an der Straßenlaterne vorbeikam, war im Nieselregen deutlich die Gestalt von Vítor Selim zu erkennen. Rrrr, das ging zu weit!

»Kannst du dir vorstellen, daß ich mich wegen dieses Jungen noch mehr mit der Wohnung beeilt habe?«

Doch, denn er treibe sich ständig in der Nachbarschaft herum. Fernando Rita verstand, und drinnen im Bett, mit dem Kopfende in Stromrichtung, schlief Jóia schon mit dem Kopf unter Reisedecken. Die verdammte Feuchtigkeit, die in alles eindrang. »Sechs drei, acht null, zwei zwei.«

Ich verabschiedete mich von Fernando Rita und machte langsam die Tür zu. Er hielt die Taschenlampe in Brusthöhe, und darüber sah man nur seine Schultern und das krause Haar. Ich wollte das Licht nicht anmachen, um Jóia nicht zu wecken, und schob langsam die Tür zu. Wenn ich Sehnsucht nach Lärm und Staub bekäme, sollte ich ihn unter sechs drei, acht null, zwei zwei anrufen. Er wiederholte die Zahlen mehrmals, damit ich sie nicht vergaß. Ja, prima, Fernando Rita, und ich machte die Tür langsam immer weiter zu. Ganz zu. Es war die letzte Nacht, die ich da drin verbrachte, und das ganze Durcheinander der Sachen strahlte eine bewegende, läuternde Freude aus. Freude, oh, Freude! Mochte es draußen regnen soviel es wollte, nicht das geringste Ärgernis, und wäre es nur ein Blatt Seidenpapier, sollte sich zwischen mich und die Freude zwängen, was kümmerte es mich, daß es regnete. Draußen rieselte der Regen sachte auf Zinkblech, das wohl auf dem Dach lag. Weiter weg plätscherte es aus einer Dachtraufe auf die Erde, und in der Nähe, an der Tür, fiel das Wasser auf eine suppige Fläche, weichte etwas Schlaffes, Menschliches auf. Sollte es doch menschlich sein, ich wollte nur Freude, ein Gefühl ähnlich wie Betäubung oder wilder Egoismus. So wild und notwendig wie der von Anabela Cravo. Es war kein äußerer Umstand, es war ein Gefühl. Und hatte nichts mit Selim zu tun.

Dachte ich, und vielleicht hätten Sie es an meiner Stelle auch gedacht – ein Mensch, der sich lächerlich vorkommt, weil der Grund seiner Freude so dürftig ist, aber lacht und wie ein Esel mit der Nase im Gras weitertrottet. Dachte ich jedenfalls. Aber als ich um sieben Uhr morgens rausgehen wollte, war es noch dunkel, und ich bemerkte, daß eine wilde Gestalt von der Türschwelle auf den weichen Matsch zu rannte, der die Pflastersteine umgab. Wieder dieser Selim. Ach, wenn doch Anabela Cravo mit ihrer Tatkraft hier wäre! Ich bekam große Lust, wieder reinzugehen und einen scharfkantigen Gegenstand zu holen, um damit nach ihm zu werfen, oh, du verdammtes Seidenpapier, gleich frühmorgens, wenn man die Tür aufmacht! Selims Gestalt, die in den Matsch gefallen war, erhob sich aus einem schimmernden Fleck und fiel ein Stück weiter neben das Steinpflaster. Wieder stand er auf und fiel ein Stück weiter wieder hin, als würde die Kraft seiner Beine in den Knien gebrochen. Dieser Selim tat nur so als ob, ganz bestimmt.

»Hau ab«, sagte ich leise. »Hau ab.«

Und Selim wollte mit weit aufgerissenen Augen abhauen, stand aber nicht auf, fiel um. »Hau ab.«

Sagte ich. Jetzt, da etwas Gutes für mich existierte, eine Wohnung mit fünf Fenstern zur Straße, tauchte Selim auf. Wollte er mir dieses Gute nehmen? Er tat, als wollte er weglaufen, aber das stimmte nicht, er war da, um mir das einzige, was ich besaß, streitig zu machen. Da verscheuchte ich Selim, jagte Selim weg. Selim trug einen riesigen Erwachsenenmantel, und so, auf dem Bauch, mit eingezogenem Hals und den Kopf zur Seite, hatte er etwas von einer am Boden klebenden Schildkröte. Selim war das Seidenpapier, das sich zwischen der Freude der zum Auszug aufgereihten Gegenstände und mir erhob. Ich bekam Lust, auf diesen Selim zu springen und diesen Selim zu zertreten. Warum soll ich nicht ehrlich sein? Wenn wenigstens Jóia etwas gesagt hätte, damit ich auf andere Gedanken gekommen wäre! Sonst jammerten die Kinder doch nacheinander, oder sollten sich auch die Kinder schon verändert haben?

Jóia stand da und sah zu, die Sachen, die ich ihm zu halten gegeben hatte, schleiften auf dem Boden. Tatsächlich hatte sich etwas sehr verändert, denn nichts hatte mehr mit den Märchen von der Liebe zu tun. Jeder für sich war einsam, einsam und noch mal einsam. Ich strich ihm über den Kopf und sah, daß Selim klitschnaß war. Den Mantel konnte man auf dem Rücken auswringen, und in den Falten des Kragens hatten sich Blätter von unserer Laube eingeklemmt. Vielleicht war Vítor Selims Mantel die Gelatinestelle gewesen, auf die es von der Dachtraufe die Nacht über gelaufen war. Aber Jóia stand jetzt auch neben Selim, er hatte sich gebückt und zog ihn aus dem Dreck. Ich weiß noch, daß Jóia ihn als erster anfaßte.

»Wo wohnst du?«

Fragte ich. Ich wußte nur, daß er vom Alto do Casalinho runterkam. Das hatte nichts damit zu tun, was Sie denken. Ich sah in Richtung Ajuda, das schräg hinter den Kronen der Olivenbäume anstieg, und Geschichten fielen mir vage ein. *Weiter, Cristóvão, weiter* ... Aber das gab es in den Märchen, und ich, nur einen Meter sechzig Frau, war wirklich nicht imstande, von der Strohhütte zum Himmel aufzusteigen. Die Welt hatte sich verändert, sage ich, es gab keinen Hügel, über dem sich ein Sonnengestirn, eins mit dem Schöpfer, erhob und die Abfälle der menschlichen Unvollkommenheit bei sich aufnahm. Kein Selim hatte ein strahlendes, weißes Hemd und trug das Gewicht der Welt in der rechten Hand. Selim wog nur als Selim, um halb acht Uhr morgens, Dreck, Wasser, und unter all dem ein ausgekühlter Körper mit geschlossenen Augen, dieser Selim, vielleicht dreißig Kilo auf dem Buckel, als würde er bald sterben. Wir gingen los. Hinterher Jóia, der die Taschen und auf dem Rücken den Ranzen trug, denn es sollte der erste Schultag sein, ein erstes Ergebnis unseres Umzugs nach São Mamede. Wir sahen ein Taxi, blieben stehen, aber es hielt nicht. Der Mann im Taxi fuhr pfeifend vorbei, sah nur geradeaus, und obendrauf stand TAXI. Vielleicht ein anderer Wagen. Ich winkte verschiedenen auf der Praça do Império, aber auch da hielt keiner. Vom fahrenden Wagen aus, mit einem verdreckten Jungen im

Schlepptau und einem anderen mit Taschen vollgepackt, hielten sie mich wohl für so eine von diesen Straßenräuberinnen, die aus Mitleid mitgenommen werden wollen und dann die Pistole ziehen und die Brieftasche verlangen. Da ließ ich Selim auf der Erde sitzen, sagte, Jóia solle sich daneben setzen, ging allein los und stellte mich vor dem Café *O Grego* auf. Der Nieselregen traf mich voll. Ein Taxi machte mir die Tür auf. Ich wolle zum Alto do Casalinho.

»Haben Sie Alto do Casalinho gesagt?« fragte der Mann und betrachtete mich im Rückspiegel. Der Dreck auf meiner Brust genügte. Wir fuhren bis zu einem Brunnen rauf, ringsum ein paar Bäume.

»Hier vielleicht?« fragte mich der Taxifahrer.

»Das wissen wir nicht.«

Selim mußte gefragt werden, wo er wohnte, und Selim guckte raus und zeigte, am ganzen Körper bibbernd, es sei dort, in einer Hütte, die zwischen Salatköpfen neben ein paar Pinien verfiel. Die Sonne ging schon fast auf, es wurde heller.

»Glauben Sie das nicht«, sagte der Taxifahrer. »Diese Leute sind ins Bairro weggezogen.« Eine Reihe weißer Häuser, die sich den Hang hinaufzog. Er stieg selbst aus und ging eine Person fragen, die aus einer Tür auftauchte. Die Person kam zum Taxi und bot ihre Hilfe an. Wüßten wir denn nicht, wie man mit solchen Leuten umgehen müsse? Die Person wußte es. Sie zog Selim heraus, hielt ihn ein paar Sekunden fest, stampfte dann mit den Füßen auf, klatschte in die Hände und schrie: »Ab nach Hause, du Strolch, nach Hause! Mach schon! Los, los!«

Vítor Selim zog unter dem Mantel, der ihm um die Knie schlotterte, in Schlangenlinien los, ohne sich umzudrehen, quetschte sich mit den Händen durch eine Hecke und stapfte auf der durchweichten Erde bergab zu den grünen Salatköpfen. Eine Weile lang, die gar kein Ende nahm, sah man seinen immer noch kahlen Kopf sich auf die Holzhüte zu bewegen.

»Fahren Sie.«

Der Taxifahrer fing an, über Schuld zu reden, während der Wagen im ersten Gang die Kehren zum Wenden drehte. Als wir scheppernd in die Calçada da Ajuda einbogen, sah Jóia noch immer nach hinten. Ich dagegen wollte aber nun, daß er sich ordentlich hinsetzte, nach vorn, in die Richtung, in die alle Jungen sehen müßten, die zum erstenmal in die Beobachtungsstufe gingen.

Noch eine Episode dieses Umzugs? Sie hatte nichts mit dem Alto do Casalinho zu tun, obwohl sie damit anfing. Sie hing mit Mão Dianjo zusammen. Er holte mich an der Ecke einer abfallenden Straße ab, neben einem Toreingang, wo man nur die Tür auf und zu machen mußte und wir gleich losbrausen konnten. Aber ich mußte ihm die Sache mit Vítor Selim erzählen. Ich platzte fast. Wir fuhren gerade durch Monsanto in Richtung Oeiras. »Stell dir vor, Mão Dianjo, mir ist doch auf dieser verrückten Fahrt noch durch den Kopf gegangen, ob ich nicht den Jungen mit in die Wohnung in São Mamede nehmen sollte, schließlich und endlich hab ich da für alles Platz, selbst wenn ich drei Zimmer vermiete. Zumal die beiden Jungs in einem Zimmer schlafen könnten. Das war's, was ich gedacht hab. Was hältst du davon?« Je weiter wir durch die dunkle Landschaft von Monsanto fuhren, um so lebendiger wurde das Bild von Selim, der zwischen den Salatköpfen dahinstolperte. Erst später, auf der Rückfahrt war mir eingefallen, daß ich natürlich Fernando Rita hätte holen können, um mir diese Szene zu ersparen. Na gut. Mão Dianjo versuchte, mich zu beruhigen.

»Mit wem habt ihr zu Mittag gegessen?«

»Mit Senhor Assumpção.«

Er fuhr schnell und bog nach links ein. »Nachdem ich nun da bin und du nicht mehr einsam bist, bitte ich dich, nicht mit ihm zu essen.« Dann nahm er die Sache mit Selim wieder auf: »Du hast richtig gehandelt, denn das wäre die größte Dummheit deines Lebens gewesen, du hättest ewig Scherereien gehabt. Wenn du denkst, daß man die Gesellschaft auf diese Weise ändern kann, irrst du dich. So was verbreiten die widerlichen Illustrierten, die bei Orthopäden auf den Tischen liegen. Im Gegenteil, dieser Selim muß groß werden, im Hafen arbeiten, klauen, einbrechen, falls nötig, auch töten. Er und dazu noch hundert andere aus demselben Stadtteil, alle mit triftigem Grund. Sie müssen sich organisieren. Nur so ändert sich die Gesellschaft. Was nützt es, Salben auf die Wunde zu streichen, wenn man nicht die Ursache angeht? Nein, das erreicht man auf andere Weise, und wie, steht in den simpelsten Büchern zu diesem Thema. Mach die Augen auf, schaff Klarheit in deinem Köpfchen.«

Der weiße Simca raste, überholte mal von links, mal von rechts, und da vorn war ein Stau, denn zwei waren aufeinandergeknallt, die Schnauze des einen ins Heck des anderen. Es war heiß im Auto, und wir fuhren an den Schaulustigen mit deutlich eingeschaltetem Blinker vorbei. Schließlich waren wir in Cascais, fuhren bergauf, bergab im Städtchen und kamen zu einem siebenstöckigen Haus. Ganz ähnlich wie das, was Anabela Cravo einen Sommer davor erlebt hatte.

»Es gibt keinen Fahrstuhl«, sagte er.

Es gab nicht nur keinen Fahrstuhl, sondern es war auch nur das Erdgeschoß beleuchtet. »Es sind Ferienwohnungen«, erklärte er. »Wundre dich nicht, wenn die Treppen schmutzig sind.«

Mão Dianjo drückte auf einen Knopf, nach dem er hinter der Tür getastet hatte, und in dem roten Ziegeltreppenhaus ging Licht an. Aber er hatte vorausschauend eine Taschenlampe mitgebracht, denn auf halbem Weg schaltete der Mechanismus im allgemeinen aus. Wir gingen hoch, und wirklich, entweder lag es am Wind, der an den Seitenfenstern rüttelte, von wo man die Meeresbrandung erahnte, oder an dem Hundedreck, der vertrocknet in den Ecken lag, jedenfalls wirkte dieses Treppenhaus richtig finster. Er gab mir eine Hand.

»Es sind keine Geister«, lachte er. »Die Wohnungsbesitzer schaffen es nur nicht, sich zu versammeln, um jemand mit der Reinigung zu beauftragen. Der eine ist von hier, der andere von da, viele im Ausland. Zum Glück ist auf unserem Stock keiner mit Hund.«

Der fünfte Stock war sauber. Nur ein paar Eierkartons kullerten mit knisterndem Plastikgeräusch beiseite, als wir vorübergingen. Und er sagte: »Ich war erst einmal hier, aber bevor ich reingegangen bin, habe ich auch gedacht: was ist, wenn Rodrigues' Frau eine Einbrecherfalle aufgestellt hat?« Er streckte die Taschenlampe weit vor und traf auf Anhieb das Schlüsselloch. »Nur Mut!«

Ich kann mich noch an dieses erste Mal erinnern. Später sollte ich noch mehrmals in dieses Haus kommen, aber am lebhaftesten ist mir der erste Eindruck in Erinnerung geblieben. Legen Sie das aus, wie Sie wollen. Vielleicht, weil ich mir jetzt wünsche, es wäre das einzige Mal gewesen, daß ich in jenen fünften Stock raufgegangen wäre. Das ist unerheblich – tatsächlich ging die Wohnung zum Meer, und so, ohne Licht, war ein weißlicher Strich in der Dunkelheit zu erkennen und ein stürmisches Brausen zu hören. »Ich habe Angst«, sagte ich zu Mão Dianjo.

»Aber fühlst du dich einsam?«

»Nein.«

Er zog sich die Schuhe aus und bewegte die Zehen in den Strümpfen. Wichtig sei, nichts anzufassen, alles so zu lassen, wie es sei. Er müsse sich zehn Minuten im Sofa zurücklehnen, und solange könne ich dem Meer lauschen, zumal ich es ja so liebte. Ich ging nach hinten und entdeckte neben der Kochnische zwei Paar Reitstiefel, ein Herrenpaar, ein Damenpaar, schwarz und geputzt. In einem eingebauten Wandregal ungeordnet ein paar Bücher. Ich sah sie mir an. Schlug eins auf und setzte mich auch. Mão Dianjo machte langsam die Augen zu, das Meer brandete. Vielleicht würde eine Decke ihm guttun, ihn wärmen. Ich lockerte seine Wollkrawatte, die ihm den Hals einschnürte, auf den seine glänzende, aschgraue Mähne fiel. Mão Dianjo wollte schlafen, und um neun mußten wir wieder zurück sein. Ich fing an zu lesen. Es war ein Krimi, der mit einem Blutfleck auf einer Tischdecke begann. Dann schlug ich ihn zu – was würde Anabela Cravo in so einer Situation machen? Fragte ich mich. Oh, wenn ich offen zu Anabela gewesen wäre und ihr gesagt hätte, wie pragmatisch ich jetzt zu sein versuchte, hätte ich viel lernen können! Aber so, statt in ihre Fußstapfen zum Erfolg zu treten, ging ich das Risiko ein, nur ihren

Schatten zu imitieren. Ich mußte alles neu überdenken. Der Wind heulte stärker und pfiff um den Turm. Und plötzlich, ohne Vorwarnung, kamen mir der Milchkaffee und die Teigtasche, die ich da an der Ecke heruntergeschlungen hatte, wieder hoch. Ich bekam Angst, ich müßte mich in der Wohnung von diesem Rodrigues, den ich noch nie gesehen hatte, übergeben, zumal der Teppichboden sandfarben war und an Strand erinnerte. Ich nahm meine Handtasche, und auf Zehenspitzen, damit ich Mão Dianjo nicht aufweckte, ging ich einen Treppenabsatz runter, um mich in einem anderen Stockwerk vor einer anderen Tür, so weit unten wie möglich, übergeben zu können. Mão Dianjos Mund stand ein wenig schief, und er schlief mit einem Geräusch aus der Nase. Es war acht Uhr. Ich ließ die Tür halb offen. Durch das Dunkel tastend, erbrach ich mich, wo es gerade kam, mit einer Hand vor dem Gesicht, um keinen Lärm zu machen. Noch immer trat ich auf leere Plastikeierkästen. Ich tastete die Wand ab und fand den Schalter. Das Licht flammte auf. Aber im vierten oder schon im dritten Stock überkam mich ein heftiges Verlangen wegzulaufen, nach unten zu rennen, als wäre etwas auf Beinen hinter mir her. Es war nur die Dunkelheit. Zum Glück hatte der Schalter eine viereckige Form, leuchtete und zeigte deutlich an, wo man mit dem Finger draufdrücken mußte. Ich stellte mir vor, wie Mão Dianjo oben aus dem Schlaf hochfuhr, bei offener Tür und allein, und einen Wutanfall bekam. Dennoch hätte mich nichts zur Umkehr bewegen können, auch nicht, wenn ich gewußt hätte, daß er vor Schreck sterben würde und ich mein Leben lang dafür verantwortlich gewesen wäre.

18. *Freitag, den 13. April*

Warum waren Sie nicht im Café, wie wir abgemacht hatten? Ist auch egal.

Seit Montag hat João Mário auf den Besuch des Arztes gewartet. Wie Sie sich denken können, ist so eine Gefälligkeit einfach unbezahlbar. Die Uhr hat also zehn, elf und zwölf geschlagen, aber von Dr. Coutinho keine Spur. Ich war sehr beunruhigt bei dem Gedanken, welche Enttäuschung das bedeuten würde, und wollte schon runtergehen, um im Krankenhaus anzurufen, da fand ich die Lösung des Rätsels. Kurz vor eins kam Tante Clotilde und klopfte mit der Faust an die Tür. Erst da merkte ich, daß die Klingel nicht ging. Jetzt kommt's – abgestellt hatte João sie, indem er auf einen Stuhl gestiegen war und eine Klemme gelöst hatte. Er selbst hat es mir gesagt, als er gesehen hat, wie ich ungläubig hin- und hergelaufen bin. Ich habe ihn gefragt, wieso, ich wollte den eigentlichen, den tieferen Grund wissen, ich wollte es wissen, denn ich kam mir wie entwaffnet vor, da ja Dr. Coutinho, im Krankenhaus zum Onkel erwählt, in letzter Zeit seine größte Stütze gewesen war. Ich fand, ich hätte ein Recht auf eine Antwort. Tante Clotilde hat einen Rosenkranz rausgeholt und am Küchenfenster so laut ihre Gebete runtergeleiert, daß man sie im Wohnzimmer, wo wir waren, deutlich hören konnte. Zum Glück ist dann Fernando erschienen, hat das besagte spanische Kartenspiel aus der Tasche gezogen und es im Fächer auf den Tisch gelegt. »Spielen wir eine Runde?« åhat er ihn gefragt. Mit der Miene eines Prinzen, der der Welt entsagt, hat João Mário die Karten, ohne sie eines Blickes zu würdigen, auf den Fußboden geschleudert.

Aber es war gut, daß Fernando gekommen ist, denn jetzt weiß ich, daß er hören kann, auch wenn er noch nicht antwortet. Fernando hat ihm von der Eigenschaft der Steine erzählt, von ihrer Härte und wie man Marmor tief aus dem Steinbruch mit schrecklichen Feuerzungen herausholt, die wie zornige Gestirne wirken. Da hat João Mário angefangen, Fragen zu stellen und Antworten zu geben.

P.S. Kommen Sie, denn morgen ist Ostersonnabend – ich verspreche Ihnen eine Episode, die gut ausgeht.

19. *Sonnabend, den 14. April*

Ich beschwere mich bitterlich, daß ich erpreßt werde.

Ich weiß nicht, warum Sie bezweifeln, daß mir dieses Gespräch guttut. Ich weiß auch nicht, wo für Sie die Grenze zwischen anständig und normal und unanständig und schwachsinnig liegt. Gibt es vielleicht zwischen diesen beiden Bereichen einen Stacheldraht? Richtig, ich fühle mich sicher, wenn ich zum Chiado raufgehe, weil ich ein Messer auf der Hüfte trage. Sicher, ich schleiche um die Buchhandlung, die Apótema und die Tranquilidade herum und warte darauf, einen von ihnen zu sehen, um ihm das Messer zu zeigen. Aber was ist denn dabei? Dieser uralte Witz über einen Mann, der splitternackt mit einem Messer in der Hosentasche auf der Straße rumläuft, mit dem man die männliche Tapferkeit lächerlich macht, der paßt perfekt auf mich, aber das macht mir nichts aus. Ich halte es fest, verstecke es, steige in Fahrstühle voller Leute, die schon für den nächsten Sommer einkaufen, und fühle mich sicher, weil ich weiß, wenn ich das Messer auspacke, drückt derjenige, der es als erster sieht, auf den Alarmknopf. Was hat das, was ich Ihnen berichte, damit zu tun? Glauben Sie nicht, daß die Worte das Schicksal erschweren – ich meine, daß sie im Gegenteil dazu dienen, es leichter zu machen.

Als wir anfingen, war ich diejenige, die sich rechtfertigen mußte, weil sie nicht gekommen war, das Gegenteil war unvorstellbar. Jetzt ist die Situation umgekehrt. Ich habe den ganzen Nachmittag im Together/Tonight *auf Sie gewartet. Kommen Sie wieder und verlangen Sie nicht, daß ich die Tasche zu Hause lasse. Warum sollte ich das?*

20. Lieber *Yeti*

Im Rückblick bin ich heute, nachdem viel Wasser unter den Brücken durchgeflossen ist, überzeugt, daß es Dinge gibt, die man langsam lernen muß. Sie werden das verstehen, wenn Sie hören, daß ich später, als ich wieder in diesem Turm von Cascais war und sehr viel mehr Hundehaufen und Eierschachteln auf den Treppen lagen, überhaupt keinen Schmutz unter den Füßen bemerkte. Ich glaube, ich ging singend nach oben. Aber als Mão Dianjo damals auf ein weißes Stück Papier, das er in der Buchhandlung abgeben ließ, das Wort VERRÄTERIN schrieb, hatte er völlig recht. Wenn ich allein Treppen runtersteigen und nach draußen gehen wollte, um nach einem Bus zu suchen, der mich nach Lissabon zurückbringen würde, warum hatte ich dann im Atelier diese verrückten Wörter zu ihm gesagt? Und wie sollte er ohne meine Hilfe herausfinden, daß diese wörtliche Verrücktheit nichts mit dem zu tun hatte, was dann auf dem Bett geschehen war? Noch heute, da ich einen Gegenstand in böser Absicht in meiner Tasche mit mir herumtrage, gebe ich unumwunden zu, daß Mão Dianjo in diesem Punkt von mir getäuscht wurde.

Wahr ist, daß mich nach dieser traurigen Fahrt, hin mit dem Auto und zurück mit dem Bus, dabei noch die Szene mit Selim vor Augen, Sehnsucht nach einem Leben überkam, das so schlicht ist wie ein Spaziergang. Ins Küchenfenster wehte ein Duft von Bäumen und ländlicher Atmosphäre, hohe Palmen winkten mit den Händen in der Luft, und da war das Dach der Reithalle, von der ich meinte, das Wiehern eines braunen Pferdes zu hören. Pläne, mich nur mit Vorhängen zu beschäftigen, mit Nummern von *Zuhause* und *Plaisir de la Maison,* Kleidern, Rosen, lauter vergänglicher Mist wie alles, der mir aber das Gefühl von einem kleinen, genau auf mich zugeschnittenen Triumph geben konnte. Einfaches tun, wie ein Buch lesen und Jóia rufen, um ihm ein aufgeschnittenes Brötchen mit etwas Kochschinken zwischen den Hälften zu geben. Zu dieser Zeit hatte Jóia schon angefangen, ganze Nachmittage mit Cila und Schweinchen zu spielen, mal auf den Stockwerksfluren, mal an den Dienstbotentreppen hängend, die aus Eisen waren und noch immer sind und zum Hinterhof führen. Durchsichtige, geschmiedete Treppen, derentwegen ich in der ersten Zeit in São Mamede litt, weil sie mit ihrer Eleganz so zu Unrecht auf die Hinterseiten der Häuser verbannt waren. Ich wiederhole – schlichte Gegenstände, Lebewesen, Gesten. Nachdem ich im Turm von Cascais wieder nach unten gegangen war und meinte, ich könnte nie mehr dahin zurückkehren.

Das bedeutet nicht, daß ich nicht voller Pläne anderer Art gewesen wäre. Ich wußte, daß ich mich um unser beider Lebensunterhalt kümmern und dafür meinen Körper bis zur Erschöpfung würde einsetzen müssen, aber ich hatte fest vor, einen Plan zu verwirklichen, bei dem es erst eine harte Zeit mit Möblieren, Zimmervermieten, Puppenherstellen, Zusammensparen einer Rücklage, Größerwerden von Jóia geben würde, und wenn das überstanden war, wollte ich zur Kunst zurück. Ich rechnete in Kalendern nach. Die Sprachen wollte ich allerdings nicht aufgeben, und wenn Jóia blühende achtzehn Jahre alt war, wollte ich die Untermieter raussetzen und die Wohnung, in der wir lebten, mit ihren vielen Türen in ein Heim für zehn Selims verwandeln. Oder mehr. Da unterdessen in der Buchhandlung alles gut lief und Senhor Assumpção mir das Schaufenster, die Ständer, die Plakate, den ganzen sichtbaren Teil übertrug, meinte ich, er würde mir bald eine Gehaltserhöhung geben und alles würde besser. Jetzt, da mich außer dem Lebensunterhalt nichts belastete, stellte ich mir vor, eines Tages nützlich zu sein, und wenn ich daran dachte, klopfte mir das Herz. Da ich wußte, daß Senhor Assumpção trotz meines Vertrauens zu ihm, denn ich erzählte ihm fast alles, immer Kavalier bleiben würde, seufzte ich vor den Makrelenfilets mit Reis, für die jetzt Saison war, und gestand ihm in einem trauten Augenblick meine Pläne.

»Unvereinbar«, sagte er.

»Die einen Pläne mit den anderen?«

»Nein. Unvereinbar mit der Lebenswirklichkeit. Wie wollen Sie gegen die Natur der Liebe angehen? Ist die eine vorbei, lassen Sie sich auf die nächste ein.«

Ganz sanft redete Senhor Assumpção mir aus, die beste Zeit des Lebens damit zu verbringen, Pläne zur Gründung von Heimen zu schmieden. Denn wie sonst nenne sich das, was ich ihm da bei der Mahlzeit entwerfe? Er bat mich, es gut zu überlegen, und nahm zwischen zwei Gläsern meine Hand. Das ganze Universum atme doch wie ein Männchen und ein Weibchen, und selbst des Papstes und der Kirche Liebe zu Gott müsse geschlechtlich sein. Seiner Meinung nach sei die Dreifaltigkeit von Vater, Sohn und Heiligem Geist nur die hebräische Kastration einer herrlichen Wirklichkeit von Vater, Mutter und Ihrem Sproß. Er habe über sämtliche *de amore*, die durch den Laden gegangen seien, nachgedacht und sei dabei zu diesem Schluß gekommen. Ich bitte Sie! Selbst hinter diesem Pudding, den wir in kleinen Häppchen äßen, stehe eine Reihe von Liebesakten, die wir aber nicht sehen wollten. Und er zählte sie auf, angefangen von der Zuckerrohrplantage in der Ferne bis zu dem Ei der losgakkernden Henne oder der betagten Köchin, die da drinnen hin und wieder ihr zerzaustes Haar vor der Flamme zeigte. Und so weiter und so weiter. Eros sei der mächtigste aller Götter, sagte Senhor Assumpção. »Ihre Vorstellungen von der barfüßigen Karmeliterin in permanenter Kopulation mit Gott, darüber kann ich nur lachen! Alles vergänglich.«

Ein paar Tage später, als Anabela Cravo mich an Artur Salema erinnerte, gab ich ihm recht. Ehrlich gesagt war dieser Mann, zu dem ich eine unvergleichbare Beziehung gehabt hatte, nur eine unbequeme Erinnerung, die ich mit dem Plunder in Belém zurückgelassen hatte. Weder ein Anruf noch eine Postkarte noch eine Nachricht, bis auf das Farbfoto, das aus Turin gekommen war. Und plötzlich kam mir Anabela mit diesem unglaublichen Namen. Ich weiß noch.

Sie kam gleich morgens in die Buchhandlung und schien von irgendeiner Idee besessen oder von mehreren Ideen, wie es bei ihr üblich war. Sie trug ein zimtbraunes Kostüm, und ein Stückchen unter dem Halsansatz hing die weiße Schleife einer Seidenbluse in Rüschen herab, was an eine Frucht erinnerte, diese beiden Farben zusammen.

»Sag nicht, du findest auch, daß ich wie eine angebissene gefüllte Praline aussehe!« sagte sie lachend.

Aber Anabela hatte keine Zeit, über Einfälle zu diskutieren und war nur da, weil sie den Atelierschlüssel noch für denselben Tag brauchte, und aus einem anderen Grund, weshalb sie nicht den Laufburschen geschickt hatte. »Mach dich auf was gefaßt«, sagte sie warnend. »Mach dich auf was gefaßt, nimm dich in acht, ich hab nämlich auf der Straße den Doppelgänger von Artur Salema gesehen!« Und ohne mir Zeit zu geben, die Mitteilung ankommen zu lassen: »Ja, seinen Doppelgänger. Als ich gestern durch eine kleine Straße am Largo Martim Moniz kam, sah ich plötzlich einen Typ im Overall, der mit anderen mitten auf dem Fußweg Murmeln spielte. Ich wurde blaß und dachte: Was zum Teufel macht der hier, als Bettler verkleidet? Aber ich war mir nicht sicher. Der blöde Taxifahrer brauchte eine Ewigkeit zum Wenden, so lange, daß er nicht mehr da war, als ich wieder vorbeikam. Wäre er nicht ein bißchen kleiner gewesen, hätte ich schwören können, daß er es war. Er war's nicht, aber er sah genau so aus, das schwör ich dir.«

Obwohl diese Geschichte so merkwürdig war, wollte Anabela sich nicht länger aufhalten und gab mir eine Schachtel für den Unglaublichen Hulk, außerdem einen Umschlag mit einer Kaution für drei Monate Atelierbenutzung. Sie bewegte jetzt den Kopf, als hätte sie Zeit, jeden Morgen Gymnastik zu machen, hielt den Rücken sehr gerade, und ihre Augen glänzten von guten Augentropfen. Wie im Idealfall schaffte Anabela es, den geschäftigen Ausdruck einer tüchtigen Frau von kleinem Wuchs und das kräftige Parfüm eines Pin-up-girls in sich zu vereinen. Sollte Atouguia inzwischen die Primaballerina an die Luft gesetzt haben? War es vielleicht schon ein neues Verhältnis? Anabelas Augen glänzten. Allerdings, da sie in dem Viereck Tageslicht stand, das in die Buchhandlung fiel, weiß ich noch, daß ich zum ersten Mal einen schwachen braunen Fleck in der Farbe ihres Kostüms bemerkte, der sich um ihre Oberlippe ausbreitete. Und mitten auf der Stirn zwei kleine Flecke wie Spritzer in der gleichen Farbe.

»Das kommt von der Pille«, verabschiedete sie sich. »Seit der Hölle im Bairro das Colónias verbarrikadiere ich mich von innen und außen.«

Nun war noch keine halbe Stunde vergangen, und schon rief Anabela von drüben an: »Júlia, mir geht dieser Mensch nicht aus dem Kopf. Stell dir vor, das ist der Typ! Wieso sollte er, als Schlosser verkleidet, wie ein schwachsinniger Hinterwäldler mitten auf dem Fußweg mit Murmeln spielen? Gehabe, reines Gehabe, meine Liebe. Seit gestern denke ich die ganze Zeit daran. Hörst du mich? Stell dir Artur Salema vor, wie er in einem blauen Overall rumtanzt, in so einem Ding, das jede Figur unförmig macht, voller Schmutzflecken auf dem Bauch. Er sah wie ein mechanischer *Yeti* aus. Zu komisch!« Anabela war offensichtlich von der Vorstellung beeindruckt, denn sie ließ die anderen Telefone mit ihrem heiseren Schnarren um die Wette klingeln. Auch wir auf dieser Seite hatten den Laden voll. Da versicherte ich ihr, um sie zu beruhigen, daß es ein Irrtum sei, und erzählte von der Unterschrift auf dem Foto, derentwegen ich so gelitten hatte. Ich machte Anabela Cravo klar, daß er nicht hier sei und ich ihn auch nicht mehr wolle, daß es sinnlos sei, sich auf die Suche nach einer Werkstatt am Largo Martim Moniz zu machen. Um sich worüber Gewißheit zu verschaffen? Anabela überlegte nämlich genau das und redete von nichts anderem – sie wolle es überprüfen, sich vergewissern, es mit eigenen Augen sehen. Eine faszinierende Ähnlichkeit.

Indessen sollen Sie wissen, daß ein wunderbarer Abschnitt in meinem Leben begann. Wie ein Wasserhahn, der zum erstenmal im Haus aufgedreht wird und plötzlich prustend lospritzt. Selbst die Zufälle bildeten Schaum, daß der Kelch überlief, und wirkten unwahrscheinlich. Sie werden es nicht glauben, was dann geschah. Ach, wenn so viele Zufälle doch später einen Sinn gehabt hätten und irgend etwas richtig gewesen wäre, ein einziger Pulsschlag nicht ein Chaos bedeutet hätte! Urteilen Sie selbst. Es war an einem Nachmittag auf dem Weg nach Hause.

Wir hatten das Schaufenster umdekoriert, und ich war müde, weil ich mich damit beschäftigte, die Zimmer zu möblieren, um Mieter aufnehmen zu können, und wenn die Zeit reichte, machte ich noch Puppen. Im allgemeinen ging ich zu Fuß nach Hause, weil ich jetzt relativ nah wohnte, aber an diesem Tag nahm ich die Straßenbahn, die die Rua da Misericórdia rauffuhr. Dicht gedrängt, Körper an Körper, Arm an Arm, ein Stockregenschirm stieß mich in den Rücken, wie üblich. Aber auf halber Strecke quietschte der Straßenbahnwagen und blieb stehen. Mehrere Leute steckten den Kopf durch die offenen Scheiben nach draußen, um zu sehen, was los war. Auch vor den noch geöffneten Geschäften standen Leute mit den Händen in der Tasche und sahen in zufriedener Feierabendstimmung zu. Auf den Schienen war ein Spit-Fire geparkt, und inzwischen standen nicht nur eine und auch nicht zwei Straßenbahnen – es standen drei. Irgend jemand hatte bei der Polizei angerufen, und irgend jemand verlangte, die starken Männer sollten aussteigen und den quer stehenden Wagen zusammen hochheben, aber keiner rührte sich, und eine Frau stand von ihrem Platz auf. Das ist mir unvergeßlich.

»Ich, ich«, sagte sie. »Ich kann das.«

Sie wirkte schmächtig, und die nackten Arme über ihrem Kopf, mit denen sie sich an den Lederschlaufen festhielt, waren knotig und gewunden wie Wurzeln. Das Haar mit einer Spange auf der Stirn festgeklemmt. »Entschuldigung, Entschuldigung.« Gemurmel erhob sich.

»Wo will die mit der Figur hin? Will die den Verkehr zur Stoßzeit flottkriegen?«

Mehrere Fahrgäste lachten inzwischen auch, aber auf

dem Weg durch die Straßenbahn wirkte die Frau mit ihrem Beutel und Haar wie eine wandelnde Karikatur der Machtlosigkeit. »Sieh dir die an.« Nur, als die Frau draußen war, schlug sie, statt zu dem Hindernis zu gehen, eine andere Richtung ein, und ehe sie an der Ecke war, hob sie frech ihren Rock bis zum Schlüpfer hoch. Die Fahrgäste lachten zwar, waren aber noch mehr schockiert, und als noch jemand ausstieg und sich zu Fuß auf den Weg machte wie die Frau, allerdings ohne etwas Verborgenes zur Schau zu stellen, fing vorn jemand an, leise zu pfeifen, dann laut und trillernd, als wäre seine Phantasie entfacht. Warum stiegen die Leute eigentlich nicht aus? Wenn keiner sich zutraute, den roten Spit-Fire, so einen, der das Benzin nur so säuft, anzuheben und die Polizei keinen Abschleppwagen schickte, brauchte man doch nicht dazubleiben und dem Straßenbahnfahrer zuzusehen. Aber es stieg keiner aus, und mal schüchtern, mal trillernd, jetzt kräftig, dann sanft erklang das Pfeifen.

Nein, ich erkannte das Pfeifen nicht. Sie wissen ja, Pfeifen ist nur ein lyrisches Hauchen, ein Hauchen, das nur ein einziges Wort zum Schwingen bringt, so wie das Verlangen. Ich erkannte das Pfeifen erst, als die Straßenbahnen vor uns zweimal ruckten und sich dann in Bewegung setzten. Draußen vor einer Kneipentür stand ein Mann und salutierte sozusagen, während die Karawane der Gelben vorbeifuhr. Aber es war ein sinnloses Salutieren, denn in diesem Augenblick waren die Straßenbahnwagen schon leer. Da stand die Person, die pfiff, auf und wechselte den Platz, und ich konnte sehen, daß die Person eine Rohledertasche hatte und auf dem Kopf eine fast weiße karierte Mütze trug. Der Mann brach plötzlich das Pfeifen ab und fing an, dicht am Fenster irgend etwas italienisch Klingendes zu singen, wovon ich beim Geratter der Achsen nur zwei Wörter verstand – *onesto* und *biondo* vielleicht.

Mir waren die verschiedenen Arten von Irrtum, als da sind Wahnvorstellung, Halluzination, Fata Morgana in der Wüste, durchaus bekannt, und ich meinte, auf irgend etwas dieser Art reingefallen zu sein. Vom Geruckel der

Straßenbahn, die nun die Rua da Escola Politécnica hinunterratterte, wurde mein Blick immer verschwommener. Ich weiß noch, daß ich an der Schnur gezogen habe, daß die Schnur den Klingelhammer in Bewegung gesetzt und der Fahrer das Tempo gedrosselt hat. Ich wollte hinten aussteigen, vor dem Zufall weglaufen.

»Hier vorne raus, sind jetzt alle übergeschnappt oder was?« sagte der Straßenbahnfahrer, der mich vielleicht in einem versteckten Spiegel sah. Also ging ich langsam nach vorn, in der Hoffnung, irgend etwas würde sich in Nichts auflösen, aber da vorn, im Gang, fast an die Decke stoßend, stand mit weißer Mütze, total verblüfft, Artur Salema. Das war sonnenklar.

»Wo zum Teufel bist du abgeblieben? Ich bin überall rumgelaufen, bis dieser Halunke mir letzte Woche gesagt hat, daß du umgezogen bist.«

Er stieg hinter mir aus. Und was meinen Sie, was ich tat? Das gleiche wie die Frau, die eine halbe Stunde vorher alle getäuscht und ihren Rock bis zur Hüfte hochgezogen hatte? Die Hoffnung müssen Sie aufgeben. Wir befanden uns kurz vorm *Intelecto*, und ich ging nur schnell los, viel zu verletzt, um stehenzubleiben. Ein paar Sekunden lang wappnete ich mich mit dem Kalender der Jahre, der über den häuslichen Lebensunterhalt und das Studium ging und in ein soziales Werk münden sollte, das vielleicht lächerlich war, aber auf meine Träume zugeschnitten. Schnell, schnell, in Richtung *Intelecto*.

»Warte, wo läufst du hin?«

Artur packte mich unerbittlich am Arm. Aus einem fraglos konsequenteren Impuls als dem, ein Heim zu gründen, ließ ich die Handtasche fallen und fing an, mit der ganzen Kraft meiner Fäuste gegen seine Brust zu trommeln, als trete ich Pedale. In meiner Verzweiflung prügelte ich ihn auf offener Straße. Hatten wir uns vorher im Umkreis einer imaginären Glasglocke verstanden, und das war schnell und fast unfreiwillig geschehen, so geschah jetzt das gleiche bei den Faustschlägen. Artur Salema, fast vor der Tür des *Intelecto*, ergriff meine rasenden Handgelenke, hob die Tasche von der Erde auf und führte mich unterm Arm bis zu der Treppe der Kirche São Mamede. Auf diesem Weg wurde der Drang nach Versöhnung und Berührung so stark, daß wir auf den Pflastersteinen stolperten, so eng aneinander gelehnt gingen wir. Trotzdem brachte ich nichts als verbitterte Worte heraus.

»Ich hab's gleich gemerkt.«

»Was hast du gemerkt?«

»Daß Fernando Rita mir was sagen wollte. Er war gestern im Geschäft, weil er ein paar Bücher wollte, und hat sich nicht getraut, es mir zu sagen.«

»Dir was zu sagen?« fragte Artur Salema, aber man sah ihm an, daß es ihm gleich war, was ich antworten würde.

»Daß du jetzt in den Straßenbahnen italienisch singst!«

Wir setzten uns auf die Stufen, und um diese Zeit brauste kein Wind. Nur der Verkehr, und selbst der schon schwächer. Von allein hätte ich, durch schon so lange währenden Kummer erregt, nicht geschwiegen, aber er, mit schwarzem, jetzt kürzerem Bart, brachte meinen Mund mit seinem zum Schweigen, das war es. Ein Augenblick, wie ich ihn noch nie in meinem ganzen Leben erlebt hatte. Mit dem Ohr auf seiner Brust hörte ich sein Blut pulsend fließen und beschwerte mich sanft am Hemd, sagte überflüssige Wörter, die er gar nicht hörte, aber beantwortete, mein Liebling, mein Liebling.

Versuchen, Ihnen das Unbeschreibliche zu erzählen? Wenige Worte sind zu wenig und deshalb schon zu viele. Mitten in unserem sanften Krieg stellte ich fest, daß Artur Salemas Fingernägel schwarz waren, als hätte er mit Wagenschmiere hantiert, und daß von ihm ein Geruch ausging, der an Selim erinnerte. Als er die Tasche aufmachte, lag auch der Overall mehrmals zusammengefaltet da drin. Überglücklich sagte er mir ins Ohr: »Ich brauche dich so! Ich hab in sämtlichen Buchhandlungen der Baixa nach dir gesucht, und dieser Halunke hat keinen Mucks gesagt!« Aber um uns war Frieden auf einer Erde nach dem großen Beben.

»Pst!« sagte er, als wir nach Mitternacht zum Schlafen zu Dona Cândida am Arco do Carvalhão gingen, wo Artur Salema wohnte, seit er zurück war. »Pst!« Dona Cândida hatte acht Untermieter, vier Katzen, zwei Hunde, einen Papagei und eine Unmenge Wellensittiche. Tagsüber gab der Papagei Töne und Laute von sich, und Dona Cândida meinte, es wären gegen sie gerichtete Wörter. »Pst!« Aber nachts schlief alles stumm, auch wenn der Geruch die Existenz der Tiere verriet. Von den Laken stieg ein befremdlicher feuchter Dunst auf. Jegliches Befremden legte sich schnell. »Pst!« Auch Artur Salema hatte wie Mão Dianjo und Fernando Rita eine kleine Taschenlampe, auch wenn jeder seine eigene Dunkelheit erhellte.

»Willst du mal sehen, wie grauenhaft das hier ist?« fragte er mich fröhlich.

Er leuchtete mit der Taschenlampe über die Wände. Sie waren grün, wirklich grauenhaft, aber das war egal. »Pst!« sagte ich meinerseits. Genauso wie wir uns beim Umkippen von Tassen und anderen harmlosen Einzelheiten wortlos erst mit den Augen, dann mit der Seele verstanden hatten, verstand sich unsere Haut auf einzigartige Weise. »Pst!« In der tiefen Dunkelheit besaß unsere Berührung Leuchtkraft, und unsere Körperbewegungen gehorchten einem Wind, der dort, wo wir unter Wasser überbordeten, meterhoch Wogen auftürmte. Etwas Einzigartiges, wie ich schon sagte. Ich merkte, daß ich nie aufgehört hatte, zum zweitenmal verliebt zu sein, aber erst jetzt schälte ich die Leidenschaft frei. Nein, es war keine Frucht. Es war unsagbar, und deshalb habe ich das so gesagt.

»Hast du mit vielen Italienerinnen geschlafen?«

»Mit fünf vielleicht«, er trommelte mit den fünf Fingern seiner Hand. »Mit fünf, aber ich hab an dich gedacht!«

Erst am nächsten Tag waren wir in der Lage, die Gedanken zu ordnen, auch wenn wir uns nichts erzählten, denn unsere Köpfe waren viel zu aufgewühlt, als daß wir weil, folglich, also hätten sagen können. »Pst!« murmelten wir auf der Straße weiter einander ins Ohr. Es war frühmorgens, und wir gingen über den fast menschenleeren Largo do Rato, wo bleich die eine oder andere Lampe schien.

»Was zum Teufel hast du gestern am Fenster in der

Straßenbahn gesungen, wovon nur *biondo* zu verstehen war, und dabei bist du so dunkel?«

»Ich bring's dir bei!« Er küßte mich. Obwohl wir uns die ganze Nacht geliebt hatten, gingen wir noch immer wie Invaliden aneinander geklammert durch die Straßen. Wir stießen gegen die Bordsteine. Er hob die Stimme, als wollte er die Polizeiwache provozieren.

Adoro il popolo,
la mia patria è il mondo,
il pensier libero
è la mia fè . . .

Sie kennen solche Augenblicke bestimmt. Ich verstand nur hier und da das eine oder andere Wort, aber den Sinn begriff ich ganz, und ich mußte auch gar nicht verstehen, denn ich war weiterhin verliebt und ließ mich um diese frühe Stunde durch die Straße treiben. Aber ich wollte noch mehr über das Lied wissen, das uns auf diese einzigartige Weise zusammengebracht hatte. »Es ist von Leoncarlo Settimelli. Ich war gerade auf der Piazza della Signoria in Florenz, da bin ich zufällig dem Sohn von einem Freund von einem Freund von ihm begegnet.«

»Ein Hoch auf diesen Settimelli!« sagte ich bewegt.

»Ein Hoch auf ihn!« Es wurde Tag auf dem Platz.

Er hatte die Ledertasche dabei, die sich beulte, als wäre sie voller Eßgeschirr, und trug ein abgewetztes Karo, das ihm gut stand. In den Häusern gingen die Lichter an, und die Ampeln brachten den einen oder anderen Lastwagen zum Stehen, der unterwegs war, um Ware auszuliefern. Artur Salema konnte sich nicht beherrschen, und unterwegs auf diesem halbnächtlichen Spaziergang sang er in der kalten Luft, die der Wind gebracht hatte, nur für mich allein und alle, die mit Ledertaschen voller Eßgeschirr auf dem Weg zur fernen Arbeit vorbeikamen.

Addio mia bella
casetta, addio
madre amatissima
e genitor,

Dimmi, bel giovane
onesto e biondo
dimmi la patria
tua qual è.

Seine Stimme tremolierte wie eine Mandoline. Leider mußte ich weitergehen, um rechtzeitig zu Hause zu sein und Jóia zu wecken. Diese Wohnung in São Mamede brachte mir Glück, zumal sogar das Kind da glücklich war. Nach den Hausaufgaben spielte es mit Cila und Schweinchen, die meistens vor Müdigkeit fast vom Stuhl fielen und zu beliebigen Zeiten aßen, wie die Psychologie der Befreiung es empfahl. Glória, das Hausmädchen von Jóias Freunden, ging mit einem Polizisten, der zu verblüffenden Zeiten dienstfrei hatte. Das alles war gut, so hatte er Gesellschaft.

Artur Salema kam mit hinein.

»Das ist ja Wahnsinn!« sagte er, als er die Zimmer voller Betten für Untermieter sah. Er ging herum und entdeckte entsetzt die Refrey zwischen Schnittmustern und Kapok. »Und wozu ist das hier?« wunderte er sich erneut. Ich müsse auf der Stelle diese unsinnigen Aufopferungspläne aufgeben. Halb acht, und Jóia schlief noch immer.

»Geh duschen.«

»Nein«, sagte er. »Ich muß nach ihnen riechen, genau wie sie, damit sie mich als ihresgleichen ansehen. Ich arbeite jetzt in einer Schlosserwerkstatt mit sieben anderen und habe ein Projekt im Kopf.«

Das merkte ich. Mich verband mit Artur Salema etwas Magisches, das es meines Wissens sonst nur auf den phantasievollen Seiten von Märchenbüchern gab. Welche Vorstellung er hatte, brauchte nicht laut erklärt zu werden. Es war eine so seltsam vollkommene Liebe, daß ich meinte, wir hätten wie Bergleute eine Lampe auf der Stirn und beleuchteten uns damit gegenseitig aus der Entfernung, abgeschieden von der Welt ringsum, den anderen Menschen, dem Verkehr und den Bänken im Park. Wir verstanden uns. Der Hang zu Titeln, den ich in der Buchhandlung entwickelt hatte, war mir noch lange nicht vergangen, und als ich mich verabschiedete, schrieb ich auf die Wände Ausdrücke, die so viel wie *Geheimes und Vollkommenes* bedeuteten.

»Artur Salema, ich habe mit Mão Dianjo geschlafen, bin mit ihm in Hotels, Pensionen, dunklen, verschwiegenen

Ecken gewesen, sogar in einem Turm in Cascais mit Haufen von Hundedreck auf jedem Etagenflur! Warum hast du mich verlassen?«

»Pst!« machte er. »Ich weiß, daß du immer an mich gedacht hast. Ich habe auch an alle geschrieben, nur nicht an dich, und das alles war ein Beweis meiner Liebe. Nichts in diesem Leben kann linear gesehen werden, und schon gar nicht die Liebe.«

Er müsse schnell los, weil er nicht zu spät kommen wolle, aber am Abend sei er wieder da, und abermals verstanden wir uns wie zwei Hälften desselben Wesens, das zur Strafe geteilt war oder mit Absicht, denn der Jubel bei der Begegnung konnte größer nicht sein. Die Hände in den Händen entfachten Feuer, und der Kopf glühte. Wir trafen uns wie verabredet vor dem *Intelecto*, lebten eine freiwillig gewollte innere Heimlichkeit, wie bei einem Verbrechen. Deshalb war Dona Cândida nötig, denn sie fand zwar die Vermehrung von Tieren schön, aber sie stammte aus grauer Vorzeit und verabscheute die menschliche »Schamlosigkeit«, wie sie sagte, obwohl sie gut und fürsorglich war und sogar Salz ins heiße Wasser tat, um allen ihren Untermietern die Schwielen aufzuweichen. Pst! Es war ein Uhr nachts, und wir sprachen Ohr an Ohr. Artur Salemas Bart war schlecht gestutzt. Wir gingen mit einem großen schwarzen Schlüssel hinein, den er in die Haustür steckte und wie in einem Kloster umdrehte. Dann leuchtete die Taschenlampe nur auf die Bretter, auf die wir die Füße setzen mußten, dicht am Geländer, denn auf der Stufenmitte schrien die Bretter wie Gänse, die Alarm schlagen. Wir hielten uns an einem Handlauf fest, und auf dem Stockwerk, wo der zweite, blanke Schlüssel in eine Tür gesteckt wurde, hörten wir in der nächsten Nacht eine sehr junge Katze miauen. Um so besser, sagte er. Da das Tier verzweifelt schrie, konnten wir uns geräuschvoll ausziehen und uns geräuschvoll lieben. Wir machten sogar das Fenster einen Spalt weit auf, und die Helligkeit kam herein. Selbst das Grün des Zimmers schien zu leuchten.

»Du hast doch die Kunst nicht aufgegeben, mein Liebling?« fragte ich.

»Pst! Ich liebe sie mehr denn je!« sagte er und schwenkte die Hände in der Luft, als spielte er im Dunkeln. »Aber falls du die alte meinst, mit der ich mich bis Juni geplagt habe, die allerdings habe ich aufgegeben. Das ist nichts für mich, ein Leben lang die Kunst der Geschicklichkeit zu betreiben und dabei auf dieses morbide Etwas zu warten, das man Ruhm nennt ...«

»Nein?«

»Nein. So eine Haltung hat kurze Beine oder überhaupt keine, so wie die Saurier oder Schlangen. Wenn du aber von der anderen sprichst, derjenigen, die nur befreit, schöpferisch ist und mit der Lebenskraft um ihrer selbst willen spielt, dann ja. Ich bewundere Vostell, Rotella, del Pezzo, aber ich habe eine noch viel reinere Vorstellung als die alle zusammen. Warum, meinst du wohl, bin ich in der Schlosserei?«

Da er laut gesprochen hatte, mußte ich sagen: »Pst! Du arbeitest jetzt also mit neuem Material?«

»Mit neuem Material und neuer Einstellung. Kannst du dir vorstellen, was die Entdeckung bedeutet, daß die einfachen Leute in der Schlosserei genau solche Künstler sind wie diejenigen, die bei Gulbenkian ausgestellt werden? Pst! Ich bin dabei, das Leben und den Kunstbegriff zu revolutionieren. Vor allem das Leben!«

Wir redeten Kopf an Kopf und küßten uns in dem Halbdunkel, das der Fensterspalt im Zimmer schuf. Wir hatten die Decken weggezogen und waren nackt. Er faßte zusammen: »Wer gesagt hat, daß der Ruhm ein bleicher Mond ist, der sich über dem Grab erhebt, hat etwas Wahres gesagt.« Da wurde ich überglücklich und war mir absolut sicher, daß wir uns vollkommen verstanden – mit diesem Mann würde ich bis ans Ende der Welt gehen.

»Ich glaube, das stimmt, pst!« sagte ich und dachte lebhaft an David Grei, den der bleiche Mond sein Leben lang bedrückt hatte. »Ich stehe zu dir.« Und um genau das zu beweisen, spreizte ich die Finger und kämmte ihm das Haar und den Bart, bis ich, Mund an Mund, an die Stirn stieß.

Von dem Unsagbaren zu sprechen, erspare ich mir.

21. Kleine Widrigkeit

Das normale Glück kann tatsächlich noch Platz für eine Geschichte haben, aber das höchste Glück nicht. Das sagten wir uns so manches Mal und glaubten, das Glück, das wir erlebten, sei nicht von dieser Welt, es sei weder anständig noch erlaubt. Dennoch, auch wenn wir tausend Jahre leben würden oder selbst, wenn es schnell zu Ende gehen sollte, nehmen konnte uns das keiner. Ich weiß nicht, wie ein Mann ein solches Glück äußerlich zu erkennen gibt. Vielleicht kommt er gern mit pechschwarzen Händen, nach Tier riechend und nach Feuer stinkend nach Hause, so wie Artur Salema. Ich meinerseits gestehe, daß ich mich wusch wie nie zuvor, mich stundenlang kämmte und schließlich entdeckte, daß ein Lidstrich meinen Augen fabelhaft gut stand. So, verwegen, voller Lebenslust und das dichte Haar offen auf dem Rücken, erschien ich in der Buchhandlung. Nur ein Blinder hätte nicht gemerkt, daß das Glück an meine Tür geklopft hatte. Nie zuvor war der Scherenschleifer mit so singender Flöte vorbeigekommen wie in diesen Tagen, heiteren Tagen, an denen Calhariz mir wie ein vorbildlicher Stadtteil vorkam. Alles war vorbildlich. Senhor Assumpção kam mit einem Büchlein in der Größe einer Geburtsurkunde und wollte mir vorlesen, und ich sagte, bitte nicht. Ich hatte Angst, ein melancholisches Wort könnte mein Glück kurz trüben, um so mehr, als er es aus dem verbotenen Bereich geholt hatte. Nein, Senhor Assumpção, bitte nicht! Er blieb ein wunderbarer Mensch, obwohl die Nostalgie in ihm so lebendig war wie die Erinnerung an das vergangene Imperium und alles, was damit zusammenhängt, aber er verstand: »Wenn Sie so glücklich sind, empfehle ich Ihnen die Klassiker, immer noch die Klassiker.« Aber das *carpe diem* des Senhor Assumpção, das er mit *genieße jeden Tag, denn das Morgen ist ungewiß* übersetzte, konnte mich nur noch glücklicher machen. Wer genoß mehr als ich den Tag und die Nacht? Rund um die Uhr?

Ich muß Ihnen allerdings sagen, daß Anabela Cravo nicht die Spur von Veränderung wahrnahm, aber nicht aus Unachtsamkeit, sondern weil sie zu beschäftigt war. Sie rief mich mittags schon ziemlich spät an, ich solle ins Café *Nacional* kommen, um einen Happen zu essen, und sowie sie mich hereinkommen sah, kam sie mir entgegen und gab schon von weitem zu verstehen, daß etwas Ungeheuerliches geschehen sei. Dazu muß ich Ihnen sagen, damals hätten selbst die restlichen Ruinen der Carmo-Kirche einstürzen können, auch das wäre für mich noch kein Grund zur Beunruhigung gewesen. Nun gut – Anabela schluckte hinunter, was sie gerade aß, und sagte: »Entsetzlich, entsetzlich, entsetzlich!« Und dann teilte sie mir mit, am Tag davor habe sie beschlossen, noch etwas allein im Atelier liegen zu bleiben, sei auf dem Bett eingeschlafen, und als sie, vielleicht nach einer Viertelstunde oder einer halben, aufgewacht sei, seien riesige graue Ratten, so groß wie Siamkatzen, über den Fußboden spaziert! Von diesem Schreck habe sie sich noch immer nicht erholt. Sie habe sich auf das Bett gestellt und geschrien, und erst nach ein paar Minuten sei sie in der Lage gewesen, den Besen zu ergreifen und die Tiere zu verscheuchen. Der blöde Fernando Rita, dieser gemeine Bohrer, wenn man den mal brauche, haue er nach Pêro Pinheiro ab! Ja, also, die Viecher seien so fett, daß man meinen könnte, sie hätten weder Schnauze noch Beine. Entsetzlich! Entsetzlich! Ganz fürchterlich entsetzlich! Sagte sie immer wieder und bestellte ein kleines Gericht, das im Stehen gegessen werden konnte.

»Welches Rattengift wollen wir auslegen?«

Ich hatte von diesen Dingen überhaupt keine Ahnung, zumal ich fast drei Jahre im Atelier gewohnt hatte und mir zwar allerhand Dreck auf den Kopf gefallen war, aber eine Ratte war mir noch nie begegnet, doch versprach ich, mich schnellstens zu erkundigen, welches Rattengift am wirksamsten sei. »Ganz bestimmt.« Wir standen am Tresen des *Nacional*, und ringsum Hektik. Anabela hatte nicht viel Zeit, da Atouguia an diesem Nachmittag bis sieben Uhr Mandanten erwartete, und deshalb kam sie direkt auf die wesentlichen Fragen zu sprechen und redete mit vollem Mund hinter vorgehaltener Hand. Sie wußte nicht, wie sie entscheiden sollte. »Und wie soll ich jetzt zurechtkommen, solange die Biester nicht ausgerottet sind?«

Es war deutlich zu merken, daß Anabela Cravo schon mit den fertigen Fragen gekommen war und auf die Antwort, die sie wollte, zusteuerte, so wie immer, aber plötzlich sah ich mich wieder mit Jóia an der Hand in der Hitze straßauf, straßab laufen, und ganz ehrlich, davor wollte ich mich drücken. Jetzt gab es Artur Salema, mein Leben hatte sich verändert, mein Tagesablauf, meine Gewohnheiten, sogar mein Make-up. Nur Anabela merkte nichts, weil sie es furchtbar eilig hatte, eine Antwort zu bekommen: »Sag mir, wie ich das machen soll.«

Zwischen einzelnen Bissen fing meine beste Freundin an, mir in Scheibchen mitzuteilen, was sich seit dem letzten Jahr ereignet hatte. Sie hätte das ein andermal erzählen können, suchte sich aber diesen Augenblick aus, in dem sie es so eilig hatte. Sie faßte zusammen: In diesen acht Monaten sei die Welt umgekrempelt worden, die Patin sei gestorben, im Stuhl sitzend, im letzten Winter, sie habe gerufen und gerufen, ausgerechnet an einem Abend, an dem sie unseligerweise nicht in der Elias Garcia geblieben sei. Aber sie könne ja auch nicht immer in der Elias Garcia sein! Aber das Interessante dabei sei, daß der Pate, so merkwürdig das auch anmute, nach dem Tod seiner Frau mehrere Schwächeanfälle gehabt habe. Er sei übrigens auch nicht dagewesen – er sei an diesem schrecklichen Abend zum Bridge gegangen, aber weiter. Sie könne es noch immer nicht fassen. Kurz nach dem Todesfall habe der Pate damit angefangen, mit ausgebreiteten Armen, verdrehten Augen und glucksend in das Badezimmer und die Küche zu kommen. Als wollte der Mann auch sterben. Erzählte sie jetzt. Doch nach zwei Monaten krankhafter Szenen sei der Pate mit wildem Ungestüm wieder aufgelebt und männlicher denn je zuvor. Und sei es aus Trägheit oder aus Sehnsucht nach dem Fluß oder aus welchem Grund auch immer, jedenfalls bilde der Mann sich ein, nur in David Greis Atelier Nest und

Schmaus zu finden. Ich solle mir doch mal diese Ironie des Herzens vorstellen. Jetzt, da die Wohnung in der Elias Garcia frei sei, ohne die beiden Teleskopaugen, die aus dem Zimmer heraus alles beobachteten, könne der Pate das Glück des ungehinderten Intimlebens nicht genießen.

»Zum Teufel auch!«

Inzwischen schon am Ausgang, drückte sie mir das Handgelenk und sagte: »Du ahnst ja nicht, wie sich die Dinge wenden! Ich hab dir nichts erzählt, weil ich keine Unruhe in dein ruhiges Leben bringen wollte. Weißt du, wer jetzt mit Atouguia zusammenlebt? Nein, nicht die Tochter des Uhrenfabrikanten, sondern ich! Weißt du, bei wem ich nach wie vor mein Praktikum machen werde? Richtig – immer noch bei Baptista Falcão. Du darfst mir gratulieren!«

Die Rua Primeiro de Dezembro entlang, auf der Außenseite, wo ich mich vor den Autos in acht nahm, die nur in eine Richtung fuhren und die Fußgänger an den Kleidern streiften. Essensgeruch in der Straße, ein Gewühl von Köpfen. »Was ich erreichen will, erreiche ich, Júlia, und wenn ich beim Stierkampf auf einen Stier steigen und ihm die Hörner ausreißen muß. Oh, was ich will!«

In diesem Augenblick hätte ich auch beinah zu ihr gesagt, hör mal, findest du nicht, daß ich mich verändert habe? Aber ich merkte, daß mir die Worte im Mund stekkenblieben. Obgleich ich gerade unwirkliche, wunderbare Augenblicke erlebte, die Beschreibung, die Anabela sechsundsiebzig von einer Wohnung mit mehrfarbigem Teppichboden in einem zehnten Stock mit Ausblick auf Wald gemacht hatte, die Buchrücken, das glänzende Silber, das alles wäre ein solcher Kontrast zu dem Geruch von Papageien und Hunden gewesen, zu dem wir gingen, um die Nacht im Dunkeln zu verbringen, daß ich es schließlich auf einen anderen Zeitpunkt verschob, zu dem ich ihr die Auswirkungen auf mein Inneres besser erklären konnte. Und deshalb würde ich es ihr vielleicht nie erzählen, aus Angst, es könnte verlorengehen. Senhor Assumpção meinte, gerade die großen Liebesverhältnisse seien heimlich. Wir standen vor einem Geschäft voller teurer Sachen, importierte Kleider mit offenen Röcken, und ringsum ein Grüppchen von Neugierigen.

»Gefällt dir irgend etwas? Sag, was würdest du dir kaufen, wenn du könntest?«

»Nichts, das ist nicht mein Stil. Vielleicht den Blazer da«, aber insgeheim dachte ich, daß nicht mal der Blazer zu mir passen würde, da ich jetzt mit einem Mann zusammen war, den Anabela im Grunde als mechanischen *Yeti* beschimpft hatte. Es war schönes Wetter. Menschen gingen die Straße hinauf und hinab, zwinkernde Männer machten mitten auf dem Bürgersteig pssst und sagten halblaut etwas. Ein Blindenteller, der mit fünf Escudomünzen unter den Blicken vorüberzog. Eine wahnsinnige Schallplatte hämmerte Lärm nach draußen auf die Straße, als zertrümmerte drinnen in der Diskothek jemand eine Blechfabrik. Die politische Frühlingspropaganda auf den Wänden lenkte den Blick ab. Dann schob eine Frau mit einem Bananenkarren vorüber und warnte schreiend vor der Polizei, worauf die verschiedenen Straßenhändler ihre Henkelkörbe auf den Rücken packten und sich durch die Rua Santa Justa davonmachten.

»Schon wieder dieser Bulle, Senhoras und Senhores! Weg, weg!« Sie liefen mit wildem Geschrei auseinander.

Doch gegen fünf Uhr nachmittags kam ein sehr junger Laufbursche mit einer Plastiktüte in der Hand in die Buchhandlung. Die Tütenränder hielt eine Klammer zusammen, und an der Klammer hing eine glänzende Bandrosette. Es war für mich, und da drin, zusammengelegt, der weiße Blazer und die rosa Hemdbluse, auf die ich in der Menge vor dem Laden mit dem Finger gezeigt hatte. Der Laufbursche war schon weg. Es ging nicht um den Wert, auch nicht darum, daß ich es gebrauchen konnte, sondern um die taktvolle Geste – mir zuzuhören, mich auszuhorchen, mir nichts zu sagen und mich dann zu beschenken! Ich bereute, daß ich aus lauter Empfindsamkeit meine Liebesgeschichte unterschlagen hatte. Was hatte ich zu fürchten, und warum hatte ich es nicht gleich gesagt? Der Doppelgänger ist kein Doppelgänger, der Doppelgänger ist er selbst! Wir lieben uns wie die Wahnsinnigen in einem grünen Zimmer am Arco do Carvalhão! Oh, wenn du wüßtest ... Angesichts dieses Ensembles kam ich mir wie ein monströser Leguan vor, der sich mit dem Schwanz an den Baum der Berechnung klammert. Doch als ich die Hemdbluse ausbreitete, flatterte eine rechteckige Karte heraus und fiel auf den Fußboden der Buchhandlung. Sie war von Hand beschrieben, auf beiden Seiten.

Dir zu Gefallen mußte ich diesen Megären im Laden einen pornographischen Betrag zahlen. Küßchen für den Unglaublichen Hulk.

Ich drehte die Karte um und versuchte dabei, mich zu erinnern, welchen Preis ich unter den beiden Teilen gesehen hatte. Nun schon in einer ordentlicheren und kleineren Schrift, als hätte Anabela es erst nach diesem Stoßseufzer geschrieben, stand da:

Bitte, ich brauche am Dienstag um drei Deine Wohnung. Please, dear, please! Es hat keinen Zweck, Dir die Wahrheit zu verheimlichen, damit Du mich verstehst – es geht nicht um den Paten, sondern um Baptista Falcão. Deine A. C.

Nein, daß Bitte und Geschenk gleichzeitig kamen, war nicht der Grund, warum ich es mir anders überlegen wollte. Ich liebte sie grundlos, wenn auch nicht ohne Konflikt, und ich bewunderte ihre geistige Beweglichkeit, wie ich Ihnen schon bei unzähligen Gelegenheiten gesagt habe. Natürlich mußte ich ihr die Wohnung leihen, allerdings nur von drei bis fünf, bis ein starkes Rattengift David Greis Atelier von diesen furchtbaren Kanalisationstieren entvölkert hatte. Ich zitterte schon allein bei dem Gedanken daran, zumal ich ein paar seiner Skulpturen dort gelassen hatte. Denn wenn die Ratten auch weder Stein noch Bronze anfraßen, bei dieser Vorstellung von Auflösung mußte ich daran denken, wie wenig dauerhaft alles war, und ich kam mir untreu vor. Zum Glück lebte Artur Salema über der Zeit und über sie hinaus, so wie jede Kunst und jede Liebe gelebt werden müssen. Uff!

dachte ich. Schon am nächsten Tag war Sonnabend. Mit Jóia im Schlepptau erklärte ich in der Drogerie, was ich wollte – ein schnellwirkendes Rattengift gegen fette, siamkatzenartige Ratten. Der Mann holte von hinten zwei starke Gifte, die tödlich wirkten, ohne die Kolonie zu alarmieren, ganz im stillen, ohne gellende Schreie – *Ratak* und *Racumin*. Und erklärte: »Sie streuen es hier und da in den Ecken hinter den Möbeln aus. Nach zwei Tagen sehen Sie nach und legen noch etwas aus.«

»Aber sterben die denn nicht gleich?«

Der Mann erklärte: »Nein, Senhora, das hier wirkt auf geschlechtlicher Basis. Das Tier wird vom Geruch angelockt, in der Annahme, da sei ein Weibchen oder ein Männchen, je nachdem, es wird erregt und stirbt. Zumindest haben wir Anweisung, das zu sagen.«

Der Trick kam mir sehr merkwürdig vor. Nein, ich wolle ein viel stärkeres Rattengift. Ratten auf diesem Weg zu vernichten, dem mißtraute ich. Der noch ziemlich junge Drogist lachte. Er bedauere, aber so was habe er nicht. Gelöst wurde das Problem von einem zweiten, der von hinten kam, ein so verhutzelter Mann, daß er vermutlich der Großvater des ersten war.

»Doch, Senhora, wir haben noch einen Rest Rotkorn da. Das ist eine richtig radikale Lösung!«

Er holte von hinten eine Plastikdose mit lilagefärbten Körnern, ließ mich hineinsehen und erklärte die Wunderwirkung. Seiner Ansicht nach zweifelte ich völlig zu Recht an den neuen Produkten, denn die Verseuchung nehme immer mehr zu. Was er mir verkaufe, das ja, davon würde alles sterben – Ratten, Schlangen, Käfer, Vögel. Und mit einem Blick auf Jóia, der neben dem Ladentisch stand, fügte er hinzu: »Und kleine Jungen! Drei Körnchen hiervon zum Frühstück reichen, und schon gehen sie am nächsten Abend in einem weißen Kasten tief im Dunkeln unter der Erde schlafen. Das ist der Grund, weshalb das hier nicht mehr im Handel ist. Man hat's verboten.«

Jóia lief zur Tür und sah uns schief an, und auch wenn ich es heute kaum glauben kann, als ich zu ihm ging, zitterte er und bat mich, den Beutel mit den Körnern wegzuwerfen. Er wollte mich nicht mal in seine Nähe kommen lassen, als hätte ich die Pest in der Hand. Jóias Angst nahm sogar komische Züge an, denn er wollte sich im Bus nicht auf dieselbe Bank setzen. Seinetwegen mußte ich nach Hause fahren, ohne das Rattengift ausgelegt zu haben, dabei hatte er doch vorher so ungeduldig darauf gewartet, die Ratten durch das Atelier laufen zu sehen, in dem wir gewohnt hatten. Sie können mir glauben – diese hysterischen Spinnereien von Jóia, den die makabre Beschreibung des alten Drogisten so beeindruckt hatte, mußten zurechtgerückt werden. Wie oft sollte ich später noch an diese Augenblicke, diese Fahrt, diesen wie ein Leichenträger zerknitterten Drogisten denken! Aber wenn Anabela sagte, daß die Ratten so groß seien, konnte mich nur ein absolut durchschlagendes Mittel beruhigen, um so mehr, als ich nicht bereit war, São Mamede so wie David Greis Atelier abzutreten. Als wir die Zeit und Einzelheiten per Telefon abmachten, sagte ich, ich möchte ihr unbedingt und ganz dringend ein Geheimnis, etwas Persönliches erzählen. Du wirst's schon sehen.

»Prima, dann sagen wir, um sechs, nach meinem Rendezvous mit Baptista Falcão.«

»Im *Intelecto*, vielleicht?«

»Das *Intelecto* hab ich satt. Dann lieber bei *Paulas*. Die frommen Schwestern da hasse ich zwar, aber sie machen die besten Scones von ganz Portugal. Laß uns da hingehen.«

Im übrigen war alles abgemacht. Früh am Morgen sollte Jóia mit Cila und Schweinchen für zwei Tage nach Santo Amaro fahren. Glória hatte diese Einladung ausgesprochen, und abholen sollte sie sogar der Polizist, denn der Vater der Kinder in New Jersey und die Mutter in Belgien prozessierten endlos gegeneinander. Dafür besaßen sie ein Haus in Santo Amaro, ein Privileg, wie nur wenige es genossen, und wurden mit Bonbons und Drops in allen Farben und Variationen versorgt. Jóia profitierte davon, und sie sollten zwei Tage da bleiben. Alles traf sich gut.

So gut, daß ich den Vormittag über das Gespräch für den Nachmittag einübte – Anabela, du hast nicht seinen Doppelgänger gesehen, du hast ihn selbst gesehen! Hör zu. Ich habe ihn später in einer Straßenbahn getroffen, die mitten auf der Rua da Misericórdia steckenblieb. Es war windig, und er pfiff. Ich habe ihn am Pfeifen erkannt, bin nach vorn gegangen, und wir sind uns in die Arme gefallen. Unerklärlich. Jetzt treffen wir uns abends in der Wohnung von Dona Cândida am Arco do Carvalhão und lieben uns im Dunkeln, bis es fast Morgen ist. Eine Glocke preßt uns aneinander, bis wir keine Menschen mehr sind. Unglaublich. Sieh her, wie glücklich ich bin, Anabela, ich bitte dich, mein Leben ist voll und ganz ausgefüllt. Warum verlangst du auch noch die Wohnung in São Mamede von mir? Anabela würde es vor lauter Überraschung vielleicht nicht glauben. Noch schwieriger würde es sein, gegen die mißtrauische Haltung anzugehen, die Anabela dem Overall gegenüber sicherlich einnehmen würde. Hör zu. Er hat sich auf ein einzigartiges, selbstloses, einmaliges Experiment gestürzt. Auf dem Hinterhof der Schlosserei, wo du ihn gesehen hast, sind er und die anderen Schlosser, halbe Analphabeten, nach der Arbeit gemeinsam schöpferisch tätig, sie graben aus ihrer Psyche ursprüngliche Ideen und gestalten sie zu namenlosen Assoziationen, wobei Artur Salema das bindende Glied darstellt. Zum Beispiel. Wenn sie fertig sind, wird Fernando Rita mit offenem Mund dastehen und erkennen, wie archaisch seine Arbeitsform ist, und er wird den Individualismus bereuen, der ihn treibt, sich Tage, Wochen, Monate lang abzukapseln, nur mit sich allein beschäftigt. Und so weiter und so weiter. Anabela würde innerlich den Hut vor mir ziehen müssen, während wir bei den Vinzentinerinnen Scones aßen. Ich strengte sogar meine Phantasie an, um ihr erklären zu können, daß ich ihr jetzt São Mamede nicht so überlassen könne wie vorher das Atelier, und auch, um eine Form zu finden, wie ich ihr sagen konnte, daß ich bald keine Puppen mehr herstellen würde, daß ich nun doch keine Untermieter nehmen würde, daß mein Leben sich verändert habe, kurz, ich war gerade beim

Üben dieser Ausführungen, da erschien Anabela mit ernstem Gesicht in der Buchhandlung und bat mich, mit hinauszukommen. Selbst Senhor Assumpção schien von der Szene verunsichert zu sein. Durfte ich? Draußen glühte die Sonne auf den Häuserwänden, und die zur Mittagszeit kreuz und quer fahrenden Autos dampften und hupten. Wo wollen wir hin? Anabela ging hastig straßauf, straßab, blieb mitten auf dem Fußweg stehen, bis sie in Gassen einbog, umkehrte und wieder auf die Kirche São Roque stieß. Ich mußte laufen, um mitzuhalten. Wo gehen wir hin? Was hast du? Fragte ich und dachte, es ginge um eine Wiederholung der Schwangerschaftsgeschichte. »Was zum Teufel willst du mir sagen? Spuck's aus.« Aber Anabela setzte sich in das Halbdunkel der Kirche, zückte den Block und fing an zu schreiben. Weiter vorn beteten nur drei Menschen neben der prächtigen São-João-Batista-Kapelle mit ihren Lapislazuli-Einfassungen, und Anabela zeigte mir den Block: »Jóia hat uns erwischt!« Es war kühl da drinnen.

»Jóia ist mit Glória in Santo Amaro«, sagte ich perplex, wie Sie sich denken können.

»Ist er nicht! Jóia ist zu Hause und hat uns vor kurzem überrascht. Ich habe ihn mit diesen beiden gesehen«, und sie zeigte sich mit zwei Fingern ihrer Hand auf die Augen, als wollte sie sich wirklich blenden. Die Kirche war nicht zur Messe geöffnet, aber die drei Besucher, die vor der Pracht beteten, drehten die Köpfe. Obwohl sie ein Museum war, wirkte die Kirche weihevoll, und man mußte leise sprechen. »Pst!« machte jemand.

»Aber wieso? Wie?«

»Wie, weiß ich nicht«, sagte Anabela Cravo und senkte die Stimme. »Wie, das weiß ich nicht, ich weiß nur, daß ich nicht schuld war und Baptista Falcão erst recht nicht, keiner von uns war schuld. Ich glaube, ich werde verrückt!« So erregt war sie, daß sie sich an den Quergang setzte.

»Ich war nicht schuld, Baptista Falcão war nicht schuld, es war das erstemal, daß wir uns getroffen haben, und dann passiert gleich so was, dabei hätten wir in ein Hotel gehen können. Und er hat auch noch den Bengel entdeckt! Ich bin geliefert und hab alles verloren, meine Handtasche, meinen Mantel, alles.« Sie sprach jetzt ganz leise, trotzdem war Anabela Cravo so durcheinander, daß sie die bittersten Worte flüsterte, wodurch eine der Betenden sich gestört fühlte und wieder nach hinten sah. »Alles, alles habe ich verloren.«

Ich bat sie, mich nachdenken zu lassen. Ja, denk nach. Nur hatte Anabela aus Verzweiflung weit geöffnete Nasenlöcher und strebte zu einer dunkleren Ecke an der Wand. »Wir lagen in deinem Bett, es war zwei Uhr, die Fenster waren zugezogen, das Licht auf dem Nachttisch an und die Tür zum Flur offen. Baptista Falcão hörte das Geräusch, drehte sich um, und da stand der Bengel und sah zu. In Badehose und mit Strandtasche, wie ein Stock, dieser schreckliche Hulk! Ich darf gar nicht dran denken.«

Erst da begriff ich, daß es stimmte, und ich wünschte mir sehnlichst, Jóia würde sterben, ich würde sterben, jeder für sich, damit keine Erklärung nötig wäre. Sie kennen sicherlich dieses Gefühl, das durch Unabänderliches ausgelöst wird. Ich selbst wollte die Begegnung mit Jóia bis in die Ewigkeit hinauszögern, diesem Augenblick, der nur zwei Vasen mit zwei Lämpchen auf zwei Grabplatten bedeutete. Entsetzlich.

Mitten in der Kirche. »Ich wollte nur weg.«

Dennoch reagierte Anabela schnell. Sie wollte es laut sagen, beherrschte sich aber und zeichnete auf das erste Blatt das Wort PECH, auf das zweite und dritte, auf mehrere, immer dasselbe Wort. Dann zerriß sie alles in kleine Schnipsel und streute sie auf den Boden. »Was mache ich jetzt?«

»Und ich?«

Anabela trug einen blauen Faltenrock, den ich noch nie an ihr gesehen hatte, bestimmt ein Rest besonderer Aufmachung, denn vom Gürtel hingen kleine Muscheln an Kordeln. »Ich bin schlimmer dran. Denn du, Júlia, du brauchst dem Bengel nur klarzumachen, daß nicht du es warst, und damit hat sich's. Das tut ihm sogar gut. Aber mir geht das Praktikum bei Baptista Falcão flöten! Wenn du gesehen hättest, wie fies und vulgär er wurde...« Sie ergriff meine Hand. »Ja, glaub mir, du brauchst ihm nur zu sagen, daß ich es war, mit ein paar richtig deftigen Adjektiven, dich dabei so weit wie möglich von mir distanzieren, das hat garantiert Erfolg. Aber ich, ich, ich.«

Ein Mann mit einem Spazierstock kam in die Kirche und machte bing, bing mit dem Stock den Boden entlang. Wahrscheinlich war er taub, so wie er auf den Boden klopfte und hustete. Er trug einen kompletten dunklen Anzug, und das an diesem heißen Tag. »Das heißt, daß wir uns dieses Mal endgültig verabschieden?« Irgend etwas in Anabela Cravos Blick sagte mir das. »Heißt es das?«

»Ja, das heißt genau das. Ich habe es im selben Augenblick beschlossen, als ich den Bengel sah«, sagte sie und sah mich an, und ich sah zum erstenmal deutlich feine Puderkrümel über ihren Lippen und auf der Stirn. »Das heißt genau das, denn ich glaube, daß du und deine Möbel mir Pech bringen. Oh, wenn du gesehen hättest, wie Baptista Falcão getobt hat!«

Der Mann, der taub zu sein schien, kam wieder mit demselben bing, bing durch die Kirche zurück und bekreuzigte sich am Ausgang. Einen kurzen Augenblick hielt er die Tür offen, und der Autolärm drang schrill herein, wie eine Bombe, die auf die hier versteckten Heiligen zu fallen drohte. Dann schlug die Tür wie eine Grabplatte zu, und der Innenraum schien wieder von der Welt abgetrennt zu sein. Oh! Es war so unglaublich.

»Was, oh?«

»Vielleicht ist es nicht wahr.«

Doch, es war wahr. Da saßen wir in der Kirche São Roque, sahen uns ungläubig an und wußten nicht, wie wir herauskommen sollten. Anabela meinte, der Gipfel des Pechs sei, daß sie nicht die Schlüssel dabei habe, um sie mir gleich zurückzugeben. Die vom Atelier und die von São Mamede. Aber sie werde sie mit einem Boten schicken, sobald sie die verflixte Handtasche gefunden habe, im Augenblick wisse sie nicht, ob sie in Baptista Falcãos Autos weitergefahren oder am Tresen des *Intelecto* liegengeblieben sei, wohin sie gegangen sei, um ihre fünf

Sinne wieder zu sammeln. Ich glaube, wir schaden einander, ein böses Fluidum geht durch uns hindurch und sorgt dafür, daß es knallt. Anabela drehte sich um und verschwand draußen zwischen den Köpfen der Menschen, die um diese Zeit schwitzend vorbeigingen. Auch ich ging hinaus und glaubte nicht, daß es endgültig sei. Dann bog sie nach links, ich sah sie noch mit ihrer auf dem Rücken zerknautschten Bluse dem Zeitungsjungen ausweichen. Ich winkte zum Abschied und hätte bis zum Abend so stehenbleiben können, und niemand hätte darauf geachtet, denn es war die Zeit, zu der alle unterwegs zu Verabredungen waren. Daß Anabela Cravo es wirklich so meinte, sollte mir erst am nächsten Tag klar werden, als ein Bote mit den Schlüsseln und einem Briefchen mit der Anschrift von Rúbia sowie der Aufforderung erschien, ich solle Puppen nähen und sie selbst hinbringen – sie schickte mir sämtliche Anweisungen, trocken, traurig, als wollte sie sich einer unbequemen Haut entledigen. Okay, dachte ich. Doch noch im selben Augenblick hatte ich schon Sehnsucht nach Anabela Cravo und hätte noch viel mehr Sehnsucht gehabt, wenn ich nicht mit dem Problem Jóia allein dagestanden hätte. »Was mache ich?«

Senhor Assumpção mußte entweder altersschwach sein oder noch nie gelesen haben, denn er holte *La Vipère au Poing*. »Von wem ist das, Senhor Assumpção, ich brauche etwas, was mich beruhigt und nicht etwas, was mich deprimiert.«

»Wie wär's, wenn Sie ihm einen Papierdrachen kauften?«

Ich ging in ein Geschäft und ließ einen in Vogelform mit ausgebreiteten Flügeln einpacken, dessen krummer Schnabel auf dem Plastik schaukelte. Mit diesem Ding, das Ganze mit einer Schleife verziert, wollte ich die Treppe raufgehen, den Schlüssel ins Schloß stecken und nach ihm rufen. Ich weiß es noch genau, als wäre es eben erst gewesen. Er antwortete von drinnen. Er saß mit dem Rücken zur Zimmertür, die Zungenspitze ein bißchen rausgestreckt, und zog mit einem Lineal Linien auf ein Blatt Papier. Er hob nicht den Kopf. Er trug noch immer die Badehose und zog Linien, dicht an dicht. Er hob den Kugelschreiber an, schob das Lineal nur einen halben Millimeter weiter und zeichnete die nächste Parallele. An den Ecken rollte sich Jóias Papier wie ein Eselsohr. Was sollte ich sagen? Jóia, hier bin ich, es war nicht ich, es war eine andere? Unterwegs habe ich dir zum Trost einen Papagei gekauft? Nein, das würde ich nicht sagen. Fragen Sie mich bloß nicht, warum nicht. Jóia war in der Badehose und verlor kein Wort über die Tatsache, daß er zu einer früheren Stunde und an einem früheren Tag als vereinbart zurückgekommen war. Es wäre ganz natürlich gewesen, daß Jóia gesagt hätte: Wir mußten zurückkommen, das und das ist passiert. Aber nein. Da dachte ich, ich könnte es auf sehr viel später verschieben, auf dann, wenn auf seinem Gesicht ein Pickel eitrig aufplatzte. Dann würde ich alles erzählen, und er würde sehr viel mehr von Gefühlen und Hemmungen begreifen. Ich hielt den Papagei in der Hand und legte ihn auf den Tisch.

»Ich pack gleich aus«, sagte er mit rausgestreckter, immer weiter rausgestreckter, immer mehr verdrehter Zungenspitze, und zog Linien quer über das Blatt. Noch nie in meinem Leben hatte ich so deutlich gemerkt, daß Schweigen Gold ist, denn Gold war das Verständnis, das wir einander durch Nichtsagen mitteilten. Das dachte ich, vor allem, als er aufstand, so tat, als wäre nichts, das Fenster aufmachte, um nach dem Wetter zu sehen, und wir beide sahen, daß sich am Himmel weiße Wolkenfetzen bildeten. Es war nur eine kleine Widrigkeit gewesen, und wir würden so glücklich sein, wie wir es verdienten. Wir hatten nicht darum gebeten, geboren zu werden, wir hatten niemanden verraten, wir waren unschuldige Kreaturen, warum sollten wir nicht so glücklich sein, wie wir es verdienten?

22. *Dienstag, den 17. April*

Gestern, während wir miteinander redeten, hat Dr. Coutinho zu Hause reingeschaut und gesagt, der Haarausfall seines Neffen habe inzwischen aufgehört und vielleicht seien Leber und Nieren weniger geschädigt als angenommen. Sie können sich denken, wie gern ich diese schönen Worte gehört hätte, aber Fernando, der João Mário Gesellschaft leistete, hat Buchstabe für Buchstabe aufgeschrieben, damit ich es auch glaube. Etwas später, glaube ich, hat Dr. Coutinho sich auch erkundigt, wie es oben geht. Die Stimmung? Fernando hat ihm den Zustand beschrieben, und was der Arzt dazu gesagt hat, weiß ich nicht. Jedenfalls war nach dem Abendessen noch Tante Clotilde da, und Fernando hat einen winselnden jungen Dalmatiner angebracht. Anfangs hat João Mário kein Interesse gezeigt, aber kurz darauf hat das verdutzt im Raum sitzende Tier das Hinterteil gesenkt und einen gelben Bach auf den Teppich laufen lassen. Da hat João Mário die Hand nach dem zitternden Hund ausgestreckt und ihn hochgenommen. Es war die erste versöhnliche Geste, die ich seit den Tagen des Sturms bei ihm erlebt habe. Als João Mário hörte, daß Fernando den Hund aus dem Schaufenster eines Drugstore geholt hatte, wo er zwischen einer Glasscheibe und ein paar Strohhalmen eingezwängt saß, hat er das Tier so fest an sich gedrückt, daß es geknurrt hat. Aber stellen Sie sich vor, Tante Clotilde wollte sofort das Sofa abdecken, aus Angst davor, was das Tier da noch deponieren könnte. Was Fernando alles tut, ist weder zu bezahlen noch je gutzumachen. Wir haben einen Platz hergerichtet, wo das Tier schlafen kann, und bis spät in den Abend über Gewohnheiten, Futter, Ausführen geredet. Dann waren wir beide allein.

Während er den Hund auf dem Schoß hatte und ich mit der Hand das warme Tier gestreichelt habe, ist zwischen uns, glaube ich, ein unsichtbares, aber fühlbares Band von Nähe entstanden. Die gelbe Lampe brannte, und wir haben bis in die Nacht zusammen gesessen, anfangs fiel kein einziges Wort. Bis er unvermittelt gesagt hat, er wolle nach Belém ins Atelier zurück. Natürlich mußte Jóia nach irgend etwas Unmöglichem Sehnsucht haben. Da habe ich ihm klargemacht, daß dort alles so primitiv gewesen sei, daß sogar die Wäsche auf Leinen quer durch den Raum habe trocknen müssen. Aber er hat nicht locker gelassen und mit verhaltener Stimme gesagt: »Da war ich glücklich, weil du immer nach mir gerufen hast.« Und dann: »Ja, da war ich draußen und habe von weitem dein Rufen gehört und getan, als ob ich es nicht hörte, damit du noch mal nach mir rufen mußtest. In dieser Wohnung hast du noch nie nach mir gerufen.« Vorsichtig, weil ich Angst hatte, das zarte Gewebe, das der späte Abend als Belohnung gebracht hatte, könnte im nächsten Augenblick zerreißen, habe ich gesagt: »Ich wußte es, manchmal warst du direkt über mir im Baum, unter dem ich nach dir rief, und hast dich taub gestellt.« Da hat Jóia lauter gesprochen. »Dann hast du mich also auch getäuscht?« Es war nicht so einfach, ihm zu sagen, daß ich ihn nicht getäuscht hätte, sondern daß wir miteinander gespielt hätten. Daß wir deshalb glücklich gewesen seien, weil wir dieses Spiel als etwas Gutes verstanden hätten. Daß wir es doch wieder spielen könnten, oder? Da sind Jóia mit dem Hund im Arm allmählich die Augen zugefallen, und ich hatte das Gefühl, daß dieses warme, fiepende Tier zwischen uns wie eine sanfte Plazenta wirkte und ein Band der Liebe knüpfte. Solche Sachen gehen mir durch den Kopf, wenn die Straße schläft, ich nicht zum Together/Tonight *runterfahre oder Sie nicht da sind.*

Warum sind Sie heute nicht zur vereinbarten Zeit gekommen?

23. Die schönen Parabeln

Ich habe bei unserem letzten Treffen zum Schluß gesagt und wiederhole es heute – das Glück ritt auf seiner geschwinden Mähre, und keine Widrigkeit konnte ihm Einhalt gebieten. Auch nicht der blöde Zwischenfall mit Anabela Cravo. Ich schwöre Ihnen, Jóia war so ruhig, daß ich mich am Fenster bei dem Gedanken ertappte, David Grei habe mir einen Engel mit unversehrbaren Flügeln zum Großziehen hinterlassen. Falls überhaupt eine Widrigkeit auftrat, dann die, daß kein Wind kam und Jóia den Drachen nicht hochbrachte, so sehr er auch an der Schnur zog. Ich überredete ihn, den Drachen für einen Tag auf freiem Feld aufzubewahren. In einer Stadt gebe es tausend Dinge, die einen Drachen daran hinderten, sich in die Luft zu erheben. Aber da wurde er böse und ging Linien auf Papier ziehen. Alles lief so gut, daß ich mir schließlich einredete, die Szene mit der offenen Zimmertür hätte Baptista Falcão sich ausgedacht, um auf die Praktikumskandidatin böse werden zu können. Vielleicht hatte Anabela sich reinlegen lassen.

Ich vermißte sie, und gleichzeitig wünschte ich mir, ihr zu zeigen, wie glücklich ich war, fürchtete aber auch, sie könnte sich als Herrin über mein Geheimnis empfinden und sich irgendein bislang unsichtbares Hindernis ausdenken. Also überlegte ich vorsichtig und dachte, wenn die leidenschaftliche Liebe, der ich mich hingab, erlaubt war, dann sollte sie weiterbestehen, und wenn sie unerlaubt war, war es besser, nichts davon zu wissen. Damit die Liebe gerettet werden konnte. Ich sage Ihnen noch einmal – trotz meines Glücks fürchtete ich weiterhin Anabela Cravos Typologien. Ihre Interpretation der Menschen, die Unterscheidung zwischen Wissenden und nur Erkennenden, wobei sie zu den ersten sich selbst zählte und zu den letzten die Menschen, die flüchtige Sachverhalte wie einen sich bewegenden Baum, einen fallenden Regentropfen nur halbwegs wahrnahmen und das, was sie wahrnahmen, nicht in die organische Materie des Nutzens umzuwandeln wußten. Dieses Etikett paßte auf mich. Vielleicht war es dann gut gewesen, daß sich eine solche Szene ereignet hatte, damit Anabela mich als Unglücksbringer in ihrem florierenden Leben betrachten konnte und mich so bald nicht wiedersehen wollte. Nur ahnte Anabela nicht, daß ich in den Armen glücklich war, die Artur Salema mir entgegenstreckte, wenn er um halb acht Uhr abends aus der Straßenbahn stieg.

Wir schlichen uns weiter im Dunkeln in Dona Cândidas Wohnung und liebten uns heimlich im Muff jenes grünen Zimmers, dessen Farbe Sie ja schon kennen. Eines Nachts fing der Papagei an zu reden, aber nur in einer Nacht, und alle standen auf und liefen hinter Dona Cândida her, und mit brennenden Lampen und lauten Stimmen war das Haus wie verwandelt. Mein Herz klopfte wie rasend in der Mulde, die Artur geschickt zwischen Bart und Brust formte. Dann wurde alles still, und frühmorgens verließen wir schon wieder seelenruhig das Haus, aber der Anblick der erleuchteten Wohnung hinterließ bei mir ein merkwürdiges Gefühl von Nacktheit.

»Und deine Mutter?« fragte ich ihn in dieser Nacht ins Ohr.

»Die würde vor Schreck sterben, wenn sie mich hier sähe. Aber da sie mich nicht sieht, stirbt sie auch nicht.« Und er fuhr sehr ernst fort: »Die sind alle verloren, mein Vater, meine Mutter genauso, alle meine Geschwister, denn die kennen nur Geld. Man meint, daß sie frühstükken, aber nein, sie sind nur mit Geld beschäftigt. Man denkt, daß sie sich anziehen, spazierenfahren, Freunde empfangen, zur Toilette gehen, aber nein, das stimmt alles nicht. Sie sind mit Geld beschäftigt. Wo sie sich gerade befinden, was sie gerade tun, immer nur Geld. Als ich sie zum letzten Mal gesehen habe, hatten sie schon zwei durch ein S gezogene Striche über den Köpfen, die wie Heiligenscheine leuchteten. Ich hasse dieses Zeichen«, sagte er zum Abschluß, ehe wir einschliefen, aufwachten und nach São Mamede zurückgingen.

In einer anderen Nacht bekamen wir Lust, das Fenster

weit aufzumachen und auf die mondbeschienenen Dächer zu sehen. »Ich sehne mich nach einer flachen Landschaft und einem Himmel darüber, so weit das Auge reicht, und wir beide zwischen diesen zwei Kreisen.«

Nun befand Artur Salema sich damals an einem wichtigen Punkt der Arbeit mit seinen sieben Kunstgefährten, und sie hatten bereits kleine Figuren geschmiedet, indem sie Teile von kleinsten Mechanismen wie aus Uhren oder aus Tonbandgeräten mit gläsernen Flakons und Stöpseln zusammengeschweißt hatten, wodurch zum Teil komische, zum Teil düstere Figuren entstanden, die Artur Salema in die Wohung in São Mamede mitbrachte, da Dona Cândida, was das Aufstellen von Gegenständen im Zimmer anging, fest blieb – »Keiner mehr und keiner weniger«, hatte sie gleich am ersten Tag gesagt. Trotzdem fand Artur Salema, der zu dieser Zeit Colin Ward las und damit angefangen hatte, schriftlich über einen »Plan für ein reformiertes Bildungszentrum«, basierend auf einer künstlerisch-gewerblichen Erfahrung, nachzudenken, daß ich recht hatte und nicht die Zeit mit Regenmänteln in den Schaufenstern und gelber Sonne, die den Bürgersteig entlang den Sommer verabschiedete, kommen durfte, ohne daß man eine Fahrt über die nächstgelegenen Landstraßen gemacht hätte. Mein Sehnsuchtsseufzer am Fenster sei berechtigt. Aber es müsse in Maßen geschehen, so als wären wir in allen Dingen genau wie *sie*. Angesichts der Frage, ob wir, wegen der verfluchten Moneten, fahren sollten oder nicht, produzierte ich acht Puppen und brachte sie zum erstenmal selbst zu Ana Lencastre. Dann noch acht und danach noch fünf.

Ich kann mich gut an die Ausflüge erinnern. Wir fuhren samstags in aller Frühe los und kehrten, oft mit schmerzenden Hälsen, sonntags am Abend zu der Stelle zurück, von wo wir losgefahren waren. Der Campo das Cebolas war damals ein altertümlicher Platz voller Papier und Abfälle in allen Farben, dunklen Ölflecken und ungehörigem Geschrei. Vor dem Platz standen in Reihen die Bananenfrauen mit ausgefransten Schürzen über den Bäuchen. Lag es nun an der Liebe oder an einem anderen nicht benennbaren Gefühl, jedenfalls kamen der Tejo und der Süden mir lilarot vor und die Stadt nur wie ein Überrest aus vergangenen Jahrhunderten, den man um seiner selbst willen zu lieben wünschte. Frühmorgens hatten die Bananenfrauen noch schlaffeuchte Augen, verkauften aber viel, und in jede dunkle Tüte, in die sie zehn Bananen steckten, schoben sie drei faule hinein, was die Ausflügler erst auf dem Weg zu den Städten und Parks entdeckten. Manchmal mißtrauten diese Ausflügler uns, als wären wir Geheimpolizisten, und ließen uns bei ihren Unterhaltungen und Rufen links liegen. Aber nach und nach wurden sie zutraulicher. »Siehst du?« sagte Artur Salema. Man dürfe sich nicht aufspielen, müsse wie jedermann wirken und still über das Verhalten der anderen lachen. Wir machten es richtig. »Siehst du?« Wenn die Ausflügler anfingen, herumzulaufen und die unruhigsten aufstanden und sich die Pullover auszogen, in solchen Augenblicken bekam Artur Salema ein kindliches Lächeln, und mir schien es, als steige von seinen Kleidern ein Hauch von Kräuterseifenduft auf. Wie an dem zweiten Tag.

»Siehst du, wie sie alle mit offenem Mund essen? Siehst du? Vielleicht achtet ja nur einer auf uns, aber wenn auch nur einer auf uns achtet und es merkt, hat es sich gelohnt, daß wir in diesen Bus gestiegen sind.« Wenn ich bezweifelte, daß sie deswegen glücklicher würden, zog Artur Salema mich dicht zu sich heran und überzeugte mich mit konkreten, historischen, bewiesenen Fällen davon, daß es einen direkten Zusammenhang zwischen dem Unästhetischen und der Aggressivität gäbe, so daß ich mir ungepflegt und primitiv vorkam und mich am liebsten vor Artur Salema auf die Knie geworfen hätte. Mein Zweifel ging übrigens noch tiefer und überkam mich immer wieder aufs gemeinste – ich wußte nicht, ob es sich lohnte, die Woche in einer Schlosserei zu verbringen und die Sommer in einem Bus, damit am Ende des ganzen Lebens fünfzig Menschen mit geschlossenen Lippen und anderen, noch zu erwerbenden Manieren aßen. Oh, auch ich hatte konkrete Beispiele aus ethnologischen Zeitschriften, die ich in der Buchhandlung durchblätterte! Nein, ich wußte wirklich nicht, ob sich das lohnte. Malaga behielt ich ganz besonders in Erinnerung.

Wir verbanden ein Wochenende mit einem Feiertag und meldeten uns für eine Rundreise an, bei der, wie Artur Salema vermutete, mehrere Schlosser mitfahren würden, und zufällig ging es nach Malaga, wo Palmen wachsen. Wir freuten uns, wieder dorthin zu kommen. Als wir endlich da waren, drängten sich auf einem länglichen Platz Busse verschiedener Nationalitäten, aber nur um den herum, aus dem wir ausstiegen, bildete sich schnell, noch ehe es Abend wurde, ein Müllhaufen. Als ich irgendwann mit dem ewig durstigen Jóia von einer Ecke zurückkam, entdeckte ich Artur Salema, der mit einer Plastiktüte in der Hand Schalen und Papier rings um den Bus einsammelte. Von innen sah der Fahrer ihm zu, und zwei Frauen, die noch Pflaumen aßen und die Kerne in hohem Bogen rauswarfen, als spielten sie ein Spiel, hörten mit dem Werfen auf. Mir wurde unbehaglich.

»Siehst du?« sagte Artur Salema, als er wieder am Fenster saß. »Das wichtige war, es nicht vor allen zu machen, damit sie es nicht als Affront auffassen, sondern nur vor ein paar Leuten, damit die es den anderen erzählen.«

Dann fuhr der Bus durch Grün hinab, wir sausten an Flüssen entlang, bogen mit Tempo in die breiten Landstraßen ein, und allen merkte man dieses Unbehagen an, denn sie flüsterten miteinander, von Ohr zu Ohr. »Und wenn es nur ein Tropfen in einem Ozean ist, was macht das schon?« sagte der liebe *Yeti* zu mir, als der Abend die andalusischen Felder schon mit der Farbe der Finsternis überzog. Ich gestand ihm meine Bedenken, nahm ihnen zwar die Spitzen, aber ich beschwerte mich, und auf der Rückfahrt hatten wir unsere erste Meinungsverschiedenheit. Jedoch als wir Jóia ins Bett gebracht hatten und zur Rua do Arco do Carvalhão gegangen waren, ersetzte unsere Haut sämtliche Argumente, und wir küßten uns, bis wir jedes Gefühl für die Zeit und die Heumatratze verloren.

Dennoch konnte ich mir das, was Artur Salema in der Schlosserei praktisch betrieb, erst richtig vorstellen, als ich einmal Gelegenheit bekam, es mitzuerleben. Er bat mich, ihm das Wohnzimmer in São Mamede, in dem ich wie im *Zuhause* vier Korbstühle verteilt hatte, für ein Treffen mit seinen Kollegen zu leihen. Sie kamen. Harmlose Menschen mit großen Augen und Nasen wie Portugiesen aus dem sechzehnten Jahrhundert, zwei sahen etwas schläfrig oder beleidigt aus, die anderen nicht. Artur Salema hob sich von ihnen nur als schönerer Mann ab, und ich merkte, daß er sich sehr um Annäherung bemüht hatte.

Kaum hatten sie sich gesetzt, fingen die Kollegen aus der Schlosserei an, über den Weg und die Kosten der Fahrt nach São Mamede zu reden. Dann darüber, wieviel Stunden sie schliefen. Dann noch über die gelegentlich unanständigen Geräusche, die sie nachts in den Häusern hörten, wo sie wohnten. Da ich hin und her ging und Getränke anbot, wirkten sie noch ein wenig gehemmt. Inzwischen wurde es aber schon spät, und nun fing Artur Salema an und erzählte ihnen, daß es vor Zeiten in Deutschland einen Mann gegeben habe, der Arthur Schopenhauer geheißen und eine interessante Geschichte geschrieben habe, die er ihnen vortragen wolle, vorausgesetzt, jeder einzelne sage seine Meinung über den Verlauf der Geschichte. Sehr selbstsicher.

»Jedermann weiß, daß Stachelschweine Tiere aus warmen Klimazonen sind und keine niedrigen Temperaturen vertragen. Nun stellt euch vor, einmal wurde eine Gruppe Stachelschweine von entsetzlicher Kälte heimgesucht, und wenn sie sich nicht gegenseitig schützten, starben sie womöglich. Was mußten die Stachelschweine tun?«

Im Wohnzimmer von São Mamede trat das große Schweigen ein.

»Meinetwegen hätten die sterben können«, sagte ein Kollege von Salema, der am angespanntesten aussah. »Ich glaube, die greifen doch Menschen an. Wozu sind die eigentlich gut?«

»Nein, Stachelschweine sind harmlos, die fressen nur Wurzeln. Außerdem sollen sie heil davonkommen. Was mußten die Stachelschweine tun?«

Wieder Schweigen.

»Ist das Fleisch von denen eigentlich genießbar?« fragte ein anderer.

»Ich glaube, die würden sich vor Kälte schleunigst aufeinander stürzen, damit sie's ein bißchen wärmer haben. Wie die Menschen.«

Sie lachten.

»Dann hätten sie sich gestochen und wären auch gestorben.«

»Es wäre auch gegangen, ohne daß sie sterben, liebe Freunde«, Artur Salema setzte zum Schluß an, seine wunderschönen Hände waren schwarz beschmiert, jeder Finger mit einem Trauerrand. »Logisch, daß sie immer vorsichtiger aneinanderrückten, bis sie so dicht zusammen waren, daß sie sich weder stachen noch vor Kälte starben, denn sie wärmten sich gegenseitig mit ihrem Atem.«

»Da stimmt was nicht, wilde Tiere können nämlich nicht stillhalten«, sagte einer der Kollegen von Artur Salema. Andere redeten vom Gegenteil, von Raubtieren noch und noch, die Stunden und Stunden unbeweglich auf Beute lauerten, ganze Tage, naturgetreue Szenen, die sie in Filmen über den Urwald gesehen hätten. Aber irgendwann brach einer der Kollegen von Salema, der bis dahin wenig gesagt und nur die Mütze vom Kopf genommen hatte, erlöst in lautes Lachen aus.

»Die Stachelschweine sind wir, verdammt. Stimmt's oder stimmt's nicht?«

»Doch, das stimmt, klar.«

Artur Salema schien an diesem Abend aufgeben zu wollen, meinte aber, er würde es wieder aufnehmen, bis sie das geistige Prinzip der Verbildlichung begriffen hätten. Aber wie nur, wie? Wenn die metaphorische Darstellung etwas sei, das schon sehr viel früher hätte erlernt werden müssen? Auf einem Korbstuhl im Wohnzimmer von São Mamede sitzend, hatte Artur Salema gerade eine großherzige und zugleich absurde Lehre erteilt. Zumindest hatte es, von der Tür aus beobachtet, diesen Anschein gehabt.

»Hast du den Tunhas gesehen? Diesen Schlaukopf Tunhas, der gemerkt hat, worauf das abzielte? Wenn ich bei den anderen aufgebe, denke ich an ihn.«

»Ja, ich habe ihn beobachtet«, wir waren schon unterwegs zur Rua do Arco do Carvalhão.

»Oh, du müßtest aber mal sehen, wie Tunhas mit dem Schweißbrenner an Metallobjekte rangeht! Derjenige, der gemerkt hat, daß wir wie die Stachelschweine sind! Die anderen finden es immer noch besser, wenn solche Tiere zu Fleischfressern werden und sich alle auffressen. Zum Heulen ...«

Auf einmal geriet die Erinnerung an die Unterhaltung ins Komische, und die ganze Nacht durch hatten wir Angst, mit dem unterdrückten Gelächter in unserem Bett den Papagei, die Hunde, die Wellensittiche aufzuwecken. Pst! Mein Gott, mein Gott, pst! Sagten wir zueinander. Aber Artur Salema sprach auch von der Möglichkeit eines Mißerfolgs: »Das steht für mich fest. Wenn es zu nichts Positivem führt, schreibe ich einen Bericht und schicke ihn nach Baltimore an Ehrlich, mal sehen, was der dazu sagt.«

»Und du?«

»Ich gehe zu Martinho und Fernando Rita zurück und mache weiter. Wo ist das Problem?«

Nur im Fall eines Mißerfolgs. Das war beruhigend, aber auch wenn Artur Salema etwas anderes geantwortet hätte, wäre alles gut gewesen. Der Höhepunkt des Glücks kam übrigens im Herbst, genau zu der Zeit, als die Regenmäntel schon mit ausgebreiteten Ärmeln in den Schaufenstern lagen und die Sonne auf dem Straßenpflaster zerstäubtes Gold war. »Unsere Verlobungszeit ist zu Ende, es lebe unsere wilde Ehe!« sagte er eines Tages im *Intelecto* zu mir, und so geschah es.

Wir fuhren zusammen zur Rua do Arco do Carvalhão. Ich wartete draußen, und er kam mit den Armen voller Bücher und am oberen Rand verknoteten Plastiktüten herunter. Er breitete alles, was er runterbrachte, auf dem Bürgersteig aus, und in den durchsichtigen Tüten sah man neben der Gibbscreme für den Bart Seifenstücke zerlaufen. Ein Schuh, ein Radio, ein feuchtes Handtuch. Die Kleidung erschien in Haufen ohne jede Schutzhülle, und im Gegensatz dazu tauchten zwei italienische Lederkoffer der Marke PRINCIPE auf, voller Flecken, aber leer.

»Soll ich die wegwerfen?«

»Wie kommst du darauf!« Während wir versuchten, seiner Habe, die sich vor der Tür häufte, eine Form zu geben, riefen wir ein Taxi, beide gleichzeitig, so dicht standen wir aneinander, für immer vereint, und wir trennten uns erst, als der Kofferraum vollgepackt werden mußte. Ich weiß noch. Während der Wagen die Calçada do Carvalhão hinunterschaukelte, als klänge die Melodie eines Musicalfilms durch die Luft, küßte Artur Salema mich auf den Mund und drehte sich dabei nach hinten, damit der Fahrer es nicht sah. Wenn ich ab und zu die Augen aufmachte, glitten Erker vorüber. »Herzlichen Glückwunsch uns beiden«, sagte er schließlich, als er mich zu Ende geküßt hatte und das Taxi im Zickzack nach den richtigen Anfahrtsstraßen zu suchen begann.

Nein, Jóia war nicht da. Jóia war bei Schweinchen, an diesem Tag aß er da sogar zu Abend, und alles würde an der richtigen Stelle seinen Platz finden. Die Kleidung konnte man direkt ins Waschbecken kippen. Eigentlich hätten die Lederkoffer im Waschbecken eingeweicht werden müssen. Ich war bester Laune, und er duschte. Man hörte das Laufen des Wassers im ganzen Haus, und das Glücklichsein war schön. Da erschien er mit feuchtem Körper und in ein Handtuch eingewickelt.

»Möchtest du noch immer wie Bakunin, *Russie, 1855–1914*, sein?«

»Jetzt will ich nur noch ich selbst sein. Das wird auch Zeit, oder?«

Er wickelte sich das Handtuch vom Kopf, küßte mich wieder, und ich sagte: »Heute nicht.« Aber da er nicht lockerließ, wollte ich im Taschenkalender nachsehen, ich hatte schon das Büchlein in der Hand und blätterte den

Monat nach den Eintragungen durch, da ergriff er den Kalender und warf ihn in eine Ecke: »Doch, doch«, sagte er. »Ich will auch dieses Risiko eingehen. So wie die in der Werkstatt, die rechnen auch nicht.« Außerdem wäre das Jahr in zwei Monaten zu Ende, und zu einem neuen Leben gehöre ein neuer Kalender. Man könne ihn auch aus der Ecke, in der er liege, aufheben und aus dem Fenster werfen.

»Soll ich?«

Unglaublich, wie glücklich ich war und daß ich mir überhaupt nichts aus Kalendern machte, in denen ich die Titel aufschrieb, die mir in den Kopf kamen, und andere Notizen über das Leben. Hinten pfiff Artur Salema, und man hörte das Geräusch, mit dem der Müllschlucker sich schloß. Adieu Kalender, mitsamt Notizen, einzelnen Sätzen, Titeln, Namen, Daten, Telefonnummern, Kreuzen. Bye bye. Da jetzt alles anders war, konnte ich kaum glauben, daß es jemals eine frühere Zeit mit winkenden Eschen gegeben haben sollte. Jóia war so lebendig und so wirklich, er konnte gar nicht daraus hervorgegangen sein. Artur Salema schlief ein, wie ein euphorischer Samson mit dichtem Bart und Haar, ganz einem wirklichen Spiel hingegeben. Nichts wiederholte sich, und etwas wiederholte sich doch.

Damit Sie es verstehen.

Ich war etwas mehr als halb so alt wie jetzt und befand mich in dem düsteren Haus in Foz do Arelho mit den pfeilgerade aufragenden Bäumen und den Krähen und aber Krähen. Es war ebenfalls Herbst. Ich hatte David Grei gestanden: »Ich möchte ein Terrassenlokal mit einem Klavier im Hintergrund und Leuten, die mit Strohhalmen Erfrischungsgetränke trinken. Mit Leuten, die tanzen.« Hatte ich gesagt und nach oben an die Holzdecke gesehen, durch die der Wind heulte. Und David Grei, der gerade hereinkam, war mit einem Apfelsinensaft in der Hand an der Türschwelle stehengeblieben und hatte losgelacht. Seine Freude war tief, denn es war die Freude eines Menschen, der die Natur täuscht und bezwingt. Er lachte lautlos. Er hatte den Nachttisch aufgemacht, einen von ihm selbst mit Rs markierten Kalender herausgeholt und es gesagt. Ich hatte keine Ahnung, daß man einen Kalender mit Rs markierte. Und er hatte mir das Nachthemd bis zum Hals hochgezogen und gesagt: »Schwanger.« Dann hatte David Grei seine Hosen ausgezogen und im Garten jenes im Oktober für so gut wie nichts gemieteten Fischerhäuschens Gymnastik gemacht. Die Krähen schrien in den Garten hinein. David Grei sagte im Garten: »Eins, zwei. Eins, zwei. Weitermachen, weitermachen.« Er pfiff auch, während er auf der Stelle lief, und dann drehte er mehrere Runden, machte Kniebeugen und Bauchübungen, denn jetzt war er David Grei, der ein Kind erwartete.

»Es soll João Mário Grei heißen«, hatte er ins Zimmer hineingerufen.

Es schien undenkbar, daß diese Szene einmal schön, dann schlimm, dann schön gewesen war. Und jetzt schien sie einfach undenkbar zu sein. Sollte das Verlangen so groß gewesen sein? Oder war es nur ein stillschweigendes Einverständnis mit der Natur, die sich je nach Lage eines inneren Umlaufs kleidete und entblößte? Etwas wie ein wunderbares Risiko machte mich wieder glücklich und hinderte mich am Denken. Mein Liebling, mein Liebling, pfiff Artur Salema durch die Wohnung von São Mamede.

Cila und Schweinchen brachten Jóia. Sie setzten sich, weil Glória unten mit ihrer Liebschaft beschäftigt war, und Schweinchen hielt noch einen Apfelrest in der Hand. »Du bleibst heute hier, weil du im Pyjama bist«, sagte Cila, die Schlaue, hielt die Hände auf dem Rücken und ließ den Bauch kreisen. Und da wir alle uns setzten und das Glücksgefühl einfach zu groß war, funktionierte nur der Kopf, oder ein kleiner Teil von ihm, und machte tui-tui dicht unter der Haut. Artur zog mich zum Lampenlicht und küßte mich zum tausendsten Mal an diesem Tag, diesmal, damit die Kinder es sahen. Sie sahen es. Cila klatschte in die Hände und Schweinchen ebenfalls, immer noch den Apfelrest fest im Griff. Seine Hände wie kleine feiste Tierchen machten klapp-klapp. Jóia klatschte als letzter Bewunderungsbeifall für die einfache Szene, die da vor sich ging. Ein straffes Seil zwischen Blick und Leidenschaft.

Eines Samstagnachmittags indes fuhr ich, ohne es zu wollen, erschrocken zusammen und stellte mir einen belehrenden Vortrag von Anabela Cravo vor. Das aber war das Schlimmste, was uns in dieser glücklichen Zeit, die wir erlebten, passieren konnte. Mitverursacht wurde dieser Schreck auch noch durch eine Begebenheit, die auf den ersten Blick absolut nichts mit uns beiden zu tun zu haben schien. Ach, aber der Weg eines Menschen sieht im nachhinein immer ganz anders aus, und warum, das wissen Sie! Nun gut.

An einem Samstag gegen zwölf Uhr klingelte es an unserer Tür in São Mamede. Artur machte auf, und vor ihm stand Contreiras mit ausgebreiteten Armen. Seit dem Abend der Kleiderverbrennung im Atelier war er nie wieder erschienen, bis auf das eine oder andere Mal im Café *Aviador*, und sie waren in der Zeit, als sie beide die »Gelben« geliebt hatten, so dicke Freunde gewesen, daß die Wiedersehensfreude schon über das Maß des Vernünftigen hinausgehen konnte. Nach den Umarmungen schlugen sie sich gegenseitig auf den Rücken: »Mann! Mann!« Aber Contreiras hatte nicht die Deutsche, sondern ein sehr, sehr junges, fast halbwüchsiges Mädchen mitgebracht, und dazu Fernando Rita, der verschwitzt aussah. Sie hätten nämlich nicht genau gewußt, wo wir wohnten, und seien von Tür zu Tür gegangen.

»Sie mal einer an! Wir haben uns alle verändert!« sagte Contreiras und zog das sehr, sehr junge Mädchen an sich, spielte aber eindeutig auf Arturs Wechsel von Celinas Busen an meinen an. Wir hatten uns auf die Korbstühle gesetzt, und Contreiras sprang auf: »Kommt, wir gehen essen.« Wir einigten uns, im *Solidão* Mittag essen zu gehen, einer alten Kneipe, in der die drei genau zur Zeit ihrer gelben Neigung verkehrt hatten, und machten uns auf den Weg. Aber draußen auf der Straße, vielleicht aus lauter Begeisterung über ihre Unterhaltung, gingen die Männer schneller, und Contreiras' Mädchen blieb zurück.

Ich blieb auch zurück. Ich sah, daß sie fast bodenlange indische Röcke trug und daß ihre Stoffschuhe ganz flach waren. Was mir aber am meisten an diesem Mädchen auffiel, das zurückblieb und fast nichts sagte, war der halb aufgelöste blonde Zopf. Irgendwann an einer Ecke blieb sie mitten auf dem Bürgersteig stehen, als wäre sie ungeheuer müde. So wie sie sprach, klang es, als wollte sie umkehren. Warum gingen wir nicht schneller? Doch erst kurz vor dem *Solidão* fiel mir etwas Unstimmiges an der Erscheinung dieses Mädchens auf. Sie hatte geschwollene, rote Hände, und wenn sie mit der Zigarette hantierte, sah man ihre blutigrote, aufgerissene Nagelhaut. »Nun kommt schon!« Sie warteten am Ende der Straße und riefen nach uns.

Die Mauersteine an der Tür waren leuchtendblau gestrichen, und auch ein Fenster blitzte in derselben Farbe. Über der Tür eine Eisenlanze, an der die Tafel mit der Aufschrift *Solidão* hing. Das alles war neu. Dann gingen wir hinein und gerieten in einen Raum mit blau gekachelten Wänden, so wie in Toiletten.

»Scheißdreck«, sagte Contreiras und wollte wieder rausgehen. »Das ist ja jetzt zum Kotzen.« Das Balkenwerk des Lokals war glänzendschwarz verkleidet, und nur die kleinen Tische waren wohl noch die alten. Contreiras' Mädchen jedoch setzte sich.

»Scheißdreck«, sagte wieder Contreiras. »Jetzt fehlen nur noch zwei Lampen auf Stangen aufgespießt, die aussehen, als ob sie einen beim Rausgehen auf den Kopf knallen. Ansonsten alles umgekrempelt, Mist. Kommt, wir gehen. Ich wette, im WC gibt's sogar so ein Gebläse zum Händetrocknen.« Aber sie hatte sich gesetzt, zerkrümelte etwas zwischen den Fingern, guckte in die Gegend und weigerte sich aufzustehen. Um keinen Streit anzufangen, setzte Contreiras sich, und ein Kellner kam in Hemdsärmeln und Schürze, ein letzter Rest alter Gewohnheit, vermutlich alles, was vom alten *Solidão* geblieben war. Die Schürze und die runden, ungleichmäßigen Holztischchen.

»Und die Hörner«, sagte Contreiras. »Ja, die Hörner an

der Wand auch. Ich komme mir vor, als ob ich in einem großen Scheißhaus esse, genau so.«

Er war tief enttäuscht, der Contreiras, und gegenüber, zwischen dem WC und einer Backröhre, in die eine Frau mit Handtuch Tellerstapel setzte, hing ein Paar geschwungene Hörner, die aus einem Stierkopf ragten. Die Augen des Tieres glasig, als wären sie gleichzeitig tot und lebendig. Auch ich hatte sie bemerkt. Von da ließ ich den Blick sinken und sah auf einmal in die Augen von Contreiras Mädchen.

»Ich bin Ida, ich bin Ida«, sagte sie. Ich begriff nicht, was sie mir da in dem lebhaften Gespräch sagen wollte, das die drei Männer quer über den Tisch führten. »Ich bin Ida, ich bin Ida«, sagte sie noch immer von der anderen Tischseite. »Ich bin Ida Maria.« Dann machte sie nur die Bewegungen mit dem Mund, immer schwächer, bis sie nur noch die Mundwinkel bewegte. Man mußte sie genau ansehen. Jetzt sagte Ida nichts, aber ihr Mund sagte noch immer: »Ich bin Ida.« Ich glaube, außer mir konnte sonst niemand diesen Satz hören, denn sie redeten alle. Selbst Fernando Rita war an der lautstarken Unterhaltung beteiligt, die Contreiras über den Tisch und nach rechts und links führte.

»Steht ihr jetzt auf dieser Seite oder auf der?« fragte er den Mann, der mit Schürze bediente. Contreiras fragte nicht nur – während er die Frage stellte, machte er erst nach links, dann nach rechts eine verächtliche Armgebärde. Und Contreiras Armgebärde war an diesem Tag perfekt. Der Anblick war hinreißend. Denn er ballte beide Fäuste, schlug sich in die Armbeuge und ließ den Unterarm wie einen Hebel gegen die Brust schnellen. Man hörte es bei jeder Gebärde knallen. Mal nach links, mal nach rechts. Contreiras lange Arme, bekleidet mit verwaschenen Ärmeln. Und während er das machte, starrte er entzückt den Mann mit der Schürze an, der ebenfalls von dieser provozierenden Geste gebannt war.

»Wir hier stehen auf keiner Seite, weder auf der einen noch auf der anderen«, erklärte der Mann in der Schürze mit der Speisenkarte in der Hand.

»Ausgeschlossen«, sagte Contreiras, noch immer geräuschvolle Armgebärden nach links und nach rechts machend. »Ausgeschlossen. Sie könnten mir höchstens sagen, daß Sie's mal mit diesen und mal mit denen halten, so wie alle, die schlau sind, aber daß Sie sich festgelegt haben, wie alle, die sich in dieser Zeit neu einrichten, das ist klar. Erzählen Sie mir nichts!«

Contreiras hatte den Ausdruck einer Zynikerstatue angenommen und wartete mit vorgeschobener Brille auf die Antwort des Mannes. Und der Mann beugte sich schon vor: »Und was darf es nun sein?« Da wir blieben, mußten wir etwas aussuchen. Aber Ida suchte nichts aus. »Ich will, was Sie wollen.« Sagte sie in meine Richtung. So geschah es. Jetzt war ich sicher, daß diese Ida Maria aufstehen, sich entschuldigen und zur Toilette gehen würde, denn sie mußte irgend etwas haben, das sie nur mir allein sagen wollte. In dem Fall wollte ich hinterhergehen. Ihre Lippen, festverschlossen mir gegenüber, sagten: »Ich bin Ida, ich bin Ida.« Im Gegensatz dazu redeten die drei Männer noch immer unter sich und beherrschten die Tischrunde, und obwohl ich nur auf den geheimen Ruf achtete, der sich an mich richtete, merkte ich doch genau, daß die drei Männer am Wesentlichen vorbeiredeten und über Offensichtliches, allgemein Bekanntes und Anfechtbares sprachen. Weder erzählte Fernando von seinen täglichen Fahrten zu den Gebrüdern Baptista, noch hatte Artur Salema bislang auch nur ein Wort über die Werkstatt oder die Kollegen mit der Stachelschweingeschichte gesagt. Aber Contreiras? Was machte Contreiras?

Sie erinnern sich doch bestimmt noch an den Abend der Kleiderverbrennung. Und an die anderen Abende.

»Nichts«, sagte Contreiras und strich sich über die Stirn, wo die Narbe war, die nicht nach einer einzigen Kugel aussah, sondern nach einem ganzen Magazin. Noch lilarot, wie eine plattgedrückte Graswurzel in einem Herbarium. Es war eine Handgranate gewesen. »Nichts.« Die Hetzerei, das sei nichts für ihn. Sollen doch andere hetzen. Ich weigere mich. Er schien immer größer zu werden, selbst am Tisch sitzend, und sein gewölbter Rükken immer runder. »Ich glaube, mein Vater wünscht sich, daß er stirbt, nur damit er vom Himmel aus sehen kann, ob ich den Mut habe, auf sein Imperium zu verzichten. Armer, armer Kerl, wie der sich irrt!« Dann schob Contreiras die Brille wieder vor die Augen. »Ich scheiße auf seine Praxis, auf sein Aushängeschild, auf seine Kranken, von denen die meisten sich mit fettem Zeug vollgestopft haben. Auf sein Girokonto, sein Sparkonto. Ich scheiße drauf. Ich pfeife auf sein Imperium in Portalegre, das sich über irgendwelche Straßen hinzieht, von denen ich nicht mal weiß, wohin sie führen. Olivenplantagen, nehme ich an. Sein großes Imperium.« Contreiras nahm die Brille wieder ab und strich mit der Hand über die Narbe. Er sah aus, als lachte er, während er dauernd sagte, verdammter Scheiß!

»Verdammter Scheiß!«

Wieder traf ich auf Idas Blick und hielt ihr die Schachtel Zigaretten hin. Sie nahm eine Zigarette heraus und steckte sie in den Mund. Erstaunlich, wie deutlich auch Idas Hand sagte, ich bin Ida, ich bin Ida Maria. Es war eine gerötete, spröde Hand, und als sie das Streichholz anriß, waren auf dem Zeigefinger Dutzende von Messerschnitten kreuz und quer zu sehen. Erst jetzt bemerkte ich das. Ich spürte, daß sie gleich aufstehen und nach hinten oder nach draußen gehen würde, um mir etwas zu sagen. Und die Gewißheit, daß dies im nächsten Augenblick passieren konnte, nahm mir die Luft. Ich wußte nicht, was sie von mir wollte.

Fernando Rita hakte nach: »Was machst du? Wovon lebst du? Du gehst doch wohl nicht in der Metro betteln!«

»Ich produziere Dung, und sie produziert Dung, Mann, das ist alles. In einer Zeit, wo natürlicher Dung knapp wird, hat jeder, der nur für die Produktion von Dung lebt, einen Orden verdient, oder nicht?« Er sprach laut, und niemand konnte ihn ernst nehmen.

»Soll das vielleicht dein Beitrag zu unserem alten Projekt von einem landwirtschaftlichen Kollektiv sein?« Artur Salema schien sich zu amüsieren.

»Ja.«

Aber Contreiras richtete sich gerade auf, setzte sein Weinglas in die Handmuschel und erhob die Stimme, um etwas ungemein Feierliches zu sagen. Einen Trinkspruch vielleicht. Nur einen Trinkspruch, sonst nichts. Trotzdem stockte das ganze Restaurant. Erst jetzt merkten wir, daß das *Solidão* sich gefüllt hatte und daß an den Badezimmerkacheln Frauen in Kostümen aus der Boutique Loja das Meias beim Essen die Hände wie Libellen zum Gesicht führten. Ihnen gegenüber Herren in Schlips und Kragen. Dennoch hatten wir das alles bis dahin nicht bemerkt. Wie war das möglich? Contreiras saß neben Artur, und neben Artur saß Ida. Aber Contreiras schüttelte sein Haar wie ein Maestro während einer Rhaspodie.

Freunde, was sind wir alt geworden!
Noch vor drei Jahren war das landwirtschaftliche Kollektiv
wie der Schoß einer Frau.
Wer von uns dreien
anderes sagt, der lügt.

Alle waren verstummt und starrten erstaunt auf Contreiras, dessen Stimme immer lauter wurde und das gleiche wiederholte, wenn auch immer weiter von Reim und Logik entfernt.

Freunde, alle drei
sind wir alt geworden!
Das landwirtschaftliche Kollektiv war eine weiße Braut,
und wenn es tot ist,
ist es tot!

Ich lüge nicht. Das *Solidão* stand still, und mancher wurde rot vor Scham über den Anblick, den Contreiras mit dem Glas in der Hand bot. Ein Paar lächelte mitleidig. Er zischelte ihr irgend etwas zu, und sie hielt die Hände so libellenhaft, um Brot abzubrechen, daß ihre Perlenschnur um den Hals fast zu zirpen anfing. Vater, Vater, warum hast du mich verlassen? Der Mann mit der Schürze kam mit haßerfülltem Gesicht zwischen den Tischen direkt auf uns fünf zu, aber Contreiras hielt ihn schon von weitem auf.

»Fünf Kaffee, wir gehen gleich – keinen Ärger!«

Ich dachte, daß Ida aufstehen und sagen würde, kommen Sie. Zur Toilette, aber da sie es nicht tat, obwohl ihre Hände, die eine Zigarette schon dicht am Filter hielten, noch immer dasselbe sagten, stand ich auf. Würde sie mitkommen? Oder nicht? Doch, Ida Maria kam hinterher, ich hörte ihre gedämpften Schritte und ihre Stimme, Entschuldigung. Auf der Tür waren die üblichen Initialen auf Plastikschildern niedrig angebracht. Ich stieß die Tür am Blechbeschlag auf und sah ein Waschbecken mit einem Spiegel. Im Hintergrund die anderen halbgeöffneten Türen, unter denen eine Wasserpfütze stand.

»Treten Sie nicht mit den Füßen ins Wasser«, die Stoffschuhe fielen mir ein.

Ja, Ida hob die Füße, und sie hatte einen Kamm herausgeholt, mit dem sie den Zopf glättete. Das lose Haar rings um den Kopf sah wie ein Heiligenschein aus. Wir sahen uns im Spiegel. »Kämmen Sie sich nicht«, sagte ich zu ihr. »Ich hatte eine Freundin, Anabela Cravo, die hatte in letzter Zeit einen so genauen Haarschnitt, daß es wie mit dem Messer gestutzt aussah. Sie wechselte die Haarfarbe je nach Jahreszeit, glaube ich. Als ich sie zum letzten Mal sah, war es ein dunkles Mahagonibraun, sehr schön, aber es war nicht ihre Farbe. Wissen Sie, daß für mich Köpfe mit übertrieben gekämmtem Haar nackt werden?« Ich redete so daher. Die Tür stand offen, falls jemand hereinwollte, aber es war gut, daß niemand kam. Denn Ida hatte aufgehört, sich zu kämmen, sah aber noch immer in den Spiegel, als müsse es zwischen ihrem und meinem Gesicht eine Wechselwirkung geben. Irgendwo in der Nähe gluckerte Wasser. Da drehte Ida sich um. »Hier», zwei rote, blutig aufgeplatzte Hände, als hätten sie gejätet, denn in den Fingern waren tiefe Risse. Oder als hätte sie einen Monat lang Quitten geschält. Ida sah sich um. »Wir züchten Schweine auf einem Hof bei Magoito. Seit über einem Jahr züchten wir Schweine. Contreiras will was Besonderes, daß wir beide allein einen Hof betreiben. Dieser Contreiras!«

»Wir züchten Schweine!«

Sie sprach heimlich, fast direkt an meinem Ohr, als hätte man sie beleidigt: »Er liest und geht füttern, und ich mache den Rest, nämlich alles, aber heute verschwinde ich, heute noch.« Sie sprach noch leiser, aber ihre Stimme war durch die minimalen Lippenbewegungen zu verstehen. »Ich verlasse ihn.« Wir standen mit dem Rücken zur Tür. Jemand kam herein, verriegelte die Toilettentür und kehrte durch das Wasser platschend zurück. Wusch sich auch die Hände und trocknete sie an einem kleinen Apparat, der sse-sse machte.

»Nun mal ruhig«, sagte ich zu ihr. »Haben Sie ihn noch gern?«

»Ich weiß nicht, ich hab's satt. Ich halte nichts davon, irgendwelche antiteleologischen Höfe aufzubauen, ich weiß nicht mal, was das ist!« Ida sah mich mit groß aufgerissenen grünen Augen an, und etwas an ihnen war auch rot. Ihre Stimme klang wie von einem seit mehreren tausend Stunden verdrängten Gedanken geprägt und war ungestüm wie sehr junge Stimmen. »Aber warum verlassen Sie ihn heute, wo wir uns alle getroffen haben, uns kennengelernt, zusammen gegessen haben, rund um den Tisch so zufrieden zu sein schienen? Warum?« Ida sagte, ich müsse verstehen, alles sei viel schneller geschehen, als sich jetzt erzählen ließe – seit Tagen habe sie daran gedacht, ihn an diesem Sonnabend zu verlassen, und nun sei der Sonnabend da. »Helfen Sie mir«, sagte sie dann. Aus dem indischen Rock hing ein Stoffbeutel heraus, und in dem Stoffbeutel steckte nur ein Taschentuch. Sie zeigte mir den leeren Beutel. »Helfen Sie mir.« Ida hatte vor, mit tausendfünfhundert Escudos in einem Stoffbeutel zu fliehen. »Helfen Sie mir.« Das Wasser hörte auf zu laufen, und im Restaurant klapperten jetzt die Gläser. Die Männer waren rausgegangen und warteten vor der Tür auf uns.

Jetzt, im Sonnenlicht, das auf die Dächer von Lissabon fiel, bereute Ida es vielleicht, überlegte es sich vielleicht noch einmal, gab es vielleicht die Möglichkeit, die Sache zu bereden, alles zu klären. Zum Teufel auch, mußte man etwa als Einsiedler bei Schweinen leben, um gegen das Jahrhundertende in Portugal zu protestieren? Ich hatte die Hoffnung, wir würden die Straße hinunter bis zur Avenida da Liberdade gehen und zum Rossio einbiegen. Da könnte dann jemand auf die Idee kommen, wir sollten uns, inzwischen vom Gehen müde geworden, in ein Straßencafé setzen und zusehen, wie der Tag zur Neige ging. Es war noch Herbst. Ich wollte sagen: »Jetzt wollen wir das mal klären.« Aber vorher mußte ich mit Ida sprechen und sie daran erinnern, daß die Liebe eine seltene Perle ist, die man nur einmal, wenn's hoch kommt, zweimal im Leben findet. Zum Teufel auch! Auf der Straße griff Contreiras Ida um den Hals, drückte sie an sich und zog sie wie einen Spazierstock mit.

Wir gingen die Avenida entlang, und jetzt weiß ich genau, daß es schon Spätherbst war, denn die Bäume neben uns ließen die Blätter fallen. In den kurzen Augenblicken, wenn die Fröhlichkeit gedämpfter wurde, hörte man das Krack-Krack der Pflanzenkapseln, die unter den Schuhen zerplatzten. Alle schienen zufrieden, und doch wußte ich, daß bald irgendwo auf der Avenida eine Frau, die da neben mir wie eine zarte Gazelle am Hals mitgezogen wurde, Reißaus nehmen würde. Fernando Rita blieb stehen und blickte versonnen auf die Abbildung eines Flusses mit Trinkwasserkrug. Eine dicke, kurze Palme schaukelte ihre Wedel.

»Wir sind Könige«, sagte Contreiras. Und noch einmal, sehr laut: »Wir sind reich, wir sind Könige!«

»Ja, das sind wir«, kam es auch von Artur Salema mit schräger Mütze und ganz dicht an meinem Gesicht flatterndem Schal.

Drei Männer kamen zusammen vorbei und blieben stehen.

»Die Könige der Scheiße«, sagte einer. »Das ist es, was ihr seid!«

Sie sahen aus, als kämen sie aus der Provinz Minho, mit ihren roten Gesichtern. Contreiras machte eine Bewegung, als wollte er das Jackett ausziehen, doch nur halbseitig, denn er hielt Ida noch immer um den Hals. »Nur Mut, nur Mut«, sagte ich. Stellen Sie sich vor, ich dachte, vielleicht würde Contreiras losstürzen, einer der Minhotos würde stehenbleiben, und dann gäbe es einen Hieb, einen Faustschlag, ein aufgeklapptes Messer mit Feder und Spitze, einen Schuß, einen Polizisten. Contreiras verletzt, Ida über Contreiras gebeugt, beide in einer Ambulanz, die verzweifelt »tatütata«-jaulend durch die Stadt fahren würde. Vielleicht würde Contreiras im Sterben liegen, vielleicht würde Ida ihm sagen, daß sie nicht auf diesen Hof zurück und keine Schweine züchten wolle, und vielleicht würde er ihr mit einem weißen Verband um den Kopf und einem Bein in Gips vorschlagen: »Nein, mein Liebling, ich mache doch Medizin zu Ende, ich werde praktischer Arzt im weißen Kittel. Dann können wir nach Katmandu fahren. Mein Liebling« – vielleicht.

Aber Fernando Rita, der stehengeblieben war, sagte gleich, man solle niemanden provozieren. Wir könnten es doch auch sportlich nehmen, daß andere uns als Könige der Scheiße betrachten, oder? Und wovon seien wir eigentlich Könige? Der Straßen? Des Windes? Wir sollten lieber weitergehen. Die rotgesichtigen Männer, die auf der Avenida weiterzogen, gestikulierten zwischen der Fahrbahn und den Bäumen, und auf der gepflasterten Promenade war einer auf eine Parkbank gesprungen und rief uns mit großen, herausfordernden Gesten zu: »Kommt doch her.«

Sie redeten laut, ohne Angst, und winkten jemanden aus dem Hintergrund heraus, von dort, wo auf dem Rossio die Statue steht.

»Nein, Leute, wir gehen nicht. Es könnte nämlich sein, daß eine unserer Frauen schwanger ist«, sagte Artur dicht neben mir und brachte auch Contreiras davon ab.

»Kommt doch hier runter.«

Wir zogen uns lieber lachend zurück, mit dem Rücken zum Pombal, um uns die Szene nicht entgehen zu lassen. Auch Ida Maria ging rückwärts. Bis wir die Männer schließlich aus den Augen verloren und Ida Maria sich losmachte, den Zopf ein bißchen schüttelte und ihren Beutel auf dem Rock zurechtrückte. »Jetzt«, sagte sie zu mir.

»Wo wollen wir hin?«

»Dahin«, Fernando Rita zeigte zum Park Eduardo VII, der um diese Zeit gelblichgrau aussah.

»Nein, nicht dahin. Laßt uns doch lieber in unserer Straße ins *Intelecto* gehen und von da nach Hause.«

»Gut.«

Ich stand mit dem Rücken zu ihr, sah es aber. Ida war in den Metro-Eingang geschlüpft, und es dauerte etwas, bis Contreiras merkte, daß er allein war. Er erkundigte sich noch, was für eine Verbindung es nach Sintra gebe, um wieviel Uhr und welche Bahn er in São Mamede nehmen müsse, ehe er in seine endgültige stieg. Erst als er den Arm um einen Hals legen wollte, sah er sich um, und Ida war nicht da.

»Wo ist sie abgeblieben?«

Keiner von uns wußte es. Wir standen vor der Varig, und ein Auto nach dem anderen fuhr vorüber, ganz ohne Eile, denn es war Sonnabend. Contreiras' Schreck war sogar auf seiner Narbe zu sehen.

»Júlia, hast du nicht gesehen, wo Ida hingegangen ist?«

Und wenn wir noch so lange unsere Augen mit der Hand abschirmten und die fünf Verkehrsadern absuchten, die von dort aus quer durch Lissabon gehen, Ida Maria war verschwunden, und nur ich wußte, wohin. Doch Contreiras griff plötzlich an das Metrogitter. Ihm schwante etwas, und er verschwand nach unten. Draußen hörten wir seine Stimme durch den Tunnel hallen: »Ida, Ida Maria.«

Keiner von uns wußte, was wir machen sollten, denn als wir hinunterstiegen, kamen und gingen ein paar Leute durch die Metrotüren, aber niemand wußte etwas von einer Frau, die unter der Erde auf der Flucht war. Die Fahrgäste reagierten mit dümmlichen Gesichtern auf Artur Salemas Fragen und schüttelten verneinend den Kopf, und beim Anblick seiner schmutzigen Baskenmütze und des karierten Schals, dazu die verquollenen schwarzen Augen, drückten sie ihre Brieftaschen mit dem Geld an die Brust. Polizei, hallo, Polizei! Als ob sie es riefen. Und dann gingen sie. Im Hintergrund fuhren die Metrozüge an diesem Sonnabendspätnachmittag leer aneinander vorbei, und die langen Bahnsteige waren Wüsten, wo niemand sich kannte. Dann machte der dunkle, dunkle Tunnel am Ende eine Kurve und hörte auf.

Später, zu Hause, war Artur Salema der Meinung, man könne noch etwas tun. Er hielt an der Überzeugung fest, wer suche, der finde, und lief durch die Wohnung, trat gegen die Korbstühle und andere Gegenstände und machte denen Vorwürfe, die ihm ausgeredet hatten, zur Polizei zu gehen. Aber was wollte Artur Salema bei der Polizei! Das müsse er doch sehen. Selbst wenn wir sämtliche Daten zusammentrügen, wüßten wir nur seinen vollständigen Namen, ihren unvollständigen Namen, ein Haus irgendwo bei Magoito, wo Schweine gezüchtet würden. Außerdem sei sie eindeutig in die Metrostation am Marquês do Pombal gegangen, und er sei hinter ihr hergelaufen. Wenn er nicht zurückkomme, liege das daran, daß sie sich gleich vorn am Zug getroffen hätten. Vielleicht hätten sie sich drinnen im Wagen geküßt und würden sogar in diesem Augenblick gerade ganz beglückt Liebespläne schmieden.

Wenn man aber vom Gegenteil ausgehe – wo wollten wir sie suchen, und wie? Und was dann? Sie seien ja nicht überfallen worden, und keiner von beiden habe den Verstand verloren! Das sagte Fernando Rita, mit zu Berge stehendem Haar, bleich im Gesicht, als wäre er ständig eingestaubt. Scharfsinnig und logisch. Aber Artur neigte dazu, sich aufzuregen, und er regte sich auf.

»Ich geh zur Polizei.«

Und er knallte die Tür hinter sich zu. Fernando Rita blieb auf seinem Platz und sah durch die Scheibe nach draußen. Irgend etwas in der Stadt schlief ein, wenn es Samstagabend wurde, als wollte es nicht mehr aufwachen. Oder war das nur unser Gefühl? Die politische Propaganda kündigte einen neuen Aufschwung auf ganzer Breite an, aber die Botschaft in den Augen der Kandidaten hieß Schläfrigkeit. Es war ein übervoller Nachmittag gewesen, der, wie ich fand, in ruhigen Zeiten ausgereicht hätte, ein ordentliches Stück eines normalen Menschenlebens zu würzen. Zum Abschluß sagte Fernando Rita noch zu mir, ehe er ging: »Diese Geschichte da in der Schlosserei platzt auch bald. Es ist schon kurz davor, hängt nur noch am seidenen Faden. Mach dich auf das Ende der Utopie gefaßt, Júlia. Und das ist meistens nicht so ohne.«

»Meinst du?«

»Bestimmt. Ich hab's aus sicherer Quelle.«

24. Der andere Hang

Entgegen allem, was Sie vielleicht vermuten, glaubte ich nur die Hälfte von dem, was Fernando Rita gesagt hatte, und klammerte mich mit aller Kraft an die Vorstellung, daß ich noch immer ein einzigartiges Glück erlebte, das nie zu Ende gehen konnte, eher die Neigung hatte, intensiver zu werden und sich noch mehr zu entfalten. Artur Salema stand ja auch weiterhin um halb sieben auf und ging mit der von Kochgeschirr und Brot gebeulten Tasche aus dem Haus, ohne Mantel, nur mit geöffnetem Regenschirm, auch als es schon in Strömen goß. Ich hätte erst dann an eine erhebliche Veränderung geglaubt, wenn ich gesehen hätte, daß er sich an den Tisch setzte, einen Bericht über das Scheitern eines Experiments schrieb und ihn nach Baltimore schickte. Stirbt das eine, lebe das nächste! Aber die Anzeichen, die anfangs langsam auftraten, überstürzten sich bald. Es gab Augenblicke voll Schweigen im Haus, Artur Salema mit erhobenen Armen in den Türen, als hielte er die Balken fest. »Was hast du? Sag es mir.« Er wollte es nicht, auch dann nicht, als er sich morgens überlegte, ob er aus dem Haus gehen sollte. Eines Abends dann ließ er auf sich warten, und als er schließlich kam, kam er ohne Mütze, weil er sie in der Straßenbahn hatte liegenlassen, dafür kam Tunhas hinter ihm herein. Er setzte sich in einen Korbsessel und sagte: »Hier ist der *Getreue*«, wiederholte dieses Wort und dehnte die Laute, damit ich auf Anhieb begriff, daß die anderen es nicht mehr waren.

»Nicht mehr?«

»Nein, sind sie nicht mehr! Tunhas, erzähl mal, was passiert ist.«

Tunhas war der Kollege, der bei der bizarren Lektion über die frierenden Stachelschweine die Symbolik begriffen hatte, er sah sehr viel schmutziger und ungepflegter aus als Artur in seinem Overall und wollte sich nicht setzen. Er hatte sich am Largo Martim Moniz geprügelt, trug aber noch die Mütze auf dem Kopf. Wie sollte er es erklären? Es habe großen Krach gegeben, weil sie die Werkstatt schließen wollten, sie sei sogar schon geschlossen. Außerdem hätten wir Ende November, und keiner habe Lohn erhalten, alle Entscheidungen seien auf unbestimmte Zeit verschoben. Geschlossen, versiegelt, zwei Bretter kreuzweise über der Tür, von oben nach unten.

Anfangs hatte Tunhas leise gesprochen und dabei an die Decke unserer Wohnung gesehen, aber jetzt redete er leidenschaftlich und heftig, sprunghaft und nur in abgebrochenen Sätzen. Und überhaupt, wenn Artur wolle, würden sie beide allein die ganze Werkstatt im Sturm nehmen. Da würden die bloß noch ihre Stiefelsohlen zu sehen kriegen – er hob die Füße und zog die Hosenbeine des Overalls über die Knöchel.

»Nun mal mit der Ruhe«, bat Artur Salema. Er sei nicht in einer Werkstatt arbeiten gegangen, um irgendwo einzubrechen. Er sei dahin gegangen, weil er frei sei und den anderen helfen wolle, sich auch zu befreien.

»Ja, gut«, Tunhas schnaubte aus.

»Und noch was«, fuhr Artur fort und ging mit Riesenschritten durch das Wohnzimmer. Wenn es reiche, daß er weg sei, damit sich alles kläre, dann werde er gehen und die anderen sollten bleiben. Sagte er erregt und lief zwischen den vier Korbstühlen herum, die knarrten, wenn man sie streifte, und vielleicht verlor Artur so zwar seine Sache, gewann aber in meinen Augen an Würde. Tunhas war mit allem einverstanden, hieß alles gut, er würde blind mitmachen, was Artur beschloß. Der Beweis dafür war der Klaps, den er Artur auf den Rücken gab. »Ich schwöre es«, sagte er schließlich. Er griff an seine Mütze, die er noch immer auf dem Kopf hatte, und warf sie zur Bekräftigung des Schwurs auf den Boden. Die Mütze rollte und fiel mit einem weichen flopf auf dem Sisalteppich um. Dann hob Tunhas sie wieder auf und setzte sie sich auf den Kopf, die eine Hand vorn am Schirm und die andere hinten.

»Und die Plastiken? O je, die Plastiken sind alle da geblieben!«

»Ich will schwarz werden, wenn die Plastiken nicht morgen alle hier sind!«

Tunhas nahm wieder die Mütze ab und warf sie wieder auf den Sisalteppich. Wenn er die Arme hob, verströmte er einen sehr viel strengeren Geruch als Artur Salema am Ende des Tages. Aber ich war vorgewarnt und sah in all dem das Ende eines Experiments und den Anfang eines Berichtes, auf den die Ankündigung folgen würde, daß er sich einer anderen Neigung zuwenden werde, jener alten, die Martinho so sehr unterstützt hatte. Vielleicht waren »Die großen Köpfe« bald wieder dran. Ein zu anspruchsvolles Projekt für einen Fernando Rita, der vor allem an Tomaten und Auberginen festhing und die Farben der Steine nur den Früchten entsprechend kannte.

»Erzähl«, sagte ich, als wir allein waren.

Aber er fand Erzählen nicht nötig, es reiche, wenn er mir sage, daß die Zeitungen täglich voll von Beispielen seien. Die solle ich lesen, wenn ich was wissen wolle. Sie wollten die Werkstatt in irgendeinen metallverarbeitenden Betrieb umwandeln, so einen Mistladen, der silberfarbene Rahmen am Meter herstelle. Der gleiche Geist, der aus den netten, kleinen Lebensmittelläden an den Ecken Filialen von steinreichen Banken mache. Ich müsse das Phänomen in der Gesamtheit der Dinge sehen. Und wer wolle da Widerstand leisten? Auf der Strecke bleibe das Intime, das Menschliche, das Liebenswerte, der persönliche Schwatz, die Freude am Feuer, die Kunst des Lötens und Schmelzens, das allererste Handwerk der Menschheit, und keiner tue was dagegen. Furchtlos und singend haben wir den Kopf hingehalten. Deshalb sei er der große Unbequeme. In zehn Jahren zum Beispiel würde keiner mehr wissen, wie man einen Topfboden flickt, einen Löttropfen anbringt, einen Henkel biegt ...

»Und ist das so schlimm?« fragte ich, denn ich fand es nicht nötig, daß es Menschen gab, die nur dazu da waren, kaputte Kochtöpfe zu löten.

Ja, das sei schlimm! Artur Salema lief erregt vor den geschlossenen Fenstern hin und her und sagte, ich solle nicht so mit ihm sprechen, wenn ich seine Verbündete sein wolle. Nun wissen Sie ja genau, daß ich seine Verbündete, Komplizin, Geliebte oder sonst was sein wollte, vorausgesetzt, der Begriff vermittelte die uneingeschränkte Liebe eines Menschen zu einem anderen.

Gleich am nächsten Morgen kam Tunhas ins Haus gestürmt. Er hatte die seit dem Tag zuvor versiegelte Werkstattür aufgebrochen, um die Plastiken vom Hinterhof zu holen, und war von der Baixa mit zwei riesigen Plastiksäkken auf dem Rücken quer durch die Stadt gegangen, um sie auch wirklich heil zu retten. Da war vor allem eine, seine, die Tunhas besonders zur Schau stellte und die er *Meine Schwiegermutter* nannte. Es war eine aus Näpfen, Dosen und geschmolzenen Plastikringen zusammenmontierte Figur von so pittoresker Gestalt, daß sie von weitem wie ein verkappter afrikanischer Fetisch aussah. Artur Salema konnte sich ein Lachen nicht verkneifen, als Tunhas ging. Wir küßten uns lange – ich weiß noch. Es war schon merkwürdig, daß ich an die Welt am Rande des Zusammenbruchs, an die Städte voller schwerwiegender Probleme, an das Meer, das seine Farbe veränderte, an das Scheitern der Werkstatt denken und dabei ein so intensives Glücksgefühl haben konnte. Das grenzte an einen Skandal. Artur Salema ließ drinnen die Dusche voll aufgedreht laufen, und dieses intime Geräusch war bis ins Treppenhaus zu hören. Der Durchlauferhitzer war eine einzige Flamme, und inmitten der Verbrennungsvorgänge, die sich da abspielten, lockte das Pfeifen von Salema, der sich die Haare wusch, schon auf der Treppe wie ein Gesang, der den Weg zum Paradies weist.

Dann war es also Anabela, die mir Pech brachte, überlegte ich im stillen, wenn ich an die letzte Trennung dachte.

Dann schrieb Artur Salema einen Bericht von siebenundzwanzig Seiten und schickte ihn nach Baltimore, wollte aber immer noch nicht nach Belém zurückgehen, und da ich wie besessen von Fernando Rita sprach, gerieten wir in Meinungsverschiedenheiten, wie wir sie niemals für möglich gehalten hätten. Es waren sanfte Wortwechsel, auf die

Schweigen folgte, kleine Mißverständnisse, die fast in Beleidigung mündeten. Dann kam es zu einer beinahe angenehm greifbaren Verstimmung.

An einem solchen Abend erschien Jóia in der Schlafzimmertür und zeigte sich nur halb. Ich merkte ihm an, daß in der Hand, die nicht zu sehen war, eines jener Blätter mit Querlinien bis zum Rand steckte, wie er sie in der letzten Zeit dauernd malte. Ich fand, das gehe zu weit und ich hätte auch das Recht, mich aufzuregen.

»Komm her!« Ich ergriff das Blatt, das mit so engen Linien bemalt war, daß sie einen einzigen Fleck ohne Zwischenraum bildeten, hielt es vor die Lampe, und das Licht drang an mehreren Stellen durch das Papier. Jóia noch angezogen, noch in Schuhen. Ich fiel über Jóia her. Was sollte das? Womit verbrachte jetzt dieser Junge von elf Jahren seine Tage und Nächte? Hätte er wirklich nichts anderes zu tun, als solche Linien auf Blätter zu malen wie ein Blöder? Jóias Gesicht schwoll an. Dann zerknüllte ich die Zeichnung und verlangte, er solle sie wegwerfen. Aus dem Wohnzimmer war zu hören, wie der Plastikdeckel auf das Plastik fiel. Man durfte nicht die Geduld verlieren. Oh, aber das waren nur Absichten – und deshalb konnte man sogar die Geduld verlieren, weil man nur darauf wartete, daß sich irgend etwas wieder einrenkte, damit man sagen konnte: »Endlich am Meer!« Bis dahin aber verlief die Zeit still auf dem Weg zum Winter, und Artur Salema ließ sich erst zu Weihnachten und mit dem Argument, es sei der Jahrestag unserer Begegnung, zum Fluß locken. Stimmte es denn nicht, daß er seitdem mein Bett und mein Leben umgekrempelt hatte? Es stimmte. Artur Salema verbrachte jetzt die Tage mit Pfeifen und Lesen. Tunhas stand immer wieder mit den Händen in den Taschen vor der Tür, sagte unweigerlich, nein, noch immer nicht, und wer bezahlte, war die Refrey. So manches Mal ließ ich nachts kurz vor eins den Kopf auf den Tisch fallen und schlief mit der Stirn auf den Stoffen ein. Zu dieser Zeit nahm Artur Salema sich nur soviel, wirklich nur soviel Geld, wie er für Zigaretten brauchte, blieb zwei Stunden weg, und wenn er wiederkam, brachte er kein Wechselgeld mit. Dann war er bei Tunhas gewesen, Tunhas mache weiterhin nichts. Man könne meinen, es gäbe eine geheime Absprache zwischen sämtlichen Werkstätten der Branche, oder aber der Mann habe ein Schild auf der Stirn mit der Aufschrift *Vorsicht, bissiger Hund.*

Aber am Weihnachtstag nahm Artur Salema pfeifend meine Hand, und wir fuhren nach Belém. Zwischen unserer ersten Begegnung und dieser Fahrt konnte eigentlich nur ein Augenblick vergangen sein, wie die Zeit im Paradies. Wir gingen um das Atelier von David Grei herum, wo das Holzschild noch immer mit unverwüstlichen Buchstaben den ehemaligen Mieter anzeigte. Außerdem war das Unkraut vor der Tür gewachsen, und bei irgendeinem Sturm mußte ein Fenster kaputtgegangen sein, durch das es hineingeregnet hatte. Ich hatte schon lange nicht mehr nach den Ratten gesehen. Dann schlossen wir die Tür wieder ab.

»Traurig, mein Liebling?«

Artur Salema sagte, immer noch pfeifend, nein, aber ich merkte, daß es ihn bedrückte, als wäre er an einen von Brennesseln überwucherten Ort zurückgekehrt. Und plötzlich erschütterte der Lärm eines Bohrers die Tür, die wir gerade zumachten.

»Nicht zu fassen! Da ist er.«

Es wurde still, und dann kam wieder das gleiche Dröhnen des Metalls, das am Stein knabberte, und weil es mir vertraut war oder aus einem anderen, unbekannten Grund freute ich mich riesig und dachte an Laute eines Tieres, das nagend über die Dunkelheit triumphiert. Wir klopften mehrmals in den Pausen zwischen dem Lärm, bis Fernando Rita von hinten kam. Kaum sah er uns, wischte er sich das Gesicht mit einem feuchten Tuch ab, in das er auch hineinhustete. Das da sei sein Feiertags- und Wochenendgarten, lauter unbedeutende Sachen. Auch er müsse Martinhos Atelier aufgeben, denn schließlich und endlich sei er hier überflüssig. Außerdem dürfe er nicht so arbeiten. Plötzlich könnte sich eine Schleifscheibe lösen und sich in eine Tür bohren, an die Decke schlagen, es gäbe einen Unfall, und er da ganz allein. Artur Salema ging unterdessen mit den Armen auf dem Rücken zwischen den im Raum aufgestellten bearbeiteten Steinen umher. Er faßte hier an und da an, die Hand zur Muschel geformt, gewölbt, dann trat er etwas zurück, um von weitem zu betrachten. Jetzt bat er, die Südluke ganz aufzuziehen. Fernando Rita beeilte sich. Er wischte sich noch immer das Gesicht mit dem nassen Lappen ab und schüttelte die Haare, und man sah, daß die Hand des kleinen Ex-Gastes auch dann zitterte, wenn er sie bewegte. Nun war es aber nicht die Frucht, die Artur Salema fesselte. Eine Männerplastik, an den Beckenknochen durchbohrt, nur noch nicht poliert, stand auf einer Werkbank. Sie hatte weder Kopf noch Glieder, suggerierte aber genau das, was sie sollte, und wirkte nicht verstümmelt. Im Vormittagslicht, als die Staubwirbel sich beruhigten und sich der Reihe nach in dünnen Schichten auf den Boden legten, schien der durchbohrte Männertorso von innen her zu leuchten. Geschnitten aus weißlichem Trümmergestein und vergoldet. Ich werde es nie vergessen. Artur Salema stand davor, und plötzlich klatschte er in die Hände. Ein-, zwei-, drei-, viermal. Die hochgehobenen Handflächen trafen mit solcher Wucht zusammen, daß Artur Salemas Kopf und Schultern zuckten, als schlüge er sich selbst. Der Klang dieses Klack-Klack füllte den Raum, und der Staub stob ringsum in chaotischem Wirbel auf. Man konnte es sehen, weil die Sonne noch tief stand, es war vielleicht elf Uhr vormittags, und Lichtbündel auf den Fußboden und die Wände warf. Es war eine weiße Staubwolke, die sich zum Klang des Klatschens bewegte. Sechs, sieben, acht, neun. Fernando Rita hatte das Tuch neben das Waschbecken gelegt und setzte sich zum Rauchen hin.

Nach dem Klatschen hatte mein großer Ex-Gast es eilig zu gehen. Der letzte Dialog ging so schnell, daß ich sogar meinte, ich hätte ihn mir ausgedacht. Aber das habe ich nicht.

»Sind die für jemand bestimmt?«

»Ja.«

»Wenn ich mein Vater wäre, würde ich sie dir abkaufen.«

»Gehst du schon?«

»Ja.«

»Weißt du«, sagte Fernando Rita, klein und verstaubt. »Dafür mache ich keine Kinder.«

Artur Salema schien noch etwas Wichtiges sagen zu wollen, aber vielleicht hatte er es vergessen oder bereute es schon im voraus, er faßte sich nur mit der Hand an die Stirn. Die Gegenstände und Plätze draußen, selbst das strömende Wasser, hatten mehr Bestand als die Menschen. Kein Angler hatte ein Kofferradio dabei, das mit der Kehle von Anita Kerrs Engeln tönte: »Go, go, go, go, we don't want him, make him go away.« Artur Salemas großer Körper bog sich leicht in der Taille und wiegte sich. Dicht, ganz dicht. Seine Haare waren wieder bis auf halbe Halslänge gewachsen, und der Bart war noch schwarz. Nur hier und da sprossen ein paar Silberhärchen wie aufkommender sanfter Regen. Waren wir noch glücklich? Gab es noch immer eine phosphoreszierende Glocke? Wir drückten uns ganz eng aneinander, weil dieser Gegenstand noch immer zu sehen war. Eine sich umarmende Ausnahme in der Stadt, die bis in den Staub entweiht war, ohne einen Glockenklang, ohne ein lautes Radio.

Wir waren schon fast zu Hause, da äußerte Artur sich offen.

»Nein, mein Liebling, das nicht.«

Jóia leistete Cila und Schweinchen Gesellschaft, die allein zu Hause waren, weil sowohl der Vater als auch die Mutter andere Familien in anderen Ländern gegründet hatten, und wenn sie nur mit Jóia zusammensein konnten, waren sie schon zufrieden, selbst am Weihnachtstag. Glória hatte, ehe sie gleich morgens gegangen war, alles fertig vorbereitet, sogar eine Kerze auf dem Handleuchter, die sie zum Abendessen anzünden konnten, ihnen jedoch als letzte Anweisung nahegelegt, ganz besonders vorsichtig mit den Streichhölzern zu sein. Auch war der Pralinenkasten weggeschlossen und der Schlüssel Cila übergeben worden, damit Schweinchen sich nicht damit ins Klo setzte und alle der Reihe nach aufaß. Denn dort aß Schweinchen immer heimlich Pralinen. Wir waren schon fast zu Hause, da kam mir die Idee, auf dem Treppenabsatz haltzumachen und anzuklopfen, damit die drei mitkamen, aber Artur Salema war dagegen.

»Nein, mein Liebling, das nicht.«

Er wolle mit mir allein sein und den Jahrestag unseres Kennenlernens feiern, und er habe auch vor, Kerzen in verschiedenen Farben nur für uns anzuzünden. Draußen war es so still, daß man sogar das Fenster aufmachen und den leichten Wind hereinlassen konnte. Doch während wir alles herrichteten, hatte ich plötzlich das Gefühl, jemand scheuere sich an der Tür oder klopfe leicht an, nur mit den Fingerspitzen. Waren es Kinder? Ein Tier, das sich kratzte? Artur Salema sah nach, und draußen stand ein Mann im Profil.

»Es ist Tunhas.«

Er machte die Tür auf, und Tunhas zögerte erst, kam dann aber doch herein, unglaublich dünn und mit der Mütze in der Hand, die er auch noch drehte, als er sich an den Tisch setzte. Im Kerzenlicht war Tunhas Gesicht bärtiger, er sah aus, als hätte er viel mehr Haare, und der Anblick von Essen schien ihm die Sprache zu verschlagen. Und er fing so hemmungslos und so geräuschvoll an zu essen, griff so gierig mit der Hand nach der Nahrung, daß ich meinte, eine irgendwo weit weg gefilmte Szene zu sehen. Einen Dokumentarfilm über Hunger. Was bedeutete das? Tunhas aß das Fleisch und trank den Wein, und man hörte einen leisen Schrei in seiner Kehle. Dann sah er sich um, und in jeder Geste lag soviel Unterdrücktes und Ununterdrückbares, daß ich in die Küche floh, weil ich keine Luft mehr bekam, und auf den Botanischen Garten sah.

Ich muß gestehen, daß ich noch nie einen wirklich hungrigen Menschen gesehen hatte. Am Küchenfenster hörte ich die Geräusche, denn der Hunger von Luís Tunhas war nicht zu bändigen. Artur lief durch die ganze Wohnung, er fand alle Augenblicke einen Vorwand, um aufzustehen.

»Mach irgendwas zum Mitgeben fertig«, kam er mir leise sagen. Aber es war schon fertig. Ich hatte den Eisschrank und das Lebensmittelregal leergeräumt, alles in einen Obstkorb gelegt und wollte nicht ins Wohnzimmer zurück. Ich wußte, daß Tunhas sich in einen Korbstuhl gesetzt hatte, denn ich hörte das Geflecht knarren und merkte, daß er eingeschlafen war. Vom Schlafzimmerfenster aus konnte man auch die Bäume sehen, aus anderer Perspektive, als stünden sie weiter weg. Artur drückte mir die Hände. »Die sind ganz kalt, Júlia«, sagte er. Dann wollte Tunhas gehen, und Artur suchte die Taschen nach Kleingeld ab. Zum erstenmal, seit er, der kulturellen Subversion und des wirtschaftlichen Boykotts beschuldigt, die Werkstatt verlassen hatte, schien Artur Salema tief betroffen zu sein, und das war kein Wunder, denn Tunhas' Hunger war unbestreitbar und vermutlich schon Tage alt. Schließlich sagte er mit bedrückter Stimme, daß er wohl seine »Alten« anrufen müsse. Aber er sei sich nicht sicher, was besser sei, anzurufen oder hinzugehen. Hinzugehen wäre besser, obwohl er sich dazu Mut machen, den Bart stutzen und irgend etwas Anständiges anziehen müsse.

»Wieviel verdienst du?« fragte er mich urplötzlich noch an diesem Weihnachtstag.

»Sechzehn.«

»Sechzehn? Du verdienst nur sechzehn? Aber warum hast du mir nicht gesagt, daß du nur sechzehn verdienst?«

Artur Salema war sprachlos. Und die Puppen? Hättem die Puppen denn noch nichts eingebracht? Wieso nicht? Artur Salema setzte sich aufs Bett. »Oh, my God! Sechzehn!« Auch ich war sehr verwundert, daß er in diesem Punkt eine solche Unwissenheit bewies, da wir doch sonst immer unsere Gedanken errieten und uns wie besessen liebten. Er wußte es, und in diesem Augenblick wäre er gern sich selbst treu geblieben und gewalttätig geworden. Wie früher. Aber nein, Courage mußte er jetzt haben, solange er sein Leben nicht in Ordnung gebracht hatte und noch nicht auf einem richtigen Weg war. So viele organisierte Menschen überall in der Welt und ich allein. Oh, Ward, oh, Ehrlich! Sagte er mit noch größeren schwarzen Augen zu mir, und er wolle gleich von hier, vom Café *Intelecto* anrufen, damit alles gut werde. Vater,

Mutter, ich bin hier, wie geht es euch? Nein, ich bin nicht allein, ich lebe mit einer phantastischen Frau zusammen. Ich würde gern kommen, ich habe ein Problem, ist gut, morgen. So werde es verlaufen, unvermittelt, staccato, das Gespräch im Café *Intelecto*. Es sei sogar gut, daß man von da nicht richtig zu hören sei, sonst würden sie sich noch aufregen und jammern. Doch kam es mehrere Tage lang zu überhaupt keinem Gespräch, weil das Telefon immer mit demselben Ton antwortete, wie von metallenem Wasser, das am anderen Ende der Leitung tropfend die Stille im Haus durchbrach.

»Diese Bourgeois, alle weggefahren!« sagte er, als er hereinkam.

Das Schlimme sei, daß er versprochen habe, vor dem Jahresende Tunhas irgend etwas Handfestes zu bringen, und Artur Salema wußte nicht, wie er das zur Zeit machen noch wen er um Hilfe bitten sollte. So ein idiotischer Einfall aber auch, das eine Jahr zu Ende gehen und das andere anfangen zu lassen, nur damit die Leute traurig werden! Raketen, Rosinen, Knaller, lauter Zeug, das nervös macht! Hörte ich von ihm, und dazu noch andere verdeckte Äußerungen seiner Unruhe, die er nicht unterdrücken konnte.

Wie Sie wohl verstehen, teilten wir die Unsicherheit genauso wie die Liebe, und seine Melancholie war meine Melancholie. Dann dachte ich nach und hatte die Lösung oder meinte, sie zu haben – ich schlug ihm vor, zwei Taschen mit Lebensmitteln vollzustopfen, zu zweit zu ihm zu gehen und den Mißerfolg zu erklären. Später dann würde das versprochene Handfeste kommen. Wir fuhren hin.

Luís Tunhas wohnte also am Campo Grande, in einem Haus, das gegenüber der Grünanlage zerbröckelte. Unglaublich, ich kannte die Cafés, den Teich, das Kino, die Ampeln in der Gegend so gut und hatte nie wahrgenommen, daß es dort neben den Fahrbahnen, auf denen die Autos auf dem Weg zu den Ringstraßen vorbeibrausten, Häuser gab, die verfielen. Sie fielen an den Türpfosten auseinander, dann auf den wurmstichigen Treppenstufen, an der Decke, wo der Mörtel sich löste, so daß man den Fußboden vom nächsten Stock sah. Unten führte die Tür, die nicht richtig schloß, in einen Raum, aus dem eine noch sehr junge Kapverdianerin kam mit zwei kleinen Mädchen an der Hand, die jede eine weiße Schleife auf dem Kopf trugen. Wer ist da? Wer ist da? Die Wände waren wohl seinerzeit lachsrosa gewesen, aber jetzt waren sie fleckig und durchlöchert, als wären sie bombardiert worden. Nein, hier hat es keinen Krieg gegeben, und dieser Verfall ist nicht zu rechtfertigen, dachte ich.

Wir gingen nach oben. Die Tür stand offen, und Artur Salema, der sich auf dem Stockwerk auskannte, rief hinein und fragte nach Tunhas. Ich war mit den Taschen zurückgeblieben. Es schien niemand da zu sein, denn die Fenster klapperten unentwegt. Aber von der Decke hing eine Glühbirne, und auf dem Fußboden verstreute Plastikräder und Puppenteile sagten das Gegenteil. Ein Tisch mit drei Beinen lehnte an einem Stuhl.

»Tunhas, he, Tunhas! Ich bin's, Artur.«

Mehrere Kinder kamen von drinnen, und eins plapperte auf dem Arm eines anderen. Hinter ihnen eine Frau, die eine mehrmonatige Wölbung vor sich her trug und plötzlich laut sagte, als wolle sie die Nachbarn alarmieren: »Ich hab's satt, ich hab's satt!« Auch Tunhas erschien von hinten, aber er hatte keine Mütze und keine Augen und kein Gesicht. Daß es Tunhas, der Getreue, war, merkte man nur, weil er es sein mußte, der sich da in dem Haus befand, das so eindeutig nach ihm roch. Es ging so schnell, daß man es gar nicht mitbekam. Tunhas machte zwei Schritte auf Artur zu, und ohne einen anderen Laut als den seiner Muskeln und Knochen packte er Artur mit einer Hand und schlug ihm mit der anderen ins Gesicht. Man hörte es von der Wand widerhallen. Währenddessen sagte die Frau etwas, aber erst als Artur Salema schwankte und die Treppe hinunterfiel, konnte man es wieder verstehen.

»Wir haben's satt, wir haben's satt!«

Alles ging so schnell, als wäre es gar nicht wahr. Artur

stand erst auf dem Treppenabsatz wieder auf. Die Lebensmittel aus den Tüten waren auch runtergefallen, und winzige Reiskörner hüpften von Stufe zu Stufe. Ein grünes Ölrinnsal. Jetzt mußte man wirklich schreien, nach draußen laufen und ein Taxi rufen, einen Polizisten, irgend etwas, um ihn von da wegzuholen. Die Frau oben war verstummt, aber Kindergeheul klang durch das Haus. Dann schleuderte Tunhas noch etwas von oben runter, und ich sah, daß es seine Mütze war. Draußen schwoll Artur Salemas Gesicht vom rechten Auge her an, und aus der Lippe lief ihm Blut. Auch von da beulte sich das Fleisch zur Nase hin. Aber Artur wollte unbedingt auf eigenen Füßen über die Fahrbahnen gehen und sich im Teich des Campo Grande, auf dem Enten schwammen, waschen. Was sei das schon? Das, was er im Gesicht habe, sei nichts. Das sei gerecht, weil es durch die Tatsachen so gekommen sei. Und schon winkte Artur Salema hinüber zu dem weit geöffneten Fenster, an dem Tunhas stand. Als täte ihm nichts weh.

Schnell, denn noch sind wir glücklich, dachte ich. Ja, noch sind wir es. Ein Taxi hielt vor der Nationalbibliothek, und ich sorgte dafür, daß er sich setzte und den Kopf zwischen die Knie nahm, weil ihm schwarz vor Augen wurde. Der Fahrer wendete, verstieß gegen die Verkehrsregeln und fuhr hupend zum Santa-Maria-Krankenhaus. Hier irgendwo hatte ich eine Septemberzikade zirpen gehört, die aus der Zeit der Karren, Pferde und Misthaufen stammte. Schneller. Sein ganzer Kopf schwoll jetzt an, und das rechte Auge war nur noch ein Schlitz, wie die Scheide eines kleinen Mädchens.

»Wie sehe ich aus?« fragte er und versuchte, in der Warteschlange der Notfälle gute Laune zu verbreiten. Ein Arzt, den man nicht sehen konnte, rief aus voller Lunge nach hinten.

»Wie Bakunin oder *Russie, 1855–1914*, mein Liebling, ob du's willst oder nicht.«

Eine Anwandlung absoluter Gleichgültigkeit gegenüber kostbaren Gegenständen überkam mich in den folgenden

Tagen. Tatsächlich fragte er mich nicht wieder, wieviel ich verdiente, aber man merkte, daß ihn neben zweifellos erhabeneren Sorgen auch das lächerliche Problem des Lebensunterhalts bedrückte – manchmal stand Artur Salema mitten in der Mahlzeit auf, ging weg und knallte die Haustür zu.

Wie Sie sich denken können, begriff ich schnell, daß ganz dringend ein Verfügungsfonds geschaffen werden mußte, der groß genug war, um Szenen dieser Art, die das Leben und die Türen zerrütteten, zu vermeiden. Ich glaube, wenigstens einmal in meinem Leben habe ich praktisch gedacht, urteilen Sie selbst. Es gab in einem kleinen Etui einen Ring von David, den ich in einem Schmuckladen in der Baixa verschwinden ließ und der mir nicht mehr als unglaubliche zweitausendzweihundert Escudos einbrachte. Es waren auch ein paar, wie ich meinte, seltene Briefmarken vorhanden, die ein Wucherer mir abkaufte, der mir lächerliche fünf Scheine, jeweils zwölffach zusammengefaltet, überreichte und dabei den Kopf so schief hielt, als wollte er mir seine Speiseröhre für die Marken anbieten. Eines Tages würde ich das Jóia erklären müssen, aber eines noch sehr fernen Tages, wenn es dazu Muße gab und alles so still war wie die Oberfläche eines tiefen Sees. Ich würde ihm erklären müssen, warum ich mich von Gegenständen getrennt hatte, die mir teuer gewesen waren. Zum Glück saß Jóia beim Schulaufgabenmachen mit dem Rücken zur Tür, und die kleinen, minutiös gezeichneten Buchstaben schrieben das Schulwissen ohne die geringste Anspannung nieder. Zum Glück schenkte das Leben mir dies.

Aus einem noch endgültigeren Impuls heraus beschloß ich, eine Anzeige aufzugeben und die Taube zu verkaufen. Angesichts der Notlage war mir die Geschichte dieser mißglückten Allegorie, die einen so entscheidenden Einfluß auf David Greis Leben gehabt hatte, ziemlich gleich. In Gewitternächten kam mir sogar der Gedanke, daß sie über seinen Tod entschieden hatte. Aber das waren kleine, unergründliche Einzelheiten, und ob es nun so oder so gewesen war, kam aufs selbe raus. Vielleicht ist wirklich der Hang zum Unrentablen das große Übel der Menschen, wie Anabela Cravo immer sagte, dachte ich auf dem Weg zur Anzeigenannahme. Genau deshalb machte ich mir keine Gedanken darüber, wo das schlecht beflügelte Tier landen würde. Mir war es egal, ob man es ans andere Ende der Welt verfrachtete oder auf das Grundstück irgendeines Baulöwen an den Rand eines zementierten Swimmingpools, was am wahrscheinlichsten war. Vielleicht würde man dem Vogel Löcher in den Schnabel und die Kloake bohren und von da vier Wasserstrahlen in Fächerform zum Vergnügen der lieben Kinderchen spritzen lassen. An Festtagen würden Herr Baulöwe und Frau Baulöwin mit beringten Fingern unter den Augen von David Greis Taube am Spieß gebratenes Zicklein essen. Alles mögliche konnte passieren, nur zu einem war ich nicht bereit, das Glück zu verlieren, dieses wunderbare Tui-tui, das eine Grasmücke in meinem Kopf sang, von dem nur der obere Teil, ein schmaler Streifen, klar dachte. An dem Tag nun, der für die Kontakte wegen der Taube vorgesehen war, tauchte seltsamerweise, während ich gerade zwischen zwei Bücherstapeln Kontrollscheine ausfüllte, plötzlich Mão Dianjo mit einem Hallo auf der anderen Seite des Ladentischs vor mir auf. In der Hand hielt er die Seite der Zeitung und stand betreten mit seinem »Hallo, was gibt's Neues?« da. Kein Mensch auf der Welt verkaufe eine Skulptur per Annonce, egal, ob sie gut sei oder nicht, als wäre es ein Klavier auf einem Holzständer, ein Messer, ein Schandstück, trotzdem sei er da, um diese Arbeit zu kaufen, für die er sich zum Teil verantwortlich fühle. Ich weiß noch.

An diesem Tag kam Mão Dianjo bestimmt von der Apótema, denn er trug einen dunkelblauen Wollanzug über einem Seidenhemd, und wären nicht seine hinten zusammengefaßten Haare gewesen, die sich über dem Kragen kringelten, hätte man Mão Dianjo für einen Bankier aus den dreißiger Jahren in der first class eines Überseedampfers voller Rettungsboote halten können. Nur der Hut fehlte.

»Willst du tanzen gehen?« fragte ich.

Ich sage Ihnen, es war erstaunlich, was für eine Lust ich bei Mão Dianjos Anblick bekam, wieder grausam zu sein. Vor noch gar nicht so langer Zeit hatte ich zwei Dummchen kennengelernt, die Pawlow vernichten wollten! »Willst du tanzen gehen?« fragte ich ihn immer wieder. Dann fingen wir an, uns in der Buchhandlung von Senhor Assumpção zu streiten, und um diesem Disput mit sinnlosen Beleidigungen ein Ende zu machen, zückte er mit der geröteten Hand einen Scheck. »Wieviel? Fünfzigtausend? Hundert?«

Ich lachte schallend los: »Fünfzig? Hundert? Nein! Zwei Millionen, mein Lieber!«

Der berechnende Bankier im Architekten Mão Dianjo wehrte ab. Du bist verrückt geworden, Mädchen! Er steckte das Scheckheft in die Innentasche seines Jacketts und machte kurz vor der Tür noch einmal kehrt. Falls ich es mir anders überlege, hier sei seine neue Telefonnummer, die direkte Verbindung, ich brauche nur anzurufen. Er warte nach wie vor auf mich, denn er habe mich noch immer sehr gern. In seiner Stimme lag eine Portion Beharrlichkeit. Dann schob er den Kopf zwischen die beiden Bücherstapel und sagte zum Abschied: »Aber bevor du anrufst, nimm etwas zu, ich hasse es, Knochen zu fühlen . . .«

Es war unglaublich. Mão Dianjos Besuch verdarb mir den Tag und das Geschäft. Nur zwei Herren riefen gegen Mittag, wie es in der Anzeige stand, in der Buchhandlung an, und beide waren aus der Immobilienbranche, wie ich vermutet hatte. Schließlich bat ich Senhor Assumpção, mich früher gehen zu lassen. Ich bekam allmählich das Gefühl, daß ein Sturm in der meinem Wunsch entgegengesetzten Richtung unterwegs war, daß der Tornado schon nahte, und ich wußte nicht, wie ich solch eine Entwicklung aufhalten sollte. Zu Hause aber verstanden wir uns noch gut. Artur Salema wartete noch immer auf Post aus Baltimore und bereitete eine längere theoretische Stellungnahme vor, um sie an denselben Howard Ehrlich zu schicken, wunderte sich aber über das Schweigen eines Menschen, den er so verehrte. Gab's denn so was? Daran arbeitete er bis spät abends, während ich in einem der Zimmer, die ich früher für Untermieter vorgesehen hatte, Puppen nähte, inzwischen mit mehr Geschick und größerem Erfolg, denn sie gelangen mir gut.

»Warum arbeitest du nicht wieder mit Stein oder, falls du Stein endgültig satt hast, mit Feuer, Lötkolben, Metall?« Die Enttäuschung, mit der Artur Salema den Briefkasten aufmachte, kam mir fast pubertär vor.

»Das ist eine krankhafte Abhängigkeit«, sagte ich sogar.

Unser Umgangston wurde übrigens härter, obwohl wir uns liebten. Eines Abends, als ich nicht einschlafen konnte, fing er an, von Venedig zu sprechen, mit der gleichen romantischen Erregung, mit der die Touristen im Sommer von den Gondeln und Gondolieri, dem Sankt-Markus-Platz, der Rialtobrücke reden. Er sehne sich nach dem August und nach Venedig. Und er wiederholte das so oft, daß ich mit einem Blick auf die Vorderseite meines Nachthemds ostentativ sagte: »Im Juli bekommen wir ein Kind, Sternzeichen Krebs.«

»Auch das noch«, sagte Artur Salema.

»Auch das noch«, wiederholte er. »Wir werden es genauso unweigerlich bereuen wie sie. Die gleiche Einsamkeit erleben wie sie und die gleiche Verzweiflung. Ist auch egal!« Wenn er *sie* sagte, hob er die Stimme.

Ich weiß noch. Ich fand, daß *ist auch egal* nicht der passende Ausdruck sei, es nie sein würde, und ich sagte es mit sämtlichen Argumenten, stand auf und ging mit großen Schritten und flatterndem Nachthemd im Zimmer hin und her. Anschließend bereute ich es. Ganz bestimmt war Artur Salema von den grünen Blutergüssen, die er noch von dem Besuch bei Tunhas im Gesicht hatte, leicht verwirrt. Fast hätte ich vergessen zu erwähnen, daß ich ihn an dem Tag, als die Taubenannonce erschien und ich früher aus der Buchhandlung nach Hause kam, niedergeschlagen und voller staatsbürgerlicher Sorgen angetroffen hatte. Ob ich bemerkt hätte, daß die Straßen noch immer voller Hundehaufen seien? Daß die Mädchen in den Postämtern dauernd Kaugummi kauten? Daß die Pförtner am Eingang der Ministerien schliefen? Daß die Bedienungen in den Cafés die Kuchen mit den Händen anfaßten? Und die Fliegen reinkommen ließen? Er habe es mir noch nicht erzählt, aber gerade erst gestern sei er kurz am Fluß entlanggegangen, und da unten, am Museum für moderne Kunst, habe ein Hund das Bein gehoben und an die Tür gepinkelt.

»Ich bitte dich, Artur, überall auf der Welt pinkeln die Hunde an die Hauswände!«

Nein, nicht das sei das Problem. Nur, noch am selben Tag, nachdem er in der Werkstatt gewesen sei, aus der man jetzt irgendeine Metallrahmenfabrik gemacht habe, sei er noch einmal am Fluß spazierengegangen, und vor demselben Museum für moderne Kunst habe gerade ein Mann ans Portal uriniert.

»Wenn ich in diesem Land bleibe, drehe ich noch durch«, sagte Artur Salema, preßte den Kopf zwischen seine wunderschönen, inzwischen nicht mehr schmutzigen Hände und ließ sich in einen Korbstuhl fallen. Der Himmel war grau wie alte Seife.

»Und was hast du gemacht?« fragte ich.

»Ohnmacht, meine Liebe, totale Ohnmacht. Ich habe zu ihm rüber gebrüllt. Sehen Sie denn nicht, daß das die Tür von einem Museum ist? Der Mann hat hochgesehen und nach einer Aufschrift gesucht, sein Ding in den Schlitz gesteckt, und als er schon ging, hat er zu mir gesagt: ›Das weiß ich doch nicht, daß das ein Museum ist. Woher soll ich denn das wissen?‹ So war es, Maria Júlia.«

Aber es war nicht das einzige, was er an diesem Abend zu erzählen hatte. Endlich war Artur Salema nun zum Telefonieren ins *Intelecto* gegangen, und am anderen Ende habe er seine Mutter gehabt, sie habe kein einziges Wort herausgebracht und laut geschluchzt, was durch die Leitung wie Windstöße bei ihm angekommen sei. Entsetzlich. Er sei schließlich zu seinen Eltern gegangen, und wie es nicht anders sein konnte, hätten sie nicht nur keinen Ausweg für Tunhas gesehen, sondern auch für ihn nur drei verschiedene Möglichkeiten und diese, auf dem Sofa sitzend, aufgezählt.

»Es mußte so kommen, Júlia – eine davon ist, wie gehabt weitermachen, und genau das werden wir tun«, sagte er in sehr ernstem Ton. Am Nachmittag, nach dem Museum und all den Konflikten, habe er beschlossen, sich wieder mit Rita zusammenzutun und jeden Wochentag mit ihm nach Pêro Pinheiro zum Steinbruch zu fahren. Und er drückte mir sehr fest die Hände und den Rücken, als wäre das Schiff, auf dem wir gefahren waren, untergegangen und wir hätten uns auf ein unsicheres Grasfloß gerettet. Hast du Angst? fragte ich ihn. Nein, Artur Salema war riesengroß, voller Bart, hatte keine Angst und drückte mich wieder.

Sie können voraussagen, was dann kam – tun Sie's.

Von da an ging er früh weg und kam spät wieder, und wenn er nach Hause kam, brachte er jetzt nicht nur Staub mit – auch lang sich hinziehende Reserviertheit, anhaltendes Schweigen, als läge zwischen uns ein noch nicht ausgepacktes Paket voller Stacheln. Er aß wenig. Er stellte sich vor den Schrank und starrte lange in den Abstellraum. Warum starrte er nur so beharrlich auf seine Schuhe? Das ließ mir keine Ruhe, und eines Tages machte ich die Türen auf, sah aus dem gleichen Blickwinkel hinein und fand schließlich die Erklärung – Artur Salema betrachtete nicht seine Schuhe, sondern seine beiden Koffer, die er vom Arco do Carvalhão mitgebracht hatte. Er war also zu den Steinen und Fernando Rita zurückgekehrt, als hätte er das Ankertau an einem Ort, bei einer Frau festgemacht, und das war die Geschichte einer Frustration, die er eines Tages seinen Enkeln erzählen würde, falls er je welche haben sollte. Ein fest verankertes Boot. In diesem Bild wäre ich, Maria Júlia Matos Grei, eines jener aus sechs Leinen gedrehten Taue, mit denen man Boote an Holmen festmacht, bis sie am Rumpf Schlick ansetzen und eine Windbö sie zum Kentern bringt. Ich will nicht diese sechs Leinen sein, entschied ich für mich.

»Sieht man's schon?« fragte ich vor dem Fenster und zeigte meinen Bauch.

»Nein«, antwortete er tief seufzend.

»Okay.«

Doch daß ich mich dann von einem Augenblick zum anderen entschied, lag an einem Zufall. In einer Nacht massiver Schlafstörung stand Artur Salema auf, und ich streckte eine Hand zum kalt werdenden Kopfkissen, fuhr aber zusammen und unterdrückte einen Aufschrei, denn unter dem Kopfkissen lag ein harter Gegenstand in Form einer Waffe. Es war das erste Mal, daß ich einen Revolver vor Augen sah, und ich war von diesem unerhörten Fund so gebannt, daß ich nicht wegsehen konnte. Ich zitterte. Aber ich zog das Laken hoch und blieb still liegen. Seit wann hatte Artur Salema diesen Revolver? Ich beobachtete heimlich, wo der Revolver blieb, und tatsächlich trug er ihn, ohne daß ich es geahnt hatte, unter seinem Pullover auf der linken Seite. Ein überreiztes Spionieren – jetzt merkte ich, daß er, wenn er mich umarmte, diesen Bereich seines Körpers mit dem Ellbogen schützte. Das war es. Er trug also diesen Gegenstand seit über zwei Wochen heimlich mit sich herum.

Wie gesagt, erst da gab ich auf. Ich merkte, daß das Grasfloß überladen war und daß etwas Vereintes getrennt werden mußte, wollte man nicht das Risiko eingehen, daß alle Teile vereint untergingen. Das war das Risiko der Liebe.

Es war nicht schwierig, Dona Jacintas Telefonnummer wieder herauszubekommen, denn zum Glück hatte sich nicht alles verändert. Die Engelmacherin wohnte noch am selben Ort und meldete sich genau wie früher, und es ginge gleich, am nächsten Montag. Wie bei Anabela Cravo, haargenauso. Ich erinnere mich noch an die vier Tage Wartezeit, so langsam wie alte Kutschen, teils mit üblichen Arbeiten verbracht, teils mit der Beobachtung, welchen Weg die Pistole nahm. Mal versteckte er sie unter dem Kopfkissen, mal unter anderer Wäsche. Selbst neben die Wasser- und Stromzähler legte er sie. Er verbrachte Stunden vor dem Spiegel im Badezimmer und betrachtete sich, wie potentielle Selbstmörder sich betrachten, in der Hoffnung, das nicht Tötbare in sich nicht zu treffen. Auch war er reserviert geworden, mein großer Gast, dachte zu viel nach und sprach nur so viel, wie unbedingt nötig.

Wie sich diese Tage hinschleppten und nicht vergingen, obwohl sie ja anbrachen. Absurd. Die Koffer, die verdreckt ins Haus gekommen waren, hatte ich in der Hoffnung, wir würden wirklich verreisen, lange vor dem Sommer reinigen lassen. Ich holte sie hervor und klopfte sie polternd aus, damit er sie sah. Die Schilder glänzten: PRINCIPE.

»Was?« fragte er.

Dann spionierten wir hintereinander her. Der Beweis dafür ist, daß er in einem Terminkalender etwas fand, das ich in der Buchhandlung geschrieben hatte, während ich nach draußen sah. Senhor Assumpção drängte mich, ich solle lesen, und brachte mir Renaissancedichter mit lauter Aufforderungen zur universellen Liebe. Gott bewahre, Senhor Assumpção! Liebte denn irgend jemand mehr als ich? Welcher verfluchte Blitzstrahl traf meine Liebe! Wenn mir danach war, kleine Bücher aus dem bewußten verbotenen Regal zu holen, dann nur, weil ich morbide Zeilen suchte, von denen ich wußte, daß sie nur für mich oder andere existierten, die genauso gequält waren wie ich. In den kurzen Arbeitspausen merkte ich, daß es sich gar nicht lohnte, sie aufzuschlagen. Von dem geleitet, was ich schon durch den Titel oder auch nur einfach so wußte oder erahnte, lehnte ich den Kopf an das Regalbrett und las lange Sätze in mich hinein, als ob ich laut vorläse. An einem solchen Tag wurde ich sogar so kühn, daß ich nach einem Stück Einwickelpapier griff und aufschrieb, was mir in den Kopf kam. Und da nahm ich den Kalender, weil ich meinte, daß er niemals unter die indiskreten Blicke eines anderen geraten würde. Es waren lange, weitschweifige Worte, wie man sie im Takt zum Ticken von Uhren sagt: »Die Liebe hat mich mit ihrer brennenden Kerze berührt / Da es dunkel war / Schien es, als bildete sich ein Lichtkreis um die Flamme / Der Lichtkreis bewegte sich wie ein Blendwerk / Da nun die Nachtigall gewöhnlich in der Nacht sang / Rief ich sie / Doch jene, die kam, hatte ausgebrannte Augen / Und man hatte ihr diese Grausamkeit angetan / Damit sie doppelt soviel sänge / Jetzt gleichen für mich alle Liebenden diesem Vogel / Aber so wie sie will auch ich auf meinen Eiern singen / Und mich der Natur hingeben.« Und so weiter.

Den Kopf ans Regal gelehnt, schrieb ich diesen Gedankenfluß auf und hatte das sichere Gefühl, eine linkische Nachahmung sämtlicher traurigen Gedichte, die ich in diesen zwei oder drei Jahren in der Buchhandlung gelesen hatte, zu verfassen. Im Kalender.

»Und wenn wir beide sterben würden?« Ich fuhr aus dem Schlaf hoch, neben mir Artur Salema im Slip mit dem Kalender in der Hand.

»Wir beide sterben? Ich habe, was man dafür braucht!« sagte er fast triumphierend.

Ruhe. Die Nächte schienen jetzt, da wir im Übergang waren, kein Ende zu nehmen. Wenn wir uns umbringen würden! wiederholte er. Fast nackt wie er war, sah Artur Salema wie gerade geboren aus, und er starrte auf den Schrank. Aus seiner Blickrichtung schloß ich, daß er die Waffe in den Schuhen versteckt hatte. Wir würden uns nicht umbringen, denn ich überließ mich nicht der Schwäche des Sinnlosen. Selbst wenn ich es gewollt hätte, nebenan hatte ich Jóia, der im Schlaf lag und am nächsten Tag sein Frühstück erwartete.

»Kannst du dir vorstellen, daß Bakunin aufgibt? Du solltest dich schämen«, sagte ich zu ihm. »Verreisen müßten wir, erst du, dann ich, denn das haben wir nötig.« Obwohl es Nacht und kalt war, holte ich die Koffer und packte seine sämtliche zusammengelegte Wäsche ein, als würde er tatsächlich frühmorgens nach dem Milchkaffee abreisen. »Schlaf und träum vom Brummen einer Boeing, los.«

Und dann?

Voller überraschender Wendungen, der Weg den anderen Hang hinunter. Wie Sie wissen, drehen die Jahreszeiten zum Hohn auf die Unwiderruflichkeit trickreich Kurven, aber manchmal, im Widerspruch zu diesem beständig spiralförmigen Verlauf bis zum großen Knall, verharrt manches eine Weile in der Schwebe, um uns die Illusion von Gleichgewicht zu geben. Wie ich Ihnen schon gesagt habe, war dies mein Gefühl, als ich bei Dona Jacinta anrief, und es bestätigte sich mir dann, als ich nicht anrief, sondern hinfuhr.

Es war dieselbe Tür, und sie trug dieselben Handschuhe, allerdings weiße, als sie aufmachte. Dasselbe rot ausgelegte Wartezimmer mit denselben Vorhängen. Nur das *Hallo!* war anders, aber es war gleichfalls *Hallo!* Auch das Tischchen war dasselbe, genau wie der Staub vom roten Teppichboden, der vom Fußboden aufstieg. »Einen Augenblick«, sagte Dona Jacinta, als sie mich sah. »Das erste Mal? Ich hätte schwören können, daß ich Sie kenne.« Sie machte die Türen auf und zu, im Hintergrund klirrten die Metallinstrumente. Jemand ging hinaus und sagte »Auf Wiedersehen«, jemand, der gleichzeitig hinausging, sagte »Danke«, die Stimme wie durch Stoff gedämpft. Schon fragte Dona Jacinta mich: »Haben Sie die Vorlage mitgebracht? Das Geld? Ziehen Sie den Schlüpfer aus.« Dann der Flur, dann die zuschlagenden Türen, dann die winzige Kammer, wo Anabela Cravo gelandet war. Alles war dasselbe. Dann der Geruch von Äther, dann ein Sauggerät, dann Dona Jacinta, die verunsichert Fragen stellte. »Sie sind noch nie hiergewesen?« Alles spielte sich an der Schwelle zur Wüste ab. »Hier rauf.« Palmen schleiften über Sand, ein Sandsturm und ein tiefer Brunnen, in dem man Wasser ahnte. »Einatmen, einatmen!« Die Reise fand gleichzeitig über und unter Wasser statt, aber am Rand der scheinbar unendlichen Wüste wurde ich langsam gewahr, daß ein Windhauch in Wellen vorüberzog, und mit ihm kam Dona Jacintas Stimme von weitem und war entsetzlich nah. Es war eine Zeit wie im Hades, denn es gab keine Zeit. Vielleicht zischte in der Nähe unverständlich eine Natter, denn zwischen den artikulierten Lauten war das Schnarren eines Schlundes. Immer näher und näher, der Laut, der Palmenhain zog entwurzelt seine Konturen durch die Luft wie ein giftiges Band. Dann schlugen die artikulierten Laute mir links an die Schläfe, als bliese der Wind von dort und brächte eine Metallschale mit, voll von einer roten, warmen Flüssigkeit und in ihr ein Etwas wie ein Vogel. Den bewegte Dona Jacinta mit der Pinzette und sprach, bei jeder Silbe pustend, leise die Zahl der Monate aus. Fünf, über fünf! Wie kommt das?

Auch ich wollte pusten, aber die Wörter ergaben sich fern vom Mund, und vielleicht lohnte es sich nicht, sie zu artikulieren. Es würde reichen, nach der Handtasche zu greifen und ans Portemonnaie zu kommen. »Das macht noch sieben«, sagte Dona Jacinta. Und da sie befürchtete, ich könnte sie nicht hören, streckte sie sieben Finger ihrer Hände hoch, damit ich richtig begriff. Ich schaffte es, dorthin zu zeigen, wo die Scheine waren, und Dona Jacinta zählte eins, ein Puster, zwei, noch ein Puster, drei, noch ein Puster, sieben, sieben Puster. Sie würde sie in den Busen stecken, wußte ich, das hatte ich bei Anabela Cravo gelernt. Tatsächlich zog Dona Jacinta den Kittel vom Hals weg und steckte die sieben in den Busen. »So spät herzukommen, das ist eine unglaubliche Unanständigkeit«, sagte weit, weit weg Dona Jacinta. Wirklich unglaublich. Rechts führte die Wüste zu einer verglasten Veranda, über die ganze Länge mit Stoff in Oleanderblütenmuster ausgeschlagen, und zwei Frauen in meinem Alter zitterten nackt vor einem Heizofen, damit sie endgültig aufwachten. Dona Jacinta reichte einer der beiden in eine Serviette eingewickelt ein Gebiß. »Ziehen Sie den Schlüpfer an und kommen Sie runter.«

Das war der Teil mit dem Spuckbecken, das Kapitel, das bei Anabela Cravo gefehlt hatte. Aber auch wenn die Zeit unendlich gedehnt war, Dona Jacinta sprach nach und nach nur noch mit einem leichten Pusten zwischen den Silben: »Haben Sie niemanden, der Ihnen das Antibiotikum und das Ultra-Levure kaufen kann?« Leichte Ungläubigkeit.

»Ich dachte, Sie wären sitzengelassen worden.«

»Nein«, sagte ich.

Dona Jacinta stammte aus der Zeit des tragischen Sitzenlassens und hätte es gern so gehabt, aber jetzt gab es kein Sitzenlassen mehr, und es passierte auch nichts Tragisches. Es war Karnevalszeit. Rosenmontag. Vorabend der Fastnacht. Sollte ein Taxi halten, wollte ich nach São Mamede fahren, mich ins Bett legen und zu Artur Salema sagen: »Ich hab's verloren.« Ganz einfach. Wenn ich aus der Toilette kam, wollte ich sagen, ich hab's verloren, aber bevor ich in die Toilette ging, wollte ich schon gesagt haben: »Ich glaube, ich verliere es.« Ich wollte lange da drin bleiben und mehrfach die Wasserspülung ziehen. Selbst wenn Artur Salema mit den Fingerknöcheln anklopfen würde, wollte ich immer sagen: »Einen Moment.« Hoffentlich tauchte bald ein Taxi aus diesem Verkehrsstrom auf, der die Avenida Almirante Reis hinunterbrauste.

»Nach São Mamede.«

Ich war sicher, daß ich rechtzeitig ankommen würde, denn ich hatte die Koffer von Artur Salema neben die Tür gestellt und damit den kleinen Revolver, mit dem er herumging, abgebremst. Sie waren fertig gepackt, voll mit Kleidung und nützlichen Gegenständen, Reiseführern, Beuteln mit Flakons, als ob sie sagten: »Halt! Stop! Der Tanz ist vorbei!« Ich steckte den Schlüssel ins Schloß und drehte ihn vorsichtig herum, wie beim Öffnen eines Safes.

»Du bist ja ganz blaß«, sagte der große Ex-Gast. »Was ist passiert?«

Ich glaube, ich verliere es, ich glaube sogar, ich hab es schon verloren. Und verschwand in der Toilette. Artur Salema hatte den Revolver irgendwo in der Wohnung versteckt, aber er stand sprachlos mitten im Zimmer und wußte nicht, wo er hinsehen sollte. Er täuschte Ungläubigkeit und aufgeregte Besorgnis vor, als führe auf einmal ein Schiff vor seinen Augen vorüber und wäre mit Fahnen geschmückt. Mit dem Bart sah er richtig wie ein Matrose aus. Da im Zimmer.

»Hast du's verloren?« – »Und ist das nicht gefährlich?« – »Sollte man nicht einen Arzt holen?«

Fragte er, als schwebte er haltlos in der Wohnung. Etwas wie Erleichterung sank von der Decke nieder und hüllte die oberen Teile der Möbel ein, legte sich auf die horizontalen Flächen, ging über sie hinweg und bedeckte den Fußboden. Wie ein Seufzer. Niemand machte Krach, weil ja Karneval war und Jóia nicht zu Hause. Und während sie sank, breitete sich diese Erleichterung über allem aus. Was ich sah, mußte auch er sehen und umgekehrt, denn wir hatten uns immer wortlos verstanden, bis auf den einen oder anderen nicht ganz so wichtigen Augenblick, so wie in diesem.

»Mein Gott, du hast es verloren!«

Da mußte er die Erleichterung wie einen Schaum fühlen, und er ging durch das Zimmer, aus dem Zimmer, wobei er zuerst den Hacken und dann die Fußspitze aufsetzte, als hätte er eine Falle unter den Absätzen. Oder wie einer, der gefunden, aber nicht gesucht hat. So leistete er mir viel Gesellschaft während dieses Karnevals, mein großer Gast. Ich weiß noch genau. Er muß sämtliche Prospekte gelesen haben, die der italienische Tourismus in den Reisebüros verschenken ließ, und ohne mich verletzen zu wollen, hing er mit unerschrockener Sehnsucht der Erinnerung an die Begegnung mit dem Sohn des Freundes des Freundes von Settimelli auf der Piazza della Signoria nach. Alles laut. Ich hatte es verloren. Da wollte er, um mich aufzumuntern, mir das andere Lied beibringen, das von Luigi Molinari. Er reckte den Hals über der Kommode.

Nel fosco fin del secolo morente
Sull'orizzonte cupo e desolato
già spunta l'alba

Es war so schön, daß wir uns so verstanden, während in den lauen Straßen dieser kleinen Hauptstadt alles maskiert zu sein schien, es war so schön. Es war so schön, uns anzuschauen und unser Inneres phosphoreszieren zu sehen, so wie nur wirklich Liebende es können und wie es nur einmal im Leben bei einem Menschen geschieht! Dennoch war uns nicht danach, uns auf den Mund zu küssen, sondern auf die Stirn, die Hände, auf keusche Stellen. Es war für alles Zeit.

»Hast du etwas von Contreiras gehört?«

Artur Salema drehte sich am Fenster um. »Er ist nach Portalegre gegangen, sie haben ein Festessen für ihn veranstaltet wie für einen verlorenen Sohn. Um die Illusion perfekt zu machen, haben sie einen gebratenen Ochsen aufgetischt wie in den argentinischen Pampas. Ich glaube, Contreiras bleibt da. Dieser Hund!«

Aber als die Unpäßlichkeiten vorbei waren, und das war schnell der Fall, denn es war mehr als bewiesen, daß ich nicht zu Fieberzuständen neigte, mußte ich hart sein, meinem Blick die Maske der Gleichgültigkeit aufsetzen, mich hinter einem Tisch postieren, die Arme zu einer Sperre formen und ihn auf die Reise schicken. Wir beide wußten, er so gut wie ich, daß dies eine List war, um uns zu retten, ehe wir das letzte Ufer erreichten.

25. Komischer Zwischenfall

Wie Sie merken, mache ich drastische Sprünge. Wozu auch Ihnen am Cafétisch im *Together/Tonight* mit der Erinnerung an eine so vorhersehbare Trennung Unbehagen bereiten? Lieber will ich von einem wirklich lustigen Zwischenfall in diesen melancholischen Tagen sprechen.

Stellen Sie sich vor, der Ingenieur Marques Ruivo hatte ein paar Dollar geschickt, damit seine Kinder sich während dieser Zeit amüsierten, als Antwort auf einen von der kleinen Cila verfaßten Brief voll schrecklicher Beschwerden, in dem sie den Weihnachtstag als regelrechte Folter beschrieb, denn sie sei mit Schweinchen zu Hause eingesperrt gewesen, und er habe ihr ständig den Schlüssel für die Pralinen entreißen wollen. Das Kind besaß Verve und hatte den abwesenden Vater gerührt, allerdings hatte eine Zweitschrift desselben Briefes an die Mutter in Brüssel keinerlei Ergebnis gebracht. Marques Ruivo schickte die Handvoll Dollar über einen Freund mit den Worten, die Kinder sollten sich zum Karneval verkleiden, Kuchen kaufen, zu Festen gehen und sich tüchtig amüsieren, bis er selbst kommen und sein familiäres Problem lösen würde. Nach der Abtreibung sang also Artur das »Nel fosco fin del secolo morente« zwischen dem Bett und dem Fenster, als gäbe es keinen Plattenspieler im Haus, er hatte sich sogar schon den Bart gestutzt, und seine Augen glänzten ganz anders, da erschienen die drei Kinder vor der Schlafzimmertür. Cila war als Schnitterin verkleidet, die Röcke zwischen den Beinen geschürzt, im Gürtel eine Pappsense. Ihren Mund mußte sie sich selbst mit rotem Textmarker angemalt haben, denn sie hatte auch neben den Lippen Flecke und Striche, und sie sagte sehr laut zu Schweinchen: »Kapierst du nicht, du Idiot, daß sie es verloren hat?« Und sie rekelte sich am Türrahmen und tat, als wüßte sie bestens Bescheid.

Ich rief sie, vor allem, weil dieses Kind mich faszinierte, aber sie kicherte nur von weitem und blieb draußen, dafür kam Schweinchen ins Zimmer herein. Er war als Polizist verkleidet, mit einem stirnbreiten Gürtel, der seinen runden Bauch einschnürte und ihn an den Seiten plattdrückte wie einen Sack. Irgend jemand hatte ihm über dem Mund einen schwarzen Schnurrbart gemalt, und weil Schweinchen den Tränen nahe zu sein schien, mußte man über ihn lachen. Denn Schweinchen hatte außer dem Schnurrbart auch noch nachgezogene Augenbrauen und drei senkrechte Striche dazwischen, was ihm ein böses Aussehen gab, das unter den Tränen verschmierte. Es waren viele Tränen, als wäre sein Kopf ganz aus Wasser. Er hatte den Mund zu einem Halbmond verzogen, und er weinte, ohne zu blinzeln. Seine Schwester erklärte.

»Sie hat's verloren, aus und vorbei. Es riecht nicht sauer, es macht nicht in die Windeln, es trinkt keine Flasche. Ich kann ihr Geschrei nicht leiden«, faßte Cila zusammen.

Aber man mußte diese lächerliche Figur Schweinchen trösten, die da an der Schlafzimmertür mit hektischem Geheul über ich weiß nicht was jammerte. Alles würde schon gut werden, es konnte gar nicht anders sein. Nur schade, daß Jóia nicht, wie er vorgehabt hatte, als Jaguar verkleidet war, damit sie so zu dritt an der Hand von Glória und dem echten Polizisten, der an diesem Tag Zivil trug, nach draußen gehen konnten. Sehr schade. Als sie von ihrem Spaziergang zurückkamen, gab es eine neue Heiterkeitsszene. Schweinchen nahm sich die Besonderheit der Krankheit wieder zu Herzen, dabei saß ich schon ganz bequem zwischen Kissen, hatte nur ein entferntes Angstgefühl, aber er zog Gürtel, Colt, Käppi aus, knöpfte die Uniformjacke auf, warf den ganzen Kram auf den Fußboden und stand in weißer Unterwäsche und kleinen, schwarzen Stiefeln da. Wie hätte Artur Salema da nicht über alle Möbel hinweg lachen und mit dem Finger auf Schweinchen zeigen sollen, wie Cila es von der anderen Seite her machte? Artur Salemas Fröhlichkeit steckte an, nachdem jetzt der Druck vorbei war. In diesen letzten Tagen, die Artur Salema noch bei uns in São Mamede blieb, gab es übrigens mehrere lustige Szenen, aber diese, die ich Ihnen gerade beschrieben habe, hat sich mir am dauerhaftesten eingeprägt. Wir lachten über alles mögliche mit empörendem ha, ha, ha, mit Ausnahme von Schweinchen natürlich.

Ich sage es noch einmal.

Dann standen wir vor dem Fenster, von dem aus man die Kirche São Mamede sah, und ich war hart und gleichgültig, machte die Wohnungstür auf und stellte die Koffer zwischen die Türpfosten. Ich hatte mich weder gekämmt noch gewaschen, schleifte mit einem alten Morgenrock über den Fußboden und schimpfte absichtlich, als wollte ich jeglichen Rest einer liebevollen Bindung weit weg jagen.

»Schreib mir nicht und ruf auch nicht an«, sagte ich sehr laut, ließ den Morgenrock schleifen und kam mir häßlich und wie eine Hexe vor. Damit er ging.

26. *Samstag, den 21. April*

Ich dachte, wenn Sie einen Brief erhalten, würden Sie wie alle Menschen an etwas von früher, etwas aus der Mode Gekommenes denken, so als führe plötzlich eine von Pferden gezogene Kalesche durch die Rua Augusta. Und überall röche es modrig.

Natürlich nicht, natürlich liebe ich keine Briefe und habe mich auch nie von ihnen versklaven lassen, dabei habe ich noch die Zeit miterlebt, als alle portugiesischen jungen Mädchen Kriegspatenschaften hatten und ein Vermögen für Briefmarken ausgaben. Ich habe früh geheiratet und bin nie Patin gewesen. Deshalb danke ich Ihnen für die lobenden Worte über meine Schreibkünste. Aber ich schreibe nicht der Kunst wegen.

Denn um welche Kunst kann es schon gehen, wenn man von dieser unbequemen Realität spricht, einen Sohn zu haben, der unter Haarausfall leidet, ein Nervenbündel, das auf dem Sofa im Wohnzimmer liegt? Ein Glück, daß der Dalmatiner heult, jault und spielt und als Verbindungskabel zwischen uns dient, so daß João Mário innerhalb von drei Tagen vom Schreien und Grollen zu friedlicher, ja willfähriger Ergebung übergegangen ist. Als könnte er weder allein gehen noch kauen oder spucken. Tante Clotilde ist in Angst und Schrekken – sie denkt, daß ihr Großneffe sterben wird und betet die ganze Zeit, daß es kein Anzeichen für Veitstanz ist. Unter dem macht sie's nicht! Aber ich meine nur, was Dr. Coutinho meint – wenn João Mário tut, als könnte er sich kein Taschentuch holen und auch nach keinem Glas greifen, dann tut er, der noch vor ein paar Tagen auf einen Stuhl gestiegen ist, um eine Klemmschraube zu lösen, nicht so als ob, sondern es ist Ernst. Er ist noch nie so ernst gewesen. Warum sollte er so tun als ob? Ich selbst fühle mich gut, als wäre ein vom Einsturz bedrohtes Haus im letzten Moment abgestützt worden. Ich fühle noch die Pfeiler zittern.

Habe ich Ihnen schon gesagt, daß der Hund wie eine Plazenta zwischen uns ist? Er reißt viel das Maul auf, beißt Jóia und leckt an seinen Fingern, banale Szenen, Sie kennen so was. Was Sie vielleicht nicht wissen, João Mário spricht neuerdings albern vorn auf der Zungenspitze und will den Namen, der zu ihm gehörte, an den kleinen Dalmatiner abtreten – Jóia ist jetzt ein Hundename. Und natürlich findet Fernando, daß man zu allem, was Jóia will, Amen sagen muß.

Was soll ich Ihnen sonst noch sagen? Wenn ich jetzt aus dem Together/Tonight *nach Hause komme, warten sie auf mich. Sobald ich die Tür aufmache, scheinen João Mário, der Hund und das Sofa, auf dem sie ohne Plastik sitzen, tiefen Frieden zu verbreiten, auch wenn er aus lauter Kasteiung besteht.*

27. Übergang

Obwohl ich ihn gebeten hatte, es nicht zu tun, rief Artur Salema aus der Nähe und dann aus der Ferne an, als hätten wir noch nicht Schluß gemacht. An beiden Enden war das Gefühl, als frühstückten wir tête-à-tête am Tresen des *Intelecto.* Und dann kamen Postkarten, auf denen oben auf portugiesisch stand: *Es war es wert, mein Liebling.* Er schrieb auch, die Erde sei rund, die Flugzeuge rasend schnell und die Hoffnung grenzenlos. Seine Mutter habe ihm unter hundertfachen Umarmungen zwei Millionen Lire gegeben, was wenig sei, solange er noch von einem Ort zum anderen fahre und nach einem geeigneten Platz suche, um sich niederzulassen. Nein, ich zog keine Vergleiche, keineswegs. Ich hatte Artur Salema genug geliebt, um ihn verstehen zu können, und brachte es nicht fertig, Wörter wie »Heuchelei« zu benutzen oder andere, weniger gelassene, wie man mir riet. Ich kannte ihn. Im übrigen verhielten sich alle großartig. Senhor Assumpção sehr besorgt. Er ließ mich nicht fallen. In Tränen aufgelöst? Ich hätte keinen Grund, in Tränen aufgelöst zu sein. Sagte er zu mir vor einem Anruf von Artur, der schon von so weit her kam, daß er vorangemeldet werden mußte. Wir beide waren im Laden, ich wartete auf die Verbindung, und er war mit der Buchhaltung beschäftigt. Die Tür war schon abgeschlossen, und Senhor Assumpção fing an, ganz langsam, nur für mich, liebevoll vorzulesen, als wollte er sicher sein, daß auch jedes Wort voll und ganz meine Ohren erreichte.

> *Weinet, Venus, weinet, Cupido, weinet alle,*
> *ihr liebenswerten Menschen! Verschwunden ist der* Yeti
> *meiner Vielgeliebten, der* Yeti, *das Entzücken*
> *meiner Vielgeliebten, den sie mehr geliebt hat als*
> *ihre eigenen Augen . . .*

Er war ein Gentleman, dieser Senhor Assumpção, mit raschelnden Blättern an meinen Ohren so Catull zu zitieren und aus dem Spatz einen *Yeti* zu machen. Ich mußte einfach lachen. »Sehen Sie? Sehen Sie?« sagte er. Wir gingen hinaus, als die Bürgersteige sich schon leerten, und Senhor Assumpção sprach langsam, damit ich ihm erzählte, ihm sagte, was der Grund für diesen Kummer sei, der mich seit Wochen quälte, ganz abgesehen von den Tagen, die ich gefehlt hätte und über die er hinwegsehe. Das letzte Schaufenster sei sogar eine Katastrophe gewesen. Er war so gut, der Senhor Assumpção! In ganz Portugal gab es keinen Chef, der die Geduld hatte, sich solche Klagen anzuhören. »Ihr Spatz ist tot? Dann ist er tot. Aus und vorbei. Von solchen Vögeln gibt es überall Nester.«

Auch Aguiar brachte mir hin und wieder sein Taschentuch zum Ausschneuzen, wenn die Sonne herauskam und die Rua do Calhariz sich in ein fernes Winken aus Bella Italia verwandelte. Idalina strickte schnell einen Pullover für Jóia, und so unwahrscheinlich es auch klingen mag, selbst die Puppenfabrikation half mir enorm, denn wie Sie schon gemerkt haben, war durch Artur Salemas Weggang abgesehen von der anderen Leere auch ein Loch in meinem Portemonnaie entstanden. Jetzt mußte ich abends jede Menge Puppen machen.

Auch hierbei hatte ich unbestreitbar Glück und fand, ich sei vom Schicksal begünstigt, denn ich kannte keinen anderen solchen Fall – seit ich selbst die Puppen direkt zu Rúbia brachte, multiplizierte Ana Lencastre auf der Stelle die achthundert Escudos mit der Stückzahl und stellte sofort den Scheck aus.

»Verkaufen die sich so gut?« fragte ich.

»Alle«, sagte Ana Lencastre und nahm ihre runde Brille vor dem Krimskrams ab. Auf den Aschenbechern stand SMOKE, auf den Servietten MAN und WOMAN. Sie unterschrieb den Scheck fast mit den Lettern eines Analphabeten, als legte sie eine Prüfung in Schönschrift ab, aber sie hatte glattes, tadelloses Haar mit Strähnen, ein schickes, selbstsicheres Aussehen. »Alle«, sagte sie noch einmal. Allerdings gestand sie gleich darauf, daß sie verärgert sei, denn sobald die Puppen gebracht würden, wolle die *Doktorin* alle haben, sie rufe sogar an, um zu hören, wie viele es seien, das tue sie bestimmt, um sie woanders weiterzuverkaufen. Das bedeute, daß sie hier nur eine Art totes Zwischenlager sei, da sie nur fünf Prozent bekomme und keinen richtigen Umsatz mache. Die *Doktorin* war natürlich Anabela Cravo. Ana Lencastre vermutete, daß die *Doktorin* sie ein bißchen betrüge, heimlich verkaufe, exportiere. Als am Geschäft Beteiligte stehe es ihr nicht zu, das Produkt aufzuwerten, aber sie müsse zugeben, daß diese Puppen sich auf ganz originelle Weise anfühlten, eine Harmonie hätten, die fraglos daher rühre, daß ich Kapok und Kanariengras abwechselnd verwende und dadurch das Gewicht unterschiedlich auf die einzelnen Partien verteile. Sie seien so kuschelig, daß man sie am liebsten zärtlich an sich drücken möchte. Das habe die *Doktorin* gemerkt, und jetzt mache sie so was. Sie war gereizt und unterschrieb den Scheck.

Wie Sie sich denken können, war das, was Ana Lencastre störte, für mich Anlaß zu großer Freude. Ich hatte immer Wert und Verwendungszweck dieser armen Stoffpuppen angezweifelt, und jetzt zu wissen, daß es ihretwegen zu Eifersucht und Streit kam, gab mir Selbstvertrauen und brachte mir sehr heftig Anabela Cravo in Erinnerung. Ich glaube, das war es, was mich veranlaßte, sie anzurufen. Nun, da Artur Salema nicht mehr existierte, dachte ich aus einem unaufschiebbaren Drang heraus, sie würde, auch wenn sie unsere Beziehung als pechbringend betrachtete, bei einem kleinen Anruf am frühen Nachmittag weich werden und wir könnten uns gegen Abend in irgendeinem Café treffen. Schließlich hatte Anabela Cravo immer in jedem Auge eine Wahrsagerkristallkugel gehabt, mit deren Hilfe sie von weitem sehen konnte, ob eine Sache gut oder schlecht ausging, auch wenn vorher Liebe im Spiel gewesen war. Warum sollte ich ihr nicht am Telefon sagen, daß ich mich aussprechen mußte? Obendrein, da ich nun wußte, daß sie die Puppen bei Rúbia abholen ließ, um sie woanders zu verkaufen, hatte ich auch meine Dankbarkeit als Vorwand. Ich rief in Atouguias Büro an. Sollte sie womöglich nicht mehr da sein?

Sie war nicht da – die Angestellte, die mir antwortete, klang, als wäre sie über meine Unwissenheit empört. Sie mache ein Praktikum bei einem anderen Anwalt und komme nur zufällig mal vorbei.

Das war's, Anabela machte sicherlich ihr Praktikum bei Baptista Falcão. Ganz bestimmt hatte sich alles eingerenkt, mein schlechter Einfluß war wohl nicht groß genug gewesen, um ihr diese Chance zu verderben, die Anabela Cravo sich mehr als alles andere auf der Welt zu wünschen schien, als das Debakel in São Mamede passiert war. Ich suchte mir aus den gelben Seiten die Nummer vom Büro von Baptista Falcão heraus, wählte aufgeregt und bekam die süßliche Stimme von einem jungen Mädchen zu hören: »Anwaltskanzlei, guten Tag.« Aber dann stellte das süßliche Mädchen, offensichtlich eine Anfängerin, wohl verkehrt durch, denn in der Leitung ertönte die überreizte, gedämpft schimpfende Stimme von Anabela Cravo: »Was machen Sie da eigentlich? Vor einer halben Stunde habe ich gebeten, mich mit der T.L.P. zu verbinden, und Sie machen nur Mist!« Sie legte auf, so wie auch das Mädchen, das den Anruf entgegengenommen hatte, und es brummte im Hörer.

Aber der Zufall fügt es.

Senhor Assumpção lag zu Hause mit einem Frühjahrsfieber im Bett, und meine Mittagsmahlzeiten beschränkten sich zu jener Zeit auf zwei mit Fleisch bekleckste Mehlteigstückchen mit französischer Bezeichnung. Da dies sehr schnell gegessen und bezahlt war, spazierte ich anschließend durch die Straßen und drückte das Gesicht an die Schaufenster wie alle Leute. Bei einem solchen Bummel nun ging ich gerade mit Idalina und Aguiar die Rua Nova do Almada hinauf, als wir an einem blitzblanken, grauen Mercedes vorbeikamen, einem von der Sorte, deren Anblick sich nicht mit der Inflation der Gemüsepreise vertrug, die wir damals erlebten. Aber ich hätte den Wagen nicht weiter beachtet, wenn ich nicht Anabela Cravo in ihm entdeckt hätte. Sie war es. Ich lief hinterher, ich wollte sie sehen. Ich sah sie. Vorn ein Mann, der wohl

Baptista Falcão war, und neben Baptista Falcão der Sekretär und Chauffeur.

Ich begriff nicht, wieso dieses Bild mir Funken zusprühte. Ich sah es mir näher an. Die Insassen des Mercedes stiegen gebeugt aus. Sie richteten sich auf. Schlugen langsam die Türen zu. Anabela neben Baptista Falcão. Ich hatte den berühmten Anwalt noch nie gesehen, aber nach der Beschreibung, die Anabela mir gegeben hatte, war keine Verwechslung möglich. Wie gesagt – sie stiegen aus, schlossen langsam die Türen und bewegten sich auf eine kleine Menge zu, die vor dem Gericht Boa Hora mit einem hier und da aufgelockerten Polizeikordon wartete. Als ich fragte, sagte jemand neben mir, an diesem Nachmittag würden ehemalige Politiker abgeurteilt, denen man Überfälle vorwarf, was den Polizeischutz rechtfertige, der allerdings zu unbedeutend sei, um Banditen zu überwachen. Mein Informant war wütend. Richtig. Was mich aber beeindruckte, war nicht diese verpaßte Begegnung, auch nicht die Menge von Gaffern, die auf dem Bürgersteig stand, sondern der Schick, das glanzvolle Auftreten und die Macht von Anabela Cravo neben Baptista Falcão. War er nicht derjenige, den ihrem Bericht zufolge mein Sohn Jóia bei offener Tür und brennendem Licht in meinem Bett erwischt hatte? In São Mamede? Ja, er war es.

Ich wollte noch näher heran und lief, fasziniert von ihrem Auftritt, weiter nach vorn. Die Polizisten bahnten ihnen einen schmalen Weg durch die Menge, und Anabela ging mit erhobenem Kopf, eine Aktentasche in der Hand, voran. Ein Wind kam von irgendwoher und ließ ein Ende ihres weißen Halstuchs flattern, ein ähnliches wie jenes, das sie mir an einem fernen Weihnachtstag geschenkt hatte. Als nun dieses Halstuch wie ein Wimpel hochflatterte, drehte Anabela sich, nachdem sie die oberste Stufe der kleinen Treppe erreicht hatte, für einen Augenblick um, und das weiße Tuch legte sich ganz auf ihr Gesicht. Falcão zupfte es behutsam zurück, schob sie von hinten weiter, und sie verschwanden im Eingang.

Irgend etwas daran war in sich stimmig, denn es gibt

Pläne, die absichtlich schiefgehen. Dachte ich. Was eigentlich hätte ich zu Anabela am Telefon oder von Angesicht zu Angesicht sagen können, wenn sie sich jetzt so hoheitsvoll im Mercedes fortbewegte und eine Courrèges-Imitation als Kostüm trug, während ich gerade Artur Salema rausgesetzt hatte und in meiner miserablen Lage darauf hoffte, daß mir jemand das Mittagessen bezahlte, damit Jóia seine Bohnensuppe in der Kantine essen konnte? Seelisch genauso schlimm dran wie finanziell? Oh, ja! Es lief mir heiß und kalt den Rücken runter – zum Glück hatte die Anfängerin am Telefon von Baptista Falcão sich mit den Stöpseln vertan und die Verbindung mit mir unterbrochen. Dachte ich noch, als ich die Rua Nova do Almada hinaufging und auf dem Randstreifen ausrutschte. Während ich schwankend das Gleichgewicht zu halten suchte, begriff ich, daß meine Person für Anabela Cravo ein Ärgernissymbol war, und ich gestehe, daß ihre alten Ratschläge mich von da an überall verfolgten, ohne daß es mir klar wurde.

Was wollen Sie? Ich wußte, und zwar von ihr selbst, daß ich weder zu ihrer Gattung noch zu ihrem Seelengeschlecht gehörte und daß für unterschiedliche Menschen unterschiedliche Methoden galten, aber dieses Bild des Erfolgs war verwirrend. Und ich wollte wissen, wie das war, es von nahem sehen, es ein bißchen miterleben. So unglaublich Ihnen das vorkommen mag, mir gingen verrückte Einfälle durch den Kopf, und stellen Sie sich vor, ich machte sogar das Büro von Baptista Falcão ausfindig, ging nach der Arbeit dorthin, erkundete die Gegend und entdeckte ein kleines Café mit nur zwei Tischen genau gegenüber auf der anderen Straßenseite. Der eine Tisch stand direkt am Fenster, und das Lokal war so winzig, daß sie nur einen Stuhl davorgestellt hatten. Verständlich. Das war das richtige Lokal, und dort setzte ich mich einfach nach sieben Uhr hin und wartete drauf, daß sie herauskam, um mich an ihr zu berauschen.

Manchmal, wenn Anabela Cravo herauskam, wartete unten schon Atouguia Ferraz auf sie. Er benahm sich weiterhin förmlich, denn er stieg aus, öffnete ihr die Tür, und sie küßten sich, ehe sie sich, jeder auf seiner Seite, zu ihren Sitzen hinabbeugten. Atouguia war noch immer sehr vornehm. An anderen Tagen kam Anabela herunter, und noch ehe sie draußen war, fuhr der mächtige Mercedes schnaufend aus der Garage. Wenn der Sekretär-Chauffeur am Steuer saß, setzte Anabela sich nach hinten, aber wenn der Wagen auf dem Bürgersteig angehalten hatte, und Falcão mit seinen Aktentaschen flink ausstieg, setzte sie sich nach vorn, auf den rechten Sitz. Er war vermutlich noch keine fünzig und hatte vorn einen tiefen Glatzenansatz, aber seine langen Haare standen auf den Seiten Respekt gebietend ab. Die Anzüge, in denen er herauskam, waren so tadellos gearbeitet, daß sie nicht aus Stoff und Nähten zu bestehen schienen. Feierlich fuhren sie die Straße hinunter, als ginge es zu einem dringenden Prozeß, am frühen Abend. Ich wußte Bescheid.

Ich wurde krank. Nein, nicht deswegen, wegen irgend etwas Undefinierbarem. Nach anderthalb Wochen fand ich, dieses Belauern sei morbide und es lohne sich nicht, noch weiterzumachen, weil ich schon alles gesehen hätte. Für sie, die Personen der Handlung, mochte Abwechlung darin liegen, aber für mich wurde es zur Routine. Dann überlegte ich, ob ich eigentlich Anabela noch gern hatte, ob ich sie überhaupt jemals geschätzt hatte, und brachte die Zeiten durcheinander. Aber fasziniert war ich, das wußte ich. Wenn ich sie herauskommen sah, hörte ich aus einem anderen, mit dem Kopf einer Pappbulldogge geschmückten Auto die Stimme einer Frau rufen: »Oh! Mateus, komm her und sieh dir die hier an!« Der Mann hatte sich wahrscheinlich auch schon in dasselbe Café gesetzt, den Hut in die Stirn gezogen, und das gleiche Spiel gespielt wie ich. Ich wollte sie nur aus der Nähe anschauen. Nicht immer allerdings konnte ich bei diesen flüchtigen Auftritten Anabela Cravo gut sehen, weil sie entweder mit zu hoch erhobenem Kopf oder zu schnell einstieg oder ein zu auffälliges Kostüm trug, aber ich hätte schwören können, daß nur eine einzige Sache an dieser faszinierenden Person nicht in den Rahmen paßte – das war der dunklere Schatten um den Mund, dieser wie verwischte Fleck auf der Stirn. Ach, aber was machte das schon? Anabela zu sehen, war wie einen Film zu sehen, der mit der Eroberung einer uneinnehmbaren Burg unter Fanfarenklängen und Pferdegewieher endet.

Morbide, sehr morbide, Anabela Cravo zu belauern. Es war morbide, glauben Sie mir, vor allem, weil ich mir, wenn ich wieder zu Hause war, wie ein streunender Hund vor der Tür vorkam. Zu morbide. Ich begriff es und hörte auf.

Und dann ein Anruf von Artur Salema gleichzeitig mit der Anmeldung, weil die Verbindung sofort geklappt hatte. Ein Anruf? Die Post war seltener geworden, wie Sie richtig vermuten, und plötzlich der Anruf in der Buchhandlung Assumpção, der die Bücher im Regal daneben erschütterte. Zu meiner Verblüffung fing er am anderen Ende an zu schreien, daß es in Rom schon zwölf Uhr mittags sei und er seit acht Uhr morgens auf dieses Gespräch warte, und verfluchte die internationalen Verbindungen in dem gesamten dekadenten Europa. Er rufe mich an, weil er mich brauche, ohne mich werde er es nie zu etwas bringen und auch nie wieder etwas machen. Warum habe er mich kennengelernt? Bekäme ich keine Briefe von ihm? Das liege daran, daß die Post in diesem dekadenten Europa nicht funktioniere. Ich sagte von hier zu ihm nein, und er schrie von dort: *»Niente di niente?«* –*»È pazzesco!«*

Sehr laut. Er sagte, er habe mich in den letzten Briefen gebeten, Jóia irgendwo zu lassen und zu ihm zu kommen. Ich schrie von hier, nein, ich könne Jóia nirgendwo lassen, und ich würde ihn auch um nichts in der Welt irgendwo lassen. *»È pazzesco*, das sage ich auch!« Und er vom anderen Ende. Das habe er schon gewußt, er habe schon immer gefunden, ich sei ein Mensch, dem die Füße von diesen paar Zentimetern Fleisch, die Jóia hießen, gebunden seien! Ich sei so unbeweglich, daß es sogar die Statuen, die alten, jene aus Stein, die sich nicht bewegen könnten, zur Verzweiflung bringen könne! Immer Jóia, immer Jóia, Mist! Und ich fing an diesem Ende auch an zu schreien und drückte die Kippe meiner Zigarette auf dem Regalbrett aus. Hallo! Hörst du mich? Du bist genauso verrückt wie du lang bist! Wohin soll ich kommen? Womit? Wie? Wofür? Um kreuz und quer in Europa Fünfmonatsschwangerschaften abzutreiben? Ich habe keine zwei Millionen Lire in einer Schachtel unterm Bett. Mist! Mist! Sagte ich von hier. Da schwieg er eine Weile, und die Einheiten ratterten herunter, und dann gestand er: »Júlia, ich habe inzwischen in einem Restaurant in der Via San Clemente angefangen, und ich will wieder zur Bildhauerei zurück. Aber gestern, stell dir vor, da ist hier Celina aufgetaucht! Meine Alten, diese Gauner, die haben mir Celina hergeschickt!«

»Hallo? Hallo?«

Das Telefongespräch verstummte, keiner hatte Schuld, alles war so banal, so unrühmlich und klein, wie konnte das weh tun?

»Hallo? Hallo? Hallo?« fragte er am anderen Ende.

So klein, das Leben, und sehr schnell. So würde es aufhören, mit einem kaum wahrnehmbaren Adieu wie von einem Menschen, der fühlt, daß die letzte Faser Liebe vergeht. Und noch einmal vom anderen Ende: »Júlia? Hallo!«

Wäre nicht Senhor Assumpção gewesen, hätte ich meinen Kram gepackt und wäre zum Camões gegangen. Dort hätte ich die Tasche hochgenommen und dahinter, Sie wissen schon. Aber der Chef und genauso Aguiar und Idalina fanden meine Antworten richtig. Die Buchhandlung war voller Leute, und alle hörten zu. Was erwarte eine einsame Frau, die einem Mann folge, der vielleicht für immer einsam sei? Einsamkeit sei ein innerer Zustand, mit dem man nicht geboren werde, den man aber für immer erwerbe. Sagten philosophisch und richtend meine Kollegen voller Mitgefühl, und an diesem Tag aßen wir alle zusammen. Es war wunderbar. Niemand kannte ein anderes Team, das so zusammen arbeitete, und das nur, weil es nicht in der Gewerkschaft war. Das war's. Ich weiß noch.

Senhor Assumpção kam vorbei und sagte zu mir: »Eros und Bios sind ein und dasselbe, verstehen Sie. Ihnen geht es nur so schlecht, weil Sie das nicht begreifen wollen.« Er ging ans Regal, zog eine Übersetzung aus dem Lateinischen heraus und reichte sie mir. Es war wieder Catull, mit Pünktchen über dem einen oder anderen gewagten Wort, aber trotzdem bekam ich Lust, an diesem Nachmittag nach dem wütenden Telefongespräch zu Senhor Assumpção zu sagen: »Ich kann es kaum glauben, Sie, ein Gentleman ...« Aber aus der Entfernung war Anabela Cravo ein Vorbild, das mir mein Dasein vergällte. Was hätte sie in einem solchen Augenblick getan? Mit Sicherheit nicht empört das Gesicht weggedreht. Sie hätte ihm lachend in die Augen gesehen und vielleicht gesagt: »Es lebe Eros.« Wirklich, Senhor Assumpção war von Tag zu Tag aufmerksamer, ganz außergewöhnlich, und verdiente dieses Entgegenkommen.

»Es lebe also Eros!« sagte ich lachend.

Sobald der erste sonnige Samstag kam, füllte sich die Küstenstraße mit einer nicht endenwollenden Autoschlange auf dem Weg zu den Stränden, und Senhor Assumpção lud aus Gefälligkeit Aguiar, Idalina und mich mit Jóia ein. Wir fuhren von der Buchhandlung los, und obwohl Senhor Assumpção mich als letzte eingeladen hatte, wählte er mich für den Todessitz aus, nämlich zu seiner Rechten, versprach jedoch, niemanden anzufahren. Er war wirklich lustig, der Chef. Und es wurde ein ganz interessanter Nachmittag, denn Senhor Assumpção fühlte sich zum Wasser hingezogen, und da es eine Menge Leute in der Autoschlange gab, aber nur wenige im Sand und er eine schwarze Unterhose anhatte, wagte er sich dicht ans Wasser heran. Idalina bekam auch Lust und schürzte ihren Rock, und nur Aguiar, der eine farblose Unterhose trug, mußte seine lange Hose naß machen. Ansonsten verlief alles gut, aber da mir kalt war, ging ich auf und ab, und immer wenn ich an einem liegenden Paar vorbeikam, sie mit einer Greta-Garbo-Brille auf dem Gesicht, merkte ich, daß er eine Zahl in den Sand schrieb, sie verwischte und von neuem schrieb. Ich sah näher hin und stellte fest, daß der Mann da eine Telefonnummer schrieb.

Bis er schließlich deutlich wurde und mit einem Blick auf die Brille der liegenden Frau und durch seinen Rücken geschützt mir mit einem Fingerzeichen zu verstehen gab: »Für Sie.« Ich ging wie zufällig vorbei, merkte sie mir und trug sie, ehe ich sie vergaß, in meinen Kalender ein. Er selbst machte eine Kurbelbewegung am Ohr, und das Ganze kam mir fast wie ein Lernspiel vor.

Na gut. Als ich anrief, hatte ich Glück, denn er war zu Hause und allein. So würde es wohl Anabela Cravo machen.

»Ich bin die Frau vom Strand«, sagte ich.

»Freut mich. Wissen Sie, das Mädchen, das neben mir gelegen hat, das ist nicht meine Frau, aber seit dem letzten Sommer ist sie es so gut wie. Sie verstehen?«

»Gewiß doch.«

»Und Sie haben Lust auf einen Drink? Ich bin Pilot, und in letzter Zeit habe ich die Strecke nach Rio gemacht. Die einzige Stelle, die mich hier an Copacabana erinnert, ist die Ecke beim *Mónaco*.«

»Genau. Da bin ich schon gewesen.«

Wir verabredeten uns. Ich gestehe, daß ich irgendeinen Novemberabend in schlechter Erinnerung hatte, aber ich sagte ja und stellte mich schließlich ungeniert an den Treffpunkt in einer Kurve. Da stieg ich ins Auto ein, und wir fuhren zusammen los. Aber er war wohl so an die Höhe gewöhnt, sehr viel höher als Kuckucks fliegen, daß er deshalb von nichts anderem als dem, wohlgemerkt leichten, Unterschied zwischen den Stränden von Copacabana und der Ecke beim *Mónaco* redete. Der gleiche Unterschied wie zwischen einer Faßsardine und einem geräucherten Hering. Trotzdem verstanden wir uns beim Essen gut, und das Orchester spielte mit verhaltenem Schwung. Es war einer jener Abende ohne Wind, ohne Wolken, ohne Mond. Schließlich kam »Oh when the saints, oh when the day«, und wir gingen tanzen, allerdings kam auf der Tanzfläche keiner richtig mit dem Rhythmus des Liedes zurecht. Auch er mochte viel lieber sambaartige Sachen, aber es gehe noch an, wenn man bedenke, daß die anderen Paare erheblich älter seien, mit den Füßen schlurften und daß alle Menschen von einem gewissen Alter an mystisch würden. So könne man sogar eine Unterhaltung führen.

»Sagen Sie, ist es schwierig, ein Flugzeug zu fliegen?«

»Ja, sehr, aber wir haben unseren ›George‹, der nimmt uns eine Menge ab. Er korrigiert den Kurs und zeigt uns alles an. Man könnte fast ein Nickerchen machen.«

»Ich habe gehört, daß die Piloten durch die Zeitverschiebungen sehr schnell altern.«

»O ja. Wir streiken sogar seit letzter Woche. Deshalb haben Sie mich auch da getroffen. Aber, wissen Sie, in diesem Land hat keiner für uns Verständnis.«

Der Pilot sah gut aus, und als er das sagte, gingen gerade mehrere Leute zum Fenster, konnten jedoch nichts erkennen. Aber ein Kellner sagte lachend: »Wieder ein Unfall.« Doch das Orchester spielte weiter, zur Begleitung eines sehr von sich selbst überzeugten Sängers. Auf den Tischen standen Kerzen, und alles war gut, obwohl man wußte, daß da unten auf dem Asphalt in der Kurve Tote lagen. »Die einen kommen gern zum Sterben her«, sagte der Kellner. »Und die anderen finden es schön zu wissen, daß sie quicklebendig am Tisch sitzen, während da die Unfälle stattfinden.« Der dämliche Kellner nahm die Platte und stellte alles auf den Servierwagen. Da wäre der Pilot beinah aufgestanden.

»Das ist ein Roter, dieser Kerl. So was aber auch!«

Ganz ruhig. Zum Glück hatte der Pilot wegen der morbiden Bemerkung des Kellners nicht die Beherrschung verloren, denn tatsächlich sollte das Leben ihm an diesem Abend noch übel mitspielen. Als der Fliegerpilot seine Superlederbrieftasche zückte, war leider weder Geld noch ein Ausweis drin, und er wurde bleich. Nein, es war kein Theater, denn man sah an seiner plötzlichen Blässe, daß der Pilot fix und fertig war.

»Das war diese Schlange, die nimmt mir alle meine Moneten weg, wenn sie mißtrauisch wird«, er war wirklich bitterböse und rief wutschnaubend zu Hause an. Dann erklärte er das Mißgeschick dem Geschäftsführer, der Verständnis hatte und seine Personalien aufnahm. Zu allem Unglück hatte ich auch wenig Geld dabei, und außerdem hasse er als Pilot es, wenn Frauen das Abendessen bezahlten, er gehöre ja zur bestbezahlten Berufsgruppe des Landes. Sagte er und ließ den Blick über die Fenster wandern, die offenbar auf das Meer hinaus gingen. Wenn möglich, würde er gleich am nächsten Morgen mit dem Geld vorbeikommen. Nun war der Abend schon aus mehreren Gründen verdorben, und als wir aufbrachen, funkelten verstreut Lichtpunkte die Küste entlang und noch ein paar am Himmel.

»Haben Sie auf Ihren Flügen auch schon Ufos gesehen?« fragte ich im Auto, in dem zum Glück genug Benzin war.

Ja, er habe schon welche gesehen, verschiedener Art, und da er sie in ihren jeweiligen Formen beschrieb, rettete dies die Rückfahrt. Aber als wir wendeten, sah es noch nach Toten und Verletzten aus, und Glassplitter lagen herum wie Eis. Die Polizei dirigierte einen sehr langsam kriechenden Verkehrsstau, die Leute gaben sich von Fenster zu Fenster Erklärungen. Mit traurigen Blicken. Sei es nun aus diesem oder einem anderen Grund, jedenfalls weiß ich noch, daß ich im Auto des unbekannten Piloten zu weinen anfing. Es ließ sich nicht unterdrücken, es lief wie ein gut geschmierter Mechanismus. Trotzdem, obwohl ich mich nicht beherrschen konnte, war mir das Ungesunde an der Situation bewußt – ich hatte die Trennung von Artur Salema ohne jedes Feuchtwerden der Augen überstanden, nur ein paar dünne Wassertropfen, nachdem er weg war, und das nur, weil Idalina mich dazu trieb, und jetzt heulte ich wie ein Schloßhund am Armaturenbrett eines Piloten, der nur darauf brannte, sich an seiner Schlange zu Hause zu rächen. Eine fürchterliche Ironie.

»Wenn mir das nicht passiert wäre, wären wir zur Festung Catalazede gefahren und hätten uns da geküßt, ganz bestimmt«, sagte der Pilot, der mein Heulen anders deutete. Er selbst sei auch frustriert.

»Oh, nein!« sagte ich.

Der Pilot hatte den Wagen am Straßenrand angehalten,

ganz dicht an dem zum Fluß geformten Meer oder dem zum Meer geformten Fluß, und ich flehte ihn an, nach Hause zu fahren. Was war schiefgegangen? Auf einmal kam mir mein Schädel weich wie eine Tomate vor.

28. Im Galopp

Ich zog die Bilanz meines Lebens und startete bei Senhor Assumpção einen Versuch.

»Ich bin so traurig, daß ich ein Fest bei mir brauche.«

»Tun Sie das nicht«, sagte er zu mir. »Statt sich zu amüsieren, waschen Sie dann nur die ganze Zeit Geschirr ab. Denken Sie sich was anderes aus.«

Aber ich erklärte ihm, wie er sich bestimmt vorstellen könne, habe ich, seit Artur Salema weg sei, das Gefühl, in jedem Winkel der Wohnung ein Bild mit gedecktem Tisch, Garten und Leidenschaft zu sehen. Ich könne mich innerlich nicht sortieren, solange ich keine anderen Bilder hätte. Da stimmte Senhor Assumpção mir völlig zu und gab mir einen Vorschuß, zumal das Fest nicht sehr aufwendig sein sollte, nur etwas mehr als ein paar Cremekuchen. Er händigte mir einen Umschlag aus, und ich unterschrieb eine Quittung. Nun reichte aber das, was Senhor Assumpção mir vorschoß, fast genau für ein Blümchensofa, das ich durch die Tür bei Alcobia gesehen hatte. Was spielte so eine ruinöse Ausgabe schon für eine Rolle? Nach dem Fest und auch noch vorher war mein Lebensunterhalt durch die Puppen gesichert, und außerdem war ich nicht allein. Ich bezahlte am Kassenschlitz, und das einzige Problem war, daß mir das Sofa erst am nächsten Vormittag geliefert werden sollte. Im übrigen drehte sich das Rad des Lebens im Freilauf auf einer soliden Achse. Sehr schön.

Mit den beiden Kindern von Marques Ruivo würden es insgesamt höchstens fünfzehn Gäste werden, also sehr wenige. Trotzdem enthielt diese Zahl Mão Dianjo und, mit einer gewissen Kühnheit, Madalena, aufs Geratewohl Anabela Dias Cravo und einen Menschen, mit dem ich bislang nur aus Versehen gesprochen hatte, dessen Name bei mir aber unter »S« stand.

Ich rief bei der Tranquilidade an und ließ mich verbinden: »Hallo?«

Ja, Saraiva war da und klang verblüfft. Er wisse sehr gut, wer ich sei, aber wieso sei ich nach so langer Zeit auf ihn gekommen? Da erzählte ich schnell, ich hätte gerade eine hektische Zeit hinter mir mit Komplikationen, Krankheiten, aufregenden Ereignissen, aber wenn er an einem kleinen Fest zum Ende des Winterschlafs teilnehmen wolle, dann solle er an dem und dem Tag in die Rua de São Mamede, die und die Nummer, kommen. Er dachte noch etwas nach und sagte zu.

Ich legte den Hörer auf und nahm den Hörer ab. Ich rief die alten Kollegen vom Institut an, die mir meine Wohnung besorgt hatten, lud Idalina und Aguiar ein, kam auf vierzehn, schaffte es aber nicht, Anabela Cravo Bescheid zu sagen. Ich wählte noch die Nummer, und als die Stimme eines jungen Mannes statt der piepsigen Stimme der Anfängerin antwortete, dachte ich, sie sei entlassen worden, und legte auf. Automatisch sah ich die Szene vor mir, wie eine sehr junge Person auf Anabela Cravos Betreiben von Baptista Falcão entlassen wurde. Um die Zahl voll zu bekommen, bat ich Jóia, aus dem Café *Intelecto* bei Fernando Rita anzurufen. Ich wollte ihn nicht persönlich einladen, weil er gleich am Tag nach Artur Salemas Auszug eingestaubt und mit struppigen Haaren in der Buchhandlung erschienen war, um mir seine Hilfe und seine Blicke anzubieten. Zu diesem Zeitpunkt, als ich noch Artur Salemas Wärme am Busen spürte und er auch noch aus der Nähe anrief, fand ich Fernando Ritas Taktlosigkeit ziemlich brutal und sagte das unverblümt zu dem kleinen Ex-Gast, der unter lauter gewaschenen Leuten bis auf die Seele eingestaubt war. Müsse er denn so mit der Tür ins Haus fallen? Ich war sehr direkt gewesen, und deshalb sollte jetzt Jóia anrufen.

Der Tag kam, und ich wurde euphorisch.

Durch die Treffen in Greis Atelier hatte ich eine gewisse Übung. Außerdem kam ich frisch vom Friseur, wo ich seit Jahren nicht gewesen war, denn ich schnitt mir die Haare mit einer Schere zu Hause, und deshalb fühlte ich mich wohl mit meinem federnden, glänzenden Haar, das mir über ein Auge und die Schultern fiel. Selbstsicher und anders, sehr verändert. Es war schade, daß ich nicht mit Anabela Cravo gesprochen hatte. Als Mão Dianjo mit Madalena hereinkam und sie die dilettantischen Plastiken bemerkten, die Tunhas aus der früheren Werkstatt, inzwischen ein Betrieb für Rahmenproduktion am Meter, zu mir gebracht hatte, sagte ich etwas knapp: »Ich habe ein Jahr lang mit Artur Salema zusammengelebt, einem Kunstvitalisten und Assemblagisten, wußtet ihr das nicht?« Ich war euphorisch und gab es singend zu verstehen: »Nel fosco fin del secolo morente . . .«

Mão Dianjo setzte sich nicht aufs geblümte Sofa, sondern auf einen Korbstuhl, der bei jeder Belastung knarrte, und betrachtete fasziniert die aufgereihten düsteren Plastiken, zwischen denen Tunhas korpulente *Meine Schwiegermutter* herausragte. Es war wirklich ein Blechdosenfetisch. Madalena duftete nach dem Eau de Parfum Choc, aber leider war sie alt geworden, und da sie sich jetzt das Haar rötlichblond, fast rot färbte, sah sie zwar nicht wie eine Hafendirne aus, aber doch sehr ähnlich. Man konnte kaum glauben, daß sie fromm war. In einem grünen, bodenlangen Kleid. Diese Frau erinnerte andere gern demonstrativ daran, daß die Zeit verging.

»Denkst du noch an David?« fragte sie, auf dem Glas trommelnd, das sie in der Hand hielt, ohne daraus zu trinken. »Er war ein großartiger Mann und so begabt, das habe ich immer gesagt!« Sie hatte die Wimpern zu stark getuscht, und ihr eines Auge schloß sich mehr als das andere.

Aber es dauerte nicht lange, da ging das schrille Läuten der Klingel los. Das im Verhältnis zu den vielen Schlafräumen zu kleine Wohnzimmer füllte sich. An der Tür küßte man sich geräuschvoll, und die Gäste verstanden sich schnell. Man unterhielt sich über dies und das, Berichte von Taschendiebstählen, exotische Küche, Filme, Bücher, Preise, die Geschichte von einer zu Tode gesteinigten Frau. Entsetzlich! Es waren keine Künstler da, aber es war, als wären welche da. Senhor Assumpção faßte in unübertrefflicher Weise zusammen: »Liebe Freunde, es besteht überhaupt kein Unterschied, nur dieser – unter der Diktatur war die Zeit zu langsam, und in der Demokratie ist sie zu schnell.«

Irgend jemand bezweifelte, daß es nur dies sei, aber daß es das auch sei, daran zweifelte niemand. Ich hatte Jóia Anweisungen gegeben, wie er mir helfen konnte, und alles klappte gut, es war ja auch ein einfaches Fest, nur fünf Flaschen, ein Kübel Eis und ein paar eßbare Kleinigkeiten, mehr Dekoration als Menge oder wirkliches Essen. Dann erschien Saraiva mit Whisky und im Anzug samt Weste mit unzähligen Knöpfen. Er rauchte eine Pfeife mit Silberring, aber trotz seiner Aufmachung schwitzte er, rührte sich fast nicht und wußte nicht recht, wohin. Das Interessanteste aber war ganz fraglos Fernando Ritas Blick, der an meinem Bauch hing.

»Es war ein Irrtum«, sagte ich und fand mich so kühn, wie Anabela Cravo es gewesen wäre. Sollte das also heißen, daß er meinte, ich sei schwanger und er sich trotzdem angeboten habe, als Nachfolger von Salema? Oh, guter Mann, so was tut man nicht! Sagte ich zu ihm. Er stand wie vom Schlag getroffen in einer Ecke. Irgendwann gingen zwangsläufig die Männer auf die eine Seite und die Frauen auf die andere, wie bei Hochzeiten auf dem Land, und erstaunlicherweise machte Saraiva, nachdem er Whisky in sich hatte, den Mund auf.

»Es war ein Fehler, die Kolonien abzuschütteln, als hätten sie die Krätze.«

Mão Dianjo, schön mit seinem grauen Haar und Seidenhemd, hörte auf zu essen. Irgend etwas an ihm war auch dicker geworden.

»Bei welcher Waffengattung waren Sie?«

»Ich war bei der Militärverwaltung, Gott sei Dank«, antwortete er laut, als hätte seine Schüchternheit jetzt Stiefel und trampelte auf den Fußboden, um die Angst zu verjagen, und er sagte: »Wir haben alles verloren, und so was vergißt man auch in hundert Jahren nicht.«

»Keine Sorge, in hundert Jahren sind wir nicht mehr da.«

Sagte Mão Dianjo gegenüber von Saraiva, dazwischen Fernando Rita, alle drei am Fenster, von dem man auf die

Bäume von São Mamede sah, und alles wirkte so konkret und wirklich und unvergänglich, daß man Lust zu singen bekam. Ich fühlte mich ganz verwegen. Und dachte mit meinem federnden Haar über einem Auge: Keiner von euch bedeutet mir etwas, ich liebe euch nicht, ich verzeihe euch nicht, und trotzdem habt ihr etwas, das mir gehört, nicht euch, sondern mir. Ich muß euch das nehmen, was mir gehört. Paßt auf!

Ich ging zum Plattenspieler und legte einen alten Tango auf, denn für mich gab es nichts Rhythmischeres als dieses Trippeln im Zweiertakt. Das Monde aufgehen und Monde vergehen ließ. Wir schoben alles an die Wand, und die Stimmung war so in Schwung, daß der Krimskrams auf dem Tisch wackelte, die Wände zitterten und man hinter den Gästen die Gläser an Gläser stoßen hörte. Nein, keiner von den dreien. Ich ging zu Senhor Assumpção.

»Kommen Sie.«

Senhor Assumpção stellte sein Glas auf unserem kleinen Regal ab und setzte sich wie im Galopp in Bewegung, während ich mich in der Taille bog und zurückwarf, bis ich den Boden berührte. Dann rollte ich mich auf und warf mich Senhor Assumpção an die Brust, lehnte meinen Kopf an, kuschelte mich an und löste mich wieder. Ich wußte gar nicht mehr, wo ich soviel Bewegung auf einmal gelernt hatte, aber ich war sicher, daß es bei Wahnsinnigen so anfing, mit einer Nacht, in der sie einen alten argentinischen Tango tanzten und alles sich in Streifen darstellte.

»Halten Sie mich gut fest«, bat ich.

Mein Partner zitterte leicht in den Beinen und schwankte seitwärts, fiel aber nicht um, als ich die Rolle zum Boden machte. Eine extreme, herrliche Bewegung zwischen den wenigen, an die Wand geschobenen Möbeln. Wo waren die Männer, für die ich mich entschleierte? Irgend jemand setzte die Nadel wieder an den Anfang, damit der Tango weiterlief. Vom Plattenteller kam die gepeinigte Stimme. Da übernahm Senhor Assumpção auf einmal ganz mit den Armen die Führung, atmete tief durch, rollte mich auf und rollte mich ab. Ich kam vom Boden hoch, und dabei streifte mein Blick ganz kurz die Blechfiguren, ich sah sie kreisen und fühlte mich tief verletzt, weil ich diese Fetische nicht weggeworfen hatte. Zwei Paar friedliche Bilder im Goldrahmen, die mußte ich an ihrer Stelle aufhängen, eins davon mit einer gescheckten, zahmen Milchkuh, die bei Sonnenuntergang graste. Eine Strohhütte mit Rauch, einen Baum, so groß und dick wie die Judasbäume in den Parkanlagen. Noch heile Welten, die Gedanken an Elementares weckten wie Milch und Käse. Senhor Assumpção rollte mich auf.

Wo waren sie? Die drei Männer? Sie standen mitten unter den Frauen, aber die waren an diesem Tag uninteressant, denn sie gehörten zu der Sorte, mit der man seit der Zeit der Vulkanausbrüche in Frieden lebte. Zu meiner Gattung. Ganz genauso fingen die Wahnsinnigen ihre Karriere an, und dann landeten sie in Ambulanzen frühmorgens vor der Anstalt Rilhafoles. Andere Paare, nicht viele, denn es waren nur fünf, versuchten sich nach uns, aber keines erzielte so rauschenden Erfolg. Senhor Assumpção rollte mich ab. Dann lieh er mir sogar ein graues Taschentuch, damit ich mir den Schweiß von der Oberlippe wischen konnte.

»Sie sind ja wie eine Feder!« sagte er zu mir.

»Was für eine Feder?« Ich hatte das Haar über einem Auge.

»Eine Vogelfeder, natürlich.«

»Oh!« entgegnete ich.

Niemand hatte sich vorgestellt, daß ein kleines Fest zum Ende des Winterschlafs in einer Wohnung, in der es kaum richtige Möbel gab, die Geister so sehr beleben könnte. Beim Abschied gingen ihnen unter extra laut schallenden Küssen fast die Lobesworte aus. Aber nicht alle machten sich gleich auf den Weg, und ich dachte: Ich nehme den, der bleibt. Es wurde eine Durchhalteprobe, die sich lange hinzog, Fernando Rita einen Schritt vor, einen zurück, und so unglaublich es klingen mag, alle gaben auf, nur Saraiva blieb mit seiner Weste voller Knöpfe und noch einem Whisky in der Hand, den er »Scotch« nannte. Das Schicksal ließ mir diesen übrig.

»Sie haben Afrika geliebt?«

»Ja, sehr. Die Büffelsteaks und das Nachtleben werde ich nie vergessen. Oijoijoi!«

Wo wir schon von Nachtleben sprachen, schlug ich vor, ins Auto zu steigen und noch irgendwohin zu fahren, in eine Bar, die noch geöffnet hätte. »Haben Sie etwas von Anabela gehört?« fragte er mich. »Ich? Nein«, sagte ich. Ich legte mir einen anthrazitgrauen Schal um, warf beide Enden über und wußte, daß ich verführerisch aussah. Er war einer von denen, die immer mehr aus dem Fenster sehen, je mehr man sie verführt. Nur noch wenige Menschen unterwegs, hier und da hielt mal ein Auto an den Ampeln und ließ Frauen ein- und aussteigen, und ihr Gelächter hallte durch die schlafenden Straßen.

»Ich stelle mir vor, hier ist eine Bombe niedergegangen und hat die Lebenden vernichtet«, sagte ich.

»Sie haben Einfälle!« sagte er am Steuer. »Man könnte meinen, Sie wären im Krieg gewesen. Leute, die aus Henrique Carvalho in Angola kamen, die redeten so. Und diejenigen, die Bilharziose mitbrachten, auch.«

Aber wir wollten nicht die ganze Nacht mit Afrika vor Augen verbringen. Er war jetzt die Alameda das Linhas de Torres entlanggefahren, bog nach rechts ab und drehte Runden. Er war sehr schüchtern, und vielleicht waren alle diese Runden um denselben Platz ein Zeichen für die Anstrengung, mit der er die Worte unterdrückte.

»Da wohne ich«, sagte der schnurrbärtige Saraiva.

Aber dann erklärte er, daß er ausnahmsweise an diesem Wochenende in Lissabon geblieben sei. Er besitze eine Wohnung in Sesimbra, direkt am Meer, mit einem Balkon, auf den er einen Sonnenschirm mit einem kleinen Tisch stelle und wo er sich am späten Nachmittag zurücklehne, seinen Whisky trinke und auf die Wellen sehe. Nur ein Boot fehle ihm noch. Ob ich ihn mir schon so vorgestellt habe? Auf einem Balkon unter dem Sonnenschirm, Pfeife rauchend, Whisky trinkend und aufs Meer sehend? Sagte er jetzt, schon kurz vor Tagesanbruch, und ließ den Wagen im Leerlauf über einen kleinen Platz rollen, sein Schnurrbart hing ihm über die Lippen, seine Stimme klang wie durch eine Naht gepreßt.

»Oh, ja«, sagte ich. »Das ist bestimmt sehr schön!«

»So, aber jetzt zeige ich Ihnen diese Wohnung, die ich ganz allein eingerichtet habe. Und Sie sagen mir, wie sie Ihnen gefällt. Einen Bonus müssen Sie mir aber zugestehen, denn ein paar Kleinigkeiten fehlen noch.«

Er setzte mir zu, der Saraiva, denn wahrscheinlich wollte er etwas in der Richtung Flirt, Verlobung, Heiratsantrag und Hochzeit erleben. Gleich in der nächsten Woche nahm er mich nach Sesimbra mit, aber zuerst fuhren wir nach Santo Amaro und setzten dort Jóia mit den Geschwistern und Glória ab. Ich saß vorn im Wagen, in dem Saraiva ständig an irgendeinem Teil herumfummelte. Innen im Wagen lag nicht ein Staubkorn, und von außen glänzte er silbern, dazu graue Polster. »Geschmackvoll«, sagte ich unterwegs zu ihm. Selbst Jóia, der teilnahmslos wirkte, blieb vor dem Haus in Santo Amaro stehen und starrte auf das Auto.

»Warum gehst du nicht rein, Jóia? Geh rein«, ich wollte ihn unter einem Dach wissen.

Dann hielten wir beide allein auf dem Weg nach Sesimbra in einem Café an der Straße. Ob mir so eine Fahrt gefalle? Saraiva bestellte einen Kaffee, schüttete ein Tütchen Zucker hinein, und es war ein beeindruckender Anblick, denn wenn er Kaffee trank, trank er Kaffee und sonst nichts. Fragen Sie mich nicht, wieso ich mir dessen sicher war. Man sah es. Ich mußte vor die Tür, und dort überlegte ich, daß mit Saraiva auszugehen etwas ganz besonders Merkwürdiges war, denn es bedeutete eine Reise bis auf den Grund des Bildes, das Anabela von dem entworfen hatte, was zu mir paßte – Ruhe und Frieden. In Wirklichkeit jagten auf der Straße Autos voller Menschen auf der Suche nach einem Abenteuer vorbei. Ich drehte mich um, und Saraiva trank noch immer Kaffee. Nein, jetzt stopfte Saraiva seine Pfeife, aber an der Art, wie er den Zeigefinger in den Pfeifenkopf steckte und mit einem Metallinstrument nachdrückte, sah man, daß er nur die Pfeife stopfte und sonst nichts. Überhöflich, fast feierlich hielt er mir die Tür des silbergrauen, staubfreien Wagens auf, und die dichtbelaubten Bäume am Straßenrand verbargen ihre Früchte. Dann plötzlich das Meer, und irgendwo vor oder hinter uns, sagte er, gebe es eine Zementfabrik mit gelblichem Rauch. Ich sah mich um und konnte nichts entdecken.

»Das hier erinnert mich an Afrika.«

»Die Landschaft?« fragte ich.

»Ach was, die Landschaft! Die überhaupt nicht. In Afrika habe ich mein Geld gespart, deshalb erinnert mich das hier daran. Da!«

Offensichtlich lag seine Wohnung in jener Richtung, denn in den langen Redepausen, die er einlegte, leuchtete sein Blick auf, und sein Arm wies dorthin. Er trug ein weißes Lacoste-Polohemd, wie ein Sportler. Ob er gern einer wäre?

»O ja, aber dazu braucht man viel Kraft und viel Fleiß.«

Allerdings trug er auch Sportschuhe, und obwohl ich es nicht wollte, denn ich hatte ja nichts gegen ihn, kam mir der Gedanke, Saraiva sei kein Mensch, sondern ein aus einer Reklame für Wohlstand, die an einer Mauer klebte, entsprungenes Wesen. Wir waren da, und der Rundgang durch die Ferienwohnung sollte wohl so viel wie einen raffinierten Heiratsantrag darstellen, auch wenn er im Tennisdreß gemacht wurde.

»Hier sitze ich immer«, sagte er, setzte sich und sah abwechselnd auf das Meer und zu mir.

»Setzen Sie sich doch auch.«

Ich setzte mich und sah, daß das Meer eindeutig saphirblau war. Er fing an zu reden und sagte, ja, Anabela habe mich wegen meiner Seriosität empfohlen, denn ganz Lissabon sei ein einziger Hurenhaufen, verzeihen Sie mir den Ausdruck, aber ich nicht, das wisse er, ich sei seriös und ehrbar. Denn er könne mit allen Frauen Abenteuer haben, nur nicht mit der, die er heiraten würde. Es gebe nur ein Problem dabei. Einen Augenblick lang dachte ich, wenn Saraiva stumm wäre, keine Zunge besäße und das Meer weiter so brandete, dann könnte ich hier, in der Frühlingssonne unter einem Schirm, fast so etwas wie Glück empfinden.

»Da ist nur ein Problem. Können Sie nicht Ihren Sohn irgendwohin schicken?«

»Wie, irgendwohin schicken? Soll ich ihn in eine Kiste packen und nach Libyen schicken? Damit er da Geld verdient und reich zurückkommt?«

Saraivas Stimme kam etwas ins Stottern, und er hüstelte erst ein bißchen. »Nein, aber zu irgendeinem Verwandten, zum Beispiel. Haben Sie keine Tante?«

Die Wohnung bestand aus nur einem Raum, in dem jeder Winkel einen echten Nebenraum vortäuschte. Die Wände hatte er mit den zwölf Sternzeichen in Rahmen geschmückt, und unter den Fischen stand: MEIN STERNZEICHEN. Ein paar aufrecht stehende, gebundene Bücher sollten den Eindruck eines ganzen Regals erwecken, und während er meinem Blick folgte, sagte er: »Ich bin jetzt Mitglied in einem Bücherklub, aber wenn ich Sie heiraten sollte, trete ich aus. Dann hole ich mir die Bücher aus Ihrer Buchhandlung. Bekommen Sie Rabatt?«

Unter den Büchern war ein gelber Rücken.

»Das ist *Só* von António Nobre«, sagte er. »Das lese ich manchmal vor dem Einschlafen.«

Wir wechselten das Thema. Es seien zwölf Eier da, und er wisse, wie man ein Rumomelette mache. Er holte auch die Flasche. Auf einer großen Schürze, so gelb wie die untergehende Sonne, stand auf dem Bauch MACHO, und die Teller, von denen wir essen sollten, waren aus rotem Ton mit jeweils zwei Blümchen. Die Sonne ging wirklich unter. Ob wir im Stehen essen und dabei auf das Meer sehen könnten? Ja. Es werde schon etwas kühl, und es sei besser, im Stehen zu essen, aber hinter den Scheiben. Anscheinend hatte jetzt die Verlobungszeit angefangen, denn Saraiva kam näher und berührte mich wie aus Versehen flüchtig an den Armen und der Brust. Aber er erwartete, daß ich mich etwas zurückzog, und ich zog mich sehr zurück. Saraiva errötete vor Freude.

»Oh, Sie können sich nicht vorstellen, was aus Lissabon geworden ist – an jeder Treppe ein Freudenhaus, leider. Nur hin und wieder geht mal eine anständige Frau über die Straße. Ansonsten, eine Katastrophe.«

Er öffnete das Fenster, um die Schürze auszuschütteln, und der Geruch von frisch gegrilltem Fisch kam von weitem, von weitem und nahem, mit dem Wind herüber. Diesen Fisch zu essen, den irgend jemand irgendwo grillte, mußte genauso sein, als ob man direkt das Meer äße. Anabela Cravo hatte seit vielen, vielen Jahren recht.

»Ja, fahren wir«, sagte er. »Ich bringe Sie heil und ganz nach Hause.«

»Nein, vorher müssen wir in Santo Amaro vorbeifahren.«

»Ach ja!« Saraiva hätte diesen Schatten fast vergesen.

Wir machten ab, die Sache ganz langsam weiterzuführen, um uns besser kennenzulernen, und falls es so käme und alles gut ginge, habe er es mit dem Heiraten eilig, denn hinten habe er schon eine leichte Platte, sagte er lachend. Und das war der einzige lustige Augenblick dieses ganzen Nachmittags in Sesimbra.

Aber, um noch einmal zurückzugreifen – merkwürdig, gleich am Montag nach dem Tango gab Senhor Assumpção die neuen Ladenschlußzeiten bekannt, sowohl für mittags als auch für abends. An diesem Tag begriff ich, daß mein Chef wirklich gut verhandeln konnte, denn er schlug erst einmal genau das Gegenteil von dem vor, was er erreichen wollte, so daß Idalina und Aguiar sich wehren mußten, und als die Verhandlung nach diversen Zugeständnissen an den gewünschten Punkt kam, brach mein Chef scheinbar verärgert das Gespräch ab. Was der gewünschte Punkt war, begriff ich übrigens auch erst zum Schluß – von nun an würde ich, während die einen früher anfingen und die anderen später gingen, um die Mittagszeit eine ganze Stunde mit Senhor Assumpção allein sein.

»Wir werden miteinander auskommen müssen«, sagte Senhor Assumpção, als wir uns in dem von einem schwachen Strahler beleuchteten Flur begegneten.

»Ja, das müssen wir wohl«, ich benutzte noch immer Lidstrich, damit meine Augen tiefgründiger wirkten.

Während der ersten Tage war er nach wie vor Gentleman, dann aber kam er wieder furios mit den lateinischen

Dichtern an und zeigte mir, wie diese Sprache in jüngster Zeit neu erschlossen worden sei. Er schlug einen Jorge de Sena, dessen Blätter mit Tabakflecken beschmutzt waren, auf einer Seite auf, über der *Kuß* stand.

»Wir haben viel mehr verkauft, seit wir die neuen Ladenschlußzeiten haben!«

»Finden Sie?«

»Das finde ich nicht, das sehe ich! Hier«, er zeigte mir die Buchführung und den Umsatz.

29. Ein Fall von Ungeschicklichkeit

Nein, damals ahnte ich nicht, daß ich Jóias Revier würde durchqueren müssen. Schweinchen und er waren genau gleichaltrig, und trotz ihrer unterschiedlichen Temperamente und ihres gegensätzlichen Körperbaus hatten sie viel Spaß miteinander, auch wenn sie leise waren und scheinbar mit nichts beschäftigt. So verbrachten sie Nachmittage, Abende, Feiertage, Sonntage, ganze Wochenenden manchmal still und manchmal ausgelassen lärmend. Aber ich versuchte zu verhindern, daß sie durch die Wohnung rannten, denn wo Schweinchen hintrat, kippte immer etwas um und fiel herunter. Ich mußte sie bitten, sich auf die Untermieterzimmer zu beschränken. Wo Betten ohne Matratzen standen und keine zerbrechlichen Ziergegenstände. Cila war wohl zwei Jahre jünger, aber wie Sie schon gemerkt haben, wirkte sie älter. Der Gegensatz zwischen seinem Geheul und ihrem Lachen am Karnevalstag machte das deutlich. Eines Nachmittags nun, an dem man schon Lust hatte, die Fenster weit aufzumachen, vor allem die, von denen aus man die Palmen im Botanischen Garten sah, und Schweinchen, nachdem wir etwas Kühles getrunken hatten, irgendein Blatt Papier in der Luft schwenkte, während Jóia ihn in den Rücken stieß, damit er es ihm gab, kam Cila dicht an mein Ohr und wollte mit mir verhandeln. »Was gibst du mir, wenn ich dir ein Geheimnis verrate?«

»Sag mir zuerst das Geheimnis.«

»Jóia hat gestern in der Küche einen Brief verbrannt.«

Cilas Arme fühlten sich weich an, und man hatte den Eindruck, nur ihr Kopf hätte Gewicht, so leicht war sie, und dazu roch sie fast noch nach Muttermilch. Aber ihre Größe paßte nicht zu ihrer Lebendigkeit.

»Ja, verbrannt, mit einem Streichholz, im Spülbecken. Er hat das Wasser aufgedreht, damit es drüberläuft, und alles sauber gemacht. In dem Brief stand, du sollst am Donnerstag in die Schule kommen.«

»Warum? Weißt du das?«

Aber Cila wollte weiter verhandeln. »Was gibst du mir dafür?«

Das alles war nicht wichtig. Ich ging in Jóias Zimmer und sah die Bücher ordentlich Buch neben Buch stehen, die Schachteln ordentlich Schachtel auf Schachtel. Die Hefte in durchsichtigen Plastikhüllen sahen aus, als wären sie noch nie aufgeschlagen worden. Strikt ausgerichtet, Naht an Naht, Deckel an Deckel. Alles wie mit den Augen eines Vermessungsingenieurs angeordnet. Jóia liebte übrigens Mathematik, Arithmetik, aber vor allem Astronomie, beschäftigte sich ständig mit dem Wesen der Kometen, mit schwarzen Löchern und Pulsaren. Aber während Schweinchen sich für die bildliche Darstellung dieser Probleme interessierte und ständig Galaxien malte, die von kleinen Raumschiffen mit einem nasenlosen Männchen durchquert wurden, ging Jóia mehr in die Tiefe und beschäftigte sich mit den Zahlen – dem Alter des Big Bang, dem horrenden Gewicht der Supernovareste, auch wenn sie nicht größer als ein Stecknadelkopf waren. Die unglaublichen Zeichnungen, die er mit dem Lineal machte, Parallelen ohne jeden Zwischenraum, bis sich die Ecken der Blätter rollten und das Papier zerriß, hatten damit nichts zu tun. Das waren unbewohnte Welten, wohingegen Schweinchens Bilder, wie ich schon sagte, manchmal sogar ganze Familien in den Raumschiffen zeigten, die er bis über die Konstellation der Cepheiden hinausfliegen ließ. Der eine folkloristisch und der andere tiefsinnig, aber sie verstanden sich, und ich staunte darüber, daß sie sich über solche Probleme Sorgen machten, wo sie doch oft nicht ausdrücken konnten, was sie sagen wollten. Woher holten sie sich diese beunruhigenden Daten? Vor allem Jóia, der sie alle kannte und mathematisch genau bald multiplizierte, bald wieder aufteilte und dabei endlose Reihen von Nullen über die Blätter schrieb?

»Hier.«

Ich griff nach den Heften. Tatsächlich sahen die Seiten aus, als wären sie nie benutzt worden, und nur ein Teil war beschrieben, obwohl es aufs Ende des dritten Trimesters zuging. Ich wurde gereizt, zumal die letzten Seiten in ganz besonderer Weise beschrieben waren – statt Buchstaben zog sich ein Schlangenliniengebilde aus wirr ineinander laufenden Zeichen über die Zeilen, als hätte sich eine Fliege im Todeskampf darübergeschleppt und dabei ein kleines Schriftwerk gefertigt. Mir fällt kein anderes Bild ein.

Cila hatte recht. Man mußte sich mit den aufgeschlagenen Heften auf die Bettkante setzen und sich das ansehen. Jóia war in meinen Augen immer so etwas wie ein vollkommener Engel gewesen, heil und unversehrt. Konnte es sein, daß plötzlich irgendeine kleine Wunde unsichtbar schwärte? Und wie behandelte man so eine Stelle, auch wenn sie noch so klein war? Ich schrie sofort nach Jóia.

Er erschien in der Zimmertür, und als ich zu ihm sagte, er solle schreiben, setzte er sich wie versteinert an den Tisch, den Kugelschreiber verkrampft in der Hand. »Schreib.« Er schrieb nicht, war wie gelähmt, obwohl die Spitze des Kugelschreibers das Papier berührte. »Schreib!« schrie ich, denn ich verlor schon die Geduld. Jóia saß weiter starr und schrieb nicht. »Schreib, schreib, schreib.« Ehrlich gesagt, glaubte ich, es hätte sich nur ein hauchdünner Vorhang vor mir geschlossen und ich brauchte nur kräftig an der Schnur zu ziehen, damit er sich öffnete und das ganze Panorama freigab. »Schreib, schreib, schreib«, sagte auch Cila, die den Aufstand miterlebte. Paulo hingegen, das Schweinchen, war blaß im Gesicht und verzog gequält den Mund. Irgend etwas an ihm verkleidete sich wieder als Polizist und machte Anstalten, Gürtel und Uniformjacke auszuziehen. Ich scheuchte sie raus.

»Los, geht nach Hause, ihr macht mich nur nervös.« Die Kinder des Ingenieurs Marques Ruivo störten mich wirklich bei dieser Sache. Aber Cila wollte nicht ohne Belohnung gehen. »Gib mir einen roten Lippenstift, den, mit dem du dich beim Fest angemalt hast.«

Als die Tür ins Schloß fiel und der Fahrstuhl ging, empfand ich Erleichterung. Ich war allein in der Wohnung mit einem kleinen Problem, und dieses Problem war echt, aber es würde sich schnell lösen. Jetzt kommt's, dachte ich schwitzend. »Schreib«, sagte ich zu Jóia und wurde wieder ruhig. Er jedoch nahm meine neue Stimmung nicht wahr und sah sich verängstigt mit zuckenden Lidern um. »Schreib«, er hielt die rechte Hand fest aufs Gesicht gedrückt, als hätte ihn jemand geschlagen. Plötzlich drehte er sich nach vorn um und fing in der linken Ecke vom Blattrand an zu schreiben, mit einer so winzigen Schrift, daß die Buchstaben alle zu einem einzigen, nur hier und da etwas unterbrochenen Strich verliefen. »Schreib weiter.« Jóia schrieb weiter. Winzige Buchstaben, ganz, ganz schmal. »Weiter«, sagte ich noch einmal. Er schrieb und sah sich verängstigt um.

»Lies, was du geschrieben hast.«

Jóia senkte den Blick auf das Papier, saß eine Weile über die Zeilen gebeugt und sagte schließlich, er könne sich nicht mehr erinnern, was er geschrieben habe. Dabei starrte er mit vor Angst weit aufgerissenen Augen abwechselnd auf das Papier und auf mich. Aus einem Impuls heraus ergriff ich Jóias Hand und malte große, runde Buchstaben, schrieb ganze Seiten voll, wie eine grüne Welle im Verkehr.

»Jetzt schreib, was ich geschrieben habe.«

Jóia fing an, Zeichen so groß wie Uhrenziffernblätter zu malen. Er zog die Buchstaben ganz langsam in Kreisen, als überwände er eine mächtige Zentripetalkraft. »Schneller, schneller«, verlangte ich. »Vielleicht ein Diktat.« Ich griff wahllos nach einem Buch, ein Erdkundebuch, eine Seite über Vulkane.

Man kann sich fragen, / warum manche Menschen / in der Nähe eines Vulkans leben wollen. Hat es einen Sinn, / Häuser zu bauen oder Weinberge anzulegen, / die jeden Augenblick zerstört werden können?

»Fragezeichen«, sagte ich. Ich diktierte langsam, ging dabei auf und ab und war sicher, daß Jóia absolutes Können beweisen werde. Dann blieb ich stehen, um einen Blick auf das Papier zu werfen, und sah, daß Jóias Buchstaben wieder bis zur Unleserlichkeit geschrumpft waren. Was bedeutete das? Machte Jóia sich über mich lustig? Er sah aus, als wollte er aufstehen und zur Tür laufen.

»Setz dich.«

Jóia wollte sich nicht setzen, er wollte aus dem Zimmer, zog Kopf und Handgelenke weg und bewies eine Kraft, die ich ihn immer bei den Rangeleien auf dem Fußboden mit Selim und Schweinchen hatte anwenden sehen, aber nie an mir erfahren hatte. Auf einmal war etwas im Spiel, für das ich keine Bezeichnung wußte. In diesem kurzen Augenblick, als ich ihn an die Wand drückte, machte mir mehr als seine Kraft sein fremder Blick zu schaffen. Deshalb stürzte ich mich wie blind von hinten auf ihn. Ich ergriff auch ein durchsichtiges Plastiklineal und zerschlug es auf seiner Stirn. Jóia hatte die Arme über dem Kopf verschränkt, und die beiden Linealenden flogen hoch, prallten gegen die Wand und fielen mit zweifachem »Tick« auf den Fußboden. Der Fernseher schwankte. Ich war so verzweifelt, daß ich am liebsten zum Fenster gelaufen und so etwas wie *Feuer! Feuer!* gerufen hätte. Aber das war nur ein dummer Einfall. Denn warum Feuer? Jóia war gut, er war der Sohn von David Grei, hervorgegangen aus dem Winken von Eschen, und da gab er schon nach, da lag er schon auf dem Bett und weinte leise in ein Kissen, das die Form einer Schildkröte hatte. Dahinein weinte er seine roten Tränen. Es war eine unbedeutende Episode, ein Zwischenfall, und ohne Zwischenfälle gab es kein Weiterkommen. Ich seufzte. Jedenfalls hatte ich ein großes Verlangen, mit irgend jemandem zu sprechen, und Anabela Cravos Name tauchte prompt zwischen den Seufzern über den kleinen Ärger auf, den ich gerade erlebte.

Natürlich dachte ich an Anabela Dias Cravo, denn sie hatte etwas mit Jóia zu tun, hatte immer Grüße und Mitbringsel für ihn gehabt, ihn Spiderman oder noch anders genannt. Das konnte sie nicht gleichgültig lassen, egal, ob da nun Anfängerinnen vor den Stöpseln saßen oder nicht. Und selbst wenn es sie gleichgültig ließ und sie mich nicht sprechen wollte, hatte ich das Gefühl, so dumm das auch sein mochte, es täte schon gut, Atouguia oder Baptista Falcão anzurufen und nach ihr zu fragen. Sobald das Telefon sich Orten näherte, an denen Anabela den Mund bewegte, füllte es sich mit Kraft, Mut, Intelligenz und Kalkül. Selbst wenn sie nicht da war oder jemand sagte, man habe schon lange nichts mehr von ihr gehört, selbst diese Mitteilung wäre noch besser als jener unüberlegte Impuls, aus dem Fenster in São Mamede Feuer zu schreien.

Ich ging runter ins Café *Intelecto*, doch um diese Zeit meldete sich niemand mehr in einem Büro, und der Pate fiel mir ein. Wieso habe ich nicht schon vorher an den Paten gedacht? Vielleicht ist sie da. Ich wählte, und vom anderen Ende kam seine zittrige Stimme: »Nein, meine Kleine, sie ist nicht da. Sie kommt sehr selten hier vorbei, aber wollen Sie eine Nachricht hinterlassen?« Als ich meinen Namen nannte, wurde der Pate unsicher, denn er verstand zuerst nicht richtig.

»Wer, sagen Sie, sind Sie, gnädige Frau?«

Dann fing er an zu reden, aber das half auch nicht viel. Alles, was ich den komplizierten Sätzen des umständlich erklärenden Senhor Mateus entnehmen konnte, war, daß Anabela Cravo endgültig in eine andere Wohnung gezogen sei, die von der Elias Garcia aus gesehen irgendwo weit draußen liegen mußte. Guten Abend. Ich war nicht bereit aufzugeben, wenn ich nun schon im *Intelecto* war, zumal ich manche Nummern auch auswendig wußte.

Als wäre es verabredet, meldete sich beim zweiten Klingeln Mão Dianjo am anderen Ende.

»Mão Dianjo, Jóia schreibt so, daß man es nicht lesen kann. Ist das schlimm?«

»Ich komme«, sagte Mão Dianjo, und ganz bestimmt war Madalena dort in der Wohnung in der Infantaria Dezasseis nicht weit, denn er flüsterte in den Hörer.

Nie ist mir ein Weg länger vorgekommen. Es drängte mich, ihm zu zeigen, welche große Sorge mich bedrückte, ihn daran Anteil nehmen zu lassen.

»Ich habe länger gebraucht, weil ich mit dem Taxi

gekommen bin – den Simca habe ich zu Hause gelassen, damit sie nicht mißtrauisch wird.«

Ich wollte keine Erklärungen. »Stell dir vor, dieser Bengel hat das Schreiben verlernt, nur um mich zu ärgern. Hier.«

Mão Dianjo sah, noch immer stehend, in das aufgeschlagene Heft, dann setzte er sich, ohne darauf zu achten wohin, auf das geblümte Sofa. Sein Blick hing gebannt an der kleinen Schrift, die sich in den winzigen horizontalen Klecksen verlor.

»Das ist sehr schlimm!« sagte er.

Hatte er »sehr schlimm« gesagt? Mão Dianjo konnte doch nicht sagen, daß es sehr schlimm sei. Schlimm war alles, was man verlor und was unabänderlich war, aber die Schrift eines Kindes konnte man immer noch ändern.

»Setz dich dahin.« Mão Dianjo sprach ernst wie ein Arzt im weißen Kittel mit einer Krankenkarte vor Augen. Er schlug das Heft zu und sah mich an. »Du hast ein bißchen zugenommen. Okay«, sagte er. Und dann, noch ernster, wie jemand, der von einer Ebene zur nächsten überwechselt, fragte er unvermittelt: »Fühlst du dich einsam?«

Nein, ich fühlte mich nicht einsam, aber, wenn ich's recht überlegte, was kostete es mich zu sagen, daß ich mich einsam fühlte? Nur ein paar Wörter mehr oder weniger. »Ja, ich fühle mich entsetzlich einsam.«

»Arme Kleine«, sagte Mão Dianjo. Es war Abend, aber er trug noch seinen Büroanzug, und nur am Kragen war das Seidenhemd vom Haar und der Haut am Hals stumpf. Nur da. Seine Krawatte war auch aus blauer Seide, so wie die Atouguias vor einem oder zwei Jahren und jetzt erst recht. Er sei zum Glück gerade von der Apótema gekommen, als das Telefon geklingelt habe.

»Ich muß die Krawatte abnehmen«, sagte er. Er hängte sie wie mit einer Gewohnheitsgeste über die Rückenlehne des Korbstuhls. Jóias Heft war also schlimm.

»Weine«, sagte er ohne Krawatte.

Mir war nach Lachen zumute, aber er wiederholte noch einmal sehr ernst, nachdem er gesagt hatte, daß es schlimm sei: »Weine, weine.« Ich dachte mit trockenen Augen ein wenig nach und fand, ich könnte versuchen zu weinen. Ich brauchte auch wirklich nur an irgendeine traurige Szene zu denken, zum Beispiel an meinen eigenen Tod, bei dem ein halbes Dutzend einsamer Gestalten Erde auf mich warfen, um gerührt zu werden. Nicht von Jóia, das nie und nimmer, aber von mir selbst konnte ich mir dieses Elendsbild zwischen Zypressenreihen vorstellen. Wie die Sonne unterging, die Blumen in der Vase welkten, die Erde mir aufs Gesicht fiel, das Leben war traurig. Ich fing an zu weinen.

Aber während ich weinte, begriff ich, daß die Situation sich verändert hatte seit jenem Tag, an dem ich ausnahmsweise im Atelier gefiebert und mich Mão Dianjo im Licht der Blitze hingegeben hatte. Jetzt standen die Dinge anders, auch wenn sie äußerlich deutlich an die erste Situation erinnerten. Selbst meine anfangs nur provozierten Tränen liefen jetzt wie ein Wasserfall, die Tränensäcke wurden immer dicker, es kam mir fast unwahrscheinlich vor, daß sie so viel salziges Wasser produzierten, ohne daß ich es spürte. Er durchbohrte mich mit dem Blick, saß auf dem Blümchensofa, ohne Krawatte, und ich zu seinen Füßen auf einem Sitzkissen. Aber es mußte ein Zipfel Phantasie mit einem Zipfel Wirklichkeit zusammengeknüpft werden. Schniefend sagte ich, Mão Dianjo könne nicht einfach »schlimm«, »schlimm« sagen, während der Junge schon in seinem Zimmer ruhig schlafe, mit seinem noch runden Gesicht, seinem Kopf voller Locken, seinem lebendigen Blick, seiner ungewöhnlichen Intelligenz. Oh, er müsse unbedingt dieses Wort »schlimm«, das mir so weh tue, zurücknehmen! Ich schneuzte mich geräuschvoll in ein Taschentuch.

»Und jetzt, nachdem du geweint hast, sag mir – was hast du Jóia beigebracht?«

Ich suchte nach einer Zigarette, zündete sie an und betrachtete Mão Dianjo, ich sah ihn wie aus der Ferne, an Kopf und Füßen spitz zulaufend, so wie Wölfe im allgemeinen Hofhunde sehen. Was hatte ich Jóia beigebracht? Nichts. Es reichte, daß er mit mir zusammenlebte, um das zu lernen, was ich wußte. Nichts, ich glaube, ich habe ihm nichts beigebracht.

»Doch. Du hast ihm alles beigebracht, angefangen damit, daß man beim Niesen die Hand vorhält, bis dahin, daß man vorm Schlafengehen die Schuhe nebeneinander stellt. Du hast ihm viel beigebracht, nur das Wichtigste nicht.« Mão Dianjo stand auf und ging vom Fenster zu den Korbstühlen und von den Korbstühlen zum Fenster.

»Jedes Kind muß lernen, wie man haßt. Hast du ihm Hassen beigebracht?«

»Nein, Hassen habe ich ihm nie beigebracht.«

»Da hast du einen großen Fehler gemacht, und hier haben wir das Resultat. Jeder Mensch muß, sobald er sprechen kann, auch hassen können. Jetzt wird er, selbst wenn er es noch nachholen sollte, auf diesem Gebiet immer geistig zurückgeblieben sein.«

»Ich dachte, es wäre genau umgekehrt«, sagte ich, um ihn zu hören und das Spiel nicht zu verderben.

»Nein, Júlia! Nur der Haß kann dem Menschen die Grenzen seiner menschlichen Dimension zeigen. Nur er kann den Menschen schützen, erhalten und stärken. In der Architektur als Zusammenspiel von Formen und Kräften, die sich das Gleichgewicht halten, lernt man, daß dieses Zusammenspiel ein elementarer Faktor ist. Was ist eine Mauer anderes als ein Angriff auf die Anziehungskraft der Erde? Wird die schöpferische Kraft, die Widerstand leistet, überwunden, wird die Mauer nichtig und stürzt ein. Bauen ist ein Spiel des Widerstands, des Hasses.« Die Krawatte kam ins Rutschen, und Mão Dianjo stand auf, um sie festzuhalten.

Ich verstand. Natürlich mußte ich aber erst widersprechen, um ihm dann Recht geben zu können.

»Wieso?« erwiderte ich. »Findest du, man muß Menschen so erziehen, als wären sie Skorpione? Tiere, die sogar, um sich zu lieben, einen Haßtanz aufführen und sich die Stachelenden ausreißen? Ich bitte dich!«

Er saß auf dem geblümten Sofa und ich am Boden auf dem Sitzkissen, das ich schon erwähnt habe, aber die Hitze mußte Mão Dianjo am Hals unangenehm sein, denn er knöpfte sich ganz auf. »Oh, Mädchen! Ich habe dieses beschwichtigende Getue satt. Dieses blöde Gefasel. Alles nur dazu da, damit die anderen hassen können, ohne es aussprechen zu müssen. Du weißt, wie das ist. Du hast dir schon so viel angetan! Bring dich doch um!«

Ich hörte ihm weiter aus der Ferne zu und dachte an die erste Zeit in der Infantaria Dezasseis, als ich noch handbreite Röcke und flache Schuhe trug, immer hinter Grei her. Er war weit weg wie eine Welle, doch nicht, weil ich nicht seiner Meinung war, sondern weil alles viel komplexer war, als Mão Dianjo es darstellte. Es gab unsichtbare oder unbenennbare Faktoren, die zwischen Mão Dianjos Worten und der Realität standen. Als er das Jackett auszog, merkte ich, daß er dicker war, als er bei dem Fest auf mich gewirkt hatte. In diesem Augenblick war ich aufrichtig und weinte keine einzige Träne.

»Leider bin ich unfähig zu hassen.«

Er nahm meine Hände.

»Bekenne«, sagte er.

Mão Dianjo wollte nur, daß ich es wiederholte, aber er spürte wohl, daß dieser Abend so uneingeschränkt ihm gehörte, daß er jetzt bis auf den Grund steuern mußte.

»Bekenne«, sagte er.

»Ich bekenne.«

»Und bereust du?«

»Ich bereue.«

»Dann tu Abbuße.«

»Ich tue Abbuße.«

Okay! Er faßte mich am Kopf und legte mein Gesicht an seine Seidenhemdbrust. Er wollte alle meine Vergehen hören. Wo die graue Taube geblieben sei. Für wieviel ich sie verkauft hätte. Ob ich damit dem Anarcho geholfen hätte, nach Rom abzuhauen. Er habe sich informiert, aber ehrlich gesagt, glaube er nicht, daß ein portugiesischer Anarchist es lange in Rom aushalten könnte. So einer müßte sich eine andere, mehr abseits liegende Stadt suchen. Neapel zum Beispiel. Um vielleicht den Ausbruch des Vesuvs aufzuhalten. Die Verseuchung der Muscheln im Tyrrhenischen Meer zu verhindern. »Erzähl.«

Ja, ich wollte gestehen. Erst sei ein Teil dafür verwendet worden, daß wir Essen auf dem Tisch hatten, aber dann sei es für eine Abtreibung draufgegangen, nach über fünf Monaten. Man habe schon die Rippen, die Hände, die Füße sehen können. Ich gestehe.

»Weiter«, sagte Mão Dianjo mit sehr ernstem Gesicht.

Es sei alles genau berechnet und abgezählt worden, so daß es noch gereicht habe, fünfundzwanzig Scheine in einem Umschlag an einen Mann namens Luís Tunhas zu schicken, der in Campo Grande wohnte, gegenüber von den hohen Palmen. Danach sei nichts mehr übrig gewesen. Aber da es die Puppen gebe, die ich abends und an den Wochenenden nähte, hätte ich noch das Fest geben können. Außerdem hätte ich auch einen guten Chef.

»Und dann? Und dann?«

Dann habe er noch immer geschrieben, aber ich hätte den Deckel des Müllschluckers aufgemacht und alle Briefe den Schacht hinuntergeschickt. Nicht einmal die Umschläge hätte ich aufgerissen. Auch den Trödel aus Blech und Glas, den jener Tunhas bei mir aufgetürmt habe, hätte ich weggeworfen. Meine Wohnung sei ja keine öffentliche Mülldeponie.

»Na schön, du scheinst ja allmählich zu lernen, aber sehr, sehr langsam.« Um zusammenfassend abzuschließen, wollte Mão Dianjo sicher gehen: »Fühlst du noch seinen Kopf in deinen Händen? Erinnerst du dich noch an die Form seines Schädels?«

»Was denkst du, natürlich nicht!«

Dann wollte er noch wissen, ob ich nach dem Fest mit dem Schnurrbärtigen weggegangen sei, der seinen Militärdienst in der Schreibstube in Luanda geschoben habe. Und der Pfeife rauchte, als nuckele er an einem Kuheuter. Ich könne ihm alles sagen. »Ja, ich bin bis zum frühen Morgen mit ihm zusammen gewesen und einmal sogar auch nach Sesimbra gefahren, in eine Wohnung mit Blick aufs Meer.«

Wieder bohrte Mão Dianjo aufgeregt nach: »Aber hast du auch mit ihm geschlafen?«

Oh, nein, nein, das sei schon fast komisch! Saraiva habe

gesagt, jetzt sei alles andersherum als in seiner Jugend. Als junger Mann und als er noch nicht beim Militär gewesen sei, habe er Geschichten von Frauen aus Stundenhotels gehört, die ihren Fehler eingesehen, ihn bereut hätten und anständig geworden seien. Heutzutage begegne er nur Frauen, die anständig aussähen, aber in Wirklichkeit Huren seien – und deshalb wolle er mir einen Heiratsantrag machen.

Mão Dianjo lachte und lachte. Ich könne verdammt gut erzählen! Seine Zähne glänzten beim Lachen wäßriggelb, und es war neben der Lampe so warm, daß er die Hemdschöße rauszog. Er lachte noch immer, als er nach Jóias Heft griff, sehr schlimm. Dieses Kind brauche erstens eine Ideologie und zweitens eine dieser Ideologie entsprechende Praxis. »Hast du das verstanden?«

»Ja, ganz genau.«

Unglaublich, daß es erst Mai war und die Hitze schon so drückend. Mão Dianjo hatte sein Seidenhemd aus der Hose gezogen, und die beiden wie Flossen abstehenden Vorderteile wedelten von seinem Atem.

»Legst du Musik auf?« fragte er.

»Wie du willst«, ich reichte ihm mehrere Schallplatten, und er suchte eine von der Piaf aus. Das verbinde er mit Paris, wo er früher hingefahren sei, aber schon vor langer Zeit, als Paris noch Paris gewesen sei, und weil die Stimme des Spatzen einem bis ins Mark ging, wurde Mão Dianjo schwach zumute.

»Setz dich hierher«, sagte er. »Ich verzeihe dir deinen Verrat in Oeiras, aber, naja.«

Aus der Nähe sah man deutlich, wie müde und dick Mão Dianjo war, denn hin und wieder gähnte er, und seine Augen wurden feucht und so klein, daß nur noch ein Schlitz zwischen den Lidern zu sehen war. »Leg bitte noch mal die Stimme von dieser Frau auf.« Er schlaffte ab und gestand, er sei widersprüchlich, denn er sei zwar im Widerstand gewesen, liebe aber die Stimmen von dekadenten Frauen, von Frauen, die schon allein durch die Erinnerung an ihre Hände die Nerven zum Reißen brächten. Wie lebendiges Opium, dieses Akkordeon. Ah, Paris!

Sein Kopf hing auf die Schulter, und schon bald ging sein Atem in pfeifendem Säuseln. Die Zeit hatte also doch ihre Spuren auf Mão Dianjos Körper hinterlassen, denn sie hatte Wülste unter seinen Augen und seinem Kinn gebildet, und er schlief auf dem Sofa, auf dem er eigentlich Liebe machen wollte, wie von einem öffentlichen Verkehrsmittel geschaukelt ein. Haß? dachte ich, als die Platte aufhörte und er mich bat, sie umzudrehen. Haß? Alles ließ sich auf tiefen Schlaf mit offenem Mund reduzieren. Zu hassen lohnte sich nur, wenn man sagen konnte: Ich bin glücklich gewesen. Aber auch Mão Dianjo war nicht glücklich gewesen. Es gelang mir, vom Blümchensofa aufzustehen und die Platte zum fünften Mal umzudrehen. Weil die Stimme der Piaf kam und verschwand und ein so beunruhigendes Französisch sang, als ritze ein Messer in die Seele, empfand ich größte Zärtlichkeit für alle Dinge, die so trügerisch waren wie die Stimme. Mão Dianjo fuhr aus dem Schlaf hoch.

»Haben wir uns geliebt?« fragte er.

»Ja.«

»Und du hast alle diese verrückten Wörter ohne Sinn gesagt?«

»Ja, natürlich.«

Mão Dianjo gähnte ausgiebig und streichelte mir den Schenkel, als hätte er ihn benutzt, aber plötzlich hielt er die Finger wie verbrannt still. »Du machst mir schon wieder etwas vor, wir haben uns nicht geliebt, ich habe das nur geträumt. Warum machst du mir schon wieder etwas vor?«

»Komisch!« sagte ich. »Ich bin auch eingeschlafen und habe genau das gleiche geträumt. Aber wir können ja nachsehen und uns vergewissern.«

»Wie wär's, wenn wir das ein anderes Mal machten? Es ist schon zwei, mein Simca steht vor der Tür, und ich bin nicht da.« Dann fügte er hinzu: »Hör zu, Júlia, wenn ich dich nicht ganz schnell wieder anrufe, dann deshalb, weil Madalena Verdacht geschöpft hat und ich vorsichtig sein muß. Aber lange wird's nicht dauern, egal, was ist, denn die Sache mit Jóia ist ernst!«

30. Nicht mehr als ein kupfernes As

Es war nicht ernst, nur etwas Beiläufiges, was mit Jóia passierte, aber selbst wenn es ernst gewesen wäre, nichts hätte meinen Wagemut in diesem lieblichen Monat Mai lähmen können. Das Wort Wagemut ist viel zu blaß, um wiederzugeben, was ich damals empfand – eine Art großartiges Triumphgefühl, weil ich begriffen hatte, daß man alle Menschen täuschen konnte, allen voran Ernesto Mão Dianjo. Und Anabela Cravos guter Geist beeinflußte mich, selbst aus der Entfernung, so sehr, daß ich mich nicht gewundert hätte, wenn ich irgendwann eines Morgens mit dem Wunsch aufgewacht wäre, abends nach acht Jura zu studieren statt wieder Kunst oder Sprachen, wie ich es hin und wieder vorhatte. Selbst wenn es nicht dazu kommen sollte, ich zweifelte nicht im geringsten an meinem guten Stern. Es war doch alles so einfach gewesen. Man mußte nur wollen ...

Jóia zum Beispiel.

Nichts Ernstes, denn den ganzen Monat Mai hindurch hatte ich wohl tausendmal gesagt, noch mal, Jóia. Ich kaufte zwei Hefte, die ich bis dahin als sadistisch betrachtet hatte, mit doppelten Linien, in denen er die Buchstaben nach Maß schreiben mußte. »Schreib, schreib, schreib«, sagte ich in allen Tonarten und unendlich oft. Dann ließ ich ihn zwischen diesen Übungen Diktate auf normalem Papier schreiben, damit er das Linienkorsett nicht mehr spürte. Er gehorchte. Und warum sollte das ernst sein? Ich ging zu dem Lehrer, der mich bestellt hatte, und wurde von einem Ex-Priester mit keuschem Blick empfangen, der im Grunde Jóia schätzte und ihn unterstützte. Verdammt, wieviel Glück ich hatte! Wer hatte behauptet, diese Welt bestehe nur aus Skorpionen? Allerdings stellte ich fest, daß er auch keine Lösung wußte und nur Alarm geschlagen hatte, damit ich mir der Sache bewußt wurde. Das war ich.

»Nichts Ernstes.« Sobald ich aus dem Laden kam, stieg

ich in eine Bahn und fuhr nach Hause. »Schreib, Jóia.« Selbst aus der Entfernung merkte man an den Bögen, die seine Hand zog, daß die Schrift sich mit der Zeit immer weiter auswalzte. Ich hatte das auf blinden Verdacht gemacht, ohne einen Plan oder eine Ideologie dahinter, wie Mão Dianjo es wollte – ich hatte einfach den kürzesten Weg gefunden und ging ihn singend, des glücklichen Ausgangs gewiß.

»Dann ist es ja gut«, sagte Mão Dianjo.

Wie Sie daraus schließen können, fingen wir wieder an, uns zu treffen. Wir fuhren durch Monsanto, hinauf nach Oeiras, kamen zu dem Haus mit den Ferienwohnungen, in das Stockwerk dieses Rodrigues, die Treppen waren mit Dreck überhäuft, aber nichts störte ernstlich. Man machte die Tür auf, die zu dem sandfarbenen Teppichboden führte, und Mão Dianjo zog sich sofort aus. Die Reitstiefel standen noch am selben Platz und hatten an den Schäften eine Art Grünspan angesetzt. Im übrigen nicht mal abgestandene Luft, denn es blieb immer ein Spalt offen, durch den die Luft von Oeiras mit ihrem reinigenden Salzgehalt hereinkam. Das war nach der Geschichte mit Jóias Schrift.

Es dauerte nicht lange, da sagte man zu mir: »Faszinierend, wirklich faszinierend. Die Schrift Ihres Sohnes ist wieder vollkommen in Ordnung, Senhora.« Zu diesem Schluß kam der Ex-Priester am Telefon gegen Ende des Monats Mai. Man merkte genau, selbst durchs Telefon, daß die Kruzifixspitze der Kehle dieses hilfsbereiten Mannes einen Axthieb versetzt hatte. Er selbst hatte angerufen: »Faszinierend, wie er sich gebessert hat! Er, Sie, wir alle können uns gratulieren.«

Alles unter einem guten Stern.

Unter einem so guten Stern, daß Jóia, als sein Freundschaftsumfeld erneut in Bewegung geriet, kaum darauf reagierte. Es ging um die Kinder von Marques Ruivo. Von einem Tag auf den anderen sollten Cila und Schweinchen São Mamede verlassen, und die Aufregung war groß. Cila vor allem lief hin und her, hatte sich den Mund mit dem Stift, den ich ihr gegeben hatte, rot angemalt und freute sich riesig. Sie redete so laut, daß sie einem auf die Nerven ging. Vor allem, weil sie den Bruder am Hereinkommen hinderte. Es war einfach – die Verhandlung hatte schon etwas früher stattgefunden, aber erst jetzt hatte das Gericht entschieden, daß Cila zum Vater kommen und Schweinchen zur Mutter der Mutter gehen sollte. Das schrie Cila schon vor der Tür, ehe sie hereinkam. Dies bedeutete also, daß es in ihrem Schicksal nur noch wenig Gemeinsamkeiten geben würde, denn Cila sollte nach New Jersey fahren und Schweinchen nach Viseu. Beide waren vor Feude hochgesprungen, als sie es erfuhren, aber sie, die sehr viel mitteilsamer war, hatte sich ihren Pony ganz kurz geschnitten und warf im Hinblick auf die Reise verführerische Blicke um sich. »Ich, ich fahre weg!«

Der rote Fleck vom Lippenstift lief über den Lippenrand und zog sich kinnabwärts. Sie machte auch gekonnt die Augen zu und ließ den Bauch nach vorn und hinten tanzen.

»Glória findet das schön und erlaubt es.«

Natürlich erlaubte Glória es. Sie war verlobt, wollte heiraten und erlaubte alles, denn sie wünschte sich, daß diese Kinder sie als vollkommene und großzügige Heilige in Erinnerung behielten. Deshalb hatte Schweinchen die linke Hosentasche voller Bonbons, die er der Reihe nach auswickelte und in den Mund stopfte. Das Silberpapier steckte er in die rechte Tasche. Er war zu dick und zog manchmal das linke Bein nach, das Schweinchen.

»Er ist eben so«, sagte Cila ganz natürlich und zufrieden. Manchmal merkte man, wenn sie sprach, daß sie Zigaretten stibitzt hatte, denn ihr Mund roch nach Rauch. Außerdem zündete sie Streichhölzer an, als habe sie gelernt, sie an den Mund zu führen. Aber an dem Tag, an dem sie mir von dem Gerichtsbeschluß erzählten, aß Schweinchen nichts.

»Die trennen euch? Ist das nicht gegen das Gesetz?«

»Mir ist das egal. Schweinchen kommt zur Großmutter, der Mutter von unserer Mutter, auf einen Hof in Viseu. Alle sagen, das ist ein Glück, weil er da sogar abnehmen wird. Die Großmutter hat ein Fohlen, um das man sich kümmern muß.« Sie machte einen erstaunlich hohen Satz, wie mit einem Stab. Schweinchen senkte den Blick und fand doch noch tief in der Tasche einen Karamellbonbon. Er wickelte ihn aus und klebte ihn sich an die Vorderzähne, die schon verfaulten. Das heiße also, daß die drei Freunde sich endgültig trennen würden? Sagte ich noch, nur um zu sehen, was passierte. Aber Cila nahm der Frage sofort das Dramatische – alle Leute wüßten doch, daß man gerade dabei war, ein so schnelles Verkehrsmittel zu erfinden, daß in einer Sekunde alle Orte auf der Welt ganz dicht zusammenkämen.

Wir waren in dem Wohnzimmer mit den Korbstühlen, und Cila ging an das Fenster, dessen beide Flügel zu den Bäumen hin geöffnet waren. Schweinchen war ins Badezimmer gegangen, und Jóia schrieb mit rausgestreckter Zunge eine Zahl und zählte die Nullen. Ich sehe noch genau vor mir, wie Cila sich aus dem weit geöffneten Fenster beugte.

»Ich will nach Amerika!« schrie sie.

Es dämmerte, und von der Straße kam ein ohrenbetäubender Lärm hoch. Dann rief sie ihren Bruder und übte mit ihm: »Wenn ich Amerika sage, sagst du -rika, -rika, -rika, ganz oft.«

Sie schrien, aber so sehr sie auch schrien, nicht ein einziger Passant hob unten den Kopf. Cila legte die Hände um den Mund und schrie laut und spitz, bis sie rot wurde. Nein, niemand wandte den Kopf. Da gab sie auf, sah zu dem Stückchen Himmel mit der in diesem Schummerlicht blassen Kuppel der Basílica da Estrela und sagte: »Schweinchen kann nicht mit, weil ihm kotzübel würde, wenn er da oben fliegen müßte. Stimmt doch, Brüderchen, oder?« Sie wiegte sich dabei und roch nach Kinderkörper, der noch an Windeln erinnerte.

Die wird es weit bringen, sehr weit! Ich dachte an die fast noch gegenwärtige Vergangenheit und verfiel ins Träumen von Menschen, die gegen strömende Fluten anschrien.

Aber ich würde lügen, wenn ich Ihnen nicht sagte, daß sie schön waren, sehr schön, diese glühenden Tage, in denen die Winterplakate auf den Mauern vergilbten, ohne daß ein Hauswirt sie entfernen ließ. Kalkiger Staub rieselte von den Türfüllungen, als hätten die Häuser sich auf der Erde gewälzt und schüttelten sich nun. Ein Zerfall, der an der Straße einsetzte. Und beim Anblick der Vögel, die hoch oben vorüberflogen, überkam mich der Wunsch, in den weißen Simca oder Saraivas Alfa zu steigen und ein paar Zipfel Meer zu sehen, und keiner wüßte vom anderen. Pst! Nur Senhor Assumpção wußte, und ich wartete auf die Mittagszeit, um mich ihm anzuvertrauen. Er war weiterhin so sehr Gentleman, daß er immer geduldig zuhörte. Aber wir waren bei den Kindern von Marques Ruivo.

Cila wollte den Lippenstift nicht zurückgeben. Sie hatte ihn immer bei sich, unter der Achsel oder in der Unterhose. Manchmal fiel er ihr runter, und dann teilte sich das Ding auf dem Fußboden in zwei Hälften. Sie steckte sie schnell wieder zusammen. »Ich kann ihn dir nicht zurückgeben«, sagte Cila. »Wie soll ich mich sonst bei meinem Vater in Amerika an dich erinnern? Später wollen wir mal zu einem großen See fahren. Die haben auf ihrer Fahne fünfzig Sterne und wir nicht mal einen ganz kleinen.«

»Aber dafür ein Schild.«

»Ach, was ist schon ein Schild im Vergleich zu fünfzig Sternen?«

Man holte sie eines Abends im Juni ab, ehe die Möbel abtransportiert wurden, und ich dachte noch immer, Jóia würde bedrückt sein, aber das war er zum Glück nicht – er zeigte bei der Abreise seiner Freunde die nötige Ungezwungenheit. Übrigens wehrte er sich an diesem Abend auch nicht gegen die Müdigkeit und schlief sehr früh ein. Aber ich ging mit Abschiedsgeschenken in einer Tasche nach unten und weiß noch genau – der Ingenieur Marques Ruivo kam nur die Kinder abholen, um Schweinchen bei seiner Ex-Schwiegermutter abzuliefern und Cila mitzunehmen. Er war klein und schlank, und man begriff bei seinem Anblick nicht, nach wem Schweinchen schlug.

Aber die Möbel, nein, die holte der Ingenieur nicht ab. Die schenkte er Glória, und die Wohnung schenkte er ihr nur deshalb nicht, weil sie ihm nicht gehörte. Von dem, was er in der Vergangenheit dort erlebt habe, solle so viel wie möglich in diesem Monat Juni verschwinden, und zwar für immer. Sagte er mit erhobener Stimme. Nein, so bald habe er nicht vor, wieder nach Portugal zu kommen, er ärgere sich über die niedrigen Gehälter und die mangelnde Effizienz des Rechnungshofs und sei erbost über die Gesetze, die seiner Ansicht nach viel ungerechter seien als die Gesetze in New Jersey. Wo gebe es denn so etwas? Wäre es nicht die Pflicht der Großmutter gewesen, beide Kinder zu nehmen?

»Sagen Sie. Ich bitte Sie, sagen Sie, was Sie davon halten.«

Portugal mit den Vereinigten Staaten zu vergleichen, sei so, als wollte man Taille und Furz in Verbindung bringen. Der Ingenieur Marques Ruivo hatte manche portugiesischen Wörter schon vergessen, aber in seiner Erregung konnte er sich noch gut ausdrücken. Oder besser. Er beabsichtigte, frühmorgens mit beiden bei der Schwiegermutter anzukommen, sie ihr vorzuführen, ihr unter die Nase zu halten, mal sehen, ob sie dann noch wagte, Cila nicht zu nehmen.

Man wußte nicht recht, was man sagen sollte. Es war heiß und kühl zugleich, und man bekam Lust, sich auf den Armen ins Fenster zu legen, um den Straßenlärm zu hören. Schweinchen saß im Hausflur auf einem Koffer, ein Bein auf jeder Seite. Ob Schweinchen etwas aß, weiß ich nicht mehr, vielleicht nicht. Aber ich bin sicher, daß ihm auf der Seite, wo ich ihn küßte, die Backe brannte. Cila lief federleicht und aufgeregt vor den Spiegeln hin und her, die Glória bald, nach Ende seiner Schicht, auf dem Rücken ihres Polizisten abtransportieren würde. Und es waren auch venezianische da, so uralt, daß sie schon stockig waren und niemand im Haus sich darin betrachtete.

Aber nachdem seine Freunde weg waren, wollte Jóia nicht mehr nach draußen gehen und saß still da, umgeben von Blättern voller Rechnereien. Abends ging die Sonne rot und gelb unter, und man mußte die Jalousien runterlassen. Dann wurde die Wohnung gestreift, und dort fand ich ihn vor.

»Warum gehst du nicht raus? Der Garten ist voller Vögel, und die Bäume haben hübsche Blätter, manche Stämme treiben Stengel, Fäden, Haare bis auf die Erde«, versuchte ich, ihn zu locken. Aber nein. Damals schien Jóia seinen Hang zur Botanik und Zoologie verloren zu haben und verbiß sich, wie ich Ihnen schon gesagt habe, in abstrakte Wissenschaften, die er auf die Astronomie anwendete, was mir, so wie wohl den meisten Menschen, die noch vom Geist der vierziger Jahre geprägt sind, wie eine ungerechtfertigt apokalyptische Neigung vorkam. Es kann nicht oft genug gesagt werden, daß er wieder ordentlich schrieb, und er war so friedlich am Abend in unserer gestreiften Wohnung, daß ich endgültig dachte, er gehöre zu jener Gattung von Engeln, die durch Flammen gehen können und sich nie versengen, nicht einmal am Saum ihrer Flügel. Aber das habe ich schon gesagt.

»Das Alter des Universums ist eine Sache, und das Alter des Universums, wie wir es kennen, eine andere«, las er mir manchmal vor.

Wäre Blaise Pascal im ausgehenden zwanzigsten Jahrhundert Kind gewesen, hätte er sich bestimmt statt mit dem Satz des Pythagoras aus Syrakus mit Jóias Problemen beschäftigt. Ich gestehe – manchmal verfiel ich sogar auf die Vorstellung, daß ich eines Tages eine großartige Biographie über Jóia zu lesen bekommen würde. »Schon als Kind beschäftigte er sich mit abstrakten Begriffen, astronomischen Zahlen, astrophysischen Problemen. Er saß zu Hause hinter schlecht schließenden Jalousien und dachte tief nach. Wenn seine Mutter, eine attraktive Witwe, müde von der Arbeit nach Hause kam, setzte er sich zu ihr und stellte ihr Fragen, auf die sie keine Antwort wußte ... wer weiß, wer weiß, wer weiß ...«

Solchen Gedanken hing ich auf dem Weg zu den verschwiegenen Lokalen oder einfach nur den Straßenecken nach, wo ich mich mit Mão Dianjo traf, er im verschwitzten Seidenhemd unter weißem Jackett. Manchmal legte er selbst in weniger verschwiegenen Straßen in einem Anfall von Mut den Arm um mich, und da ich damals meinen Mund rot schminkte und das V der Oberlippe betonte, sahen manche Leute sich neugierig um, was das für ein Paar sei, und Mão Dianjo überkam das blanke Entsetzen.

»Scheißtypen, die halten dich für 'ne Nutte und mich für 'nen alten Knacker!«

Dieser Eindruck verschärfte sich eines Tages, als ich ein weißes Leinenkleid trug und zwei junge Kerle im Vorbeigehen gemeinerweise riefen: »Laß das Fleisch für andere, die noch beißen können!« Ich war gerade stehengeblieben, um mir meinen Absatz anzusehen, und er verbot mir, in Zukunft stehenzubleiben und Absätze anzusehen, wenn ich mit ihm ausging. Aber in dem stillen Eckchen im Restaurant legte sich alles wieder. Ich sah mir die Speisenkarte an und küßte ihn mit geschlossenen Augen auf den Mund.

»Ich *viunilha,* ich *aruru, arra, arra.*«

Sie hatten keinerlei Sinn mehr, diese Wörter.

Mão Dianjo probierte den Wein. »Auf unser Wohl, auf aller Wohl! Auf das spiralförmige Fortschreiten des Denkens!«

Nach dem Essen ging er oft mit mir in ein Hotel, wo wir einen großen Koffer abstellten, in dem er unnützes Zeug herumtrug, nur damit er etwas wog, als kämen wir gerade von einer Reise, aber zwei Stunden später verließen wir es wieder. Meistens kam der Koffer gleich neben der Tür auf ein Gestell, so daß man ihn nur greifen mußte und verschwinden konnte. Am nächsten Tag ging er bezahlen, dann war ich nicht mehr dabei. Aber daß ich damals in Oeiras weggelaufen war, hatte ihn tief getroffen, erst jetzt merkte ich das. Immer wenn Mão Dianjo schläfrig wurde, griff er, ganz gleich, wo wir waren, nach meinen Händen und schreckte bei der geringsten Bewegung von mir hoch. Vor allem durfte ich nicht lesen, weil das Geräusch des Umblätterns ihn an den Wind an diesem schrecklichen

Abend erinnerte, als ich ihn bei offener Tür alleingelassen hatte. Und das Meer brandete.

»Sing mir etwas vor«, bat er mich in einem Hotelzimmer mitten in der Stadt. «Sing!«

Ich habe nie Stimme gehabt, aber damals hätte ich für jeden gesungen. Ich war zu einem anderen Schluß gekommen als Senhor Assumpção – daß die Liebe in Wirklichkeit ein großes Männlich und Weiblich sei, das in der Horizontalen die Artgleichen vereinigte und in der Vertikalen die großen Sterne mit den kleinen Amöben. Und darin waren wir uns einig. Aber ich, die unabhängig sein wollte, nur an meinen Körper gebunden, und deshalb jetzt jeden, egal wen, betrog, hatte noch immer das Gefühl, daß andere Menschen, meine Ziehschwestern, etwas besaßen,das man mir zu Unrecht vorenthalten hatte, und genauso umgekehrt. Ich fand, da nun Artur Salema nicht mehr da war, die Liebe sei eine Verdammnis unserer gefallenen Natur. Ich gab mich hin. Einsamkeit? *Je sais pas!*

Ich traf mich abwechselnd mit Saraiva und Mão Dianjo. Um zu verhindern, daß sie sich begegneten, brauchte ich einen umfangreichen Kalender. Ich teilte die Tage in der Mitte, blau auf der einen Seite, auf der anderen lila, für jeden seinen Platz und seine Farbe, und obwohl ich Anfängerin war, kann ich mich nicht erinnern, Überschneidungen angerichtet zu haben. Auch die Stadt teilte ich auf – mit Mão Dianjo nur im Zentrum, in versteckten Gassen oder an den großen Durchgangsstraßen, in denen der Verkehr im Nu vorbeirauscht. Ich stieg mit ruhigen Gefühlen in den Simca ein und aus. Für Saraiva galt das nicht. Mit Saraiva ging es in den Vororten, irgendwo in Monsanto, Vila Franca, Sintra, in Restaurants, die er *gut* fand. Er sagte das betont feierlich und machte einen Unterschied zwischen gut und schick – in den ersten verkehrten Topmanager und in den zweiten Leute mit Geld. Er zog die guten Restaurants vor. Der schüchterne Saraiva hatte das ganz von allein bei der Tranquilidade gelernt. Aber eines Tages dachte ich, wenn die Apótema so dicht bei der Tranquilidade liegt, wozu dann soviel Gelaufe, so viele Umwege, so viele aufgeteilte Kalenderblätter? Der Begriff Promiskuität roch nach alten Gipürespitzen. Stellen Sie sich vor, ich erwähnte Mão Dianjo gegenüber etwas von einem kleinen *ménage à trois*.

»À trois?« sagte er wütend. »Weder à trois noch à quatre. Was zum Teufel hast du dir dabei gedacht?« Er sah mir direkt ins Gesicht. »Das ist der Grund, warum die Moral in den sozialistischen Ländern durch strenge Institutionen gerettet werden mußte. Im Grunde bist du blasiert wie die Bourgeoisie.«

An diesem Tag drehte er sich zum Schlafen auf die Seite, aber als er zum erstenmal aufwachte, es war neun Uhr abends, hatte er ein Auge geöffnet und das andere geschlossen, und sein Herzschlag war aus dem Takt, tam tam, tam tam.

»Wollen wir uns vertragen, Liebling? Kaum hatte ich die Augen zugemacht, hörte ich Kalinka, und du warst mein roter Traum, der vor meinem Pferd davonlief, immer weiter und weiter. Ich bin erledigt!«

Nun gut. Saraiva schlug ich mehr aus Jux vor: »Ein *ménage à trois* würde alles einfacher machen!« Er wurde rot. Was *trois* sei, wisse er, aber *ménage* nicht. »Trois, trois ... Warte mal. Du möchtest, daß wir schon was Kleines bekommen, ja? Nein, meine liebe Júlia, erst nach der Hochzeit, ich möchte nicht, daß ein Kind von uns geboren wird, ehe alle Papiere in Ordnung sind, neun Monate später, alles, wie es sich gehört«, und angeregt vom Französischen holte er zwei Paris-Match und fing an, sie auf portugiesische Manier zu lesen. Früher sei diese Illustrierte auch viel bunter gewesen, mit viel besseren Fotos, und die Abbildungen hätten die Lektüre viel leichter gemacht. Er notierte sich die Marken von Kleidern und Parfüms, um sie über Freunde bei der TAP zu bestellen. Wir waren in Sesimbra, in der Wohnung, von der man auch das Meer sah, aber da machten die Hunde nicht auf die Treppe, sondern auf die Straße, ehe man ins Haus ging.

Dennoch dachte ich Ende Juli, nach einem Monat Lehrzeit, über Möglichkeiten nach, mir das Leben besser einzurichten, denn weder der eine noch der andere konnte mehr für mich tun, als er tat. Saraiva sah, vielleicht, weil er bei einer Versicherungsgesellschaft arbeitete, nur eine Lösung – Heirat. Er könne von heute auf morgen eine Glatze bekommen und hasse Hochzeitsbilder, auf denen der Bräutigam schon kahl sei. Wenn dieses Band geknüpft sei, würde sich alles andere schon klären. Eines Tages, als wir den üppigen Palácio da Pena betrachteten, entwickelte er den Plan, die Wohnung in Lumiar zu vermieten, so möbliert, wie sie war, damit wir zwei Jahre später den Mieter problemlos vor die Tür setzen könnten, und die Wohnung in São Mamede umbauen zu lassen, so daß Jóia zwei Zimmer bekäme, aber separat, mit einer Verbindung zum Treppenhaus durch den Dienstboteneingang. Wir, das Brautpaar, und das Kleine oder die Kleinen, die wir dann bekämen, hätten die Räume auf dieser Seite. Er nahm eine Papierserviette und zog, während er auf den Palast blickte, zwischen den Gläsern Linien, die Räumen entsprachen.

»Die Wand hier wird eingerissen, da kommt eine Zwischenwand rein, und dann haben wir auf dieser Seite hier sogar ein großes Wohnzimmer!«

Saraiva war schüchtern, aber über Träume konnte er gut reden.

Eine ganz andere Sache war es mit Mão Dianjo. Dieser, daran gewöhnt, während der düsteren Jahre subversive Aktivitäten zu schützen, war großzügig und betrachtete Geld als etwas Gemeinschaftliches, aber über die Anlage von Geldern diskutierte er bis auf den letzten Groschen. Selbst über die Apfelsinen, die ich von dem Scheck kaufte, den er mir beim Verlassen des Hotels in die Hand drückte, diskutierte er. Auf keinen Fall im Supermarkt. Diese schmutzigen, raffgierigen Monopole, die bei Gewicht und Preis betrögen, beuteten die Menschen auf gemeinste Art aus und verkörperten die große Diktatur des Westens.

»Apfelsinen? Da nicht!«

Er machte mir das Leben schwer. Zwar fand ich mich schon in allem Anabela Cravo ähnlich, aber was die Verwaltung von Einkünften betraf, war ich noch weit davon entfernt, und an einem einzigen Tag, nachdem ich mir in der Buchhandlung etwas früher freigenommen hatte, gab ich alles, was ich besaß, für völlig verschiedene Dinge aus, wie fünfzig Prozent für die Reservierung einer Wohnung in Marbella und den Rest für ein kleines Glasregal für den Wohnungsflur, ein Fahrrad für Jóia und zwei Garnituren schwarze Strümpfe, Unterhose und Büstenhalter. Jetzt kam Einkaufen mir wie ein großartiges Abenteuer vor, mit einem Abgrund nach der Monatsmitte. Aber was nützte es, die Phantasie spielen zu lassen? Wenn Senhor Assumpção mich aus irgendeinem Grund nicht zum Mittagessen mitnahm, bekam ich nichts zu essen. Eines Tages nun, nachdem ich mittags gefastet hatte und es weder Saraiva bei der Tranquilidade noch Mão Dianjo wegen der Apótema paßte, fühlte ich mich ungemein erleichtert und dachte an das Wasser, das ewig fließt. Die Sonne schien. Da fragte ich Jóia, ob er Lust hätte, auszugehen, aber nein, er stand mit der Stoppuhr in der Hand vor dem Fahrrad, drehte ein Rad in verschiedenen Geschwindigkeiten und notierte auf einem Blatt Berechnungen wie ein Genie. Es kam ein Augenblick, da ging das strahlenförmige Bild verloren, und das Ganze wurde zu einer runden Scheibe. Er war damit beschäftigt und wollte nicht weg.

Ich ging allein und trank etwas Alkoholisches im Café *Aviador*, das da schon nicht mehr so hieß. Dona Florete hatte das Lokal an zwei Typen abgegeben, die es in *Together/Tonight* umgetauft hatten. Die Decke heruntergezogen, die Beleuchtung intim, der Name verkauft, Sie sehen es. Über die ganze Seite zum Meer hin dieser rote Streifen mit leuchtenden Pfeilen, sobald es dunkel wird. Pfeile, die ununterbrochen laufen. Ich trank etwas Alkoholisches.

Dann, da es noch hell war, setzte ich mich auf die Kaimauer, wo der Fluß mit den Gezeiten steigt und fällt, und ein griechisches Schiff fuhr stampfend vorbei. Es war weiß, und auf der einen Seite stand, und ich vermute, auch auf der anderen, in blaßroter Schrift παντα ϱει. Das kam mir wie blöde, unzeitgemäße Hieroglyphen vor, und ich schrieb es mir auf den Saum meines Rockes, der aus weißem Leinen war und hinten geschlitzt, wie man es in jenem Sommer trug. Als ich gerade zu Ende schrieb, fuhr ganz langsam ein Auto vorbei, in dem ein Mann saß, der vorsichtig in hohem Ton pfiff und, das Gesicht nach vorn gerichtet, seitlich zu mir hersah, als wäre er mongoloid. Er wendete, streckte die Hand aus dem Auto und sagte: »DREI.« Ich begriff nicht, aber blitzschnell hatte er wieder gewendet, kam ganz dicht vorbei und hielt drei blaue Scheine, auf denen Dom Pedro V. zu sehen war, aus dem Fenster. »Drei Tausender, mein Angebot.« Und die Reifen des Wagens streiften fast meinen Rock. Was wollen Sie? Ich sah auf den strömenden Fluß, und da schwamm etwas aus Holz. Wie sollte ich entscheiden? Oder so tun, als ob? Ein Stückchen vor mir lagen ein paar lose Steine bereit, aus einem Loch in der Straße, die da zerbröckelte. Ich nahm einen Stein auf und hielt ihn hoch. Wenn der Stein diesseits des Holzstücks ins Wasser fiel, wollte ich in das Auto des Mannes mit den weißlichen Augen steigen, und wenn er jenseits des Holzstücks fiel, wollte ich mich ins *Together/Tonight* flüchten. Ich zielte, und obwohl der Stein schwerer war, als ich anfangs gedacht hatte, flog er im Bogen, schlug auf das schwimmende Holzbrett und hüpfte weiter. Ich floh ins Café, und der Mann wartete draußen, die Arme im Wagen, aber bereit, mir die drei Scheine zu zeigen. Nein, was der Stein entschieden hatte, war entschieden, es hatte keinen Sinn, gegen seinen Willen anzugehen. An das Fenster gelehnt, weiß ich noch, schminkte ich mir hin und wieder das V der Lippen und zog mir mit einem kleinen Stift den Lidstrich um die Augen nach.

Es war gleich am nächsten Tag, fast Mitte des Monats, noch vor dem Mittagessen, Aguiar und Idalina waren schon gegangen, und Senhor Assumpção saß hinter dem Telefon. Ich ging vorbei und sagte: »Ach.« Ich hatte mich hinter den Ohren parfümiert und hob den Rocksaum. »Lesen Sie mal.« Senhor Assumpção setzte seine Brille mit Halbmondschliff auf und las.

»Alles fließt, alles wechselt«, übersetzte er und nahm

die Brille ab. Und da ich das Bein vorne entblößt hatte, wurde er rot, fiel auf die Knie und umklammerte mich am Rock und darunter. Es war schon komisch, wie Senhor Assumpção, ganz rot hinter der Brille, die Versklavung des Beckengürtels verriet. Ich sagte zu Senhor Assumpção: »Macht drei.« Senhor Assumpção feilschte: »Sagen wir die Hälfte? Ich biete nur eins fünf. Die Hälfte von drei.«

»Na gut«, sagte ich. Senhor Assumpção sah aus, als bekäme er da zwischen den Büchern alle Wonnen der Welt. Auf seinem Gesicht begegneten sich tatsächlich die Sterne und die Amöben, sämtliche Arten untereinander. »Na gut.« Ich aß sehr gut zu Mittag an diesem Tag. Manchmal, wenn ich nichts aß, hatte ich das Gefühl, daß gelbe Lichter vom Augenaußenwinkel in den Innenwinkel liefen, und Idalina riet mir dann, den Kopf bis zu den Füßen zu beugen, damit es vorbeiging. An diesem Tag aber aß ich zu viel und bat ihn noch, mehrere Kroketten für Jóia einpacken zu lassen. Senhor Assumpção war wirklich großartig. Zum Schluß dann, als nur noch Kaffeetassen und Flecke auf dem Tischtuch waren, sagte er mit langen Pausen auswendig, als hätte er Monate lang geübt:

Laß uns leben, liebe Júlia, uns lieben und auf die Mißbilligung von Idalina und Aguiar nicht mehr geben als auf ein kupfernes As. Die Tage können schwinden und wiederkehren. Für uns aber wird die kurze Mittagszeit genügen, um den Tag in eine ewige Nacht zu verwandeln. Gib mir tausend Küsse auf den Mund, noch drei, noch sechs, noch hundert und eine Billion, und wenn wir die Zahlen kräftig mischen, werden die Neugierigen sie nicht mehr zählen können und die Verleumder ihnen nichts Böses anhaben. Fiebernde, köstliche Küsse!

Senhor Assumpção trank noch einen Schluck Wasser und sagte zum Schluß: »Catull, *passim*.« Er hatte es also doch auf einem zusammengefalteten Blatt stehen und bestand darauf, daß ich es auf der Stelle in den Ausschnitt steckte, wo mir die Schweißperlen nur so herunterliefen.

Nur eine kurze Bemerkung, damit Sie wissen, wie einförmig der Sommer das Leben der wagemutigen Menschen gestaltete. Ich trug noch immer Arme voller Puppen zu Rúbia, zumal ich, abgesehen vom Verdienst, diese Arbeit wie eine ganz besondere Gesellschaft genoß. Inzwischen zweifelte ich nicht mehr daran, daß meine Stoffpuppen originell waren, und gelegentlich tat es mir sogar leid, mich von ihnen zu trennen, diesen sanften, stummen, unschuldigen Puppen. Je weniger Anatomie, um so mehr erinnerten sie an Menschen. Aber weiter. Eines Tages unterschrieb Ana Lencastre den Scheck und sprach dabei von Anabela Cravo.

»Wie geht es ihr?«

Ana Lencastre pfiff kurz wie ein Vogel am Kanarienfutter: »Oh, der *Doktorin* geht es ausgezeichnet! Sind Sie noch immer verkracht? Schade, sie ist eine tolle Person.«

Sie habe den Atouguia geheiratet, wie in einem monegassischen Prinzenmärchen. Manchmal denke sie sogar, daß diese Freundin den Männern Yohimbin in die Suppe geben müsse. Aber nein, ihr Erfolg habe vielmehr mit ihrem inneren Charme zu tun, der dynamischen Elektrizität, die den andern antreibe. Sogar jener kleine dunkle Fleck auf der Haut mache sich bei ihr gut, passe ganz wunderbar zu ihrer Sprache, ihrer Ausdrucksweise. Außerdem sei sie ein guter Mensch, denn obwohl sie sich mit ihrer Freundin zerstritten habe, zeige sie immer Interesse an ihr. Sie erkundige sich, wie ihre Freundin gekleidet sei, ob sie anämisch aussehe, aus welchen Gründen sie mehr oder weniger zum Verkauf bringe, erzählte Ana Lencastre mit uneingeschränkter Bewunderung, aber eine Sache blieb noch unklar.

»Wer ist diese Person, für die sie sich so interessiert?«

»Sie! Oder meinen Sie, ich rede zu der Puppe?« Ana Lencastre war fast böse über meine Begriffsstutzigkeit. Natürlich wurde ich da bei Rúbia fast taub vor Glück darüber, daß Anabela sich so um mich sorgte. Hell leuchtende Gedanken gingen mir durch den Kopf.

»Meinen Sie, ich kann sie anrufen?« fragte ich aufgeregt.

»Nein. Tun Sie das nicht. Nur wenn sie es selbst tut, aber Sie, Ihnen rate ich, tun Sie's nicht, denn sie ist überzeugt, daß Sie ihr Pech bringen. Lassen Sie etwas Zeit vergehen, warten Sie, bis sie bei Ihnen anruft.«

Ana Lencastre bewunderte sie auch wegen ihrer Treue ihren Freunden gegenüber. Nach Ansicht der Besitzerin der Krimskramsboutique war Lissabon voller Haß, Neid und Intrigen. Die Hälfte der Leute hätten es verdient, in einem Gully zu landen und erwürgt im Tejo hochzukommen. Die Hälfte. Aber die *Doktorin* sei so anständig, daß sie ihr nun fünfzehn Prozent auf die Puppenpreise gegeben habe. Und schließlich bestehe ihre Aufgabe nur darin, das Geld weiterzuleiten, einen Scheck auszustellen und dafür einen größeren in Empfang zu nehmen.

Während sie mir das erklärte, bückte Ana Lencastre sich zum Schaufensterboden, und ihr glattes, blondes Haar fiel ihr über die blaublütigen Züge. Wir, die Wagemutigen, hielten uns an der Hand, und das Leben lief locker weiter.

31. Zeugnis

Wundern Sie sich also nicht, daß ich manchmal auf die grünen Dachziegel der Häuser von Calhariz schaute und dabei dachte, ich organisiere meine Zeit so gut, daß ich so leben könnte, bis ich alt werde und sterbe. Unannehmlichkeiten gab es immer, doch die großen hatten nie mit Jóia zu tun. Das hatten nur die kleinen normalen Sorgen.

Zum Beispiel. Ein glühendheißer Juli ging zu Ende, und ich bemerkte, daß er nicht mit dem gelben Fahrrad nach draußen wollte, das ich ihm an einem jener Kaufrauschtage gekauft hatte. Ich hatte ihm angeboten, mit ihm in den Park zu gehen, als wäre es mein Fahrrad, falls er sich genierte, so groß zu sein und noch nicht fahren zu können. Er lehnte ab. Wäre er der Mathematik und den astrophysischen Phänomenen nicht so zugetan gewesen, hätte ich ihn am liebsten verhauen.

»Warum gehst du nicht raus? Radfahren lernt man, indem man sich draufsetzt, in die Pedale tritt und immer nach vorn sieht, niemals auf das Rad. Du wirst sehen, du fällst nicht hin, du lernst es ganz schnell.« Aber das überzeugte ihn nicht. Er stand am Küchenfenster, betrachtete höchstens die Palmen und ahmte die Stieglitze nach, die dort genauso zwitscherten wie ein anderer Vogelschwarm, so daß man wenigstens nicht vergaß, daß die Erde noch existierte und das Tierreich lebte. Und das nur, weil ich ihm mit Engelsgeduld klargemacht hatte, daß die Zoologie und die Botanik Teile der Mathematik sind – ich führte dabei vor allem die Harmonie der Töne an, die immer etwas mit Zahlen zu tun habe. Und noch ein paar solche Harmlosigkeiten. Aber er war von erstaunlicher Gelassenheit. Ich glaube, außer Jóias Gelassenheit fand ich nichts mehr erstaunlich. Sie können sich denken, wieso.

Ehe wir nach Marbella fuhren, erschien Mão Dianjo wütend mit offenem Kragen und sagte, ich sei jetzt genau das Gegenteil von früher, hasse gezielt alles und liebe gar nichts mehr. Dazu trommelte er mit den Fingern auf dem Korbstuhl.

»Hassen, ich? Kann sein«, ich war ungeheuer anmaßend, antwortete irgendwas und warf meine Zigarettenkippe weg.

Und er: »Hassen, ja, du fährst weg, und ich bleibe hier. Und ausgerechnet in diesen Tagen ist Madalena nicht da. Meinst du nicht, daß dies eine glückliche Fügung des Zufalls ist?«

Wirklich, daß er mitten im August Urlaub hatte, Madalena nicht da war und dies mit dem für zwei Personen reservierten Apartment in Marbella zusammentraf, das war zuviel! Aber wie hätte ich denn ahnen können, daß so vieles zusammentreffen werde, wenn man mir nichts sagte? Noch sei ich keine Hexe! Nachdem sich die Gemüter beruhigt hatten, stand jedenfalls fest, daß Jóia hier bleiben mußte. Wo? Und wie? Mão Dianjo klärte das. Er kenne ein Ehepaar, das fünf Kinder habe, wieso, das wisse keiner, und das während der Ferien nicht aus dem Haus gehe, höchstens auf die Straße. Eins mehr oder weniger, das könnte doch keine Umstände machen, sofern man soviel Geld für Jóia da lasse, daß man davon auch für die anderen fünf Eis kaufen könne. Jóia könnte sein Fahrrad mitnehmen, und sie würden alle zusammen in die Anlage am Campo Grande gehen und zwischen dem Gartencafé und dem kleinen Teich mit den Enten spielen. Überflüssig zu sagen, daß Jóia nach acht Tagen zurückkam, aber das Fahrrad nicht. Bemerkenswert ist allerdings, daß Jóia unverändert war, mit lockigem Haar, still, sanft, gehorsam und wieder mit dem Big Bang beschäftigt. Gibt es noch mehr Adjektive?

Ich glaube, ich hätte immer so weitergemacht, mit einem Spiel, das schon so perfekt war, daß Anabela Cravo hätte neidisch werden können. Ich hatte vor, mich bei ihr zu melden. Zwar gab es Reibereien, aber nur kurze. Zum Beispiel mit Senhor Assumpção, der einmal statt der tausendfünfhundert Escudos mit Büchern bezahlen wollte, die er selbst ausgesucht hatte. »Gedichte«, sagte er und wickelte mir fünf schmale Bändchen ein. Da hatten wir eine große Diskussion. Ich sagte, ich glaube nicht an Buchhandlungen, das seien für mich die blödsinnigsten Geschäfte auf dem ganzen Markt. In den Stunden ohne Kundschaft sähe ich mir die Regale an und sei sicher, daß es Blätter gebe, Millionen von Blättern, die vollkommen sinnlos bedruckt seien, und davon bekäme ich allmählich eine Berufskrise. Wir machten uns alle gegenseitig etwas vor, denn alles, was neu erscheine, sei schon unendlich alt. Und wenn es schon mir so gehe, die sich weder für sehr gebildet noch für sehr belesen halte, wie müsse es dann erst denen gehen, die seit ihrem fünften Lebensjahr läsen und, um sich die Sätze besser merken zu können, sie mit Bleistift unterstrichen! Alles abgegriffen, alles schon dagewesen. Ich gab ihm die fünf Bändchen zurück, die er mit Klebstreifen verpackt hatte.

»Und was ist mit dem Wissen über den Körper? Das Wasser? Die Gestirne? Den elektrischen Strom?« fragte mich Senhor Assumpção schockiert, die fünf Bändchen in der Hand.

»Zum Glück wird man das Wissen bald auf andere Weise speichern«, sagte ich auch noch.

Falls Senhor Assumpção es wissen wolle, die Ökologie habe mich in ihre grünen Arme genommen, und schon seit Monaten zitterte ich vor Angst, wenn ich in den Flur mit den Regalen käme, wo das Licht so schwach sei. Ob er das noch nie bemerkt habe? Seine Buchhandlung sei ein großer Wald aus Pinien und Pappeln in dramatischer Gefangenschaft. Zusammen mit Binsen, Ginster, Brennesseln und dem wunderschönen Heidekraut. Da seien sie alle, eingeäschert, voller Buchstaben, und ich hörte aus den Büchern die Äxte Baumstämme fällen, die Sensen Büsche niedermähen, die Landrover das Schnittholz in großen Fuhren zu den verhaßten Massefabriken transportieren. Alles lebendige Materie! Das sagte ich zu Senhor Assumpção, der mich argwöhnisch ansah.

Sie müssen wissen, wenn ich ein Buch in die Hand nehme, ist es kein Buch, das ich in die Hand nehme – es ist ein großer zermahlener, gelaugter, zerfaserter, in Bütten eingeweichter Ast. Ich wollte, sie wären noch weit weg, diese Pinienstämme, und ein Vogel sänge auf ihnen *»ay Deus, e hu é?«*, »oh, Gott, wo bist du?« So, und ich wollte diese fünf melancholischen Bändchen nicht mal für die Küchenabfälle. Was er dazu sagte, weiß ich nicht mehr, ich weiß nur, daß ich so einfallsreich wie die Französinnen und so launisch wie die Amerikanerinnen geworden war. Surely. Ich glaube, ein anderer hätte mich rausgeworfen. Aber Senhor Assumpção wußte viel, er nahm mich nicht ernst und sagte ruhig und liebenswürdig, während er eins fünf in Scheinen aus der Tasche zog:

Ich habe schon gegessen, und auf dem Rücken liegend,
durchbohre ich meinen Slip und die Hose.

Aber Senhor Assumpçãos Gedicht, ein Abklatsch von alten Vorbildern, entsprach nicht ganz der Realität. In Wirklichkeit hatten wir noch nicht zu Mittag gegessen, als diese Meinungsverschiedenheit sich ergab und gleich darauf wieder legte.

Ein anderes Ärgernis, das aber von anderem Kaliber, passierte mir zu Weihnachten darauf. Selbstverständlich waren die Weihnachtstage im Kalender als Tage mit umgekehrter Botschaft markiert. Ich hatte vor, gar nicht aufzustehen, damit ich mir kein Bein brach, nicht den Hals verdrehte, aber um elf Uhr klingelte Fernando Rita, und da Jóia nichts von meinem Beschluß wußte, erst abends wegzugehen, machte er in aller Unschuld auf. Butlers Schüler hielt einen Topf mit zwei Ranunkeln in der Hand, das Ganze mit einem Band geschmückt, und es war nicht ein einziges Staubkörnchen auf ihm zu sehen, die Hände allerdings waren nichts als Schwielen, und man sah, daß er sie mit Nivea eingekremt hatte, denn sie glänzten übermäßig. Als er sich aufs Sofa setzte, fand er, mein Blick habe sich verändert.

»Meine Nummer kann man sich spielend merken, sechs drei, acht null, zwei zwei, aber du hast mich auch nicht einmal angerufen«, beschwerte er sich.

Wenn ich ehrlich sein soll, lag in seiner Stimme eine Vertraulichkeit, von der ich inzwischen Abstand gewonnen hatte, und ich mußte daran denken, wie Jóia an Fernandos Hand hopplahopp gehüpft war und ich sie für zwei Hasen im Klee gehalten hatte. Ein paar Augenblicke lang fürchtete ich, alles zu verlieren, was ich erreicht hatte, aber dann seufzte ich und bot ihm nur zynische Bemerkungen. Zynische Bemerkungen und ein schnelles Mittagessen. Zum Abendessen plante ich, Jóia bei Tante Clotilde zu lassen, die in diesem Jahr kinder- und enkellos war, damit ich in Sesimbra bei Kerzenschein tête-à-tête zu Abend essen konnte, wie Saraiva es wollte, genau wie auf einer Illustriertenreklame für Möbel – das perfekte Pärchen.

»Ich stelle fünfzehn Stücke in der Galerie Quadrum aus«, sagte er. »Jetzt im Januar.«

»Sag bloß, es ist noch immer Obst!«

»Nein, natürlich nicht!« Er sprach vehement, und ich war durch und durch zynisch.

»Komisch, als du reingekommen bist, habe ich gleich gemerkt, daß du bei Quadrum ausstellen wirst.«

»Wieso?«

»An deinem Anzug, deinem Hemd. Aber da du nicht groß bist, sehe ich dich lieber in Sachen, die nicht zusammenpassen, und mit Halstüchern!« Und weiter: »Das ist übrigens der schlechteste Monat. Nach Weihnachten geht niemand irgendwohin. Da sind die Leute alle damit beschäftigt, das Fritiergebäck zu verdauen.«

Sagte ich, ohne ihn direkt anzusehen, neben dem Fenster, das Sie zur Genüge kennen und wo er sich mit Jóia amüsierte, der sich an ihn gehängt hatte. Dann war er schon auf der Straße, und ich hätte ihn beinah zurückgerufen, aber ich hatte keinen reservierten Platz, den ich ihm hätte geben können. »Bye«, sagte ich. Trotzdem war ich nicht ganz und gar schlecht.

Mitte Januar erschien er nach dem Abendessen und fragte, ob ich zur Galerie Quadrum mitkäme, denn es sei sein großer Tag. Ich bemerkte, daß er nicht zusammenpassende Sachen mit einem Halstuch trug und sehr nervös war. »Das steht dir gut«, sagte ich zu ihm. Doch entgegen meiner Vermutung überraschte mich, mehr noch als die vielen Menschen, die schon ziemlich früh kamen, Fernando Ritas Arbeit. Ich gebe zu, daß ich in der Erwartung hinging, auf den Regalen Birnen, Erdbeeren, Auberginen oder irgendeine andere Frucht der Saison zu sehen, obwohl ich andere Stücke kannte, wie die Skulptur aus dem goldenen Trümmergestein, die Salema »klack klack«-Beifall entlockt hatte. Sie stand auch da, aber es war noch nicht eimal die gelungenste.

Die Ausstellung hatte ein eigenartiges Thema – DIE STUTEN. Und tatsächlich war der Raum voll von Skulpturen, die Pferdewesen darstellten, denen ich jedoch kein Geschlecht hätte zuordnen können, was ich auch nicht gewollt hätte, das war seine Sache. Aber ich war überrascht, um wenigstens das zuzugeben: Aus den gelbschwarzen Steinen, aus denen ich nur Birnen hatte entstehen sehen, hatte er den Torso eines Pferdes oder einer Stute gemacht, in dem es merkwürdig rumorte, wie von Fluchtverlangen, die Augen durch Bohrungen angedeutet, die etwas wie Tiefe schufen. Gleichzeitig kam aus den beiden Löchern senkrecht strahlendes Licht, und deshalb wußte man nicht, ob die Unruhe zur Flucht oder zum Bleiben drängte. Das weiß ich noch. Andere, Fragmente von Pferdeformen, die dennoch vollständige Plastiken darstellten, waren an den Schultern durchbohrt, dazu am Kopf an Nüstern, Blesse und Ganasche, und hatten ätherische Züge, wodurch man vergaß, daß da ein Sockel war. Dann, vor der hinteren Wand, ein Kopf und Torso in Seepferdchenhaltung, ohne Mähne, aber mit einem Huf, einem einzigen. In grünem Marmor, aus den ich ihn nur Bananen und Zitronen hatte formen sehen. Mehr brauche ich dazu nicht zu sagen, Sie verstehen schon – ich merkte, daß Fernando so lange daran herumgearbeitet hatte, bis er das Ding zum Reden gebracht hatte. Und ich merkte auch, daß er mir in dem Ganzen einen Sonderplatz einräumte und mich den Leuten als seine große, alte, einzige Freundin präsentierte. Er war nervös und redete zuviel, machte sich hier und da Vorwürfe, erzählte von Zweifeln und Kunstgriffen, Äußerungen, die nicht dem entsprachen, was diese Stunde von ihm verlangte. Ein Anfänger, erfolgreich und verloren zugleich. Ich glaube, in diesem Augenblick mochte ich ihn sehr, und die Telefonnummer fiel mir ein, die er mir so oft gegeben hatte. Ich fühlte mein Herz bis in die Pulse schlagen. Aber als ich schon meinte, das Fest ginge zu Ende, kam von hinten ein Nachzügler, drückte ihm die Hand, sah sich alles von weitem kurz an und entschied sich auf der Stelle ruckzuck für die eine Skulptur, die nun wirklich sehr gut sei. Die anderen, na ja... Dann fragte er sehr laut mit einem Blick in den Katalog: »Wo zum Teufel ist der *Reiter von Avallon*?«

Der Nachzügler machte einen großen Schritt zu der Skulptur aus goldenem Trümmergestein, die mit dem »klack klack«, und fing an zu lachen: »Sag bloß, die ist zum Gedenken an Artur, bloß das nicht!« Und gleich danach: »Wo treibt der sich rum?«

Wie verabredet fanden sich mehrere Leute zusammen und redeten über Artur. Kein Vergleich, und wenn dieser Rita sich auch noch so sehr mühte. Das wüßten sie nicht? Natürlich sei er schon zurück! Celina sei so oft zu ihm gefahren, um ihn zu heiraten, daß er schließlich nachgegeben habe. Angeblich mache er nun *Arte Povera* aus Müll von der Via San Clemente. Sie lachten noch mehr.

»Aber wie denn? Wieso?«

»Also! Sie ist hingefahren, hat ihn hergeholt, ihm Bart und Haare abgeschnitten, ihm eine Stelle als Direktionsassistent besorgt, und kurz vor Weihnachten haben sie hier auf einem Standesamt in der Almirante Reis geheiratet. Er im Frack, sie im Seidenpyjama«, sie beschrieben die üblichen Szenen und lachten. Eine Frau, ebenfalls Bildhauerin, rauchte mit hocherhobener Zigarettenspitze und ließ die Asche auf die Jacketts der Nebenstehenden fallen. Im Seidenpyjama? In welcher Farbe?

»Weiß, natürlich, ein weißer Pyjama, an den Beinen zusammengebunden, wie bei den Odalisken. Er sah aus wie Jack Nicholson am Schluß von *Einer flog über das Kukkucksnest*. Ohne Bart, ohne Haare, den Kopf schief zur Seite.«

»Hast du allein gearbeitet?« fragte der Nachzügler, abrupt das Thema wechselnd.

»Nein, ich arbeite mit denen zusammen«, und Fernando Rita zeigte auf eine andere kleine Gruppe, eine Frau und zwei Männer, die eine falsche Zahl im Katalog korrigierten.

Als wir gingen, sagte Fernando sehr traurig, völlig vernichtet, zu mir: »Komm, wir gehen irgendwohin, dir hat's doch gefallen.«

»Nein, ich geh lieber allein«, und ich verschwand zwischen den Bäumen.

Fragen Sie mich nicht, warum. Suchen Sie sich die Erklärungen, die Sie wollen – es gibt ganze Berge von Büchern voller Erklärungen, aber die tatsächlichen Antriebe werden dadurch nicht einen Millimeter anders. Ja, ich weiß, daß Eros eine zwischen Bios und Thanatos unkontrolliert schwankende Nadel ist, ich weiß. Wie Sie wollen.

Nach der Galerie Quadrum rumpelte zu dieser späten Stunde ein Bus vorbei und quietschte mit den Bremsen, weil ich ihn anhielt. Es war ein Doppeldecker, voll beleuchtet und niemand darin. So fuhr er durch die menschenleere Stadt und brachte mich hinunter zu den mir vertrauten Plätzen, wo ich mich manchmal hinsetzte, auf Jóia aufpaßte und die Jahrhunderte betrachtete, diese Krankheit, die nur manche bekommen. Es dauerte nicht lange, da kam ein Auto vorbei, mit einem Mann mit gelblich-rötlichem, aufforderndem Blick am Fenster. Wie er mich so ansah, mit schweren Lidern wie bei alten Karpfen, konnte man meinen, sein Kopf wäre von einer monströsen Idee schwanger. Aber noch einer wendete, ein dunkler, bärtiger Mann, wie ein zweiter Artur Salema, nur von schlichterer Machart. Der war akzeptabel, ich stieg ein. Kein großer Unterschied, nur eine Frage der Gefühle. Es fand gleich da statt, vorn, unter einer ausgebreiteten Zeitung. Der mit dem rötlichen Blick fuhr noch immer herum, und ich gab schließlich nach. Er nahm mich ein Stück weiter mit. Plötzlich fuhr der Wagen in einen Lagerschuppen neben einem Dock, und er kannte sich mit dem Zeug da aus, als wäre er der Besitzer. Eine Art Heuhaufen, im Dunkeln aufgetürmt. Ein merkwürdiges Heu, vor allem, weil dieser Mann mich mit allerlei Ausdrücken bezeichnete. Mit unanständigen. Das einzig Unangenehme dabei war, daß ich nichts hatte, wo ich das Geld sicher aufbewahren konnte. In den Schuhen, das wäre eine Lösung gewesen, aber meine Füße waren vom Gehen geschwollen. Ich steckte es unter die linke Achsel und drückte den Arm fest an, als wäre ich einarmig.

»Hast du dir den Arm gebrochen?« fragte mich einer.

Dann wurde es von irgendwoher kalt, vielleicht kam es von der Erde. Und über allem standen unerbittlich Sterne. Es war fünf Uhr früh, als ich einen Porschefahrer fragte, der mich in der Avenida da Ilha da Madeira aufgesammelt hatte, wo ich vor einer Haustür saß, als ob nichts wäre: »Was nehmen die jetzt für eine Reise zu den Bahamas?«

»Zu den Bahamas? Allein oder mit Begleitung?«

»Mit meinem Sprößling.«

Aus seinem Alter und dem Porsche, der auch alt, aber doch ein Porsche war, zog ich meine Schlüsse. Ich fragte, ob er zufällig auch in Tete gewesen sei, wie alle anderen, und ob er da einen Typ mit einer Narbe kennengelernt habe, der Contreiras heiße und aus Portalegre sei. Der Mann mit dem Porsche lächelte, denn er habe nicht einen mit einer Narbe kennengelernt, sondern dreißig, vierzig, ganz abgesehen von den Toten. Leichte Narben, tiefe Narben, an allen möglichen Stellen. Wie solle er sich da an einen Contreiras erinnern, dazu noch an einen Fähnrich? Aber er war aufgeregt, als müßte er noch im selben Augenblick nach Tete abfahren oder zu irgendeinem anderen Pulverfaß, das ihm plötzlich wieder vor Augen stand, und schon ließ er den Porsche durch die Nacht dröhnen.

»Bist du schon lange im Geschäft?« fragte mich der Berufsoffizier, der noch immer Koteletten trug.

»Ja, schon sehr lange«, sagte ich.

Der Wagen donnerte weiter durch die Nacht, und statt mir zu sagen, ich solle aussteigen, fragte er mich in einem Anflug von Heldenmut, wo ich hin wollte. Und ich wünschte mich weit weg, ich wollte verheimlichen, wo genau ich wohnte und wo Jóia schlief. Ich war nicht in der Lage, kaltblütig nach Hause zu kommen, solange ich noch eine rote Flechte um den Mund spürte. »Ich wohne weit hinter Carnaxide«, und so weit wollte der Berufsoffizier nun doch nicht fahren.

So war das. Was soll ich Ihnen sagen?

Um es kurz zu machen. Als der Frühling kam, hatte ich zwei Liebhaber und einen Verlobten, der eine Liebhaber zahlte genau wie vereinbart und gestand mir auch noch das Recht zu, zu meckern. Und genau dieser wußte von den anderen, denn er hatte volles Verständnis für die menschliche Natur. Obendrein merkte ich erst, nachdem ich auf die Straße ging, daß tausendfünfhundert Escudos gar nicht so wenig war. Die Monate konnten einer nach dem anderen vergehen, die Jahreszeiten sich darüber abwechseln. Mal hatte ich Geld und ließ mir Möbel bringen, mal hatte ich keins und war nachts bis vier Uhr unterwegs, egal, ob Sterne am Himmel standen oder nicht. Ich glaube, Jóia vermutete mich auf irgendwelchen Festen.

Aber dann hörte ich damit auf, nicht weil ich es leid war, sondern wegen eines dummen Zufalls. Die Gegenden am Flußufer wurden plötzlich zu Schutzgebieten mit abgesprochener Überwachung durch Banden, die in Autos Patrouille fuhren, aus denen jeweils zwei oder drei Frauen ausstiegen. Organisierte Gruppen, die vermutlich schon in anderen Straßen geübt hatten und sich plötzlich hier niederließen. Ich sah sie zum erstenmal, und dabei wohnte ich ganz in der Nähe. Aber es ist nicht leicht, von einer Phase direkter Ausbeutung zu einer Phase indirekter Ausbeutung mit einem Mittelsmann überzugehen. Es war nicht leicht, und ich wollte es auch nicht, fragen Sie nicht, warum nicht. In der Nacht, als ich diese Entscheidung traf, befand ich mich noch hinter Algés in einer vom Fluß abgewandten, schäbigen Pension. Von unten kam ein Schrei, zwei Messerstiche trafen einen Kapverdianer, der harmlos eine Baustelle bewachte und vor der Bretterbude schlief. Der Messerstecher, der betrunken oder ein Dummkopf war, hatte sich in unsere Mauern geflüchtet und kam nicht heraus, so daß die Pension geräumt werden mußte. Die Pensionswirtin schlug Alarm, und als die

Leute, sich noch die Hosen zuknöpfend, die Treppen runterstolperten, sahen sie aus, als hätten sie sich verlaufen. Dann kam schon der Notdienst, und man sah dem Erstochenen an, daß in ihm kein Leben war, als sie ihn auf die Bahre legten. Ich weiß noch. All die Leute, die durch die Straßen davonliefen, wirkten wie ein Haufen trauriger, verscheuchter Eindringlinge.

Aber damit war es noch nicht vorbei, denn die einen hatten keine Zeit mehr zum Kassieren gehabt, andere keine Zeit, zur Sache zu kommen, und wieder andere waren eindeutig zur Sache gekommen und hatten kassiert, wollten aber die Ausbeute ganz für sich behalten, und die Zuhälter in der Nähe wurden böse, und es kam sogar zu einer Szene mit Ohrfeigen. Dazu Autos, die davonrasten.

»Oh, du Schwein!« Mitten in Algés.

Zum Glück befand ich mich auf eigene Rechnung da, mußte mich vor niemandem rechtfertigen, und ich winkte einem Taxi, das langsam vorbeifuhr. Nur weiß ich bis heute nicht, was der Taxifahrer wollte, denn statt am Kantstein zu halten und mich einsteigen zu lassen, fuhr er auf den Fußweg, um mich gegen die Mauer zu quetschen. Dann gegen eine Ampel, gegen eine Tür, in die ich mich geflüchtet hatte, dann kippte eine Mülltonne mit Getöse um. Es war unerklärlich, der Mann im Taxi schien in der Dunkelheit kein anderes Objekt zu sehen als meinen Körper. Er fuhr in falscher Richtung durch Einbahnstraßen, über Hindernisse hinweg, als wollte er sich selbst vom Weg abbringen, da müsse irgendein Irrtum vorliegen, eine Verwechslung, versuchte ich noch zu sagen, beide Hände auf die Wagenschnauze gestemmt, um meine Beine zu schützen. Nur, daß es eine Verfolgung ohne Sinn und Verstand sei. Aber ich sah ihn nur das Steuer hin und her reißen, immer dichter vor mir. Ich weiß noch, daß der schwarze Teil des Wagens mich irgendwann zur Seite stieß, und als ich zu mir kam, schlug mein Herz an einer Straßenlaterne. Um ein Haar wäre es also passiert, und statt durch die Straßen zu laufen, die mich nach Hause geführt hätten, dachte ich daran, durch Belém zum Atelier zu flüchten, zu dem ich die Schlüssel bei mir hatte. Mit der Geschicklichkeit, die ich mir im Leben am Rande der Gesellschaft erworben hatte, kletterte ich über Hindernisse, die, wie ich wußte, für das Taxi unüberwindbar waren. Aber der Wagen war immer in der Nähe, verschwand und tauchte in Seitenstraßen wieder auf. Kurz vor dem Turm von Belém stieg ich über die Kaimauer und hockte mich in eine Ecke – das halb abgeebbte Wasser schlug mir an den Mantel. Unten war Schlick, aber ich konnte beide Füße auf einen spitzen Stein setzen. Wo war dieser idiotische Mörder? Ein Verrückter? Geistesgestörter? Bis ich schließlich keinen Taximotor mehr hörte und aus dem feuchten Versteck herauskam. Ich lief durch die dunkelsten Straßen von Ajuda, immer ein Auge nach vorn und eins nach hinten, völlig in der Defensive, nur mein Instinkt war wach, dieses transparente, winzige Kraut, von dem wir gar nicht wissen, daß wir es besitzen, das aber im richtigen Augenblick seine Wirkung tut. Zu Fuß von Belém bis nach São Mamede, und sobald ich einen Motor hörte, versteckte ich mich in einem Hauseingang. Ohne jede logische Überlegung außer der einzig notwendigen.

»Jóia?«

Er schlief bei Licht. Erschrocken wachte er auf und starrte auf den Mantel, den ich, bis zur Taille naß, auszog. Ich wollte ihm nichts sagen, aber dieses Gefühl, nicht, daß ich hätte sterben können, sondern daß man mich hätte tot auffinden können, weckte ein unwiderstehliches Verlangen in mir, ihn anzusprechen. »Jóia.« Ihm irgend etwas zu erzählen, ohne die Wahrheit zu sagen. Übrigens, ganz unter uns, ich hatte überhaupt kein Gefühl für irgendeine Grenze, ich drehte mich wie in einer Kugel, und was andere wahrscheinlich als das Ende empfunden hätten, war für mich der Anfang. Egal – Jóia war diskret und mitfühlend zugleich. Ich war stolz auf ihn, ich wußte, als er sich auf die Seite drehte und kein Wort zu mir sagte, nicht einmal, wo kommst du her, daß er damit eine unglaubliche Einsichtigkeit bewies, weit mehr, als seinem Alter und seiner Größe entsprach. So als hätte er zu mir gesagt, schon gut, du brauchst dich nicht zu rechtfertigen, ich belästige dich nicht. Wahrscheinlich sparte er es sich für später auf, wenn er groß war und die erforderlichen Worte kannte: »Ich wußte es.«

Ich beschloß, mich den Rest der Nacht bis zum Morgen zu waschen, und ließ mir das Wasser aus der Dusche über den Kopf laufen. Nur gut, daß es so endete, ohne Unglück.

»Das ist nichts mehr für mich«, entschied ich vor dem Spiegel, nach dem Waschen.

War es vorher? Oder danach?

Danach, vielleicht – Fernando Rita klingelte, und für mich war das wie ein Affront. Er habe gut verkauft, zumindest habe er alles verkauft. Er komme mit einer Bitte zu mir, die er kompliziert finde. Er stotterte ein bißchen, mein kleiner Ex-Gast. Es gehe um Martinho, der nicht mehr bereit sei, ihm das Atelier zu überlassen. Die Jahre vergingen, die Lumbago werde immer schlimmer, Artur Salema, sein Liebling, habe aufgegeben, wie ich ja schon wisse, und Martinho sagte, er brauche einen sauberen Raum, um seine Köpfe zusammenzutragen, die stünden überall verstreut. Einen Fries machen, eine Retrospektive nur von Köpfen vorbereiten. Martinhos Entwicklung sei in aller Klarheit in diesen Köpfen belegt. Außerdem redete er auch nicht mehr von Jagdszenen. Kurzum, er wolle ihn, Fernando Rita, auf die Straße setzen, er habe das Gestaube satt. Nun seien aber die Brüder Baptista weit weg, und er brauche eine Werkstatt in der Nähe, damit er an den Wochenenden arbeiten könne, und da habe er an das Atelier von Grei gedacht, das schon so lange leer stehe.

»Martinho meint, alles, was ich mache, sind Angriffe auf die objektive Realität. Was willst du? Er fand die Stuten scheußlich, ist nicht mal hingekommen, damit man mich nicht mit ihm in Zusammenhang bringt!«

Jetzt bin ich sicher, daß es im letzten März war, als es schon wärmer wurde. Wir gingen alle drei runter, und unten hatte Fernando Rita ein Auto stehen – ein undefinierbares Vehikel, voll mit Staub und Werkzeug, das riesige Türen hatte und Lärm machte wie ein überanstrengter Bedford. Es war ein alter Zephyr. Am Lenkrad dieses flachen Lieferwagens sah Fernando aus, als wäre er im Leben gescheitert und würde an der nächsten Ecke stehenbleiben, aber er fuhr immer weiter. Ich wartete darauf, daß der Klapperkasten den Geist aufgab, vielleicht war es auch nur mein Eindruck. Ich hatte die Schlüssel mitgenommen und wollte, ehe ich sie übergab, eine Decke und einen Krug holen, die noch da waren und die ich noch gebrauchen konnte.

»Die Arbeiten von Grei willst du nicht?«

»Nein«, sagte ich. »Die kannst du einstauben lassen, soviel du willst.« Der Raum stehe leer, er solle die Miete ans Hafenamt zahlen, den Vertrag umschreiben lassen, tun und machen, was er wolle. Das einzige, was noch etwas tauge, sei sowieso nur die Matrone mit dem Spiegel, und die wolle ich nicht mit zu mir nehmen.

Jóia stand vor der leeren Wand, an die wir vor langer Zeit die Taube gerückt hatten, aber da er keine einzige Frage stellte, fand ich, es lohne sich nicht, mich zu rechtfertigen. Er mochte sich seinen Teil denken. Und wie hätte ich mich rechtfertigen können? Selbst wenn ich dazu bereit gewesen wäre, wie hätte ich in verständlichen Begriffen über dieses überstürzte Geschäft sprechen können? Wenn er erwachsen war und in unentwirrbaren Problemen steckte, würde er imstande sein, diese Art von Stürmen zu begreifen, und wir würden einen Tag und eine Nacht lang miteinander sprechen, dachte ich wieder. »Komm«, sagte ich zu ihm. Wir gingen noch an der Laubentür vorbei, und ich wollte das Schild abreißen, auf dem dunkelbraun gemalt stand: »DAVID GREI, BILDHAUER«.

»Laß das«, sagte Rita. »Scheiße, Mensch, was zum Teufel hast du heute bloß? Siehst du denn Jóia nicht?«

Erst auf dem Rückweg fiel mir ein, daß ich ihm nichts von dem Weizen erzählt hatte. Er solle vorsichtig sein, denn ich hätte von Zeit zu Zeit hinter das Gerümpel etwas Rotkorn gestreut, das ich in einer Drogerie erstehe, wo ein Mann mir freundlicherweise diesen Köder verkaufe. Sonst gebe es den nirgendwo mehr in Lissabon. Ich wisse, daß es im Atelier dicke Ratten gebe, so spitzschnäuzig wie

Siamkatzen, aber jede Ratte, die mit diesen Körnern in Berührung komme, sei eine tote Ratte. Ich nähme an, sie würden weiter weg sterben und dabei aus der Nase bluten. Wenn er wolle, könne ich ihm, solange die Viecher noch nicht verjagt seien, einen noch beachtlichen Rest geben, den ich zu Hause im Putzmittelschrank hätte. Es sei so wirksam, daß eine Ratte nur ein paar Körnchen zu fressen brauche, um die anderen zu alarmieren und die ganze Kolonie zu erschrecken – der Beweis dafür sei, daß ich manchmal Monate lang nicht nachgesehen hätte, und wenn ich dann wiedergekommen sei, hätten die Viecher nicht mal ein Drittel der Ration aufgefressen.

»Kann sein, aber ich habe nur ab und zu kleine Mäuse gesehen, und die sind weggelaufen.«

Als Fernando Rita seine Klapperkiste vor der Tür in São Mamede zum Stehen gebracht hatte, unterhielten wir uns noch ein bißchen, und Jóia machte sich auf dem Rücksitz nicht bemerkbar. Ich gab ihm den Hausschlüssel, damit er raufging und die Körner holte. Es dauerte eine Weile, bis Jóia, träge im Denken, abgelenkt, ohne zuzuhören, die Schlüssel nahm und begriff, wo die Tüte war. »Geh rauf und komm gleich wieder runter. Du bist doch keine Memme!«

Wir beide blieben unten, kein Problem. Aber Fernando war offensichtlich beeindruckt von dem Epilog des Epilogs, den er im Atelier miterlebt hatte.

»Wie war das? Wieso hast du eigentlich Grei geheiratet? Erzähl.«

Sehr schön – ich wollte die Vergangenheit auf meine Art interpretieren, denn genauso machte es die Politik mit der Geschichte, die ja im Grunde eins sind, und erst recht dann ein Mensch und sein einfaches Leben. Oh! Diese Anabela Cravo wußte wirklich Bescheid! Ich wurde sehr herablassend, meine Nasenlöcher blähten sich.

Nun gut, *tout court,* mein Freund. Wenn du's wissen willst, ich war noch keine achtzehn, und eines Tages machte ich eine Exkursion nach Évora. *Tout court,* mein Freund. Der verantwortliche Lehrer war in den Vierzigern, schon näher an fünfzig als an vierzig, und es kam ein

Augenblick, da fing ich an, ihn zu berühren. Der Lehrer sprang von seinem Sitz auf und ließ den Bus anhalten. Nun war da ein weiches Kornfeld, so weit das Auge reichte, wie ein für Gott bereitetes Bett, und weit hinten standen Eschen und winkten. Unter diesen Eschen wollte ich den Lehrer überrumpeln. Wir gingen und gingen auf einem Rain und wandten dem Bus den Rücken zu. *Tout court*. Ich zog ihn durch das Feld, zwinkerte ihm zu, schob ihm die Hand in die Taschen und unter die Achseln, und als wir zurückgingen, war der Lehrer verloren. Er mußte die Schule verlassen und mich heiraten. *Tout court*, mein Freund.

»Das kannst du jemand anderm erzählen!« Als ob er mir nicht mehr zuhören wollte.

»Okay.«

Sobald Jóia mit dem Rotkorn runterkam, drehte Fernando den Zündschlüssel des knatternden Lieferwagens, der tatsächlich doch fuhr, und während ich ihm von der Seite winkte, dachte ich, es wäre vorstellbar, daß wir für immer in derselben Stadt wohnten, ohne uns je wiederzusehen, auch wenn ich nicht daran zweifelte, daß hin und wieder eine kleine Zeitungsnotiz von ihm als Bildhauer sprechen würde. Ich würde so bis ins hohe Alter weiterleben, mir immer mehr Bilder mit Seen und Möwen kaufen und schwarze Strümpfe mit Lochmuster, wie die reichen Dämchen der Bourgeoisie sie sich jeden Herbst aus Paris mitbrachten.

32. *Freitag, den 27. April*

Heute soll es sich zeigen, und ich warte.

Gestern ist sein Kopf zum Vorschein gekommen, rund und gewölbt, glatt und grau, wie aus Liasstein geschnitten. Tante Clotilde hat den Einfall gehabt, ihm das Haar abzuschneiden, um die kahlen Stellen auszugleichen, und einen Friseur ins Haus geholt. So wie früher Selim. Wir hatten eine Mütze zu Hause, aber die hat er abgelehnt, doch heute morgen ist Fernando mit einem Rodeohut gekommen. Der hat ihm gefallen, er hat ihn aufgesetzt und wollte ihn nicht mehr abnehmen.

Als es dann losgehen sollte, mußten wir ihn alle stützen, um ihn in den Zephyr hineinzubekommen, denn seine Füße schleiften nur, vor allem, als er nach draußen gekommen ist und den Bürgersteig gesehen hat. Wir konnten es alle verstehen, und jetzt warten wir alle, auch Dr. Coutinho, der heute abend um die Essenszeit vorbeikommen will. Fernando behauptet nun, sobald sie um den Largo do Rato herumgefahren sind, wird João in der Lage sein, auf eigenen Beinen auszusteigen und in der Post Briefmarken zu kaufen. Vielleicht sogar in ein Lokal zu gehen und mit einem Kasten Limonade auf dem Rücken zurückzukommen! Wer weiß? sagt Fernando. Heute wird es sich zeigen, und ich warte. Sie wollen eine kleine Tour nach Pêro Pinheiro machen, damit João und der Hund, dem er nun endgültig seinen alten Namen gegeben hat, sich die Steine ansehen können.

»Steig ein, Junge«, hat Fernando zu ihm gesagt. »Du wirst's sehen, nicht ein Stein sieht wie der andere aus!«

Wir beide warten, Tante Clotilde und ich, jede für sich an einem Fenster.

33. Eine Tür im Hintergrund

Sie fragen, wie Jóia sich vergiftet hat – ich kann es nicht sagen. Er muß eine Handvoll Körner unter seinem Bett versteckt haben. Niemand wäre auf die Idee gekommen, denn immer wenn er die roten Körner sah, zitterte er so gräßlich, als sähe er einen lebendigen Dinosaurier vor sich. Im Grunde wollte er sie also. Getäuscht hat er mich. Inzwischen glaube ich, daß er diesen Gedanken schon lange im Kopf hatte.

Aber Sie fragen mich, wie Jóia sich vergiftet hat, und lassen nicht locker. Ich weiß es nicht. Mein Leben war tatsächlich aufgeteilt, wie Sie ja wissen, aber ich liebte Jóia, und er spielte bei allem, was ich tat, eine ausschlaggebende Rolle, auch wenn Sie dem äußeren Anschein nach auf das Gegenteil schließen könnten. Und wenn ich noch so tief nach den Ursprüngen dieser Geschichte grabe, ich werde mir bestimmt nie, aber auch nie irgend etwas vorwerfen, falls es ein Schuldbekenntnis ist, worauf Sie hinauswollen, wenn Sie mich bitten, Ihnen in Einzelheiten zu erzählen, wie Jóia sich vergiftet hat. Von Schuld zu sprechen, ist genauso einfach, wie Wind durch die Verlagerung von Luft zu erklären. Wenn Sie ganz langsam vorgehen, werden Sie an einen Punkt gelangen, wo die Erklärung mit dem Alter jenes Big Bang zusammenfällt, der Jóia früher so beschäftigt hat. Letztlich ist Schuld ein weiches Kissen – und interessiert mich nicht. Aber Sie fragten, wie Jóia sich vergiftet hat.

Ich weiß nur vom Drumherum. Ich sehe die Tage noch deutlich vor mir, und zusammenfassend würde ich sagen, daß mein Leben so gut aufgeteilt und organisiert war, wie es Anabela Cravo nie vermutet hätte. Wie es der Zufall wollte, rief der Pilot mich am Tag davor kurz vor der Mittagspause an, ich schlug schnell in meinem Kalender nach und hatte noch absolut nichts auf dem Blatt. Es war Senhor Assumpção, der mir den Hörer reichte.

»Für Sie, eine Stimme, die ich noch nie gehört habe.«

Er gab mir den Hörer, und der Pilot war dran.

»Rui? Welcher Rui?«

»Rui, der Pilot! Erinnern Sie sich nicht mehr ans *Mónaco*?«

»Doch, sehr gut.«

Er schwieg zögernd, dann fuhr er fort: »Ich streike wieder, allein, und wollte den schlechten Eindruck gutmachen, den ich damals, ohne Brieftasche, bei Ihnen hinterlassen habe.« – »Können Sie nicht ungehindert sprechen?«

Ich war wirklich sehr wortkarg unter Senhor Assumpçãos Blicken, aber vom anderen Ende der Leitung wurde ein Treffen an der Ecke der Rua da Rosa verabredet, gegen halb acht, und er wollte schon etwas Tolles für den Sommer abmachen, weil er ja jetzt die Route nach Frankfurt fliege. Die Frau erwähnte er nicht, diejenige, die an dem Abend im *Mónaco* wie eine brasilianische Schlange hieß, an deren Namen ich mich zu erinnern suchte. Der Pilot war sehr viel gesprächiger. Er hieß Rui. So was, weder ihren noch seinen Namen wußte ich noch. Hatte er mir eigentlich gesagt, daß er Rui hieß? Während der Pilot am Telefon redete, konnte ich mich, glaube ich, deutlich nur an die ausgefallene Idee mit dem Küssen bei der Festung Catalazede erinnern.

Als ich den Hörer auflegte, sah mein Chef traurig aus und schrieb mit fast unleserlichen Buchstaben auf ein Blatt Papier, das er mir auf den Ladentisch legte:

Caelius, meine Júlia, jene Júlia, die Assumpção
mehr als sich selbst und die Seinen geliebt hat,
schröpft jetzt in Kreuzwegen und Gassen
die Enkel des großherzigen Tejo.

»Ich bitte Sie, Senhor Assumpção! Was soll das jetzt?«

Doch um die Zeit, als der Pilot wohl schon an der Ecke der Rua da Rosa wartete, erschien Saraiva in der Buchhandlung, und es war nicht einfach, weil Saraiva den mangelnden Scharfblick der schlichten Gemüter hatte und nicht in der Lage war, sich vom Fleck zu rühren oder aus Gefälligkeit ein großzügiges Angebot zu machen. Ich ging mit Saraiva weg. Er trug Schnurrbart und hatte einen hellen Anzug an, um mich zu überraschen, und er war so ruhig, daß er meine Unruhe auch nicht im entferntesten bemerkte. Ich gebe zu, daß ich gern mit dem Piloten ausgegangen wäre, aber nicht das eigentlich beunruhigte mich, vielmehr die Vorstellung, daß jemand mit dem Blick auf der Uhr auf mich wartete. Trotzdem stiegen wir in den silbernen Wagen.

Als wir die Rua de São Mamede hinunterfuhren, stand Jóia am Fenster, das zum Platz führt. Ich weiß noch genau, daß die Sonne hinter der Kuppel der Estrelakirche unterging und er wie vergoldet an der Fensterbrüstung hinaussah. Ich ging rauf, um mich umzuziehen, doch nicht nur deshalb – auch um ungehemmt im Badezimmer zu zittern, denn trotz aller Planung gab es immer noch Situationen, die mich entsetzlich nervös machten. Als ich herauskam, schritt Saraiva durch die Wohnung, und ehe wir gingen, machte er sich ans Abmessen.

»Die Tür da wird zugemacht, dort kommt eine für Dienstboten rein.«

Und Jóia? Wieso hätte Jóia das größte Zimmer der ganzen Wohnung? Nach Saraivas Ansicht, der ein bißchen stotterte, war Jóias Zimmer, ein Kinderzimmer, empörend – lauter elektronisches Spielzeug, ein roter Fernseher, dann noch ein weißer, Chronometer, Thermometer, Lupen, Bücher, und über all dem hoch oben ein Fries mit Skulpturen. Wieso hätte das Kind soviel Kram bei sich? Das Zimmer eines Jungen müsse klein sein, mit einem Wandbett und nur ein paar Sachen, damit der Junge aufs Militär vorbereitet werde. Er habe noch Zeit genug im Leben, große Zimmer zu haben. Ich weiß noch, daß ich ihm zuhörte und dabei dachte: Nie, nie, nie. Aber ich war gereizt, weil ich wußte, daß der Pilot noch immer wartete und kurz vorm Verzweifeln war. Als wir uns aufmachten, war Jóia noch immer in seinem Zimmer, stand mitten im Raum.

»Gehen wir?« fragte Saraiva.

»Ja.«

»Wo gehen wir hin?«

»Woher soll ich das wissen?«

Wir fuhren hin und her, bis er beim Restaurant *Gôndola* anhielt. Eine Serviererin, schwarzgekleidet mit weißem Häubchen, brachte Brot. Saraiva redete wenig, und ich hatte den Kopf frei. »Noch etwas Brot?« Saraiva aß viel Brot mit Butter, bevor das Essen kam. So viel Brot! dachte ich. An jenem Tag streikten nicht nur die Piloten, auch bei den Bäckereien spitzte sich etwas zu, und sie hatten zum Streik aufgerufen, wie mir jetzt einfiel. Aber seit sieben Uhr waren Leute mit Körben voller Landbrot durch die Straßen gezogen und hatten es laut schreiend angepriesen, so wie im alten Lissabon. Beim Weggehen hatte ich ein schreckliches Gezänk zwischen einem Bäcker in der Tür einer Bäckerei und einer Frau aus Mafra mit einem Korb miterlebt. Sie waren handgreiflich geworden, aber nicht schlimm, nur so ein kleiner Streit, mit dem man beweisen kann, daß man noch recht lebendig ist. Ich war auch stehengeblieben, hatte es mir angesehen und war zurückgegangen, um Jóia zu sagen, daß es kein Brot gab. Und ihm mehr Geld dazulassen, damit er im *Intelecto* essen gehen konnte. Inzwischen stand Jóia schon am Fenster.

Ich konnte ungehindert nachdenken, zumal Saraiva einen Prominenten beobachtete, der am Nachbartisch laut redend aß und beglückt war, daß man ihn erkannte. Saraiva war rot im Gesicht. Nun hatte ich am Morgen zu Jóia gesagt: »Mach dir keine Sorgen wegen dem Brot. Heute abend bringe ich dir Kuchen mit und eine Tüte Mispeln. Dann essen wir zusammen, du da und ich hier. Und unterhalten uns ordentlich.« Eine sehr ärgerliche Geschichte, denn dann war der Anruf des Piloten gekommen und Saraivas überraschender Besuch. Ich sagte zu Saraiva: »Weißt du, ich muß nach Hause.«

Er starrte mich ganz fassungslos an, gerade war eine rote Krabbencreme mit hineingemahlener Schale aufgetragen worden. »Nach Hause? Wo jetzt das Essen kommt?« Er saß entsetzt da, neben dem Prominenten, der, sehr erfolgreich, wenig ernsthaft, laut redete und lachte. »Aber da waren wir doch gerade erst!«

»Ich gehe«, sagte ich, aber ich wußte nicht genau, warum ich ging. Saraiva fing an, die Creme zu essen, sein Schnurrbart hing tief in die Schale, während ich über die Straße lief und einen Bus nahm. Jedenfalls verließ ich ihn so. Ich kann nicht erklären, wieso. Tatsächlich hatte ich mich nicht geirrt – Jóia hatte alle Lampen in der Wohnung angemacht und stand mit furchtbarem Erbrechen über die Kloschüssel gebeugt. Sie fragen, wie Jóia sich vergiftet hat – ich kann es nicht erklären. Es ist noch nicht lange her, aber ich habe vergessen, was das Wie erklären könnte, ich weiß nur, was mit mir war, und das ist ziemlich wenig. Ein Taxifahrer legte sich auf die Hupe, und wir rasten mit wildem Lärm durch die Stadt. Jóia so bleich, als würde er sterben. Ich sah nicht alles, sicherlich nicht, aber ich sah klar. »Vergiftung«, sagte ich. »Er hat Rotkorn gegessen.« Sie nahmen ihn mit. Wie soll ich es erklären?

»Thallium oder Strychnin?«

»Thalliumsulfat, was ganz Gemeines.«

»Er ist in der Chirurgie. Da können Sie nicht rein.» – »Sie da, bleiben Sie nicht die ganze Nacht hier, das nützt nichts – Krämpfe, Delirium, Koma.«

»Das kann nicht sein! Warum sagen Sie das zu mir?«

»Und wie heißt er?«

»Jóia.«

»Joy?«

»Thalliumsulfat in Getreide, das gibt es nirgends mehr zu kaufen. Wo haben Sie das gekauft? Er kann doch nicht Jóia heißen, er muß einen Vornamen haben, einen Familiennamen, jetzt nehmen Sie sich mal zusammen!« – »Das ist für die Karteikarte. Weiter als bis zu der Tür dürfen Sie nicht. Sie sollen auch nicht die ganze Nacht hier bleiben. Was nützt das? War er ein Einzelkind? Mehr haben Sie nicht? Und er hat Ihnen vorher nichts geschenkt? Meistens verschenken solche Bürschchen etwas ganz Persönliches zum Zeichen des Abschieds.« – »Sie haben wirklich keinen Verdacht gehabt?« – »Wie sich das weiterentwikkelt, weiß man nicht. Sich weiterentwickelt, verstehen Sie? Er hat eine ordentliche Dosis geschluckt, aber er hat nicht genug Zeit gehabt, es zu verdauen. Woran haben Sie es gemerkt? Waren Sie zu Hause? Dann haben Sie hellgesehen! Erahnt haben Sie es? Sie hatten so ein Vorgefühl? Dann sind Sie ja ein Medium!« – »Jóia ist doch ein weiblicher Name. Strengen Sie sich an.« – »Nein, natürlich nicht.« – »Sie können erst mit mir rein, wenn der Arzt rauskommt, und nur kurz auf den Monitor sehen. Wenn er läuft, dann lebt er, ich mache Ihnen nichts vor. Schauen Sie gleich auf den kleinen Fernseher gegenüber der Tür. Wenn er noch immer zickzack macht, dann lebt er, dann lebt er.«

Ich glaube, es war frühmorgens. Hinter der Tür, durch die sie Jóia mitgenommen hatten, waren immer wieder Menschen verschwunden, die nur verletzt waren, zwei allerdings fast zerfetzt. Es konnte doch nicht sein, daß Jóia sich dort befand, wohin sie diese Leute brachten, die so verletzt waren. Bis dann frühmorgens irgend etwas sich beruhigte, als ob eine wichtige Persönlichkeit eingeschlafen wäre. Ich weiß noch, daß von weitem ein Schuhabsatz tacktack auf den Fliesen machte, es klang wie ein Regen aus Holz. Wir gingen durch die Tür.

»Sehen Sie den Monitor?«

»Es ist sinnlos, hier herumzulaufen. Innerhalb von vierundzwanzig Stunden geht es bergab oder bergauf. Sehen Sie auf Ihre Uhr.«

Der Arzt, der zu mir sprach, war in meinen Augen häßlich, entsetzlich traurig und häßlich. Mir war, als ginge es zu Ende. »Ich verstehe, Herr Erzengel des Todes ...«

»Nennen Sie mich bitte nicht so – Coutinho, ich heiße *Cou-ti-nho*. Schwester, bringen Sie sie raus und rücken Sie ihr den Kopf zurecht. Warum haben Sie sie hereingelassen?«

Jetzt fragen Sie mich, wie Jóia sich vergiftet hat. Ich weiß es nicht.

Ich weiß nur, als es Morgen wurde, wußte ich nicht, ob es Morgen oder Abend war, und auch nicht, was für ein Tag es war, die einen sagten mir dies, die anderen das. Ich denke nur, daß zum Glück kein Mensch so viel Macht hat, daß er über die Welt bestimmen kann, denn sonst würde sie hundertfünfzigtausendmal am Tag explodieren. Sie können sich denken, daß man sich in einer solchen Situation entscheidet. Zwischen einem Kind von einem Meter fünfzig und vierzig Kilo, das einem gehört, und dem Universum mit den Sternen, den Kometen und der mächtigen Unbekannten, dazu die Menschheit aus einfachen Leuten, großen Weisen und Propheten, würde ich mich für Jóia entscheiden. Ich will nicht weiter über dieses Thema reden, bei dem jeder Südländer sofort ein weißes Taschentuch von der Größe einer Teetischdecke zückt, um sich die Augen abzuwischen. Ich weiß noch, daß es mir irgendwann gelang, wieder durch jene Tür zu kommen, und Jóia lag nicht im Bett, und auch der Monitor lief nicht. Natürlich starrte ich hauptsächlich auf den matten, aschgrauen Monitor und das aufgeschlagene Bett. Warum hatte man mir nichts gesagt, obwohl ich doch die ganze Zeit in der Nähe war? Da fuhr ich runter zum Null/Zwei, die Türen waren verschlossen, kein Mensch war da. Ich nehme an, es war gegen Abend, und ich blieb die ganze Nacht im Krankenhaus Santa Maria auf irgendeinem Stockwerk, aus Angst, man würde mich frühmorgens nicht hereinlassen. Ich hörte die Schuhabsätze und Stimmen, aber niemand kam vorbei. Ich war absolut sicher, daß sie Jóia zum Null/Zwei gebracht hatten. Dieser Coutinho hatte bestimmt seinen Dienst beenden und gehen wollen, sollte doch irgend jemand anders es mir sagen. Inzwischen hatte bestimmt auch eine andere Schwester Dienst. In dieser Nacht dachte ich zu Recht, daß alles nur verstreute Olivenkerne seien, durch irgendwelche Zahnlücken aus einem Mund gefallen, der niemandem gehörte. Alles, woran ich mich seit über einem Monat hier, an diesem Cafétisch, zu erinnern versuche, habe ich in jener Nacht in einem verborgenen Winkel im Santa Maria wie eine Kaskade von Messerstichen erlebt. Es war so ungerecht, daß dies mit Jóia passierte, so ungerecht, denn ich liebte ihn doch so sehr. Ich wollte da drinnen so wenig wie möglich fragen, keinen Menschen mehr sehen, sie sollten mich nur ins Null/Zwei lassen, damit ich Jóia auf den Rücken nehmen und gehen konnte. Als ich meinte, es sei frühmorgens, stieg ich an der nächsten Flurgabelung in den Fahrstuhl und drückte auf den Knopf für das Kellergeschoß. Der Fahrstuhl bewegte sich wie Öl, aber der Flur war leer. Da es eine Tür gab, wollte ich anklopfen, da schob ein Pfleger eine Bahre mit einer unbeweglichen Gestalt darauf heraus.

»Hier ist niemand, der so heißt.« – »Sie können hier nicht rein! Meinen Sie, ich lasse Sie an den Kranken rumfummeln?« – »Fragen Sie in der Chirurgie. Da müssen Sie fragen, ehe Sie hereinkommen.«

Die Flure waren alle gleich. Kein einziges blödes Fenster, an dem man sich orientieren konnte, wenn man keine Vorstellung hatte, in welcher Höhe man sich befand. Eine Tür, die zuschlug, und dann der häßliche Coutinho in offenem Kittel und Gummischuhen, mit flinkem Schritt.

»Verdammter Mist! Wo ist Jóia nun eigentlich?« fragte ich ihn.

Der Mann stutzte, blieb im Flur stehen, erkannte mich nicht.

»Der Junge mit dem Rattengift? Ich glaube, der war zur Dialyse im Curry Cabral, ist aber schon zurück«, sagte er verwirrt. »Er ist oben, im fünften. Wo zum Teufel wollen Sie hin?«

Da kam mir, so unglaublich Ihnen das erscheinen mag, zum erstenmal der Gedanke, daß ich ein Messer bei mir haben müßte, ein großes, so eins, wie man es in der Küche hat, um Fisch in Scheiben zu schneiden. Für den Fall, daß dieser Coutinho mich nicht hätte rauffahren lassen, um nachzusehen. Aber er brachte mich selbst hin und sagte: »Sehen Sie, da, sehen Sie mit Ihren eigenen Augen selbst hin, ganz kurz und dann raus.« Es war wirklich Jóia. Ich erkannte ihn an den Wimpern, die sich obendrein auch noch bewegten, und ich erlebte die größte Freude meines Lebens. Okay. Aber da Coutinho mich nur bis zum Fahrstuhl brachte und alle nach oben fuhren, fand ich mich, statt hinunterzufahren, nach Hause zu gehen und um drei wiederzukommen, in einem oberen Stockwerk wieder, so hoch oben, daß es Tag war von der gemeinen Sonne, die da von Spanien her hinter den Kornfeldern des Alentejo aufging. Gemein und rund, wie eine Tür, die sich im Hintergrund öffnete. Was wollen Sie? Ich bekam Lust, mich in ihre rote Heliumflamme zu werfen, zu Asche zu werden und neu anzufangen. Dr. Coutinho, der meinte, ich sei draußen. Nein, war ich nicht. Außerhalb der Besuchszeit war das Krankenhaus ein Ort voller Geräusche und Vermutungen. Selbstverständlich war Jóia der Mittelpunkt des Universums, aber die Sonne war es auch, allerdings blasser – Jóia und die Sonne waren ein und dasselbe.

Alles nur Illusion, aber was macht das, wenn unser Denken und Gefühl so einfach wird wie eine Kartoffelknolle, eine Korkrinde, weißes Fruchtfleisch? Und gerade deshalb Mitleid und Angst erregt? Was wollen Sie? Ich hatte einen Kalender zur Hand, einen Terminkalender, in dem nur das erste Vierteljahr vollgeschrieben war, und da fing ich an, vor dem Fenster Sätze zu schreiben, die kein Ende nahmen. Ich hätte vielleicht an die roten Meerbarben von Sesimbra denken können oder an die lyrischen Obszönitäten von Catull, aber statt dessen fiel mir ein, während die Sonne sich über der Gegend von Badajoz erhob, daß jemand gesagt oder geschrieben oder telefoniert hatte, alle Städte würden nur auf einer Seite der Hauptstraße gebaut. In diesem Augenblick nun dachte ich am Fenster sehr angestrengt nach, um mich an den Urheber dieses Gedankens zu erinnern, denn er gab mir die freudige und zugleich schmerzliche Gewißheit, daß die andere Seite der Hauptstraße eine ursprüngliche Gegend war und diese Seite hier nur ein verwildertes Abbild von ihr. Und ich begriff dies nicht etwa deshalb, weil ich auf allen vieren mit rational denkendem Kopf dort gehockt hätte, sondern weil all diese Jahre voller Hindernisritte, die ausgereicht hätten, um zwanzig glückliche Leben mit Ereignissen zu bestücken und ihnen die Monotonie permanenter Bequemlichkeit zu nehmen, es mir mit unausgesprochenen Worten sagten. Seite um Seite des Terminkalenders sagte dasselbe. Was wollen Sie? Dann war das Papier zu Ende, und Teams in Kitteln setzten sich in Gang

– ich hörte jammernde Kranke. Jóia lag auf derselben Stelle, er atmete, man sah von der Tür aus, daß die Laken sich bewegten. Bis man mich energisch nach unten schickte. Ja, ich habe dieses ganze Geschreibsel in ein paar Zeilen zusammengefaßt, ein paar letzte Zeilen: »Suche nicht in der Hauptstraße dein Zuhause / Es befindet sich jenseits der letzten Dächer / Und der Linie am Horizont, zu der die Tauben fliegen / Es befindet sich in einem ursprünglichen Häuserwald / Dessen Ausdehnung du allein erkennen kannst / Wenn du die Wüste der Hauptstraße durchquert hast / Und dein Durst dann noch ungestillt ist. / Trinke. Wo die andere Seite beginnt / Faßt ein Kuß im Wasser das ganze Leben zusammen / Als Raunen der tausend Küsse dieses Lebens.«

Ich frage noch einmal – was wollen Sie?

Es war wohl Mittag, als ich in ein Taxi stieg und bat, mich auf halber Höhe der Avenida Almirante Reis abzusetzen, und da ich kein bißchen Geld bei mir hatte, weder in der Kleidung noch in den Achselhöhlen noch im Portemonnaie, auch nicht in irgendeiner Körperfalte, sagte ich zu dem Mann: »Entschuldigen Sie, sonst gebe ich immer Trinkgeld, aber diesmal habe ich noch nicht mal was für die Fahrt.« Und legte gleich die Hand auf den Schalthebel. Da ich anfangs gebeten hatte, er solle mich nach Belém fahren, fand der Taxifahrer, ich sei sehr ehrlich, erzählte von genau umgekehrten Fällen, die ihm jeden zweiten Tag passierten, und setzte mich sogar noch ein Stück weiter unten ab. Statt nun nach São Mamede zu gehen und mit dem ersten Schreck, den man nach großen Ängsten im Blick hat, auf die Wände zu starren, ging ich zum *Together/'Tonight*.

Sie sagten zu mir: »Ein vollgeschriebenes Heft? Wer gibt schon in Portugal etwas für ein vollgeschriebenes Heft? Ich wette, Sie haben in letzter Zeit nur amerikanische Serien gesehen! Ha! Ha! Ha! Ein gelbes Heft, in dem fast zehn Lebensjahre stehen, so was wollen Sie mir verkaufen!«

Genauso haben Sie reagiert und gelacht. Aber in Wirklichkeit war ich nicht mehr allein, als ich nach dem Mittagessen zur Besuchszeit zum Krankenhaus ging, mit Bananen und solchen unsinnigen Sachen unterm Arm. Selbstverständlich hatte ich nicht vor, Ihnen zu erklären, daß ich mich mit dem größten Messer aus der Küche gewappnet hatte, aber an diesem Tag, als ich Ihnen das Heft mit dem gelben Deckel in die Hand legte, hatte ich es schon dabei.

Also – Jóia kam durch, weiß wie ein Laken. Wieder brachten sie ihn in einen anderen Stock, immer und immer im Liegen. Damals hatte ich das Gefühl, Dr. Coutinho bewache ihn, er rief immer nur »Onkel, Onkel«, ganz ungewöhnlich für zivile und auch sonstige Krankenhäuser, bis er dann entlassen wurde und an einem Vormittag, als es zwölf schlug, mit lila Ringen unter den Augen herauskam, obwohl er eigentlich erst später entlassen werden sollte. Aber vorher hatte ich es geschafft, daß er in seiner tiefen Teilnahmslosigkeit, die immer größer zu werden schien, je mehr er sich von den Problemen mit Leber, Nieren, Knochen und Blutgefäßen erholte oder befreite, mir sagte, wen er sehen wollte, wenn er nach Hause kam: »Selim, Cila und Schweinchen.« In diesen Tagen hätte ich mich auch auf die Suche nach dem Hügel gemacht, auf den der Regenbogen seine Fahnenstangen stützt, um ihn Jóia zu schenken, aber Vítor Selim war vom Alto do Casalinho verschwunden, und an der Stelle, wo früher Salatköpfe und eine graue Baracke gestanden hatten, war jetzt nur Gras und Piniennadeln. Nicht eine Spur von Holzlatten. Nein, niemand wußte etwas, das seien unstete Leute, heute hier, morgen da. Wenn sie einen Anspruch auf ein Haus gehabt hätten, dann würden sie da schon wohnen. Aber es gebe viele Leute, die das nicht hätten, sagten ein paar Gestalten in den Fenstern der Siedlung. Auch hatte ich nicht vor, eine Anzeige in die Zeitung zu setzen, um zwei Kinder herzuholen, das eine namens Cila, das andere namens Paulo, Kinder eines Ingenieurs, dessen vollständigen Namen ich nicht mal mehr wußte, und die sich genausogut in New Jersey wie auf einem Hof im Bezirk Viseu befinden konnten. Ich rief noch da in der Stadt bei der Post an, aber niemand konnte mir auch nur den kleinsten Hinweis geben. »Die Schwiegermutter von wem?«

»Dann Fernando«, bat Jóia.

Ich wählte vom Krankenhaus Santa Maria aus die Nummer sechs drei, acht null, zwei zwei. Rita erschien nach einer halben Stunde, völlig eingestaubt, am Steuer des alten Autos, das genau wie er aussah, als wäre es an einem glühendheißen Tag durch Altkastilien gefahren. Jóia? Wo sei Jóia? Fernando hatte die Gabe, mich zu rühren – ich sah die beiden immer Hand in Hand hopp, hopp hüpfen, wie zwei Hasen nach dem Regen im Sauerklee. »Ach!« sagte ich zu ihm. Rita wie versteinert im Flur, abwartend. Er habe mir vor so langer Zeit seine Telefonnummer gegeben, aber erst hätte Jóia Rattengift schlucken müssen, damit ich bei ihm anriefe!

Fernando zerriß sich, wartete stundenlang, kam zu spät zu unaufschiebbaren Verabredungen, leistete Gesellschaft und kaufte schließlich den Dalmatiner. Ich würde ihm nie etwas geben können. »Fernando, ich weiß, daß du ein großartiger Junge bist. Falls du mit mir schlafen willst – das ist alles, was ich dir geben kann.«

Wir waren allein im Wohnzimmer, dem Raum mit den Korbstühlen und dem Schnickschnack im Stil von *Zuhause* und *Plaisir de la Maison*, und Fernando sah aus, als hätte er einen Schlag in die Magengrube bekommen. »Nie im Leben!« sagte er aufgebracht und wollte am liebsten durch die Fensterscheibe springen.

Im übrigen bleibt nur noch, was mit dem geheimen Gegenstand zusammenhängt. Endlich kam mein Engel nach Hause, gerupft, die Haare fielen ihm aus, seine Flügel bis zum Stumpf verbrannt. Und in diesem Zustand habe ich ihn wie in einer keimenden Liebe verzweifelt geliebt, auch dann, wenn er mich zurückstieß. Aber die Tasche, in der das Messer steckte, eingewickelt in eine Serviette und zum Einsatz bereit, hatte ich immer bei mir. Als ich nach vierzehn Tagen in die Buchhandlung zurückkam, hatte ich noch immer dieselbe Tasche mit demselben Inhalt. Senhor Assumpção kochte vor Wut, mit der Zweistärkenbrille in der rechten Hand machte er mir vor Idalina und Aguiar schwere Vorwürfe. Täte man so was? Von der Arbeit, von zu Hause, von überall, wo man mich vielleicht hätte finden können, ohne ein Wort zu verschwinden? Er habe es satt mit mir, endgültig satt, und dabei habe er auch noch seinen Neffen zugunsten so einer wie mich übergangen, die ständig fehlte! Das sei die Strafe für seine Unvorsichtigkeit. »Die Fabel lehrt dich, daß du dich nie für einen Fremden entscheiden sollst, wenn dir der Nachbar gefällt!« sagte er aus dem Stegreif, als läse er Äsop vor und mein Verhalten wäre genau wie in einer unschicklichen Parabel.

Ich streichelte das Messer.

Er sah mich an. Ob ich dem Leibhaftigen begegnet sei? Oder Tuberkulose bekommen hätte? Senhor Assumpção wurde schon nachgiebiger, und als er hörte, was mit Jóia passiert war, beruhigte er sich, bis er dann in der Mittagspause sagte, ja, alle Menschen machten Dinge durch, nach denen sie nicht mehr dieselben seien. Bei einem Vetter von ihm seien seit einem Schock, den er in Afrika beim Anblick eines Raubtiers erlebt habe, sämtliche Haare auf dem Körper bleich wie Pergament. Er habe eine wunderschöne Farm in der Gegend von Malanje gehabt, und eines Tages, als er vor der Tür gestanden und Erdnüsse gegessen habe, sei in zwei Meter Abstand ein mächtiger Löwe an ihm vorbeigeschnürt. Sein Vetter sei starr wie ein Stein geworden. Der Löwe habe ihn gewittert, aber entweder habe der Teufel geschlafen oder das Vieh den Bauch voll gehabt, denn es habe ihn nicht verputzt, doch als er hineingegangen sei, habe er festgestellt, daß sein Haar ganz weiß war, wie Pergament.

»Und dann?«

»Dann hat mein Vetter die Farm verkauft und Malanje zum Teufel geschickt.« Er faßte zusammen – natürlich bleibe man für immer gezeichnet, aber mit der Zeit gehe alles vorüber, und er habe die Hoffnung, daß ich schon bald wieder dem Ruf der Natur folgen würde. Er könne es nicht mitansehen, wenn ich so niedergedrückt sei.

Aber die Dinge überstürzten sich, und Mão Dianjo

stand vor der Tür, als Jóia schon zu Hause war, und deshalb mußte es schnell gehen. Ich nahm meine große Umhängetasche, ehe ich zum *Intelecto* runterging. Auch er war ernst und entrüstet, weil ich verschwunden sei, ohne ihm mitzuteilen, was mit dem Sohn des besten Freundes, den er je gehabt habe, passiert sei. Zumal er inzwischen selbst einen Haufen Ärger gehabt habe und niemanden, dem er sein Leid hätte klagen können. Er kam gleich zur Sache.

Er habe endgültig vor, Madalena zu verlassen, denn nach so vielen Jahren müsse er nicht nur ihre Eifersüchteleien aushalten, sondern sie habe nun plötzlich noch andere Manien bekommen. Mehrere Freundinnen von ihr kümmerten an Brustkrebs dahin, und sie würde davon fast verrückt, die Frau schaffe es einfach nicht, Krankheit und Tod im Licht des dialektischen Materialismus zu begreifen, der nun mal das Leben regiere. Philosophischer denn je saß er vor einem Bier mit Schaumkrone am Tisch des *Intelecto* und beklagte sich über die Gefährtin seiner Tage. Verbittert trug Mão Dianjo mir wie früher wunderschöne Maximen auswendig vor. Madalena habe ihn niemals verstanden, auch wenn sie mit dem Kopf genickt habe, das war immer nur äußerlich, also, und jetzt beschimpfe sie ihn, Ernesto de Araújo, als unterwürfige Muschikseele. Er müsse sich von diesem zeternden Weibsbild befreien, ehe es zu spät sei, und habe sich vorgenommen, in ein östliches Land auszuwandern, wo die Sonne mit einer anderen Flamme aufgehe. »Ungarn, Júlia, Ungarn.«

»Budapest?«

»Ja, ja, eine Menge Budapest. Stell dir vor, eine Stadt voller Bäder, Tausende von Bädern, alles voll mit warmem Wasser, von Natur aus warm!« Mão Dianjo sah auf die Straße, und ich in Eile.

Er fand mich blaß, Schatten unter den Augen bis zu den Füßen, aber schön, entäußerter, älter, ihm näher. Er legte mir nahe, mich nicht mehr zu schminken, weil er inzwischen die Witzeleien über mich als Nutte und ihn als alten Knacker leid sei. Jetzt, während er die Apótema geschwänzt habe, weil er aus dem Gleis gewesen sei, habe er Zeit gehabt, über solche Liebesverhältnisse wir unseres nachzudenken. Ein Freund seines Vaters sei ihm eingefallen, der schon fast als alter Mann eine Nachtklubtänzerin, zwanzig Jahre, kennengelernt und auf den rechten Weg zurückgeführt habe, und sie habe ihm aus Dankbarkeit dafür bis zu seinem Tod die Füße mit ihrem Atem gewärmt. Dann sei er gestorben, und sie habe auch gehen wollen und sei tatsächlich gegangen. Beide ruhten Seite an Seite unter einem Jasminbusch, der über den Kreuzen wachse.

»In Budapest – ich glaube, das habe ich verdient«, sagte er.

Mão Dianjo war redselig, traurig und tragisch, und ich hatte es eilig. Ich mußte nach Hause und Tante Clotilde bitten, nicht so genau auf die Uhr zu sehen – sie machte nicht nur Dienst, wenn ich ins *Together/Tonight* ging, sondern es kamen auch solche nicht geplanten Treffen wie dieses vor, und Jóia in diesen Tagen dösig und unbegreiflich. Dennoch war Mão Dianjo immerhin ein Ohr, auch wenn er nicht zuhörte. Er war immerhin eine Gestalt, zu der man sagen konnte, ich *tipitape,* ich *uh, uh,* auch wenn er es nicht verstand. Die Menschen brauchten mir nur einen Atemhauch zu schenken, und schon liebte ich sie, ohne es zu wollen. Ich schob die Umhängetasche nach hinten und machte ab, daß ich am frühen Abend des nächsten Tages in einer Pension in der Rua Tomás Ribeiro sein würde. Trotzdem endete es dort damit, daß er sich nur beklagte, denn äußerlich gefalle ich ihm zwar so, so niedergeschlagen, aber innerlich sei ich wohl nicht mehr dieselbe. Ohne Initiative, ohne Vitalität, ohne Aktivität. Er beklagte sich heftig, in ganzer Größe zwischen den beiden Betten stehend, mit seinem runden Bauch und einem sehr tiefen Nabel in der Mitte.

Saraiva? Auch der ließ sich blicken. Als hätten sie es alle untereinander abgemacht, erschien gleich nach Ostern mit beleidigtem Gesicht in der Buchhandlung ausgerechnet Saraiva, tat, als sähe er mich nicht und spielte Theater vor den Regalen, dabei schaute er sich nur die Buchrücken an. Aber es war ganz einfach – er wollte heiraten. Nachdem ich damals nach Hause gerannt sei, als schon die Krabbencreme im *Gôndola* serviert gewesen sei, habe er gemeint, er würde nie wieder ein Wort mit mir sprechen, aber dann sei er nach Hause gefahren, weil Ostern war, und seine Mutter habe ihn ermahnt, er solle heiraten. Bald werde er vierzig, und er selbst sei zu dem Schluß gekommen, daß es an der Zeit sei. Ich sah ihn an und wußte genau, daß ich das Messer nicht mitzunehmen brauchte.

»Ins *Ferrari*?«

»Gut, ins *Ferrari*.«

Wir setzten uns etwas, die Tische proppevoll mit Leuten. Ich sollte mir also auch seine Klagen anhören. Da kam ich zu dem Schluß, daß es für ihn tatsächlich an der Zeit sei, für mich aber noch lange nicht. Er ja, er habe es zu Recht sehr eilig, denn in dem Licht, das von weitem durch die Tür ins *Ferrari* hereinfalle, sehe man von der Seite, wie seine Haare sich lichteten, auch wenn sein Schnurrbart immer dicker würde und bald über die Zähne hinge. Er täte gut daran, zu heiraten, ehe der Haarausfall auf dem Hochzeitsfoto zu sehen wäre. Er war entgeistert.

»Dabei habe ich sogar für ein Geschenk etwas hier, was meine Patentante mir zu Hause gegeben hat!«

Zehn Tausender? Wir gingen in ein Geschäft für teure Gebrauchsgegenstände, damit er das Geld anlegen konnte. Saraiva wollte das, weil eine Stimme in seinem Innern ihm sagte, er allein würde nur Dummheiten machen, und da ich seinen Geschmack kannte, zeigte ich ihm einen prächtigen Globus, der an Stangen an einem Himmelszelt hing, wunderschön in gelben und grünlichen Farbtönen, eine Erinnerung an die Zeiten der Weltumsegelung, der Astrolabien, Sextanten und Seefahrtsrouten. Wenn man aber auf den Fuß drückte, öffnete sich die Nachbildung der Erde und gab in ihrem Inneren drei Whiskyflaschen mit passenden, ebenfalls prächtigen Gläsern mit Goldrand frei. Den könne er in Lumiar aufstellen oder nach Sesimbra mitnehmen.

»Wieso muß ich dich verlieren?«

Fragte Saraiva und nuckelte an seiner Pfeife ohne Tabak. Wo ich ihn doch so gut kenne! Während er den Globus betrachtete, fand Saraiva, es wäre schön, wenn es einen Kolonialkrieg gäbe, dann könnte er wieder nach Luanda und in aller Ruhe, fast nackt, mit dem Boot nach Mossulo fahren. Irgend etwas Unerklärliches überkomme ihn. Da bat er mich, da dies ja das letzte Mal sei, ganz langsam zu Fuß mit ihm bis zur Tranquilidade zu gehen. Doch in dem Gedränge der Menge faßte er mich mal um die Schultern, mal stieß er mich zur Seite, der Schüchterne, zerrissen zwischen zwei Feuern in seiner Brust. So hin und her geschoben ging ich schließlich mit Saraiva an der Apótema vorbei, die alle ihre Fenster zur Avenida da Liberdade weit geöffnet hatte.

God, God, God! Senhor Assumpção wußte von den andern beiden, er wußte, daß er der dritte war, aber die andern beiden glaubten, es gäbe nur sie. Am letzten Montag, nach unserem Gespräch hier im *Together/Tonight*, rief Mão Dianjo in ernstem Ton an, als ginge es um sehr Wichtiges. Wir hätten miteinander zu reden.

»Sehr ernsthaft!« sagte er.

»Und wo?«

»In der schlimmsten Pension in der Baixa, sofort, in einer halben Stunde!«

Er drückte mir den Ellbogen, bevor wir in das muffige Zimmer traten. Es mußte etwas Ernstes sein, denn in so eine Bruchbude war er tatsächlich noch nie mit mir gegangen. Man ahnte, daß Tausende von Kakerlaken an den Wänden herumkrabbelten.

»Diese hier haben dich vor ein paar Tagen mit einem andern gesehen, aber erst heute habe ich die Bestätigung bekommen, daß du es wirklich warst«, als er »diese hier« sagte, zeigte er auf seine Augen, die braun waren, aber in diesem Augenblick so weiß aussahen wie bei seit langem Erblindeten. »Erklär das!«

Ich dachte, der Augenblick ist gekommen, denn ich hatte das Gefühl, an dem Punkt angelangt zu sein, wo ein Land auf das andere trifft und der Körper nirgends mehr hingehört. Ich fragte ihn, ob er nicht schlafen, ein bißchen an meiner Schulter schlummern wollte, um sich zu beruhigen. Mão Dianjo muß diese Frage als große Beleidigung empfunden haben oder als den Tropfen, der sie zu einem Verbrechen machte. Er sagte, er werde mich mit seiner Aktentasche verprügeln, die auf einem undefinierbaren Tisch in der Bruchbude stand, mich zeichnen, mir von oben bis unten eine Narbe verpassen, mir das Geschlecht zunähen. Kurz, mich vernichten. Ich ließ ihn reden. Er drückte sich äußerst grob aus, denn er sagte das alles nicht mit diesen Worten, sondern mit sehr unflätigen. Es hätte jeder andere sein können, aber zufällig war es Mão Dianjo, und ich streichelte das Messer.

»Jetzt hasse ich dich wirklich«, sagte ich zu Mão Dianjo, aber ich wollte, daß er näher herankam, denn ich saß auf dem Bett der Bruchbude, während er auf und ab ging. Da stand eine Nachttischlampe, eine jener Sorte, die so aussehen, als hätten sie einen lächerlichen Hut auf der Birne, und obwohl ich wußte, daß die Schnur zu kurz war und die Geste nur symbolisch, ergriff ich sie am Fuß und warf sie ihm an die Beine. Da begriff Mão Dianjo, daß die Beleidigung von so ungeheuerlichem Ausmaß war, daß sie nicht nur ihn traf, sondern auch seine Frau, Kinder und Enkel und dann in Wellenbewegungen weiter, bis sie Vaterländer anderer Nationen erreichte. Mit einer einzigen Bewegung fegte er alles auf den Boden.

»Und ich wollte alles für dich aufgeben. Ich hasse dich auch«, knurrte Mão Dianjo finster, mit geschlossenen Augen. Er griff nach der Aktenmappe, an seine Krawatte, die schräge Streifen über seine Brust zog, in sein graues Haar und machte sich bereit, durch die Tür der Beleidigungen zu gehen. Aber er zögerte und kam zurück an das Fenster, von dem man auf einen Hinterhof sah. In diesem Augenblick zog ich das Messer aus der Serviette und stand mit erhobener Klinge auf. Ich stieg auf das Bett und fand mich groß, obwohl die Matratze wie eine Welle war, und sah, wie Mão Dianjos verblüfftes Gesicht sich von oben nach unten vor Entsetzen veränderte, wie gelähmt von einer Art statischer Angst, so wie die hervorquellenden Augen der Traufenfiguren, aus denen in den Klöstern das Wasser läuft. Ich fühlte mich Mão Dianjo gegenüber wie der Arsch des Wasserspeiers. Das kam mir in den Sinn, weil ich mir jedes einzelne Detail dieser Augenblicke merken wollte, aber als Mão Dianjo weglaufen wollte, warf ich das Messer an ihm vorbei, absichtlich, auf den Millimeter berechnet. Ich fürchtete noch, meine Hand würde mich im Stich lassen und ich könnte ihn an einem Auge, an der Stirn, irgendwo im Gesicht verletzen. Aber nein – ich hatte also eine treffsichere Hand, und das Messer sauste zwar zischend an seinem Ohr vorbei, bohrte sich aber im rechten Winkel in das wurmstichige Holz eines Kleiderschranks mit Spiegel. Erst nach anderthalb Schreckminuten schaffte es Mão Dianjo, mit erhobenen Händen wie ein Überfallener rückwärts zur Tür und hinauszugehen, ohne daß ich ihn zu irgend etwas gezwungen hätte. Er hatte Angst vor mir, Mão Dianjo, ein Widerstandskämpfer, der immer alle Zweifel ausgeräumt hatte. Es tat mir sogar leid, daß der Zufall den Menschen Mão Dianjo für meine Bewährungsprobe ausgesucht hatte. Ich wußte gar nicht, daß ein geworfenes Messer so zischte und die Menschen lähmte. Geh, sagte ich, nachdem ich es erlebt hatte. Bei seiner Flucht durch den Flur über den Holzfußboden brachte Mão Dianjo das pombalinische Gitterfenster im Wandputz des alten Hauses zum Wackeln. Wie schwer er war, dieser Mão. Jetzt, als niemand mehr zankte, tropfte ein Bidetwasserhahn hinter einem uralten Satinwandschirm, und sämtliche Kakerlaken hatten ihr Nest verlassen, denn man hörte es leise knistern.

Mão Dianjo, ein Widerstandskämpfer, das können Sie mir glauben.

Draußen purzelten die Ereignisse ebenfalls übereinander, wie eine Art Weihnachtskrippe mit Kuh und Karussell gleichzeitig, eng nebeneinander, ohne jede Bedeutung. Als ich zum Hauseingang der Pension kam, waren die Straßen vollgestopft mit Metallarbeitern in Stahlhelmen, und sie peitschten auch noch die Luft, als klopften sie an die Tür einer Zukunft. Sie rissen den Mund weit auf, waren aber nicht zu hören, obwohl man merkte, daß sie laut redeten. Es waren sehr viele und alle mit Ledergurt, und von allen, die in Sichtweite vor der Kakerlakenpension vorbeigingen, schien nur einer sehr schrill zu schreien, allerdings stumm. Er hatte einen an der Schulter festgenähten Ärmel und ein ausgelaufenes Auge unter einer dunklen, fast schwarzen Brille. Auf dem Kopf den gelben Helm. Ob Mão Dianjo seinerzeit wirklich allen Zweifeln widerstanden hatte? Da im Stadtzentrum absolutes Schweigen herrschte, verließ ich, jenes tschechische Liedchen pfeifend, die Rua da Conceição, wobei ich aber das nicht mehr gebräuchliche Wort »wehe« ersetzte. Ich fand ein anderes: *Eine Zeit voller Gewalt zieht vom Horizont herauf.*

34. *Mittwoch, den 2. Mai*

Wie bei Marktschreiern, Anwälten und Lehrern habe ich nach unseren Gesprächen in letzter Zeit das Gefühl, ich hätte mich in eines dieser metamorphosierten Tiere verwandelt, die ihre Kiemen außerhalb des Hörorgans haben oder zu haben scheinen. Ich höre nur mich selbst. Außerdem, da ich mich jetzt mit dem Gedanken trage, in der Buchhandlung aufzuhören, kommt mir weißes Papier wie weiches, menschliches, gleich einer Haut anschmiegsames Gewebe vor. Passiv, pflanzlich und mit noch anderen Eigenschaften, die man nicht aufzuzählen braucht, damit Sie verstehen können, weshalb ich unsere Treffen durch geschriebene Mitteilungen ersetzt habe. Aber ein anderer wesentlicher Grund ist die Sache mit João Mário, der ständig umgefallen ist, wenn ich bei ihm war. In der letzten Woche ist Fernando noch mal morgens mit der ganzen Mannschaft im Lieferwagen vorbeigekommen, um João Mário nach Pêro Pinheiro mitzunehmen, wo er, wie man mir sagte, wie ein Zicklein herumgelaufen ist. Tatsächlich, als sie hier vorn über den Platz mit den Platanen gegangen sind und der Hund sich losgerissen hat, ist er kreuz und quer herumgelaufen, bis ihm der Rodeohut runtergefallen ist. Ich mußte mich zur Seite drehen, damit er nicht merkte, daß ich es gesehen hatte, und so ging es mit diesem Versteckspiel weiter. Ich konnte es kaum glauben, daß Jóia, dieser Junge mit astrophysischen Interessen, sich so verhalten könnte. Ich konnte es wirklich kaum glauben.

Ich sage das in der Vergangenheit, denn die Situation hat sich geändert – ich hatte mir gedacht, wenn ich auch mitfahre, wird João Mário es nicht durchhalten, einen ganzen Tag im Freien zu verbringen und Stürze vorzutäuschen, und der Prozeß wird damit ganz von allein in Gang kommen. So war es auch. Wir saßen zu sechst plus Hund im Lieferwagen, zwischen Werkzeug eingequetscht, und nach einiger Zeit merkten wir, daß João unruhig wurde, weil er sich die Beine vertreten wollte.

»Halt, Fernando, halt den Wagen an, dann könnt ihr sehen, wie ich laufe. Halt an, halt an!«

Und der alte Jóia, der intelligente Jóia hat sich auf das Spiel mit dem Wunder eingelassen. Fernando hat am Straßenrand neben einem Damm angehalten, und João Mário ist ohne Hut und ohne Hund, mit erhobenen Fäusten wie ein Sportler, über den Damm gerannt. Das Feld schien nicht bestellt zu sein, aber überall wuchsen grüne Halme wie hoher Weizen. João tauchte auf und tauchte unter, lief kreuz und quer, als wollte er irgend etwas wiederfinden. Wir ließen ihn sich produzieren, nach Liebe und Aufmerksamkeit heischen, ließen ihn übertreiben, übermütig sein. So ist das Leben. Von weitem sah man den scheckigen Kopf. Als er sich wieder in den Zephyr zwischen uns setzte, war er verschwitzt, und als er dann den Insassen der anderen Autos winkte, die schnell vorbeifuhren, ohne sein Winken zu beachten, war es, als wäre er neugeboren und ein Prinz. Ich sah alles ganz klar. Es wurde dann ein schöner Tag, und als ich gesehen habe, daß er zwischen langen Stapeln geschnittener Steine spielte, die sich hinzogen, so weit das Auge reichte, habe ich mich zum Schlafen hingelegt. Fernando war an die Tür des Ateliers gekommen, in dem jeder in seiner Ecke arbeitete, und hatte sich zum Rauchen hingesetzt. Ich dachte ohne Wehmut an die Zeit, als Martinho ihm höchstens eine kleine, stille Karriere voraussagte, gerade ein paar Schritte voran. Im Gras liegend habe ich gerufen: »Fernando, he, Fernando, hast du wieder den Stein zerbrochen, ja?«

Er ist zu mir gekommen, und ehe er sich hinsetzte, rupfte er einen Haferhalm ab und kitzelte mich damit im Gesicht.

»Nein, hab ich nicht.« Dann ist er weggegangen.

Ich glaube, er mag mich, und gleichzeitig bin ich ihm völlig egal. Ich bin hinter ihm hergegangen, zumal mein Freund nicht zur Sache kam. Er hatte eine Wasserflasche genommen und feuchtete mit kleinen Spritzern die Tausende von Stein-

stücken an. Sie hatten Spuren von Pflanzen- und Tierformen aus einer Zeit, zu der es noch keine Menschen gab. Aber diese waren dafür geschaffen worden, daß jemand sie sah. »Mag sein, daß wir sonst nichts mehr haben, aber unsere Steine, die gehören zu den besten der Welt. Hier, sieh mal.« Mag sein. Sie arbeiteten an diesem Tag draußen, doch in der Nähe einer Tür, wo Arbeiter Säulen polierten, hatte João Mário sich ein Tuch um den Kopf gebunden und fegte in einer kleinen Staubwolke. Die Frau in der Gruppe sagte aus dem Maschinenlärm heraus: »So, ja. So fängt ein Lehrling an: den Boden fegen, das Werkzeug wegpacken, Stecker in die Steckdosen stecken, den gröbsten Staub beseitigen und so weiter.«

João Mário fragte, ob es so gut sei, wie er fegte, und wartete auf ihren Beifall, als wäre er sechs Jahre alt und müßte zeigen, daß er sich schon die Schnürsenkel binden könne. Okay, João Mário, okay! Diese Frau, die Plastiken so klein wie Porzellanfiguren macht, habe ich dann noch gefragt, was Fernando aus den vielen riesigen Steinblöcken machen wollte. »Wieder eine Stute, er hat es mit den Stuten. Ich glaube, im Altertum sagte man, die Stuten in Lissabon seien so schnell, daß sie vom Wind schwanger würden. Im Laufen.«

Bevor wir zu den Gebrüdern Baptista kamen, hatte ich schon die große Freude erlebt, daß João Mário die Sache mit den Beinen überwand und daß sie nur bei bestimmten Gelegenheiten noch lahmten, aber die Rückfahrt hielt eine nicht zu überbietende Szene für mich bereit. Ich habe Ihnen schon gesagt, daß Fernandos Zephyr wie ein Auto aussieht, das durch den Grand Canyon in Colorado gefahren ist, so dick liegt manchmal der Staub drauf. Als wir zurückfuhren, war es auch so. Nach einiger Zeit nun konnte man überhaupt nichts mehr erkennen, zumal die Sonne unterging und alles gelb war. Die vier Eingestaubten stiegen aus dem Auto und machten sich daran, auf die Scheibe zu spucken. Der Ernst, mit dem sie das machten, erfreute das Herz. João Mário besiegelte die Putzaktion schließlich mit einem letzten Spukker. Und so wischte Fernando die Scheibe sauber. Er rieb sie mit einem ebenfalls gelben Tuch ab und hauchte noch auf die Scheibe, damit es besser rutschte. Schließlich hat der Lieferwagen das verdient, denn er sieht immer so aus, als ob er jeden Augenblick den Geist aufgibt, und dann fährt er immer noch weiter. Nicht mal über Pannen klagt Fernando.

Hier haben Sie ein halbes Dutzend gute Gründe, warum ich nicht ins Together/Tonight *gekommen bin und weder zu Hause noch in der Buchhandlung war. Statt dessen habe ich nämlich nach jenem Hinweis gesucht und ihn gefunden – es stimmt, die Stuten von Lissabon wurden angeblich wirklich durch Mähne und Schwanz geschwängert, weil sie so schnell waren, und deshalb waren ihre Fohlen die schnellsten der damals bekannten Welt. Die Helden der großen Epen fingen die wilden Abkömmlinge dieser Stuten, der Geliebten des Windes, ein und machten sie zu den stärksten Streitrössern der Welt. Letztlich wurzelt Fernandos Manie also in einem alten Mythos. Eines Tages würde ich ihn gern danach fragen, aber eines sehr fernen Tages, wenn wir einmal Zeit für einen Gedanken haben, der so friedlich ist wie jener, der Mythen und Zauber hervorbringt.*

Bis bald.

35. Anabela Cravo
Das Sternzeichen

Ich ließ alle diese Tage wie Dämmerlicht vorübergehen. Jetzt weiß ich, daß ich daran gut getan habe – nur hin und wieder trifft das Licht mit dem Dunkel zusammen, aber diese Augenblicke sind so kurz und treten so selten im Leben ein, daß es besser ist, zu warten, bis eine Bedeutung von innen her reift. Und sei sie nur ausgedacht. Sie ist gereift.

Sie ist gereift, und wenn ich Ihnen jetzt hier am Tisch des Cafés, in dem wir uns immer getroffen haben, das Messer gebe, dann soll Ihnen das klarmachen, daß die Straßen, auch wenn sie unverändert sind, nie mehr genauso wie vorher sein werden und die Schritte derselben Beine andere Schritte. Das war es, was ich Ihnen eigentlich noch am letzten Donnerstag sagen wollte, aber ich wiederhole, es war gut, daß diese Zeit des Dämmerlichts darüber verstrichen ist. Wie soll ich Ihnen von diesem Tag erzählen?

Sie sollen wissen, daß ich gegen Mitternacht durch Ihre Straße gegangen bin, vor Ihrer Tür gestanden habe und fast geklingelt hätte, denn ich hatte das unwiderstehliche Verlangen, mit Ihnen zu sprechen, zu Ende zu kommen, die Verbindung zu lösen, den letzten Staub von den Füßen zu schütteln und zu gehen. Doch in den Fenstern Ihres Stockwerks brannte kein einziges Licht. Zwar bin ich erst um diese Zeit an Ihrer Tür gewesen, aber Sie sollen auch wissen, daß ich schon seit mittags in der Straße war. Ich wußte, es würde ein besonderer Nachmittag werden, eine Art Epilog und Bestätigung, ganz gleich, was bei Anabela Cravo geschehen würde. In der Buchhandlung war ich Senhor Assumpção gegenüber sehr deutlich gewesen: »Entweder Sie geben mir den Nachmittag frei oder ich komme nie wieder, weder zu Ihren Regalen noch zu Ihren Büchern noch zu Ihnen selbst.« Er, der Frechheiten verabscheut und mich nur deshalb noch nicht durch seinen Neffen ersetzt hat, weil er meint, ich sei von krankhafter Gefügigkeit, jener bestimmten sanften Gefügigkeit, gab schließlich nach. Diese Überzeugung übrigens, daß die krankhafte Friedlichkeit vorübergehender Art ist, demonstriert er sehr deutlich, wenn er so tut, als hätte er die Hoffnung verloren und mir, immer noch Catull kopierend, kleine Zettel mit angedeuteter Verzweiflung auf den Ladentisch legt.

Komm zur Vernunft, mein armer Assumpção, und betrachte als verloren, was du verloren gehen siehst!

»Bye-bye«, sagte ich zu ihm und verdrückte mich durch die Tür der Buchhandlung. Aus seinen Zetteln mache ich Papierkügelchen und werfe sie in den Müll.

Ich gestehe Ihnen, daß ich eine ganze Woche lang zigmal bei Anabela Cravo angerufen habe, anfangs noch, um sie vielleicht ans Telefon zu bekommen, ohne meinen Namen zu sagen. Nun gibt es aber zwischen Anabela Cravo und gewöhnlichen Sterblichen eine ganze Batterie von Sekretärinnen und Sekretären, allesamt mit Stimmen wie abgestandenes Wasser, die fragen, wer da spricht, wie der Name lautet, wie die Anschrift, wie etcetera. Bis ich mich an einem Freitag mit meinem Namen meldete und sagte, es sei dringend. »Wirklich sehr dringend.« Selbst wenn Anabela Cravo inzwischen nicht die Spur von Gefühl mehr für mich hatte, mußte die Dringlichkeit meines Anrufs ihre Neugier reizen. Ob so oder so, ich hatte mich jedenfalls nicht getäuscht – als ich wieder anrief, sagte eine andere Frau, die nun am Apparat war, mit plätschernder Stimme, Anabela Cravo habe am nächsten Tag nachmittags gegen zwei Uhr dreißig einen Polizeigerichtstermin im Boa Hora und erwarte mich dort.

Wir hatten uns so lange nicht gesehen, daß ich mich auf diesen wichtigen Augenblick vorbereitete. Ich weiß nicht, wie andere Menschen das machen. Ich wusch mich, rasierte mir die Beine und die Achselhöhlen, als ginge ich auf eine entscheidende Party. Aber wie Sie sich wohl denken können, ging ich nicht allein hin, denn ich hatte den Gegenstand, in einer Ripsserviette eingewickelt, bei mir. Sie dürfen aber auch nicht denken, daß ich nur mit der Serviette gerüstet hinging. Sie wissen genau, wenn ich an Orten, über die ich keine Kontrolle habe, Teile von mir gelassen habe, dann liegt das daran, daß ich den Mund und den Muskel, der die Schläge des Herzens bewirkt, nie voneinander getrennt gesehen habe. Jetzt aber war es umgekehrt, ich versuchte, zwischen beiden eine Stahlklinge aufzurichten. In solchem Gemütszustand betrat ich kurz nach zwei Uhr zum erstenmal das ehemalige Kloster, und wenn ich ehrlich sein soll, traf ich auf ein rechteckiges Gebäude ohne jeden Reiz, so etwas wie eine Nachahmung einer ernsten Angelegenheit. Mittendrin trank sogar ein Polizist an einem Wasserspender mit dem Käppi in der Hand und hochgerutschtem Hemd. Ich denke, das wird Sie interessieren, um zum Schluß zu kommen.

Wie soll ich es erzählen? Ich ging die Treppen rauf, zuerst waren sie aus Stein, dann aus Holz, und vor den Türen, die ursprünglich natürlich Mönche einsperren sollten, standen Haufen von wartenden Menschen. Aber aus anderen Türen erschienen Richter und Anwälte, manche schon schwarz gekleidet, andere noch nicht, doch alle mit erhabener Miene. Während diese feierliche Prozession vorüberzog, konnte ich mich nicht des Gedankens erwehren, wie beliebig doch Symbole wirken, und dachte an einen Mann, der an einem Weihnachtstag zu mir zu Besuch gekommen war, ein lächelnder Mann mit Augen wie Bakunin und in genau der gleichen Farbe gekleidet. Aber an diesem Nachmittag ging es darum, wer da kam, und nun erschien zwischen ihnen Anabela Dias Cravo, kleiner als die Gruppe, aber ebenfalls in Robe, und als sie an mir vorüberging, neigte sie ganz leicht den Kopf, ebenfalls mit absolut erhabener Miene. Das muß sein, dachte ich, sonst könnte jemand auf die Idee kommen, es gäbe heimliche Absprachen zwischen Anwälten und Publikum. Ich setzte mich zum Zuhören nach hinten auf eine Bank. Die schwarzgekleideten Rechtsvertreter da vorn blätterten in Papieren, die Zuhörer warteten, eine Menge, alle sahen nach Neugierigen, Arbeitslosen oder nach Leuten aus, die ihre Zeit totschlugen. Vielleicht Menschen, denen man den grandiosen Traum von der Großartigkeit genommen hat, dachte ich an diesem letzten Nachmittag.

Im Grunde ging es um nichts Aufregendes, ein Fall von Scheckfälschung, sämtliche Zeugen abwesend, der Angeklagte, noch jung, aber schon fast kahlköpfig, stand da und versuchte sich zu retten, brachte gestikulierend Widersprüche vor, und der Richter, dieser allerdings mit Vollglatze, großartig und trist, aber immerhin, stellte Fragen. Schon bald durchschaute ich das Spiel – Anabela neben ihm war Staatsanwältin und nahm ihre Rolle wichtig, hörte zu, schien sich aber über irgend etwas lustig zu machen, vielleicht über die Weichheit des vorsitzenden Richters. Tatsächlich zog sich das alles so hin, daß ich schon bereute, vorher und nicht erst anschließend gekommen zu sein. Allerdings konnte ich so Anabela Cravos Äußeres aus der Distanz begutachten. Sie war weder dikker noch dünner geworden, hatte Strähnen im Haar und war noch immer verführerisch, obwohl sie durch die braune Verfärbung ihrer Haut, vor allem um den Mund herum, dicht am Kragen der Robe, dunkler wirkte. Oh, aber Anabela Cravos Stärke fand sich noch immer zwischen den Nasenflügeln und der Mundlinie! Obwohl ich mich mit einer Metallklinge zwischen Herz und Zunge gewappnet hatte, glaubte ich nach einiger Zeit, daß sie mich am Eingang gar nicht gesehen hatte, denn nicht ein einziges Mal richtete sie den Blick auf mich, aber das tat nur ganz leicht weh. Statt dessen ließ sie ihn ziellos, wie geistesabwesend, ganz auf den Ernst der Aufgabe konzentriert, über die Bänke neben mir wandern. Ich folgte ihrem Blick. Manchmal richtete sie ihn auf die kleine weiße Büste der Republik, die, vor lauter Staub schon fast grau wie ein Stück vom Trödler, auf dem Gesims stand. Auf einmal jedoch sprach der Richter in der Mitte Anabela Cravo an. Ich zuckte zusammen, denn ich hatte ihre Stimme lange nicht gehört und hoffte, irgendein Unterton würde mir ein Zeichen geben.

»Frau Staatsanwältin, bitte nur relevante Fragen stellen,

wirklich«, dieser Richter schien zu drohen, aber man merkte, daß alles künstlich war, und das reizte mich ganz ungeheuer zum Lachen. Da neigte Anabela den Kopf ein bißchen vor und fragte, mit einem Finger an der linken Schläfe, die Augen fast geschlossen: »Senhor Cabecinha, Sie sagen, Sie haben den Scheck gleich neben der Bank unterschrieben. Und nun sagen Sie mir: Haben Sie ihn auf Ihrer Hand, auf einer Aktentasche oder zum Beispiel auf dem Knie unterschrieben?«

»Auf dem Knie, Frau Doktor Staatsanwältin«, antwortete der Mann.

»Aber Sie haben ausgesagt, daß Sie sich nicht im Lieferwagen befanden.«

»Das stimmt, Frau Doktor Staatsanwältin.«

Da wurde der Richter anscheinend ungehalten und nervös. »Stellen Sie nur relevante Fragen, Frau Staatsanwältin – wir wollen keine Zeit verlieren.«

»Einen Augenblick, Herr Richter«, sagte Anabela Cravo, ohne den Finger von der scharf denkenden, ebenfalls braun gefleckten Schläfe zu nehmen, und wandte sich wieder an den Angeklagten. »Wenn Sie in diesem Augenblick nicht im Lieferwagen waren, wie haben Sie dann auf Ihrem Knie schreiben können, Senhor Cabecinha? Haben Sie es angehoben, ja?«

»Ja, Frau Doktor Staatsanwältin. Ich hab das Knie angehoben und da drauf geschrieben. Ich hab ja auch schon vorher gesagt, daß ich keine Aktentasche dabei hatte, obwohl da das Gegenteil steht. Ich hab's wirklich auf dem Knie gemacht.« Und mit erhobenem Bein setzte dieser Cabecinha zu der kühnen Geste an, im Stehen auf einem Knie zu unterschreiben. Er hob das Bein dicht vor der Gerichtsschranke.

Doch ohne die Genugtuung von Anabela Cravo nach dieser Geste und Erklärung wäre das alles völlig unbedeutend gewesen. Sie hatte nur zwei Minuten gebraucht, und mehr wollte sie nicht. In diesem Problem, ob im Lieferwagen oder draußen, ob mit der Hand auf dem Knie und erhobenem Bein oder nicht, schien die bis dahin nicht beweisbare Entdeckung zu liegen, daß dieser Mann ein

Halunke war, und das gesamte Gericht sah sich gezwungen, erneut in den Akten zu blättern. Man kam zu irgendeinem Schluß, die Fragen wurden schon lascher, Senhor Cabecinha, ohne Zeugen, unternahm noch die letzten Verdrehungen des Sachverhalts. Dann wurde die Verhandlung geschlossen, eine Gerichtsschreiberin stand in ihrer Robe auf, die über einem halb roten, halb grünen Pseudoschottenkilt flatterte, und da sie es eilig hatte, irgend etwas mitzuteilen oder jemanden zu benachrichtigen, konnte man meinen, da stürme ein d'Artagnan in Frauenkleidern vorbei. Aber das war nur der ästhetische Aspekt, denn die Würde war eindeutig gewahrt, wobei es sich erübrigt zu sagen, daß in diesem Augenblick wohl jedem danach gewesen wäre, die Büste der Republik, den Kilt, die Köpfe des Angeklagten und des Richters, alles, was sich runterreißen ließ, herunterzureißen, auch wenn ich nicht den geringsten Grund hatte, gegen diese Dinge zu sein, die mir alle zusammen in diesem Gebäude aus altem Holz vorkamen wie Zeug zum Wegwerfen. Der Richter ging vorbei.

Er ging vorbei, und die anderen gingen vorbei, und auch sie ging an mir vorbei, denn ich wartete in einer dunklen Ecke auf sie, und sie zischelte mir zu, als schmiedete sie ein Komplott: »Wart hier an einem Fenster und sieh da hinunter zum Anwaltsraum. Wenn du mich herauskommen siehst, komm runter.«

Ich stellte mich zum Warten an ein Hebefenster, das zum Innenhof ging, und da es nichts als Fenster zu sehen gab, wurde mir die Zeit lang. Bis dann Anabela Cravo herauskam, im Gespräch mit einem noch jungen Mann in grauem Anzug, das schwarze Haar voller Spray, der nichts mit Atouguia Ferraz zu tun hatte. Als ich unten war und auf sie zuging, redeten sie noch weiter, ernst und selbstsicher, die Roben zusammengerollt unterm Arm wie Fahnen, die entfaltet werden sollen. Anabela sprach zur Seite, als sähe sie mich nicht, und ich von einem Fuß auf den anderen, wie jemand, der dringend pinkeln muß.

»Gehen wir?« sagte Anabela Cravo, ohne mich zu küssen, so selbstverständlich, als wäre ich eine Fremde für sie oder als hätte nicht diese ewig lange Schweigepause zwischen uns geherrscht. Und damit ging sie zielsicher los, vor mir her. Einen Augenblick lang dachte ich noch daran, an Ort und Stelle die Serviette aufzuschlagen und meine Mission zu erledigen, eine Art von verkapptem Heldentum, das mir auf die Schulter tippte – ich würde für ein paar Tage eingesperrt, und während dieser Tage würde Fernando Rita sich die ganze Zeit um João Mário kümmern, zwischendurch mal Tante Clotilde, abgesehen von all den anderen, die auf die Scheibe des Lieferwagens gespuckt hatten und die ihm ganz bestimmt Liebe schenken würden, denn danach sahen sie aus. Dann war auch noch Dr. Coutinho da, nach außen hin schroff, von zwei Frauen nacheinander betrogen, der tatsächlich in der Nähe wohnte und im *Intelecto* Kaffee trank, wenn es schon zumachen wollte. Wie einen kurzen, aber liebenswerten Fries sah ich sie vor mir, sie alle, denen ich Jóia-Mensch und Jóia-Hund überlassen würde, wenn ich den Gegenstand, den ich in der Tasche hatte, der Frau mit Robe zeigte, die vor mir ging, als kennte sie mich nicht. Aber zum Glück konnte ich mich von vorschnellen Taten zurückhalten. Wir waren durch den Haupteingang hinaus und gingen schon die Straße auf den glatten Steinplatten hinunter. Endlich schlug Anabela einen anderen Ton an.

»Hast du den gesehen, mit dem ich gesprochen habe?« fragte sie mich.

»Ja.«

»Den hab ich schon vernascht«, sagte Anabela Cravo lachend. »Ein paarmal schon, aber trotzdem ist der Typ mir zu langweilig, der hat nichts los.«

Wir gingen die Rua de São Nicolau hinunter, und ich wußte noch immer nicht, daß wir unterwegs zu einem Restaurant waren. »Ich habe einen Tisch im *Central* bestellt«, sagte sie. Da die Straße bergab ging, war in dem Pflaster etwas verborgen, das es sehr rutschig machte. Anabela merkte es, hielt mich fest, und nach dieser Berührung fragte sie: »Was willst du von mir?«

»Dich sehen«, sagte ich.

Ich glaube, ich hatte als Kind das Märchen vom Rotkäppchen und dem Wolf so oft gelesen, daß die Verstellungstricks mir zuflogen, ohne daß ich es merkte, denn der Wolf sprach ja wirklich so, in kurzen Sätzen ohne Erklärung. »Dich sehen«, sagte ich, ganz Wolf. Aber vor dem Essen wollte Anabela noch Schaufenster angucken und bei der Gelegenheit gleich nachfragen, ob die Bilderrahmen, die sie schon vor Ewigkeiten zum Vergolden gegeben habe, endlich fertig seien. Sollte dieses Wunder geschehen, wollte sie mich bitten, ihr beim Tragen zu helfen, denn es seien immerhin fünf schwere, dicke, mit Altgold bemalte Holzrahmen. Zum Glück sei ihr das gerade eingefallen. Auf der Straße lag ein Zwillingspaar und schlief am hellichten Tag neben ein paar Münzen, die mitleidige Menschen hingeworfen hatten, und jemand hielt an und las laut vom Papier vor: *Wir sind zehn Geschwister, unsere Mutter hat nur Zwillinge ...* Anabela trug die Hälfte der Bilderrahmen und stieß aus Versehen mit dem Fuß gegen die Zwillinge. Erregt blieb sie stehen.

»Entsetzlich, entsetzlich. Nichts hat sich geändert, siehst du?«

Erst am Tisch im *Central* nahm sie den Faden wieder auf: »Du hat also gesagt, du wärst nur weshalb gekommen?« Diese Trockenheit entwaffnete mich etwas, aber sie selbst half weiter. »Nur um mich zu sehen?«

»Ja«, sagte ich.

Über unseren Köpfen näherte sich ein Milkshake mit zwei Fruchtstücken im Glas. Der Angestellte setzte das Ganze, aus dem ein langer Trinkhalm ragte, mit einer Verbeugung ab und nahm das Schild, auf dem RESERVIERT stand, vom Tisch.

»Trink, meins kommt gleich«, Anabela hatte einen besonderen Drink bestellt, irgendeine Mischung mit Eis, die nicht gerade großartig war. »Hier, probier mal.« Sie rief den Kellner und ließ die Mischung zurückgehen. Anabela gereizt. Der Kellner roch am Drink, als wüßte er genau Bescheid, und verschwand sofort.

Da wurde mir klar, daß ich viel verpaßt hätte, wenn ich meinem Impuls dort im Kloster nachgegeben hätte.

»Wie du siehst, habe ich beschlossen, in den Staatsdienst zu gehen. Ja, aber ich gebe es auf!« Sie probierte die Mischung, die wieder nur so lala war. »Nach einem Praktikum bei Baptista Falcão kann man nicht Vertreterin der Staatsinteressen sein, so etwas Abstraktes. Es war ein Fehler, und man hatte mich gewarnt.« Sie ließ den Drink zur Hälfte stehen. »Da kann man keine Höhenflüge machen, das bringt keinen Spaß.«

Unvermittelt sagte Anabela: »Ach ja, und wie geht's dem Lucky Luke?«

Anabela hatte noch dieselben Augen, aber die Haut war anders. Ich sah sie von sehr weit weg an und hob eine Hand ganz gestreckt über den Kopf, um ihr zu verstehen zu geben, daß er enorm gewachsen sei. Wie ich Ihnen schon sagte, sprach ich so wenig wie möglich, teils aus Faszination, teils ganz Wolf, Wolf, Wolf. Fasziniert bis ins Mark. Damit hätte ich rechnen müssen. Anabela trank, rauchte, und nach jedem Zug hustete sie, als wäre sie erkältet. Dann lachte sie und rief den Kellner, die Rechnung, Trinkgeld, alles in vertraulichem Ton. Anabela hatte es eilig, aus dieser verdammten Hektik wegzukommen, die sich um diese verdammte Zeit im *Central* ausbreitete. Da sammelte sich alles nach der harten Arbeit voller eiserner Dornen und Nägel, wie Anabela Cravo die Justiz sah.

»Hast du Zeit?« fragte sie mich.

»Etwas.«

»Drück dich klar aus – hast du viel oder wenig Zeit?«

Wir gingen schon zum Auto, denn Anabela hatte den Führerschein.

»Fährst du schon lange?«

»Lange genug, um dich nicht umzubringen«, und wieder lachte sie.

Sie trug ein Kostüm in Hahnentrittmuster, fast aus Seide, und alles, was sie sonst noch trug, war neu, sauber, teuer. Wir bogen schließlich in den Ring zwei ein, in irgendeine Richtung, und um diese Zeit fuhren die Autos mit heruntergedrehten Fenstern und hinderten sich wild hupend gegenseitig am Fahren. Man merkte, daß Anabela noch nicht so ganz gut zurechtkam, aber sie war entspannt, hängte den Arm aus dem Fenster und schimpfte in männlichen Flüchen, Konkurrenzgebaren, zwischendurch kam auch ein »Scheiße« vor. Dann parkte Anabela Cravo, nicht ohne ruckartiges Treten der Pedale, vor einigen hohen Gebäuden, deren Fenster auf einen grünen Hang gingen, und sagte: »Hier ist schon Monsanto.« Wir mußten nach oben. Zu beiden Seiten beleuchtete Aufzüge, geräuschlose Mechanismen, die sich scheinbar mit Hilfe von komprimiertem Gas bewegten. Aber ich war noch immer viel zu fasziniert, um zu begreifen, wo ich mich befand, und merkte es erst, als ich hinter Anabela Cravo über die Schwelle einer Wohnung trat, in der alle Möbel durcheinander standen, als wären die einen gerade gekommen und die anderen sollten weg, auf einem Teppichboden in Granatrot, Grün, Grau und Rußgelb wie bei den zweifarbigen Rindern. »Grauenhaft!« sagte Anabela Cravo. »Diese Leute hatten einen miserablen Geschmack!« Im hellen Licht des Nachmittags sah dieser Fußboden mit seinen Farbfeldern tatsächlich wie eine mit Teppichresten ausgelegte Amtsstube aus, und da erst begriff ich, so unglaublich das auch klingt, daß ich mich in der bewußten Wohnung von Atouguia Ferraz befand, die bei heruntergelassenen Jalousien wohl jene intime, kühle, schattige gewesen wäre.

»Ich werde das alles rausreißen und beige auslegen, so weich wie die Farbe der Weiden im September, du weißt schon.«

»Ja, und wo ist er?« fragte ich.

»Er? Du meinst Atouguia?« Anabela legte die Hände aufeinander und deutete mit den Daumen eine Vogelbewegung an.

»Ausgeflogen«, sagte sie.

Sie ließ sich auf ein großes Sofa mit Rhombenpolstern fallen, jenes berühmte breite, große Sofa, das mitten im Raum ruhte, der einzige Gegenstand von *ihnen*, von dem sie sich vorläufig noch nicht trennen wollte. Auf einmal rekonstruierte ich die Szenen eines Samstags im Sommer – hier war es, wo Anabela und Atouguia zusammen am ersten Tag ihrer Liebe niedergesunken waren. Aber Anabela sagte: »Er ist ausgeflogen, weil ich ihm den Laufpaß gegeben habe. Als er die Geschichte mit Baptista Falcão mitbekam, ist er wild geworden, hat sich die Hemden zerrissen, er konnte es nicht ertragen und ist in ein Hotel gezogen, um da seine Depression zu genießen. Aber zum Essen ist er in die Hinterstuben von der Schneiderei seines Vaters gegangen. Und von da wollte er, aufgestachelt von seiner verflixten Mutter, mir noch in die Quere kommen, dabei habe ich mit ihm nur das gemacht, was er mit ihr gemacht hat, der Primaballerina – einen Kaufvertrag vor der Hochzeit.«

»Verstehst du?« fragte sie und fuhr fort.

»Ich habe gelernt, daß es eine knappe Zeitspanne gibt, eine oder zwei Wochen ungefähr, bevor man heiratet, in denen Wunder geschehen! Entscheidend ist, daß man den richtigen Stand der Sterne findet, bei dem die Sache mit dem Sternzeichen übereinstimmt. Die Konjunktion genau sondiert.« Sie hatte ihre Mappe neben ihre Füße fallen lassen und lachte. »Weißt du, daß ich noch immer verheiratet bin? Aber der Kerl ist ordinär und schwach, er ist doch tatsächlich bei der Primaballerina zu Kreuze gekrochen!« Anabela beherrschte noch immer die Kunst der Andeutungen und der knappen Zusammenfassung. Hätte dazu noch mehr gesagt werden müssen? Sie hatte sich auf dem Polstersofa die Schuhe ausgezogen, und ihre Strümpfe rochen leicht nach neuem, von den Laufereien in diesen schon warmen Tagen etwas ausgetretenem Wildleder. Sie klagte über Schmerzen in den Zehen, die tatsächlich geschwollen waren, und bat mich, ihr die Wasserpfeife zu reichen. Das war ein kleines Ding, das Anabela wie eine normale Zigarettenspitze benutzte, aber sie behauptete, es sei persisch. Meinetwegen. Sie verfiel in einen anderen Ton.

»Du wolltest mich also sehen? Sehnsucht?«

Sie wartete meine Antwort nicht ab. Ich solle doch bitte die Tasche vom Rücken nehmen, weil sie sonst den schrecklichen Eindruck habe, ich wolle schon wieder gehen, und dann fing sie an zu reden, wobei sie immer noch mit dem Ding rauchte: »Setz dich hierher, meine Beulenpest. Was hast du so getrieben? Du wirst es nicht glauben, wie wichtig du während dieser ganzen Zeit für mich gewesen bist!« Sie reizte mir die Ohren mit einem Seufzer. »Ach, Júlia, Júlia! In diesem Dschungel braucht eine Frau die Gewißheit, daß zur gleichen Zeit, während sie sich über Schändlichkeiten den Kopf zerbricht, eine andere Person bis spät in die Nacht an der Maschine sitzt und Stoffpuppen näht, um am nächsten Tag Milch und Croissants kaufen zu können. Sich den anständigen Dingen dieses Lebens widmet, wie für ein Kind zu sorgen. Weiß ich, warum das so ist!« Anabela verfiel ins Theoretisieren. »Vielleicht vermischen das Gute und das Böse sich in kommunizierenden Röhren, und je tiefer das Niveau in den einen sinkt, um so höher muß es in den anderen steigen, damit es einen Ausgleich gibt!« Ihre Stimme veränderte sich.

»Apropos Niveau. Ich wollte, daß du heute dahinkommst, damit du siehst, wieweit ich es schon gebracht habe, und deinen Spaß hast.« – »Hast du Spaß gehabt?«

Anabela war kurz davor, romantisch zu werden, aber als sie mich bat, ihr für die blöden Druckstellen, in denen es noch immer pochte, Alkohol zu holen, sah sie mich an. »Du bist unverändert, immer noch hübsch, lieblicher als Mona Lisa, was treibst du so?« Immer noch die Tasche auf dem Rücken, legte ich ihr die Alkoholkompresse auf, und sie wurde gereizt.

»Warum zum Teufel nimmst du diese Scheißtasche nicht ab? Leg sie doch dahin!« Der Fuß tue ihr schrecklich weh.

»Ja, gleich«, ich fühlte mich ganz Wolf, Wolf, sehr Wolf, und wollte wenigstens noch so lange warten, bis die Sonne schon fast versank. Denn sie senkte sich. Die Wohnung war so prachtvoll und so gut geschnitten, trotz des Durcheinanders vom Umräumen und der Flicken auf dem Fußboden, daß sogar der Sonnenuntergang genau gegenüber vom Fenster stattfand.

»Gib mir mal die Zeitung da.« Sie faltete sie zusammen, legte mir eine Hand auf die Schulter und schwieg eine Weile. Ich merkte, daß sie diesen Augenblick genoß, in dem Ruhe eintrat, obwohl von den Autos, die sich unten hupend aneinander vorbeidrängelten, ständiges Dröhnen nach oben stieg. Aber trotzdem.

»Hör zu«, sagte sie, und ihre Stimme klang still wie nach einer Heimkehr. »Weißt du, vor einiger Zeit, nach dem Tod meines Paten, war ich ganz durcheinander vor Ängsten, und da bin ich zu einem gewissen Professor Kostal gegangen – Professor Kostal, sagen Sie mir die Wahrheit. Und er hat mich scharf angesehen und gesagt: Oh, oh, Sie sind ein Siegertyp, und Ihr einziges Problem wird die Einsamkeit sein. Viele Menschen, viele Menschen um Sie herum, aber letztlich Einsamkeit. Dennoch sehe ich hier an der Kante Ihres Händchens eventuell ein Kind.« – »Stell dir vor, Júlia! Ich mußte lachen und habe gesagt: Professor Kostal, machen Sie keine Scherze! Und dieser Kerl hat mir geantwortet: Es sei denn, wenn Sie gestatten, daß Sie es umbringen, so wie das andere.« – »Ich schwöre dir, Júlia, ich war wie vor den Kopf geschlagen. Aber dieser Hexer hat weitergeredet und noch gesagt: Oh, Senhora, in Ihrem Leben hat es eine sanfte Seele gegeben, und Sie sind daran schuld, daß sie sich zurückgezogen hat, aber in nächster Zeit wird diese Person sich bei Ihnen melden und bei Ihnen bleiben! Wehren Sie sie nicht ab, denn entgegen Ihrer Vermutung ist diese Person für Sie wie ein Glücksbringer. Eine weibliche Person.« – »Professor Kostal, Professor Kostal, darauf wetten wir!«

Anabela hatte die Zeitung auf ihren Hahnentrittrock fallen lassen und redete, gestand, daß sie insgeheim abergläubisch sei. »Da haben wir's, meine liebe Júlia, du hast dich gemeldet, und mir hat es einen Schlag versetzt. Diese dumme Gans im Büro hätte merken müssen, daß du mir wichtig bist, doch solche Leute sind zu beschränkt, die kapieren nichts. Aber was zählt schon die Stumpfsinnigkeit dieser beschränkten Mädchen im Büro? Tatsache ist, daß du gekommen bist, nur um mich zu sehen, genau wie ich es mir gedacht hatte, und jetzt muß ich die Wette einlösen und diesen Kostal zum Abendessen im *Gambrinus* einladen! Stell dir vor, ich mit einem Hexer im Restaurant!«

Anabela lachte: »Warum zum Teufel legst du nicht diese Tasche weg?«

Und sie faßte mir unter das Kinn.

»Glaubst du, ich wäre nicht in deiner Nähe gewesen? Erst jetzt, nachdem der Pate nicht mehr da ist, bin ich zu etwas Anständigem gekommen, und, nebenbei bemerkt, ohne die Aussicht darauf hätte ich es auch nicht ausgehalten. Zum Schluß war das einzig Menschliche, was er noch sagte, nur *gnädige Frau* hier, *gnädige Frau* da. Stundenlang saß er vor seiner Suppe, bis sie an irgendein Gebräu erinnerte, und vor seinem Steak voller Fett, bis es hart wie Holz war. Er aß nicht, trank nicht, wie ein Schwachsinniger. In diesem Land voller geistig Zurückgebliebener ist es noch niemandem in den Sinn gekommen, daß man ab dreißig für das Altersheim sparen muß. Aber nein, lieber gehen sie anderen auf die Nerven. Warum, Júlia, glaubst du wohl, ist das hier ein Land voller Neurotiker? Weil niemand alt werden kann. Der da zum Beispiel wollte mich am Heiraten hindern. Aber mit all dem will ich dir nur sagen, daß ich auch schon, bevor ich geerbt habe, in deiner Nähe war.« Anabela lachte noch mehr und schien irgend etwas in Reserve zu haben. Sie bat mich, aus der Küche Soda und Eis zu holen, und von da aus sah ich, daß der Hang den gleichen dichten Farbton annahm wie die Straße vor dem Einschalten der Beleuchtung, selbst an Sommerabenden. Die Küche war phantastisch, mit einer Saftpresse vom Format eines Betonmischers und einem Fernseher auf einem Aquarium ohne Fische. Als ich in das große Wohnzimmer zurückkam, lag Anabela mit ihren geschwollenen Füßen noch immer auf dem Sofa.

»Scheiße, Mensch, diese verdammte Tasche um den Hals ist ja widerlich! Warum nimmst du diese Tasche nicht ab?«

Ich legte sie zu der Zeitung, die sie auf den Fußboden geworfen hatte, und völlig ruhig erkundigte Anabela sich nach mir. »Und jetzt erzähl du.« Aber wieder redete Anabela an meiner Stelle.

»Ja, ich bin immer in deiner Nähe gewesen. Und du kannst dich in deinem Köpfchen fragen: Wieso? Ich sage dir nur, meine Liebe, ich bin so nah bei dir gewesen, daß ich anhand der Puppen, die du an Ana Lencastre geliefert hast, eine Grafik deines Lebens hätte zeichnen können. Wußtest du das? In manchen Wochen hast du bis zu zwölf oder dreizehn gemacht.« Anabela hatte meine Hände ergriffen. »Ich rechnete mir aus, daß du in dieser Zeit nicht geschlafen hast. Ich dachte mir, vielleicht hat Lucky Luke Grippe oder Fieber oder vielleicht willst du dir Möbel kaufen oder Reisen machen. Hast du jemals eine Reise gemacht? Ich bin letztes Jahr nach Schottland gefahren, in der Hoffnung, ich würde vielleicht die Atemblasen des Ungeheuers von Loch Ness zu sehen bekommen. Aber da gibt es genauso viele Ungeheuer wie hier in meiner Badewanne.« – »Ach, Júlia, Júlia«, sie fuhr mir mit der Hand durch das Haar, als wollte sie einen anderen Typ aus mir machen, ihre alte Manie, ich sei schlecht frisiert, nachlässig schlecht. »Júlia!«

Plötzlich zog sie die Schuhe an und stand in dem unfertigen Wohnzimmer auf. Etwas höchst Wichtiges wollte sie sagen, als ginge es um einen Heiratsantrag, denn sie drückte mir feierlich die Hände. Wir standen mitten im Wohnzimmer. »Wenn du wüßtest!« – »Weißt du, gestern, als der Möbelwagen die ganze Zeit Möbel gebracht und weggefahren hat, habe ich zwei brauchbare Stücke, die ich in der Elias Garcia hatte, aufladen lassen, und da wir uns treffen wollten, habe ich dir den Beweis dafür, daß ich dich schätze, mitgebracht. Erst wollte ich es umgekehrt machen – irgendwo zusammen essen gehen und auf dem Weg mit dir zur Elias Garcia fahren, damit du es selbst sehen kannst, aber da sieht's unmöglich aus. Stell dir diesen grauenhaften Flur mit dem Paneel vor, lauter alte Möbel an der Wand aufgereiht, das sieht alles aus, als wäre da eine Trübsinnsbombe geplatzt. Das wollte ich dir ersparen und hab dafür bezahlt, damit es hergebracht wird.«

Wie Sie merken, sagte ich so wenig wie möglich, nur ja und nein, anreizende Laute, nur damit Anabela wieder Lust zum Reden, Darlegen, Vorführen bekam. Es war, als ob ich immer nur hörte: »Freust du dich?« Ich fühlte mich ganz Wolf, sogar mit einem Schwanz. Da ließ Anabela meine Hände los und humpelte durch die Wohnung in Benfica, zelebrierte mit einem Finger auf den Lippen die Überraschung, die sie für mich bereithielt, machte »psst«, als wäre das, was sie aus der Elias Garcia hierher geholt hatte, ein Mensch oder ein Ding, das aufwachen könnte. Sie war fröhlich, und ihr Make-up löste sich schon ein bißchen auf. Die dunklen Flecke in ihrem Gesicht traten stärker hervor. In kleinen Känguruhschritten hüpfte sie, tat mysteriös, den Finger enorm geheimnisvoll an der Nase. »Psst.« Dann versteckte sie nichts mehr. Anabela öffnete die Tür zu einem Raum, der wohl mal ein Schlafzimmer gewesen war, denn am Eingang stand noch ein Nachttisch, und im Licht der untergehenden Sonne, das sich gelb verfärbte, lagen aufgehäuft zwischen Tür und Fenster die Stoffpuppen, die ich im Laufe all dieser Jahre hergestellt hatte. Ganz richtig. Die Puppen. Sie waren in Eile ausgekippt worden, einige in Zellophanpapier, andere ohne, manche noch mit leuchtenden Farben, andere sahen aus, als hätten sie Regen abbekommen oder wären in den Matsch gefallen. Aber sie waren da. Viele, viel, viel mehr als ich je für möglich gehalten hätte, genäht zu haben. Anabela juchzte und brachte eine brennende Lampe mit einer Verlängerungsschnur, die sich abrollte und aus einem anderen Zimmer kam. Denn anfangs begriff ich nicht richtig, woraus dieser Haufen bestand. Oder ich wollte es nicht glauben, weil es mir so weh tat. Anabela nahm die ersten hoch. Manche, denen ich Glöckchen umgehängt, andere, denen ich Schleifen gebunden hatte, dann solche, deren Haare aus blauer oder lila Wolle waren. Manche htten einen lachenden Mund, bei anderen lief nur ein Strich von Ohr zu Ohr, manche waren blond, andere stellten alte Frauen dar, die in einen kleinen, handgenähten Korb hineinstrickten. Haufen und Haufen, alles durcheinander, ein ganzer Raum voll.

»Aber ich habe sie dir gut bezahlt«, sagte Anabela Cravo mit weichem Blick.

Selbstverständlich habe ich das, was ich Ihnen jetzt nach all diesen Tagen erzähle, nicht in dem Augenblick empfunden, und falls doch, dann nur konfus, aber heute, wo ich klarer denken kann, glaube ich, die große Ohrfeige, die ich in dem Augenblick mitten ins Gesicht bekam, als Anabela Cravo mir zeigte, wie großzügig sie mir gegenüber gewesen war, bestand in der Tatsache, daß ich nur noch einen Haufen nutzloser, eingesperrter Puppen sah, mich umzingelt fühlte von lauter toten, sinnlosen, für nichts und wieder nichts ausgedachten und hergestellten Dingen. Ich schwöre Ihnen, als ich diese Puppen nähte, stellte ich mir dabei vor, daß die einen Stühle schmücken, andere in Fluren aufgehängt oder auf Betten gelegt würden, denn ich wußte, daß sie nicht für Kinder, sondern für Erwachsene bestimmt waren, selbst wenn sie angeblich für Kinder gekauft wurden. Was so etwas bedeutet, weiß man nicht erst seit heute oder gestern. Und Sie wissen genau, daß ich mit den Puppen Jóias Lebensunterhalt an drei Tagen von jeder Woche bestritten habe. Meinen eigenen Lebensunterhalt. Früher einmal war es Artur Salema gewesen, den sie ganze Monate hindurch ernährt hatten, als ich ihn liebte und glühend begehrte. Selbst die Busfahrt zurück zu seinem Vater wurde aus dem Umschlag mit dem Puppengeld bezahlt. Es lohnt sich nicht, noch mehr aufzuzählen. Aber das muß ich noch sagen – so viel Stoff, so viele Knöpfe, so viele Spitzen, so viel Kanariengras, so viel Kapok, so viele über ihren Gesichtern vergeudete nächtliche Stunden, damit sie sonstwie, nur nicht menschlich aussahen und dennoch menschliche Zärtlichkeit schenkten. Trotzdem waren sie von einem Zimmer in der Elias Garcia in die Wohnung in Benfica umquartiert worden, und das nur, damit ich sehen konnte, wie gut Anabela Cravo es mit mir meinte. Um es zusammenzufassen – ich empfand das gleiche, was die Götter, sofern es sie gäbe, wohl empfinden würden, wenn sie sich einmal die Menschheit ansähen. Ich litt. Übrigens, wenn auch nur irgendein Wesen, bei entsprechenden Größenverhältnissen, das gleiche für uns empfände, was ich in diesem Augenblick für die Puppen empfand, dann wäre schon einiges weniger sinnlos und weniger tragisch, und vielleicht würde das die Zuneigung, diesen eigentlich nicht

nicht zielgerichteten Lockreiz, rechtfertigen. Gedanken rasten mir durch den Kopf, und ich hätte zwei, drei Tabletten gegen meinen Schmerz gebraucht, der stechend scharf war, aber Anabelas Stimme war warm. Über ihre eigenen Taten gerührt, wühlte sie in den Puppen, die irgend jemand achtlos ausgekippt hatte, verglich sie miteinander und erinnerte mich daran, daß ich einmal in einer einzigen Woche dreizehn genäht hätte. Dafür habe sie einen Scheck über genau siebentausendachthundert Escudos ausgestellt, und damals habe sie gedacht, daß davon vielleicht eine Fieberkrankheit oder eine Vergiftung von Jóia behandelt werden sollte.

»Weißt du noch, was in dem Monat damals passiert ist? Ich habe sie alle aufgekauft, du solltest nicht von Angebot und Nachfrage dieser gemeinen Welt abhängig sein.« – »Du bist ja ganz überrascht!« Und sie nahm mich zu dem Polstersofa mit der harten Lehne voller Kissen mit, die sie dauernd zurechtrückte. »Ich wußte, daß es dir die Sprache verschlagen würde. Du solltest es sehen, obwohl ich nicht die Absicht hatte, dir davon zu erzählen. Selbst Ana Lencastre wußte nichts davon.«

Aber jetzt, nachdem sie mir gezeigt hatte, wie sehr sie mich liebte, wollte sie mich an der Hand nehmen und mit mir durch die ganze Wohnung spazieren, und wir sollten uns dabei phantastische Abendgesellschaften ausmalen, mit Musik, Schokoladenkuchen, Obstsalat, Leuten, die im Stehen aßen und lachten. Und andere im Sitzen. Baptista Falcão möglichst oder vielleicht ein anderer, den das Schicksal auf ihre Bahn geschickt haben könnte. Und sie wollte mich aus dem ehrbaren Elend meines Daseins herausholen, das in ihrer Vorstellung wie stilles Wasser war, nur hin und wieder von der Brise der Erkältungen und steigenden Fleischpreise aufgewühlt, und ich sollte ihr an der Ecke die Zeitung kaufen, die angebliche Wasserpfeife anzünden, Soda holen und mich bei Sonnenuntergang zu ihren Füßen ausstrecken. Das habe dieser Kostal ihr vorausgesagt. Wollen wir uns für immer gut verstehen? Sie hatte mir ein rosa Taschentuch unter die Augen gehalten, in das ich meine Nase laufen ließ. Nun hatte ich, wie ich

Ihnen schon sagte, mir die Beine und die Achselhöhlen rasiert und die Augenbrauen gezupft, weil ich eben meinte, daß es ein wichtiger Tag werden würde.

»Es hat ein Problem mit Jóia gegeben, ein großes Problem.«

Anabela sah mich ernst an, als merke sie erst jetzt, daß ich unabhängig von ihrem realen und imaginären Spiel existierte.

»Ist das dein Ernst? Was hat dieser Mandrake gemacht?«

»Sich vergiftet, er wollte sterben, weg von mir.«

»Du liebe Zeit!« erwiderte sie.

Da die Dunkelheit sich mit Blitzesgeschwindigkeit ausbreitete und wir das Licht im Rücken hatten, bildeten die Flecke auf Anabelas Haut einen Schatten wie von einem dunklen Bart.

»Du liebe Zeit! Erzähl«, an dem einen Fuß einen Schuh, am anderen keinen. Und ohne die Einzelheiten abzuwarten, die sie scheinbar hören wollte, richtete sie ihre Stimme auf die dunkle Sphäre der Hypothesen. »Was du mir da erzählst, macht mich ganz blaß, aber eins sage ich dir, selbst wenn es ein großes Unglück für Jóia gewesen wäre, für dich hätte es am Ende das große Los bedeutet. Frei, jung, du hättest noch einmal ganz neu anfangen können. Den *Yeti* hast du nie wiedergesehen? Sag bloß, du hängst noch immer an Grei!«

Anabelas Stimme schwoll immer mehr an, während sie Überlegungen über mein glückliches Leben ohne Jóia anstellte, und aus all den Segnungen, die sie mir damit verhieß, war deutlich zu erkennen, daß eine neue Rasse, ein anderes Geschlecht und eine andere Natur sich in Anabela Cravo ankündigte, als ob die Erde sich bewegte, um eine andere Gattung Mensch zu gebären. Ich irrte mich nicht – sie bat, ihr die Wasserpfeife zu füllen, dann, ihr die Tischlampe heranzuziehen und auf einen Bücherstapel zu stellen, schließlich, den Kühlschrank bis auf den letzten Winkel durchzustöbern und etwas für sie zum Abendessen zu suchen. Erst als ich ihr das Tablett brachte und ihren abwesenden Gesichtsausdruck sah, wie bei jemandem, der beim Essen Zeitung liest und ein Streichholz anzündet, griff ich nach meiner Tasche, wickelte die Serviette auf und zielte, ganz Wolf, auf ein Möbel wie damals in der Bruchbude in der Rua da Conceição. Das Polstersofa kippte um, und Anabela tauchte, von Entsetzen gepackt, an beiden Füßen barfuß, am anderen Ende des Wohnzimmers auf. »Júlia, Júlia!« rief sie immer wieder und starrte auf das von Büchern und Silber leere, aber mit einer Messerklinge ausgefüllte Möbel, einer Klinge, die nichts anderes als eine Drohung sein sollte. Anabela würde lernen müssen, daß die Erde sich auf verschiedene Arten bewegt. Mehr nicht. Als ihr die Flucht aus dem Wohnzimmer gelang, schlug sie, das Telefon unterm Arm, die Schnur über den Boden schleifend, die Schlafzimmertür zu, schloß sich von innen ein, und obwohl ich mich weder gerührt noch ein einziges unfreundliches Wörtchen zu ihr gesagt hatte, schrie Anabela nebenan ihre Hausnummer, das Stockwerk, die ganze Anschrift, damit der Notdienst ihr zu Hilfe kommen konnte. In panischer Hysterie. Lebwohl, Anabela. Überall sonst im Haus herrschte Stille, als wäre niemand da, denn es war die Zeit der Fernsehserien, und obwohl ich, während ich auf den lautlosen Fahrstuhl wartete, es bedauerte, daß ein Mensch, der mich mochte, meinetwegen litt, bereute ich nichts. Eher im Gegenteil, denn eine ungeheure Freude durchströmte meine Muskeln und mein Wesen, als ob ich in dem Gehäuse, in dem ich hinunterfuhr, sagte: »Ich mache Angst, also bin ich, also bin ich, also bin ich. Jóia ist, Fernando ist.« Gestatten Sie mir die Persiflage auf die berühmten Sätze, mit denen man mir pornographischerweise den Kopf vollgestopft hat, ohne daß mir letztlich jemand gezeigt hätte, wie man mit einem Messer umgeht oder einen Stern entdeckt. Verzeihen auch Sie mir. Ich wollte nur sagen: »Lebwohl, Anabela.«

Immer wieder diese Worte sagend, ging ich hinaus und traf vor dem Haus in Benfica auf drei halbwüchsige Jungen in weißen Hemden, die über einen im Weltraum verschollenen Skylab redeten. Sie lachten, sahen hinauf zu dem zwischen Hochhäusern eingepferchten Himmel und forderten Amerika heraus.

»Wenn durch den Skylab Menschen umkommen, sind die Yankees dran.«

Derjenige, der das sagte, bat mich um Feuer. Eine ungeheure Sehnsucht, Jóia irgendwann in der Zukunft heranwachsen und mit Apparaten, die den Himmel durchqueren, den Bewohnern einer anderen Sphäre beschäftigt zu sehen. Jetzt war es an mir, zu sagen: »Lebwohl, Anabela!«

Da kam ich dann in Ihre Straße und blieb vor Ihrem Haus stehen, um Ihnen den Gegenstand zu übergeben, Ihre Seele zu beruhigen und ein Kapitel abzuschließen. Nachdem ich quer durch die ganze Stadt gegangen war. Aber es lohnte sich wirklich nicht, jemanden nur zu wekken, damit er sich einen spätabendlichen Bericht anhört und ein Messer zum Brotschneiden und Zwiebelschälen entgegennimmt. Ich beschloß, am Ufer entlangzugehen, denn eine Brise kühlte die Nacht. Da ein Boot zu dieser Stunde Menschen auslud, kamen Leute von allen Seiten und begegneten sich müde auf den schmalen schwarzen Streifen zwischen zwei Ampeln. Ich sagte noch immer: »Lebwohl, Anabela.« Verabschiedete mich von etwas so Persönlichem wie einem Arm. Wohin mögen diese häßlichen Menschen gehen? Dachte ich in dem Schweißgeruch, den die immer, immer weiter hetzenden Menschen hinter sich verströmten. Kleine, Dicke, Schwarze, Menschen mit dicken Krampfadern wie Blutflüsse, zwergwüchsige, hinkende, schiefe, mit Plastiktüten beladene Menschen. Wie Tragkörbe voller Korn und Dung, die auf Arbeitstieren hätten transportiert werden müssen. Menschen wie ich, mir Verwandte. Menschen, die wenigstens einmal in ihrem Leben noch jemandem Angst machen mußten. Vielfach schweigende Menschen. Lebwohl, Anabela Cravo, ich winke dir von weitem zu, damit das Sternzeichen dir zu jemand anderm als mir rät. Lebwohl, tausendmal lebwohl, dachte ich. Plötzlich fuhr das angekommene Boot ab, am Ufer stand ein Mann im Schlick und suchte mit den Händen eine naßtrockene Fläche nach Abflußmuscheln ab. Seine Beine versanken bis zu den

Lenden. Das Gesicht zu seinem Körper war nicht zu sehen, nur die Hände neben einer Petroleumlampe. Der Fluß strömte und strömte, als stünde er still. Und die anderen, die ich geliebt hatte, strömten immer weiter fort von mir, auf diesem schwarzen Band. »Lebwohl, Anabela.« So schnell wirst du nicht mit dem Astrologen an einem Restauranttisch zu Abend essen, auch wenn ich dich gemocht und gern gehabt habe.

Sie fragen mich, was ich unternommen habe, da ich jetzt in der Buchhandlung aufhören werde, und denken, daß ich meine Zeit damit verbringe, auf Anzeigen zu schreiben. Auf dieses Golgatha habe ich mich noch nicht eingelassen. Wie ich Ihnen schon gesagt habe, war dies eine Zeit des Dämmerlichts. Und so unglaublich Ihnen das auch vorkommen mag, ich führe wieder so etwas wie ein gelbes Heft. Wie Sie wissen, habe ich einen Stapel Papier neben mir, und sobald alles ruhig ist, lasse ich den Kugelschreiber gemächlich über die Blätter gleiten. Das ist alles, was ich gemacht habe. In diesen Augenblicken zieht die Welt ihren Vorhang auf und zu, und das Leben verwandelt sich. Alles im Haus verharrt regungslos. Und dieses Verharren ist so körperlich und so real, daß man meinen könnte, selbst der Staub fiele nicht mehr und bliebe auf halbem Weg zwischen den Ritzen und den Gegenständen friedlich abwartend in der Luft hängen. Erst wenn ich aufstehe, steigt er, senkt sich und legt sich. Papier ist ein sanftes, menschliches Gewebe und anschmiegsam wie eine Haut. Passiv, aktiv, und weitere Eigenschaften, die ich nicht nennen muß, um zu wissen, daß die Stille mir teuer ist. Genau das Gegenteil von dem, was ich im allgemeinen zu Senhor Assumpção sage. Als ob ich mit Hilfe dieses empfindlichen Materials fühlen und Mitteilung über eine andere Realität machen könnte.

Warum ich gekommen bin?

Heute früh überzog ein malvenfarbener Strich das Dach der Kirche von São Mamede, als Fernando Ritas Auto vor der Tür hielt und ich mit zwei Schalen Erdbeeren in einem Korb João Mário und den Dalmatiner nach unten begleitete. Der Zephyr wollte nicht anspringen und holperte die Straße entlang. Fernando schob ihn bei offener Tür im Laufschritt an. Schließlich sprang er in den fahrenden Wagen, und als er schon in der Kurve war, drehte mein Ex-Gast noch einmal sein strahlendes Gesicht um. Eine Glocke mit anderer Leuchtkraft senkte sich über die ganze Straße, und ich fand, es sei ein schöner Tag für einen Neuanfang.

Übersetzung der französischen und italienischen Textstellen

108: N'oublie pas ...: Vergiß nicht, bring deine Liebste mit.

179: Tout casse ...: Alles zerbricht, alles vergeht, alles erschlafft.

191: Po, Torino ...: Po, Turin. Ich bin in Italien! Nach Portugal kehre ich nicht mehr zurück.

191: sono morto ...: ich bin tot, ich will Chrysanthemen.

223: Cours, camarade ...: Lauf, Genosse, die alte Welt ist hinter dir.

248: Adoro il popolo ...: Ich liebe das Volk,/ mein Vaterland ist die Welt,/ der freie Gedanke / ist mein Glaube.

248: Addio mia bella ...: Leb wohl, mein schönes / Häuschen, leb wohl,/ geliebteste Mutter / und Vater.
Sag mir, schöner Jüngling / ehrenhaft und blond,/ sag mir, welches / dein Vaterland ist.

317: Nel fosco fin ...: Am trüben Ende des sterbenden Jahrhunderts / am düsteren und trostlosen Horizont / bricht schon die Morgendämmerung an.

331: Niente di niente ...: Überhaupt nicht? Das ist verrückt!

371: Je sais pas: Ich weiß nicht (korrekt: Je ne sais pas)

372: ménage à trois: Haushalt, Wirtschaft zu dritt.

Italienische und spanische Literatur in der edition suhrkamp und in den suhrkamp taschenbüchern

Rafael Alberti: Der Verlorene Hain. Erinnerungen. Aus dem Spanischen von Joachim A. Frank. st 1171

Juan Benet: Du wirst es zu nichts bringen. Erzählungen. Aus dem Spanischen von Gerhard Poppenberg. es 1611

Dino Buzzati: Die Maschine des Aldo Christofari und andere phantastische Erzählungen. Herausgegeben von Kalju Kirde. PhB 157. st 1175

Roberto Calasso: Die geheime Geschichte des Senatspräsidenten Dr. Daniel Paul Schreber. Aus dem Italienischen von Reimar Klein. es 1024

Giorgio Celli: Der letzte Alchemist. Betrachtungen über Komik und Wissenschaft. Mit einem Vorwort von Umberto Eco. Aus dem Italienischen von Sigrid Vagt. st 1622

Leopoldo Alas Clarín: Die Präsidentin. Roman. Aus dem Spanischen von Egon Hartmann. Mit einem Nachwort von F. R. Fries. st 1390

Vincenzo Consolo: Das Lächeln des unbekannten Matrosen. Aus dem Italienischen von Arianna Giachi. st 1708

Cristina Fernández Cubas: Das geschenkte Jahr. Roman. Aus dem Spanischen von Eva Schikorski. es 1549

Alejandro Gándara: Die Mittelstrecke. Roman. Aus dem Spanischen von Eva Schikorski. es 1597

Federico García Lorca: Dichtung vom Cante Jondo. Dichtung vom tiefinnern Sang. Deutsch von Enrique Beck. st 1007

– Das Publikum. Komödie ohne Titel. Zwei Stücke aus dem Nachlaß. Deutsch von Rudolf Wittkopf. st 1207

– Über Dichtung und Theater. Deutsch von Enrique Beck. st 196

Adelaida García Morales: Das Schweigen der Sirenen. Roman. Aus dem Spanischen von Anne Sorg-Schumacher. es 1647

– Der Süden. Bene. Aus dem Spanischen von Anne Sorg-Schumacher und Imme Bergmaier. es 1460

Ian Gibson: Lorcas Tod. Deutsch von Fritz Vogelgsang. st 197

Natalia Ginzburg: Caro Michele. Der Roman einer Familie. Aus dem Italienischen von Arianna Giachi. st 853

– Ein Mann und eine Frau. Aus dem Italienischen von Arianna Giachi. st 816

– Mein Familien-Lexikon. Deutsch von Alice Vollenweider. st 912

Juan Goytisolo: Dissidenten. Aus dem Spanischen von Joachim A. Frank. es 1224

– Identitätszeichen. Roman. Aus dem Spanischen von Joachim A. Frank. st 1133

114/1/10.90

Italienische und spanische Literatur in der edition suhrkamp und in den suhrkamp taschenbüchern

Juan Goytisolo: Johann ohne Land. Roman. Aus dem Spanischen von Joachim A. Frank. Nachwort von Karsten Garscha. st 1541

– Rückforderung des Conde don Julián. Roman. Mit einem Nachwort von Carlos Fuentes. Aus dem Spanischen von Joachim A. Frank. st 1278

– Spanien und die Spanier. Aus dem Spanischen übertragen von Fritz Vogelgsang. st 861

José Guelbenzu: Der Blick. Roman. Aus dem Spanischen von Peter Schwaar. es 1596

Luigi Malerba: Salto mortale. Roman. Aus dem Italienischen übersetzt von Alice Vollenweider. st 1363

Meine Schwester Elba. Neue spanische Erzählerinnen. Mit einem Nachwort von Michi Strausfeld. Herausgegeben und übersetzt von Margarete Born. st 1532

Juan José Millás: Dein verwirrender Name. Roman. Aus dem Spanischen von Peter Schwaar. es 1623

Elsa Morante: Lüge und Zauberei. Roman. Mit einem Nachwort von Dominique Fernandez. Aus dem Italienischen übersetzt von Hanneliese Hinderberger. st 701

Guido Morselli: Liebe einer Tochter. Roman. Aus dem Italienischen von Arianna Giachi. st 1568

Mercè Rodoreda: Auf der Plaça del Diamant. Roman. Aus dem Katalanischen von Hans Weiss. Mit einem Nachwort von Gabriel García Márquez. st 977

– Der zerbrochene Spiegel. Roman. Aus dem Katalanischen von Angelika Maass. st 1494

Alberto Savinio: Neue Enzyklopädie. Aus dem Italienischen von Christine Wolter. st 1253

Jorge Semprun: Algarabía oder Die neuen Geheinmisse von Paris. Roman. Aus dem Französischen von Traugott König und Christine Delory-Momberger. st 1669

– Die große Reise. Roman. Aus dem Französischen von Abelle Christaller nach der Originalausgabe. st 744

– Was für ein schöner Sonntag. Aus dem Französischen von Johannes Piron. st 972

– Der weiße Berg. Roman. Aus dem Französischen von Eva Moldenhauer. st 1768

– Yves Montand: Das Leben geht weiter. Aus dem Französischen von Uli Aumüller. st 1279

114/2/10.90

Italienische und spanische Literatur in der edition suhrkamp und in den suhrkamp taschenbüchern

Jorge Semprun: Der zweite Tod des Ramón Mercader. Roman. Aus dem Französischen von Gundl Steinmetz. st 564

Ramón José Sender: Der Verschollene. Roman. Deutsch von Walter Boehlich. st 1037

Wie Felix Muriel auf die Welt kam. Zwölf Erzählungen aus Spanien. Aus dem Spanischen übersetzt von Dietrich Eckhard Groth und Wilhelm Muster. st 1764

114/3/10.90

Lídia Jorge, 1946 geboren, studierte Romanistik und unterrichtet heute Literaturgeschichte in Lissabon. Ihr Roman *Der Tag der Wunder* ist als suhrkamp taschenbuch 1930 lieferbar.

Schon kurz nach Erscheinen von Lídia Jorges Roman *Nachricht von der anderen Seite der Straße* war sich die portugiesische Literaturkritik einig, daß es sich um eines der wichtigsten Werke handle, die nach der »Nelkenrevolution« geschrieben wurden.

Fasziniert von dem schwierigen und widerspruchsvollen Prozeß der Wandlungen, die die portugiesische Gesellschaft in den Jahren nach dieser Revolution durchmachte, schildert die 1946 geborene Lídia Jorge die Geschichte der jungen Julia Grei und ihrer Entwicklung von der eigensinnigen, aber hilflosen Person zur selbstsicheren, sich wehrenden Frau. Dabei entstand – in der Form eines frei wiedergegebenen Bekenntnisses – ein stilistisch raffiniertes und psychologisch einfühlsames Frauenporträt, in dem »nichts erhaben oder symbolisch ist, aber alles von Bedeutung, wie ein Seufzer, eine Erkältung oder ein Bad im Meer«.

»Wenn Sie Handkes *Linkshändige Frau* gelesen haben, dann müssen Sie einfach zum Vergleich diesen Roman lesen!«

Martin Adel, Der Standard

suhrkamp taschenbuch 2149